综合风险防范关键技术研究与示范丛书

综合风险防范

中国综合能源与水资源保障风险

郑景云 吴文祥 胡秀莲 何凡能

汪党献 满志敏 张士峰 赵建安 李丽娟

等 著

科学出版社

北京

内 容 简 介

本书是"十一五"国家科技支撑计划重点项目"综合风险防范关键技术研究与示范"的部分研究成果，丛书之一。本书基于我国水资源和能源保障风险现状，建立综合能源与水资源保障风险的识别、分类标准与指标体系，开发能源和水资源保障风险的综合评价模型，编制中国综合能源和水资源保障风险图，辨识出其中的高风险区，提出能源和水资源保障风险防范的应对策略。

本书可供灾害科学、风险管理、应急技术、防灾减灾、保险、生态、能源、农业等领域的政府公务人员、科研和工程技术人员、企业管理人员以及高等院校的师生等参考，也可作为高等院校相关专业研究生的参考教材。

图书在版编目（CIP）数据

综合风险防范：中国综合能源与水资源保障风险／郑景云等著. —北京：科学出版社，2011

（综合风险防范关键技术研究与示范丛书）

ISBN 978-7-03-030717-0

Ⅰ. 综… Ⅱ. 郑… Ⅲ.①能源管理：风险管理 – 研究 – 中国 ②水资源管理：风险管理 – 研究 – 中国 Ⅳ. X4

中国版本图书馆 CIP 数据核字（2011）第 059508 号

责任编辑：王 倩 张月鸿 李 敏 王晓光／责任校对：包志虹
责任印制：钱玉芬／封面设计：王 浩

科学出版社 出版
北京东黄城根北街 16 号
邮政编码：100717
http://www.sciencep.com

中国科学院印刷厂 印刷
科学出版社发行　各地新华书店经销

*

2011 年 5 月第 一 版　开本：787×1092 1/16
2011 年 5 月第一次印刷　印张：19 1/2　插页：8
印数：1—2 000　字数：490 000

定价：80.00 元
如有印装质量问题，我社负责调换

总　　序

　　综合风险防范（integrated risk governance）的研究源于 21 世纪初。2003 年国际风险管理理事会（International Risk Governance Council，IRGC）在瑞士日内瓦成立。我作为这一国际组织的理事，代表中国政府参加了该组织成立以来的一些重要活动，从中了解了这一领域最为突出的特色：一是强调从风险管理（risk management）转移到风险防范（risk governance）；二是强调"综合"分析和对策的制定，从而实现对可能出现的全球风险提出防范措施，为决策者特别是政府的决策者提供防范新风险的对策。中国的综合风险防范研究起步于 2005 年，这一年国际全球环境变化人文因素计划中国国家委员会（Chinese National Committee for the International Human Dimensions Programme on Global Environmental Change，CNC-IHDP）成立，在这一委员会中，我们设立了一个综合风险工作组（Integrated Risk Working Group，CNC-IHDP-IR）。自此，中国综合风险防范科技工作逐渐开展起来。

　　CNC-IHDP-IR 成立以来，积极组织国内相关领域的专家，充分论证并提出了开展综合风险防范科技项目的建议书。2006 年下半年，科学技术部经过组织专家广泛论证，在农村科技领域，设置了"十一五"国家科技支撑计划重点项目"综合风险防范关键技术研究与示范"（2006~2010 年）（2006BAD20B00）。该项目由教育部科学技术司牵头组织执行，北京师范大学、中国科学院地理科学与资源研究所、民政部国家减灾中心、中国保险行业协会、北京大学、中国农业大学、武汉大学等单位通过负责 7 个课题，承担了中国第一个综合风险防范领域的重要科技支撑计划项目。北京师范大学地表过程与资源生态国家重点实验室主任史培军教授被教育部科学技术司聘为这一项目专家组的组长，承担了组织和协调这一项目实施的工作。与此同时，CNC-IHDP-IR 借 2006 年在中国召开国际全球环境变化人文因素计划（IHDP）北京区域会议和地球系统科学联盟（Earth System Science Partnership，ESSP）北京会议之际，通过 CNC-IHDP 向 IHDP 科学委员会主席 Oran Young 教授提出，在 IHDP 设立的核心科学计划中，设置全球环境变化下的"综合风险防范"研究领域。经过近 4 年的艰苦努力，关于这一科学计划的建议于 2007 年被纳入 IHDP 新 10 年（2005~2015 年）战略框架内容；于 2008 年被设为 IHDP 新 10 年战略行动计划的一个研究主题；于 2009 年被设为 IHDP 新 10 年核心科学计划之开拓者计划开始执行；于 2010 年 9 月被正式设为 IHDP 新 10 年核心科学计划，其核心科学计划报告——《综合风险防范报告》（*Integrated Risk Governance Project*）在 IHDP 总部德国波恩正式公开出版。它是中国科学家参加全球变化研究 20 多年来，首次在全球变化四大科学计划［国际地圈生物圈计划（International Geosphere-Biosphere Program，IGBP）、世界气候研究计划（World Climate Research Programme，WCRP）、国际全球环境变化人文因素计划（IHDP）、生物多样性计划（Biological Diversity Plan，DIVERSITAS）］中起主导作用的科学计划，亦是全球第一个综合风险防范的科学计划。它与 2010 年启动的由国际科学理事会、国际社会科学理事会和联合国国际减灾战略秘书处联合主导的"综合灾害风险研究"（Integrated Research on Disaster Risk，IRDR）计划共同构成了当今世界开展综合风险防范研究的两大国际化平台。

《综合风险防范关键技术研究与示范丛书》是前述相关单位承担"十一五"国家科技支撑计划重点项目——"综合风险防范关键技术研究与示范"所取得的部分成果。丛书包括《综合风险防范——科学、技术与示范》、《综合风险防范——标准、模型与应用》、《综合风险防范——搜索、模拟与制图》、《综合风险防范——数据库、风险地图与网络平台》、《综合风险防范——中国综合自然灾害救助保障体系》、《综合风险防范——中国综合自然灾害风险转移体系》、《综合风险防范——中国综合气候变化风险》、《综合风险防范——中国综合能源与水资源保障风险》、《综合风险防范——中国综合生态与食物安全风险》与《中国自然灾害风险地图集》10 个分册，较为全面地展示了中国综合风险防范研究领域所取得的最新成果（特别指出，本研究内容及数据的提取只涉及中国内地 31 个省、自治区、直辖市，暂未包括香港、澳门和台湾地区）。丛书的内容主要包括综合风险分析与评价模型体系、信息搜索与网络信息管理技术、模拟与仿真技术、自动制图技术、信息集成技术、综合能源与水资源保障风险防范、综合食物与生态安全风险防范、综合全球贸易与全球环境变化风险防范、综合自然灾害风险救助与保险体系和中国综合风险防范模式。这些研究成果初步奠定了中国综合风险防范研究的基础，为进一步开展该领域的研究提供了较为丰富的信息、理论和技术。然而，正是由于这一领域的研究才刚刚起步，这套丛书中阐述的理论、方法和开发的技术，还有许多不完善之处，诚请广大同行和读者给予批评指正。在此，对参与这项研究并取得丰硕成果的广大科技工作者表示热烈的祝贺，并期盼中国综合风险防范研究能取得更多的创新成就，为提高中国及全世界的综合风险防范水平和能力作出更大的贡献！

国务院参事、科技部原副部长

刘燕华

2011 年 2 月

目　　录

第1章 绪 论

1.1 中国能源与水资源利用概况

1.1.1 中国能源资源利用概况

1. 中国是能源资源赋存大国

中国是能源资源赋存大国，煤炭、石油、天然气等常规化石能源资源量位居世界前列，煤炭、石油、天然气等主要化石能源资源探明储量超过万亿吨标准煤［1 吨标准煤（1tce）约产生 2926 万 J 能量］，尤其是煤炭和水能资源，在全球占有重要地位。由于人口众多，还是最大的发展中国家，人均水平与世界平均水平相比较较低，中国主要化石能源人均拥有量只相当于世界平均水平的一半左右。

据来自 BP 的油气煤探明储量（精查储量）统计数据，截至 2009 年年底，中国石油探明储量 148 亿 bbl（1bbl 约合 158.987L），占全球总量的 1.1%；天然气探明储量 2.46 万亿 m^3，占全球总量的 1.3%；煤炭探明储量 1145 亿 t，占全球总量的 14.0%（BP，2010）。比较而言，中国常规化石能源油、气、煤炭等资源探明储量（尤其是石油探明储量）显得不足。但中国能源资源总量潜力分析表明，中国石油、天然气、煤炭、水能资源尚有较大的开发利用潜力。

新中国成立以来，先后进行了三次油气资源评价。第三次油气资源评价结果（2004～2005 年）显示：中国石油远景资源量 1086 亿 t，地质资源量 765 亿 t，可采资源量 212 亿 t，勘探进入中期；天然气远景资源量 56 万亿 m^3，地质资源量 35 万亿 m^3，可采资源量 22 万亿 m^3，勘探处于早期；煤层气地质资源量 37 万亿 m^3，可采资源量 11 万亿 m^3；油页岩折合成页岩油地质资源量 476 亿 t，可回收页岩油 120 亿 t；油砂油地质资源量 60 亿 t，可采资源量 23 亿 t。空间分布上，中国油气资源呈现非均衡状态，陆上油气资源主要分布在松辽、渤海湾、塔里木、准噶尔和鄂尔多斯五大盆地；据《环球能源网》整理的数据，目前中国陆上油气资源量占有较高比重，分别占到了 77.07% 和 82.01%；海上油气资源则主要分布在渤海、东海和南海，其中以南海的潜力最大。

据中国 2007 年 12 月发布的《中国的能源状况与政策》，截至 2006 年，中国煤炭资源保有储量为 10 345 亿 t，剩余探明可采储量约占世界的 13%，列世界第三位（中华人民共和国国务院新闻办公室，2007-3-28）。空间分布上，以北方地区为主，主要分布在华北、西北地区，集中在昆仑山—秦岭—大别山以北，其中华北地区储量占煤炭资源探明储量的 50% 以上，西北地区储量占 30% 以上，以山西、陕西、内蒙古等省（自治区）

的储量最为丰富，晋陕蒙（西）地区（简称"三西"地区）集中了中国现有煤炭资源探明储量的60%，山西、内蒙古、陕西、新疆、贵州、宁夏六省（自治区）占全部探明储量的81%以上，但适于露天开采的煤炭资源储量较少，主要分布在内蒙古、新疆和云南三省（自治区），90%以上为地下开采，条件十分复杂；同时，中国的煤炭资源探明储量比例仍然较低，精查、详查大致只占资源量的20%左右，普查资源量的地质勘探工作程度也较低。

中国水能资源理论蕴藏量6.94亿kW（不包括中国台湾地区），理论年发电量60 829亿kW·h，技术可开发装机容量5.42亿kW，年发电量24 740亿kW·h，经济可开发装机容量4.02亿kW，相应年发电量17 534亿kW·h，均居世界第一位（郑守仁，2007）。空间分布上，中国水能资源主要分布于中西部地区，尤其是西南地区，以大中型河流中上游地区为主，其中长江、金沙江、雅砻江、大渡河、乌江、澜沧江、黄河和怒江等干流上装机容量约占中国可开发量的60%，其中的2/3以上分布在西南地区［云、贵、川、渝、藏五省（自治区、直辖市）水能资源理论蕴藏量占全国总量66.07%］，按江河流域排序，第一位长江流域2.56亿kW，第二位雅鲁藏布江流域0.68亿kW，第三位黄河流域0.37亿kW。

中国核能资源分布较广泛，但从已有的地质勘探成果看，主要是在北方地区，尤其是西北地区，目前核能资源探明储量不高，但有专家认为，中国铀资源探明潜力较大（张金带，2008）。

在生物质能、风能、太阳能、地热能和潮汐能等新能源资源方面，中国尚存在巨大的资源潜力。各类生物质能源的开发潜力可达到10亿tce，而目前生物质能源开发利用率不到现实易获取生物质能源总量的10%；中国目前已探明全国陆地风能理论储量为32.26亿kW，可开发利用的储量为2.53亿kW，加上近海的7.5亿kW，合计可开发利用风能资源可达10.03亿kW，居世界前列，主要分布于"三北"地区（东北、华北北部和西北）和东部沿海陆地、岛屿及近海海岸。截至2009年，中国风电装机规模还不到2000万kW；中国还是一个太阳能资源较为丰富的国家，全国2/3以上国土面积日照时数在2000h/年以上，各地太阳年辐射总量达335~837kJ/（cm^2·年），目前太阳能光伏发电装机容量还不到10万kW，太阳能光热利用面积1.4亿m^{2}左右；据初步估算，全国可采地热能资源相当于33亿tce，适合于发电装机的地热资源主要分布在西藏中南部、四川西部和云南西部，预计开发装机能达到600万kW；潮汐能资源理论蕴藏量30亿kW，主要分布在沿海地区，理论可开发装机容量可达到1.1亿kW，可供开发利用的为3100万~3500万kW。目前潮汐能资源开发尚处于起步阶段。

2. 中国是能源开发生产大国

中国是能源生产大国，自20世纪90年代以来，尤其是进入21世纪以来，中国一次能源生产总量快速增长，在近10年时间里就增长1倍多。到2009年，中国一次能源生产总量突破28.0亿tce（中华人民共和国国家统计局，2010），是世界最大能源生产国（表1-1，表1-2）。其中，中国因化石能源赋存结构所致，煤炭产量占全球总量的45.6%，可谓"一枝独秀"。

表 1-1 中国 2009 年主要能源产量及其增长速度

能源种类	单位	产量	比上年增长/%
一次能源生产总量	亿 tce	28.0	5.8
原煤	亿 t	30.5	8.8
原油	亿 t	1.9	−3.1
天然气	亿 m³	851.7	6.1
发电量	亿 kW·h	37 146.5	6.3
火电	亿 kW·h	29 827.8	10.2
水电	亿 kW·h	6 156.4	−3.3
核电	亿 kW·h	701.3	2.5

资料来源：中国统计年鉴（2009）和 2009 年中国国民经济和社会发展统计公报

表 1-2 中国的能源产量及构成

年份	能源产量/万 tce	构成/%			
		煤炭	石油	天然气	水、核、风电等
2001	137 445	71.8	17.0	2.9	8.2
2005	205 876	76.5	12.6	3.2	7.7
2006	221 056	76.7	11.9	3.5	7.9
2007	235 415	76.6	11.3	3.9	8.2
2008	260 000	76.7	10.4	3.9	9.0
2009	280 000	77.8	9.6	4.0	8.6

资料来源：中国统计年鉴（2009）和 2009 年中国国民经济和社会发展统计公报

3. 中国是能源消费大国

随着中国经济的快速发展，能源消费呈现出不断加速的态势，尤其是进入 21 世纪后，能源消费弹性系数上升。据国家统计局测算，到 2009 年，全年能源消费总量 31.1 亿 tce（表 1-3），其中煤炭 30.2 亿 t，原油 3.8 亿 t，天然气 887 亿 m³，电力 36 973 亿 kW·h（中华人民共和国国家统计局，2010），已成为世界第二大能源消费国，总量逼近美国（31.2 亿 tce）；同时，自 20 世纪 90 年代前期开始，中国部分能源已不能满足消费所需，逐步从能源净出口国，转变为净进口国。作为最大的发展中国家与工业化处于"加速期"的中国，能源消费需求也呈现出加速的态势。目前中国一次能源自给率还基本保持在 90% 以上。但随着中国现代化建设进程进一步扩大，中国的能源消费还将继续呈现上升态势，能源自给率也会有所降低。

表 1-3　2001～2009 年中国一次能源消费量及构成

年份	能源消费量/万 tce	构成/%			
		煤炭	石油	天然气	水电、核电、风电等
2001	143 199	66.7	22.9	2.6	7.9
2005	224 682	69.1	21.0	2.8	7.1
2006	246 270	69.4	20.4	3.0	7.2
2007	265 583	69.5	19.7	3.5	7.3
2008	285 000	68.7	18.7	3.8	8.9
2009	311 000	69.6	17.5	3.8	9.1

资料来源：中国统计年鉴（2009）和 2009 年中国国民经济和社会发展统计公报

21 世纪以来，中国工业化与城镇化进程呈现加快态势，基础设施建设和各类产业发展的需要，使能源、原材料、重化工产业进入到规模快速扩张期，能源消费量大幅度增长。其中，工业能源消费量所占比例在进入 21 世纪以来一直走高，2008 年已达 20.50 亿 tce，工业能源消费量占全部能源消费总量的比例从 2001 年的 68.63% 增加到 2008 年的 71.93%（表 1-4，图 1-1）。

表 1-4　2001～2008 年中国的工业能源消费增长态势

项目	2001 年	2002 年	2003 年	2004 年	2005 年	2006 年	2007 年	2008 年
能源消费量/万 tce	143 199	151 797	174 990	203 227	224 682	246 270	265 583	285 000
工业能源消费量/万 tce	98 273	104 088	121 771	143 244	159 492	175 137	190 167	205 000
工业能源消费比例/%	68.63	68.57	69.59	70.48	70.99	71.12	71.6	71.93
能源终端消费量/万 tce	136 486	144 231	166 633	194 104	214 479	235 114	253 861	—
工业终端能源消费量/万 tce	91 903	96 864	113 725	134 442	149 639	164 416	178 845	—
工业终端消费比例/%	67.34	67.16	68.25	69.26	69.77	69.93	70.45	—

注：—表示无数据，全书余同

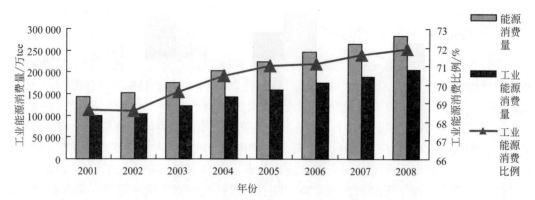

图 1-1　2001～2008 年中国工业能源消费增长态势
资料来源：中国历年统计年鉴（2002～2009 年）

可以认为, 中国的工业能源消费需求正在进入 "峰值" 阶段。从当前中国工业化与城镇化的进程判断, 开始于 2002 年的新一轮大规模投资和产业 "重型化", 是形成中国能源消费较快增长的主要原因。2008 年肇始于美国的 "次贷危机" 引发的全球 "金融危机", 迫使中国加大推进 "双管齐下" 的积极财政和金融政策, 通过扩大内需以缓解全球 "金融危机" 对中国经济发展的影响和冲击, 从而导致中国进一步加大了对能源、交通和城市化为主体的基础设施高投入。这一态势有可能使中国提前度过 "规划" 的工业化 "峰值期", 预计这一阶段最快将发生在 2015 ~ 2020 年。

4. 工业是中国能源消费的主体

受能源资源与生产、供给构成与能源技术进步的影响和制约, 中国工业能源消费主要来自于化石能源, 尤其是煤炭 (表 1-3)。其中, 工业的煤炭消费量又占据整个煤炭消费的主体。在 2007 年全国煤炭的产业消费量中, 工业的煤炭消费比例高达 95.01%, 且主要为包括发电、供热、炼焦和制气等工业中间消费在内的消耗, 2007 年工业的中间消费量占整个煤炭消费量的 75.42% (表 1-5, 表 1-6, 图 1-2)。

表 1-5 2000 年以来的工业煤炭消费量变化

项目	2000 年	2005 年	2007 年
煤炭消费量/万 t	132 000	216 723	258 641
工业终端消费量/万 t	34 122	48 041	50 203
工业中间消费量 (发电、供热等) /万 t	85 179	154 568	195 069
工业煤炭消费量比例/%	90.38	93.49	94.83
工业中间消费量比例/%	64.53	71.32	75.42

资料来源: 中国统计年鉴 (2009)

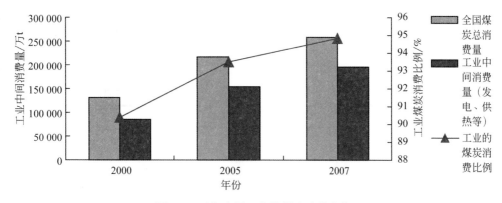

图 1-2 近年中国工业的煤炭消费态势

进一步对工业的能源消费量进行分行业比较, 中国工业的能源直接消费主要集中在黑色金属冶炼及压延业、化学原料及制品业、非金属矿物制品业和电力煤气自来水生产供应业等能源、原材料重化工业部门, 这些工业部门的能源消费量在 2007 年占到整个工业能源消费量的 84.31%, 属于典型的高载能、高耗能产业部门 (表 1-6)。

表 1-6　2007 年中国工业主要高耗能产业部门能源消费量及比例

项目	工业能源总消费量	煤炭开采及洗选业	石油天然气开采业	石油加工及炼焦工业	化学原料及制品业	黑色金属冶炼及压延业	有色金属冶炼及压延业	非金属矿物制品业	电力煤气及水生产供应业
能源消费量/万 tce	190 167	14 056	7 170	13 177	27 245	47 774	10 686	20 354	19 893
所占比例/%	100.00	7.39	3.77	6.93	14.33	25.12	5.61	10.7	10.46

资料来源：中国统计年鉴（2009）

在此需要说明的是，表 1-7 中各工业产业部门的能源消费量及结构是产业本身的消费规模及结构，即产业生产、转换、加工过程中的能源消费量，不包括产业加工输出产品的能源消费量。例如，煤炭开采及洗选业、石油天然气开采业、电力煤气及水生产供应业产品的能源消耗量就最具有典型性。其中，电力生产的能源消费量要远远高出产业本身，例如，2007 年电力生产业煤炭原煤消费量就达 131 923 万 t，占整个工业煤炭消费量的 54.40%（表 1-7）。当然，这些产业部门的能源消费并非完全为能源消费，其中有相当一部分是该产业部门的原料，如石油加工及炼焦工业、化学原料及制品业的能源消费量。

表 1-7　2007 年主要高耗能产业部门分品种能源消费量及结构

耗能产业与能源品种	煤炭/万 t	焦炭/万 t	原油/万 t	天然气/万 m³	电力/亿 kW·h
工业消费量	245 272.49	30 082.22	33 867.94	509.67	24 630.8
占相应能源品种消费比例/%	94.83	99.16	99.52	73.38	75.30
煤炭开采及洗选业消费量	16 517.99	75.22	—	5.15	609.46
比例/%	6.73	0.25		0.10	2.47
石油天然气开采业消费量	342.60	0.34	1203.93	91.08	315.46
比例/%	0.14	0.00	3.55	17.87	1.28
石油加工及炼焦工业消费量	25 655.94	97.82	30 309.24	26.52	415.89
比例/%	10.46	0.33	89.49	5.20	1.69
化学原料及制品业消费量	12 272.26	2 219.18	2 315.05	223.43	2 821.84
比例/%	5.00	7.38	6.84	43.84	11.46
非金属矿物制品业消费量	17 105.39	258.18	14.66	31.25	1 884.31
比例/%	6.97	0.86	0.01	6.13	7.65
黑色金属冶炼及压延业消费量	23 504.92	25 786.95	0.10	14.22	3 717.70
比例/%	9.58	85.72	0.00	2.79	15.09
有色金属冶炼及压延业消费量	2 633.73	471.33	0.31	5.79	2 435.12
比例/%	1.07	1.57	0.00	1.14	9.88
电力煤气及水生产供应业消费量	133 424.27	39.16	8.67	80.13	4 911.17
比例/%	54.40	0.00	0.03	15.72	19.94

资料来源：中国统计年鉴（2009）

5. 中国工业能源消费及结构与世界主要国家的比较

与世界主要能源消费大国比较，中国工业能源消费是较为特殊的，即中国工业能源消费是以煤炭消费为主。1973 年中国的煤炭生产量只占世界的 18.70%，2008 年已上升到 47.80%。1973 年中国煤炭消费量占全球煤炭消费量的 42.57%，中国工业的终端能源消费比例占 43.80%，无论是已完成工业化的美国、日本、英国、德国、法国和俄罗斯等发达国家，还是发展中国家，如印度和巴西等，均无如此高比例的工业终端能源消费与工业终端煤炭消费规模与结构（表 1-8）。

表 1-8 中国工业的能源消费与世界主要国家比较（2006 年）

国家	能源消费总量/万 toe	终端能源消费量/万 toe	工业终端能源消费量/万 toe	工业终端煤炭消费量/万 toe	工业终端能源消费量比例/%
美国	232 070	157 216	28 056	2 774	17.85
日本	52 756	35 179	10 199	3 003	28.99
德国	34 856	25 367	5 697	745	22.46
英国	23 113	15 873	3 123	218	19.67
法国	27 267	17 395	3 267	360	18.78
俄罗斯	67 620	43 173	13 077	1 302	30.29
印度	56 582	37 849	10 905	3 452	28.82
巴西	22 413	18 055	7 198	568	39.87
中国	187 874	120 185	52 641	30 017	43.8

注：①表中工业终端消费量未包括加工转换量的消费量，如火力发电的煤炭消费量；②1toe 约产生 4096 万 J 能量；③根据 IEA 能源统计（IEA，2009）有关国家能源平衡表资料整理

中国的煤炭消费增长居高不下，主要与中国电力生产增长高度相关。据中国电力企业联合会快报，截至 2009 年年底，全国发电设备容量 87 410 万 kW。当年风电并网总容量达到 1760 万 kW，增长 109.82%；水电装机增长 13.72%，但仍只占 22.45%；火电装机因规模基数高，增长的绝对值大，装机规模已占总容量的 74.49%（表 1-9）。当年全国 6000kW 及以上的电厂发电量达到 36 812 亿 kW·h，其中，火电发电量占 81.81%。虽然中国的火电通过"上大压小"等举措，在 2009 年就提前达到了"十一五"期间淘汰 5000 万 kW 落后小机组的目标（"十一五"前四年已累计关停落后火电机组 5545 万 kW），但由于以煤为主的火电装机和生产规模大，即使按供电 340g／(kW·h) 的先进水平综合单耗计算，2009 年火电的煤炭消耗量也将超过 10 亿 tce，实际原煤消耗量超过 14 亿 t。当年全国全社会用电量 36 595 亿 kW·h，其中，第二产业 27 137 亿 kW·h，占全社会用电量的 74.15%，轻、重工业耗电量分别占工业用电量的 17.32% 和 82.68%。

表 1-9　中国 2009 年的电力生产基本状况

项目	电力装机容量/万 kW	比例/%	项目	电力生产量/亿 kW·h（6000kW 以上机组）	比例/%
总装机容量	87 410	100.00	生产总量	36 812	100.00
火电	65 108	74.49	火电	30 117	81.81
水电	19 629	22.45	水电	5 717	15.53
核电	908	1.04	核电	700	1.90
风电	1 760	2.01	风电	276	0.75
其他	5	—	火电供电煤耗	342～343g /（kW·h）	—

资料来源：根据 2010 年 1 月 18 日中国电力企业联合会发布的 2009 年全国电力工业统计快报整理

由于中国的电力生产以火电为主，在 2007 年就已成为世界最大的火力发电生产国，且以煤电为主。来自 IEA 的数据表明，2007 年中国电力生产量占世界总量的 16.59%，居世界第二位，但煤电生产量却占世界的 32.28%，高于美国煤电产量比例 6.54 个百分点；中国其他化石能源电力生产中，油电占 3.05%（全球油电当年生产量 11 140 亿 kW·h），列世界第八位，而气电却在十位以外（2007 年全球天然气电生产量为 41 270 亿 kW·h）（国际能源组织世界能源统计，2009）；煤电占据高比例无疑是导致中国为全球最大二氧化碳排放国的主要动因。

1.1.2　中国水资源利用概况

中国水资源总量为 28 412 亿 m^3，列世界第六位，但单位国土面积水资源量仅为世界平均的 83%。由于人口众多、土地广阔，人均、亩均水资源占有量均很低，全国平均人均占有水资源量约为 2200 m^3，仅为世界人均占有量的 28%；耕地亩均占有水资源量 1440 m^3（1 亩约合 667 m^2），约为世界平均水平的一半。水资源成为中国经济社会发展和生态环境保护的基础性和战略性资源。

中国水资源地区分布不均，水资源分布与土地资源和生产力布局不相匹配。总体上水资源分布南方多、北方少，东部多、西部少，山区多、平原少。南方地区国土面积占全国的 36%，人口占全国的 54%，耕地占全国的 40%，GDP 占全国的 56%，水资源总量占全国的 81%；北方地区国土面积占全国的 64%，人口占全国的 46%，耕地占全国的 60%，GDP 占全国的 44%，但水资源总量仅占全国的 19%。

中国是世界上中低纬降水和河川径流年内集中程度较高、年际变化较大的国家之一。降水量和河川径流量的 60%～80% 集中在汛期，特别是北方地区集中程度更高，用水也很不稳定。由于天然来水过程与经济社会需水的要求过程不一致，绝大多数地区需要通过水利工程调蓄天然水资源以满足用水需要，但人口多、土地少，调蓄工程的建设也受到一定的制约。此外，受季风气候的影响，中国水资源的年际变化也很大，且往往出现连续丰水或连续枯水的情况，给水资源开发利用造成了较大的困难。

中国大部分地区的用水要求需要对其天然来水过程进行调蓄后才能满足，但受多种因素影响，目前蓄水工程对天然径流的调蓄能力还较低。部分地区供水结构也不尽合理，供水保障程度低。全国地表水供水设施中，引提水工程供水能力占地表水供水能力的68%，蓄水工程仅占32%，而其中中小型水库和塘坝工程供水能力占到了68%，由于调蓄能力小、控制程度低，这些工程的供水保障程度往往相对不高。20世纪80年代以来北方地区地表水供水量基本没有增加，地下水供水量比重逐年增加，超采严重。

中国区域间水资源开发利用程度差别很大，开发过度与开发不足并存。北方地区除松花江区外，水资源开发利用程度为40%~101%，其中海河区当地水源供水量已超过多年平均水资源量。海河、黄河、淮河、西北诸河区和辽河流域2000年一次性供水量已相当于其水资源可利用总量的115%、106%、73%、90%和98%，已越来越接近其开发利用的极限，水资源的过度开发利用已引发了一系列生态环境问题。目前南方地区水资源可利用量的开发率仅为35%，远低于北方地区，水资源开发利用尚有一定的潜力，但南方地区当地水资源需求有限，向外流域调水的代价很大。

近20年来，中国用水量仍在持续增长，用水结构在不断调整，对用水安全的要求越来越高。1980年以来，虽然全国农业用水基本持平，但占总用水量的比重已由1980年的85%下降到2000年的68%。城镇生活、工业与农村生活用水显著增加，城镇生活用水量年均增长率达7.2%，用水比例由2%提高到6%；工业用水量年均增长率达5.2%，用水比例由10%提高到21%。南方和东部地区工业和城镇用水增长显著，高于北方和西部地区；由于水资源减少和当地水资源开发利用程度已很高，北方特别是黄淮海地区无水源可增加供水，地下水超采严重。

中国地表和地下水体污染十分严重。在全国评价的约29万km河长中，有34%的河长河流水质劣于Ⅲ类，主要位于江河中下游和经济发达、人口稠密的地区，其中太湖流域和淮河、海河区接近一半的评价河长水质劣于Ⅴ类，水污染十分严重。在84个进行富营养评价的代表性湖泊中，40个湖泊呈中营养状态，44个湖泊为富营养状态。评价的633座代表性水库以中、富营养状态为主。在197万km^{2}的平原区中，浅层地下水水质为Ⅳ、Ⅴ类的面积占60%。

中国约有39%的面积为干旱-半干旱区，约33%的面积为半湿润区，其河川径流量分别占全国的3.7%和21%。这些地区生态环境比较脆弱，对人类活动干扰的反应剧烈，一旦遭到破坏，很难恢复。这些地区降水量均小于其蒸发量，无论是农业灌溉、城市和工业发展以及生态环境建设均需要大量的水，水资源问题十分突出。

长期以来，由于人口增长过快，生产方式相对落后，在经济建设中不够重视保护生态环境，对水土林草等自然资源的过度开发利用和消耗，造成了一系列生态环境问题，特别是北方部分自然生态较为脆弱的地区，由于长期干旱缺水，为了维持经济社会的发展，不得不大量挤占生态环境用水，这导致河流断流干涸，湖泊萎缩，河口淤积，地下水过量开采，地面沉陷与塌陷，海水入侵，生态环境不断恶化，地区之间和城乡之间争水矛盾日益突出，严重影响可持续发展。

1.2 国内外综合能源与水资源保障风险防范理论与实践

1.2.1 国内外综合能源保障风险防范理论与实践

1. 综合能源保障风险

能源保障问题是关系国家经济发展和国家安全的重大问题。由于能源类型不同，所面临的保障风险情况也不同。目前，占能源消费90%以上的煤炭、石油和天然气等化石能源，面临着供需矛盾、二氧化碳排放和环境污染等风险；水电、核电、太阳能、风能、生物质能、地热能、海洋能等新能源和可再生能源所面临的是技术、成本和环境后果的风险。煤、石油、天然气和水电等常规能源开发利用的风险研究是当今世界的能源保障风险研究最重要课题，也是国家亟待解决的重大问题。

国家能源保障风险一般属于战略风险。从大的类型上分为化石能源保障风险和非化石能源（新能源和可再生能源）保障风险两大部分。目前化石能源保障风险是主要部分，但是随着新能源和可再生能源比例的逐步提高，新能源和可再生能源最终上升到主导能源，其风险也将上升为主要风险。

能源保障风险管理的目标是确保将风险控制在与总体目标相适应并可承受的范围内；确保国家能源安全战略及有关法律法规的贯彻；确保国家各有关部门、中央与地方、国内与国外可靠的信息沟通，包括编制和提供真实、可靠的统计报表和财务报告；确保能源行业经济运行效率和效益的稳定提高，降低实现目标的不确定性；确保能源行业建立针对各项重大风险发生后的危机处理计划，避免因灾害性风险或人为失误而造成重大损失。

2. 综合能源保障风险防范理论

人类认识风险的历史几乎与人类的文明一样久远，人类从未停止过与风险的抗争，也从未停止过对风险规律的探索。一般人们对风险的理解是"可能发生的问题"。所谓风险，是目标实现的不确定性，是预期目标与实际结果的差异表现以及非预期事件发生的可能性，是指未来的不确定性对企业、行业和国家实现其目标的影响（张建强，2006）。

风险主要有三个特性：第一，风险是客观存在的，风险伴随事件进行的过程，事件结束前有很多的不确定性，这种不确定性就是风险所在；第二，风险可以被人们了解、部分认识或接近全面认识；第三，有风险的行为及由此而产生的风险是可以选择、规避和部分补救的（郭晓亭等，2004）。风险研究的目的在于进行风险管理。首先是规避和预防风险发生；其次是控制风险，当风险发生后，将损失降低到最小（钟林，2006）。

当今世界，风险管理的手段日趋多样化、系统化，风险应对策略日趋复杂化、专业化。自20世纪80年代以来，美国、英国、法国和日本等发达国家先后建立起全国性和地区性的风险管理协会或组织，积极推动各国的风险管理理论研究和实践研究，先后出台了各国的风险管理标准，国际标准化组织（ISO）也正着手制订风险管理标准。

1) 能源保障风险的风险源和承险体

认识构成能源保障风险的风险源、承险体的性质和特征；分析各致险因子的成险机制；探讨风险损失的分级和计量方法，为能源保障风险评估、管理提供科学依据。

第一，风险源。能源保障风险是由能源供需两个方面存在矛盾引起的风险。因此，其风险源存在于能源供需的全过程，可以分解为若干个独立而又相互联系的风险源：一是资源（包括国内外资源、国内资源量、剩余可采储量等，以及国外资源依存度、利用国外资源集中度、进口资源占世界进口量的比例）；二是生产（生产能力、产量等）；三是运输（海上运输量比重、运输距离、运输能力和运输量等）；四是销售（销售量等价格波动系数）；五是消费（消费量、消费需求增长率等）（赵建安和郎一环，2008）。

第二，承险体。能源保障风险的承险体是它们的消费者和消费过程中的污染物承受者。第一是同煤炭、石油及天然气加工最密切的产业（如火电、煤气、炼焦、石油炼制和石油化工等）；第二是与能源消费最密切的产业（黑色冶金、有色冶金、化工、建材等高耗能企业和运输业）；第三是农业、加工工业、商业、服务业及国民经济系统；第四是文化、教育、体育、卫生和与人民生活密切相关的人文社会系统；第五是环境生态系统。前四个方面均属于消费煤炭与石油的企业、行业、经济和社会；只有第五方面属于煤炭与石油消费过程中污染物的承接者——水土大气环境（赵建安和郎一环，2008）。

2) 能源风险的三大特点

第一，能源风险是战略性风险。能源既是经济社会发展的原动力，又是碳排放和环境污染的主要源头。能源在国民经济和社会发展中的重要战略地位和作用决定了能源风险是战略性风险。在当今世界能源消费结构中煤、石油及天然气等化石能源占80%～90%，有着不可替代的作用，但又是越用越少的非再生能源。因此，存在着资源从短缺到枯竭、碳排放和环境污染三大风险。以水能、太阳能、风能、地热能和生物质能替代化石能源，又突显技术经济和环境问题的新风险。我们所进行的能源保障风险研究是从国家层面上来展开的，由能源供需矛盾的长期性、全局性、复杂性特点所决定。在总体上，国家能源保障风险属于战略风险，而化石能源与非化石能源保障风险是国家能源保障风险的两大组成部分。

第二，能源保障风险贯穿于供需矛盾的全过程。能源保障风险是由煤炭、石油及天然气，水电及其他可再生能源的供需矛盾所引起的风险，其贯穿于供需矛盾的全过程，包括资源调查、资源开发（产品生产）、产品运输、产品销售和产品消费等各个环节，它们都可能是构成保障风险的风险源。但煤炭、石油、天然气、水电、核能、太阳能、风能和生物质能等调查、开发利用的生产流程中的技术、装备、工艺流程有较大差异，故在每一流程中出现的风险也有差异。首先，化石能源风险与新能源、可再生能源的风险不同；其次，化石能源中固体、液体和气体能源的风险也不同。一般说来，石油及天然气产业风险高于煤炭产业风险，但是煤炭生产过程中的人身风险高于石油生产。由于当今世界仍然以化石能源为主，所以煤炭、石油及天然气保障风险事件如果发生，其造成的不良后果影响是全局性、多方面的：一是同煤炭、石油及天然气加工最密切的二次能源产业；二是与能源消费最密切的耗能产业和运输业；三是包括农业、加工业、建筑业、商业、服务业等在内的其他产业；四是文化、教育、体育、卫生和与人民生活密切相关的人文社会系统；最后是环境生态系统。新能源、可再生能源目前在能源结构中比例小，尚未成为主导能源，所以其风险还未凸显出来，随着新能源、可再生能源替代化石能源，成为主导能源，能源风险的情势会发生根本变化（赵建安和郎一环，2008）。

第三，能源风险与环境风险叠加，将产生倍增效应。除了上述能源保障风险外，人类面临着与能源利用直接相关的气候变暖的风险和环境恶化风险。能源利用导致环境污染的现象既普遍又明显，这里不再赘述。气候变暖开始于17世纪资本主义社会工业化时期，加速于19世纪后，由全球大量使用煤、石油等石化能源所产生的二氧化碳所致。它的机制是当太阳光通过大气层射到地表面时，二氧化碳等气体吸收了红外线产生隔离层，抑制了地球表面的散热，致使大气温度产生上升现象。能源保障风险与气候变化、环境恶化的风险叠加产生风险倍增效应。以中国为例，一个正处于工业化、城市化加速发展时期的国家，保障能源供给安全是实现现代化目标的必要条件，但是为应对全球气候变化，要求其减少能源消费，特别是必须削减煤炭等化石能源消费，这必将与降低能源保障风险相矛盾。节能减排的关键是以水能、核能和生物能替代煤、石油、天然气构成的以煤为主的化石能源。但是发展核能，又面临核泄漏等风险；如果以生物能源替代化石能源，如生物柴油、粮食酒精等，又会出现燃料与食品的矛盾，可能造成能源、水源、土地和环境等一系列保障风险问题。

3. 国外能源保障风险防范的经验

1）同时应对能源保障和气候变化双重风险

当今世界，日趋紧张的能源供需形势、不断攀升的国际油价、对能源产地和运输通道的战略竞争，以及与能源相关的污染与碳排放等问题使得能源安全问题成为全球最高政治会晤的首要议题。2005年以来高价且波动的石油价格，使得能源安全战略成为各国优先考虑的问题。从历史来看，1973年第一次石油危机曾触发了第二次世界大战后最严重的全球经济危机，在这场危机中，美国的工业生产下降了14%，日本的工业生产下降了20%以上。1978年第二次石油危机也成为20世纪70年代末西方经济全面衰退的一个主要诱因。在可以预见的将来，能源安全问题将进一步成为制约世界经济发展的瓶颈。2030年世界能源消费将比2004年增长57%。在全球油气资源供给日趋趋紧且全球能源地理分布相对集中的大前提下，受到国际局势变化和重要地区政局动荡等地缘政治因素的影响，国际市场的不稳定性增加，油气供给和价格波动的风险显著上升。对油气燃料的依赖和需求增长将导致能源价格，特别是石油价格的走高，引发对石油资源的争夺，中东和非洲等资源丰富地区则因此成为政治动荡之地。

在能源供需矛盾日趋紧张的同时，全球气候变暖、环境恶化又引发新的矛盾。人类既承受能源保障风险，又承受减少碳排放的风险，这成为当今世界共同应对的问题。为防止全球气候产生灾难性的和不可逆转的破坏，最终需要的是对能源的来源进行去碳化，确保全球能源供应，同时加速向低碳能源体系过渡，需要国家和地方政府采取强有力的措施，以及通过参与国际协调机制来实现。所有世界能源大国对能源安全都十分重视，美国、欧盟和日本等国家与地区对能源安全投入了巨大的力量，连俄罗斯这样的能源输出大国也开始注意能源安全问题。

2）成立专门机构、立法、制订规划或国家行动方案等是风险防范的基本对策

a. 机构设置

能源安全是涉及国计民生的重要问题，绝大多数国家都有专门的能源主管部门，或为部，或为局。例如，美国有个能源部，日本有个能源与自然资源署，法国工业部有个能源资源司。像泰国这样一个发展中国家，一直有一个由总理亲自挂帅的国家能源政策理事会，并设有国家能源政策办公室。泰国于 2002 年成立了能源部，以便更加积极地协调能源事务。

b. 立法

欧盟在应对气候变化立法上走在了前头。为降低温室气体减排成本，确立排放权交易的合法性，2003 年 6 月，欧盟立法委员会通过排污交易计划指令，规定从 2005 年 1 月起，包括电力、炼油、冶金、水泥、陶瓷、玻璃与造纸等行业的 1 万多个设施，须获得许可才能排放二氧化碳等温室气体（其二氧化碳排放占欧洲排放总量的 46%）。此后还出台了许多相关法规，为国际排放权交易和制度建设积累了经验。

英国是世界上为应对气候变化立法的第一个国家。2007 年月 13 日英国公布《气候变化法案（草案）》，向议会和公众征求意见。2007 年 11 月 15 日列入议会立法程序，2008 年 11 月 26 日通过《气候变化法案》。

2009 年 6 月 26 日，美国众议院以微弱优势通过《美国清洁能源与安全法案》，表明美国的气候政策迈出了积极一步。事实上，美国的一些地方政府已经提出并制定了温室气体减排目标。例如，2006 年加利福尼亚州通过应对气候变化的法律，不少州参加了区域减排协议或自愿减排计划。

c. 制订规划或政策

2009 年 7 月，英国政府正式发布名为《英国低碳转换计划》的国家战略文件，提出到 2020 年和 2050 年英国将碳排放量在 1990 年的基础上分别减少 34% 和 80%，其实现途径是大力提高能源效率和发展可再生能源、核能、碳捕捉和储存等清洁能源技术。其内容涉及能源、工业、交通和住房等多个方面。2008 年 6 月，时任日本首相福田康夫提出了防止全球气候变暖对策——"福田蓝图"，设定了日本温室气体减排的长期目标。印度第 11 个五年计划（2007～2012 年）提出，到 2016～2017 年将能源效率比 2000 年提高 20%，森林覆盖率提高 5%。2008 年 6 月 30 日，印度发布《气候变化国家行动计划》，确定了到 2017 年将实施的八个国家计划，分别是太阳能、提高能效、可持续生活、水资源、维持喜马拉雅山脉生态系统、绿色印度、可持续农业和气候变化战略知识平台（陈文仙，2009）。

3）加强对能源从生产到消费的全程监管是风险防范的有效方式

美国、日本和欧盟的能源生产、供应、消费、进出口等均由政府有关部门监管，其管理的目标既保障能源安全，又有利于能源节约和低碳化。美国在能源部设立专门的能源监管机构，日本和欧盟由能源管理机构直接监管。监管的部门包括石油、天然气、煤炭和电力等部门。其中日本由于本国煤、石油和天然气资源匮乏，能源消费的 95% 以上来源于国外，因此其监管的重点在能源海外贸易与投资。研究国外对能源行业实施监管的做法，我们还得到以下两点认识。

a. 实施监管是市场经济条件下政府对能源行业进行管理的重要手段

国外一般认为，市场机制是资源优化配置的最佳途径，政府必须减少对市场和企业的干预，因为政府权威无法寻求其计划决策所需要的全部真实信息，包括消费者真正需要的数量和质量。政府可以优先配置某种资源，但不能长期有效的配置资源。政府直接管理的企业往往缺乏动力机制，反而会导致自身机构膨胀，因此，凡能够由市场有效调节的行业或领域，政府就应减少干预，也没有必要设立专门机构进行监管。但一些重要的资源性和自然垄断性行业和公用事业部门，仅靠市场调节难以实现公平竞争和社会资源的有效利用，容易出现"市场失灵"，必须设立专门的机构对其实施监管，特别是对准入、价格和服务实施监管，以保证公众利益的实现和市场更为有效的运作。国外设专门机构进行监管的部门，一般是能源部门（含电力、管道运输）、通信交通部门（含航空、铁路）、金融部门（含保险、证券）等。市场发育初期，监管的范围和力度相应要大一些，随着市场的不断发育和完善，监管的范围和方式会有一些变化，如美国随着市场化程度的发展，已放开或放松对那些已经主要由市场进行调节的部门的监管。例如，对电力的监管已经从生产到输配电全过程的监管过渡到放松对发电的监管，主要对输配电实施监管。而市场发展程度还不太高的国家，其监管的范围和力度可能要大一些。但是，方式和手段应大体相当，必须对传统的行政管理办法进行改革。

b. 监管机构适应了行政现代化对高效率的要求，也是实现"小政府、大服务"的重要途径

工业化国家随着现代化进程的推进，继立法部门和行政执行部门分离后，政府管理出现了决策与执行第二次分离。国外一般认为，这是提高决策质量和执行效率的关键，也是工业化国家机构改革的一条重要原则。在特定的部门和行业，政府部门制定政策，监管机构执行政策，已成为欧美国家普遍认同的一种模式。

石油行业监管机构与政府部门之间政事分开，形成一种互动和制衡的关系。监管机构的业务范围几乎包括了石油、天然气行业完整的业务过程，兼专业性、技术性、服务性为一体，充分体现了"一件事情由一个部门办"的原则。它的许多规定通常是技术性的，也有对违规公司和不履行责任与义务公司的强制性处罚的规定。它具体调节企业的外部关系，在专业领域中体现政府的政策法规，维护市场公平，促进行业发展，保证国家利益，这是政府综合部门无法代替的。这种管理，避免了政府管理的粗放性，体现了成熟市场经济国家对经济活动精细科学的管理。

将政策制定和执行职能分开，监管机构在政府确定的目标和政策框架内独立运作，不是依靠对市场的过度干预来实现目标，而是借助市场的资源配置机制实现目标，在公共服务领域引进竞争，推行市场化，使政府更加注意效率和成本，工作人员更加富有创新精神和企业精神。同时也在满足社会需求的前提下压缩了政府规模。20 世纪 90 年代，英国有近 2/3 的公务员转到类似的机构工作，美国、加拿大、荷兰、丹麦和澳大利亚等国均有类似的实践（李连存和张义，2010）。

4）绿色能源模式值得借鉴

丹麦的绿色能源模式值得借鉴。20 世纪 70 年代初，世界范围的石油危机对丹麦冲击较大，当时丹麦是完全依靠石油进口的国家。从那时起，丹麦将能源安全置于特殊地位，

政府采取了一系列措施解决能源安全和有效供给问题。经过约 30 年的努力,丹麦优化了本国能源结构,减少了化石燃料的消费总量和二氧化碳排放总量,增加了可再生能源生产和消费的比例。丹麦绿色能源模式可从若干侧面描述如下。

(1) 有一个兼顾能源供给、环境友好、经济增长和二氧化碳排放趋向减少的能源体系。统计数据显示:丹麦过去 30 年中 GDP 增长达 160%,而总能耗仅有微小增加,同期二氧化碳排放量比 1990 年水平减少约 17%。国家的环境质量保持稳定。

(2) 持续优化能源结构。1980~2005 年,丹麦能源结构不断优化,石油和煤消费量均减少了约 36%,天然气消费比例达到 20%,可再生能源比例超过 15%,风电发电量约占全部电力消耗的 20%。

(3) 拥有一批绿色能源技术。在提高能源效率和节能的政策目标下,丹麦建立了适合本国国情的绿色能源产业,常规的支撑技术包括:清洁高效燃烧、热电联产、工业化沼气、风电和建筑节能等。着眼于未来发展需要,尚在开发和试验的新技术有第二代生物乙醇、燃料电池、新型太阳能电池和海浪发电等。

(4) 建立了有利于技术发展的社会支撑体系。丹麦较早地结合环境保护需要来考虑能源发展问题。政府曾设立"能源与环境部"以突出这种综合职能。除制定特别法令和不同阶段的行动计划外,政府也以税收激励措施和价格调节机制发展绿色能源。目前,由政府、企业、科研、市场等关联和互动的格局已经形成。在社会立法和政府政策的框架下,大学和科研机构保持了对能源技术研究开发的投入;中小企业则积极投入新技术商业化进程;一些大企业的基金会,如嘉士伯基金和丹弗斯基金会等,往往对科研所需的大型仪器设备提供财务支持;政府的税收激励和价格补贴措施,则与市场机制相呼应,确保新技术被消费者接受(杨万东,2010)。

4. 中国能源保障风险防范的对策

1) 中国能源保障的基本情况与主要问题

中国于 2006 年 6 月公布的《中央企业全面风险管理指引》[①],为包括能源在内的企业、行业全面风险管理指明了方向并规范了行为准则。

就常规能源而言,中国能源资源保证程度较高。煤炭的保有储量为 1.0 万亿 t,超过 7300 亿 tce;石油和天然气资源量分别是 1086 亿 t 和 56 万亿 m^3,最终可采资源量分别是 212 亿 t 和 22 万亿 m^3;中国水能资源理论蕴藏量 6.94 万亿 $kW \cdot h$,技术可开发装机年发电量 2.47 万亿 $kW \cdot h$,居世界首位。如果按每年需要 20 亿 tce 计算,仅煤炭一项即可满足 300 年以上的需要。由此说明,中国的能源总量很大,保证 21 世纪中国能源供应不成问题。问题在于能源资源结构、能源资源分布和能源消费所引起的环境污染三大问题。

第一,中国煤炭多、石油少的资源结构。中国煤炭与石油资源量的比例是 97:3,2005 年能源消费结构中的煤炭与石油比例为 80:20,与发达国家相比,煤炭比例明显偏高,而且与国内石油资源紧缺的结构仍不适应。煤炭多、石油少的资源结构是中国能源生

---

① 《中央企业全面风险管理指引》,国务院国有资产监督管理委员会文件,国资发改革〔2006〕108 号,2006 年 6 月 6 日。

产结构和消费结构不合理的根源之一，也是中国能源保障问题的根本所在。就全国而言，能源保障风险实际上即石油保障风险问题。

第二，中国煤炭、石油及水能资源分布与消费错位。煤炭与石油资源分布呈北方丰富、南方稀少的格局。煤炭主要分布在北方，特别是华北的山西和内蒙古，西北的陕西和新疆，南方只有西南的贵州、云南资源较丰富。而经济发达、对能源需求增长迅速的长江三角洲地区与珠江三角洲地区，煤炭资源稀缺。石油主要分布在东北（黑龙江的大庆油田、辽宁的辽河油田）、华东（山东的胜利油田）、华北（河北的华北油田、天津的大港油田）、西北（陕西的陕北油田、甘肃的长庆油田，新疆的塔里木油田、土哈油田、准噶尔油田）。水能主要分布在西南，特别是四川。但是，由于能源（特别是煤炭资源）生产与消费空间分布错位，引发全国性运力紧张，部分地区存在能源保障风险问题。

第三，中国煤炭与石油消费过程中所引起的环境问题。中国是目前世界上煤炭生产量最大的国家（2009年煤炭产量占全球总量45.6%），又是少数几个煤炭消费比重高于石油及天然气的国家之一（2009年煤炭消费占一次能源消费比例达69.60%）。中国现已成为世界二氧化碳总排放量最大的国家，且排放量占世界的比重呈增加趋势。据IEA的数据，1971年中国二氧化碳的排放量占世界的7%，1997年占10%，预测到2020年占世界的14%。

中国煤炭消费占世界煤炭消费量的46.9%，是全世界少有的以煤炭为主的能源消费大国，单位国内生产总值二氧化碳排放量远高于发达国家，大约是美国的5倍。中国煤炭产量已连续12年居世界第一位。煤炭燃烧对温室气体的贡献率比燃烧同热值的天然气高出69%，比燃油高出29%。1997年，中国排放二氧化碳6亿~7亿t，其中85%是由燃煤排放的；排放二氧化硫2400万t，其中90%是由燃煤排放的；排放烟尘1744万t，其中73%是由能源开发利用排放的。能源利用和其他污染源大量排放环境污染物，造成全国57%的城市颗粒物超过国家限制值，有48个城市的二氧化硫浓度超过国家二级排放标准，许多城市的氮氧化物浓度有增无减。到2020年中后期中国能源消费将占世界能源消费总量近20%，如果能源对环境的污染不能得到有效控制，环境问题将更加严重。

2）构建中国能源保障风险防范体系的思考

虽然从总体上看，中国能源资源保证程度较高。但是问题在于能源资源结构、能源资源分布和能源消费所引起的环境污染（郎一环和王礼茂，2004），以及由于大规模煤炭运输和煤炭发电输配电引发的风险问题。在当今非传统安全突现的国际大环境下，存在着战争、恐怖活动和自然灾害等多种突发风险事件的威胁，使煤炭与石油保障风险问题更加突出。为应对风险，我们必须加强对能源保障风险体系的研究。

第一，认识中国能源保障风险源、承险体的性质和特征。从风险理论出发，联系中国能源资源、能源产业、国内外市场等情势，认识构成中国能源保障风险的风险源、承险体的性质和特征；分析各致险因子的成险机制；探讨风险损失的分级和计量方法，为中国能源保障风险评估、管理提供科学依据。

第二，广泛汲取国内外经验、教训，为建立和健全中国能源风险管理机制提供借鉴。广泛汲取国内外天灾、人祸等突发事件的经验、教训；着重汲取2008年"5·12"四川汶川特大地震灾害中煤矿、电厂、输配电路、油气管道及企业能源设施受破坏的教训，发现和收集新的致险因子，并分析和认识其致险机制，为建立和健全中国能源风险管理机制提供实证基础资料。

第三，进一步深化能源保障风险体系的国际交流与合作。在当今经济全球化的时代，风险与灾害已超越国界。因此，对能源风险识别的标志、风险分类和分级指标及其数量界限、风险指标的参数等研究，需要广泛开展国际合作；在风险指标体系构建、风险管理上有必要汲取国际经验，从而为建立中国能源风险预警系统提供科学技术支撑。

3）应对能源保障风险的对策建议

a. 建立适合本国国情的能源管理部门和监管机构

西方发达国家能源监管主要有两种典型的模式：一是独立的监管模式，如美国、英国、加拿大和澳大利亚等；二是非独立的监管模式。例如，1998 年以前欧盟的几个大国（如法国和德国等）总体上采取政监合一的监管模式，但是 1998 年以后这些国家向独立监管模式过渡。

当今世界上，除美国、英国等国既有能源部又有独立的能源管制委员会之外，有数十个国家只设置国家能源部，未设立独立的能源监管机构。日本是政监合一的典型代表。日本能源的规划、生产（主要是在海外）、进口、消费和节能等的监管均由通产省负责，通产省下设资源能源厅。欧盟实行两级能源管理体系。欧盟委员会制定能源战略和能源政策规则，欧盟能源委员会负责监督执行，各成员国政府根据欧盟能源政策法规和方针政策的总体框架，确定本国的基本能源政策和法规。

中国作为一个能源生产和消费大国却没有能源部，能源管理十分薄弱和分散。虽然在新中国的历史上曾经有过能源部和能源委员会，但都是"短命"的，值得反思。目前中国已设立电监会，对电力建设、生产、供应、市场和销售等环节实行监管，煤炭的安全生产也有监管机构。但是整个能源产业既无管理部门，又无统一的监管体系。

作为一个发展中大国的能源战略、能源规划、能源安全、能源政策法规、能源国际合作、能源效率与节约、能源技术研究开发以及其他有关的行政管理应当有统一的和有权威的政府部门负责。借鉴世界各国的经验、教训，深刻认识中国的国情，设立能源部或能源委员会，同时设立独立的能源监管机构和监管体系。

b. 建立和健全能源法规

美国、日本和欧盟既重视能源发展战略研究与制定，又重视能源立法。目前在能源基本法立法方面，国外已取得一些成功经验。例如，美国于 2005 年制定的《国家能源政策法》就是一个比较成功的例子。该法长达 1720 多页，共有 18 章、420 多条，内容广泛而具体，并具有较强的可操作性。我们可以借鉴国外这些立法经验，制定一部既有综合性又突出重点，既有政策指导性又有法律规范性的，具有中国特色的能源基本法。中国早已成立能源法起草组，国家能源办公室、国家发展和改革委员会、国务院法制办公室、财政部和中央机构编制委员会办公室等 15 家单位参与起草工作。目前在中国制定能源法典的条件尚不成熟，宜先制定单行的能源法，将能源发展战略和综合性、长效性的能源政策，具体化为可操作的法律规范。目前，中国还没有一部专门的能源行业监管的法律，致使监管机构设立和依法实施监管无法可依，形成了障碍。因此，制定监管法律成为迫在眉睫的大事。《国家能源监管委员会法》、《石油法》、《天然气法》的制定及《电力法》、《煤炭法》、《可再生能源法》的尽快修改、完善等都是当前的紧迫任务，政府决策部门应尽早将其提到议事日程。由于法律制定程序复杂，时间较长，这一工作可参照率先实施的电力监管办法，先从制定相关的监管条例开始，待时机成熟后再逐步过渡到国家大法。

c. 以多元化供给，保障能源安全

美国、日本和欧盟各国面对油价高位震荡的国际石油市场，纷纷调整本国能源战略，制定相关的法规和政策，保障国家能源安全。其主导思想是多元化供给实现能源安全，降低对国际石油市场的依赖。其应对措施主要是多元化利用国内外能源资源：一是多元化利用国外资源（品种多元化、地区多元化、获取方式多元化、运输方式多元化）；二是提高能源效率，节约能源；三是开发新能源和可再生能源；四是建立石油战略储备；五是加大国内油气资源勘探开发力度，提高自给率。目前，中国能源对外依存度在5%以下，大大低于美国、日本、欧盟70%、90%、70%的对外依存度，中国石油对外依存度为40%，也低于美国、日本和欧盟，但是未来中国石油对外依存度将继续向上攀升到60%~80%。他们的经验值得中国借鉴。

中国对外能源多元化包括以下几个含义：石油来源多元化，既要购进贸易油，也要引进份额油，不仅从中东引进，也要从俄罗斯、北非、中亚等地区引进；引进能源品种多元化，不仅引进石油，还应包括天然气、液化天然气和油砂等；能源运输方式多元化，陆路和海运都要考虑；能源合作多元化，合作对象包括石油生产国和石油消费国，合作范围扩大至节能，增效，开发和利用新能源和可再生能源，开发核能、煤炭清洁利用等领域。

d. 从能源保障与环境保护出发，加强节能替代的科技创新

面对国际传统能源市场波动、油价高位攀升以及由能源消费引发的温室效应和环境污染等问题，美国、日本和欧盟各国除继续发展核能外，纷纷加大能源科技投入，开发利用太阳能、风能、生物能、海洋能、地热能等可再生能源和新能源。鉴于能源结构和环境的依存关系，开发利用可再生能源已成为人类解决生存问题的战略选择。由于核聚变的投资巨大和商业化的技术难题，西方发达国家把目光转向可再生能源，将其作为化石燃料的主要替代品。随着科学技术的不断进步，科技创新成果的普及和推广，可再生能源的广泛应用已指日可待。

中国地域辽阔，可再生能源资源丰富，多年来在太阳能、风能、地热能和海洋能利用方面积累了较多的经验。然而，从整体上看，中国可再生能源占能源市场比重还很低，有待国家加大科技投入和科技普及推广工作力度，进一步创造条件，加速发展。欧盟和日本可再生能源发展战略和技术的政策可供中国借鉴。

1.2.2　国内外综合水资源保障风险防范理论与实践

水资源是人类赖以生存和发展的自然资源，是生态环境的控制性因素之一，同时又是一种重要的战略性经济资源，正日益制约着中国经济快速、健康、持续性发展。保障供给、规避风险历来都是水资源管理工作的核心内容之一。随着人口增长、经济发展、城市化水平提高和人民生活条件的改善，水资源保障风险防范显得越来越重要，日益受到社会、水管理部门、科技工作者的共同重视，相应的水资源保障风险防范理论研究也在逐步

深入，同时有关的实践工作也在逐步推进。

水资源保障风险管理的发展过程，大致可分为三个阶段（Leandro et al.，2000；Rachel et al.，2001；David et al.，1997；王丽萍和傅湘，1999；薛年华和纪昌明，1993；陈家琦和王浩，1997）：第一阶段为 20 世纪 50 年代末期至 70 年代初期，主要研究水文风险，以水文模型选择及参数确定方面的不确定性为主；第二阶段为 70 年代至 80 年代初，主要研究一些基础问题，如风险的内涵、衡量风险的性能指标不确定性来源等，探索风险费用、风险效益间的相互关系和工程评价准则，重点是单目标问题；第三阶段为 80 年代至今，在这一阶段中，研究范围从水文、水利工程扩大到经济、社会、环境、生态等领域，风险分析与决策分析关系更加密切，并逐步运用系统工程科学和多目标理论方法为复杂的水资源系统风险分析和管理服务。

1. 水文风险的研究进展

水文风险的研究重点主要分为线型选择和参数估计两个部分（傅湘等，2001a）。现行分布主要根据曲线的尾部性能，可以区分为两类：一类是薄尾分布；一类是厚尾分布。前者指所有超过概率在尾端（即流量增大）按负指数律递减的分布，如正态分布、P-Ⅲ型分布、Gumbel 极值分布等；后者指所有超过概率在尾端按负幂函数律递减的分布，如对数正态分布、对数 P-Ⅲ型分布、Weibull 分布等。由于负幂函数律比负指数律趋于零的速度要慢得多，因此厚尾分布对于远离一般点据的特大值，要比薄尾分布拟合得好一些。

至 20 世纪 60 年代初期，经过研究和实践证明，P-Ⅲ型分布曲线与中国绝大多数河流的来水过程相适应。但是，随着水文资料的日益增加，特大值的不断出现，P-Ⅲ型曲线的统计参数 C_s/C_v 值增加极大，不同线型外延的结果相差很大，鉴于此，孙济良和秦大庸（1989）等推出了拓宽的 P-Ⅲ型分布，将它命名为指数 Γ 分布曲线，并以此分布为基础，经过分析和推导得出其内含的 10 种分布曲线，以适用于不同气候区水文极值的分布特征。

在水文风险分析中，国内外学者对参数估计问题作了大量的研究，先后提出了矩法、权函数法（马秀峰，1984）、数值积分权函数法（刘光文，1990）、极大似然法、概率权重矩法（Greenwood et al.，1979）、适线法（金光炎，1990）、模糊权函数法，统计实验法（丛树铮和谭维炎，1988）及对权函数法的最新改进——单权函数数值积分逼近算法（马秀峰；1984；马秀峰和阮本清，2001）等方法。

矩法是数理统计中惯用的参数估计方法，其主要特点是计算简单，但统计特性较差，其有效性几乎是最低的，当样本容量较小时更是如此。在采用传统矩法估计 P-Ⅲ型分布的参数时误差较大。基于矩法误差产生的原因，马秀峰于 1984 年提出并使用了权函数法，其实质是用一、二阶权函数矩来推求三阶矩或参数 C_s，这样就会收到降阶及加权平差的效果（马秀峰，1984；马秀峰和阮本清，2001），从而大大减低求矩误差。刘光文（1986）指出该方法的不足：对 C_v 仍采用矩法的计算结果，权函数法只解决了 C_s 一个参数的计算，未能全面解决皮尔逊Ⅲ型分布参数的计算问题。基于这一见解，有关学者又相继提出了数值积分单权函数法和数值积分双权函数法（刘光文，1990），把数值积分引进了权函数法，掀起了研究权函数法的热潮，促进了这一学术研究的发展。李松仕（1991）又给出了权函数法在不连续系列（即样本中含有若干历史特大值）条件下的计算公式。这一系列研究，使权函数法达到实用水平，并纳入中国设计洪水计算规范。马秀峰和阮本清（2001）最近经过进一步的研究，提出了只用一个权函数全面解决皮尔逊Ⅲ型分布参数问题的算法，简称"单权函数数值积分逼近算法"，并对"数值积分双权函数法"进行了改进。改进后用理想样本计算千年一遇设计值，在同等条件下，双权函数法精度最高，单权积分逼近法的精度次之，两者都能满足实用要求，而数值积分矩法精度最差，不能满足实用要求。

概率权重矩法是美国 Greenwood 等（1979）提出的一种新的参数估计方法，应用于耿贝尔分布（Gumbek）、广义极值分布和威克比（Wakeby）分布的参数估计，具有较好的统计特性。宋德敦和丁晶（1988）成功地将概率权重矩法应用于 P-Ⅲ型分布的参数估计，通过统计实验法论证了概率权重矩法在估计 P-Ⅲ型分布统计参数中具有较好的统计特性。但是由于未能结合水文现象的安全因素进行论证，难以使人断定该法用于实测水文系列参数估计的结果是否合格。

适线法在中国得到了广泛应用，主要有目估适线法和计算机优化适线法。为了合理确定实现准则和相应的经验频率公式，从树铮和谭维炎（1988）对此作了大量的水文统计实验研究，邱林（1992）提出以经验点据对理想最优频率曲线隶属度为权重的模糊加权优化适线法。

除此之外，P-Ⅲ型分布参数的估计方法还有朱元甡（1991）提出的以纵坐标期望值 $P\{E(x_m)\}$ 为绘点位置的"动点动线"适线法、Adamowski（1985）的非参数核估计法、夏乐天（1991）的密度函数法等，这些函数法都具有一定的理论意义，是对水文频率计算的一种新尝试。

2. 水资源保障风险分析与评价的研究进展

水资源保障风险分析与评价的首要任务是风险因子识别，风险识别的主要方法有实地调查法、头脑风暴法、事故树法等。

袁平等（2005）、刘秀（2009）等通过实地调查和资料分析，列出了可能导致流域水资源短缺风险的各方面原因。针对石羊河流域的实际资料，采用主成分分析法和改进的灰色关联度法对风险指标进行定量筛选，最终确定出导致风险的敏感因子，提出了石羊河流域水资源短缺的解决办法。韩宇平（2008）采用事故树法对京津首都圈水资源短缺风险因子进行了识别，主要从可供水量和用水量矛盾方面进行了识别，结果显示造成水资源系统失事的风险因子主要有水文风险因子、结构风险因子、技术风险因子、环境风险因子和用水需求风险因子等。

水资源保障风险评价的首要任务是确定合理的评价指标，这些评价指标能够从不同方面对水资源保障风险进行描述，同时也要具有一定的可操作性。Nazar 等（1981）较早定义了风险表征的量化指标。Fiering（1982）建立了一个筛选模型量化水资源系统的可恢复性指标，介绍了十一种关于系统可恢复性量度的定义。Goicoechea 等（1982）提出了一种在水资源工程收益—成本分析中考虑风险和不确定性的方法。Hashimoto 等（1982）提出了可靠性、可恢复性、脆弱性三个评价指标，并从数学上加以定义。Duckstein 和 Late（1993）等在《水资源工程可靠性与风险》一书的绪论部分比较全面地定义了水资源系统风险分析的性能指标和质量指标。在国内，冯平（1998）把风险分析方法用于干旱期水资源管理，结合潘家口水库给出了相应的风险、可靠性、可恢复性和易损性等风险指标，并据此提出了干旱期供水系统的风险管理措施。在此基础上，邢大韦等（1999）对关中地区水资源工程的供水风险进行了分析。Xu 等（1998）也对区域的供水风险进行了研究，提出了若干风险度量的指标。韩宇平等在多篇论文中采用水资源风险率、易损性、可恢复性、事故周期、风险度作为水资源系统水资源保障风险的评价指标，并在相应的区域水资源保障风险评价中进行了成功的实践（韩宇平和阮本清，2003a；2003b；2003c；韩宇平和阮本清，2007；韩宇平和许拯民，2007；韩宇平，2008；韩宇平等，2008a；2008b）。马黎和汪党献（2008）探讨了水资源短缺风险主导因子的辨识方法，提出了采用缺水率、人均缺水量和缺水边际损失三个指标的缺水风险评价指标体系。金冬梅（2006）从造成城市干旱缺水的致灾因子危险性、承灾体的暴露性和脆弱性、防旱抗旱能力四个方面着手，利用自然灾害指数法、加权综合评价法和层次分析法，建立了城市干旱缺水风险评价指标体系。

国内外许多学者都研究并提出了多种水资源保障风险的评价方法，并进行了一定的应用。Bargiela 和 Hainsworth（1989）以 MC 法、优化法和敏感性矩阵分析法对配水系统中的遥测水压和流量的不确定性进行了研究。Fujiwala 和 Ganesharajah（1993）等以 Markov 链对供水系统的可靠性进行了评估。国内近年来涌现了一批水资源保障风险综合评价方法。阮本清等（2000）以黄河下游沿黄地区供用水系统为例，采用蒙特卡洛模拟方法对由于水文现象的随机影响而带来的风险进行了研究。王道席（2000）从来水和用水不确定性角度分析了黄河下游水量调度风险，建立了水量调度风险分析模型。梁忠民（2001）对南水北调中线工程的供水量进行风险分析计算，得出了各供水区供水量的概率分布函数及其参数，同时根据已有的研究成果，在适当考虑水源区水资源利用情况以及供水区当地各种水源合理调度等主要影响因素的基础上，采用多变量 AR（1）随机模型，对中线工程水源区的可调水量及各供水区的缺水量进行联合模拟研究，并由模拟的长序列进行供需意义上的供水量风险计算。阮本清等（2005）选取区域水资源短缺风险程度的风险率、脆弱性、可恢复性、重现期和风险度作为评价指标，研究了水资源短缺风险的模糊综合评价方法。杜发兴等（2006）将投影寻踪评价模型（PPE）应用于水资源短缺风险评价中，利用基于实码的加速遗传算法（RAGA）来优化投影方向，将多维数据指标转换成低维子空间，通过寻求最优投影方向来计算投影函数值，从而根据投影值的大小进行水资源短缺风险评价。黄明聪等（2007）将风险评价归纳为一个支持向量回归的问题，建立了基于支持向量机的水资源短缺风险评价模型和方法。罗军刚等（2008）针对水资源短缺风险评价中各指标的模糊性和不确定性，将信息论中的熵值理论应用于水资源短缺风险评价中，建立了基于熵权的水资源短缺风险模糊综合评价模型。王富强等（2009）基于集对分析原理，建立了基于集对分析—可变模糊集的区域水资源短缺风险评价模型。韩宇平和阮本清（2007）还对水资源短缺风险造成的经济损失进行了评估，利用水资源投入产出宏观经济模型，对水资源的影子价格进行分析计算，在此基础上得到水资源短缺的经济损失及其概率。同时采用地理信息系统对水资源短缺风险进行综合评价（韩宇平，2008）。张士峰和陈俊旭（2009）针对中国华北地区水资源风险问题，在对京津冀地区水资源背景进行分析的前提下，计算了以年为时间尺度的风险指标，并在此基础上对水资源风险进行分类和评价。

3. 水资源保障风险决策与调控的研究进展

对于水文水资源系统的风险决策研究更多的则集中在防洪系统的风险决策方面（Latinopoulos et al.，2002）。从水资源系统风险决策的发展过程来看，一般是先探讨单目标的风险决策问题，然后才是多目标的风险决策问题，直到研究信息不完备情况下的水资源风险型决策。

国外对风险问题的研究具有一定的深度和广度。Molostvov（1983）讨论了不确定性下的多判据优化概念和充分条件，其中多值向量函数的极值点、鞍点和均衡点及其充分条件的理论研究成果是相当重要的。Simonovic 和 Marino（1982）研究了多用途水库管理问题的可靠度规划问题。Colorni 和 Fronza（1976）对洪水和干旱两个可靠度约束的单目标优化问题作过讨论。Goicoechea 和 Duckstein（1979）研究了不确定性下的多个目标情形，并把折中法应用到 5 个目标函数和 5 组决策变量问题之中。Haimes（1985）曾研究过将风险和不确定性集结考虑的多目标规划方法，并提出过分段多目标风险分析方法和多目标多阶段影响分析法，该方法适用于多阶段和多个目标不可公度的问题，还有他在对风险效益进行分析时提出了代用风险函数的概念。这些都对多目标风险决策学科的发展起到了一定的积极作用。另外，也有人试图利用社会科学原理去认识和处理极值事件，以达到减灾增效的目的。

国内对于水资源保障风险决策的研究成果并不多。郭仲伟（1986）和言茂松（1989）对风险决策原理作过详细的阐述。胡振鹏和冯尚友（1989）对水库防洪、发电和灌溉三个目标问题采用分解聚合方法建立了多目标风险分析模型系统，其中洪灾风险分析是与防洪标准联系起来考虑的，而其他目标则引用保证率的概念加以考虑，具体处理多目标问题时是将向量优化问题转化为多维状态单目标规划问题。徐宗学和叶守泽（1988）曾以随机点过程理论为依据导出具有成丛特征的洪水风险率计算的两种模型，即 GPP 模型和 GPB 模型。近年来方道南和叶秉如（1999）、傅湘等（2001b）、王志良（2003）对水资源系统的多目标风险决策也进行了一些理论和应用研究。韩宇平（2008a，2008b）在水资源短缺风险分析和评价的基础上，研究了水资源短缺风险决策的期望益损值法，同时构建了区域水资源短缺的多目标风险决策模型，并提出了求解方法，并对包括北京和天津在内的首都圈进行水资源短缺风险决策分析，取得了满意的结果。

国内学者还对水资源保障风险调控策略进行了探讨。韩宇平（2008）以京津地区为例，在水资源系统风险分析和评价的基础上探讨采取各种风险调控的技术手段对水资源系统风险性能指标的影响，重点从需水管理和供水管理两方面研究水资源短缺风险管理措施对降低区域水资源短缺风险的贡献。曾国熙和裴源生（2009）将风险理论、风险决策的方法应用于区域缺水损失与缺水调控当中，将区域水资源规划与单项水利规划相衔接，从水利与国民经济协调发展的关系出发来考察缺水损失和缺水控制的投入关系。应用这一方法于海河流域，最终确定了该流域为规避缺水风险所需的经济合理的总资金投入量，节水、挖潜、治污和南水北调各项措施经济合理的资金投入力度和工程发展规模以及相应的供水量和缺水调控状况。

4. 有关水资源安全的理论与实践进展

水资源保障风险的对立面就是水资源安全问题，因此在水资源保障风险研究的同时有必要对水资源安全的研究进行考察。

2000 年 8 月在瑞典斯德哥尔摩召开的世界水日会议和 2003 年 3 月在荷兰海牙召开的世界部长级会议的主题都是"21 世纪水安全"，在海牙会议上提出（方子云，2001）"满足基本需求，保护生态系统，保证食物供应，水资源共享，控制灾害，赋予水价值，合理管理水资源"等一系列挑战，并提出了相应的对策。在对水安全问题进行思考的同时，我们注意到水资源不仅是一个生态环境问题，也是一个经济问题、社会问题和政治问题，直接关系国家的安全（王小民，2001）。对那些水资源紧张的国家和地区来说，水资源已经成为关系生存和发展的战略问题，同时也是影响国家安全和国际关系的一个重要方面。

关于水资源安全的确切定义目前还不成熟，国内学者分别从生态角度（韩宇平和阮本清，2003a）、可持续利用角度（成建国等，2004）和水资源供需角度（贾绍凤等，2002；钟华平和耿雷华，2004；夏军和朱一中，2002）对其进行定义。上述这些定义主要包含了水量安全、水质安全、水灾害、供水保障、水资源的经济安全等，综合起来考虑水资源安全实际上包括两个方面：一方面是水资源自身的安全问题，这主要体现了水资源安全的自然生态特性，如干旱、洪涝、河流改道、水资源的时空分布不均和水生态退化等；另一方面则是以水资源利用为支撑的经济社会系统的安全问题，主要体现水资源安全的社会经济特性，如水量短缺、水质污染、水环境破坏、水生态系统功能丧失、水分配不公、水资源浪费和水管理混乱等。

中国不少学者和专家提出了不少评价水资源安全的指标体系和评价方法。夏军和朱一中（2002）认为："水资源承载力是评价水资源安全的一个基本度量，水资源承载力是区域自然资源承载力的重要组成部分，是水资源紧短地区能否支撑人口、经济与环境协调发展的一个瓶颈指标"。韩宇平等（2003a）在建立水安全评价体系时，从水供需矛盾、饮用水安全、干旱灾害控制、赋予水价值和水资源管理等方面构建水资源安全评价指标体系，并用熵值法计算了各指标的权重值，并用模糊评价方法对中国一些地区的水安全状况作出了评价。成建国等（2004）系统地提出水安全评价指标体系，初步建立了北京市水安全监测系统。贾绍凤等（2002）应用区域水资源压力指数，选取水资源安全评价指标体系来评价水资源安全。张翔等（2005）提出水贫穷指数，从资源、途径、利用、能力和环境五个方面构建评价体系，对海河流域水资源安全进行了评价。郭安军和屠梅曾（2002）提出水资源安全评价指标体系应包含水供给、水需求和水储备三个基本模块。王铮等（2001）提出了基于产业经济发展预测的水资源安全评价指标体系。由此可见，目前对水资源安全评价指标体系尚无统一认识，主要从水资源供需关系，水资源与生态、经济、社会三系统的耦合关系等方面建立评价体系，进行水资源安全评价（钱小龙等，2007）。关于水资源安全评价方法方面，多采用一些系统研究方法或综合评价方法，如多层次模糊评价法（韩宇平和阮本清，2003a）、系统动力学法（张巧显等，2002）、集对分析法（门宝辉和梁川，2003）、多目标决策－理想点法（陈武等，2002）和人工神经网络法等。

在水安全的实践研究方面。20世纪80年代后，中国对缺水的华北地区水资源问题十分重视。在"六五"期间，设立了"华北地区水资源评价"项目。在"七五"期间，设立了"华北地区及山西能源基地水资源研究"项目。在"八五"期间，设立了"黄河治理与水资源研究"项目。在"九五"期间，设立了"西北地区水资源合理开发利用与生态环境保护研究"和"黄河中下游水资源开发利用及河道清淤关键技术研究"项目，进一步将水资源开发利用与区域经济发展和生态环境保护结合起来。"十五"期间，设立了"水安全保障关键技术研究"，其关键技术是指海水利用技术、污水利用途径、洪水利用途径（通过水库调度行为等）以及人工降雨利用技术。这一项目主要包括"中国分区域生态用水标准研究"、"塔里木河流域水资源保护与合理配置研究"、"黑河流域水资源调配实时管理信息系统研究"、"海河流域洪水资源安全利用关键技术研究"等专题，这些专题的设立有力地推动了区域水安全保障体系的建立，这将为以后各地区的后续行动提供经验。"十一五"科技攻关计划也设立了"东北地区水资源全要素优化配置与安全保障技术体系研究"项目。

国内对于水资源安全战略对策问题历来都比较重视。1994年中国政府公布的《中国二十一世纪议程》，把水资源可持续利用作为中国经济社会可持续发展战略的重要方面。2002年由钱正英、张光斗等43位中国工程院院士及一大批专家完成的《中国可持续发展水资源战略研究》，在分析了当前中国水资源的现状和面临问题的基础上，提出了中国水资源总体战略，这项研究成果，是在广泛吸收国外水安全战略研究方法和新成果基础上，针对中国主要水安全问题、西北部区域水安全问题和水管理问题，进行的系统综合的专题研究成果，是中国水安全战略研究的里程碑。2002年由朱尔明等专家组成的"中国水利发展战略研究"课题组，在分析中国水利面临的问题基础上，按水资源的可持续利用，保障经济社会的可持续发展的治水思路，对21世纪中叶中国水利发展的战略进行研究，提出了八大水战略对策。

纵观国内外关于水资源保障风险研究的理论与实践进展，可以得到如下结论。

（1）水资源保障风险问题伴随着经济社会发展显得越来越重要。水资源短缺是当今世界普遍面临的主要水危机，并且将随着人口增长、经济发展、城市化水平提高和人民生活条件的改善呈不断加剧的趋势。中国是世界上人口最多的国家，人均水资源位居世界后列，且时空分布不均，水资源短缺的矛盾十分尖锐。未来相当长的一段时间我们都面临着严重水资源供需压力，水资源的可持续利用支撑经济社会的可持续发展将是我们长期面临的任务，所以水资源保障风险问题将显得越来越重要。

（2）全球气候变化条件下的水资源保障风险评价和防范目前研究较少。以全球变暖为主要特征的气候变化已经引起降水的变化、冰川雪盖的减少、海平面的上升、中国江河径流的变化、洪涝干旱强度和频率增强等，直接影响到了水、农、林等领域。中国的四大水问题"水多、水少、水脏、水浑"在气候变化、人类活动和社会经济发展等环境变化的背景下，突显了中国的四大水安全问题"防洪安全、用水安全、水环境水生态安全、水工程安全"。而有关气候变化对水安全和水资源保障风险的研究虽然受到了足够的重视，但由于研究手段和研究方法的限制目前令人信服的成果还不多见。

（3）水资源保障风险研究评价指标的量化存在瑕疵。某些评价指标的量化不能体现水资源的自然特性和区域供水保障能力。在研究区域水资源保障风险时，很多研究者都不能得到确切的风险率，而是采用当年的用水量与区域水资源总量比值作为判断系统实施的标准，很显然这种做法有失偏颇，不能够反映区域供水能力和可供水量对水资源需求的保障作用。

（4）区域层次的水资源保障风险研究成果丰富，国家层次的研究成果较少；区域层次水资源风险研究方法较多，国家层次由于资料的限制无法取得满意的成果。很多研究成果都是在区域水资源系统模拟和分析的基础上得到水资源供需平衡的长系列资料，供需模拟分析方法能够综合体现区域水资源量、供水能力、水资源调度策略和水资源需求量，是水资源保障风险研究最有说服力的方法。得到长系列供需平衡资料后就可以对风险率、脆弱性、可恢复性和重现期等进行量化，进而得到综合风险评价成果。但是在全国层面上很难做到水资源系统供需模型分析，所以便得不到长系列供需平衡资料，因此区域水资源保障风险分析方法受到了局限。

（5）水资源保障风险研究和水资源安全研究缺乏足够的整合，关于二者的关系问题鲜见报道。水资源保障风险更多的是关注水资源供需是否满足、风险发生的概率、风险的广度、深度以及承载体的可恢复性如何；而水资源安全问题则从水资源的自然属性、社会属性、经济属性、生态属性等方面综合考察区域的水资源安全状况。与水资源安全研究相比较，刻画水资源保障风险的指标较少，指标的量化需要很多基础工作，鉴于中国水利工作基础和研究基础的薄弱很难能够获得可操作性的指标。另外，中国各区域发展很不平衡，水资源条件各不相同，水资源开发、利用、保护、配置水平相差显著，所以寻求一套合身、合用的水资源保障风险评价方法具有一定的挑战性。可以说，水资源保障风险问题和水资源安全问题研究是一个硬币的正反两面，二者从不同角度刻画区域水资源及其开发利用情势，二者缺一不可。

第2章 中国综合能源保障风险评价

2.1 煤炭与石油保障态势

2.1.1 传统能源整体保障态势

2009 年，中国煤炭、石油生产占全部能源生产总量的 87.4%，消费占全部能源消费总量的 87.1%，煤炭和石油占据着中国能源生产和消费的绝对主体地位。分析煤炭和石油的保障态势无疑具有重要的意义，也是构建传统能源保障风险体系的基础。

1. 煤炭保障态势

煤炭是中国能源生产和消费占有比重最高的传统能源。由于中国是能源消费大国，受制于资源赋存结构和生产格局，中国的煤炭消费长期以来一直占据着重要的地位。2009年，中国煤炭消费量占全国能源种类消费总量的 69.6%，消费量超过 2/3（中华人民共和国国家统计局，2010）；占世界煤炭消费总量的 46.9%，消费量已逼近世界消费总量的一半（BP，2009）。据 BP 世界能源 2010 年统计，2000 年以来中国的煤炭生产和消费占世界比例一直处于上升态势（表 2-1）。

表 2-1 中国煤炭生产和消费占世界比例

项目	2000 年	2005 年	2009 年
中国煤炭产量/M toe	656.70	1120.00	1552.90
世界煤炭总产量/M toe	2246.70	2882.00	3408.60
中国占世界比例/%	29.23	38.86	45.56
中国煤炭消费量/M toe	667.40	1100.50	1537.40
世界煤炭总消费量/M toe	2337.60	2904.00	3278.30
中国占世界比例/%	28.55	37.90	46.90

资料来源：BP，2010

中国煤炭资源占据如此高的比例，源自于中国常规化石能源资源以煤炭为主。据 BP 统计资料，2009 年中国煤炭资源剩余探明可采储量 1145 亿 t，储采比为 38，占全球总量的 13.9%，仅次于美国（占世界的 28.9%）和俄罗斯（占世界的 19.0%），居世界第三位。

实际上，中国煤炭资源虽然资源总量较大，但整体上探明程度较低，致使剩余探明可采储量较低。截至 2002 年年底，中国查明煤炭资源储量为 10 201 亿 t，而 20 世纪 90 年代中期第三次煤炭资源评价的结果表明，煤炭资源量高达 5.6 万亿 t（2000m 以浅），其中，查明煤炭资源量为 10 176 亿 t，预测资源量为 45 521 亿 t（中国煤炭经济研究会，2006），资源总量居世界第一位，煤炭资源分布广泛，煤田面积约 56 万 km²。

　　分区域看，中国煤炭资源的基本格局是中西部远高于东部，北方远高于南方，主要分布在华北、西北地区，以及东北、西南地区，集中在昆仑山—秦岭—大别山以北的北方地区。分省（自治区）看，中国内蒙古、山西、陕西、新疆、宁夏、贵州、河南、安徽、河北、山东等省（自治区）分列各省（自治区）前 10 位，又以内蒙古、山西、陕西、新疆、贵州 5 省（自治区）煤炭资源赋存最为丰富和集中，2008 年 5 省（自治区）煤炭基础储量占全部总量的 74.40%（表 2-2）。

表 2-2　中国内地各省（自治区、直辖市）煤炭、石油基础储量（截至 2008 年）

区域	煤炭/亿 t	石油/万 t	区域	煤炭/亿 t	石油/万 t
全国	3 261.44	289 043	湖北	3.30	1 210
北京	6.69	—	湖南	19.57	—
天津	2.97	3 607	广东	1.89	8
河北	60.59	24 707	广西	8.24	187
山西	1 061.51	—	海南	0.9	17
内蒙古	789.07	7 751	重庆	20.66	56
辽宁	44.64	15 734	四川	49.76	338
吉林	12.48	17 778	贵州	150.06	—
黑龙江	72.48	57 474	云南	78.76	—
上海	—	—	西藏	0.12	—
江苏	14.73	2 522	陕西	278.46	23 047
浙江	0.49	—	甘肃	60.48	9 114
安徽	85.91	161	青海	20.20	3 959
福建	4.42	—	宁夏	58.15	211
江西	7.67	—	新疆	147.41	43 643
山东	84.11	33 496	海上	—	38 837
河南	115.87	5 183	—	—	—

资料来源：中国统计年鉴 2009

　　煤炭资源富集的地区中，以新疆勘探程度最低，全区预测煤炭资源总量达 2.19 万亿 t，占全国总量的 40%，但到 2008 年的基础储量只有 147.41 亿 t，仅占预测资源量的 0.67%，2009 年探明储量 2238 亿 t，仅占预测资源量的 10.31%。最高的山西煤炭资源预测总量 6500 亿 t，探明率也只有 50% 左右。2009 年已位列全国第一的内蒙古探明储量约 7323 亿 t，也只占预测资源量的 45% 左右。

　　中国虽然煤炭资源丰富，但适于露天开采的煤炭储量较少，目前仅占总储量的 7.0% 左右，且其中 70% 是褐煤，主要分布在内蒙古、新疆和云南三省（自治区）。正在大规模开发的只有内蒙古，新疆适于露天开采的煤炭资源储量虽大，但因勘探程度低、运力小、距离东部主要消费区域遥远，开发规模至今较小，2009 年新疆煤炭产量仍不到 0.95 亿 t。

受资源赋存和勘探水平的作用，以及运力、运距的影响，全国煤炭生产主要分布在华北及西北相邻接壤的"三西"地区。2008 年，山西、内蒙古、安徽、山东、河南、贵州、陕西 7 省（自治区）煤炭产量均超过 1.0 亿 t，合计产量占全国煤炭生产总量的 70.19%；山西、内蒙古、河南、陕西 4 省（自治区）超过 2 亿 t，占全国煤炭产量的 56.71%；煤炭产量位列前三位的是山西、内蒙古和陕西 3 省（自治区），产量分别占全国煤炭产量的 23.53%、16.97% 和 8.72%（表 2-3），且煤炭生产基本出自于"三西"能源基地范围。3 省（自治区）煤炭产量在进入 21 世纪以来均大幅度增长，前期以山西、内蒙古增长较快，后期以内蒙古、陕西较快，其中内蒙古的煤炭生产开始显露出超越山西的趋势（表 2-4）。预计随着北部第三下海运煤通道建成后，内蒙古煤炭生产有可能超过山西，成为国内第一大煤炭生产地区（2010 年上半年，内蒙古煤炭产量已达到 3.38 亿 t）。此外，以井工开采为主的煤炭生产，加之高瓦斯煤田比例高，潜在的生产事故风险也明显较高。

表 2-3　2008 年中国内地各省（自治区、直辖市）煤炭、石油生产状况

区域	煤炭/亿 t	石油/万 t	区域	煤炭/亿 t	石油/万 t
全国	27.88	19 001.24	河南	2.09	475.81
北京	0.06	—	湖北	0.12	83.92
天津	—	1 993.86	湖南	0.61	—
河北	0.79	643.10	广东	—	1 374.52
山西	6.56	—	广西	0.05	2.86
内蒙古	4.73	—	海南	—	12.05
辽宁	0.64	1 199.33	重庆	0.41	—
吉林	0.39	700.33	四川	0.97	23.13
黑龙江	0.99	4 020.47	贵州	1.18	—
上海	—	14.60	云南	0.87	—
江苏	0.24	184.01	西藏	—	—
浙江	—	—	陕西	2.43	2 463.60
安徽	1.19	—	甘肃	0.40	74.99
福建	0.22	—	青海	0.13	220.35
江西	0.31	—	宁夏	0.43	—
山东	1.39	2 799.18	新疆	0.68	2 715.13

资料来源：中国统计年鉴 2009

表 2-4　"三西"能源基地所在省（自治区）煤炭产量变化（2001～2008 年）　（单位：亿 t）

年份	山西	内蒙古	陕西
2001	2.76	0.82	0.53
2005	5.54	2.56	1.52
2008	6.56	4.73	2.43

资料来源：中国统计年鉴（2002、2006、2009）

中国煤炭资源与水资源、煤炭生产与煤炭消费在时空上的错位，形成两个"逆向分布"的典型特征，导致大规模的"北煤南运"、"南水北调"、"北电南送"，以及"西电东送"的生产消费格局。煤炭生产与消费的严重时空错位，也使得中国煤炭主要消费区域在消费领域的保障风险度越来越高。

目前，由于对煤炭的消费需求不断上升，2009 年中国煤炭消费总量突破了 30 亿 t，导致煤炭运输的运量越来越大。"三西"能源基地煤炭大量输往华北东部、东北、东南沿海等主要煤炭消费区，年输出煤炭已超过 8.0 亿 t。同时，也对以铁路为主的煤炭运输运力形成越来越大的压力。例如，北部通道大秦（大同至秦皇岛）、朔黄（朔州至黄骅）等铁路运煤专线运力已分别达到 4.0 亿 t/年和 2.0 亿 t/年，仍然不能满足煤炭外运需求，致使北部和中部的第三条（内蒙古准噶尔至河北迁安、曹妃甸，设计年货运能力 2 亿 t/年）、第四条（山西兴县至山东日照，设计年货运能力 2 亿 t/年）下海的运煤专线通道相继开通建设。全国主要煤炭输出区域与主要消费区域的平均运距超过 1000km，还需要铁路、公路、水运之间转换，这种长距离的煤炭运输，使煤炭运输产生的风险问题越来越多。

近年来，在国内主要煤炭地区进行资源整合，运输通道运力无法全面满足主要消费区域煤炭需求，以及石油影响下的国内煤炭价格不断趋高的格局下，东南沿海区域进口煤炭的规模开始逐渐加大。2009 年，全国净进口煤炭约 1.1 亿 t（主要来自澳大利亚、印度尼西亚、越南等国家），主要为浙江、福建、广东、广西等省（自治区）消费。但这并不表明中国煤炭消费的对外依存度在上升，只不过是发展进程中短期限制性因素，尤其是价格因素所致。

"十一五"初期，中国已基本确定了 13 个煤炭基地方案，提出"建设神东、晋北、晋中、晋东、陕北、黄陇（华亭）、鲁西、两淮、河南、云贵、蒙东（东北）、宁东、冀中等十三个大型煤炭基地，提高煤炭的持续、稳定供给能力"（国家发展和改革委员会，2007）。2010 年，国家又将新疆正式作为第 14 个煤炭基地（煤炭交易网，2010）。据有关统计，在全国进行煤炭资源的整合进程中，目前全国煤炭实际产能已达到 36.6 亿 t，煤炭产能总量过剩预警再起（金融界网，2010）。全国不包括新疆煤炭基地规划的预测产能很可能在 2020 年达到 38 亿 t，届时需求大致与产能相当。但是，以煤炭消费为主的中国能源消费结构如果不能在当前就开始进行调整，将使得中国面临越来越大的国际压力。按目前国外通行的计算方法和计算参数，2007 年中国已成为世界上最大的二氧化碳排放国，主要与中国以煤为主的能源消费结构相关，原因是煤炭是国际上公认的二氧化碳单位排放最大的化石能源。中国大规模煤炭消费正面临着越来越大的环境风险。

因此，从总体上中国煤炭的供需仍然能够实现基本平衡，在国家层面上，煤炭的保障程度较高，相对应的则是煤炭的保障风险度相对较低。

2. 石油保障态势

石油在中国能源生产消费中的地位虽不及煤炭，但也是仅次于煤炭的重要化石能源。随着中国能源消费规模的不断增长，石油的消费需求亦越来越大。2009 年，中国石油消费量占全国能源种类消费总量的 17.50%（中华人民共和国国家统计局，2010）；占世界石油消费总量的 10.42%，消费规模仅次于美国，居世界第二位（BP，2009）。据 BP 世界能源 2010 年统计，2000 年以来中国的石油生产增长并不大，但消费占世界总消费量比例一直处于上升态势（表 2-5）。

表 2-5 中国石油生产和消费占世界比例

年份	2000	2005	2009
中国石油产量/亿 toe	1.63	1.81	1.89
世界石油总产量/亿 toe	36.09	38.99	38.21
中国占世界比例/%	4.51	4.64	4.95
中国石油消费量/亿 toe	2.24	3.28	4.05
世界石油总消费量/亿 toe	35.62	38.78	38.82
中国占世界比例/%	6.28	8.45	10.42

资料来源：BP，2010

中国石油生产增长不高，主要受制于国内石油资源赋存和勘探程度。据 BP 世界能源统计数据，2009 年中国石油资源剩余探明可采储量 20 亿 t，储采比只有 10.7，仅占全球总量的 1.10%，与煤炭资源形成完全不同的资源状况。中国对外公布的数据要高于 BP 的数据，2008 年中国的石油基础储量为 28.90 亿 t，但并未从根本上改变中国石油资源相对短缺的格局。

据全国第三次石油、天然气、煤层气、油页岩、油砂资源评价成果，中国陆域和近海 115 个盆地石油远景资源量 1086 亿 t，其中陆地 934 亿 t，近海 152 亿 t；石油地质资源量 765 亿 t，其中陆地 658 亿 t，近海 107 亿 t；石油可采资源量 212 亿 t，其中陆地 183 亿 t，近海 29 亿 t。该评价结果同时提出：截至 2005 年年底，全国累计探明石油地质储量 258 亿 t，探明程度 34%，待探明石油地质资源量为 507 亿 t，占总地质资源量的 66%，待探明石油可采资源量为 142 亿 t，占总可采资源量的 67%（全国油气资源评价项目办，2008）。由此表明，中国的石油资源勘探程度还不高，尚处于早期。

分区域看，中国陆上石油资源也主要分布在北方地区，大格局上与煤炭资源赋存空间相同，即基本上分布在昆仑山—秦岭—淮河以北，但按地区划分则有所差异，黑龙江、新疆、山东、山西、吉林、辽宁等省（自治区）基础储量超过 1.0 亿 t，其中位列前三位的黑龙江占 19.88%、新疆占 15.10%、山东占 11.59%（表 2-6）。海上石油则主要分布在渤海和南海，其中渤海的石油资源勘探程度相对较高，南海虽有"海上中东"的称谓，但实际勘探程度较低，且与有关"声索国"存在着较大的领海争端，其实质就是海上油气资源及其他海洋资源的争夺。

中国石油资源占全球比例虽然较低，但生产规模却较大，2009 年的石油产量就位列世界第四位。在空间分布上，受资源赋存和勘探水平的影响，国内石油生产主要分布在北方地区，东部地区产量又高于西部地区。全国石油年产量超过 1000 万 t（包括海洋石油生产量）的省（自治区）分别是黑龙江、新疆、山东、陕西、天津、广东和辽宁等省（自治区），2008 年 7 省（自治区）石油产量占全国总产量的 87.18%，其中黑龙江、山东和新疆 3 省（自治区）分别占 21.59%、14.73% 和 14.29%（表 2-6）。与煤炭生产产量位列前三位省（自治区）不同的是，石油生产产量位列前三位的 3 省（自治区）中，黑龙江的产量下降幅度较大，山东有所减少，新疆则有较大幅度增长（表 2-6）。

表 2-6　中国石油产量前三位省（自治区）石油产量变化（2001~2008 年）

（单位：万 t）

年份	黑龙江	山东	新疆
2001	5 161.13	2 668.01	1 926.19
2005	4 516.01	2 694.54	2 406.43
2008	4 020.47	2 799.18	2 715.13

资料来源：中国统计年鉴（2002、2006、2009）

实际上，中国的石油生产按油田和企业来划分，具有较高的产业、企业集中度。陆上石油基本为中国石油（北方地区）、中国石化（南方地区）两大石油集团所掌控，海上石油生产则基本上出自于中海油及其和中外合资企业（表 2-7）。

表 2-7　中国油田（前 10 位）、企业原油产量变化（2001~2008 年）（单位：万 t）

油田/企业	2001 年	2005 年	2008 年
大庆油田	5 150.16	4 495.10	4 020.01
辽河油田	1 385.01	1 242.02	1 198.49
华北油田	450.72	435.10	442.80
大港油田	395.16	509.95	511.23
吉林油田	404.30	550.57	655.06
新疆油田	968.30	1 165.37	1 222.49
长庆油田	520.08	940.00	1 379.60
青海油田	206.02	221.49	221.16
塔里木油田	472.63	600.06	654.05
吐哈油田	255.01	209.84	217.00
中国石油集团合计	10 339.21	10 595.42	10 825.18
中国石油化工集团合计	3 783.87	3 919.47	4 174.77
中国海洋石油总公司合计	1 822.00	2 763.82	2 890.93
延长石油集团有限责任公司	316.40	838.24	1 089.73
全国合计	16 317.21	18 142.22	18 995.95

注：根据《中国石油报》、《国际石油经济》等报刊统计信息整理

随着中国现代化进程的加速，中国的石油消费规模越来越大，在总体上，中国的石油供需在国内已严重失衡，进口规模不断上升。到 2007 年，加上成品油净进口的 3 380 万 t 石油表观消费量中，进口总量为 1.968 亿 t，中国石油消费的对外依存度已达到 53.48%。

中国进口石油来源多元化的格局已经初步形成，但主要来自中东、俄罗斯及中亚、非洲石油生产国，以及南美洲，其中中东地区要占一半左右。据 BP 数据，2009 年中国进口原油来源（含再出口）中，48.25% 来自中东，12.44% 来自前苏联国家，19.50% 来自非洲与拉丁美洲，12.86% 来自亚太其他石油输出国家和地区。虽然中国进口石油多元化格局初步形成，但由于稳定性相对较差，为保障石油进口来源与运输存在着较大的风险，即

进口石油来源和运输因素在中国石油保障中占据较大的影响和作用。

在市场方面，由于中国的石油消费处于上升时期，国内各区域的石油市场存在着较为显著的卖方市场格局，总体上石油及其产品的市场供给风险较小。但由于中国进口石油规模越来越大，近年来中国进口石油规模的增长在世界石油消费增长中占据着重要地位，在虚拟经济不断扩张和金融资本决定石油价格的时代，国际油价的波动已经对中国的石油消费产生了重大影响和作用。国际期货市场石油价格的变动不但影响到中国的石油消费价格，还对中国能源消费的主体煤炭的价格也产生直接关联影响。从总体上讲，中国及全球经济发展已经进入高油价运行和增长时代（赵建安，2008）。

相对而言，石油生产和消费对生态环境的影响要小于煤炭，但石油生产和消费过程中所产生的"三废"也存在着较多的风险和不确定性。同时，石油生产和消费的规模正处于上升阶段，石油对生态环境的负面影响也存在着越来越大的潜在风险。为此，从总体上讲，中国的石油保障风险度要显著高于煤炭。

2.1.2　煤炭和石油保障风险的分类与分级原则

在煤炭与石油保障风险体系构建中，除研究风险发生的概率大小，还需要研究可能发生风险事件损失的大小。这就是煤炭与石油保障风险的分级。在此，首先就需要确定相应的原则和划分不同类型的分类。

1. 分类与分级的原则

（1）客观性原则。风险是客观存在的，风险之间存在着客观联系与区别，风险分类是认识风险之间客观联系基础上的主观行为，认识越接近客观实际，分类越逼近真实。

（2）目的性原则。分类的目的是为了认识、评估和控制风险，只要有利于对风险认识和管理需要的分类即可确定。

（3）全面性原则。全面覆盖所有风险，分类应涵盖所研究的全部风险，不能遗漏主要风险。

（4）主要特征原则。风险体系的构建需要了解和把握各个风险的特性，即最主要的差别，反映个别风险本质特征。

（5）数量差别原则。由于风险发生的可能性有大小差别，风险发生后对承险体造成的损失也有大小差别，将风险按发生的可能性大小分级，或按造成的损失大小分级。

2. 煤炭与石油保障风险分类

第一，按风险源分类，可将煤炭与石油保障风险进行如下分类。

（1）资源风险：国内资源保障能力、对外依存度、国外资源获取能力、资源储备规模、保证供应天数。

（2）产品生产风险：国内生产能力、国外生产能力、产品数量和质量稳定性。

（3）产品运输风险：国内运输条件、国际运输条件、海运条件、陆上管线运输条件、陆上铁路运输条件和陆上公路运输条件。

（4）产品销售风险：进出口风险、货源稳定性、市场与价格风险。

（5）产品消费风险：生态环境与自然灾害风险在开发、生产、运输、消费中的影响。

第二，按承险体的不同，可将煤炭与石油保障风险进行如下分类。

（1）二次能源产业风险。因煤炭与石油供给发生风险事件，首先可能引发的是同煤炭与石油加工最密切的产业停工待料，产业发展受损，经济效益下降。

（2）耗能产业风险。可能引发与能源消费最密切的产业能源供不应求甚至中断，产业发展受损，经济效益下降。

（3）国民经济风险。可能引发的国民经济损失，如产业结构失调、GDP 增速减缓甚至下降。

（4）人文社会风险。可能引发的生活用煤、油、电供不应求，甚至中断，进而引发社会秩序混乱、动荡，甚至动乱等。

（5）环境生态风险。可能引发环境污染、生态破坏等风险事件。

第三，按风险自身特性可划分为数量保障风险（总量供需平衡）、质量保障风险（质量合格）、时间保障风险（按需求及时供应）、空间保障风险（按需求及时抵达目的地）、价格保障风险（在一定时期的较优价格）等。

2.1.3　煤炭和石油保障风险的分类与分级

在确定分类原则与分类方法基础上，分别进行不同的分类与分级。

第一，从风险源发生风险大小划分级别。从风险本身的特性及其数量大小出发，对风险进行级别划分，是煤炭与石油资源保障风险分级的方法之一。例如，从资源保障这一风险源出发，数量保障率高，其风险就低，对承险体造成的损失就小。但在此不是从承险体的损失大小分级，而是从风险源发生风险大小划分级别（表 2-8）。

表 2-8　煤炭与石油资源风险级别

风险级别	极高风险	高风险	中等风险	低风险	极低风险
数量保障/%	<40	41~55	56~70	71~85	>85
质量保障/%	<70	71~75	76~85	86~95	>95
时间保障/天	>30	20	15	10	<5
空间保障	距资源地很远，交通非常不便，如有需要，30 天以上才可以获得	距资源地较远，交通不便，如有需要，20 天内可以获得	距资源地较近，交通较方便，如有需要，15 天内可以获得	距资源地近，交通方便，如有需要，10 天内可以获得	距资源地很近，交通便利，有输油管线，如有需要，5 天内可以获得
价格合理	与期望值的差在 60% 以上	与期望值的差在 40% 以下	与期望值的差在 20% 以下	与期望值的差在 10% 以下	与期望值的差在 5% 以下

第二，按风险发生可能性大小划分级别。按煤炭与石油保障风险发生可能性分级，即从风险发生的可能性大小或概率高低划分级别，是煤炭与石油保障风险分级的方法之二。例如，将一定时期内风险事件发生概率 10% 以下的设为 5 级，发生概率 90% 以上的设为 1

级，其中间的分别设为 2~4 级（表 2-9）。

表 2-9　煤炭与石油保障风险发生可能性分级

风险级别	5 级	4 级	3 级	2 级	1 级
风险发生可能性	极低	低	中等	高	极高
一定时期内风险事件发生的概率	<10%	10%~30%	30%~70%	70%~90%	>90%
风险发生可能性的定性描述	一般情况下不会发生	极少情况下才发生	某些情况下发生	较多情况下发生	常常会发生
多年一遇风险发生的可能性	今后 20 年内发生的可能少于 1 次	今后 10~19 年内可能发生 1 次	今后 5~9 年内可能发生 1 次	今后 1~4 年内可能发生 1 次	今后 1 年内至少发生 1 次
风险案例 1：煤炭与石油供应保障率	50% 以下；即供应缺口在 50% 以上	70% 以下；即供应缺口在 30% 以上	80% 以下；即供应缺口在 20% 以上	90% 以下；即供应缺口在 10% 以上	95% 以下；即供应缺口在 5% 以上
风险案例 2：GDP 增长速度达标率（因煤炭与石油供不应求所引发的）	为负数	零增长	50%	70%	90%

　　第三，按承险体所承受的损失综合划分级别。在实践中，发生的概率大的风险事件，每次风险事件的损失不一定大，而可能小；发生的概率小的风险事件，每次风险事件的损失不一定小，很可能大。煤炭与石油保障风险的分级是根据预期风险发生后可能造成的损失大小确定的。现以资源风险分级为例，在煤炭与石油保障风险发生后，其可能引发的损失，分为两大领域，即经济社会领域和自然领域。前四方面均属于经济社会领域，第五方面属于自然领域。将承险体可能的风险损失分为极高风险、高风险、中等风险、低风险、极低风险 5 个级别，设 100% 实现目标为无风险，将实现目标小于 100% 的不同百分比，分别表示不同风险，从而使煤炭与石油保障风险损失得以数量化（表 2-10）。

表 2-10　煤炭与石油保障风险损失综合分级

风险级别		1	2	3	4	5
名称		承险体	极高风险	高风险	中等风险	低风险
煤炭与石油保障风险	能源产业	满足预期需求 40% 以下	满足预期需求 41%~55%	满足预期需求 56%~70%	满足预期需求 71%~85%	满足预期需求 85% 以上
	耗能产业	满足预期需求 60% 以下	满足预期需求 61%~75%	满足预期需求 76%~90%	满足预期需求 91%~95%	满足预期需求 96% 以上
	国民经济	影响 GDP 增长，降低 5% 以上	影响 GDP 增长，降低 2%	影响 GDP 增长，降低 1%	影响 GDP 增长，降低 0.5%	影响 GDP 增长，降低 0.4% 以下
	人文社会	政局不稳、社会动荡在 20 天以上	政局不稳、社会动荡在 11~19 天	政局不稳、社会动荡在 6~10 天以上	政局不稳、社会动荡在 5 天以下	政局不稳、社会动荡在 1 天以下

风险级别		1	2	3	4	5
名称		承险体	极高风险	高风险	中等风险	低风险
煤炭与石油保障风险	环境生态	发生严重污染，损失占GDP的1%	发生污染，损失占GDP的0.5%	发生轻度污染，损失占GDP的0.2%	发生轻微污染，损失占GDP的0.1%	发生轻微污染，损失占GDP的0.05%以下
	综合	满足预期需求40%以下；影响GDP增长，降低5%以上；政局不稳、社会动荡在20天以上；发生严重污染，损失占GDP的1%	满足预期需求41%~55%；影响GDP增长，降低2%；政局不稳、社会动荡在11~19天；发生污染，损失占GDP的0.5%	满足预期需求56%~70%；影响GDP增长，降低1%；政局不稳、社会动荡在6~10天；发生轻度污染，损失占GDP的0.2%	满足预期需求71%~85%；影响GDP增长，降低0.5%；政局不稳、社会动荡在5天以下；发生轻微污染，损失占GDP的0.1%	满足预期需求85%以上；影响GDP增长，降低0.4%以下；政局稳定、社会安定；环境生态正常

2.2　全国煤炭与石油保障风险识别与评价

2.2.1　煤炭与石油保障风险识别

上述煤炭和石油保障态势的分析结果显示，作为中国能源生产消费主体的煤炭和石油已经进入到需要国家与民众高度重视和关注的时期，煤炭和石油的保障风险问题日趋重要。而要分析和研究中国煤炭和石油的保障风险问题，首先就需要对保障风险加以识别，摸清煤炭和石油保障风险的风险特征、风险源、致险因子、承险体等相关概念和内容。

1. 煤炭和石油保障风险概念及特征

煤炭和石油的风险是在保障中国煤和石油供给的过程，实现保障目标的不确定性，以及未来的结果可能对中国现代化发展目标和进程的影响。

中国的煤炭和石油保障风险主要有三个特征：第一，中国的煤炭与石油保障风险属于战略性风险，由中国煤炭与石油供需矛盾的长期性、全局性、复杂性特点所决定，煤炭与石油保障风险也具有长期性、全局性和复杂性的特点，而煤炭与石油保障风险又是国家能源保障风险的主要组成部分；第二，煤炭与石油保障风险贯穿于供需矛盾的全过程，煤炭与石油保障风险是由煤炭与石油供需矛盾所引起的风险，其贯穿于煤炭与石油供需矛盾的全过程，包括资源勘探、资源开采（产品生产）、产品运输、产品销售和产品消费等各个环节，它们都可能是构成煤炭与石油保障风险的风险源；第三，以煤为主，煤、电、油、运等几种风险叠加，产生风险倍增效应。由于资源格局所限，在今后几十年内，中国以煤为主的能源资源结构、生产结构及其由此形成的消费结构，将难以根本改变，煤炭生产与消费的绝对量还将继续增长，风险叠加与倍增效应将会进一步加大。

2. 煤炭和石油保障风险相关因子识别

煤炭与石油保障风险是由煤炭与石油供需两个方面存在矛盾引起的风险。因此，其风险源存在于煤炭与石油供需的全过程，并可以分解为若干个独立而又相互联系的风险源：一是资源（包括国内外资源、国内资源量、剩余可采储量等，国外资源依存度、利用国外资源集中度、进口资源占世界进口量的比例）；二是生产（生产能力、产量等）；三是运输（海上运输量比例、运输距离、运输能力和运输量等）；四是销售（销售量等价格波动系数）；五是消费（消费量、消费需求增长率等）。关于煤炭和石油所涉及的风险领域、风险名称、风险源、主要风险指标、承险体及可能的风险后果等相关内容与划分如表 2-11 所示。

表 2-11　煤炭与石油保障风险源和承险体

风险领域	风险名称	风险源	风险指标	承险体	可能的风险后果
国内资源供给	资源风险	资源保证年限少 资源探明程度高 资源采收率低	资源保证度 资源探明程度率 资源采收率	能源产业 耗能产业 国民经济 人文社会 环境生态	燃料或电力供不应求，或供应中断，产业受损；GDP 增速下降或停滞，产业结构发生不利变化；影响社会稳定、安全；影响环境质量、安全
国外资源供给	资源风险	资源对外依存度高 资源进口集中度高 资源进口份额高	资源对外依存度 资源进口集中度 资源进口份额	能源产业 耗能产业 国民经济 人文社会 环境生态	燃料或电力供不应求，或供应中断，产业受损；GDP 增速下降或停滞，产业结构发生不利变化；影响社会稳定、安全；影响环境质量、安全
资源战略储备	资源风险	资源储备不足 外汇储备占世界份额小	资源储备度 国家外汇储备占世界份额	能源产业 耗能产业 国民经济 人文社会 环境生态	燃料或电力供不应求，或供应中断，产业受损；GDP 增速下降或停滞，产业结构发生不利变化；影响社会稳定、安全；影响环境质量、安全
生产领域	生产风险	占世界（全国）产量份额高 占一次能源生产比例高 生产弹性系数大 生产事故发生率高	占世界（全国）产量份额 占一次能源生产比例 生产弹性系数 生产事故发生率	能源产业 耗能产业 国民经济 人文社会 环境生态	燃料或电力供不应求，或供应中断，产业受损；GDP 增速下降或停滞，产业结构发生不利变化；影响社会稳定、安全；影响环境质量、安全
海上运输	运输风险	海上运输线路里程长 海盗打劫事件发生率高 海难事故发生率高	海上运输线路里程 海盗打劫事件发生率 海难事故发生率	能源产业 耗能产业 国民经济 人文社会 环境生态	燃料或电力供不应求，或供应中断，产业受损；GDP 增速下降或停滞，产业结构发生不利变化；影响社会稳定、安全；影响环境质量、安全

风险领域	风险名称	风险源	风险指标	承险体	可能的风险后果
管线运输	运输风险	管线里程长 管道使用年限长管线断裂等事故发生率高	管道线路长度 管道折旧程度 管线断裂等事故发生率	能源产业 耗能产业 国民经济 人文社会 环境生态	燃料或电力供不应求，或供应中断，产业受损；GDP增速下降或停滞，产业结构发生不利变化；影响社会稳定、安全；影响环境质量、安全
陆路其他运输	运输风险	陆上运输线路里程长 洪涝、低温雨雪灾害造成运输中断 车船事故发生率高	陆上运输线路里程 洪涝、低温雨雪灾害发生率 车船事故发生率	能源产业 耗能产业 国民经济 人文社会 环境生态	燃料或电力供不应求，或供应中断，产业受损；GDP增速下降或停滞，产业结构发生不利变化；影响社会稳定、安全；影响环境质量、安全
市场领域	市场风险	进出口产品占世界贸易总量份额高 价格波动系数大	进出口产品占世界贸易总量份额 价格波动系数	能源产业 耗能产业 国民经济 人文社会 环境生态	燃料或电力供不应求，或供应中断，产业受损；GDP增速下降或停滞，产业结构发生不利变化；影响社会稳定、安全；影响环境质量、安全
消费领域	消费风险	占世界（全国）消费量份额高 占一次能源消费的比例高 消费弹性系数高 能源节约率低 替代率低 消费排污率高	占世界（全国）消费量份额 占一次能源消费的比例 消费弹性系数 能源节约率 替代率 消费排污率	能源产业 耗能产业 国民经济 人文社会 环境生态	燃料或电力供不应求，或供应中断，产业受损；GDP增速下降或停滞，产业结构发生不利变化；影响社会稳定、安全；影响环境质量、安全

　　承险体是指在风险发生过程中的风险承受者。承险体所承受的风险也只能从经济（包括企业和产业）、社会（包括人口）和环境（包括水、土地、大气）中寻找。

　　在表2-11中将影响煤炭和石油的风险源和承险体的所有因子逐一列出，然后分析主次并从中遴选出主要因素，舍弃次要因素。对影响风险源和承险体两大系统的主要因素分别进行分层次的分析，从最高层直到最底层，从子系统、因子直到指标。

2.2.2　煤炭与石油保障风险评价指标体系

1. 煤炭和石油保障风险综合评价指标体系构建的原则

　　根据指标体系构建的一般原则和内在要求，煤炭和石油保障风险综合评价指标体系应能描述和表征某一区域的煤炭和石油保障的整体风险态势和特征，并能够反映和刻画出煤炭和石油保障过程各方面的风险状况。因此，在具体构建指标体系时，除应遵循通常的科学性、系统性、独立性、可操作性等原则之外（赵建安和郎一环，2008；李红强和王礼茂，2008），还需使煤炭和石油保障风险综合评价指标体系符合中国煤炭和石油保障的特点。例如，中国煤炭和石油资源、生产和消费的空间错位极为严重，石油消费的对外依存度正逐年上升等，在煤炭和石油保障上，就体现为需要跨区域、多渠道、大尺度的输送和调配等特性。

2. 指标体系的层次结构

根据我们前期研究和概念模型构建的成果，对煤炭和石油保障风险的综合评价，实质上是在对各风险源产生风险可能性评估的基础上进行集成和综合，进而形成煤炭和石油保障综合风险指数。为此，需要首先对各风险源加以解构和刻画。

资源风险对于某一地区而言，可以表征为区域内的资源保障风险和从区域外调入资源时产生的风险。前者可由资源保障程度和资源储备程度来衡量，后者则需通过对从外区域调入的资源量占本区域资源量的比例（如区外资源依存状况）和该区域调入外部资源的能力（通常由该区域经济发展水平来决定）来综合衡量。

生产风险可由生产事故或因生产无法满足需求时产生。前者可用生产事故发生率加以表征，后者则可通过生产弹性系数加以考量。

运输风险是煤炭和石油保障中相对复杂的风险。一方面，是因为运输方式具有多样性，如海洋运输、管道运输和铁路运输，且各种运输方式的差异甚大；另一方面，在于运输风险是煤炭和石油保障风险中贯穿全过程的风险，从资源开采到产品生产，再到产品的销售和消费，都可能需要进行空间上大尺度、大规模的运输和转换。在刻画运输风险时，首先需要分析不同运输方式的构成，再通过运输线路长度以及运输事故发生概率进行表征。

市场风险一般是指由价格波动而导致的煤炭和石油保障程度下降而引发的风险，与价格波动系数、产品进口比例、替代产品发展情况相关。

消费风险可由两个方面产生：一是由于消费量的迅速扩大；二是因消费导致潜在的环境污染。为此，可通过消费弹性系数和消费排污率加以表征。

在此，我们采用层次分析方法有关原则，将上述指标构建为目标层、准则层、子准则层和指标层共计4层，合计14个指标，来构成煤炭和石油保障风险指标体系。目标层是指整个指标体系需要达到的目的，即获得煤炭和石油保障综合风险度。准则层包含了资源、生产、运输、市场和消费五个部分。子准则层是对准则层的细化和深入。指标层则是利用可计算、易操作的指标来表征和反映子准则层的内容，共计14个指标（表2-12）。在此需要特别指出的是，我们所提出的14个具体指标，是在我们前期进行指标体系结构和具体指标研究的基础上，进一步遴选的结果。经过分析，我们认为，这14个指标具有典型性和代表性，基本能够反映和表征煤炭和石油保障过程中可能产生的主要风险。

表 2-12　煤炭和石油保障风险的综合评价指标体系

目标层	准则层	子准则层	指标层
煤炭和石油保障综合风险度	资源 B1	资源保障程度 C1	资源保证年限 D1
		资源储备程度 C2	资源储备天数 D2
		区外资源依存状况 C3	区外资源依存度 D3
		外调资源能力 C4	人均 GDP D4

目标层	准则层	子准则层	指标层
煤炭和石油保障综合风险度	生产 B2	生产事故状况 C5	重大生产事故发生率 D5
		生产弹性系数 C6	生产弹性系数 D6
	运输 B3	运输方式综合风险状况 C7	运输方式综合风险指数 D7
		运输距离 C8	运输距离风险指数 D8
		运输事故 C9	运输事故发生率 D9
	市场 B4	进口产品状况 C10	进口煤炭和石油产品比率 D10
		价格波动状况 C11	价格波动系数 D11
		替代产品发展状况 C12	替代煤炭和石油产品比重 D12
	消费 B5	消费弹性系数 C13	消费弹性系数 D13
		消费排污情况 C14	人均 SO_2 排放量 D14

3. 指标的计算方法

评价指标的具体构成需要充分考虑到数据来源的易获得性、可计算性和可比较性等可操作性因素。同时，对于一些较复杂的风险源过程，如煤炭和石油保障风险过程中的运输风险源，就需要进行较为深入的分析，以期能够得到刻画风险的较为全面的结果。

指标 D1～D6，D10～D14 的获取与计算方法如表 2-13 所示。

表 2-13　煤炭和石油保障风险的指标计算

代码	指标名称	指标计算方法	单位	归一化基准值
D1	资源保证年限	区域内资源剩余探明可采储量/年开采量	年	30
D2	资源储备天数	区域内储备资源量/每日消费量	天	90
D3	区外资源依存度	区外调入资源量/资源消耗总量	%	80
D4	人均 GDP	GDP 总量/总人口	CNY（元）	50 000
D5	生产弹性系数	生产量增长率/GDP 增长率	%	0.45
D6	重大生产事故发生率	重大生产事故死亡人数/产品总量	人/M tce	5
D7	运输方式综合风险指数	详见下面正文	%	1
D8	运输距离风险指数	详见下面正文	%	1
D9	运输事故发生率	详见下面正文	%	1
D10	进口能源产品比率	进口能源产品数量/该产品总消耗量	%	0.50
D11	价格波动系数	（评价时段内最高价格－评价时段内最低价格）/评价时段内平均价格	%	1
D12	替代能源产品比重	替代能源消耗量/区域能源消耗总量	%	30
D13	消费弹性系数	能源消费量增长率/GDP 增长率	%	55
D14	人均 SO_2 排放量	能源消耗的 SO_2 排放量/总人口	kg	30

注：归一化基准值通过专家咨询、行业标准等方式来加以确定

指标 D7 ~ D9 的获得，其具体计算方式如下所述。

D7 为运输方式综合风险度 T：

$$T = \frac{1}{3} \sum_{i=1}^{n} \frac{m_i}{M} \times r_i \tag{2-1}$$

式中，m_i 为第 i 种运输方式运输量；M 为运输总量；r_i 为第 i 种运输方式风险系数（表2-14）。

表 2-14　不同运输方式的风险系数

运输方式	管道	海运	铁路	公路	江河
风险性	低	高	中等	中等	中等
风险系数	1	3	2	2	2

D8 为运输距离风险指数 P：

$$P = \frac{1}{3} \sum_{i=1}^{n} p_i \times r_i \tag{2-2}$$

式中，p_i 为第 i 种运输方式的运输距离对应的量化分值（表 2-15）。例如，以铁路运输700km 时，$p_i = 0.5$；r_i 为第 i 种运输方式风险系数（表 2-14）。

表 2-15　不同运输距离风险度

运输距离风险度	低	较低	中等	较高	高
量化分值	0.1	0.3	0.5	0.7	0.9
铁路/km	<300	300 ~ 600	600 ~ 900	900 ~ 1200	>1200
海运/mille	<1000	1000 ~ 2500	2500 ~ 4000	4000 ~ 5500	>5500
管道/km	<500	500 ~ 1500	1500 ~ 2500	2500 ~ 3500	>3500
其余运输方式	<200	200 ~ 400	400 ~ 600	600 ~ 800	>800

D9 为运输事故发生率。运输事故的发生率可通过对运输事故的发生状况刻画和分析，并进行评级（表 2-16）。

表 2-16　运输事故发生率

运输事故发生率	低	较低	中等	较高	高
量化分值	0.1	0.3	0.5	0.7	0.9
运输事故发生状况	运输工具和线路条件好，发生自然和人为重大事故在 1 件以下	运输工具和线路条件较好，发生自然和人为重大事故在 2 ~ 3 件	运输工具和线路条件一般，发生自然和人为重大事故 3 ~ 4 件	运输工具和线路条件较差，发生自然和重大人为事故 4 ~ 5 件	运输工具和线路条件很差，发生自然和人为重大事故在 5 件以上

在上述构建的指标体系中，D7 ~ D9 为定性指标，采取了定性指标半定量化的处理方法，处理的数值可直接用于综合评价。D1 ~ D6 和 D10 ~ D14 为定量指标，可以直接通过收集到的数据进行计算，并且需要归一化处理后再用于综合评价。在进行归一化处

理时，对于正向指标（D3、D5 ~ D11、D13 ~ D14），即指标数值与煤炭和石油保障风险呈正相关的数值，按式（2-3）计算，而负向指标，即 D1、D2、D4、D12 按式（2-4）计算。其中：

$$\widehat{d_i} = \frac{d_i}{\lambda_i} \qquad (2\text{-}3)$$

$$\widehat{d_i} = 1 - \frac{d_i}{\lambda_i} \qquad (2\text{-}4)$$

对于正向指标，若 $\widehat{d_i} > 1$，则按式（2-3）处理；对于负向指标，若 $\widehat{d_i} < 0$，则按式（2-4）处理。d_i，$\widehat{d_i}$，λ_i 分别为第 i 个指标直接计算得到的数值、归一化数值和归一化基准值。

2.2.3　煤炭与石油保障风险评价模型

1. 模型的选择与权重的计算

煤炭和石油保障风险综合评价指标体系权重的计算采取层次分析法和熵值法相结合的方法。层次分析法（analytical hierarchy process，AHP）是一种定性与定量相结合的决策分析方法，是将决策者对复杂系统的决策过程模型化、数量化的过程。这种方法有助于决策者将复杂问题分解成若干层次和若干因素，在若干因素之间进行简单的比较和计算，从而得出不同方案的权重（王礼茂和方叶兵，2008）。通过专家打分及对各个指标的相互比较，可计算指标权重，结果如表 2-17 所示。

表 2-17　利用 AHP 和熵技术确定的指标体系权重

准则层指标	B1	B2	B3	B4	B5	—	—
AHP 权重	0.470	0.106	0.245	0.133	0.047	—	—
熵修正权重	0.393	0.079	0.352	0.151	0.025	—	—
最终组合权重	0.393	0.079	0.352	0.151	0.025	—	—
指标层指标	D1	D2	D3	D4	D5	D6	D7
AHP 权重	0.466	0.156	0.299	0.078	0.800	0.200	0.644
熵修正权重	0.381	0.185	0.387	0.046	0.800	0.200	0.596
最终组合权重	0.150	0.073	0.152	0.018	0.063	0.016	0.210
指标层指标	D8	D9	D10	D11	D12	D13	D14
AHP 权重	0.271	0.085	0.705	0.172	0.123	0.250	0.750
熵修正权重	0.346	0.057	0.682	0.231	0.087	0.250	0.750
最终组合权重	0.122	0.020	0.103	0.035	0.013	0.006	0.019

注：AHP 权重指直接由层次分析法确定的权重，熵修正权重指对层次分析法确定权重基础上运用熵值法修正后的权重，最终组合权重是指各指标对于目标层的权重

然而，在使用层次分析法处理时，容易出现标度把握不准和丢失信息等问题。解决这些问题的有效途径，就是用熵技术对利用 AHP 法确定的权重进行修正（徐建华，2002）。根据熵技术修正的一般原理、方法及运用程序，可得到修正对上述计算后的各项指标权重（表 2-17）。

2. 煤炭和石油保障风险的综合评价模型

借鉴其他风险研究的综合评价方法，我们进一步构建煤炭和石油保障综合风险度的表达方式以及各风险源风险度的评价模型。

煤炭和石油保障综合风险度指数（coal and oil comprehensive security risk index，在此我们将其表达为 ECSRI，下同）可最终表述为

$$\text{ECSRI} = \sum_{i=1}^{5} (b_i \times \beta_i) \tag{2-5}$$

各风险源的风险度 b_i：

$$b_i = \sum_{k=m}^{n} (\widehat{d_k} \times \mu_k)(i = 1,2,3,4,5) \tag{2-6}$$

式中，ECSRI 为煤炭和石油保障综合风险度指数；b_1、b_2、b_3、b_4、b_5 分别为资源风险度指数、生产风险度指数、运输风险度指数、市场风险度指数和消费风险度指数；$\widehat{d_i}$ 为各指标归一化指数；β_i 为各风险度对应权重；μ_k 为各指标对应的权重；m，n 分别为第 i 个风险源所对应的具体指标的初始编码和末位编码。

3. 风险综合评价分级

根据评价模型计算得到的 ECSRI，参照煤炭和石油保障风险综合等级级别标准值（表 2-18），将具体计算所获得的 ECSRI 与标准值进行比较，从而获得综合风险等级的级别。

表 2-18　煤炭和石油保障综合风险级别划分

ECSRI 数值	0～0.20	0.20～0.40	0.40～0.60	0.60～0.80	＞0.80
风险级别	V 级	IV 级	III 级	II 级	I 级
风险发生可能性	极低	低	中等	高	极高
风险发生可能性的定性描述	今后 20 年内可能发生的次数少于 1 次	今后 10～19 年内可能发生 1 次	今后 5～9 年内可能发生 1 次	今后 1～4 年内可能发生 1 次	今后 1 年内至少发生 1 次

2.2.4　结语

当前，在中国经济快速增长的格局下，能源供应面临着如何保障经济增长和保护生态环境的双重压力，且这两者的矛盾将日趋尖锐。从总体上看，中国能源资源保证程度较高。如果按每年需要 20 亿 tce 计算，仅煤炭即可满足 200 年以上的消费需求。由此说明，中国的能源总量很大，保证 21 世纪中国能源供应不成问题。问题在于能源资源结构、能

源资源分布和能源消费所引起的环境污染，以及大规模煤炭运输和煤炭发电输配电引发的风险问题。在此，我们对中国煤炭与石油的保障风险有以下三点基础性认识：第一，中国煤炭多、石油少的资源结构，造成了全局性石油保障风险大大高于煤炭，就全局而言，能源保障风险实际上即石油保障风险问题；第二，中国煤炭与石油资源分布与消费布局的错位，造成了部分发达地区煤炭与石油保障风险大；第三，中国以煤为主的能源消费结构如果不能得到有效控制，所引起的环境问题将日趋严重（赵建安和郎一环，2008）。

建立煤炭和石油保障风险评估指标体系是评价中国能源安全的重要基础和主要内容。包括对影响煤炭和石油保障风险的因素进行分析，归纳出从资源到消费五方面的保障风险要素；在构建煤炭和石油保障风险指标体系和参考国内外能源安全指标体系构建理论和方法的基础上，运用层次分析法（AHP 模型），分析煤炭和石油保障风险机制，提出用资源指标、生产指标、运输指标、市场和消费指标描述和刻画影响煤炭和石油安全保障风险的五大类型14 项指标；对煤炭和石油风险源发生风险的可能性大小进行了初步的理论预测研究，初步建立了煤炭和石油保障风险指标体系的基本框架；借鉴有关风险综合评价方法，构建了煤炭和石油保障综合风险度表达方式以及各风险因子引发风险度的评价模型。而对于风险源可能造成风险级别大小，以及风险发生后承险体的损失大小则有待于今后进一步研究。

为此，加快煤炭与石油保障风险的研究已经显得十分必要，其研究结果将有助于从风险防范和风险控制角度，提高中国的能源供给保障程度和能源利用效率，促进新能源的开发和替代。

2.3　煤炭与石油保障风险图

中国煤炭与石油资源保障风险图的制作采用计算机数字制图的方式完成，即在计算机硬、软件环境的支持下，应用数学逻辑方法，研究地图空间信息的获取、变换、存储、处理、识别、分析和图形输出的理论方法和技术工艺手段。制图过程实际上就是对数据的编辑处理、管理维护和可视化再现的过程。

2.3.1　制图方法

数字制图中，数据连接各个制图环节，涉及的最主要技术和方法有图数转换的数字化技术，生成、处理和显示图形的计算机图形学，数据库技术，地图概括自动化技术，多媒体技术等。

1. 数据处理与编辑技术

数字地图数据处理和编辑是计算机地图制图的中心工作。数据处理的主要内容包括以下两个方面：一是数据预处理，即对数字化后的地图数据进行检查、纠正，统一坐标原点，进行比例尺的转换，不同地图资料的数据合并归类等，使其规范化；二是为了实施地图编制而进行的计算机处理，包括地图数学基础的建立，不同地图投影的变换，数据的选取和概括，各种地图符号、色彩和注记的设计与编排等。

2. 制图数据库管理技术

中国煤炭与石油资源保障风险图的制作中采用数据库集成化的理念，构建数据库管理系统，建立空间数据和属性数据之间的连接，并实现其共同管理和相互查询。

（1）基础地理信息数据库，课题组收集了 1：25 万及 1：100 万的基础地理信息，包括各级行政区界、居民点、交通、水系、山峰、冰川和沙丘等。

（2）专题基础信息数据，包括煤炭资源的地理分布，主要信息有已探明煤炭资源分布、预测的煤炭资源分布、煤矿点、矿业公司（集团）等；石油资源的地理分布，主要信息有含油气盆地和大中型油田等地理分布。这些信息源于有关部门的内部资料，原始资料均为纸质图件，其中煤炭资源的地理分布图件按省份分幅，比例尺为 1：75 万至 1：800 万不等，多数省份的比例尺大于 1：400 万。石油资源的地理分布图件为全国一幅，比例尺为1：400 万。课题组对这些纸质图件进行了矢量化处理，进而形成了矢量数据。

（3）专题数据，煤炭与石油资源保障综合风险的分类指标（包括资源、生产、运输、市场和消费）等级及综合风险等级。

2.3.2 煤炭与石油保障风险制图

中国煤炭与石油保障风险图共 3 幅，比例尺为 1：400 万，分别标示各省份煤炭、石油及煤炭石油资源保障风险程度及其资源、生产、运输、市场和消费等各方面的分类指标等级（1：400 万的彩色挂图，其中中国煤炭石油资源保障综合风险示意图参见彩图 1）。采用底色与注记标示各省（自治区、直辖市）石油资源保障综合风险等级；采用柱状图的高低标示资源、生产、运输、市场和消费等各方面的分类指标等级。

2.3.3 煤炭与石油保障风险区域特征及高风险区识别

全国各省（自治区、直辖市）煤炭、石油资源保障综合风险评价结果如表 2-19 所示。结果显示：全国煤炭资源保障综合风险平均水平为Ⅳ级（即在未来 20 年内，出现重大煤炭资源保障风险事件的可能性为 10～19 年 1 次）。其中风险程度最高的省（自治区）为西藏，综合风险水平达Ⅱ级（即在未来 20 年内，出现重大煤炭资源保障风险事件的可能性为 1～4 年 1 次）；其次为天津、上海、江苏、浙江、湖北、广东、海南 7 个省（直辖市），综合风险水平为Ⅲ级（即在未来 20 年内，出现重大煤炭资源保障风险事件的可能性为 5～9 年 1 次）；北京、河北、辽宁、吉林、安徽、福建、江西、山东、湖南、广西、甘肃、青海、宁夏共 13 个省（自治区、直辖市）的综合风险水平为Ⅳ级；山西、内蒙古、黑龙江、河南、重庆、四川、云南、贵州、陕西、新疆等 10 省（自治区、直辖市）为中国煤炭资源保障风险最低的省份，综合风险水平为Ⅴ级（即在未来 20 年内，发生重大煤炭资源保障风险事件可能性低于 20 年 1 次）。

从全国总体看，中国石油资源保障综合风险较煤炭高一个级别，平均水平为Ⅲ级。其中风险程度最高的省份有辽宁、上海、浙江、安徽、江西、湖南、广东等 7 个省（直辖市），综合风险水平达Ⅱ级；其次为北京、内蒙古、山西、江苏、福建、湖北、广西、海南、重庆、四川、西藏、云南、甘肃、宁夏14个省（自治区、直辖市），综合风险水平为Ⅲ级；河北、吉林、河南、贵州、陕西5省的石油资源综合保障风险水平为Ⅳ级；而天津、黑龙江、山东、青海、新疆5省（自治区、直辖市）的石油资源综合保障风险水平为Ⅴ级。

表 2-19 中国各省（自治区、直辖市）煤炭、石油资源保障综合风险评价表

省份	煤炭资源保障综合风险						石油资源保障综合风险						煤炭石油资源保障综合风险					
	资源	生产	运输	市场	消费	综合风险等级	资源	生产	运输	市场	消费	综合风险等级	资源	生产	运输	市场	消费	综合风险等级
北京	4	3	4	4	4	Ⅳ级	1	4	4	2	4	Ⅲ级	2	3	4	3	4	Ⅲ级
天津	1	4	4	4	3	Ⅲ级	4	4	5	4	3	Ⅴ级	2	4	4	4	3	Ⅳ级
河北	4	2	4	4	3	Ⅳ级	4	3	3	4	3	Ⅳ级	4	2	3	4	3	Ⅳ级
山西	5	2	5	4	1	Ⅴ级	1	3	3	4	3	Ⅲ级	3	2	5	4	1	Ⅳ级
内蒙古	5	2	5	4	1	Ⅴ级	2	3	3	4	3	Ⅲ级	3	2	4	4	1	Ⅳ级
辽宁	4	4	4	4	2	Ⅳ级	1	5	2	2	2	Ⅱ级	2	4	3	3	2	Ⅳ级
吉林	3	4	4	4	4	Ⅳ级	4	3	3	4	4	Ⅳ级	3	4	4	4	4	Ⅳ级
黑龙江	5	4	5	4	4	Ⅴ级	5	5	5	4	4	Ⅴ级	5	4	5	4	4	Ⅴ级
上海	2	5	4	4	3	Ⅲ级	1	5	3	1	3	Ⅱ级	1	5	3	2	3	Ⅱ级
江苏	1	5	3	4	3	Ⅲ级	1	5	3	1	3	Ⅱ级	1	5	3	2	3	Ⅲ级
浙江	1	5	4	4	3	Ⅲ级	1	5	3	1	3	Ⅱ级	1	5	3	2	3	Ⅲ级
安徽	5	2	3	4	4	Ⅳ级	1	3	3	1	4	Ⅱ级	3	2	3	2	4	Ⅲ级
福建	2	4	4	4	4	Ⅳ级	1	3	3	4	4	Ⅲ级	1	3	4	4	4	Ⅲ级
江西	3	2	4	4	4	Ⅳ级	1	3	3	4	4	Ⅲ级	2	2	3	4	4	Ⅲ级
山东	4	3	4	4	4	Ⅳ级	5	4	5	4	3	Ⅴ级	4	3	4	4	3	Ⅳ级
河南	5	4	4	4	4	Ⅴ级	3	3	3	4	3	Ⅳ级	4	3	4	4	4	Ⅳ级
湖北	2	5	4	4	4	Ⅲ级	2	5	2	4	4	Ⅲ级	2	5	3	4	4	Ⅲ级
湖南	4	2	4	4	4	Ⅳ级	1	3	2	2	4	Ⅱ级	2	2	3	3	4	Ⅲ级
广东	1	5	3	4	4	Ⅲ级	1	5	2	2	4	Ⅱ级	1	5	3	3	4	Ⅱ级
广西	3	2	4	4	3	Ⅳ级	2	3	3	4	3	Ⅲ级	2	2	4	4	3	Ⅲ级
海南	1	5	3	4	5	Ⅲ级	1	5	5	1	5	Ⅲ级	1	5	4	2	5	Ⅲ级
重庆	5	2	5	4	2	Ⅴ级	2	3	5	4	2	Ⅲ级	3	2	5	4	2	Ⅳ级
四川	5	2	5	4	2	Ⅴ级	2	3	3	1	4	Ⅲ级	3	2	5	4	2	Ⅳ级
贵州	5	3	5	4	2	Ⅴ级	1	5	5	4	2	Ⅳ级	3	4	5	4	2	Ⅳ级
云南	5	2	5	4	4	Ⅴ级	1	3	3	4	3	Ⅲ级	3	2	5	4	4	Ⅳ级
西藏	1	2	1	4	5	Ⅱ级	1	5	3	4	5	Ⅲ级	1	2	2	4	5	Ⅱ级
陕西	5	2	5	4	2	Ⅴ级	3	3	4	4	2	Ⅳ级	4	2	4	4	2	Ⅳ级
甘肃	5	2	4	4	3	Ⅳ级	2	3	3	4	3	Ⅲ级	3	2	3	4	3	Ⅲ级
青海	5	2	4	4	4	Ⅳ级	5	3	4	4	4	Ⅴ级	5	2	4	4	4	Ⅳ级
宁夏	5	2	4	2	1	Ⅳ级	2	3	3	4	2	Ⅲ级	3	2	3	3	1	Ⅲ级
新疆	5	2	5	4	2	Ⅴ级	5	3	5	4	2	Ⅴ级	5	2	5	4	2	Ⅴ级

综合煤炭与石油两种主要能源的保障风险程度，可以看出：在未来20年内，中国煤炭与石油资源保障综合风险平均等级为Ⅲ级，发生重大能源保障风险事件的可能性平均为5~9年1次；其中风险程度最高的省（自治区、直辖市）有上海、浙江、广东、西藏4个省（自治区、直辖市），其综合风险水平为Ⅱ级；其次为北京、辽宁、江苏、安徽、福建、江西、湖北、湖南、广西、海南、甘肃、宁夏12个省（自治区、直辖市），综合风险水平为Ⅲ级；天津、河北、山西、内蒙古、吉林、山东、河南、重庆、四川、贵州、云南、陕西、青海13个省（自治区、直辖市），综合风险水平为Ⅳ级；仅黑龙江和新疆两省（自治区）的综合风险等级为Ⅴ级。

2.4　能源保障风险综合防范对策

能源安全的核心内涵是保证能源持续、稳定地供应，安全状态指能源的生产、运输、供应、消费等各个环节都处于没有危险、不受威胁、不出事故的状态。能源安全是具有全局性、战略性和前瞻性的问题，能源安全不仅取决于自然资源条件、生产能力、市场供求及价格、应急保障能力等，还涉及一些突发性因素，如局部战争、政治动乱、自然灾害造成的能源减产、运输中断、生产事故、价格急剧波动等多种因素。

今后较长一段时期，中国能源需求仍将持续较快增长，能源对外依存度还将继续增长。中国是一个以煤炭为主的国家，能源消费与环境保护的矛盾比较突出，随着全球气候变化问题的升温，对能源安全的认识已出现一些新的变化，能源安全不仅要包含稳定经济的能源资源物理量的供应安全，也要包含能源生产和使用过程中的生态环境安全。

因此，中国能源安全的概念可以概括为，在时间、数量、价格和品质四方面满足国民经济与社会发展的能源需求，做到供应持续、数量充足、价格合理、品质清洁。

2.4.1　中国能源安全面临的主要风险分析

1. 国际石油市场变化对中国经济社会发展和能源安全的影响

中国是世界第二石油消费大国和进口大国，动荡的世界石油市场、跌宕起伏的国际石油价格已成为影响中国能源安全的最重要的因素。

1）中国利用世界石油资源面临的主要风险

进口来源多元化程度不够。近年来，尽管中国原油进口来源多元化有一定进展，但仍主要集中在中东、非洲和俄罗斯等地区和国家。目前，从中东进口的原油占中国原油总进口量的约45%，从非洲进口的原油占中国原油进口总量的约33%。从沙特阿拉伯、阿曼、安哥拉、伊朗和俄罗斯五个国家进口的原油量占中国原油进口总量的60%。中东和非洲地区是目前国际局势动荡的主要地区，局部冲突持续不断，恐怖事件频繁发生，影响中国石油进口安全。

运输通道单一，安全保障程度差。中国从中东、非洲进口的原油严重依赖霍尔木兹海峡和马六甲海峡，运输距离远，运输通道单一，安全防护能力较弱。尤其是中国海运能力不足，石油进口大量依靠外轮运输，更容易受制于人。此外，一些国家试图控制马六甲这一咽喉通道，美国、日本、印度、印度尼西亚和马来西亚等国都有海军布防，马六甲海峡东部存在多国边界纷争。对马六甲海峡的过分依赖，给中国石油海上运输通道带来很大的潜在风险。近年来索马里海盗活动猖獗，使得进口石油运输通道风险进一步加大。

被动接受高油价，对国际市场价格影响力有限。石油贸易是中国利用国际石油资源的主渠道。当前世界石油市场具有资源配置市场化、贸易方式多样化、交易手段金融化的特点。但地缘政治不稳、供求偏紧、自然灾害，加上游资炒作，使石油价格严重脱离价值，形成巨大资源泡沫。自 2003 年以来，国际油价不断攀升，原油价格由每桶大约 30 美元上涨至 2008 年 7 月 11 日每桶 147 美元的历史高点，尽管目前世界油价已经回落到每桶 80 多美元，但是在全球金融危机以后，尤其是在美元发行量加大，不断贬值和汇率不断下降的情况下，仍可反弹至每桶 90～100 美元。从生产总量、消费总量、消费增量和进口量来看，中国已经是世界的石油生产大国、消费大国，但对国际石油市场价格影响力有限，目前只能被动接受国际石油价格。

竞争国际资源力量有限。中国凭借友好关系介入中东和非洲的油气资源，并取得了一定成效。但美国等一些国家重新部署其能源外交战略，加强对世界石油资源的控制，在政治上、外交上、市场上排挤中国，企图削弱中国在石油资源国、生产国的影响。伊拉克战争后，美国控制了石油大国伊拉克，近年来又采用政治、经济和军事等多种手段垄断了乍得、几内亚和刚果（布）等国的几乎全部油气资源。欧盟和日本也乘机加强了与伊拉克的合作。日本开始在非洲进行能源方面的投资。另外，印度也大力开拓非洲能源，围绕着能源资源的竞争日趋激烈。

2）世界石油市场对中国经济运行的影响

世界石油市场对中国经济运行的影响主要表现在以下四个方面。

（1）油价上涨是威胁经济健康持续发展的不利因素。油价的不断上涨，引起石油相关产品价格的上涨，加大了中国企业的生产成本，压缩了石油产品消费企业和企业的利润空间，直接给交通运输、冶金、轻工、石化、农业等相关产业带来不同程度的影响，进而加大了整体经济运行成本。据亚洲开发银行估计，油价每上涨 10 美元，将会使亚洲新兴国家，尤其是石油进口大国的经济增长率削减 0.6 个百分点。

（2）石油进口量增加和国际油价上涨引起物价上涨连锁反应，加大了中国通货膨胀的压力，造成输入型通货膨胀。国际石油价格的上升会引发电力、煤炭、化纤、棉花、金属、建材等相关制造业原料价格上升，进而通过产业链的传递作用，引发下游相关产品价格的上升，造成输入型通货膨胀。2008 年 1～3 月，中国原油出厂价格同比上涨 37.9%；石油加工产品中的汽油、柴油和煤油出厂价格分别上涨 9.9%、10.9% 和 12.1%；与此相应，中国同期原材料、燃料、动力购进价格同比上涨 9.8%，工业品出厂价格水平（producer price index，PPI）上涨 6.9%。

（3）国际油价上涨使得中国石油进口成本大幅增加。中国是世界第二大石油进口国，仅次于美国。2007 年，中国石油净进口量增长 8.4%，达到 18 348 万 t。高油价直接导致支付外汇的增加。按照 2005 年的进口平均单价计算，2006 年中国进口原油和成品油多支付 152.62 亿美元。按 2007 年中国石油净进口量 1.8 亿 t 计算，油价每上涨 10 美元，导致中国多支付 130 多亿美元。

（4）国际石油市场和价格波动是影响中国石油供需平衡的重要因素。近年来，中国石油消费量保持在6%左右的增幅，而自产原油产量只有不到2%的增幅，从国际市场获取石油资源成为满足国内石油需求、实现国内石油供需平衡的必然选择。据预测，未来几年，中国原油进口量的增长将达到10%以上，成品油的进口量增长在8%左右，总的石油进口量增长将达到年均6%。到2030年，中国石油消耗量约80%需要依靠进口。因此，国际石油市场和价格波动成为影响国内石油供需平衡的重要因素。

2. 煤电运矛盾对中国社会经济发展和能源安全的影响

煤炭、电力和运输是中国的基础产业，多年来，中国煤电运矛盾一直存在。在计划经济体制下，煤炭和电力行业是严格按照指令生产经营，煤电产业链被内部化，煤电之间的矛盾也是通过内部行政手段予以协调。但是，由于煤炭行业和电力行业市场化改革不同步，煤电矛盾进一步加深。目前，理论界主要从经济学的角度分析煤电关系，政府管理也习惯用价格手段解决煤电问题。近年来，国家从理顺煤电价格机制出发，连续出台各种政策，试图解决煤电矛盾，然而，实际执行效果并不理想，没有从根本上解决煤电问题，反而相继陷入了困境。

1）煤电运经常处于失衡状态，成为维护能源安全的突出矛盾

煤电发展失衡主要体现在以下四个方面。

a. 电煤供应总体上呈现偏紧态势，局部地区出现了煤炭供应紧张的现象

2002～2007年，中国发电装机平均每年净增7233万kW，其中火电装机平均每年增幅达到5810万kW。火电装机的大幅度增长使得电煤需求增长迅猛，在此期间，电煤需求平均年增12 643万t，到2007年年底，电煤消费达到12.9亿t，占煤炭总消费量的比例首次超过50%，达到50.8%。2008年上半年，全国发电用煤占原煤总消费量比重进一步上升，达到54%左右。而煤炭产能建设相对滞后，加之关产压井政策，造成电煤资源紧张、缺煤停机容量增多，电力短缺由装机容量型不足向电煤原料型不足转变。

b. 商品煤与电煤价差扩大，电煤合同签约率和兑现率降低

2002～2007年，商品煤价格和电煤价格均呈现强劲增长态势，中国重点煤矿商品煤平均出矿价由169.4元/t增长到330.1元/t，平均年增长14.6%。发电用煤平均出矿价由138元/t增长到230.6元/t，平均年增长10.8%。由于电煤价格年均增长率低于商品煤约4个百分点，两者差价由不到30元/t增加到近100元/t。利益驱使煤炭企业减少重点合同电煤的计划量，以获取更高的收益，致使电煤合同兑现率走低，特别是地方及乡镇煤矿合同兑现率有大幅下降趋势。

国家电力监管委员会调研资料显示，2008年华东区域签订的重点合同仅占预计耗煤量仅75.89%，预计兑现率为83.73%；签订的有量无价合同，预计占耗煤量的19.79%；签订的市场采购合同，预计占耗煤量的3.87%。市场采购合同和有量无价合同兑现率大约在50%。此外，由于近几年新投产煤电机组较多，新增电煤需求计划不足，国家分配重点合同量与实际需求量缺口逐年加大，致使电煤计划由原来占需求量的80%降至目前的60%左右。电煤价格不断上涨，造成发电行业整体亏损，发电企业生产积极性不高，造成电力供应相对紧缺。

c. 煤炭运输瓶颈长期存在

中国煤炭资源主要集中在西部和北部地区，其中山西、内蒙古、陕西是中国电煤的主要产地，华东、广东、华中电力用煤主要靠这三省（自治区）供应。山西电煤外运占到全国电煤的 40% 左右。目前北煤南运的输送能力为 9 亿 ~ 10 亿 t，输送能力缺口 2 亿 ~ 3 亿 t。中国铁路的运力很紧张，难以满足煤炭运输需求，这在一定程度上加剧了煤炭供应的紧张状况。从 2004 年 "电荒"，铁路集中 20 天突击抢运电煤，到 2008 年的冰雪灾害全国抢运电煤，说明抢运电煤只能解决一时的燃 "煤" 之急，治标不治本。中国北煤南运、西煤东运的格局在未来几十年间将表现得更加突出。能否在煤炭主产区和煤炭主消费区之间建立高效畅通的现代综合运输体系，将成为制约煤炭持续稳定供给的重要因素。预计，到 2030 年，中国东部煤炭调入区的 19 个省份煤炭需求将达到 24 亿 t，扣除区内保留的 6.8 亿 t 煤炭供应能力，供应缺口将达到 17 亿 t，不足部分主要由晋陕蒙地区供给，煤炭运输压力将进一步增大。

d. 中间环节费用过高

近几年，由于铁路运力紧张、吨公里运价上涨，港口滞期严重、船舶滞期费增加，国际油价屡创新高、燃油附加费增大，还有海轮进港的货物港务费、海轮使用的拖轮费、矿务专线费等各种费用提高，使得电煤中间环节成本增大，这也是造成高煤价的主要原因之一。例如，2008 年 6 月下旬山西大同发热量在 5500Cal（1Cal = 1kcal）以上的煤炭坑口价为 265 ~ 360 元/t，山西朔州发热量 4500 ~ 5000Cal 的煤炭坑口价为 225 ~ 265 元/t，而到秦皇岛港口价格分别为 820 ~ 930 元/t 和 630 ~ 785 元/t。两者差价在每吨煤 400 ~ 600 元。又如长三角地区煤源中，山西煤占了一半，2008 年 3 月上旬上海地区来自山西的煤炭到港口价格（经运河水运）为 590 ~ 670 元/t，较坑口价高出 400 元左右。此外，电煤中间环节费用除国家规定的铁路运输费和各项基金以外，还存在一些 "点装费"、"请车费" 和 "铁路代发费" 等不合理的费用。

2008 年下半年以来，受全球金融危机和国家宏观调控政策的双重影响，国内高煤耗和高电耗行业发展缓慢，甚至出现负增长，国内电力需求增长速度急剧下降，电煤需求增长速度也随之而走低，电力负荷下降，发电企业全面亏损，煤炭价格走低，港口库存积压严重，煤炭供应和电力供应又出现相对过剩的端倪。

2）煤电运矛盾对中国经济社会发展的影响

a. 煤电运矛盾对经济发展制约明显

从 2002 年下半年起，中国经济进入新一轮增长周期，在各种经济因素助推下，全国电力需求增长迅猛，电力供应短缺状况再度出现，2003 年、2004 年逐渐发展成全国性、持续性缺电局面。其中，2003 年全国先后共有 23 个省级电网出现了拉闸限电，全国最大电力缺口上升至 1500 万 ~ 2000 万 kW，电量缺口达到 250 亿 kW 时；2004 年中国电力供需形势成为自 20 世纪 90 年代以来最为严峻的一年，全国先后共有 26 个省级电网出现了拉闸限电，全国最大电力缺口上升至 4000 多万千瓦，电量缺口达到 650 多亿千瓦时，电力短缺对经济发展形成制约和瓶颈作用。

b. 发电企业全面亏损有可能引发银行信贷风险，增加国民经济运行的不确定性

目前，很多发电企业的生产经营只能依靠银行贷款勉强运转，由于经营状况恶化，发

电企业到期不能偿还的贷款，则依靠增加新的银行贷款来还旧账。随着发电企业经营状况进一步恶化，银行出于信贷安全的考虑，很多银行已经不给发电企业发放贷款，发电企业在银行信用等级也在降低。在很多地方，即使有五大发电集团总部的担保，银行也不发放贷款，发电企业无法运转，结果就是严重的"电荒"。发电企业亏损还有一个重大的隐患，就是可能引发银行信贷风险，增加国民经济运行的不确定性，其后果不容忽视。这么大的资金投入到发电行业，一方面保证了国民经济发展的电力需求，同时也推动了电力装备的进步，促进了小火电关停和节能减排工作。但另一方面，目前发电企业连生产都难以为继，巨大的银行贷款将无力偿还，如果继续亏损没有盈利，巨大的银行贷款无力偿还，可能造成银行财务危机，并加大引发金融风险的可能性，增加国民经济健康稳定运行的不确定性。发电企业亏损不是一个行业的问题，而是事关国内经济安全的问题，关系中国经济运行能否处于稳定、均衡和持续发展的正常状态的问题。

c. 煤炭价格持续走低，有可能引发新一轮的无序竞争

近几年来，由于煤炭价格持续走高，煤炭安全生产状况明显好转，煤炭企业经济效益得到极大的改善。但是，国有煤炭企业长期以来一直处于政策性亏损状态，转型发展还处于刚刚起步阶段，未来几年，如果煤炭需求进一步下降，价格持续走低，煤炭行业内无序竞争有可能加剧，最先受到冲击的必然是国有煤炭企业。这是因为，到目前为止中国仍保持1万多个小煤矿，其产量占全国煤炭总产量的35%左右。在煤炭需求增速趋缓，价格走低情况下，小煤矿为了争夺市场，凭借其生产成本低的优势，刻意压低煤炭价格，进行无序竞争，国有煤矿可能重新回到亏损状态，影响煤炭有效供应。

3. 国内能源环境问题和应对气候变化问题对中国能源发展和能源安全的影响

在中国全面参与经济全球化的新形势下，伴随着中国工业化、城镇化、市场化和国际化的深入发展，环境问题对能源发展的约束日渐显现并呈强化态势。其中，如何妥善处理控制温室气体排放及保护国内生态环境与保障能源安全的关系，是中国能源发展长期面临的重大挑战。此外，一些主要发达国家为应对全球气候变化问题提出了"低碳经济"新概念，其核心是引导未来的能源技术发展向低碳化方向倾斜，中国能源发展将如何应对，也是当前我们必须认真研究的一个重大问题。

1) 生态环境成为中国传统化石能源利用的极其重要的制约因素

(1) 中国主要煤炭产区的生态承载力普遍低于全国平均水平，面临多种生态约束能源开发是造成区域水循环系统失衡、水土流失和土地荒漠化等局部生态恶化的重要原因之一。国家规划的神东、陕北、黄陇、晋北、晋中、晋东、鲁西、两淮、冀中、河南、云贵、蒙东、宁东等13个重点煤炭开发基地中，除鲁西以外都处于生态承载力较低的区域，土地塌陷、水土流失和水资源短缺等生态问题将对未来中国煤炭产能和煤电基地建设产生重大制约。如不采取强有力措施扭转煤炭生产造成的生态破坏和生态恶化趋势，未来中国煤炭产量将受到生态承载力的制约。初步测算，在满足生态环境保护要求的前提下，到2030年13个煤炭基地的煤炭产量应控制在每年22亿t以内，而"十一五"期间煤炭基地建设规划的目标是到2010年就要达到22.4亿t（约占全国总量的86%），这意味着未来20年左右中国国内煤炭可供量将长期受到生态承载力的约束作用。

（2）中国能源消费的 SO_2、NO_x 排放控制对一些环境容量较小的能源消费中心地区的能源发展存在显著约束。2007 年燃煤等排放的 SO_2、NO_x 等大气污染物导致长江以南和川滇以东的区域，包括浙江、江西、湖南、福建、重庆的大部分地区以及长江三角洲地区、珠江三角洲地区遭受不同程度的酸雨污染，其中长江中下游地区最为严重。

现有脱硫、脱硝技术可以达到 90% 以上的脱除率，且已具备商业化推广应用条件，从理论上而言，二氧化硫和氮氧化物排放控制目标对全国能源总量和结构不构成重大约束，但随着未来能源需求的持续增长，中国东、中部一些能源消费中心地区的环境压力将进一步加大。同时，脱硫、脱硝也会增大这些地区能源发展的成本。能源发展外部成本内部化是促进区域协调发展、提高能源可持续利用必须解决的紧迫问题。

2）应对气候变化正在成为影响能源发展和能源安全的长期的重大战略问题

a. 气候变化成为大国博弈的平台

近年来，气候变化问题持续升温，以欧盟国家为代表的西方发达国家日益将全球变暖问题政治化，并有意将矛头指向以中国、印度、巴西为代表的新兴发展中国家。联合国安理会也首次将气候变化问题纳入政治议程，联合国秘书长潘基文表示推动应对气候变化取得实质性进展是其任期内的一项重要任务。"G8＋5"、"亚欧首脑峰会"等都把能源与气候变化列为重要议题，气候变化问题正被提升到全球安全的战略高度，也预示着世界政治经济秩序将有可能发生重大变化。在《联合国气候变化框架公约》及其《京都议定书》下诞生的"碳排放交易市场"成为新兴金融市场扩张的又一方向。从当今的碳权政治博弈看，发达国家之间的较量，其目的都是为了抢占高新技术的制高点，提升核心竞争力，巩固优势地位；新兴发展中国家面临着发展成本增加、发展步伐减缓的挑战。

b. 气候变化问题越来越成为影响中国经济社会和能源发展的重要制约因素

中国是一个正在崛起的世界大国，国际地位日益提高，并且已成为影响国际政治经济秩序的一支不可或缺的重要力量。从世界政治经济发展的大趋势来看，中国未来必将承担与自身国际地位相适应的责任和义务，在全球气候变化问题上，将面临越来越大的国际压力。2007 年中国能源消费总量为 26.56 亿 tce，其中煤炭、石油和天然气等化石燃料的比例分别为 69.5%、19.7% 和 3.5%，由此估算 2007 年中国化石燃料燃烧的二氧化碳排放量约为 61.6 亿 t，与此前排放量排名世界第一的美国作比较，2007 年美国能源消费量为 36.6 亿 tce，其中煤炭、石油和天然气等化石燃料的比例分别为 39.2%、22.4% 和 23.3%，2007 年美国化石燃料燃烧的二氧化碳排放量约为 59.7 亿 t，低于中国的排放水平。此外，中国的钢铁、水泥、化肥等工业产品和谷物、肉类、水果等农副产品的产量，以及臭氧层消耗物质替代品的生产和消费量均居世界第一位，这部分温室气体排放高于美国。

从总量上看，中国已超过美国成为全球第一温室气体排放大国。就人均而言，2007 年中国化石燃料燃烧排放二氧化碳的人均水平为 4.66t，高于 4.28t 的全球平均水平，人均排放低的优势已完全丧失。目前中国正处于工业化和城镇化加速发展的阶段，能源需求还将不断增长，温室气体排放还将呈继续增长的态势。此外还需要考虑能源结构因素，在提供同等能源量的条件下，石油比煤炭的二氧化碳排放量低 21%，天然气比煤炭的二氧化碳排放量低 40%，而中国的能源资源禀赋以煤为主，这意味着在控制温室气体排放方面比其他国家面临着更大挑战。未来中国控制温室气体排放将面临十分严峻的形势，并将从结构和总量两个方面对中国的能源消费产生极大约束。

2.4.2 应对能源安全风险的主要对策

1. 节能减排，努力建设两型社会

1）强化节能措施，不断提高能源效率

先行工业化国家的经验表明，一旦形成固定的城市模式和消费方式，其能源效率水平的提高和消费水平的降低将非常困难。如果延续"十五"后三年以来的经济增长模式，不改变高能耗、高污染产业粗放扩张的态势，错失调整机会，或者在全球金融危机对全球经济的冲击下，为保证中国经济增速仍保持高位增长，而动摇节能减排重要性的认识，那么未来中国的经济增长将锁定在高能耗的路径上，中国经济社会的可持续发展将面临严峻挑战。中国未来的根本出路是坚持"开发与节约并举、节约优先"的方针，大力推进节能降耗，提高能源利用效率，努力建设资源节约型和环境友好型社会。

2）强化节能优先、清洁发展，坚持科学发展

各级政府应该充分认识到，在目前的资源和环境条件、经济结构及投资环境下，经济求"快"就难以求"好"，在"快"的压力下也就很难做到"好"。适当降低经济增长速度，特别是沿海发达地区的经济增长速度，将有利于经济结构的调整和增长方式的根本转变。各级政府应借此机会，切实调整经济发展的内容，从根本上改变依靠大量消耗资源、以"世界工厂"拉动GDP增速的发展模式。工作重点也应转到如何引导科学、合理的消费方式，以内需促经济发展，构建有利于两型社会建设的产业结构。

为使节能目标成为社会目标，各级政府必须要把建设资源节约型和环境友好型社会以法律法规的形式确定下来，除了要努力完成"十一五"时期的节能目标，还应建立更长期的节能目标，同时建立和健全节约能源资源的相关法律法规和标准体系，加大执法和监督检查力度，提高社会大众对建设节约型社会的认识，使节约能源资源成为全体公民的自觉行动。要全面推进节能优先的战略、方针和理念，切实转变经济发展方式，还需充分调动各方积极性，理顺政府、市场、企业与公众四者之间的关系，明确他们各自的地位和需要发挥的作用。

3）确定全面推进节能减排基本思路和工作设想，坚持将其纳入政府日常工作

考虑到不同阶段节能减排面临的任务和形势有所不同，相应体现节能减排战略的短期、中长期政策手段也要有所区别。在当前资源、环境成本没有完全内部化的情况下，要充分发挥行政手段的作用，强调有形之手的作用，同时着力对价格、财政、税收和金融等经济手段加以完善，借助市场配置资源的基础力量，建立长效机制，而此时政府仍要对影响国民经济全局的战略问题发挥其社会管制性作用，双管齐下，促使节能优先的方针、政策、理念自觉地镶嵌到社会经济生活的方方面面。为此，需要明确未来三五十年贯彻节能优先战略的基本思路和工作设想。

4）着力解决推进节能减排工作的环境和体制机制问题

全面实施节能优先战略，建设两型社会，就是要着力构建节约型的增长方式、产业结

构、城镇化模式和消费模式，形成节能型的生产流通体系、城市化模式（包括节能型交通体系）和生活方式等三个体系。然而，节能减排工作能否得到全面的贯彻和实施还需要具备诸多基本和必要条件，这涉及实施环境、体制问题、机制问题等。政府应着力解决节能优先战略实施的环境、体制和机制问题，为节能优先战略的贯彻实施尽可能创造较好的条件。

当前和今后相当长的一段时间内，需要采用经济、法律和行政手段，重点解决制约建设资源节约型社会的体制机制问题，完善政策措施。一是要加快资源性产品价格和矿产资源产权制度改革，传递正确的价格信号，发挥市场配置资源的基础性作用。二是要加快完善经济激励政策，形成促进节能降耗的长效机制。三是要依法建立严格的管理制度，强化政府的社会性管制作用。四是要积极探索和推行符合中国国情的市场化节能新机制。五是要加快推进技术进步，增强自主创新能力。

5）加强全面推进节能减排的政策支撑框架体系建设

建设两型社会是科学发展观的重要组成部分，也是中国经济社会发展的一个具有划时代创新意义的命题和目标。实行节能优先的方针，采取更加有力的措施全面推动能源节约，以能源的可持续发展支持经济社会的可持续发展，则是建设资源节约型、环境友好型社会的重要战略措施，也是贯彻落实科学发展观在能源战略中的体现。

鉴于全面推进节能优先战略是一个系统工程，国家确定的发展战略、方针，出台的法规、条例、规范、标准，制订的宏观经济政策，乃至组织实施、监督、管理体系等方面均要相互衔接，才有可能将节能落到实处。要使上述政策设想得以实现，必须要搭建相应的政策支撑体系，包括法律法规体系、组织保障体系、经济政策体系、技术创新体系四大体系以及信息传播机制、市场节能机制、协调写作机制三大机制。其实质从政府和市场、从产业（生产）和消费、从关键手段（促进技术进步）的角度探讨促进节能优先的措施和对策。上述四大体系和三大机制建设又可归结为产业发展的政策调控体系、消费方式引导的政策调控、节能管理的政策框架体系、市场调控的政策框架体系以及技术进步的政策框架体系。

2. 立足国内，加强对外，确保油气供应和安全

1）立足国内，保障中国石油基本需求，通过加强国内石油勘探开发，稳步增加国内石油供应

油气资源是战略性稀缺资源，对外依赖程度过高，容易受国际油气市场波动的影响，有时还不可避免地承受高油价的代价，甚至出现中断或短缺的风险。尤其在关键时候，存在受制于人的风险。因此，保障中国油气资源，首先要立足国内，加强国内油气资源的勘探开发，努力提高国内油气产量，尽可能地提高资源的国内自给程度。要加大勘探力度，扩大油气储量，适度保留一定的资源储备和剩余机动生产能力，尽量延长油田的寿命，保障中国油气工业可持续发展。

目前，中国石油资源的探明程度不高，通过进一步加大勘探开发的投入和力度，在一定时期内实现稳定和提高国内石油产量是有可能的。今后 5～10 年国内石油勘探开发的重点是加大对三大战略区（鄂尔多斯盆地、准噶尔盆地、松辽盆地南部地区）和两大战略后

备区（塔里木盆地、柴达木盆地）的勘探力度。

国家应加快研究制订促进油气资源勘探开发的政策，从体制上调动国内外各种积极因素和力量参与国内油气勘探开发。上游市场引入竞争，是最有效、快速发现国内油气资源的重要手段。应打破目前石油企业海、陆划界和区域垄断的局面，促进竞争。要本着"优势互补、双赢互利"的原则，进一步完善中国陆上、海上石油资源对外合作条例，扩大对外合作勘探开发石油天然气的范围和领域。调动国内外各种力量增加石油天然气探明储量，确保国内油气供应能力。为增加国内石油供应，对"低品位"的油气资源可采取特殊的税收扶持政策，引导企业合理、有效、充分地勘探开发和研究，保证资源供给的长期性。

2）实施"走出去"战略是保障中国石油安全的重要手段

取得海外份额油对于提高中国利用海外油气资源的自主性十分重要。因此要大力鼓励中国的石油公司"走出去"参与国际油气资源的开发。中国石油企业具有一定的技术、资金和人才等方面的优势，但是在"走出去"中面临着国际勘探开发市场的激烈竞争和政治、资金、市场以及地质条件等诸多方面的风险和困难。因此，政府应在外交、投资、税收和协调管理上予以支持，石油企业也应抓住有利时机，在全球范围选择"走出去"的战略重点地区，拓展优良开发项目，尽可能多地为国家获取份额油。

全面实现"走出去"与"请进来"。一方面，鼓励和支持国内石油公司走向世界；另一方面，积极有序地开放国内石油市场。总之，应充分调动国内外各种力量，扩大国内探明资源，疏通国际石油资源流向国内的渠道，繁荣国内石油市场。

在近期国内石油储量和产量不可能出现大的突破的情况下，实施"走出去"战略已经成为必然之举。中国政府积极鼓励三大石油公司"走出去"，以收购海外石油公司和合作开发的多种方式来获得石油资源。至今中国石油公司的对外合作范围已扩展到中亚的俄罗斯、阿塞拜疆、哈萨克斯坦，东南亚的印度尼西亚、缅甸，中东的利比亚、伊朗、阿曼和中南美洲的委内瑞拉、非洲的苏丹等地，海外石油开发业务正由小到大、由点到面不断拓展。目前中国石油天然气国际合作项目分布四大洲，业务范围包括油气勘探开发、生产销售、炼油化工及成品油销售等领域，初步形成海外发展的三大战略区，即中东及北非地区、中亚及俄罗斯地区和南美地区，在亚太地区也有收获。

尽管中国在实施"走出去"的战略中，取得了一些成就，但从内部看，现行政策和管理制度还有很多不到位的地方，如政府在支持境外投资的政策、审批手续上还有待改善。从外部看，"走出去"也面临国外大公司甚至国家层面的激烈竞争。在西方跨国公司主导的世界石油格局下，商业利益和国家利益相互纠缠。"走出去"面临的困难很多，但唯有坚持不懈地寻求突破，才能取得市场话语权，保障国家石油安全。

3）开展全球化合作，共同维护世界石油安全

中国的和平崛起需要利用国外能源资源的支撑。在能源国际化趋势不断深化，能源问题与国内和国际经济、政治和军事的联系日益紧密的背景下，开展全球化合作是保障中国油气安全的重要举措。

与相关国家共筑安全屏障，是中国寻求石油安全的必由之路。解决中国的石油安全问题，需要进行国际双边、多边的对话和合作，不但要与石油供应国和相应组织沟通合作，也要与主要的石油消费国和相应组织交流与合作。前者有助于中国的石油进口和"走出去"，后者有助于共同维护石油市场的稳定和解决石油安全的问题。要充分利用上海合作组织，加强与中亚俄罗斯的能源合作。积极参与亚太经济合作组织相关能源会议、东盟"10 + 3"能源论坛和东北亚能源合作论坛，推进地区性的能源合作机制。

对中国油气合作重点国家，要继续加强政府高层互访和民间交流，发挥中国政治优势，以政治促经济，以经济促进全面关系的发展。加强国内外市场研究，密切关注和研究国际石油天然气市场发展的动向和变化趋势。

当然国际油价跌宕起伏，需加强国际合作，解决产油国与消费国之间的利益矛盾，建立更为稳定合理的国际石油供求体制。各国应深入开展能源开发领域的协商和合作，加强能源出口国和消费国的对话和沟通，强化能源政策磋商和协调，促进石油天然气资源的开发，维护合理的国际能源价格，满足各国发展对能源的正常需求。

3. 理顺体制机制，切实解决煤电运矛盾

煤电双方作为"唇齿相依"的上下游产业，其矛盾的复杂性既源于煤电是相互关联产业这一特性，又源于中国经济周期性导致的需求波动性，相关政策的频繁变更也反映了处理煤电矛盾复杂性的难度。应立足当前，放眼长远，建立互利互惠的战略合作关系。

1) 合理调控电煤需求总量，优化电源结构，减缓煤炭需求压力

当前，中国煤电运供需形势严峻，与发展方式粗放、经济结构不合理密切相关。中国煤电比重大，核电、新能源比重低的问题，一是煤炭工业已难以支撑快速发展的煤电发展；二是煤炭和电力工业已难以支撑高耗能产业的过快增长。要抓住机遇，把中国电力需求管理提高到新的水平。要改变过去那种片面满足高能耗行业不合理的煤炭、电力需求，严格坚持以生态环境承载力为约束，合理控制煤炭开发规模，以合理的煤炭开发规模来限定煤电发展规模（以煤定电）。继续推进提高能效的工作，减少煤炭、电力的需求量。同时，要采取多种能源并举方针，优先发展水电，加快发展核电，清洁高效发展煤电，鼓励发展气电，积极发展可再生能源发电，加快调整和优化电源结构的步伐。

2) 加强煤炭宏观调控，建立健全长效电煤供应机制

面对日益突出的电煤矛盾，加强煤炭的宏观调控是当务之急，应从以下三方面入手。第一，要稳定供给。价格是供求关系的直接反映。电煤供应紧张和价格上涨，说到底还是供求失衡，供应偏紧引起的。从目前煤矿新建产能来看，已具备增加供应的基础。在未来几年内，国内煤炭供应增量与需求增量基本平衡。第二，要保证运力。电煤供应紧张在很大程度上表现为铁路运力的紧张。2008 年国家铁路新增运煤能力 6000 万 t 左右，新增运力主要在山西煤炭外运的北通道上，山西中南部、陕西和宁夏煤炭生产受铁路制约程度会加大，因此要加快铁路管理体制改革，拓宽铁路建设投资渠道，加大铁路投资，加快煤炭运输专线建设，优化路网结构，保证运力，突破运输瓶颈，缓解运力紧张局面。第三，要建立有效的协调机制。由于电煤的生产、运输、消费牵涉到煤炭、铁路（也包括公路和水路）、电力等众多行业，而这些行业的管理水平、发展水平、市场化程度、行业特征都存在较大差异，在煤炭的生产、运输、消费整个产业链上必然存在不同的利益和矛盾，因此，建立有效的电煤协调机制尤为重要。建议国家要加快建立解决煤电运衔接平衡的长效

机制，统筹各行业对电煤和运输能力的需求，将应急状态逐步转入正常的运行状态，建立健全长效电煤供应机制，避免再度出现电煤制约性的电力供应紧张局势。

3）完善煤电管理机构，加强对电煤生产、运输及价格的协调管理

从行业来看，原有的国家电力公司到网省电力公司的燃料体系已经打破，而新的从发电集团公司到基层发电企业的燃料体系尚未完全建立，缺乏有效的煤电行业协调机制，这导致无论是产运需衔接过程中的问题，还是电煤供应中统计信息、收集问题，都遇到了较大困难。电煤管理体制问题得不到解决，煤炭安全生产得不到有效监管，煤电稳定供应就难以保证。应以新成立的国家能源局为契机，加快建立和完善煤电管理机构，充实力量，提高国家对煤炭资源的控制力，综合运用强有力的手段和措施，加强对电煤生产、供应、运输及价格的全面协调管理。

4）建立煤电交易市场，促进煤电交易数量和价格的长期稳定

尽早对建立煤炭交易市场和期货市场开展研究，制定交易规则，尽快创造条件设立集中的煤炭交易市场，促进大型发电企业与主要煤炭生产企业签订中长期煤炭供应合同或合约，既可以反映市场供求，更好地发挥价格信号的引导作用，又可以平滑煤炭价格波动带来的影响，规避市场风险，同时可以大大地减少煤电交易成本。鼓励电、煤双方在合约市场中诚信互利，共同发展，达到双赢。

5）培育第三方物流公司，建立物流基地

扶持和培育煤炭第三方物流公司，物流公司以合同的形式在一定的期限内为煤炭企业和发电企业提供电煤物流专业服务。第三方物流公司可以独立或与煤炭企业、发电企业联合建立物流基地。物流基地根据煤炭供需情况和铁路运力情况储备煤炭，可以是煤炭企业和发电企业的联合电煤仓库，也可以成为煤炭的战略储备基地。第三方物流公司在铁路运力不紧张时，以较低的价格将电煤运送到煤炭物流基地。煤炭物流基地按照全国煤炭的消费中心设置，通过短距离运输即可满足包括电煤在内的区域煤炭需求，实现合理性、经济性和安全性的统一。

6）建立煤电产运需信息发布制度，为市场机制作用的发挥创造条件

由于煤电企业大都是大型企业集团，在市场上处于垄断地位，根据企业效益最大化的原则，企业一般不主动披露生产经营和市场销售信息，监管部门要加强信息监管，强制企业披露相关信息，必要时可直接公开信息。同时，加大铁路运力和不同时段价格信息发布的监管力度，确保煤炭产、运、销信息对称，反映真实的供求关系，为市场机制作用的发挥创造条件。

7）改革煤电价格联动机制，逐步放开电价

从近期看，要进一步完善煤电价格联动机制。由于受多种因素的制约和影响，电力市场化改革进展缓慢，近期完全放开上网电价的愿望还难以实现，在一定的时间内，煤电价格联动机制仍将实施。因此，在近期，要根据近几年煤炭和电力企业的实际运行情况，对煤电价格联动政策实施中出现的一些情况和问题，如运输费用上涨、煤质下降引起电煤变相涨价、发电企业消化电煤价格上涨的比例、联动中如何考虑电网涨价问题、电价调整滞后于煤价上涨以及电价调整与 CPI 的关系等问题，进行深入研究，在联动中酌情考虑，逐步完善联动政策，扩大机制和政策的积极作用，减少不利影响。

从长远看，走彻底的煤电市场化改革道路是解决煤电价格矛盾的唯一和根本出路。要进一步深化电力体制改革，加快电力市场化改革进程，在坚持放开煤价的基础上，经济地创造条件，尽快形成竞价上网的定价机制，并实行上网电价与销售电价的市场联动，将发电市场与终端用户紧密连接起来，让电力用户体会和感受到发电市场甚至是煤炭市场的波动变化，让价格充分反映市场供求的变化及资源的稀缺程度。

4. 加速发展可再生能源和替代能源

发展可再生能源是应对中国能源安全的重要战略部署，也是改善边远落后地区用能状况的重要措施。发展可再生能源还可以促进相关产业发展。因此发展可再生能源是一个长期的战略任务，必须持之以恒，建立完整的政策和体制框架，予以长期、积极、稳健的支持。

1）加强资源评估

近期应对风能、太阳能进行资源普查和评价，对生物质能资源生产所需要的土地资源、水资源开展详查工作，尤其是生物质能资源，还需要部署物种选择、培育和种植的试验，以及生物多样性和生态环境影响的评价工作；中远期需要加强生物质能资源的大面积种植的试验和试点工作，在此基础上进行资源种植发展规划，同时对地热、海洋能等新的可再生能源品种资源进行研究和调查。

2）促进技术研发和产业体系建设

将可再生能源的科学研究、技术开发及产业化纳入国家各类科技发展规划，在高技术产业化和重大装备扶持项目中安排可再生能源专项，集中各项投入，提高国内研究机构和企业的自主创新和消化吸收能力；加强机构能力建设，组建可提供公共研发服务的平台，组建专项技术的研发、测试和认证中心等，为产业提供公共技术服务，帮助开展重大、关键技术的研发，提高技术创新能力；加快人才培养，将可再生能源技术列入各级院校的学科设置和人才培养计划，培养一批高水平的可再生能源专家和工程技术人员。

3）改善市场环境条件

明确发展目标，提出明确的发展计划，从总量上保障不同时期、各类可再生能源发展的市场空间；减少部门相互掣肘，由国家能源主管部门统一协调可再生能源发展中的政策问题；尽快制订和完善可操作的政策实施细则；要求电网、石油销售等垄断企业承担收购可再生能源电力和生物质液体燃料的义务，明确其在消除市场准入障碍、加强基础设施投入、提供配套服务等方面的责任，并关注垄断企业参与可再生能源产品生产所造成的利益冲突问题；真正按照有利于可再生能源发展和经济合理的原则，形成可再生能源产品的定价机制；尽快制订各种国家标准，规范市场，并健全市场监管机制。

5. 积极发展低碳经济，为促进能源发展和提高能源安全提供新动力

胡锦涛在 2008 年 7 月召开的经济大国能源安全和气候变化会议上的讲话中指出："气候变化问题，从根本上说是发展问题，应该在可持续发展框架内综合解决。气候变化国际合作，应该以处理好经济增长、社会发展、保护环境三者关系为出发点，以保障经济发展为核心，以增强可持续发展能力为目标，以节约能源、优化能源结构、加强生态保护为重

点，以科技进步为支撑，不断提高国际社会减缓和适应气候变化的能力。"在 2007 年 9 月参加 APEC 领导人非正式会议时，胡锦涛提出的四点建议之一就是坚持可持续发展，建立适应可持续发展要求的生产方式和消费方式，优化能源结构，推进产业升级，发展低碳经济，努力建设资源节约型、环境友好型社会，从根本上应对气候变化的挑战。

发达国家在工业化进程中，无一例外都伴随着大量化石能源的消费以及大量二氧化碳等温室气体的排放。低碳经济的实质是通过提高能源效率和优化能源结构等途径，在一定程度上缓解经济快速发展与温室气体排放快速增长之间的耦合关系。低碳经济的核心是能源技术创新和制度创新，与目前国内落实科学发展观，建设资源节约型和环境友好型社会，转变经济增长方式的本质是一致的。同时应注意，开发清洁能源，发展低碳经济意味着比传统发展模式更高的发展成本和初始投资，考虑到投资的锁定效应（尤其是能源基础设施建设投资），要求必须从全局的高度来考虑发展低碳经济问题。一方面要及时跟上国际潮流，不断增强中国能源的可持续发展能力，为从根本上保障能源安全积聚内力；另一方面，发展低碳经济要从中国国情出发，要与中国在目前所处经济发展阶段下的能力相协调，在低碳经济与能源发展和能源安全的关系问题上，要把握好近期目标与远期利益的平衡，不盲目跟风，坚持以"我"为主，以建设两型社会和贯彻落实科学发展观的总体要求来统领能源、环境与经济协调发展问题。

6. 建立能源储备与预警应急体系

能源储备与预警应急是防范能源安全风险，应对能源供应中断的重要手段。中国石油储备和预警应急体系尚处于起步阶段，制订能源储备与预警应急战略，加快建立能源储备与预警应急体系十分必要。

1) 加强和完善能源储备体系建设

以保障中国能源安全为基本出发点，统一规划、合理布局、分步实施，继续加强和完善国家能源储备体系建设，形成政府储备与企业储备相结合的能源储备体系。加强和完善石油储备体系建设，尽快启动天然气储备体系建设和天然铀储备体系建设，建立煤炭资源保护性开采机制，建立煤炭应急储备和资源储备。

2) 建立健全能源预警应急体系

根据各地区特点和情况，统筹兼顾煤炭、石油、天然气、电力等多方面安全，构建地区性、不同品种的能源预警应急体系、方案和措施。建立预警应急法律规章制度，完善信息统计分析发布系统，预警应急组织机构，不同品种、不同级别的应急预案等。

7. 改善中国国际能源安全环境

能源外交是通过外交运筹维护国家能源安全，进而谋求国家政治、经济安全，是体现国家政治意志，多种力量综合运用，有系统理论指导的外交行为。近年来，国际能源活动越来越多地在外交层面上运筹，能源外交的地位迅速攀升。中国的能源外交起步较晚，亟待发展完善。

1) 尽快制订中国能源外交战略

能源外交是一个庞大的系统工程，必须有战略作指导。一个能源需求增长迅速的大国，更需要有能源外交战略。从理论体系讲，能源外交战略与能源发展战略同属能源安全战略的分支，而目前我们仅有能源发展战略而无能源外交战略。能源外交战略必须服从并服务于能源发展战略。能源外交战略同时又是国家外交战略的组成部分，必须服从、服务于国家外交战略。因此，能源外交战略的制订应由国家主导，并有能源企业、研究机构广泛参与。中国的能源外交战略必须从本国国情出发，以确保国家的能源安全为目标。能源外交战略不应仅仅是个战略方针，而应形成相对完整的理论体系。否则，难以统一能源外交活动各方面参与者的思想，难以保持其协调一致的行动。

2）尽快形成能源外交协调机制

能源外交活动的主体来自方方面面，既包括国家高层领导、政府外交和经贸主管部门，又包括能源企业和学术机构。要形成整体合力，必须建立相应的协调机制。世界主要国家都设有能源部，既管能源发展又管能源外交，是种行之有效的做法。中国作为能源生产、消费和进口大国却仅仅有个级别不高、权威不足的能源局，难以起到应有的协调作用。能源外交本身具有非传统外交的特性，仅靠传统外交部门远远不够。建议在国家能源主管部门的统一协调下，充分调动各种力量，如能源企业、学术机构、特种部门，积极开展各种非传统能源外交，共同服务于国家能源安全，形成以外交促能源的能源外交机制。

3）尽快提高能源企业的能源外交意识

中国能源企业的能源外交意识比较淡薄，突出表现为在国际能源活动中往往就能源谈能源，较少考虑能源活动的国际宏观环境、对象国的对华政策其国内局势、民族文化以及国家的外交需要，更缺少与国家外交部门的主动配合。这首先与企业领导缺少国际战略研究的背景有关。海外许多大型跨国能源公司附设国际问题研究机构，目的就是弥补这方面的不足。建议中国能源企业领导更多地关注国际战略问题，通过再学习补上国际战略课。有条件的能源企业建立自己的国际问题研究机构，重点研究本企业国际能源活动的宏观环境及对象国国情。与此同时，应充分利用国际问题研究界的资源，在决定对外投资、海外企业并购等重大行动前，认真听取他们的情况分析和对策建议，或者委托他们进行课题研究。

第3章　中国主要可再生能源
开发潜力评价与综合区划

自 20 世纪 70 年代全球石油危机以来，可再生能源作为新型替代能源得到世界各国的密切关注。进入 21 世纪，随着全球环境问题的日益突出以及化石能源资源的不断减少，开发利用可再生能源已经成为各国应对气候变化和保障能源安全的重要举措之一，使可再生能源在世界范围内得到迅速发展。中国在经济高速增长与能源需求量不断增大的新形势下，也已经意识到开发利用可再生能源对保证中国社会经济可持续发展的战略性意义。2005 年通过的《中华人民共和国可再生能源法》，以法律的形式明确将可再生能源的开发利用列为中国能源发展的优先领域，并通过制订可再生能源开发利用总量目标等相应措施，切实推动了可再生能源的发展。在国家政策的大力扶持下，截至 2009 年年底，中国风电装机容量达到约 2200 万 kW，太阳能光伏发电建设规模 60 万 kW，远远超过 "十一五" 规划的预定目标。可再生能源进入大规模发展阶段（史立山，2010）。

3.1　可再生能源：全球关注的新型可替代性清洁能源

3.1.1　可再生能源的含义

可再生能源是指在自然界中可以不断再生、永续利用的能源。可再生能源分为传统可再生能源和新可再生能源。传统可再生能源主要包括常规水电和传统生物质能（如利用低效率炉灶直接燃烧薪柴、秸秆等方式）；而新可再生能源是指基于现代科学技术的小水电、风能、太阳能、生物质能、地热能和海洋能等非化石能源。但一般情况下，所谓可再生能源均指新可再生能源，中国可再生能源法的适用范围也限于新可再生能源领域。

可再生能源与新能源是两个不同的概念，两者既有联系，又有区别。新能源又称非常规能源，是指传统能源之外的各种尚未大规模利用，正在积极研究开发的能源。例如，风能、太阳能、生物质能等可再生能源均属于新能源的范畴。但除了可再生能源之外，新能源还包括核能、氢能等非可再生能源，因此，新能源与可再生能源所涵盖的范围不完全一致，彼此之间不能相互替用。

与传统化石能源相比，可再生能源具有如下显著优势。首先，资源储量大、分布广，并可永续利用。仅就太阳能而言，太阳每秒钟通过电磁波传至地球的能量达到相当于 500 多吨煤燃烧释放的热量，且分布于全球各个地区。这相当于一年中仅太阳能就有 130 万亿 t 煤的热量，大约为全世界目前一年耗能的一万多倍。其次，由于人类开发与利用地球能源尚受到社会生产力、科学技术、地理原因、世界经济及政治等多方面因素的影响与制约，包括太阳能、风能、生物质能在内的储量极大的可再生能源，现已利用的仅占微乎其微的比例。因而，可再生能源发展潜力非常巨大。最后，相较于化石能源燃烧排放大量温室气体，可再生能源是一种清洁能源，其利用过程不产生有害污染物，有利于生态环境的改善与保护。

正由于上述优点，可再生能源被认为是常规化石能源较为理想的新型替代能源。但目前就技术成熟度、经济性，以及对减排温室气体和能源贡献的情况看，中国今后 10 多年的时间内，可再生能源发展的重点依然是水电、风能、太阳能和生物质能。其中，风能、太阳能、生物质能起步较晚，刚刚进入规模化发展的阶段，所以开发前景更为广阔。中国 2020 年能否实现可再生能源占能源供应 15% 的目标，关键也在于对后三项主要可再生能源的开发利用。

3.1.2　开发利用可再生能源的意义

能源是人类社会赖以生存和发展的重要物质基础，也是经济发展和社会进步的基础性战略资源。未来中国社会经济发展面临着能源短缺、能源消费结构不合理与环境污染等一系列问题。解决这些问题是一项十分复杂并需要付出巨大社会成本的工程。其中，开发中国丰富的可再生能源资源，迅速提高可再生能源利用的比例，不仅是从根本上解决大量消费化石能源所造成的环境污染的根本途径，也是保障能源供应、减缓能源供应对国际依赖的重要措施之一。因此，大力开发利用可再生能源对保证中国社会经济可持续发展具有重要的战略意义。

1. 发展可再生能源是抢占国际竞争制高点，开拓新的经济增长点的战略突破口

历史经验表明，每一次全球经济危机都孕育着新的技术突破，都会催生新的产业变革。在当前全球能源变革中，可再生能源被认为是解决金融危机和气候危机的战略性支点之一，因而成为新一轮国际竞争的制高点。大力发展可再生能源可以扩大内需，增加就业，有效拉动经济增长。目前，中国可再生能源装备制造业年产值在 2000 亿元左右，如果在未来若干年使可再生能源年产值翻番，那么每年可带动上万亿元的 GDP 增长。更为重要的是，发展可再生能源可以培育新的优势产业，推动科技创新，建立以企业为主体、产学研相结合的低碳技术创新与成果转化体系，形成基于高科技含量和规模经济的新型产业竞争优势。

2. 发展可再生能源是保障能源安全、优化能源结构的现实选择

在过去的 100 多年里，不足世界人口 15% 的发达国家先后完成了工业化，消耗了地球上大量的能源资源，目前这些国家仍在消费全球 60% 以上的能源。而随着经济的发展和社会的进步，全球能源需求也将持续增长。如果世界各国都实现工业化，那么按目前的人口数量和技术水平测算，全球能源年消费量将达到 400 亿 tce，而常规化石能源储量却十分

有限，且集中分布在少数国家和地区，因此，即使不考虑温室气体排放对气候变化的影响，单纯依靠化石能源的能源供应也是不可持续的，国家能源安全将面临严峻挑战。

在这种背景下，资源量大、分布广泛、取之不尽的可再生能源已成为许多国家未来能源发展的战略重点，各国纷纷通过各种手段引导和鼓励可再生能源规模化发展。美国是世界上第一大能源生产国和消费国，其常规能源自身供应不足，因此，美国历届政府都高度重视可再生能源发展，并将其放在国家能源政策的重要位置，每年用于可再生能源和节能技术研发的费用就达 30 亿美元；欧洲也早已致力于能源安全以及能源供应多样化的研究，并制订了到 2020 年实现可再生能源占所有能源消费 20% 的发展目标，成为目前全球可再生能源发展的主核心区之一。

中国是能源消费大国之一，特别是改革开放以来，中国经济一直保持快速增长，尽管我们在节能方面做出了许多努力，取得了很大的成绩，但随着经济的发展和全面建设小康社会进程的推进，中国能源需求仍然将持续增长。从目前情况来看，2009 年中国能源消费量已达到 31 亿 tce，其中化石能源占 90% 以上，煤炭消费占 70% 以上。预计到 2020 年，中国一次能耗需求量将达到 45 亿 tce。但与此同时，中国能源资源却十分有限：人均煤炭探明可采储量为世界人均水平的 62%，人均石油探明可采储量仅为世界人均水平的 7%。中国能源供应与经济发展的矛盾十分突出，严重制约了社会经济的持续发展。为满足经济增长对能源的需求，国家不得不大量进口能源。据统计，2009 年中国煤炭净进口量超过 1 亿 t，原油进口达 2.04 亿 t，石油对外依存度达 51%。预计今后石油对外依存度还将不断上升，到 2020 年很可能达到 65%。能源供应大量依靠进口能源，必然威胁到中国的能源安全。因此，从这一角度来看，加快发展可再生能源，是解决中国能源供应不足、保障国家能源安全优化能源结构的战略性选择。

3. 发展可再生能源是应对气候变化、保护生态环境的必由之路

发展可再生能源不仅事关国家安全和现代化建设问题，而且也是应对全球气候变化和保护生态环境的重要途径。研究结果表明，工业革命以来化石能源大量燃烧释放的二氧化碳，是气候变化的重要原因，而随着工业化、城市化的进一步发展，在依靠消耗化石能源资源创造巨大物质财富的同时，气候变化等全球性环境问题也越来越突出。世界各国为了应对这一共同挑战，先后通过了《联合国气候变化框架公约》及《京都议定书》等国际性公约，努力遏制温室气体排放的增长。许多国家也已经陆续做出不同形式的温室气体减排方案。例如，欧盟正式提出到 2020 年，达到在 1990 年基础上减排 20% 的目标，澳大利亚承诺 2020 年在 2000 年的基础上减排 5%~15%，美国表态到 2020 年排放量降回到 1990年的水平等（韩文科，2010）。中国在哥本哈根全球气候变化会议前，也做出了两个与中国能源发展密切相关的承诺：一是前面提到的，到 2020 年可再生能源在能源消费中的比例达到 15%；二是 2020 年单位 GDP 二氧化碳排放量比 2005 年减少 40%~45%（史立山，2010）。

根据联合国政府间气候变化委员会（IPCC）的最新评估报告，可再生能源在未来（2030 年）的温室气体减排中，将占到 10% 的份额。中国的能源结构长期以煤为主，能源供应严重依赖高碳能源，经济发展方式粗放，资源消耗水平高，温室气体排放已居世界首

位。同时，中国的工业化、城市化尚处在快速发展之中，今后较长时期（20～30年）内能源消费仍将继续增长，面临的温室气体减排压力将会越来越大。中国人均化石能源资源量不足，而可再生能源具有总量大、分布广和可再生的特征，发展前景广阔。中国水能资源技术可开发装机容量为5.4亿kW，世界排名第一；太阳能资源非常丰富，2/3的国土面积年日照小时超过2200h；可利用风能资源约10亿kW；生物质资源可转换潜力约5亿tce。这些都为我们发展可再生能源产业提供了良好的自然条件。大力发展可再生能源产业，积极发展低碳经济和循环经济，既可以更好地促进中国经济社会与生态环境协调发展，又可以为全球温室气体减排作出贡献。中国于2007年颁布的《应对气候变化国家方案》以及十一届全国人民代表大会常务委员会第十次会议审议通过的《全国人大常委会关于积极应对气候变化的决议》也将大力发展可再生能源作为应对气候变化的主要措施之一。

4. 发展可再生能源是实现社会经济可持续发展的客观要求

能源可持续发展是社会经济可持续发展的重要基础。近30年，中国社会经济保持高速增长，能源消费量随之剧增。至20世纪末，中国经济发展已使能源消费量翻了一番，也成为世界上的第二能源消费大国。正是由于能源对经济发展具有巨大的推进作用，所以能源短缺和能源消费引起的环境问题也严重制约着中国社会的可持续发展。中国中长期能源规划研究表明，2020年之前，中国基本上可以依靠常规能源满足经济发展的需要。但2020年之后，由于能源需求巨大，中国将不得不寻找新的能源来填补常规能源供给的不足。在这种情况下，发展开发潜力巨大又清洁安全的可再生能源，已成为中国实现社会经济可持续发展的必然选择。

同时，大力开发利用可再生能源对提高边远地区人口的生活质量、建设社会主义新农村也有着极其重要的推动作用。中国是一个人口大国，又是一个农业大国，60%的人口生活在农村，每年约消耗4亿多吨标准煤的能量。农村是目前中国经济和社会发展最薄弱的地区，能源基础设施落后，许多地方还没有电力供应，生活能源仍主要依靠秸秆、薪柴等生物质直接燃烧的低效利用方式来提供。然而大部分农村地区的可再生能源资源却十分丰富，加快可再生能源开发利用，一方面可以利用当地资源解决偏远地区电力供应和农村居民生活用能问题；另一方面可以将农村地区的生物质资源转换为商品能源，增加农民收入，改善农村环境，促进农村地区经济和社会的可持续发展。因而，因地制宜地开发利用太阳能、生物质能和风能等可再生能源既可满足这些地区人民的电力需求，又是改善生态环境的一个重要手段。

总之，提高可再生能源在国家能源供应中的比重既能从根本上解决中国人均能源资源相对缺乏、环境污染严重等问题，又可以扭转中国能源长期依赖国际供应的不利局面，保障能源安全。同时，它也是抢占国际竞争制高点，开拓新经济增长点，优化能源结构，减少温室气体排放，保护生态环境，提高边远地区人民生活质量，保证建设社会主义新农村目标实现的重要途径。因此，可再生能源作为替代传统化石能源的清洁能源，对于中国未来社会经济的发展有着举足轻重的地位。

3.2 区域可再生能源开发潜力评价方法与模型构建

开展区域可再生能源开发潜力评价研究是中国可再生能源得以有效开发、合理布局的一项基础性工作，其目的是在系统分析各种自然与人文因素影响的基础上深入细致地了解中国可再生能源的区域差异，科学评价各区域进行可再生能源规模化开发的潜力，为中国制定可再生能源发展战略，实现相关产业的合理布局提供科学依据。

3.2.1 可再生能源开发潜力的概念

"潜力"是指潜在形态的力量、能量或功能。它是相对于已经显现状态的力量或能量而言的。因此，可再生能源开发潜力是指在一定时空范围和技术水平，及与之相适应的各项措施下，进行大规模可再生能源资源开发的潜在能力。它是实现经济和社会效益的一种可能。潜力大，带来经济和社会效益的可能性就大；潜力小，则这种可能性就小。因此，可再生能源开发潜力应包括以下两个方面的内涵：①可再生能源的禀赋潜力，包括可再生能源资源在特定空间上的蕴藏规模、质量以及比例关系等，它的大小主要由能源资源所处的地理位置决定，并受到气候、下垫面条件等自然因素的影响；②可再生能源开发条件潜力，即由国家政策、技术水平、市场资金、专业人才和基础设施等社会经济条件所决定的实际开发能力。由于受到这些自然和社会经济因素的限制，不是所有地区都具备进行大规模可再生能源开发的潜力，因此，进行区域可再生能源开发潜力评价，目的就是要找出哪些地区在资源禀赋、经济水平、技术支持和市场需求等各方面具备可再生能源规模化开发的潜力。

3.2.2 可再生能源开发潜力特征

1. 动态性

如前所述，可再生能源开发潜力大小同许多条件相关，如可再生能源开发利用技术的成熟度、社会公众对可再生能源的认知程度、相关政策的倾向和市场条件的完善程度等。由于这些影响因素都是动态变化的，因此，可再生能源开发潜力也呈现出动态变化的特征。作为一种新的能源形式，区域可再生能源潜力有许多不同于常规能源的特殊性，正是这些特殊性的存在，使人们对其了解不能像对常规能源那样简单明确，而是有个逐步深入的过程。区域可再生能源潜力的开发利用与其复杂的内部属性和多变的外界环境因素有着不可分割的联系，它所具备的区别于其他能源资源的特征就构成了潜力评估的基本理论依据。

2. 预知性

可再生能源开发潜力又是一个时间概念，并不是所有计算的潜力都能实现，只有那些能够满足可再生能源良性发展所需要的各种条件，具有较大市场潜能、能够为市场所接受和认可的潜力才是真实的潜力。但这个在市场化前主要还是依靠专家经验和相关历史数据类推来进行综合判断，具体有多大的潜力，能够产生多大的影响，虽然可以预知，但尚不能定论，只能等待将来验证，所以说可再生能源开发潜力是一个将来时概念。

3. 相对性

可再生能源开发潜力是一个相对概念，它应该是一群同类技术间相比较后得出的大小排序，或者说相对于模糊数学中的隶属原则来定义一项可再生能源开发前景的大小，又或者说相对于专家规定的模糊评判等级来说优劣。所以我们说可再生能源开发潜力是一个相对概念。

3.2.3　可再生能源开发潜力影响因素分析

1. 资源储量因素

首先可再生能源，如太阳能、风能及生物质能等，同其他类型的资源一样，其开发利用潜力首先要受到能源资源本身总蕴藏量的限制。例如，中国风能资源就仅集中在约20%的国土面积上，包括东南沿海及西北、华北和东北等地。而其余地区尽管其他条件可能具备，但由于风能资源量的匮乏，风能规模化开发的潜力仍较低。其次，由于在空间上的不可移动性和在时间上的不稳定性，可再生能源开发潜力还随资源量的时空分布变化而变化。例如，风能资源就受到天气、气候、地形等因素的影响，具有明显的日变化和季节变化。而风能资源的不稳定性对风机的能源输出量、风能利用效率和开发成本等方面均会产生较大影响。其资源储量的丰歉有时还间接作用于其他影响因子。例如，常见的生物质能资源秸秆，由于它热值较低，因此在同样的产能要求下，其生产往往要消耗更多的原材料，加上秸秆的空间分布比较分散，这就使得在秸秆资源富集区域，生物质能开发比较便利，而在资源相对贫乏的区域，除了总储量限制外，生物质能开发潜力还会由于资源收集和运输成本的增大而进一步降低。

2. 市场价格因素

由于能源市场参与者的不确定性，中国可再生能源产业的发展仍然面临着较大的市场价格障碍。首先，可再生能源产区与消费市场难以衔接。比如，目前最具规模化、产业化基础的秸秆发电产业主要集中在中部农区，电力消费市场则位于东部沿海一带。而由于输电能力受电网输电关口等因素限制，国内省际的电力供应仍处于不平衡状态，因此导致可再生能源产区与消费区的供需难以协调。其次，电力市场需求时而饱和时而紧缺的时间不确定性，使得现有发电机组的发电能力不能充分发挥，这在一定程度上也限制了可再生能源发电产业的发展。再次，区域可再生能源市场目前还缺乏稳定、有效的定价机制，价格竞争力较弱。例如，据国外生物质发电厂运行情况的统计数据和中国权威部门测算，生物质发电成本远高于常规燃煤发电成本，约为煤电的 1.5 倍。

3. 科学技术因素

近十几年中国可再生能源开发技术的发展十分迅速，并取得了一系列成果。这些成果大体可概括为两方面：第一，兴建了一批国家级试验基地，培养了一大批科技人才，使中国在可再生能源领域的独立研究水平和创新能力大为提高；第二，技术开发取得实质性进展，目前中国已开发出一批具有国际水平的可再生能源利用装置，如大型风机、高效率太阳能电池板等，初步具备了设计和完成大型可再生能源开发项目的能力。从技术成熟度来看，目前中国可再生能源技术发展状况基本可分为3类：①已经商业化的技术，包括小水电、太阳能热水器、地热采暖、传统生物质利用技术等，值得注意的是中国太阳能水器使用量和生产量均位居世界前列；②技术基本成熟、需要政府扶持来加快实现商业化的技术，如大型并网风电机组、光伏发电、潮汐发电、生物质气化与供气、生物质发电、生物质（甜高粱）液体燃料和地源热泵等；③处于试点示范阶段的技术，包括太阳能空调、太阳能干燥、生物质 IGCC、波力发电技术、潮流发电和高温气冷堆等技术。但同发达国家相比，中国在研究经费投入、技术研发力度、信息交流以及对新技术认知敏感性等方面还具有较大的差距，因此，区域可再生能源开发的总体技术水平还有待提高。

4. 公众认知因素

公众认知的区域差异也是影响区域可再生能源开发利用的重要因素之一。因为公众认知和接受程度代表了区域发展区域可再生能源的社会基础，在一定程度上也代表着区域发展区域可再生能源的市场状况。以农村户用沼气为例，在东部沿海等经济较发达的区域，随着农村经济的发展和农民收入的增加，便捷的商品能源已逐渐取代秸秆燃烧等方式，成为当地农民炊事和生活用能的主要来源。例如，江苏、浙江等省的农民生活用能的商品化率已超过90%（曹国良等，2007），这些地区对可再生能源的接受程度普遍不高；而在经济落后地区，尽管政府对建设沼气池设有一定的资金补贴，但由于部分建池经费以及后续的维护费用仍需农民自筹，加上信息闭塞，民众文化水平偏低等原因，这些贫困地区的农民很难维持有一定科技含量的户用沼气系统的持续运行，使沼气系统的使用率难以提高。由此看来，公众对可再生能源的认知和接受程度很大程度上取决于区域社会经济发展状况和商品能源可获得程度，而中国各地区的经济发展水平和常规能源生产水平的区域差异十分显著，因此在评价区域可再生能源开发潜力时必须将社会经济条件作为评价指标之一。

5. 政策法规因素

中国地方各级政府在对国家可再生能源政策的理解、产业政策的制定和实施等方面的差异也是决定区域可再生能源潜力能否实现的重要外部因素。在目前的技术水平条件下，可再生能源产业的生产成本较高，还不完全具备与常规能源竞争的能力，因此不论在发达国家还是发展中国家，可再生能源的发展都离不开政府的支持，如实行政策激励、税收优惠、资金补贴、低息贷款、加速折旧和帮助开拓市场等一系列的优惠政策，这是可再生能源产业发展的初始动力。中国自颁布《可再生能源法》以来，地方各级政府也相继推出了各类有利于可再生能源产业发展的政策法规。例如，2006 年 3 月 1 日颁布实施的全国第一部可再生能源地方性法规——《湖南省农村可再生能源条例》，就首次以法规形式明确了开发利用农村可再生能源享受的优惠措施，包括属于国家可再生能源产业发展指导目录的项目或者属于高新技术的项目，在资金、信贷、税收、引进利用外资等方面给予扶持，农户利用自留地、住宅周围空闲地建设户用沼气池不需办理建设用地审批手续；农户自用地热能，免缴矿产资源补偿费等。这种地方性政策法规对促进区域可再生能源的发展起到了很好的作用，但由于各级地方政府对国家可再生能源政策的理解不同，在法规内容和实施手段上存在较大的区域差异。同时，中国各级政府现有的管理模式和职能仍残留着不少计划经济的烙印，大量资源是通过行政权力而不是市场来进行配置的，受政府官员主观因素（能力、水平和经验等）的影响，资源分布很难达到最优水平。因此，这种管理水平的区域差异也是影响可再生能源产业发展的区域因素之一。

3.2.4　可再生能源开发潜力评价模型构建

通过上述对可再生能源开发潜力的影响因素分析，我们可知：区域可再生能源开发潜力大小是许多因素共同作用的结果，任何一个因素的变化都可能对区域可再生能源开发潜力评估结果产生影响。因此，区域可再生能源开发潜力评估主要包括两个部分：其一是计算区域可再生能源资源蕴藏量，因为这是区域可再生能源潜力的形成基础；其二是评估各项因子对能源资源开发过程的限制作用，以得出更接近未来实际利用水平的区域可再生能源开发潜力值。因此，区域可再生能源开发潜力评价模型可表述为

$$Y = A \cdot f(X_1, X_2, X_3, X_4, X_5, \cdots, X_i)$$

式中，Y 为所有因素共同限制下的区域可再生能源开发潜力；A 为区域可再生能源的资源蕴藏量；X_i 为影响区域可再生能源开发潜力的各项评价因子。

上式表明，可再生能源的资源蕴藏量是评价区域可再生能源开发潜力的重要基础，因此在进行区域可再生能源开发潜力评估时，必须对可再生能源资源量作出较准确的估算，然后逐步考虑其他因子的影响。

3.2.5　可再生能源开发潜力研究的若干基本界定

如前所述，可再生能源是指基于现代科学技术的小水电、风能、太阳能、生物质能、地热能、海洋能等非化石能源。但基于课题总体设计要求，本研究对可再生能源开发潜力的评价主要有以下界定：其一，小水电为中国主要可再生能源之一，但由于其他课题已进行了针对性的研究，因此本书的评价对象不包含小水电；其二，可再生能源开发潜力虽然受到各种因素的制约，但是本研究假设政策、市场和技术等条件在所有区域基本相同，主要关注可量化的自然和人文环境因素对能源资源实际开发潜力的影响。

3.3 中国主要可再生能源开发利用潜力评价

3.3.1 风能资源开发潜力区域评价

随着世界人口和工业经济的快速发展，化石能源资源的日趋紧张，以及化石能源消费所引起的全球环境问题的日益突出，建立以可再生能源（包括太阳能、风能、生物质能、地热能、可燃冰和海洋潮汐能等）为主体的持久能源体系成为解决能源短缺与环境安全问题的重要途径之一。其中，风能、太阳能与生物质能相比于其他形式的可再生能源，因具有利用技术基本成熟、成本相对较低、分布更广泛等优势，而成为世界各国大力发展新能源的优选对象（Von Arx，1974；Hewson，1975；Yuan et al.，2002；John et al.，2004；温敏等，2004；Vasilis et al.，2009）。

自 20 世纪 70 年代以来，中国学者对中国风能资源开发利用的相关问题进行了大量研究，并在风能资源储量的计算（朱瑞兆和薛桁，1981；朱韶峰，1985；史慧敏，1992；薛桁等，2001）与区划（朱瑞兆和薛桁，1983；朱瑞兆，2004；孟昭翰等，1991；毛慧琴等，2005；李艳等，2007）等方面取得了较大的进展。随着计算机技术的发展，近年来中国学者使用数值模拟方法，对缺乏气象观测资料的海上或复杂地形区域风能资源的评估也取得了一定的进展（袁春红等，2004；杨振斌等，2004；穆海振等，2008；张德等，2008）。但从已有的研究成果来看，在讨论风能资源开发潜力时，学者们除致力于得到更加准确的风能资源储量外，很少考虑限制风能资源得以有效开发利用的环境因素，使得环境条件不适宜风能开发的无效储量也被计算在内，严重影响着中国风能资源开发潜力的评估。

鉴于此，我们利用《中国地面气候资料日值数据集》中记录的常规日风速观测资料，在对中国陆地 10m 高度上风能资源进行计算、分析的基础上，尝试性引入对风能资源开发利用具有限制性意义的环境因子，对中国风能资源规模化开发潜力进行综合评价，并绘制中国陆地风能资源开发潜力图，希冀这一工作对深入研究与利用中国风能资源有所裨益。

1. 评价因子遴选

风能资源的开发利用不仅受制于风力资源的丰歉程度和风机的技术性能水平，而且与自然环境（如地形、土地、生态系统和自然灾害等）和人文环境（如经济发展水平、城镇聚落分布、消费市场以及政策法规等）密切相关。本研究以主导性、代表性和可量化为原则，从资源的丰富度、稳定度以及自然与人文环境的适宜度四个方面，分别选取了较有代表性的有效风能密度、风能可用时数、人口密度和森林郁闭度四项指标，作为评价中国陆地风能资源规模化开发潜力区域分布状况的评价因子。虽然区域电网容量和负荷中心距离等因子也会造成风能规模化开发潜力的区域差异，但由于缺乏具有明确空间信息及可定量分析的数据，因此暂不将其纳入综合评价体系。

（1）资源丰富度因子。一个地区风能是否具有开发价值，首先取决于该地区风能资源的丰歉程度,这是风能得以规模化利用的前提,因此,风能资源的丰富程度是评价地区风能开发潜力最重要的因子之一。风能即运动空气所具有的动能,其大小与空气运动的速度和空气自身的密度密切相关,通常用风能密度表示,即单位时间内通过单位面积的空气流所具有的动能。但风的动能并不是全部都可以被利用,只有当风速在有效范围之内时,风能密度才是有效的,依此计算的风能密度称为有效风能密度。由于有效风能密度既能反映各级风速出现的频率,又能反映空气密度的适时状况,因此,目前国内外大部分学者均选用该指标来揭示某地风能资源的丰富程度。

(2) 资源稳定度因子。风能并非是一种稳定资源,它受天气、气候和地形等因素的影响,具有明显的日变化和季节变化。风能资源的不稳定性对风机的能源输出量、风能利用效率和开发成本等方面产生较大影响。从当前风力机的技术性能看,风力过小或过大,均难以利用。当风速小于 3m/s 时,风力机无法启动;而风速超过 20m/s 时,风力机的安全性将受到威胁(朱瑞兆和薛桁,1981);只有当风速在 3~20m/s 内时才被认为是有效风力。为了揭示风能资源的稳定性,我们选用风能可用小时数(即以年为时间间隔统计风能可用时数)作为风能资源稳定性的评价指标。

(3) 人文环境适宜度因子。风能大规模利用的主要形式是风力发电。大型风力发电场占地面积大,一般需要数十甚至上百平方公里的空旷区域,加之风机运行有较大的风噪声和扰动场,给周边人文环境带来较大的负面影响,不利于人们的生产与生活。所以,中国《风电场风能资源评估方法》(国家质量监督检验检疫总局,2002)中规定,在人口较为密集的城市辖区及邻近范围内禁止风电开发。可见,城镇人口聚集区对风能资源规模化开发具有普遍的限制意义。城镇聚落的空间位置取决于人口分布,人口密度的大小直接反映聚落的规模和等级。因此,人口密度作为人文环境适宜度的指标,能较好地体现城镇分布对风能资源潜力的限制作用。

(4) 自然环境适宜度因子。风能资源规模化开发除受风力条件制约外,也受到风电场及周边其他自然环境要素的影响,如地形、地质条件、水文和植被状况等,其中,最具限制意义的是森林植被的覆盖状况。这是因为,大面积森林分布不仅限制地面风力及其资源的有效利用,而且在林区中建立大型风电场必然会对森林生态系统造成严重破坏,甚至带来环境污染、物种灭绝等一系列生态环境问题。美国于 20 世纪 80 年代编制的全美风能资源图中即已将森林风能资源视为无效资源。因此,本文选用森林郁闭度作为评价自然环境适宜程度的指标,可较好地揭示自然条件对风能资源开发潜力的影响。

2. 评价因子量化与分级

目前,国家气象局已组织新建 400 座 50m 高测风塔,但由于该风能资源观测网还未全面投入运行,数据输入、统计和检验等工作仍在进行中,因此本文数据仍引用《中国地面气候资料日值数据集》中 1995~2004 年的日平均风速(10m 高)、日平均气压、平均气温等气象观测资料,该数据集经过严格的质量控制,统计结果经过极值检验和时间一致性检验,精度和可靠性高。人口密度和森林郁闭度等空间数据引自中国科学院资源环境科学数据中心 2003 年全国 1km 分辨率土地利用类型地图集。

1) 有效风能密度(WPD)

当风速在 3~20m/s 内时,单位时间内通过单位面积的空气流所具有的动能即为有效风能密度（wind power density）。根据美国可再生能源实验室编制的《*Wind Resource Assessment Handbook*》（Bailey，1997）和中国《风电场风能资源评估方法》（国家质量监督检验检疫总局，2002）中推荐的统计方法，有效风能密度计算公式如下：

$$WPD = \frac{1}{2n} \sum_{i=1}^{n} \rho \cdot V_i^3$$

式中，ρ 为日空气密度（kg/m^3）；V_i 为日平均风速（m/s）；n 为十年日均风速在 $3 \sim 20$m/s 内的总天数。

从上式中可以看出，有效风能密度除了与风速有关外，还与空气密度密切相关。研究表明：空气密度不仅随海拔的升高而降低，而且因局地气温的变化而变化（王传玫和吴秀兰，1987）。为了更加客观反映有效风能密度的时空分布差异，本研究利用日值数据集记录的日均气压和日均气温数据，计算各气象站点的日空气密度值（ρ），其计算公式为

$$\rho = \frac{P}{R \cdot T}$$

式中，ρ 为日空气密度（kg/m^3）；P 为日均气压（Pa）；R 为空气气体常数〔287 J/（kg·K）〕；T 为日均气温（K，℃ +273）。

在产业部门对有效风能密度的计算中，风速值应以24h自记风速数据为准，如果取日均风速值，其计算结果需要订正。依据朱兆瑞和薛桁（1981）对全国300多个站点两种风速资料计算值对比分析的结果，本节将各气象站点多年平均风功率密度分为 $0 \sim 30$ W/m^2、$30 \sim 60$ W/m^2 和 >60 W/m^2 三级，分别乘以1.2、1.8和2.4进行订正，所得结果与朱兆瑞用24h风速值计算的各地有效风能密度值相近，大部分站点的误差率均在5%以内。这一结果可以满足风能资源开发潜力宏观空间分析的要求。

利用上述公式和订正方法，本研究计算了1995~2004年全国387个气象台站（图3-1）离地面10m高度的平均有效风能密度值WPD，并运用ArcGIS软件绘制中国有效风能密度空间分布图（图3-2）。

从图3-2可以看出，总体而言，中国陆地有效风能密度梯度自西南向东北逐渐增大，并具有"北富南贫"的特征。根据中国有效风能密度的大小，结合《风电场风能资源评估方法》（国家质量监督检验检疫总局，2002）中的风能密度等级表，本文将全国风能资源丰富度分为四个等级区，其空间特征如下所述。

（1）有效风能密度在200W/m^{2}以上为风能资源丰富区，主要分布在内蒙古中部和西部、新疆哈密和克拉玛依地区、辽东半岛、山东半岛、江苏、浙江、福建和海南岛西岸等区域的沿海地带，最高值在福建崇武，达到392.7W/m^2。

（2）有效风能密度为100~200W/m^{2}的为风能资源较丰区，主要分布在内蒙古高原大部、甘肃河西走廊和定西地区、新疆北部、青海西北部、云南元江、东北平原、三江平原以及沿海丰富带向内陆的延伸区域。

（3）有效风能密度处于60~100W/m^{2}的为风能资源中等丰富区，主要分布在新疆中部、西藏中北部、小兴安岭、山东和河南北部、长江三角洲、云南中部和沿海风能较丰区向内陆递减的过渡地带。

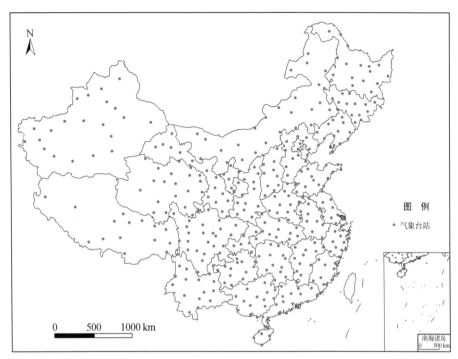

图 3-1　气象台站分布图

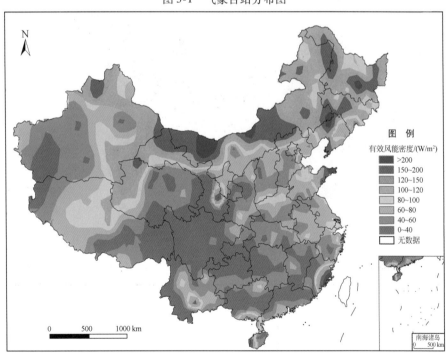

图 3-2　中国陆地 10m 高程多年平均有效风能密度图

　　(4) 有效风能密度低于 60 W/m² 属风能资源贫乏区，主要分布在四川、重庆、贵州、湖南、湖北、江西、陕西和云南、广西、广东、安徽、河南的部分地区，以及青海东部、新疆西部、西藏东南部等地，其中，青藏高原东南部、横断山脉、四川盆地、云南西部、贵州北部、重庆南部以及湖南西部等地的风能资源最为贫瘠，均小于 $40W/m^2$。在重庆酉阳和云南景洪，10 年平均有效风能密度接近于 0，为全国最低值。

2）风能可用时数（WAT）

风速在 3~20m/s 内可供持续利用小时数为风能可用时数（wind available time），通常以年为统计单元。根据美国可再生能源实验室编制的 *Wind Resource Assessment Handbook* 手册（Bailey，1997）和中国《风电场风能资源评估方法》（2002）中推荐的统计方法，风能可用时数计算公式如下：

$$WAT_年 = \frac{n \cdot 24}{10}$$

式中，n 为 10 年日均风速在 3~20m/s 内的总天数。

通过上式统计 1995~2004 年全国 387 个气象台站离地面 10m 高度的年均风能可用时数 WAT 年，由 ArcGIS 软件插值得到中国风能可用时数空间分布（图3-3），并依据全国风能区划分级标准（朱瑞兆和薛桁，1983），将全国陆地风能资源稳定度分为四个等级区，其空间分布特征如下所述。

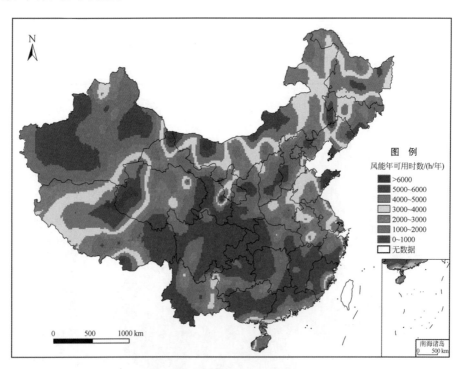

图 3-3 中国陆地 10m 高程多年平均风能年可用时数分布图

（1）年可用时数在 5000h 以上为有效风能稳定区，包括内蒙古中西部、东北平原局部、山东和辽东半岛、青海西部、西藏中北部和南部，以及江苏、浙江、福建、广西等省（自治区）的沿海地带，最高值在浙江石浦，年累计达 7737.6h。

（2）年可用时数为 4000~5000h 为有效风能较稳定区，分布在内蒙古大部、东北平原、山东西部、江苏沿海、安徽局部、宁夏和甘肃南部、新疆北部、西藏中北部和南部、云南东部和海南西部沿海。

（3）年可用时数为 2000 ~ 4000h 为有效风能中等稳定区，分布在大小兴安岭、长白山西坡、山东南部、河南中北部、安徽中部、江苏西部、新疆北部、青海中部、西藏局部、四川西南部、云南北部、广西和广东南部沿海，以及海南岛大部。

（4）年可用时数少于 2000h 为有效风能不稳定区，分布区域最广，尤其在四川、江西、湖南湖北西部、广东与广西的大部、甘肃和陕西南部，以及新疆西部，年可用时数均低于 1000h。全国最低值仍在重庆酉阳和云南景洪，年可用时数接近于零。

3）人口密度（PD）

人口密度（population density）就是单位面积土地上居住的人口数。通常以每平方千米常住人口为计算单位。计算公式为

$$PD = \frac{P}{A}$$

式中，P 为区域人口数（人）；A 为区域面积（km^2）。

根据中国相关的规定，大型风电场选址须离城区至少 0.5km 的距离，而城区与非城区可由城市人口密度值进行区分。2003 年，中国城市平均人口密度为 847 人/km^2（中华人民共和国国家统计局，2004），而风能资源较为丰富的内蒙古、辽宁、吉林、黑龙江、浙江、福建、山东、广西、宁夏、西藏和新疆等 11 个省（自治区），同期的城市平均人口密度为 760 人/km^2，较全国平均水平略低，加之在实际风能开发中风电场与城区之间的缓冲距离还要考虑到城市发展问题。因此，本文选择 700 人/km^2 作为划分适宜区与非适宜区的阈值。

根据 2003 年中国城市人口分布（图3-4）可以看出：中国 ≥700 人/km^2 的高人口密度区，主要分布在胡焕庸线（胡焕庸和张善余，1997）以东，集中在河南、河北中南部、

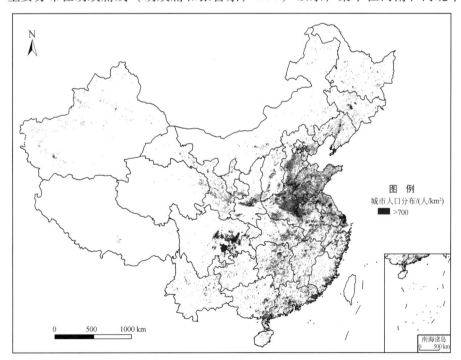

图 3-4　2003 年中国城市人口分布图

山东、江苏、安徽、四川盆地和东南海岸带，湖南、湖北、江西、浙江、福建和广东人口密度也较高。胡焕庸线以西除个别城市外，人口密度均比较低。

4）森林郁闭度（CD）

森林郁闭度（forest canopy density）指森林中乔木树冠遮蔽地面的程度，它是反映森林疏密程度的指标。计算公式为

$$CD = \frac{CA}{FA}$$

式中，CA为林地树冠垂直投影面积；FA为林地面积。

根据国家林业部门的相关规定，郁闭度≥30%的林地属有林地，即通常意义上的森林区，包括天然林和人工林等。由于受生态环境保护以及风能开发成本等因素的制约，有林地现阶段不宜作为风能规模化开发的选址对象，其空间分布如下所述。

由2003年中国有林地分布（图3-5）可看出，中国有林地主要分布在东北、东南和西南三个地区：东北林地集中分布于大、小兴安岭和长白山；东南林地分布于湖南、江西、广西、广东、福建、浙江和海南的丘陵地区，对东南海岸带风力利用有较大的制约；西南林地主要分布在西藏东南部、四川南部和云南。

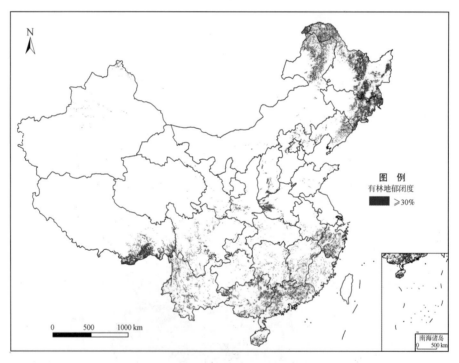

图3-5　郁闭度≥30%有林地分布图

3. 风能开发利用潜力区域综合评价

基于上述对风能资源丰富度、稳定度以及人文与自然环境适宜度四个因子的分析，本文选取了有效风能密度、风能可用时数、城市人口密度和森林郁闭度四个指标，对区域风能资源开发潜力进行评价。其评价方法是在分级赋值（表3-1）的基础上，采用指数法计

算各气象台站风能开发潜力总分值，计算公式如下：

$$P_{\text{Total}} = \frac{1}{m} \sum_{i=1}^{m} P_i$$

式中，P_i 为第 i 项指标分值；P_{Total} 为开发潜力总分值；m 为指标个数。

表 3-1　风能资源开发潜力评价标准

分级值（P_i）	等级	有效风能密度 /（W/m²）	年可用时数 /（h/年）	人口密度 /（人/km²）	森林郁闭度/%
100	1	>200	>5000	<700	郁闭度<30
75	2	100~200	4000~5000		
50	3	60~100	2000~4000		
25	4	<60	<2000	≥700	郁闭度≥30

在运用表 3-1 和上式分别计算 387 个气象站点风能资源开发潜力结果的基础上，将风能资源开发潜力分为五个等级，即最高潜力区（Ⅰ）、次高潜力区（Ⅱ）、中等潜力区（Ⅲ）、低潜力区（Ⅳ）和无潜力区（Ⅴ）（表 3-2）。

表 3-2　风能资源开发潜力评价等级

风能开发潜力等级	评价总分（P_{Total}）
Ⅰ 最高潜力区	95~100
Ⅱ 次高潜力区	75~94
Ⅲ 中等潜力区	50~74
Ⅳ 低潜力区	26~49
Ⅴ 无潜力区	0~25

根据上述计算结果，本文采用规则样条函数插值法，绘制了中国陆地风能资源开发潜力分布图（图 3-6）。从图中可以看出，中国风能资源开发潜力具有以下空间分布特征。

（1）最高潜力区。主要分布在内蒙古阿拉善高原和内蒙古高原中东部、甘肃河西走廊、新疆哈密以东、青藏高原中北部、科尔沁草原、辽东半岛、山东半岛，以及江苏、浙江、福建、海南西部的沿海地带，有效风能密度大于 200W/m²，年可用时数在 5000h 以上，风力资源十分优越，地面环境限制小，市场广阔，适合建设规模性的风力发电机组并网发电，是中国陆地风能开发潜力最高的地区。但最高潜力区面积只占中国陆地的 8.7%。

（2）次高潜力区。主要分布在内蒙古高原中西部和呼伦贝尔高原、新疆东部和克拉玛依地区、青海西北部、西藏中部、东北平原、锡林郭勒高原与河北北部，以及天津、广东和广西的部分沿海，风能密度为 100~200 W/m²，可用时数在 4000h 以上，资源量虽不如高潜力区优越，但仍比较丰富，且受地表环境限制较少，为风能资源开发的次高潜力区，占中国陆地面积的 8.3%。其中东部沿海的部分地区，风能资源量很高，但受到人口密度或植被覆盖的限制，可开发土地少，风能开发潜力受限。

（3）中等潜力区。主要分布在内蒙古最高和次高潜力区以外的地区、大兴安岭、山东

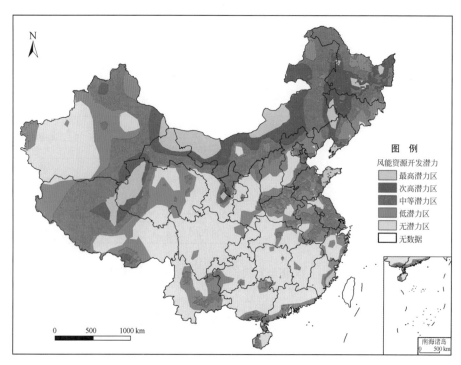

图 3-6　中国陆地 10m 高程风能资源开发潜力分布图

西北部、江苏大部、安徽中东部、西藏中北部、新疆北部和东南部，及福建、广西、云南、海南等省（自治区）局部，面积比例为 23.4%。该潜力区有效风能密度为 60 ~ 100W/m^2，年可用时数为 2000 ~ 4000h，风能资源量不够丰富，局部受到环境因子的限制，风能开发潜力中等。

（4）低潜力区。主要分布在新疆中部、青海中部、黑龙江东北部、长白山地区、山西中北部、陕西南部，还包括山东、河南、安徽、浙江、福建、广东、云南等省局部人口密集的地区，有效风能密度低于 100W/m^2，年可用时数少于 2500h，风能资源量中等，同时受到人口密度或植被分布的较大影响，规模化风电开发潜力低。低潜力区范围占总陆地面积的 20.8%。

（5）无潜力区。主要分布在新疆西部、青海东部和南部、西藏东部、河北南部、山西中部、陕西中北部、四川、湖南、湖北、江西和贵州大部，云南西部以及两广内陆地区。该区分布面积最广，占到全国陆地面积的 38.8%。这些地区有效风能密度低于 60W/m^2，年可用时数少于 2000h，风能自然资源不丰富，基本不适宜发展风能发电项目，为无潜力区。

3.3.2　太阳能开发利用潜力区域评价

自 20 世纪 60 年代以来，中国学者对中国太阳能资源开发利用的相关问题进行了大量研究，在太阳能资源的辐射计算（翁笃鸣，1964；王炳忠等，1980；鞠晓慧等，2005）、时空特征（左大康，1963；查良松和丁祖荣，1996；李晓文等，1998；杨胜朋等，2007；赵东等，2009）、区划分析（王炳忠，1983；朱瑞兆，1984，1986；张家诚等，1991；寿陛扬等，1992）与开发利用（B. A. 列加索夫等，1983；高峰等，2000；姚伟，2005）等方面均取得了一定的进展，但也存在一些问题。例如，一些研究将太阳辐射同太阳能资源画上等号，没有更多地考虑其他因素的影响；有的研究虽然综合考虑了多个评价因子，但在空间数据处理方法和太阳能资源分布图的绘制技术上还比较滞后，图件的空间精度与制图效果有待提高；另外，大部分地区甚至全国的太阳辐射均基于气候学方法进行计算，同实际观测值还存在一定的误差。这些问题都严重影响到中国太阳能资源开发潜力的综合评估。

鉴于此，本节利用中国陆地辐射站点直接观测的辐射数据和常规气象台站的日照时数观测资料，在对中国陆地太阳能进行计算、分析的基础上，对中国太阳能资源潜在规模化开发潜力进行综合评价，并利用 GIS 技术绘制中国陆地太阳能资源开发潜力图，希冀这一工作对进一步大规模开发利用中国太阳能资源有所帮助。

1. 评价因子遴选

对太阳能资源的开发有多种形式，按能源转换类型的不同，大致可归纳为太阳能光电利用、太阳能光热利用和太阳能光化学利用三种基本形式。近年来，由于材料技术的迅速发展，太阳能电池的造价逐渐降低，加上设备使用周期长、经济效益高等优势，现阶段国内外均把光电利用视为太阳能资源规模化利用中最有活力和前景的领域。本文侧重于对太阳能规模化开发潜力的宏观分析，因此以太阳能光电利用为主导，从资源的丰富度、稳定度和保障度三个方面，分别选取了较有代表性的太阳总辐射、日照小时数和有效日照天数三个因子，作为评价中国陆地太阳能资源规模化开发潜力区域分布的指标。

（1）资源丰富度因子。太阳能产业的开发对象是太阳能，因此太阳能资源的丰歉是影响太阳能大规模开发的首要因素，也是评定太阳能潜力的最主要评价因子之一，必须将其考虑在内。因为光照产生的电流强度与光强呈正比例关系，所以太阳能资源的丰富度主要取决于太阳光强度，而刻画光照强度的物理指标为单位时间太阳总辐射值，因此，本文采用太阳年总辐射量作为揭示一地太阳能资源富集程度的评价指标。

（2）资源稳定度因子。太阳能虽然较风能而言更为稳定，但受纬度、天气等因素的影响，仍具有一定的季节变化与区域分异。具有明显的日变化和季节变化。因此，日照时间也是太阳能资源潜力评价中不可忽视的重要因子之一，一般采用日照小时数来衡量（朱瑞兆，1984）。日照时数刻画的是一地日照的总时长，本文将其作为太阳能资源开发潜力的评价指标之一，以揭示太阳能资源稳定程度的区域差异。

（3）资源保障度因子。如果日照时间低于 3h，太阳能就无光电利用的价值（寿陛扬等，1992）。而日照时数中包含了这些无开发潜力的时间。因此，从资源保障度的角度考虑，本文将大于 3h 的有效日照天数作为太阳能资源潜力评价中的另一因子，以反映太阳能实际可供利用的天数。

2. 评价因子量化与空间分布

本节所引用的太阳能数据来自于中国气象局发布的《中国辐射日值数据集》和《中

国地面气候资料日值数据集》，主要包括总辐射、净全辐射和散射辐射等气象辐射观测资料以及日照时数等常规气象观测数据。相比于通过总辐射观测值同日照时数百分率的线性关系建立的气候学公式计算出的总辐射值，辐射仪的测量值更接近实际的辐射能量值。但1993 年以前全国辐射台站使用的仿苏式辐射仪，观测结果相对误差为 10，高于 1993 年以后改用全自动遥测辐射仪的相对误差（0.5），为保证数据的一致性和准确性，本文选用1995~2004 年，有连续观测资料的 99 个辐射站点（图 3-7）的辐射数据和 387 个常规气象台站的日照数据作为基础，统计得到太阳总辐射、日照时数和≥3h 有效日照天数的多年平均值。

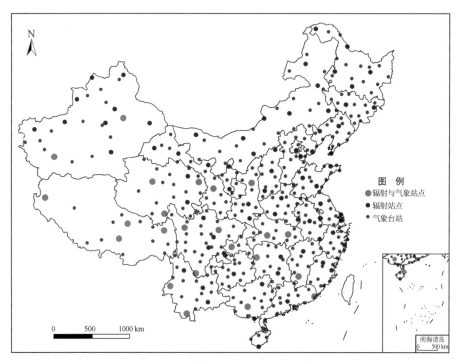

图 3-7　中国辐射和气象站点分布图

　　在统计各观测站点评价因子数值的基础上，本文利用 GIS 技术，绘制出太阳总辐射、日照时数和≥3h 有效日照天数三项指标的空间分布图。所用底图来自于中国科学院资源环境科学数据中心，空间数据的处理和分析过程均通过 ArcGIS 软件实现。点数据转换为面数据时采用的插值方法为径向基函数（radial basis function）中的规则样条函数插值法（completely regularized spline）。该方法如同将一个软膜插入并经过各个已知样点，同时使表面的总曲率最小，适用于像太阳能这样空间分布连续、样点数据准确的大量点数据的插值。中国陆地太阳能资源开发潜力分区图，则是根据综合评价方法，将三项评价指标分布图进行空间叠加而成。

　　分析图 3-8、图 3-9 与图 3-10 可知，中国陆地太阳年总辐射、年日照时数和≥3h 年有效日照天数的空间分布具有以下特征。

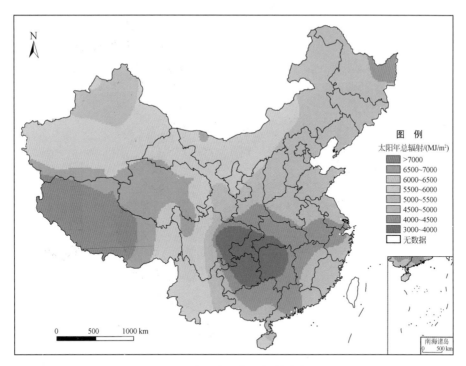

图 3-8　中国太阳年总辐射分布图

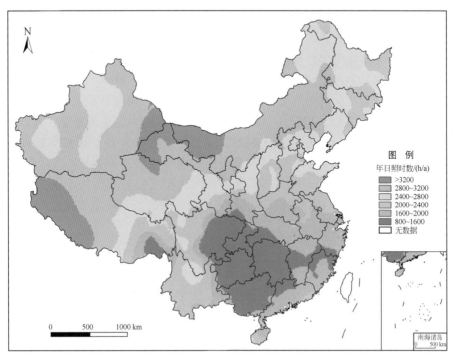

图 3-9　中国年日照时数分布图

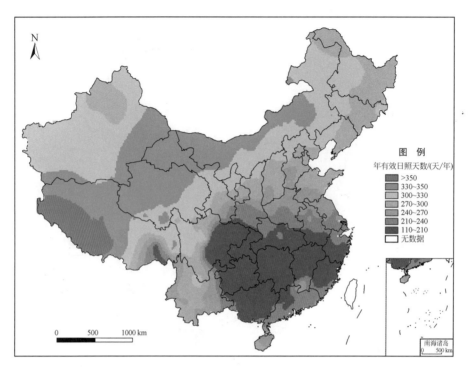

图 3-10　中国≥3 小时年有效日照天数分布图

1）太阳年总辐射

中国太阳年辐射总量的分布特点，大致可以从内蒙古的锡林浩特和云南腾冲连一直线分为东、西两部分。东部地区太阳年总辐射在 5500MJ/m² 以下，整体较弱。其中，内蒙古东部、河北与山西北部太阳年总辐射相对较高，约为 5500MJ/m²；东北三省西部、山东和辽东半岛、甘肃南部、广西南部以及海南岛等地，辐射值为 5000～5500MJ/m²；东部低值区集中在四川东部、重庆、贵州北部和湖南西北大部，年总辐射量小于 4000MJ/m²；受云量与空气湿度影响（王炳忠，1983），四川盆地太阳年辐射为全国最低值，仅 3300MJ/m²左右。西部地区太阳年总辐射整体强于东部，高值中心在地势高、云量少的青藏高原地区，年辐射量基本都在 6500MJ/m² 以上，最大值在准噶尔可达 8570MJ/m²，为全国之冠；青海、内蒙古西部和北部、甘肃中北部、四川西部的年总辐射量也很丰富，均高于 6000MJ/m²；天山以北、阿尔泰山以西的新疆北部年辐射量略低，最高值不超过 5500MJ/m²。

2）年日照时数

年日照时数的分布格局也可分为东部和西部，大致以黑龙江哈尔滨至西藏拉萨连线为界。东部不仅日照强度弱且日照时间也短。相对而言，东部北方日照时数要多于南方，黄河以北基本保持在 2400h/年上下，而淮河以南的大部分地区日照时数低于 2000h/年。四川盆地依然是低值中心，其中都江堰年日照时数仅有 808h，为全国最低。从图 3-8 和图3-9 的对比还可以看出，西藏东南部的太阳辐射强度虽然大，但日照时间却比较少，只有1300h/年左右，大大降低了该地区的太阳能开发潜力。

西部地区有两个日照时数的高值区，一为青藏高原西部，一为内蒙古西部和新疆、甘肃、青海三省的交界地带，年日照时数都在 3200h 以上。内蒙古的马鬃山、拐子湖为

3370h，西藏定日为 3351h，最长日照时数在西藏狮泉河可达 3581h/年。新疆中部和西部、青海南部、内蒙古东北部和黑龙江大部为西部的相对低值区。

3）年有效日照天数

≥3h 年有效日照天数与年日照时数的空间分布大体一致，但也存在差异。其一，大于 350 天/年的日照高值中心分布范围较小。内蒙古西部、新疆东部和甘肃北部的日照时数为 3200h/年，相当于每天平均有 9h 日照，但有效日照时间却不如青藏高原西部。说明青藏高原的日照时间虽然理论上要少于纬度更高的地区，但其特殊的气候条件使得该地区实际日照时间要长于高纬度的内蒙古等地，几乎保证每天有 8 个多小时的高强度太阳辐射。其二，低于 210 天/年的日照低值中心分布范围更广。湖北、安徽南部、江西、浙江、福建和广西等地，纬度低、云量大、降水多、日照少，一年之中不足 3h 的日照时间占有相当大的比例，因此这些地区的日照小时数虽然比四川、重庆、湖南、贵州等地要略多，但有效日照少，太阳能资源开发潜力非常有限。

3. 太阳能开发利用潜力区域综合评价

为了便于中国太阳能资源的规模化开发利用，应根据太阳能利用的技术特征、太阳能资源量的区域差异等来划分评价指标等级。过去的气象工作者在这方面已做出了很多成果，尽管因评价目的不同，或评价指标单位不同，不同的学者采用的划分标准有一些区别，但大体范围是一致的。本文对评价指标中太阳年总辐射的划分，以国家气象科学研究院的王炳忠（1983）对总辐射的分级为标准，由高到低分为四级；对年日照时数和年有效日照天数的划分，则参照寿陛扬等（1992）专门针对太阳能光电利用区划制定的分级标准，由高到低也分为四级；在此基础上，为进一步区分中国太阳能资源极端丰富区的分布范围，本文以各评价指标最高等级区内最大的一个四分位数作为分割阈值，将最高等级区再分为 Ⅰ、Ⅱ 两级，即每项指标总共分五级（表 3-3）。分级赋值之后，将各评价因子分值相加，其平均值即为各地太阳能资源开发潜力评价值，计算公式如下：

$$P_{Total} = \frac{1}{n}\sum_{i=1}^{n} P_i$$

式中，P_i 表示各评价指标分级值；P_{Total} 表示太阳能资源开发潜力总评价值；n 表示评价指标个数。在计算出总评价值的基础上，将全国太阳能资源开发潜力分为 6 个等级区，即极丰富区、丰富区、较丰富区、一般区、较贫乏区和贫乏区（表 3-4）。

表 3-3　太阳能资源开发潜力评价指标分级

指标等级	分级值	年总辐射/（MJ/m²）	年日照时数/（h/年）	年有效日照天数/（天/年）
Ⅰ	100	>7000	>3200	>350
Ⅱ	80	6200～7000	2400～3200	330～350
Ⅲ	60	5200～6200	2000～2400	270～330
Ⅳ	40	4200～5200	2000～1600	210～270
Ⅴ	20	<4200	<1600	<210

表3-4　太阳能资源开发潜力分级

	极丰富区	丰富区	较丰富区	一般区	较贫区	贫乏区
潜力评价总分	100	90~100	70~90	50~70	30~50	≤30
潜力区面积比例/%	3.70	18.20	29.80	23.30	13.50	11.50

　　根据上述评价结果，本文运用 ArcGIS 软件绘制中国陆地太阳能资源开发潜力分区图（图3-11），从图中可以看出，中国太阳能资源开发潜力具有以下空间分布特征。

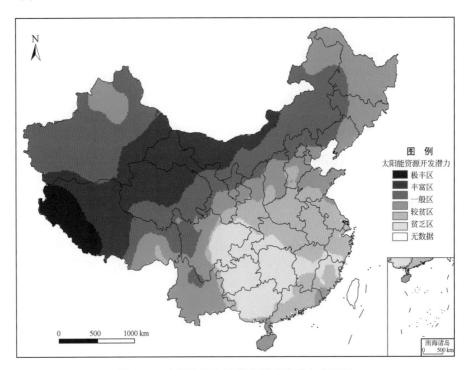

图3-11　中国陆地太阳能资源开发潜力分区图

　　（1）极度丰富区，位于青藏高原西部，年总辐射量大于 8000MJ/m²，年日照时数在3300h 左右，年有效日照天数达 350d 以上，太阳能资源非常丰富，是中国太阳能开发最高潜力区，占全国土地面积的 3.7%。青藏高原西部属高原气候区，海拔高、云量少、空气稀薄、气温较低，自然环境条件也十分有利于太阳能发电，加上当地传统化石能源的缺乏，太阳能资源的开发显得更为迫切。

　　（2）丰富区，分布在西藏中部和北部、青海大部、甘肃北部、新疆东部和内蒙古中西部地区。该区域年日照时数为 3000~3300h，年有效日照天数为 330~350 天，太阳年总辐射平均为 6500MJ/m² 左右，略低于极丰区。自西藏西部高值中心到内蒙古西部地区，太阳总辐射逐渐从 8570MJ/m² 降至 6000MJ/m²，降低了 30%。尽管如此，该区的太阳能资源仍是十分丰富的，且分布范围广，占到国土面积的 18.2%，是中国未来太阳能规模化利用的重点开发区域。

　　（3）较丰富区，分布在丰富区的东西两侧，在各级潜力区中面积最广，比重达

29.8%。西侧的新疆地区除天山以北、阿尔泰山以东以外，太阳能资源都比较丰富。例如，喀什的年辐射量为 5753MJ/m²，年日照时数为 2883h，年有效日照天数为 313 天。东侧太阳能较丰区，主要包括内蒙古中部和东部、东北三省西部、河北北部、宁夏北部、甘肃中部、青海东部和南部、四川西部和西藏局部。以甘肃中部为界，东侧较丰区又可分为南北两段：北段如锡林浩特年日照时数近 3000h，年有效日照天数达 330 天，但年总辐射值仅为 5604MJ/m²；南段青藏高原东南部则恰好相反，辐射强度大，但降水较多，日照时间较少。例如，西藏那曲站年总辐射可达 7140MJ/m²，但年日照时数仅有 2584h。

（4）一般丰富区，包括东北地区东部和北部、华北平原北部、黄土高原大部、青藏高原东南缘、云南大部、雷州半岛和海南岛以及新疆北部，分布范围占全国面积的 23.3%。该区太阳能光照强度和日照时间都处于中等水平。例如，哈尔滨站年辐射总量为 4774MJ/m²，日照时数为 2439h/年，年有效日照天数 286 天，为太阳能资源潜力高值区与低值区之间的过渡地带，适合于局部、小规模或季节性利用。

（5）较贫乏区，主要包括河北、山东、山西、陕西和甘肃南部，河南、安徽全境，江苏、浙江、湖北、江西、福建和广东大部分地区，面积比重为 13.5%。该区太阳能潜力指标值偏低，多属第四等级，太阳能资源规模性利用的价值较低。

（6）贫乏区，包括四川盆地、重庆、湖南、广西和湖北西南一隅。本区太阳光照强度低，日照时间短。例如，成都的年辐射量只有 3172MJ/m²，为全国最低，日照时数也仅967h/年，一年之中日照时间高于 3h 的只有 132 天，基本不具备太阳能资源规模性开发利用的潜力。

3.3.3　秸秆生物质能发电潜力区域评价

生物质能在解决目前世界经济面临的能源紧缺和环境危机两大主要问题中占有重要地位。2006 年全球可再生能源利用总量的一半以上为生物质能，占一次能源总量的 14%（肖波等，2006），中国在可再生能源"十一五"规划中也提出了可再生能源占总能源消费量在 2010 年达到 10%，2020 年达到 15% 左右的目标，其中生物质能发电量在 2020 年要达到 3000 万 kW（国家发展和改革委员会，2007b）。秸秆是一种重要的清洁生物质能源，每 2t 秸秆的热值就相当于 1tce，同时秸秆利用也具有二氧化碳零排放的特征，市场前景非常广阔（丁文斌等，2007）。中国是一个农业大国，可再生能源十分丰富，其中农作物秸秆资源约占一半，其有效的开发利用直接影响到中国可再生能源的发展。由于秸秆生物质能在中国未来能源体系中特殊地位，其研究备受关注。从上述技术及特点比较可以看出，虽然目前利用生物质发电的技术有多种，但能够大面积规模化有效处理农村废弃生物质秸秆，从而消除农村环境污染，能够作为中国电力能源有力补充，改变中国电力能源结构，能给最广大农民增收，并可大规模推广的发电技术只有秸秆焚烧发电。本文以秸秆生物质资源开发利用潜力为研究对象，构建潜力评价模型对中国农作物秸秆发电区域开发利用潜力进行评价，以期对中国农作物秸秆资源的高效利用及其规模化、产业化发展具有重大的指导意义。

1. 数据来源

中国各地区秸秆品种和类型结构组成差异巨大，但是稻谷秆、玉米秆、小麦秆等主要粮食作物秸秆和油料作物秸秆才是最主要类型，其产量远远大于其他种类的农作物秸秆产量。因此，主要农作物选取稻谷、小麦、玉米、豆类、薯类、油料和棉花，产量数据来自农业部 2008 年农村经济基础资料卡片调查数据。耕地面积数据来自 2007 年《中国统计年鉴》。国土面积数据来自《2006 中华人民共和国行政区划简册》。

2. 评价指标选择与量化

潜力评价是为了衡量某项自然或人为活动在特定区域条件下发生的适宜程度而做出的结论性评价。在综合考虑秸秆生物质开发利用的各种影响因子的基础上，本文选取了最具代表性的耕地资源指数、秸秆资源现实产量指数、布点规模度指数和供给稳定性指数作为评价指标。指标含义与量化方法如下。

1）耕地资源指数（GR）

耕地是农作物生长和秸秆产生的先决条件，区域耕地的数量和质量直接影响到农作物产量，进而决定了秸秆资源的产量。随着人口的不断增长、社会经济的高速发展和城镇化水平的迅速提高，有限耕地资源的减少和建设用地扩展之间的矛盾日益尖锐，尤其在沿海经济发达地区，耕地面积的迅速减少直接影响到区域的粮食生产（傅泽强等，2001），进而对区域农作物秸秆资源的可利用性产生影响。虽然耕地类型的不同直接导致了农作物种植结构的区域性差异，进而影响到秸秆资源的总产量，但是总体来看，耕地面积仍然是衡量区域秸秆资源可利用性的决定性因素之一。耕地资源指数计算模型如下：

$$GR = \frac{G_j}{G_{max}}$$

式中，GR 表示耕地资源指数；G_j 表示第 j 个地区的实际耕地面积；G_{max} 表示所有地区中耕地面积的最大值。

2）秸秆资源现实产量指数（TR）

秸秆资源现实产量指数是指区域秸秆资源现实产出量，是衡量秸秆生物质发电综合潜力的重要指标，体现了区域秸秆生物质资源的可利用潜力。由于不同农作物产生秸秆的能力不同，在耕地资源条件同等的情况下，农作物种植结构就成为秸秆资源产量的决定性因素（丁文斌等，2007）。中国主要的农作物种类有稻谷、小麦、玉米、豆类、薯类油料作物、棉花和甘蔗等，由于区域间地理位置和气候条件不同，农作物种植结构差异也比较显著。南方地区水域多、气温高，适合水稻、甘蔗、油料等农作物生产；北方地区四季温差大，适合玉米、豆类和薯类作物生长，故播种面积大于其他地区。小麦在中国各地区都普遍种植，播种面积以华中、华东地区最多。棉花产地主要是华东和华中地区，其次是华北和西部地区。所以必须将农作物秸秆资源现实产量作为不同区域秸秆利用潜力的限制性因素来加以考虑。由于秸秆产量未列入国家有关部门的统计范围，通常依据主要农作物的产量来计算。计算公式如下：

$$T = \sum_{i=1}^{n} Qc_i r_i$$

式中，T 为农作物秸秆产量；Qc_i 为第 i 类农作物的产量；r_i 为第 i 类农作物的草谷比系数。由此可得秸秆资源现实产量指数计算模型如下：

$$TR = \frac{T_j}{T_{max}}$$

式中：TR 表示秸秆资源现实产量指数；T_j 表示第 j 个地区的秸秆实际产量；T_{max} 表示所有地区中秸秆实际产量的最大值。

草谷比系数（residue to product ratio，RPR）也叫产量系数或者经济系数，是农作物秸秆产量估算的关键因素。它通常是一个可以通过田间试验和观测得到的常数，但是不同地区、不同品种的农作物大致相同，可能略有差异。不同学者在估算中国秸秆资源量时采用的草谷比系数也各不相同（刘刚和沈镭，2007；韩鲁佳等，2002；王秋华，1994；Yuan et al.，2002；MOA/DOE Project Expert Team，1998）。综合已有 RPR 选择方法，并考虑不同农作物的地理分布，本文选取了科技部星火计划《农作物秸秆合理利用途径研究报告》中给出的草谷比系数，如表 3-5 所示。

表 3-5　主要农作物草谷比系数（RPR）

农作物	稻谷	小麦	玉米	豆类	薯类	油料	棉花
草谷比	0.952	1.280	1.247	1.500	0.500	2.212	3.316

3）布点规模度指数（CR）

布点规模度指数亦可以理解为区域秸秆资源的分布密度，反映了秸秆资源收集利用的有效程度或者方便程度。由于秸秆资源空间分布上的分散性和时间分布上的集中性，其利用过程不可避免地要牵扯到收集、分选和运输问题，增加了利用成本，资源分布密度越小，收集和运输成本就越大。以秸秆发电为例，若项目容量太大或者项目之间规划距离太近，或在以农作物秸秆为原料的造纸、饲养行业发达的地区规划建设秸秆发电项目，就会增加连续发电所需要的大量、稳定的燃料供应难度，对项目的正常运营造成非常不利的影响（傅友红等，2007；王志伟等，2007）。因此，引入资源密度的概念，用单位国土面积秸秆产量来表示秸秆规模化利用项目的布点规模，单位国土面积秸秆产量越大，资源密度也就越大，在同等的收集和运输成本下，秸秆规模化利用项目的布点规模也就越大，越有利于区域秸秆生物质利用产业的发展。其计算公式如下：

$$C = \frac{T}{A}$$

式中，C 表示资源密度；T 为前页公式中的农作物秸秆产量；A 为区域面积。

因此可得布点规模度指数计算模型如下：

$$CR = \frac{C_j}{C_{max}}$$

式中，CR 表示布点规模度指数；C_j 表示第 j 个地区的单位国土面积秸秆资源量；C_{max} 表示所有地区中单位国土面积秸秆资源量最大值。

4）供给稳定性指数（IR）

供给稳定性指数反映的是区域资源供应对产业发展的长期效应。长远来看，秸秆资源的供应肯定会受到由自然气候条件变化和人类社会经济发展所造成的粮食产量波动的影响（尹成杰，2003），比如自然灾害造成的粮食减产，以及部分地区城市化速度加快和产业结构调整带来的农作物种植面积的减小等，都会对区域秸秆生物质产业的发展造成不利的长期影响。中国的秸秆生物质资源总量虽然丰富，但是由于农作物种植结构和人民生活习性各不相同以及区域间社会经济发展的不平衡，各地区之间秸秆资源的产出、供给和利用差异比较显著，因此必须将供给稳定性作为评价秸秆生物质能开发利用潜力的一个重要限制因子来考虑。通过计算近 20 年来中国各地区农作物秸秆资源产量的 5 年平均增长率来反映区域开发利用农作物秸秆资源的长期效应，增长率越大说明对今后的发展越有利，反之则不利。5 年平均增长率的计算公式如下：

$$I = \frac{1}{4} \sum \frac{T_n - T_{n-5}}{T_{n-5}}$$

式中，I 为区域的 5 年平均秸秆产量增长率；T_n 为第 n 年的秸秆产量。由此可得供给稳定性指数计算模型如下：

$$IR = \frac{I_j + I_{max}}{2 I_{max}}$$

式中，IR 表示供给稳定性指数；I_j 表示第 j 个地区的 5 年平均秸秆产量增长率；I_{max} 表示所有地区中 5 年平均秸秆产量增长率的最大值。

3. 评价指标量化结果分析

1）耕地资源

统计数据显示，近 20 年来中国耕地数量呈现不断减少态势，1986 ~ 1995 年，仅建设用地就使耕地减少了 1.45 亿亩（1 亩约合 667m²），1996 ~ 2006 年中国耕地净减少了 1.23 亿亩，平均每年减少 1230 万亩。耕地面积的不断减少势必给中国的粮食安全带来严重威胁，同时也必然对秸秆生物质能产业的发展带来影响。由图 3-12 可知，现阶段中国耕地主要分布

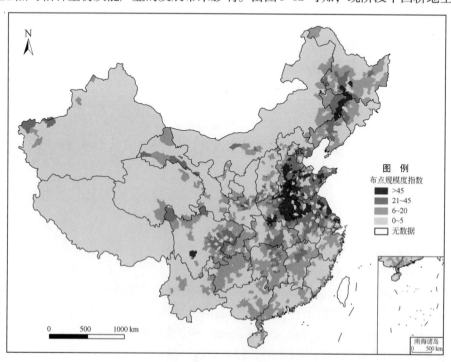

图 3-12　全国分县（市）耕地资源指数分布图

在黑龙江、四川、内蒙古东北部、河南和山东等地区，同时这些地区也是中国主要的粮食生产基地。重庆、上海、北京、西藏和天津等地区耕地资源比较贫乏，除西藏外都是区域国土面积较小却经济比较发达，存在建设用地大量挤占耕地现象的区域。需要指出的是，生态退耕也是导致中国耕地面积大幅下降的原因之一，但是随着退耕面积的不断减少以及土地整理复垦和后备土地资源开发等活动的开展，中国土地面积减少的势头有望放缓，最终达到不低于 18 亿亩耕地红线的目标。

2）秸秆资源现实产量

通过分析全国各县（市）2008 年秸秆资源产量和秸秆资源现实产量指数分布图（图3-13）可知，秸秆资源现实产量指数排名较前的县（市）主要位于河南、山东、黑龙江、河北和安徽等粮食主产区；排名较后的县（市）则集中在西藏、上海、北京、青海等省（自治区、直辖市），这些地区除西藏和青海外均属于经济发达、国土面积或者农作物种植面积较小的区域。该指标的分布与耕地资源分布略有差异，因为除了耕地面积以外，农业生产条件和种植结构也是影响秸秆资源现实产量的重要因素。

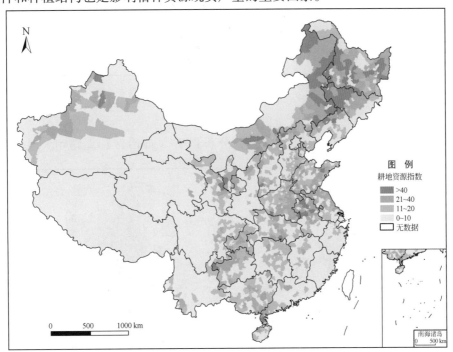

图 3-13　全国分县（市）秸秆资源现实产量指数分布图

3）布点规模度

由各县（市）秸秆资源产量可计算出全国各县（市）的秸秆产量密度以及布点规模度指数。由图 3-14 可看出，布点规模度较高的地区主要位于河南、山东、安徽和河北等地区，大部分是粮食产量大且地域面积较小的地区，而西藏、青海、新疆、内蒙古和甘肃等地区布点规模度较低，均是地域面积广大且农业生产条件恶劣的地区。需要注意的是，在耕地资源和秸秆资源现实产量较低的北京、上海、天津等地区的秸秆产量密度都比较大，布点规模度指数也较高，尤其是上海和天津，其原因在于这些区域发达的社会经济条件有利于农业生产的高产高效，较好的农业生产自然条件和较高的农业资金及技术投入保证了较高的粮食单产。

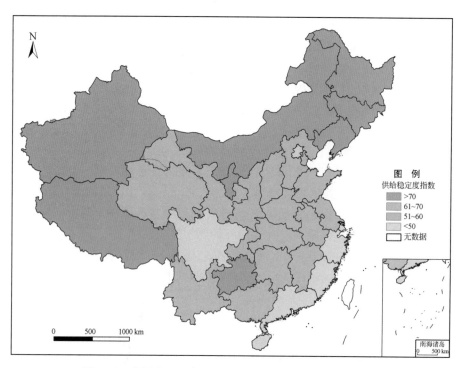

图 3-14　全国分县（市）秸秆资源布点规模度指数分布图

4）供给稳定性

由于数据限制，本文供给稳定性指数分析以省（自治区、直辖市）为单位（图

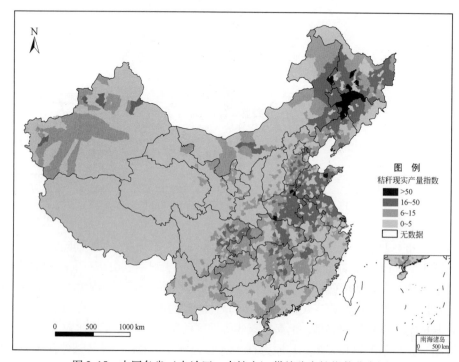

图 3-15　中国各省（自治区、直辖市）供给稳定性指数分布图

3-15）。在供给稳定性指数中，由于传统的农业大省如河南、山东等既无后备农田资源可供开垦，农田单产增长潜力又有限，所以排名最靠前的是内蒙古、西藏、吉林、黑龙江和新疆等地域广大、后备农业资源丰富的地区，其中西藏由于产量基数过小，其增长率并无太大意义，而供给稳定性指数最小的则是北京、上海、浙江、广东和四川等，其中四川省主要是受重庆直辖的影响，其他几个省份则是由于经济发达、城市扩张占用大量农业用地所导致，尤其是北京和上海，其耕地面积日益减少，有限的增产主要是依赖于高投入和高消耗带来的单产增加。

4. 秸秆生物质能发电潜力评价

综合耕地资源指数、秸秆资源现实产量指数、布点规模度指数和供给稳定性指数，秸秆生物质能发电开发潜力评价模型构建如下：

$$P = GR \times TR \times CR \times IR$$

式中，P 表示区域秸秆开发的综合潜力指数。在计算出综合潜力指数值的基础上，将全国各县（市）秸秆生物质能发电潜力分为最高潜力区、次高潜力区、一般潜力区和低潜力区四个等级（表3-6），并根据评价结果绘制中国各县（市）秸秆资源开发潜力图（图3-16）。

表3-6　中国农作物秸秆发电开发潜力分级

分级	最高潜力区	次高潜力区	一般潜力区	低潜力区
综合潜力指数	>20	10~20	5~10	<5

分析图3-16可知，农作物秸秆生物质能发电潜力较高的县（市）主要位于山东、安

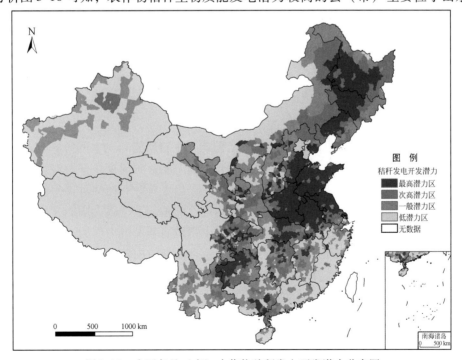

图3-16　中国各县（市）农作物秸秆发电开发潜力分布图

徽、江苏、河北、黑龙江、吉林等地区，潜力较小的县（市）则分部于西藏、青海、北京、上海、天津等地区。

5. 结论

生物质能代表着未来能源发展的方向，在提高可再生能源比重，促进能源结构调整，解决无电人口的供电问题，改善农村生产、生活用能条件，清洁利用有机废弃物，推进循环经济发展，规模化建设和带动可再生能源新技术的产业化发展等方面具有重要的意义。

从评价结果看，中国秸秆生物质能区域开发利用的潜力差异较大，综合潜力较高的地区主要位于黑龙江、吉林、辽宁、河南、山东、安徽和河北等地区，综合潜力较低的地区主要位于西藏、青海、北京、上海等地区。需要指出的是，本文在计算秸秆资源现实潜力的时候并没有考虑主要分布在广西、广东和海南等地区的糖类作物甘蔗，由于其分布过于集中，没有必要再与其他地区进行适宜度比较。这些地区因地制宜地发展蔗渣发电前景十分广阔。收集和运输成本是秸秆规模化利用的重要影响因子，必须给予足够的重视，在立项之初就应该做好资源调查和评估，根据秸秆的分布特点和燃料特性，合理规划厂址和规模，尽量降低秸秆收集半径，减少运营成本，同时合理高效的收集模式和完善的收集保障措施对于保障原料质量和稳定持续的供给也是必不可少的。另外，还应该加快秸秆利用相关政策和国家标准的出台，吸引社会投资，规范和简化审批程序，加快秸秆规模化利用项目，尤其是示范项目的核准建设以及积累经验、培养人才、促进秸秆规模化利用技术的推广和应用。要进一步落实对秸秆发电等生物质能源的保护和激励政策，全面考虑其经济效益、社会效益和环境效益，实行全成本定价方法，促进其持续健康发展。最后，还应该加大对生物质能开发利用的宣传力度，形成社会共识，加大公众对生物质能源的接受度，为其创造良好的未来发展环境。

3.4 太阳能－风能－生物质能开发潜力综合区划

3.4.1 区划目的和方法

由于中国三项主要可再生能源（风能、太阳能与生物质能）的空间分布存在较大的区域差异，为了更好地揭示各地区风能、太阳能和生物质能资源规模化开发潜力的综合分布情况，明确不同区域可再生能源重点开发的类型，提出更具针对性的可再生能源区域发展对策和建议，我们在各单项可再生资源开发潜力评价的基础上，以太阳能开发潜力作为一级区划指标，风能开发潜力作为二级区划指标，生物质能开发潜力作为三级区划指标，并采用 GIS 空间叠加技术进行开发潜力综合分区。综合区划沿用各单项可再生能源开发潜力评价时选用的指标（表 3-7），但对潜力等级的划分进行了调整，统一分为四级。

太阳能作为一级分区指标，原潜力评价等级中的太阳能极丰区和丰富区合并为太阳能最高潜力区，以"Ⅰ"表示；潜力较丰区和一般区，分别以"Ⅱ"和"Ⅲ"表示为太阳能次高潜力和中等潜力区；较贫区和贫乏区合并为太阳能低潜力区，以"Ⅳ"表示。

风能作为二级分区指标，最高潜力区、次高潜力区和中等潜力区，依次以"A"、

"B"、"C"表示；低潜力区和无潜力区合并为低潜力区，以"D"表示，也分为四个区。

生物质能作为第三级分区标准，最高潜力区、次高潜力区、中等潜力区和低潜力区，依次以"a"、"b"、"c"和"d"表示。

表 3-7　太阳能、风能、生物质能潜力评价指标

因子	指标	符号	表达式
太阳能丰富度因子	太阳能总辐射	SR	$SR = \dfrac{1}{10}\sum\limits_{i=1}SR_i$ SR_i 为日均太阳总辐射
太阳能稳定度因子	年日照时数	SRH	$SR = \dfrac{1}{10}\sum\limits_{i=1}SRH_i$ SRH_i 为日均光照小时数
太阳能保障度因子	年有效日照天数	SRAD	$SRAD = l/10$ l 为十年日均光照大于 3h 的总天数
风能丰富度因子	有效风能密度	WPD	$WPD = \dfrac{1}{2n}\sum\limits_{i=1}^{n}\rho \cdot V_i^3$ ρ 为空气密度，V_i 为日平均风速
风能稳定度因子	风能可用时数	WAT	$WAT = (n \cdot 24)/10$ n 为 10 年日均风速在 3~20m/s 内的总天数
人文环境适宜度因子	人口密度	PD	$PD = $区域人口数/区域面积
自然环境适宜度因子	森林郁闭度	CD	$CD = $林冠覆盖面积/地表面积
生物质能丰富度因子	秸秆资源现实产量指数	TR	$TR = \dfrac{T_j}{T_{max}}$ T_j 为各地区秸秆产量，T_{max} 为 T_j 的最大值
生物质能保障性因子	耕地潜力指数	GR	$\dfrac{G_j}{G_{max}}$ G_j 为各地区耕地面积，G_{max} 为 G_j 的最大值
生物质能集中度因子	布点规模度指数	CR	$CR = \dfrac{C_j}{C_{max}}$ C_j 为各地区单位面积秸秆资源量，C_{max} 为 C_j 的最大值
生物质能稳定度因子	供给波动性指数	IR	$IR = \dfrac{I_j + I_{max}}{2I_{max}}$ I_j 为各地区 5 年平均秸秆产量增长率，I_{max} 为 I_j 的最大值

在太阳能、风能和生物质能潜力分布图的基础上，按上述三级分区标准进行空间叠加，使同一空间位置点兼有太阳能、风能和生物质能的潜力属性，区分三者重合的与不重合的区域，便可得出各种不同的组合区。例如，"IB-a"区，为太阳能丰富、风能潜力次高、生物质能最高潜力区，"IVD-d"区为太阳能贫乏、风能潜力低、生物质能低潜力区，依此类推。

3.4.2　区划结果分析

根据以上原则，本节太阳能 - 风能 - 生物质能综合潜力分区将全国划分为 16 个大区

和56个类型区（见彩图2）。下面简要分析这16个大区的资源特征：

（1）太阳能丰富、风能最高潜力区，分布在内蒙古中部和西部、甘肃北部、新疆东部一隅和青海西北部及新疆、西藏交界地区（IA），是中国太阳能和风能资源都十分丰富的地区。由风能资源季节分布图可知，该地区春冬季的风力强大，其有效风能密度可超过350 W/㎡，夏季受热低压控制，风力较弱。而太阳能资源年内分布恰好相反，受太阳高度变化影响，夏季太阳辐射最强，冬季最弱。两种能源峰值交替出现，相互补充，加上地势平坦，地广人稀，气候干旱，植被覆盖度小等有利于规模化开发的自然环境条件，使该区成为中国太阳能－风能综合开发潜力最高区。生物质能开发适宜度较低，不适宜规模性利用。

（2）太阳能丰富、风能次高潜力区，分布新疆东缘、河西走廊、青藏高原中部和北部，气候条件、下垫面状况与IA区相似，太阳能富集程度和生物质能开发潜力也相同，但风速比IA区略为降低。这一区纬度较低、海拔高、云量少，是太阳能辐射最强、日照时间最长的地区；虽然高原（IB）空气稀薄、密度小，使有效风能密度不如IA区，但风能可用时数基本与风能丰富区相当。生物质潜力较低，不适宜开发。整体来看，本区太阳能—风能综合开发潜力也十分优越。

（3）太阳能丰富、风能中等潜力区，分布在新疆哈密、青海中部、青藏高原西部和中南部（IC）。这一区云量少、太阳年总辐射量大，但受局部地形影响导致风能较弱，生物质能也基本不适宜开发。所以，该区应以太阳能规模开发为主，局部小规模或季节性风能利用为辅。

（4）太阳能丰富、风能低潜力区，分布在祁连山南段、昆仑山西段、柴达木盆地东北部海西、青海南部玉树和三江源等地（ID）。这些地区太阳能与前三个区无明显差别，也很丰富，但风能资源十分贫乏。基本无利用价值。这一区除甘肃中部外，人烟稀少，生物质能资源也比较匮乏。例如，昆仑山区高寒缺氧，自然环境恶劣，所以也不适宜进行生物质能的开发。

（5）太阳能次高潜力、风能最高潜力区，分布在内蒙古高原、呼伦贝尔高原、大兴安岭中南部和东北平原西部（IIA）。本区受季风气候影响，属半湿润半干旱地区，太阳能蕴含量较I区略低，但仍比较丰富；风能资源优越，尤其在春冬两季，开发潜力巨大；生物质能内蒙古地区较低，东北地区较高，可因地制宜地利用。这一区相比西部综合高潜力地区而言，经济更为发达，更接近东部人口密集地区，因此对这一地区太阳能、风能乃至生物质能的规模化开发利用，对解决东部地区的电力供需矛盾都具有十分重要的意义。

（6）太阳能次高潜力、风能次高潜力区，主要分布在新疆北部和东南局部、内蒙古中南部、宁夏北部、河北北部、蒙辽交界处和云南丽江局部（IIB）。这一区太阳能与风能都比较丰富，且最大值出现时间一个在夏季一个在春冬季，相互补充了各自的不足，也是中国太阳能－风能联合利用的良好地区之一。

（7）太阳能次高潜力、风能中等潜力区，主要分布在新疆西部和吐鲁番地区、青藏高原东部和河北张家口以南的部分地区（IIC）。该区处于太阳能丰富区向一般区、风能较丰区向贫乏区的过渡地带，可局部季节性利用。

（8）太阳能次高潜力、风能低潜力区，分布区域比较分散（IIC）。主要分布在新疆中部和东北部、青海中东部、西藏南部、冀蒙辽交界处等地。该区太阳总辐射量强，处于较丰区划分标准的上限，具有较高利用潜力，但受地形等因素限制风能潜力很低，所以这一区应更有针对性地发展太阳能资源。

IIB、IIC、IID 四个区的生物质能开发潜力类型较多、分布比较分散，具体分布如表 3-8 所示。

（9）太阳能中等、风能最高潜力区，分布在东北平原北部和东部、三江平原、辽河平原大部、辽东半岛、山东半岛、渤海湾西岸、甘肃定西、广西南部沿海和海南西岸等地（IIIA）。这些地区虽然太阳能资源一般，但风能资源非常丰富，生物质能开发潜力也比较大，适合大力发展风能、生物质能。

（10）太阳能中等、风能次高潜力区，散布在大兴安岭北端、小兴安岭、长白山大部、北京和天津大部、河北东南部、山东西部、新疆北部塔城地区、云南东南部、雷州半岛和海南中西部等地（IIIB）。该区太阳能潜力一般，但风能资源比较丰富。东北地区风能分布特点是中间高、四周低、平原大、山区低。这一方面可能是由于大小兴安岭构成的喇叭口使中间风速加大；另一方面山区高大茂密的林地冠层对近地面风速有削弱作用，致使观测数据可能比实际风速小。另外，这一区的生物质能潜力除山东西部最高、适合大规模开发外，其他地区只属中等水平，适宜局部性开发。

（11）太阳能风能均中等潜力区，分布于长白山南段、河北承德、山西中北部和东南部、新疆准噶尔盆地、云南中部、海南东部和北部等地（IIIC）。从全国大范围来看，本区太阳能和风能均一般，但不排除局部存在微地貌影响下形成较大风力区的可能。在新疆、河北、和东北部分地区，生物质能具有比较高的利用价值，应以生物质能开发为主，太阳能、风能利用为辅。

（12）太阳能中等、风能低潜力区，从河北中部经山西中南部、陕西中北部、甘肃南部、川西平原和川南、至云南西部连成一条带状，另还包括福建北部和闽粤交界处（IIID）。这一太阳能贫乏区外围的狭长过渡带，风能密度很小，可用时间短，基本上不能利用，除河北外，生物质能开发适宜度不高。

以上三个区太阳能潜力虽然全年平均量较小，但在夏季 6～8 月还是比较丰富的，可季节性利用。

（13）太阳能贫乏、风能最高潜力区，分布在浙江东部沿海和福建厦门沿海（IVA）。该地区太阳能资源匮乏，但风能资源丰富，受台风影响，某些区域季节有效风能可达 300W/㎡ 以上，福建临台湾海峡的部分滩涂地区甚至可超过 500W/㎡，是发展海滩风力发电最适宜区。但东部沿海区经济发达，城镇化水平高，耕地面积减少很快，生物质能开发潜力低。

（14）太阳能贫乏、风能次高潜力区，分布在山东南部、河南北部、江苏和安徽大部、浙北以及东南沿海等地（IVB）。该区太阳能匮乏，风能资源比较丰富，尤其生物质能潜力巨大，适宜以生物质能开发与风能利用相结合的发展方式。

（15）太阳能贫乏、风能中等潜力区，分布在陕晋豫交界处、河南东部、鲁豫皖苏四省交界地区、浙江和福建中部一线、滇黔接壤地区、广西南部和广东沿海（IVC）。本区气候较湿润，降水较多，削弱了太阳总辐射量和日照时间，太阳能资源贫乏。风能方面，大部分地区处于内陆,风力较弱,东南海岸带风速虽然很大,但向内陆迅速递减,所以即使在靠近海岸带的过渡区,风力已降至一般潜力区标准的范围。

（16）太阳能贫乏、风能低潜力区,集中分布在河北西南部、陕西南部、甘肃东南角、四川盆地、重庆、贵州、湖北、湖南、江西、浙西、闽西、广东和广西大部（IVD）。这一区太阳能和风能潜力都十分贫乏。例如,重庆酉阳的有效风能密度接近于零,四川成都太阳年总辐射只有 3172MJ/m^2,均为全国最低,所以本区无论是风能资源还是太阳能资源都很难利用。

这两区虽然太阳能和风能资源开发潜力低,但其中分布于山东、河南、安徽、四川东部、贵州、湖北东部、湖南北部和江西中部的区域由于农业和畜牧业发达,因此生物质能资源十分丰富,属生物质能开发潜力的最高和次高区,适宜发展生物质能的利用。

各大区和类型区的资源和空间分布特征如表3-8所示。

表3-8　太阳能－风能－生物质能开发潜力综合分区

第一级	第二级	第三级	代号	分布地区
太阳能最高潜力	风能最高潜力	生物质能中等潜力区	ⅠA-c	甘肃酒泉与内蒙古交界处
		生物质能低潜力区	ⅠA-d	内蒙古中西部、甘肃西北部、青海西北部和新疆东南一角
太阳能最高潜力	风能次高潜力	生物质能次高潜力区	ⅠB-b	甘肃张掖东部
		生物质能中等潜力区	ⅠB-c	甘肃酒泉地区和中部北缘
		生物质能低潜力区	ⅠB-d	内蒙古中西部南缘、甘肃西部、新疆东缘、青海中西部、青藏高原中部和北部
太阳能最高潜力	风能中等潜力	生物质能中等潜力区	ⅠC-c	青海北缘祁连山地区
		生物质能低潜力区	ⅠC-d	新疆哈密地区、青海中部一带、西藏中南部和藏西北地区
太阳能最高潜力	风能低潜力	生物质能次高潜力区	ⅠD-b	甘肃张掖
		生物质能中等潜力区	ⅠD-c	甘肃祁连山脉北缘
		生物质能低潜力区	ⅠD-d	青海北部海西、南部玉树和三江源等地和藏北昆仑山脉西段
太阳能次高潜力	风能最高潜力	生物质能最高潜力区	ⅡA-a	东北平原大部、内蒙古包头市东南部
		生物质能次高潜力区	ⅡA-b	黑龙江齐齐哈尔和大庆,吉林白城,内蒙古乌兰浩特、通辽、锡林郭勒、乌兰察布以北和包头以西等地区
		生物质能中等潜力区	ⅡA-c	内蒙古东部、浑善达克沙地和包头北部
		生物质能低潜力区	ⅡA-d	呼伦贝尔高原和内蒙古高原大部

续表

第一级	第二级	第三级	代号	分布地区
太阳能次高潜力	风能次高潜力	生物质能最高潜力区	ⅡB-a	内蒙古呼和浩特以东和巴彦尔地区、宁夏银川、辽宁朝阳和锦州区
		生物质能次高潜力区	ⅡB-b	内蒙古赤峰、乌兰察布和鄂尔多斯地区，河北北部，辽宁葫芦岛沿海，山西朔州北部，宁夏银川局部和甘肃白银以东
		生物质能中等潜力区	ⅡB-c	甘肃中北部、内蒙古中南和东部局地、宁夏中部、山西大同、云南丽江和海南乐东县东南部
		生物质能低潜力区	ⅡB-d	北京西北缘，内蒙古呼和浩特、乌海，新疆哈密以北和北部阿勒泰地区，内蒙古阿拉善地区，陕西北部，海南三亚西部
太阳能次高潜力	风能次高潜力	生物质能次高潜力区	ⅡC-b	内蒙古赤峰以南、辽宁东南角、河北承德和张家口南部、山西朔州东部、甘肃金昌等地
		生物质能中等潜力区	ⅡC-c	河北与山西大同交界处、陕西北部、宁夏西部和甘肃金昌、新疆中部和西部伊犁等地
		生物质能低潜力区	ⅡC-d	新疆北部和中南部、吐鲁番盆地东部和天山地区，青海中东部，内蒙古南端，陕西北部一隅和榆林南部，西藏南部及海南三亚大部
太阳能次高潜力	风能低潜力	生物质能最高潜力区	ⅡD-a	张家口东南部
		生物质能次高潜力区	ⅡD-b	甘肃武威，兰州北部和白银地区，青海西宁地区和河北蔚县等地
		生物质能中等潜力区	ⅡD-c	新疆吐鲁番大部和西部阿克苏、喀什一带，甘肃中南部、云南丽江北部和四川攀枝花
		生物质能低潜力区	ⅡD-d	青藏高原东部、新疆南部和西部
太阳能中等潜力	风能最高潜力	生物质能最高潜力区	ⅢA-a	东北平原北部和东部、辽河平原大部和山东半岛
		生物质能次高潜力区	ⅢA-b	三江平原、大兴安岭北部、哈尔滨绥化、辽东半岛中南部和山东青岛等地
		生物质能中等潜力区	ⅢA-c	内蒙古呼伦贝尔、小兴安岭鹤岗、辽东半岛北部、甘肃定西、广西北海南端和海南西南沿海等地
		生物质能低潜力区	ⅢA-d	呼伦贝尔高原东北部、辽宁大连、天津沿海、广西钦州沿海和海南西部

第一级	第二级	第三级	代号	分布地区
太阳能中等潜力	风能次高潜力	生物质能最高潜力区	ⅢB-a	吉林中东部，辽宁铁岭，河北唐山、沧州和衡水，山东西部，广西北海东北部
		生物质能次高潜力区	ⅢB-b	小兴安岭局部、乌苏里江西岸、松花湖和牡丹江一带，辽宁沈阳、本溪和丹东，山东泰安、山西朔州西部，甘肃南部局地，准噶尔盆地西部，滇东局部，广东湛江等地
		生物质能中等潜力区	ⅢB-c	大小兴安岭北部、长白山中北部、新疆塔城、云南东南局部、雷州半岛南端和海南西北沿海等地
		生物质能低潜力区	ⅢB-d	北京大部、天津西北部、宁夏南部、新疆北部克拉玛依、闽南漳州南部、云南红河、广西防城港沿海和海南中部等地
太阳能中等潜力	风能中等潜力	生物质能最高潜力区	ⅢC-a	吉林辽源东南部、河北唐山北部、山西忻州和晋城北部
		生物质能次高潜力区	ⅢC-b	新疆准噶尔盆地大部，吉林白城，河北承德南部和秦皇岛，山西朔州南部和晋城，云南东川、曲靖南部和文山东北部
		生物质能中等潜力区	ⅢC-c	新疆准噶尔盆地北部、山西北部、吉林通化、云南东北部与中部局地和海南东北沿海
		生物质能低潜力区	ⅢC-d	新疆乌鲁木齐和博尔塔拉地区、北京东北部、山西太原西部、云南中部玉溪和曲靖、海南海口及东部沿海和广东汕头
太阳能中等潜力	风能低潜力	生物质能最高潜力区	ⅢD-a	河北和山西中部、甘肃东南部
		生物质能次高潜力区	ⅢD-b	河北西北部和邢台西部、山西中部晋中、甘肃兰州东南部、平凉和庆阳、福建南平西部、云南西部、西南部和大理南部等地
		生物质能中等潜力区	ⅢD-c	山西阳泉和临汾东北部，黄土高原大部，甘肃陇南西北、临夏东南和平凉南部，云南西南大部、东南缘、北部中段，四川南端及凉州地区
		生物质能低潜力区	ⅢD-d	北京西南部，山西高原中部和吕梁地区，陕西延安，四川中部一线，福建北部，广东潮州，云南西部保山、西南临沧和南部思茅等地

续表

第一级	第二级	第三级	代号	分布地区
太阳能低潜力	风能最高潜力	生物质能次高潜力区	ⅣA-b	浙江宁波西部
		生物质能中等潜力区	ⅣA-c	浙江宁波和台州沿海
		生物质能低潜力区	ⅣA-d	浙江舟山和东北部沿海、福建莆田和泉州沿海
太阳能低潜力	风能次高潜力	生物质能次高潜力区	ⅣB-a	河南北部、西部和南部，武汉荆门东北，山东菏泽和临沂，江苏中北部，安徽中部和东南部
		生物质能次高潜力区	ⅣB-b	河南西部，安徽巢湖、芜湖、宣州和安庆地区、江苏中部，浙江杭州地区和广东茂名西北部
		生物质能中等潜力区	ⅣB-c	河南三门峡，江苏泰州、扬州和苏州地区，上海南部，浙江绍兴、台州西部和温州沿海，福建福州和厦门
		生物质能低潜力区	ⅣB-d	安徽南部黄山地区、浙江西北部、上海、浙江中东部、福建东部、广东阳江和广西钦州西部等地
太阳能低潜力	风能中等潜力	生物质能最高潜力区	ⅣC-a	河南焦作、陕西南端、黄淮平原中部和西部、安徽六安、四川六盘水、云南曲靖以东和广西南宁东部等地
		生物质能次高潜力区	ⅣC-b	陕晋豫交界地区、河南商丘、浙江诸暨、云南东部和广东茂名东部等地
		生物质能中等潜力区	ⅣC-c	晋南运城、陕中商洛、河南西南一角、皖西霍山、浙江东阳和瑞安地区、广东汕尾和西部沿海、广西南宁南部等地
		生物质能低潜力区	ⅣC-d	浙中至闽中一带、广东中部沿海、广西西南沿海和滇东曲靖
太阳能低潜力	风能低潜力	生物质能最高潜力区	ⅣD-a	河北石家庄和邯郸地区，山西临汾，陕西宝鸡，河南南阳，湖北武汉、荆州和襄阳，湖南常德和湘潭局地，贵州西北部和黔西南，重庆中部和西南部，四川广安、泸州和眉山，江西鄱阳湖平原和宜春，广西全州、玉林和南宁北部等地
		生物质能次高潜力区	ⅣD-b	河北邢台、陕西咸阳和汉中、甘肃天水南部、四川东北大部和东南局部、重庆湖北东部和中部、湖南东北和中南部、贵州东北和南部、广西中部和东部梧州以南等地
		生物质能中等潜力区	ⅣD-c	陕中铜川和南部地区、四川东北和东南角、重庆东南部、湖北西部十堰、恩施和东部局地、贵州东部、湖南局部、江西大部、云南东南角、广西中北部和广东局部等地
		生物质能低潜力区	ⅣD-d	陕甘川和陕渝鄂交界处、四川中部一带、湖北西部、湖南西部、江西与周边省份交界处、浙西、闽西、广东中北部、广西西北部等地

3.5 主要可再生能源区域发展对策和建议

可再生能源在未来能源供应体系中占有重要地位，也是世界各国竞相开发的一个重要领域。虽然可再生能源技术和应用迅速发展，但是非化石能源消费占总能源消费的比例仍然很低。2009年，中国能源消费总量约为31亿tce，其中水电、核电、风电等商品化非化石能源消费量约为2.3亿tce，仅占能源消费总量的7.4%。距离2020年中国可再生能源占能源供应15%的既定目标仍有相当大的距离。可见，可再生能源的开发利用仍面临着巨大的挑战。目前，可再生能源的发展，仍存在诸多问题：可再生能源开发技术不完全成熟，生产成本偏高；缺乏良好的市场环境，缺乏切实有效的政策保障；技术研发投入不足，自主创新能力较弱；产业体系薄弱，配套能力不强等。基于这些问题，结合本项研究的结论，本文对主要可再生能源区域发展提出以下八点对策和建议。

1. 建立健全制度体系，保障区域可再生能源的发展

首先要加强可再生能源战略规划的研究与制定。以目前可再生能源中长期发展规划为基础，尽快制定和完善不同区域空间尺度的太阳能、风能、生物质能等主要可再生能源的专项发展规划。其次，全面落实《中华人民共和国可再生能源法》，明确发展目标，将可再生能源发展作为建设资源节约型和环境友好型社会的考核指标，并通过法律等途径引导和激励国内外各类经济主体参与开发利用可再生能源，促进能源的清洁发展。最后，加大对可再生能源产业发展的政策支持力度。全面落实国家可再生能源产业化发展政策，结合各地实际，研究制定加快各地可再生能源产业发展的扶持政策，如优惠的电价政策、可再生能源强制性市场配额政策、投资补贴和税收优惠政策等，促进可再生能源产业健康快速地发展。

2. 因地制宜，选择重点区域进行重点开发

第一，在东部沿海和三北等风能高潜力地区，应加大风能开发的投入力度。通过大规模的风电开发和建设，促进风电技术进步和产业发展，尽快实现风电设备国产化和低成本化，提高风电产业的市场竞争能力。第二，在太阳能高潜力的西部地区，积极发展太阳能发电和太阳能热利用。大力推广光伏发电系统或建设小型光伏电站，在农村和小城镇普及户用太阳能热水器、太阳房和太阳灶，在城市推广太阳能一体化建筑、太阳能集中供热水工程，建设太阳能采暖和制冷示范工程。第三，在东北平原、黄淮海平原和四川盆地等生物质高潜力区，应以生物质发电、沼气、生物质固体成型燃料和液体燃料为重点，大力推广沼气和农林废弃物气化技术，提高农村地区生活用能的燃气比例，把生物质气化技术作为解决农村和工业生产废弃物环境问题的重要措施，制定有利于以生物燃料乙醇为代表的生物质能源开发利用的经济政策和激励措施，促进生物质能源的规模化生产和使用。其中，在河南、山东等粮食主产区，建设和改造以秸秆为燃料的发电厂和中小型锅炉；在东部沿海等经济发达、土地资源稀缺的地区，建设垃圾焚烧发电厂，包括在畜禽养殖场、城

市生活垃圾处理场等处建设沼气工程，安装配套沼气发电设施等。

3. 示范先行，探索不同类型区域"多能"联合开发利用模式

中国幅员辽阔，许多地区的可再生能源资源具有很好的时空重叠性和互补性。例如，西部风能高潜力区的太阳能资源也十分丰富，并具有很好的季节互补性；东北地区不仅风能开发潜力大，还具备较高的生物质能开发潜力；青藏高原地区太阳能资源丰富，同时也有一定的生物质能开发基础。显然，在这些地区探索多能联合开发模式十分必要。因此，可再生能源技术及运行模式需要在不同地区进行技术适用性、工程应用模式以及综合配套技术的研究探索和应用示范。因此，一方面，需要在全国典型地区针对不同原料、不同用途、不同运行模式的可再生能源技术进行示范点建设，实践生产工艺和设备的可靠性、可行性及适用性，为下一步在全国范围内大面积推广提供技术支持和管理经验；另一方面，要因地制宜地引进国内外先进技术，结合本地情况进行深入研究、试验、改进，各地根据自然条件、经济基础、能源需求等实际情况，分期分批建设，逐步推广应用。

4. 完善可再生能源发展机制体制，理顺开发利用关系

第一，着力推进和完善可再生能源管理体制，推进中国能源管理体制改革。重点依靠市场机制和政府推动，进一步优化能源结构，积极稳妥地推进能源价格改革，深化对外贸易体制改革，逐步形成能够反映资源稀缺程度、污染治理成本的价格形成机制，形成有利于能源结构优质化和清洁化的进出口贸易结构。第二，建立有保障的多元投融资机制。根据政府引导、政策支持和市场推动相结合的原则，建立稳定的财政资金投入机制，通过政府投资、政府特许等措施，培育持续稳定增长的可再生能源市场。改善可再生能源发展的市场环境，国家电网和石油销售企业将按照《中华人民共和国可再生能源法》的要求收购可再生能源产品。国家控股的商业银行应对列入国家优先支持领域，并获得政府支持资金的企业提供贷款方便。此外，在积极争取国家投资的同时，努力拓宽融资渠道，积极参与国际能源组织的合作与开发，促进可再生能源开发的投资主体多元化，鼓励多渠道、多层次筹集资金。第三，加强技术创新与开发机制。按照加强自主创新的要求，加快建立以企业为主体、市场为导向、产学研结合的新技术体系。第四，推进建立国家和地方可再生能源产业的行业标准和规范，消除其开发的市场障碍。尽快制定有关可再生能源并网发电的国家标准和技术规范，采取措施消除可再生能源发电上网、生物质燃气及液体燃料供应和太阳热水器推广应用的市场障碍。例如，制定建筑物太阳能利用国家标准，修改各种建筑标准、工程规范和城市管理规定中不利于太阳能利用的内容（王仲颖和张正敏，2005）。

5. 强化能力建设，构建中国可再生能源开发利用的科技支撑体系

第一，要支持可再生能源技术研发机构的建设。国家发展和改革委员会和国家科学技术部应安排专项资金，建立起国家可再生能源技术开发应用中心和国家可再生能源技术实验研究中心，形成地方和国家相辅相成的研发队伍和可再生能源技术的持续创新能力。第二，推进中国可再生能源重点领域的科学研究与技术开发工作。重点研究不同空间尺度和不同发展水平下，中国可再生能源蕴藏总量、空间分布和利用现状评价，主要地区的可再

生能源开发潜力评估，主要可再生能源潜在环境影响评价和潜在社会经济效益分析等方面。第三，加强可再生能源科技领域的人才队伍建设。加强可再生能源科技领域的人才培养，建立人才激励与竞争的有效机制，创造有利于人才脱颖而出的学术环境和氛围。第四，加大对可再生能源相关科技工作的资金投入。加大政府对可再生能源相关科技工作的资金支持力度，建立相对稳定的政府资金渠道，确保资金落实到位、使用高效，发挥政府作为投入主渠道的作用。多渠道筹措资金，吸引社会各界资金投入可再生能源的科技研发工作。积极利用外国政府、国际组织等双边和多边基金，支持中国开展可再生能源领域的科学研究与技术开发。第五，加强可再生能源领域科技工作的宏观管理和政策引导，健全可再生能源相关科技工作的领导和协调机制，完善可再生能源相关科技工作在各地区和各部门的整体布局，进一步强化对可再生能源相关科技工作的支持力度，加强可再生能源科技资源的整合，鼓励和支持可再生能源科技领域的创新，充分发挥科学技术在应对和解决可再生能源方面的基础和支撑作用。

6. 重视宣传教育，提高可再生能源应用的公众意识

提高全社会对可再生能源的认识，增强开发利用可再生能源的意识。首先，发挥舆论的导向作用，结合各种培训班、活动日、活动周、纪念日、宣传栏、广告等手段，加强宣传教育，提高公众意识。其次，政府机构和事业单位要率先使用可再生能源，并建设公用建筑物（或设施）可再生能源利用示范工程。再次，鼓励大型企业利用可再生能源，并积极投入可再生能源的技术开发、设备制造和可再生能源生产。对单位和个人自愿认购高价格可再生能源的行为，采取授予绿色能源标识、节能标识和企业环保评级等方式予以鼓励。最后，建设可再生能源人才培训基地，促进国内外信息交流和技术人才的国外合作与培训。

7. 加强领导，完善可再生能源开发利用的管理体系

以国家发展和改革委员会为主导，加强对可再生能源工作的领导。有关部门要认真履行职责，加强协调配合，形成发展可再生能源的合力。地方各级人民政府要加强对本地区可再生能源工作的组织领导，抓紧制定本地区发展可再生能源的方案，并认真组织实施。建立地方推广使用可再生能源的管理机构和体系，组织协调本地区可再生能源的工作。建立地方可再生能源专家队伍，根据各地区在地理环境、气候条件、经济发展水平等方面的具体情况，因地制宜地制定发展可再生能源的相关政策措施。同时加强中央政府与地方政府的协调，促进相关政策措施的顺利实施。

8. 加强对外国际交流合作，提升区域可再生能源的发展水平

可再生能源的开发利用是当今国际上的一大热点。坚持自主开发与引进消化吸收相结合的技术路线，积极开展对外交流与合作。重点包括以下五个方面（中国科学技术部和国家发展和改革委员会，2007）。第一，开展基础研究。鼓励和支持中国研发机构与大学积极参与可再生能源与可再生能源的国际合作研究与交流，开展新技术的基础理论研究，努力增强基础科学和前沿技术研究的综合实力，取得一批在世界上具有重大影响的科技理论

成果。第二，建立产业化示范。重点跟踪、引进和研究国际适宜低成本、规模化开发利用可再生能源的先进技术，开展可再生能源资源禀赋的系统评价及可再生能源多能互补系统等方面的研发工作。可再生能源的发展是以现代制造技术为基础的新型产业，因此要重点开发其装备设计与制造技术，建立国际化合作的检测中心。第三，面向规模应用。积极参与制定可再生能源国际性和地区性的技术标准与规范，为新产品进入市场提前做好准备。交流和借鉴国外可再生能源规划、政策及管理等方面的经验，建立和完善中国的法规与管理制度。第四，实施"走出去"战略。鼓励中国企业、研发机构和大学走出去，积极参与国内外大型可再生能源合作项目，并在国内外合作建立研发中心或基地，与有关国家建立可再生能源长期合作的伙伴关系，同时推动发达国家向发展中国家的技术转移。第五，促进国际交流和对话。建立与发展可再生能源国际科技合作对话机制，交流开发与利用方面的观点和经验，共同探讨解决发展瓶颈的方法与策略。以论坛、研讨会、政策对话等形式加强中国与世界各国政府、企业和科研机构之间的对话、协商和沟通。

第4章 能源保障风险综合防范示范

4.1 江苏省能源利用状况

江苏省一次能源资源匮乏，据不完全统计，煤炭累计探明储量仅占全国煤炭总储量的0.49%（王传礼和叶水泉，2005），石油探明储量仅占全国总探明储量的0.2%（顾瑜芳，1997）。然而江苏经济发展迅速，工业仍处于重工业化阶段，万元GDP综合能源较高（按2005年价格计算为0.92tce），比北京和深圳同期水平高出13.58和52.98个百分点，加之城市化进程和城镇居民消费结构升级持续推进，全社会能源需求总量显著提高（郝丽莎和赵媛，2010）。江苏省是能源资源小省，原煤、原油、天然气和水电等一次能源生产量较少，但是能源消费总量大、增长率逐年提高，一次能源生产量较小、增长慢，自给率持续下降。江苏省一次能源产品结构以原煤为主。2000～2009年全省一次能源生产量由1996.86万tce增至2618.54万tce（表4-1），年均增长率为5.5%。2000年能源消费量为8612.43万tce，到2009年一次能源消费总量达23 709.28万tce，能源自给率从2000年的23.2%降至2009年的11.0%，"十五"期间，江苏省净调入能源量由2000年的6366.09万tce增至2005年的14 291.42万tce，净调入率由75.1%增至84.6%，2005年原煤消费量中，86.6%需从省外和国外调进，2005年江苏原油加工量为2264.76万t，其中93.3%来源于省外和国外，进口依存度为62.3%（江苏省统计局，2009；江苏省统计局和国家统计局江苏调查总队，2009）。由此可见，江苏省能源自给率逐渐降低，能源对外依存度较高，能源消费增长速度较快，能源生产和消费结构单一，能源供需矛盾极为突出，能源安全保障存在较高的风险，对江苏省能源保障风险进行全面的分析可为江苏省合理地制定能源风险防范对策提供理论依据。

表4-1 江苏省一次能源生产和消费情况

年份	一次能源			
	能源生产量/万tce	增长率/%	能源消费量/万tce	自给率/%
2000	1 996.86	8.0	8 612.43	23.2
2001	1 979.23	−0.9	8 881	22.3
2002	2 083.33	5.3	9 608.6	21.7
2003	2 223.44	6.7	11 060.68	20.1
2004	2 231.50	0.4	15 318	16.3
2005	2 267.63	1.6	17 167.39	13.4

续表

年份	一次能源			
	能源生产量/万 tce	增长率/%	能源消费量/万 tce	自给率/%
2006	2 516.29	9.2	18 742.19	13.40
2007	2 045.84	11.8	20 600.04	11.70
2008	2 489.40	6.10	22 232.23	11.20
2009	2 618.54	6.60	23 709.28	11.00

年份	原煤/万 t		原油/万 t	
	生产量	消费量	生产量	消费量
2000	2 479.02	8 243.97	155.02	1 383.59
2001	2 451.14	8 901.06	157.02	1 312.76
2002	2 593.59	1 056.44	157.02	1 422.52
2003	2 760.40	11 542.66	166.35	1 705.02
2004	2 761.93	14 260.59	168.94	1 865.04
2005	2 817.56	16 490.60	164.70	2 250.86
2006	3 047.53	17 750.78	188.49	2 293.19
2007	2 480.20	20 000.28	198.91	2 444.20
2008	2 428.09	21 487.96	184.01	2 305.25
2009	2 397.44	22 323.72	184.03	2 652.49

资料来源：江苏省统计年鉴（2001~2010）

4.2　示范区江苏省能源保障风险识别

江苏省能源保障风险主要由能源供需矛盾所引起，根据本书中对能源风险源的识别方法，将能源保障风险源研究贯穿于资料、生产、运输、销售和消费等过程中。

能源风险的承险体是指在发生风险的情况下，对承险体有关因子的影响。江苏省能源保障综合风险承险体所承受的风险包含于经济（包括企业和产业），社会（包括人口）和环境（包括水、土地和大气）中。就江苏而言，承险体主要指能源产品因子、耗能因子、社会因子和环境因子等。

4.3　示范区江苏省能源保障风险分类

能源保障风险受诸多因素的影响，其风险源贯穿于资源、生产、运输和消费等多个环节中。按风险源来分，可将能源保障风险分为以下五种（赵建安和郎一环，2008）。

（1）资源风险：能源资源的保障能力、对外依存度、国外资源获取能力、资源储备状况等。

（2）生产风险：国内外能源生产能力、产品稳定性等。

（3）运输风险：国内运输条件、省内运输条件、海运条件、陆上管线运输条件、陆上铁路运输条件、陆上公路运输条件等。

（4）销售风险：进出口风险、货源稳定性、市场与价格风险。

（5）消费风险：能源资源开发、产品生产、开发、运输和消费等过程中对生态环境的影响。

按承险体的不同，可将江苏省能源保障风险分为以下四类。

（1）二次能源产业风险：因能源供给发生风险事件，比如与能源加工最密切的产业停工待料、产业发展受损、经济效益下降等。

（2）耗能产业风险：可能引发与能源消费最密切的产业能源供不应求甚至中断，产业发展受损，经济效益下降。

（3）国民经济风险：可能引发的国民经济损失，如产业结构失调、GDP 增速减缓甚至下降。

（4）人文社会及环境生态风险：可能引发的生活用煤、油、电供不应求，甚至中断，进而引发社会秩序混乱、动荡甚至动乱，生境破坏及环境污染等。

按能源风险自身特性可划分为数量保障风险（总量供需平衡）、质量保障风险（质量合格）、时间保障风险（按需求及时供应）、空间保障风险（按需求及时抵达目的地）、价格保障风险（在一定时期的较优价格）等。

4.4　示范区主要可再生能源开发潜力评价

4.4.1　风能资源潜力评估

1. 风能的含义

风能是空气的动能，是指风所负载的能量，其大小决定于风速和空气的密度。风的能量是由太阳辐射能转化来的，地球每小时接受了 174 万亿 kW 的能量。风能占太阳所提供总能量的 1% ~ 2%，太阳辐射能量中的一部分被地球上的植物转换成生物能，而被转化的风能总量是生物能的 50 ~ 100 倍。中国 10m 高度层的风能资源总储量为 32.26 亿 kW，其中实际可开发利用的风能资源储量为 2.53 亿 kW。据估计，中国近海风能资源约为陆地的 3 倍，中国可开发风能资源总量约为 10 亿 kW。其中青海、甘肃、新疆和内蒙古可开发的风能储量是中国内地风能储备最丰富的地区。风能是一种干净的自然能源，没有常规能源（如煤电、油电）与核电（裂变）会造成的环境污染问题。平均每装一台单机容量为 1.5MW 的风能发电机，每年可以减排 3000t 二氧化碳、15t 二氧化硫、9t 二氧化氮。风能产生 1000 kW·h 的电量可以减少 0.8 ~ 0.9t 的温室气体，相当于煤或其他矿物燃料一年产生的气体量。除了部分鸟类，风力发电机组不会危害其他野生动物。在常规能源告急和全球生态环境恶化的双重压力下，风能作为一种高效清洁的新能源有着巨大的发展潜力。

2. 江苏省风能资源概况

江苏省蕴藏着丰富的可供开发的海陆风能资源，近海岸带的风速、风能分布基本与海岸线一致（姚国平等，2003）。沿海地区是典型的季风气候，风速与风向较具规律性，据粗略估算，全省风能资源约 303 亿 W，实际可开发量约为 24 亿 W，技术可开发量约为 17 亿 W（高峰，2000）。根据已有的研究，江苏省风能资源可以划分为四个区，即风能资源丰富区、风能资源较丰富区、风能资源可利用区和风能资源贫乏区。

3. 江苏省风能资源潜力评估

合理准确的评价风能资源潜力是对其开发利用的前提。准确地评估风能资源的时空分布特征及开发潜力是有效利用风能资源的基础。本研究基于中国地面气象站观测资料（风速、气温和气压等），计算江苏省 14 个气象站的有效风能密度、有效风时数及威布尔函数参数，基于 10 m 高度风速资料外推 80 m 高度四季风速，在此基础上，选用 Vestas V80 风机作为装机参考标准，结合江苏省土地利用现状综合分析研究该地区风能资源的应用潜力（或转机潜力）。

1）风能资源区划

有效风能密度、有效风时数和二参数的威布尔（Weibull）概率模型是风能资源区划的常用指标。根据《风能评价技术规定》（2002）中的技术要求，风能资源丰富程度可用"代表年"进行评估。研究结果表明，在多年的长时间序列中，分别选取一个年平均风速接近多年平均状态的年份和年平均风速最大、最小的年份为计算代表年，根据"代表年"计算风能密度，其结果与接近常年平均值，差异仅在 4% 以内。数据处理步骤如下：①选取江苏省各气象站近 30 年（1979~2008 年）中年平均风速最大、最小和中间的 3 个代表年；②计算各站点 3 个代表年的年平均气压、气温、相对湿度及年平均风速；③统计各气象站 3 个代表年风速在 3~20 m/s 出现的次数，并用各站点统计的有效风总次数乘以 6，得到各站点的有效风时数；④计算全省气象站威布尔函数的形状参数 c 和尺度参数 k。

a. 有效风能密度和有效风时数

风能密度是衡量一个地方风能大小和风能潜力最方便最有价值的量。风能密度的计算公式为

$$D_{wp} = \frac{1}{2n} \sum_{j=1}^{n} (\rho)(v_j^3) \tag{4-1}$$

式中，D_{wp} 为平均风能密度（W/m²）；v_j 为等级风速（m/s）；ρ 为空气密度（kg/m³）；n 为各等级风速出现的总次数。

平均风能密度的计算应该是设定时段内逐小时风功率密度的平均值，不用年（或月）平均风速计算年（或月）平均风能密度（中华人民共和国家质量监督检验检疫总局，2002）。本研究通过日均气压和日均气温算出各站点每天实际的空气密度值，来计算每日的有效风能密度 D_{wp}，这样更接近当地实际的风能。

$$\rho = \frac{P}{R \cdot T} \tag{4-2}$$

式中，ρ 为空气密度（kg/m³）；P 为气压（Pa）；R 为空气气体常数，$R = 287$ J/（kg·K）；T 为气温（K）。

将江苏各气象站点的空气密度值带入风能密度计算公式，可计算出 3 个代表年各气象站的风能密度，统计出风速在 3 ~ 20 m/s 的风能密度值，即为有效风能密度。

对各站点年平均最大、最小和中间年份的有效风能密度、有效风总时数求平均值，得到该站点所在地区常年有效风能密度和年有效风时数。统计代表年测风序列中风速在 3 ~ 20 m/s 出现的总次数，用总次数乘以 6 h 即得到有效总时数（廖顺宝等，2008）。

b. 威布尔（Weibull）分布

风速变化的随机性，导致了风电的不稳定性。为了更大限度地利用风能，应该对风速的变化特性加以了解。风速分布一般为正态偏态分布，用于拟合风速分布的模型很多，而在风能计算中用得最广泛的是两参数的威布尔分布，并且利用风速的威布尔双参数可以计算风能资源的有关参数（李自应等，1999；李泽椿等，2007）。风速的变化特性经常用两参数的统计分布函数——Weibull 模型来描述（刘静等，2007）。已有的研究表明，Weibull 函数的优点在于它对风能密度评估有很大的适应性和简化性，尤其对长期的风速数据有很好的拟合性（丁明等，2005；Segirp and Lambert，2000；Bivona et al.，2003；Celik，2004；Vogiatzis et al.，2004；Fyrippis et al.，2009）。本研究中威布尔分布用月值数据计算，采用江苏 1979 ~ 2008 年各气象台站数据选取 3 个代表年，然后分别对每个站点代表年中的威布尔参数 k 和 c 进行计算。Weibull 分布函数密度的表达式为

$$f(v) = \frac{k}{c}\left(\frac{v}{c}\right)^{k-1}\exp\left[-\left(\frac{v}{c}\right)^k\right] \tag{4-3}$$

式中，v 为风速（m/s）；c 为尺度参数；k 为形状参数，$1 \leqslant k \leqslant 10$；$k$，$v$，$c$ 均大于 0。

$$k = \left(\frac{\sigma}{v}\right)^{-1.086} \tag{4-4}$$

$$c = \frac{\bar{v}}{\Gamma\left(1 + \frac{1}{k}\right)} \tag{4-5}$$

式中，$\bar{v} = \frac{1}{n}\sum_{i=1}^{n} v_i$；$\sigma^2 = \frac{1}{n-1}\sum_{i=1}^{n}(v_i - \bar{v})^2$；$\sigma$ 为标准差；$\bar{v}$ 为平均风速；$\Gamma(a)$ 为 Gamma 函数，$\Gamma(a) = \int_0^\infty y^{a-1}e^{-y}dy$。

2）风能区划标准

进行风能区划时，主要考虑风能密度和利用小时数、风能的季节变化、风力机最大设计风速等三个因素（朱瑞兆和薛桁，1983；薛桁等，2001）。风能密度越大，利用小时数越多，风能利用效率就越高。风能的季节变化是设计蓄电装置和备用电源的重要参数。极限风速过高，会造成浪费；极限风速偏小，有损坏风机的危险。鉴于地形及资料的可获取性，本研究仅从风能密度和利用小时数对江苏风能资源进行区划（表4-2）（朱瑞兆和薛桁，1983；Ramachandra and Shruthi，2005）。

表 4-2　江苏省风能区划评价标准

区划指标	10 m 高度风能状况			
	丰富区	较丰富区	可利用区	贫乏区
平均有效风能密度/（W·m²）	>200	200~150	150~50	<50
风速年累计数/h	>5000	5000~4000	4000~2000	<2000

3）风能区划结果

基于江苏省 1979~2008 年的观测资料（日值），计算了江苏省 14 个站点 3 个代表年的有效风能密度、有效风时数及威布尔参数，结果如表 4-3 所示。

表 4-3　江苏省气象站年平均风能密度和有效风时数及威布尔参数

站号	站名	经度/（°）（N）	纬度/（°）（E）	年有效风能密度/（W/m²）	年有效风时数/h	威布尔参数 k	威布尔参数 c
58358	东山	31.07	120.43	52	5125	2.75	3.74
58345	沭阳	31.43	119.48	22	1824	1.01	2.24
58343	常州	31.79	119.95	48	2200	1.81	3.06
58265	吕泗	32.07	121.6	156	6564	0.91	3.82
58259	南通	31.98	120.88	51	4867	1.85	1.43
58251	东台	32.85	120.28	52	5216	2.32	3.14
58241	高邮	32.8	119.45	51	2300	2.79	3.01
58238	南京	32.04	118.78	40	4216	2.16	2.54
58150	射阳	33.76	120.25	224	6023	1.43	3.36
58144	江阴	32.98	120.26	41	2156	0.97	1.5
58141	淮安	33.28	119.15	25	3456	1.82	2.56
58138	盱眙	32.58	118.52	22	6428	2.68	2.82
58040	赣榆	34.83	119.11	50	2400	1.54	3.04
58027	徐州	34.26	117.2	39	2226	1.04	2.35

表 4-3 中气象站点常年有效风能密度及年有效风时数仅代表了各气象站所在地区风能资源的丰枯程度，并不能反映整个江苏省风能资源的空间分布。对于无站地区的风能数据，可以通过空间插值确定（廖顺宝等，2008）。本研究基于径向基函数（radial basis function）中的规则样条函数插值法（completely regularized spline），并结合表 4-2 中风能区划标准绘制江苏省风能资源丰富程度分布图（图 4-1，图 4-2）。

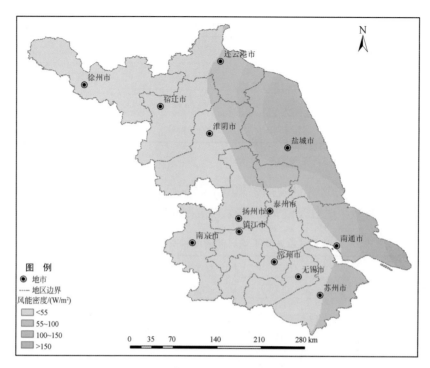

图 4-1　江苏省年均有效风能密度等级

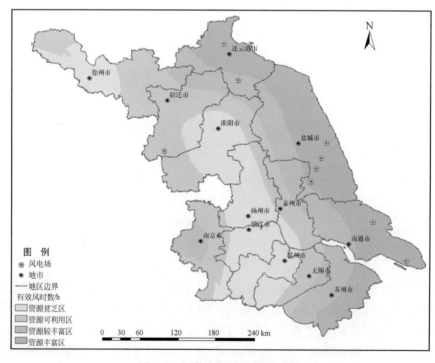

图 4-2　江苏省年均有效风时数

由图 4-1、图 4-2 及表 4-3 可知，江苏全省风能资源丰富，大部分地区（如盐城的大丰、射阳、滨海和南通的启东、如东等地区）的风能密度 50 ~ 100 W/m²，沿海地区风能密度 ≥ 150 W/m²。风能密度相对较低的地区分别是徐州、淮安西北部、镇江、常州等内陆地区。有效风能密度与有效小时数分布相对一致，沿海地区有效小时数较高，其中连云港、盐城和南通部分地区有效小时数超过 6000 h，属于风能丰富区。低值区分别是徐淮西北部和沿江的常、镇、扬地区，最低值在沭阳为 22 W/m²。

4. 江苏省风能资源应用（装机）潜力评估

1）选择参考风机

根据风电发展规划的目标，考虑到风电机安装成本，目前风能资源评价时大多使用 Vestas V80 陆上风机作为装机的参考标准（Baban and Parry，2001）。Vestas V80 风机风能转子直径、风能柱高度均为 80 m，启动风速为 4 m/s，待机风速为 25 m/s，额定功率为 2 MW，属于节能、清洁、无污染风力发电机组，同时也是全亚洲单机容量最大、技术先进、功能齐全的风力发电机组。V80 是适用于内陆及近海环境的多用途型风机，其高发电量的优点使其成为空间有限地区开发风电的理想选择，无论是成本，还是在性能方面在市场上都极具竞争力。因此，结合江苏省实际情况，选用 Vestas V80 作为研究区风能评价的参考风机。

2）微观选址

风电场建设时需要对场地进行综合分析，以最大效率地利用当地风能资源。进行风能实际利用时，风电站的建设常常受到地形、政治、经济和技术因素的影响。新建电站时，应考虑排除那些不适合风电站建设的地区。具体来说，根据风电站建设的实际需要，要排除的因子：投资高、建设难度大的坡度大地区；城市、厂矿、公路、铁路、机场等政治经济活动区；湖泊、河流等水域；森林、国家公园、动植物保护区等受到法律法规保护的地区；生活居住区等（龚强等，2006；Khanh and Nguyen，2007）。鉴于此，江苏省风能资源开发利用应排除表 4-4 中不适宜风能开发的区域。

表4-4　风能资源利用排除区域

不适宜区	限制因素
铁路缓冲 150 m	安全、视觉污染
城市、厂矿、居民区、村庄 + 缓冲 500 m	安全、视觉污染
水域 + 缓冲 400 m	成本、环境污染
林区 + 缓冲 500 m	环境污染、土地使用限制

分析结果表明，江苏省适宜装机面积为 18 133.4 km²，其中盐城和南通装机潜力巨大，更适合于风电场的开发利用，苏北的徐州、连云港等地区适宜装机区域零星分布，由于受风速、地形等因素的影响，全省中部地区适宜风电场建设的区域相对较少（图 4-3）。

3）计算 80 m 高度风速

Vestas V80 风机的风能柱高 80 m，有必要分析研究区在 80 m 高度上风速的分布情况，在此基于 1999 ~ 2008 年江苏省地面气象站 10 m 高度的月值资料，使用风速外推公式对研究区各气象站80 m高度风速进行了计算，计算结果如表4-5所示。

$$v = v_0 \left(\frac{h}{h_0}\right)^k \tag{4-6}$$

式中，v_0 为观测高度 h_0 的风速；h 为风速测评高度；h_0 为风速仪高度，通常 $h_0 = 10$ m；k 为高度指数，取 0.22。

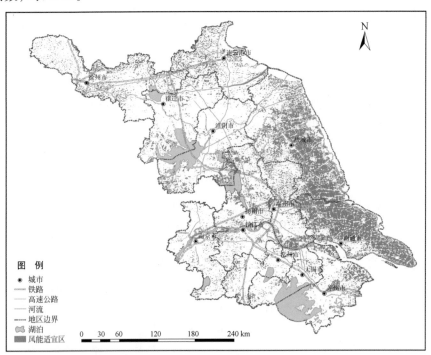

图4-3　江苏省适宜风机安装的区域

表4-5　江苏各气象站80 m高度四季平均风速

站点	80m高度四季平均风速/(m/s)			
	春季	夏季	秋季	冬季
	(3~5月)	(6~8月)	(9~11月)	(12~2月)
东山	4.56	5.26	4.96	4.81
溧阳	2.78	3.38	3.22	3.03
常州	4.34	5.26	4.84	4.57
吕泗	5.32	5.67	5.31	5.39
南通	3.77	4.57	4.22	4.07
东台	3.73	4.78	4.25	4.29
高邮	3.75	4.51	3.99	3.94
南京	3.07	3.64	3.4	3.13

续表

站点	80m 高度四季平均风速/(m/s)			
	春季	夏季	秋季	冬季
	（3~5月）	（6~8月）	（9~11月）	（12~2月）
射阳	4.41	5.63	4.93	4.98
江阴	3.52	4.47	3.87	3.84
盱眙	3.36	4.33	3.67	3.77
赣榆	3.08	4.39	3.86	3.23
徐州	2.67	4.07	3.37	3.17
淮安	3.21	4.37	3.68	3.76

4）可装机潜力分析

基于研究区 80 m 高度四季风速的计算结果，为了了解各站点所涵盖范围内 80 m 高度风速情况，使用 ArcGIS9.3 中规则样条函数插值法对其进行插值并绘制成图。结果表明，80 m 高度的风速分布与 10 m 高度风速分布大体趋于一致，大部分地区 80 m 高度上风速均 >3 m/s，在可利用范围内，其中四季风速较高的仍在东部沿海的南通、盐城等地区（图 4-4~图 4-7）。

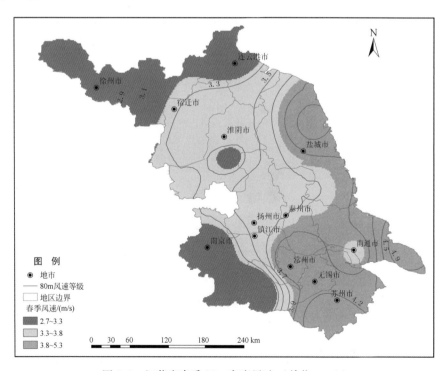

图 4-4　江苏省春季 80m 高度风速（单位：m/s）

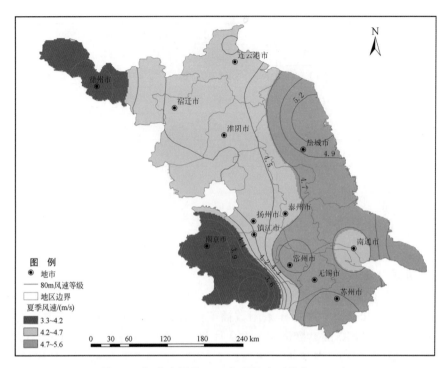

图 4-5　江苏省夏季 80m 高度风速（单位：m／s）

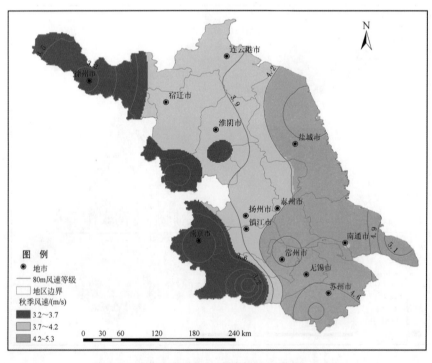

图 4-6　江苏省秋季 80m 高度风速（单位：m／s）

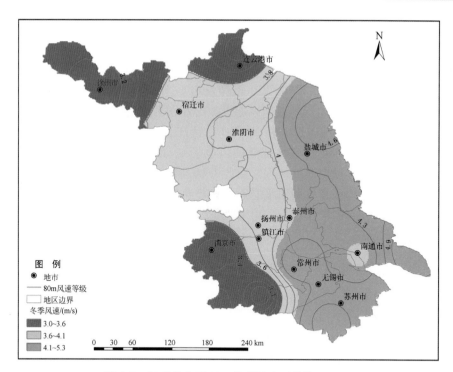

图 4-7   江苏省冬季80m 高度风速 （单位：m/s）

根据江苏省春夏秋冬四季的平均风速和 1.5 级的粗糙度，先计算出单个风电机的年均发电量，再乘以风电机的个数，可估算出各个地市的风能资源发电总量。计算结果如表 4-6 所示。

表 4-6   江苏省各个地区四季风电资源表

地市	10%适宜区装机区/km²	可装风机/个	发电量/MkW·h				年可用量/MkW·h
			春季	夏季	秋季	冬季	
常州	32.87	727	35.231	304.27	184.16	736.65	1 260.38
淮安	77.61	1716	945.36	586.12	321.42	1 815.08	3 667.98
连云港	112.53	2 489	1 727.1	1 178.81	630.53	3 180.05	6 716.48
南京	35.76	791	313.63	252.65	148.1	801.5	1 515.88
南通	487.64	10 785	7 365.59	5 939.99	4 157.99	21 384	3 884.76
苏州	84.18	1 862	2 153.24	1 743.1	1 599.55	7 710.64	1 320.65
宿迁	61.7	1 365	871.8	541.11	345.71	1 984.09	3 742.71
泰州	110.29	2 439	1 665.91	1 155.39	725.48	3 869.21	7 415.98
无锡	23.85	527	220.78	156.87	87.15	604.24	1 069.05
徐州	118.02	2 610	2 185.2	891.33	345.03	2 070.19	5 491.76
盐城	559.01	12 363	1 1303.6	7 626.53	5 992.27	32 685.1	5 760.75
扬州	85.28	1 886	997.3	664.87	415.54	2 410.14	4 487.84
镇江	24.62	544	239.88	173.91	95.95	479.76	989.5

由表 4-6 可知，江苏省 10% 的适宜装机面积中，南通市和盐城市适宜装机面积较大，其中南通市可安装风电机组 10 785 个，盐城市可安装 12 363 个。临海的南通与盐城两市由于地形起伏较小、风速较大，典型的季风气候，一年内风向交替变化，很有规律性，因此开发风能资源的潜力较大，据估算，年均发电量分别达 3884.76 MkW·h 和 5760.75 MkW·h。其次是连云港和苏州等地区，风能资源的开发潜力也较大，年均风能资源潜在发电量分别达 6716.48 MkW·h 和 1320.65 MkW·h。镇江、常州等地区风能资源开发潜力较小。从实际情况来看，江苏省在建和拟建的风电场（如启东、如东、大丰、射阳和滨海等）基本都位于南通和盐城两个区域内。由此可见，准确评价江苏省风能的资源潜力和可开发潜力，对江苏省合理地开发利用风能资源有着重要的指导意义。同时大力开发利用江苏省丰富的风能资源，有助于缓解全省用电紧张的局面。

5. 结论

基于对江苏风能资源区划及开发潜力的分析，得出以下四点认识。

（1）江苏省风能资源丰富，与地形相对应全省境内风能资源呈东高西低分布，越靠近海边风能资源越丰富。

（2）全省风能资源丰富区主要位于东部沿海的南通、盐城等地区；风能资源较为丰富的地区分布于苏北的连云港及苏南部分地区；风能资源相对较为贫乏的地区是内陆的镇江、扬州、常州等地区。从区划标准来看，射阳站年有效风能密度最高（224 W/m^2），沭阳最低（22 W/m^2）；有效小时数与有效风能密度分布大体一致，其中吕泗、射阳、盱眙 3 个站点的有效小时数最高（6000 h 以上），沭阳最低（1824 h）。因此，南通的启东和如风，盐城的射阳和连云港的赣榆是江苏风能资源开发利用的重点区域。

（3）全省大部分地区 80 m 高度的四季平均风速在可利用范围内（3m/s 以上），东部沿海地区四季风速均为 4~5 m/s。

（4）全省可装机潜力巨大，有较大的可开发利用潜力。其中 10% 的适宜装机面积中，南通和盐城两个地区风能资源开发潜力最大，年均发电量可达 3884.76 MkW·h 和 5760.75 MkW·h，其次是连云港和苏州等地区，年均风能资源潜在发电量分别达 6716.48M kW·h 和 1320.65MkW·h。因此，合理开发利用好风能资源，有助于缓解江苏省能源供需矛盾紧张的局面。

4.4.2　太阳能资源潜力评估

1. 太阳能的定义

太阳能（solar），一般是指太阳光的辐射能量，在现代一般用作发电。自地球形成生物就主要以太阳提供的热和光生存，而人类自古也懂得以阳光晒干物件，并作为保存食物的方法，如制盐和晒咸鱼等。但在化石燃料减少的情况下，才有意进一步发展太阳能。太阳能的利用有被动式利用（光热转换）和光电转换两种方式。太阳能发电是一种新兴的可再生能源。广义上的太阳能是地球上许多能量的来源，如风能、化学能和水的势能等。太阳能是取之不尽的可再生能源，被看成是未来可再生能源利用的重要方向。太阳能资源具普遍性、能量巨大、持续长久且开发利用污染小等优点。但由于受到昼夜、季节、地形等自然条件的限制以致到达地表的太阳总辐射分布不均，且不稳定。因此给人类开发利用太阳能资源带来了许多困难。由于受技术的限制，目前普遍存在的问题是太阳能资源利用效率低、成本高，与常规能源相比，太阳能资源的经济性不高。在今后的相当一段时期内，太阳能资源的开发利用仍然受经济性的制约。

2. 江苏省风能资源潜力评估

太阳能资源潜力评估是太阳能资源开发利用的基础和关键。根据《太阳能资源评估方法》，太阳能资源评估一般包括太阳能资源丰富程度、利用价值、稳定程度及日最佳利用时段评估（中国气象局，2007）。本研究仅采用太阳总辐射及日照时数对研究区太阳能丰富程度、利用价值及稳定程度进行分析。

1）太阳能资源年际变化分析

地面太阳辐射是反映气候变化的一个重要信号，自然值得关注（万仕全等，2009）。过去国内外对太阳能资源的研究主要集中在太阳辐射的气候学计算与分析（陈志华，2005；左大康等，1963；翁笃鸣，1964；王炳忠，1983；王炳忠等，1998；祝昌汉，1984，1985）。左大康最早对中国地区太阳能总辐射的空间分布特征进行了研究并绘制了中国各月总辐射与年总辐射分布图（陈志华，2005）。近年来，随着国内学者王炳忠于1983 年首次提出中国太阳能区划指标后（王炳忠等，1998），诸多研究者基于气象站观测资料对部分地区太阳能资源的时空分布及区划做了许多工作（何洪林等，2003；李晓文等，1998；桑建人等，2006；刘可群等，2007；刘佳等，2008；于华深等，2008；龚强等，2008）。对太阳辐射的研究共同得出一个结论，即中国部分地区的太阳辐射和直接辐射呈减少趋势，其可能的主要原因是大气中悬浮粒子浓度增加（Stanhill and Moreshet，1992；Gilgen et al.，1998；查良松，1996；万仕全等，2009；何洪林，等，2003；吴林荣等，2009）。最近有研究表明，20 世纪60～80 年代中国直接辐射资源总体呈减少趋势，但是自90 年代起下降趋势停止，甚至略有增加（杨羡敏等，2005）。虽然已有的研究对太阳能资源的空间分布特征进行了分析，但很少有学者从区域的角度去分析太阳能变化规律及空间分布格局。太阳辐射的时空分布及其变化规律、气候条件对光热利用系统的成本、价值及经济效益有巨大的影响（李晓文等，1998）。

为了分析江苏省太阳能资源的年际变化特征，对江苏省1960～2008 年年均太阳总辐射及日照时数进行分析。结果表明：江苏省太阳总辐射与日照时数年际变化趋势相对较为一致，年均太阳总辐射和年均日照时数变化趋势基本趋于一致，均围绕各自均值上下波动，但总体趋于下降，近50 年中太阳总辐射和日照时数在20 世纪60 年代和90 年代变化幅度较大，其中太阳总辐射和日照时数在1988 年降低到近50 年最低点，随后开始增加；不同年代比较而言，20 世纪60～70 年代太阳总辐射相当，80～90 年代相当，21 世纪以来，太阳总辐射变化趋势较为缓和；年均日照时数的变化趋势与总辐射变化一致，20 世纪60～70 年代日照时数相当，80～90 年代相当，随后21 世纪围绕均值波动总体趋势是太阳总辐射减少、日照时数降低，其中日照时数变化趋势较为明显（图4-8）；云量、大气湿度和大气中的气溶胶是影响到达地面太阳辐射的主要因子，太阳辐射受自然因素和人为因素的影响（白建辉和王庚辰，1994；谢贤群和王菱，2007），对于中国东部地区太阳辐射的年际变化而言，可能很大程度上受人类活动的影响。

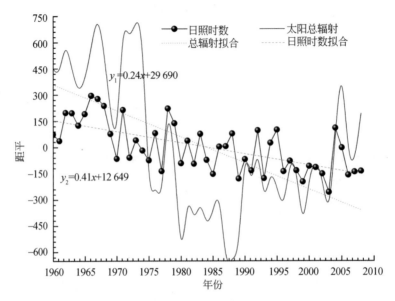

图 4-8　江苏省太阳总辐射与日照时数年际变化（单位：太阳总辐射为 MJ/m^2，日照时数为 h）

2）太阳能资源丰富程度评估

日照时数和太阳总辐射是表征太阳能资源的 2 个重要指标（于华深等，2008；郭军，2009）。由于所收集到的辐射观测资料中，江苏省辐射站点比较稀少，为此我们根据江苏 14 个气象站 1960~2008 年日照时数及日照百分率数据，采用下式计算各气象站的太阳总辐射值。计算公式如下：

$$Q = Q_n(a + bS) \tag{4-7}$$

式中，Q 为太阳总辐射；Q_n 为天文辐射量；S 为日照百分率；a，b 为经验系数，根据计算站点附近的日射站观测资料，利用最小二乘法计算求出。天文辐射量（Q_n）是指太阳辐射在大气上界的分布是由地球的天文位置所决定的，故称天文辐射，受日地位置、太阳高度角等因素的影响，计算公式如下：

$$Q_n = \frac{TI_0}{\pi\rho^2}(\omega_0\sin\varphi\sin\delta + \cos\varphi\cos\delta\sin\omega_0) \tag{4-8}$$

式中，Q_n 为日天文辐射总量［MJ/（m$^2\cdot$d）］；T 为周期（24×60×60s）；I_0 为太阳常数（13.67×10^{-4}MJ/m$^2\cdot$s）；ρ 为日地相对距离；ω_0 为日落时角，$\omega_0 = \arccos(-\tan\varphi\tan\delta)$；$\varphi$ 为地理纬度；δ 为太阳赤纬。太阳赤纬是影响天文辐射的重要天文因子之一，可用下式求得：

$$\delta = 0.37 + 23.26\sin x + 0.11\sin2x - 0.17\sin3x - 0.76\cos x + 0.36\cos2x + 0.02\cos3x \tag{4-9}$$

$$x = 2\pi \times 57.3 \times (N + \Delta N - N_0)/465.24 \tag{4-10}$$

式中，N 为按天数顺序排列的积日，1 月 1 日为 0，1 月 2 日为 1，其余类推，12 月 31 日为 364，闰年为 365。

$$N_0 = 79.68 + 0.24(Y - 1985) - \text{INT}[0.25 \times (Y - 1985)] \quad (4\text{-}11)$$

$$\Delta N = \frac{12 + D + M/60}{15} \quad (4\text{-}12)$$

式中，Y 为年份；INT（X）为取整函数；ΔN 为积日订正值，由观测地点与格林尼治经度差产生的时间差订正值 L 和观测时刻与格林尼治 0 时时间差订正值 W 两项组成；D 为计算点经度的度值；M 为计算点的分值。

根据太阳总辐射的计算公式在计算出 14 个气象站点所对应太阳总辐射值之后，不能用 14 个站点的日照时数和太阳总辐射值代表整个江苏省的太阳能资源的资源特征。因此，采用普通克里格插值法对江苏省 14 个站点的太阳能总辐射及日照时数进行空间插值，并根据太阳能资源区划标准对研究区太阳能资源进行分区（左大康等，1963；王炳忠，1983；中国气象局，2007），分区标准如表 4-7 所示。

表 4-7　太阳能区划指标

太阳能分区	年辐射总量/[MJ/(m²·年)]	年日照时数/h
资源丰富区	>6700	>2800
资源较丰富区	5400~6700	2300~2800
资源较贫乏区	4200~5400	1900~2300
资源贫乏区	<4200	<1900

由图 4-9 和图 4-10 可知，江苏省大部分地区太阳能资源属于资源较贫乏地区［年均

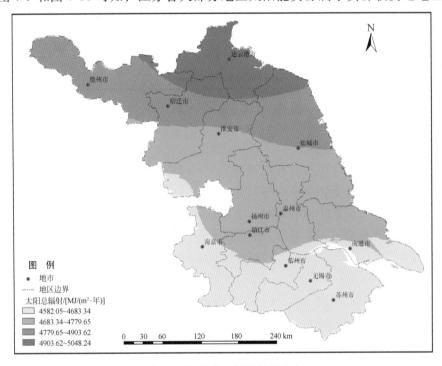

图 4-9　江苏省太阳总辐射分布

太阳辐射总量在 4200~5400 MJ/(m^2·年) 范围内],太阳总辐射呈北丰南贫趋势变化。相对来说,江苏连云港地区年均太阳总辐射相对较高,太阳总辐射可达 5000MJ/(m^2·年) 左右,如图 4-9 所示,而苏南地区及中部地区年均总辐射相对较少。根据日照时数分区标准(表 4-7),研究区大部分地区属于资源贫乏区即日照时数为 1900~2300h,仅连云港地区、盐城北部、徐州东北部及宿迁北部地区年均日照时数在 2300h 以上,属于资源较丰富区,如图 4-10 所示。由图 4-9 可以看出,研究区太阳能总辐射与日照时数都有从北向南逐渐减少的趋势,可以认为太阳能资源北丰南贫。

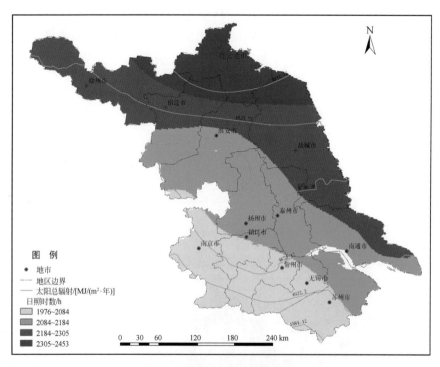

图 4-10 江苏省日照时数分布

3) 太阳能资源稳定程度评估

太阳能稳定程度用 1 年中各月日照时数大于 6h 的天数的最大值与最小值的比值来表示,其比值可以反映某地太阳能资源全年变幅的大小,比值越小,说明太阳能资源全年变化越稳定,就越利于太阳能资源的利用(中国气象局,2007)。此外,最大值与最小值出现的季节也反映了太阳能资源本身的一种特征。计算公式如下:

$$K = \frac{\max\ (\text{day}_1,\ \text{day}_2,\ \wedge \text{day}_{12})}{\min\ (\text{day}_1,\ \text{day}_2,\ \wedge \text{day}_{12})} \tag{4-13}$$

式中,K 为太阳能资源稳定程度指标;day_1,day_2,$\wedge \text{day}_{12}$ 为 1~12 月各月日照时数大于 6h 的天数。

按照上述公式,对研究区 1999~2008 年 14 个气象站日照时数(日值)进行计算,得到各站点 10 年平均 K 值。用普通 Kriging 插值法(插值误差为 0.0129)对各站点的 K 值进行空间插值，插值结果如图 4-11 所示。

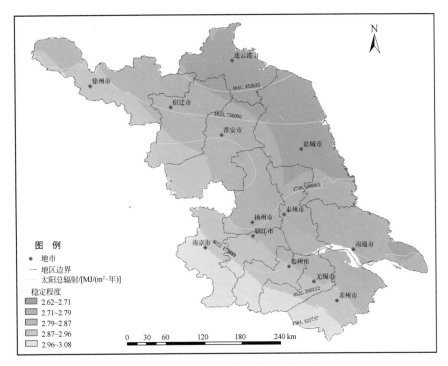

图 4-11　江苏省太阳能资源稳定程度

由图 4-11 可知，苏北及江苏东部地区太阳能资源较为稳定，其 K 值最小；而太阳能资源相对较为贫乏的苏南地区，K 值较高，太阳能资源稳定程度相对较差，即苏北的连云港、盐城及宿迁北部部分地区，年均太阳总辐射较高、日照时间较长且太阳能资源稳定程度就越高，越利于开发利用；而苏南的无锡、苏州、南京等地区，太阳能资源欠丰且稳定性相对较差。总体来说，江苏省太阳能资源相对较为丰富的地区其稳定程度就相对高，但可能由于地形方面的原因，太阳能资源较为丰富的徐州地区资源稳定性较小。

4）太阳能资源利用价值评估

根据中国气象局颁布的《太阳能资源评估方法》标准及已有的研究表明（王炳忠，1983；中国气象局，2007）：利用各月日照时数大于 6h 的天数为指标，反映一天中太阳能资源的利用价值。一天中日照时数如小于 6h，则认为太阳能不具有利用价值。鉴于此评价标准，统计出研究区 1999～2008 年 10 年中 14 个气象观测站日照时数大于 6 的天数并求平均，结果表明各站点中年均各月日照时数大于 6h 的天数最少的是淮阴，10 年平均为 65天；最多的是连云港市的赣榆，有 218 天；其次是扬州的高邮、南通的吕泗等站点（表4-8）。由表 4-8、图 4-9、图 4-10 可以看出，江苏省太阳能资源较为丰富的连云港地区资源稳定性较高，亦有较高的可利用价值，而资源相对较为贫乏的苏南地区，资源稳定程度及可利用价值较低。

表 4-8 江苏太阳能资源相关评价指标

站点	日照时数/h	总辐射/[MJ/(m²·年)]	K	>6h 天数
常州	2002	4760.2	2.5	198
东山	2008	4547.06	3.52	173
东台	2175	4693.1	2.67	198
赣榆	2489	5297	2.15	218
高邮	2137	4985.18	2.47	205
淮安	1993	4468.11	3.02	154
淮阴	2145	4700.99	3.16	65
溧阳	1969	4476.01	3.71	170
吕泗	2204	4700.99	2.54	203
南京	2021	4586.53	3.15	180
南通	2081	4586.53	2.64	190
射阳	2236	4768.09	2.53	203
盱眙	2071	4582.58	3.19	173
徐州	2218	4772.04	3.06	196

3. 江苏省太阳能资源应用（屋顶可装光伏电池）潜力评估

1）评估方法

在太阳能资源丰富程度分析的基础上，选用单晶硅电池（APM72M240W196）作为屋顶可用太阳能资源评价参考。根据研究区土地利用现状估算出江苏省各地市居住区面积，并结合国外研究成果，用下式计算可安装光伏电池的屋顶面积。

$$W_a = \alpha J_m \beta \delta \tag{4-14}$$

式中，W_a 为可装光伏电池的屋顶面积；J_m 为居民区面积；α 为光伏电池普及率（18%）；β 为房屋的密度；δ 为屋顶面积占房屋占地面积的比率。根据统计数据分析，中国大部分屋顶与房屋占地面积之比为 45% 左右。

光伏电池的年发电量不但与太阳辐射量有关，而且与日照时数有关。但是，气象台站给出的实测日照时数是不同辐射强度下的累加值，而光伏电池阵列输出功率——峰瓦是在 AM1.5、光伏电池温度 25℃、日照强度 1000W/m² 条件下的测试结果。因此，把年均实测日照时数换算成等效的年均峰值日照时数。换算方法如下：

$$D_T = y \times 0.0116 \tag{4-15}$$

式中，D_T 为年峰值日照时数（h/年）；y 为太阳电池方阵面上的年总辐射（cal/cm²）；0.0116 为将辐射量（cal/cm²）换算成峰值日照时数的换算系数。

太阳能光伏电池阵列的总功率是由辐射参数和负载确定的。其实际输出功率还与阵列表面的灰尘及长期使用后性能的衰减系数 f、蓄电池库仑效率 η_b 及逆变器的效率 η_i 有关。在综合考虑上面因素的情况下，计算太阳能光伏发电系统的年发电量的公式为：

$$H_y = W \eta_b \eta_i f D_T(y) \times 10^{-3} \tag{4-16}$$

式中，H_y 为年有效发电量（$kW \cdot h$）；W 为太阳能光伏发电系统总的峰值功率（Wp）；η_b 为蓄电池库仑效率（$0.8 \sim 0.92$）；η_i 为逆变器的效率（$0.9 \sim 0.96$）；f 为衰减及灰尘等性能参数衰减系数（$0.8 \sim 0.98$）；$D_T(y)$ 为年峰值日照时数。

2）评估结果

根据上述太阳能资源潜力的评估结果，根据江苏省土地利用现状估算出研究区 13 个地区的居住区面积，并根据计算出的研究区屋顶可装光伏电池面积。计算过程中，鉴于江苏省实际情况，光伏电池普及率 α 取 18%，房屋密度 β 取居住区面积的 20%。

计算结果表明，江苏全省居民区面积为 131.7 亿 m^2，屋顶可装光伏电池面积约达 1.89 亿 m^2，其中 13 个地市中徐州市屋顶可装光伏电池面积最大，约 3353.25 万 m^2；其次是扬州、淮阴、南京、连云港等地区屋顶可装光伏电池面积相对较多；屋顶可装光伏电池面积较少的地区是南通、镇江等地区（表 4-9）。

在计算研究区光伏电池发电潜力时需要考虑各地市太阳辐射情况，根据前面对站点太阳总辐射的计算结果，对 14 个站点的太阳总辐射进行普通 Kriging 插值处理，并将插值结果分为 10 个等级，统计各地市分等级太阳总辐射，统计结果如表 4-8 所示。计算出各地市太阳总辐射值后，采用太阳能光伏发电系统年发电量的计算公式对江苏省 13 个地区光伏发电量进行计算，计算过程中，太阳能光伏发电系统的峰值总功率计算公式如下：

$$W_p = \frac{S}{A} \times W_m \tag{4-17}$$

式中，W_p 为峰值总功率；W_m 为单晶硅电池（APM72M240W19）的峰值功率（$240Wp$）；S 为屋顶可装光伏电池面积（m^2）；A 为单晶硅电池所占面积（m^2）；单晶硅电池在江苏地区适宜以 $40°$ 的倾角向南安装，电池尺寸为 $196cm \times 99cm$，考虑到实际情况设定 A 为 $4.47m^2$。

计算结果表明，在现有的经济技术条件下，江苏省全省使用单晶硅电池年发电量可高达约 36 602MkW·h，其中徐州市光伏电池发电量可达 5740.56MkW·h，其次是连云港、盐城及苏州等地区，光伏电池发电量可分别为 3330.90MkW·h、2978.24MkW·h 及 2707.33MkW·h，发电量相对较少的地区是南通、镇江及常州等地区，发电量分别为 1274.44MkW·h、1340.26MkW·h 及 1591.20MkW·h（表 4-9）。由表 4-9 可看出，研究区屋顶可用太阳能资源量、日照时数及太阳辐射总量变化趋势基本趋于一致，呈北多南少的趋势变化。

表 4-9　江苏省各地市屋顶可装光伏电池面积及发电量

地市	居住区面积/km²	屋顶面积/km²	太阳总辐射［MJ/（m²·年）］	发电量/Mkw·h
常州	589.46	9.55	4644.85	1591.20
淮阴	1627.82	26.37	4782.01	4523.94
连云港	1082.01	17.53	5297	3330.90
南京	995.78	16.13	4586.53	2654.28
南通	478.12	7.75	4586.53	1274.44
苏州	978.59	15.85	4760.35	2707.33

续表

地市	居住区面积/km²	屋顶面积/km²	太阳总辐射［MJ/（m²·年）］	发电量/Mkw·h
宿迁	1695.73	27.47	4815.72	4745.9
泰州	686.79	11.13	4717.89	1883.09
无锡	672.69	10.9	4625.59	1808.36
徐州	2069.91	33.53	4772.04	5740.56
盐城	1056.71	17.12	4849.6	2978.24
扬州	726.11	11.76	4797.28	2024.41
镇江	508.58	8.24	4534.56	1340.26

3）小结

基于气象站观测站近50年来日照时数和太阳总辐射观测资料，采用统计与空间插值相结合的方法对江苏省太阳能资源的丰富程度、稳定程度及可利用状况进行了分析。同时在太阳能资源潜力分析的基础上，尝试从现有经济技术条件下去分析研究区太阳能资源的运用潜力，得到了以下四点初步的认识。

（1）研究区太阳能资源欠丰，依据中国太阳能资源区划标准，该区太阳能资源属于资源贫乏区且由北向南逐渐减少。

（2）研究区太阳能资源丰度程度、稳定性变化及可利用价值趋势趋于一致，苏北连云港地区、徐州及宿迁及盐城北部部分地区太阳能资源相对较为丰富、资源稳定性较高且具有较高的利用价值；苏南地区则相反。

（3）研究区太阳总辐射与日照时数年际变化趋势也趋于一致，近50年太阳总辐射渐减，减少趋势比日照时数更为明显。人类活动可能是该区太阳总辐射和日照时数相对减少的主要原因。

（4）江苏全省可装单晶硅电池屋顶面积约1.89亿 m²，年均发电量约366亿 kW·h。其中徐州地区可装光伏电池屋顶面积最多，高达3353.25万 m²，年均发电量为5740.56MkW·h。

4.4.3　生物能资源潜力评估

1. 生物质能的定义

生物质能（biomass energy）是指太阳能以化学能形式储存在生物质中的能量形式，即以生物质为载体的能量。它直接或间接地来源于绿色植物的光合作用，可转化为常规的固态、液态和气态燃料，取之不尽、用之不竭，是一种可再生能源。生物质能的原始能量来源于太阳，所以从广义上讲，生物质能是太阳能的一种表现形式。生物质能蕴藏在植物、动物和微生物等可以生长的有机物中，它是由太阳能转化而来的。有机物中除矿物燃料以外的所有来源于动植物的能源物质均属于生物质能，通常包括木材、森林废弃物、农业废弃物、水生植物、油料植物、城市和工业有机废弃物、动物粪便等。

2. 生物质能的分类

生物质能资源主要分为森林资源、农秸秆资源、禽畜粪便及生活垃圾 4 类。依据来源的不同，可以将适合于能源利用的生物质分为林业资源、农业资源、生活污水和工业有机废水、城市固体废物和畜禽粪便和沼气等。

（1）林业资源。林业生物质资源是指森林生长和林业生产过程提供的生物质能源，包括薪炭林，在森林抚育和间伐作业中的零散木材，残留的树枝、树叶和木屑等；木材采运和加工过程中的枝丫、锯末、木屑、梢头、板皮和截头等；林业副产品的废弃物，如果壳和果核等。

（2）农业资源。农业生物质能资源是指农业作物；农业生产过程中的废弃物，如农作物收获时残留在农田内的农作物秸秆（玉米秸、高粱秸、麦秸、稻草、豆秸和棉秆等）；农业加工业的废弃物，如农业生产过程中剩余的稻壳等。能源植物泛指各种用于提供能源的植物，通常包括草本能源作物、油料作物、制取碳氢化合物植物和水生植物等几类。

（3）生活污水和工业有机废水。生活污水主要由城镇居民生活、商业和服务业的各种排水组成，如冷却水、洗浴排水、粪便污水等。工业有机废水主要是酒精、酿酒、制糖、食品、制药、造纸及屠宰等行业生产过程中排出的废水等，其中都富含有机物。

（4）城市固体废物。城市固体废物主要是由城镇居民生活垃圾，商业、服务业垃圾和少量建筑业垃圾等固体废物构成。其组成成分比较复杂，受当地居民的平均生活水平、能源消费结构、城镇建设、自然条件、传统习惯以及季节变化等因素影响。

（5）畜禽粪便。畜禽粪便是畜禽排泄物的总称，它是其他形态生物质（主要是粮食、农作物秸秆和牧草等）的转化形式，包括畜禽排出的粪便、尿及其与垫草的混合物。

（6）沼气。沼气就是由生物质能转换的一种可燃气体，通常可以供农家用来烧饭、照明。

3. 生物质能的特点

生物质能主要具有以下四个特点。

1）可再生性

生物质能属可再生资源，生物质能由于通过植物的光合作用可以再生，与风能、太阳能等同属可再生能源，资源丰富，可保证能源的永续利用。

2）低污染性

生物质的硫含量、氮含量低，燃烧过程中生成的硫氧化物和氮氧化物较少。生物质作为燃料时，由于它在生长时需要的二氧化碳相当于它排放的二氧化碳的量，因而对大气的二氧化碳净排放量近似于零，可有效地减轻温室效应。

3）广泛分布性

生物质能缺乏煤炭的地域，可充分利用生物质能。

4）生物质燃料总量十分丰富

生物质能是世界第四大能源，仅次于煤炭、石油和天然气。根据生物学家估算：地球陆地每年生产 1000 亿～1250 亿 t 生物质；海洋年生产 500 亿 t 生物质。生物质能源的年生产量远远超过全世界总能源需求量，相当于目前世界总能耗的 10 倍。中国可开发为能源的生物质资源在 2010 年达 3 亿 t。随着农林业的发展，特别是薪炭林的推广，生物质资源还将越来越多。

4. 生物质能资源的利用

目前，世界各国正逐步采用如下四种方法利用生物质能（陈益华等，2006）。

一是热化学转换技术，获得木炭焦油和可燃气体等品位高的能源产品，该方法又按其热加工的方法不同，分为高温干馏、热解和生物质液化等方法。

二是生物化学转换法，主要指生物质在微生物的发酵作用下，生成沼气和酒精等能源产品。

三是利用油料植物所产生的生物油。

四是直接燃烧技术，包括炉灶燃烧技术、锅炉燃烧技术、致密成型技术和垃圾焚烧技术等。

5. 江苏生物质能资源的概况

中国是一个人口大国，也是一个农业大国，80% 的人口生活在农村，秸秆和薪材等生物质能是农村的主要生活燃料，生物质能资源丰富。据不完全估算，中国生物质能资源相当于 50 亿 tce 左右（周凤起和周大地，1999）。生物质能是仅次于煤炭、石油和天然气的第四位能源资源，在能源系统中占有重要地位（邓可蕴，2000）。

江苏作为《可再生能源法》在全国的四个试点省之一，也是全国唯一以发展生物质能利用为主的省。生物质能资源主要包括以下几个方面：薪柴（秸秆和薪材）、人畜粪便、工业废弃物及城市生活垃圾和能源作物等。江苏省人口众多，气候适宜，雨量充沛，农牧业发达，有着丰富的农作物秸秆及薪材和各种有机废弃物等生物质能资源。主要有如下五种类型（马志强等，2008）。

1）秸秆资源

秸秆是江苏省农村地区主要的能源资源之，据统计 2006 年江苏省全年粮食播种面积是 498.51 万 hm^2，粮食总产量达 3041.44 万 t，秸秆资源十分丰富，其中可利用的秸秆为 3688.41 万 t（约折合 1726.65 万 tce）。

2）薪材资源

根据江苏省 2005 年的一次森林普查，全省 2005 年的薪材理论蕴藏量为 399.34 万 t，其中可开发量为 327.16 万 t，约折合 186.48 万 tce。

3）沼气资源

沼气的主要原料是人、畜禽的粪便，每公斤干粪便可产沼气 $0.2 m^3$ 以上。据调查，江苏省 2006 年沼气资源理论蕴藏量为 1665.36 万 t，可开采量为 785.4 万 t，约折合 166.95 万 tce，沼气资源可生产沼气 233 722.1 万 m^3。

4）工业废弃物、城市生活垃圾和污水

随着工业的迅速发展和人民生活水平的提高，江苏省工业废弃物、城市生活垃圾和污水的排放也逐年增多。江苏省 2006 年工业废弃物、城市生活垃圾和污水等的排放量为

70.5 万 tce、37.73 万 tce、103.73 万 tce，合计 211.96 万 tce。

5）油料作物

江苏省的油料作物包括大豆、花生和油菜等，以油菜为主。江苏省 2006 年的油菜可以生产生物柴油约 48 万 t。

6. 江苏生物质能资源利用现状

江苏省生物质能资源的开发利用包括薪柴（秸秆和薪材）利用、沼气利用、垃圾利用、生物柴油和燃料乙醇等几个方面，但主要集中在秸秆利用、沼气利用、垃圾利用和生物柴油等领域（马志强等，2008）。

1）薪材利用

江苏省的薪柴资源十分丰富，但长期以来农业薪柴利用率低，浪费十分严重。目前，江苏省有薪柴利用企业近 40 家，主要集中在发电领域，其次是薪柴固化成型。薪柴固化成型技术是将经过粉碎、具有一定粒度的生物质，放入挤压成型机中，在一定压力和温度的作用下，制成棒状、块状或粒状物的加工工艺。

2）沼气利用

目前，江苏省沼气利用的方式主要分为户用沼气池和大中型沼气工程两种，有 10 多家大中型沼气工程利用企业。

3）垃圾利用

垃圾利用目前主要集中在发电领域，分为燃烧发电和制取沼气发电两种方式。目前，江苏省的垃圾发电已经形成一定的规模，在南京、苏州、无锡和徐州等地先后建立了一批垃圾发电厂，其中位于无锡市的桃花山生活垃圾填埋场的填埋气体发电厂是国内第一个自主开发建设的填埋气体发电厂，取得了明显的经济效益和社会效益。但垃圾发电在安全、环境等方面还存在一定问题。

4）生物柴油

生物柴油是植物油与甲醇进行酯交换制造的脂肪酸甲酯，是一种洁净的生物燃料（周善元，2008），也是未来发展的重点领域之一。江苏省目前有 10 余家生物柴油生产企业，主要分布在苏南地区，其中具有代表性的企业是常州市卡特石油制品制造有限公司，生产生物柴油的主要原材料有地沟油、植物油下脚料、棕榈油、米糠油、废弃动植物油脂等。

5）燃料乙醇

乙醇作为燃料使用已有 100 多年的历史。1900 年英国就出现了以乙醇为燃料的内燃机。20 世纪 70 年代以来的能源危机使乙醇燃料又得到快速发展，世界上有上千万辆汽车以汽油混合乙醇为燃料。

江苏省受所处的地理位置所限，糖类植物不多，而且产量中大部分是作为居民的消费品，因而燃料乙醇发展较为缓慢。

7. 江苏生物质能资源潜力评估

生物质能资源可开发潜力的估算是生物质能科学开发利用研究的关键和基础（刘刚和沈镭，2007）。对于生物质能源的可获得性评价和资源量的估算，根据不同的标准有不同的指标（李京京等，2001）。本研究所计算的食物蕴藏量是江苏省生物质能主要资源的全部理论实物产量的综合，理论可获得量是理论条件下可以获得并转化为有用能源的生物质能资源数量。生物质能潜力的评估主要采用中华人民共和国农业部《农作物秸秆资源调查与评价技术规范》（2009）中生物质资源的评价方法。考虑资料的获取性，本研究仅对江苏省的主要农作物秸秆资源和畜禽资源量进行定量评估。

1）主要生物质能资源量估算

a. 农作物秸秆资源量估算

农作物秸秆主要包括粮食作物、油料作物、棉花、麻类和糖料作物五大类，其产量通常依据农作物的产量计算而得。计算公式如下（刘刚和沈镭，2007；中华人民共和国农业部，2009）：

$$CR = \sum_{i=1}^{n} Qc_i \times R_i \tag{4-18}$$

式中，CR 为秸秆资源实物量；Qc_i 为第 i 类农作物的产量；R_i 为第 i 类农作物的谷草比系数。

谷草比是指某种农作物单位面积的秸秆产量与籽粒产量的比值。由于各地区的土壤、气候以及耕作制度的不同，不同地区同一作物草谷比可能不尽相同。同一作物的不同品种，以及不同种植类型，其草谷比也不相同（中华人民共和国农业部，2009）。其计算公式为

$$R_i = \frac{m_{i,s}(1 - A_{i,s}\%)/(1 - 15\%)}{m_{i,G}(1 - A_{i,G}\%)/(1 - 12.5\%)} \tag{4-19}$$

式中，R_i 为第 i 种农作物秸秆的谷草比；$m_{i,s}$ 是指第 i 种农作物秸秆的重量（kg）；$m_{i,G}$ 是指第 i 种农作物籽粒的重量（kg）；$A_{i,s}$ 是指第 i 种农作物秸秆的含水量（%）；$A_{i,G}$ 是指第 i 种农作物籽粒的含水量和杂质率（%）；15% 为秸秆风干时的含水量；12.5% 为国家标准水杂率。

b. 畜禽粪类资源量

根据各类每日粪便产生量和畜禽的饲养周期可以估算畜禽粪便排放量，公式如下（刘刚和沈镭，2007）：

$$M = \sum_{i=1}^{n} Qx_i \times x_i \times y_i \tag{4-20}$$

式中，M 为畜粪实物量；Qx_i 为第 i 类畜禽的数目；x_i 为第 i 类畜禽每天粪便的产量；y_i 为第 i 类畜禽的饲养周期。

c. 生物质能折标能源量

各类生物质能资源的实物量，乘以相应的折标系数，得到不同种类生物质能的折合成标准能源的总量。秸秆资源能源潜力量计算公式如下（刘刚和沈镭，2007；中华人民共和国农业部，2009）：

$$ECR = \sum_{i=1}^{n} Q_i \times R_i \times \eta_i \tag{4-21}$$

式中，ECR 为秸秆资源能源潜力量；Q_i 为 i 生物质能资源的实物量；η_i 为 i 生物质能资源的折标系数。不同生物质能资源 η_i 值如表 4-10 所示。

表 4-10 不同种类生物质能源的折标系数（η_i）

稻秆 /10^3（tce/kg）	麦秆 /10^3（tce/kg）	玉米秆 /10^3（tce/kg）	豆秆、棉秆 /10^3（tce/kg）	薯类秆 /10^3（tce/kg）	油料秆 /10^3（tce/kg）
0.429	0.5	0.529	0.543	0.486	0.529
牛粪 /10^3（tce/kg）	**猪粪** /10^3（tce/kg）	**马粪** /10^3（tce/kg）	**羊驴骡粪** /10^3（tce/kg）	**鸡粪** /10^3（tce/kg）	**生活垃圾** /10^3（tce/kg）
0.471	0.429	0.529	0.529	0.643	0.143
糖料秆 /10^3（tce/kg）	**麻类秆** /10^3（tce/kg）	**杂粮秆** /10^3（tce/kg）	**薪柴** /10^3（tce/kg）	**工业沼气** /10^{-3}（tce/m^3）	**农业沼气** /10^{-3}（tce/m^3）
0.441	0.5	0.05	0.571	0.857	0.714

d. 生物质能理论可获得量

上述计算的生物质资源量只是理论蕴藏量，代表着生物质能资源的理论最大开发潜力。在此基础上还需要计算理论可获得量，即理论上可以用来进行能源生产的生物质能源资源量。秸秆生物质能理论可获得量计算公式如下（中华人民共和国农业部，2009）：

$$ECR' = \sum_{i=1}^{i=n} Qc_i \times R_i \times \eta_i \times \lambda_i \tag{4-22}$$

式中，ECR' 为秸秆生物质能源的理论可获得量；λ_i 为第 i 种作物秸秆可获得系数；η_i 为第 i 种作物秸秆的折标系数；R_i 为第 i 种作物的谷草比系数；Qc_i 为第 i 类作物的产量。

畜禽粪便生物质能理论可获得量与秸秆生物质能理论可获得量计算方法相同。

2）评估结果

a. 生物质能资源理论可获得量

根据上述估算方法，秸秆、畜粪可近似 100% 可获得，江苏省生物质能可用资料计算结果如表 4-11 和表 4-12 所示。

表 4-11 可用秸秆资源储量表

地市	麦秸秆 /万 t	水稻秆 /万 t	玉米秆 /万 t	大豆秆 /万 t	薯秧 /万 t	油秸秆 /万 t	棉秆 /万 t	秸秆资源量/万 t	折吨标准煤/tce
常州	11.38	105.07	3.46	2.02	2.5	14.6	0.19	139.22	62.15
淮安	66.65	133.87	31.31	5.59	10.96	34.98	0.76	284.13	132.12
连云港	78.6	102.82	51.54	6.08	13.89	33.56	15.07	301.57	143.25
南京	7.33	89.11	11.89	4.03	4.49	42.97	1.52	161.34	74.29
南通	53.93	157.78	92.58	17.96	0	71.42	9.93	403.6	191.59
苏州	20.84	119.57	3.13	2.95	0.69	15.62	2.26	165.07	74.27
宿迁	82.06	124.33	64.42	10.96	24.88	36.59	4.68	347.91	163.98
泰州	68.36	152.85	16.24	9.81	49.1	27.38	7.67	331.41	152.09
无锡	13.6	90.84	0	1.43	0.8	10.66	0	117.33	52.3
徐州	183.4	257.53	102	6.43	8.33	28.7	7.51	593.99	278.8
盐城	101.2	286.44	129	20.45	8.62	56.77	63.47	665.94	314.84
扬州	48.83	148.52	3.49	9.95	2.32	23.42	3.29	239.82	109.75
镇江	15.25	83.48	8	0	0	15.84	0.45	123.02	55.68

表 4-12 可用粪类资源储量表

地市	人粪 /万 t	猪粪 /万 t	羊粪 /万 t	兔粪 /万 t	禽类排泄物 /万 t	大牲畜粪 /万 t	粪类合计 /万 t	可收集量 /万 m³	沼气产气量 /万 m³	折吨标准煤 /tce
常州	10.6	50.7	7.7	0	64.5	0.6	134.1	65.1	15 911.4	11.4
淮安	16	154.5	10.3	1.6	158.8	20.5	361.7	177.2	45 751.9	32.7
连云港	14.4	80.1	6.9	4.5	30	27.2	163.1	85.2	21 089.6	15.1
南京	18.2	71.1	4.5	1.5	148.7	13.8	257.8	118.4	30 515.1	21.8
南通	23.1	153.8	36.5	2.6	357.7	1.2	574.8	258.4	64 285.9	45.9
苏州	18.5	102.4	5.9	2.8	109.3	3.5	242.4	120.8	30 025.1	21.4
宿迁	15.9	121.1	71.6	3.1	122.0	27.2	360.8	168.9	42 485.8	30.3
泰州	15.1	45.7	5.1	0	48.6	0.4	114.9	57.8	13 318.9	9.5
无锡	13.7	67.6	4	1.3	64.1	3.2	153.9	77.8	19 114.3	13.7
徐州	28	112.2	10.5	16	83.8	22.7	273.2	140.4	33 523.54	23.9
盐城	24.1	251	58.7	19.4	621.5	7.1	981.8	438.3	110 875.9	79.2
扬州	13.8	30.8	1.6	0.2	57.3	0.9	104.6	50	11 097.5	7.9
镇江	8.1	35.8	4.1	0	27.1	0	75.1	38.8	9 451.7	6.8

从秸秆类型来看，水稻秆、小麦秆和玉米秆等主要粮食作物秸秆是江苏省主要的秸秆资源（图 4-12），蕴藏量分别为 1852 万 t、751.4 万 t、517.1 万 t，占江苏省秸秆资源总量的 80%。

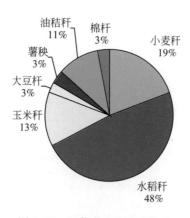

图 4-12 江苏省秸秆类型构成

根据上述统计分析结果，江苏省全省生物质能资源丰富（表 4-13），合计 2124.71 万 tce。其中盐城是可用秸秆和粪类资源最为丰富的地区（合计 394.04 万 tce，其中秸秆 314.84 万 tce、粪类 79.2 万 tce），其次是徐州及南通地区（分别为 302.7 万 tce、237.49 万 tce），可用秸秆和粪类资源相对较少的地区是镇江、无锡等地区（图 4-13）。

表 4-13 江苏省可用秸秆资源、粪类资源统计表 （单位：万 tce）

地区	秸秆资源	粪类资源	合计
常州	62.15	11.4	73.55
淮安	132.12	32.7	164.82
连云港	143.25	15.1	158.35
南京	74.29	21.8	96.09
南通	191.59	45.9	237.49
苏州	74.27	21.4	95.67
宿迁	163.98	30.3	194.28
泰州	152.09	9.5	161.59
无锡	52.3	13.7	66.00
徐州	278.8	23.9	302.70
盐城	314.84	79.2	394.04
扬州	109.75	7.9	117.65
镇江	55.68	6.8	62.48
合计	1805.11	319.6	2124.71

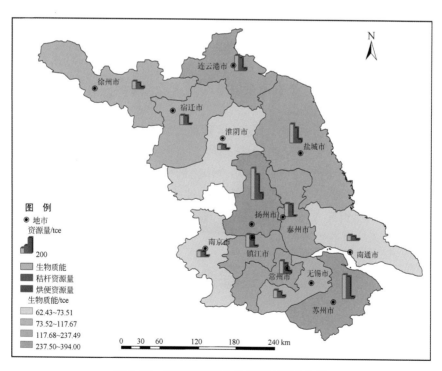

图 4-13 江苏省可用生物质能资源分布图

b. 生物质能资源人均可获得量

根据上述对江苏省秸秆、粪类资源理论可获取量的估算结果，将其与江苏省 13 个地区的人口相比，得到各地区的生物质资源人均可获得量（能量密度）。人均可获得量是反映某地区资源丰富程度的重要指标。江苏各地区人均生物质资源可获得量统计结果如图 4-14 所示。

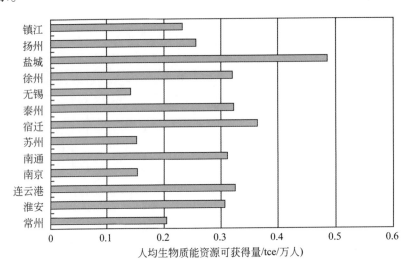

图 4-14　江苏省人均生物质能能量密度分布

由图 4-14 可知，江苏省生物质资源人均可获得量最多的地区是盐城地区，达 0.49 万 tce/万人；其次是宿迁、连云港、徐州、泰州、淮安等地区，人均可获得量在 0.3 万～0.36 万 tce/万人；人均可获得生物质资源量最少的地区是无锡市，约为 0.14 万 tce/万人。

3）小结

通过以上对江苏省秸秆、粪类资源量的理论蕴藏量、理论可获得量及能量密度的分析，可以得到以下三点初步的认识。

（1）江苏省生物质能资源丰富，盐城地区秸秆、粪类资源量最为丰富；其次是徐州、南通及宿迁等地区；秸秆、粪类资源相对比较贫乏的地区包括镇江、苏州、南京等地区。

（2）水稻秆、小麦秆和玉米秆等主要粮食作物秸秆是江苏省主要的秸秆资源，蕴藏量分别为 1852 万 t、751.4 万 t、517.1 万 t，占江苏省秸秆资源总量的 80%。

（3）盐城是生物质资源人均可获得量最多地区；其次是宿迁、连云港、徐州、泰州、淮安等地区；无锡人均可获得量最少。

4.5　示范区江苏省综合能源保障风险评价

能源是人类社会存在和发展的物质基础。传统能源也称常规能源是指现阶段科技水平条件下已被广泛使用的能源，如煤炭、石油和天然气等。由于能源价格的波动所带来的能源安全问题越来越引起国际社会的普遍关注，因此一些西方国家开始将金融理论的成果，尤其是金融的风险管理理论应用到能源领域，能源风险研究逐渐成为风险管理研究领域的新热点（侯刚，2009）。

区域能源供需保障是关系到国家发展和能源风险管理的重大问题之一。能源供给保障是国家能源安全的基本目标，能源使用安全则是国家能源安全的更高目标（张波等，2004）。能源保障风险问题日益突出，在经济高速增长的新形势下，要确保经济的可持续发展，就要解决好当前经济中的许多风险，其中能源风险是影响经济可持续发展的重要因素（雒庆举和吕鹏博，2007）。能源保障风险分区不仅是能源风险管理的基本要求，还是经济发展对能源产业提出的新要求（郭义强等，2008）。能源保障分区的研究不仅可以为能源生产、能源消费和能源经济发展提供科学合理的参考依据，还可以为能源风险的识别以及后期的风险管理、评价提供有力的科技支撑（郭义强等，2008）。

综合评价中国各种能源资源的分布与地域组合，是划分能源经济区的前提（李文彦和陈航，1983）。有关能源保障和能源分区等方面的研究一直受到众多学者的重视。部分学者在分析能源资源现状、能源供需特点的基础上，总结了中国能源保障的基本形势，预测了能源消费和能源供应保障的未来发展趋势，提出能源可持续发展的主要途径和对策，并建立了可持续利用的能源保障体系（刘毅，1999；谷树忠等，2002；张雷和蔡国田，2005；蔡国田和张雷，2005，2006）。有关能源分区的研究也较为多见，有人对中国的能源经济区划和能源矿产资源功能区划进行了初步的研究（刘毅，1999；谷树忠等，2002；李文彦和陈航，1983；张雷和蔡国田，2005），有学者采用模糊聚类和分层聚类方法分别对东北地区农村能源区划和全国能源生产率的地区划分进行了研究（万仁新和刘荣厚，1991；高振宇和王益，2006），此外，有学者从能源贸易的角度，对能源贸易风险进行了评估（Dahlgren et al.，2003）。

4.5.1　资料来源

本研究所使用的资料主要来源于《江苏统计年鉴》（2001～2008）、江苏省 13 个地级市 2001～2008 年统计年鉴、《数字看徐州 30 年巨变》（1978～2007）、《巨大的变化辉煌的成就——江苏改革开放 30 年》（2007）、《数据见证辉煌：江苏 60 年》（1949～2008）、《江苏交通统计年鉴》（2001～2007）、《中国工业交通能源 50 年统计资料汇编》（1949～1999）以及中国气象局气象服务共享中心提供的地面气象观测资料数据集，其中包括江苏省 13 个地面气象站中的日值观测资料（降水量、气温、辐射、风速、相对湿度、日照时数及日照百分率等）及江苏省 3 个辐射站中太阳总辐射（日值）观测数据，时间是1960～2008 年。

4.5.2　评价指标体系

风险评价是在风险识别和风险估测的基础上，对风险发生的概率、损失程度，结合其他因素进行全面考虑，评估发生风险的可能性及危害程度，并与公认的安全指标相比较，以衡量风险的程度，并决定是否需要采取相应的措施的过程。

从风险源来说，能源在资源保障、生产、运输、市场及消费等环节都存在不同程度上的风险,据此可将能源风险分为资源风险、生产风险、市场风险、运输风险及消费风险等(赵建安和郎一环,2008)。在综合评价某地区或国家能源保障风险时须尽量考虑能源在上述五个环节中潜在的风险,以综合构建能源保障风险评价指标体系。

综合能源保障风险评估要对能源生产、运输、市场及消费等过程中潜在的风险进行识别、分析及评估,以期为国家或区域应对能源风险时提供有效的防范措施。因此,本研究以江苏省为例,从江苏省资源、生产、运输、市场及消费五大方面构建江苏省综合能源保障风险评价指标体系。考虑到江苏省本身的资源特点、能源利用状况、经济发展水平以及交通运输等因素对能源供需保障的影响,研究中选用能源自给率,即能源供给量与能源消费量的比值,来反映能源供给的保障程度;用能源消费量(包括煤炭、石油、天然气、热力及电力等的消费量)来反映能源的需求状况;用能源生产弹性系数表示能源生产状况;用能源消费弹性系数,即能源消费增长速度与国民经济增长速度的比值,及单位GDP耗能来反映能源消费与经济增长之间的关系;用对外依存度,即区域能源净调入量与能源消费量之比,来反映能源供给及其利用状况;用第二产业增加值来反映经济发展状况;用交通路线长度,主要指铁路、公路和内河航道里程总和,反映交通设施状况对能源保障的影响;用第二产业比例,即第二产业占三产业的比例,来反映某一地的区产业结构;用人口密度来反映人均生活用能及社会对能源的需求状况;用机动车拥有量来衡量交通工具对能源的需求状况;同时,还考虑了江苏省可再生资源的可开发潜力,综合分析风能、太阳能及生物质能资源的资源潜力。各评价指标体系及计算方法采用表4-14中的方法进行量化。

表4-14　综合能源保障风险评价指标体系

目标层	准则层	子准则层	指标计算方法
综合能源保障风险指数(ESCRI)	资源 B1	能源自给率 C1	能源供给量/消费量
		可再生能源资源量 C2	见本章风能,太阳能和生物质能资源的计算
		能源对外依存度 C3	能源净调入量/能源消费量
	生产 B2	能源生产弹性系数 C4	能源生产量增长率/GDP 增长率
	运输 B3	交通路线长度 C5	$L=$ 公路 + 铁路 + 水运(总里程数)
	市场 B4	能源进口状况 C6	进口石油数量/总消费量
		价格波动状况 C7	价格波动系数
	消费 B5	能源消费量 C8	终端能源消费量
		能源消费弹性系数 C9	能源消费量增长率/GDP 增长率
		第二产业比例 C10	各地区第二产业占三产业的比例
		人口密度 C11	各地区年均人口密度
		机动车拥有量 C12	各地区机动车拥有量

本研究中可再生能源资源量用资源可开发潜力来衡量，其中包括风能、太阳能及生物质能可开发潜力。各种可再生能源资源潜力的计算如下。

1. 风能

根据《全国风能评价技术规定》，常采用有效风能密度及有效风时数两个重要的指标来分析风能资源的资源潜力及可开发利用价值（国家发展和改革委员会，2004）。先采用江苏省 14 个气象站 1960～2008 年观测资料，计算出 14 个气象站有效风能密度及有效风时数，计算方法见国家发展和改革委员会（2004）。采用基于径向基函数中的规则样条函数插值法对江苏省 14 个气象站有效风能密度和有效风时数进行空间插值。为了更为准确的定量估算江苏省 13 个地级市风能资源的丰富程度，对插值结果进行重新分类，分别把有效风能密度和有效风时数分为 10 个等级，并统计每个地级市所对应的平均有效风能密度值与有效小时数。最后，为了综合定量估算江苏省风能资源的资源潜力，尝试将对应地市的有效风能密度值与有效小时数去除量纲，无量纲的有效风能密度与有效风时数相乘代表研究区风能资源的理论潜力。

2. 太阳能

太阳能资源的估算方法与风能资源的估算方法类似，常采用太阳总辐射与日照时数两个指标评价太阳能资源的丰富程度（中国气象局，2007）。由于江苏省辐射站比较稀疏，且分布不均，不能真实反映研究区太阳能资源的资源潜力，可用本章中太阳总辐射的计算方法根据日照百分率及经纬度坐标估算得到。

计算出江苏省 13 个气象站太阳总辐射后，也采用规则样条函数插值法对江苏省各站点的日照时数及太阳总辐射进行空间插值，并将插值结果重分类为 10 个等级，分别计算江苏省 13 个地级市所对应的太阳辐射值与日照时数（表 4-15）。最后，将各地市的太阳总辐射和日照时数去量纲化处理，并采用无量纲的太阳总辐射与日照时数的乘积来反应各地区太阳能资源的理论潜力。

3. 生物质能

生物质能主要估算了江苏省各地区主要农作物秸秆和粪类资源的理论可获得量和人均获得量，最后转换为"吨标准煤"。

4. 生物质能资源理论潜力

按照上述计算反映江苏省主要可再生能源资源潜力的评价指标，用这些指标可以粗略地估算出江苏省各地市主要可再生能源资源的理论潜力。为了综合反映研究区主要可再生能源资源潜力，结合江苏省可再生能源目前的开发利用状况，按百分制对江苏省风能资源（50%）、太阳能资源（35%）及生物质能资源（15%）进行评分。最后对风能、太阳能及生物质能的资源潜力采用极值标准化消除量纲，并加权平均得到江苏省可再生能源的资源量（表 4-15）。

表 4-15 江苏各地区主要可再生能源资源表

地市	风能		太阳能		可用生物质能资源 /(万 tce/年)	可再生能源资源可开发潜力
	有效风时数 /h	有效风能密度 /(W/m²)	太阳总辐射 /[MJ/(m²·年)]	日照时数/h		
常州	2378	43.9	4644.85	2018	423.52	0.039
淮安	2755	50.32	4782.01	2198	1049.41	0.2
连云港	5124	63.45	5297	2382	1396.21	0.597
南京	4039	41.14	4586.53	2068	561.06	0.15
南通	5358	95.74	4586.53	2163	5146.27	0.501
苏州	4617	63.45	4760.35	2063	1987.57	0.318
宿迁	2961	43.64	4815.72	2198	1101.77	0.207
泰州	3742	55.4	4717.89	2142	1256.83	0.244
无锡	2950	49.43	4625.59	2033	387.62	0.091
徐州	3153	43.9	4772.04	2346	1532.78	0.288
盐城	4891	161.55	4849.6	2258	7919.17	0.798
扬州	2755	46.67	4797.28	2139	865.04	0.169
镇江	2961	43.9	4534.56	2060	323.9	0.062

4.5.3 评价方法和模型

1. 指标权重的确定

上述综合能源保障风险的评价指标分为正向指标和逆向指标，正向指标数值越大，能源保障水平就越高，如可再生能源资源量、交通路线长度、能源自给率等；逆向指标数值越大，能源安全性就越低，如能源消费量、对外依存度、第二产业比例及机动车拥有量等。计算过程中，为了便于统一标准，将正向指标取相反数转为逆向指标。

由于各分区指标存在量纲和量级上的差异，不宜直接用原始数据进行计算。需要对其进行标准化或归一化处理，采用下式进行各指标标准化或归一化处理：

$$X_i = \frac{x_i - x_{\min}}{x_{\max} - x_{\min}} \tag{4-23}$$

式中，X_i 为指标标准化值（$0 \leqslant X_i \leqslant 1$），$x_i$ 为各指标原始值；$x_{\max}$、$x_{\min}$ 分别为各指标的最大值与最小值。

权重确定的方法很多，最常用的有层次分析法（AHP）、熵权法、灰色系统方法和模糊综合评价等。本研究中能源保障风险综合评价指标体系权重的计算采取 AHP，由于层次分析法具有可建立概念清晰、层次分明、逻辑合理的评价指标层次结构的优点而被广泛地运用。权重的确定应考虑具体情况，选择合适的方法以保证权重求取更具科学性。考虑到尽量避免指标间的重叠和数据的可获得性，结合指标体系的构建原则，我们采用 AHP 确定能源各单因子指标的权重，结果如表 4-16 所示。

表 4-16　能源保障综合风险评价指标标准化值

准则层指标	B1	B2	B3	B4	B5	—
AHP 权重	0.428	0.194	0.063	0.089	0.226	—
指标层指标	C1	C2	C3	C4	C5	C6
AHP 权重	0.158	0.114	0.109	0.092	0.026	0.093
指标层指标	C7	C8	C9	C10	C11	C12
AHP 权重	0.042	0.146	0.088	0.082	0.038	0.012

2. 评价模型

根据灾害风险的评价原理及模型，本研究也构建了能源保障综合风险度的表达式及能源风险源对应其风险度的评价模型。能源保障综合风险指数（energy security comprehensive risk index，ESCRI）评价模型见式（4-24）和式（4-25）：

$$ESCRI = \sum_{i=1}^{5} S_i \times \beta_i \qquad (4-24)$$

式中，S_i 为各风险源（如资源、生产、运输、市场及消费等）所对应的风险度指数；β_i 为风险源对应的权重。其中 S_i 的计算公式如下：

$$S_i = \sum_{j=1}^{12} w_j \times A_j \qquad (4-25)$$

式中，w_j 为各评价指标在能源保障综合风险中所占的权重；A_j 为各评价指标的标准化值。

3. 能源保障风险综合评价分级

根据评价模型计算得到的江苏省各地区 ESCRI，参考赵建安和郎一环（2008）的研究成果，并结合江苏省能源资源、生产和消费等实际概况，将江苏省能源保障综合风险划分为 4 个等级（表 4-17）。

表 4-17　综合能源保障风险等级划分标准

ESCRI	> 2.83	1.80 ~ 2.83	0.94 ~ 1.80	0.78 ~ 0.94
风险等级	I 级	II 级	III 级	IV 级
风险发生的可能性	高	较高	中	低
风险可能性定性描述	今后 1 年内至少发生 1 次	今后 1 ~ 4 年内可能发生 1 次	今后 5 ~ 9 年内可能发生 1 次	今后 10 ~ 20 年内发生的可能少于 1 次

4.5.4　示范区江苏省综合能源保障风险图

根据上述评价方法计算得出江苏省综合能源保障风险评估结果，为了识别出江苏省能源保障高风险区域，本研究使用 ArcGIS 9.3 软件平台绘制了江苏省能源保障综合风险分布图。绘图过程中，主要涉及以下数据或图件：

（1）基础数据，源于上述江苏省能源保障综合风险的评价指标体系、评价结果及风险分级的结果。

（2）基础地理信息数据库，收集江苏省1∶25万及1∶100万的基础地理信息，包括各级行政区界、居民点、交通、水系、山峰、冰川和沙丘等。

（3）基础信息数据，包括江苏省煤矿点、风电场、主要发电厂及含油气沉积盆地等。

（4）图示表达，江苏省能源保障综合风险图在ArcGIS 9.3平台上制作，其中基础地理信息和专题基础信息根据地理制图的相关规范编制。

4.5.5 结论与讨论

由图4-15可知，江苏省除苏北少数几个地区能源得到保障外，其余大部分地区能源保障存在不同程度的风险；其中徐州地区可能由于煤炭资源比较丰富，煤炭自给率较高，一定程度上可以缓解该区经济快速发展与能源高消耗之间的矛盾；连云港地区由于临海，有丰富的风能资源，太阳能资源也在可利用范围内，同时该区还有丰富的生物质能资源。可再生能源的开发利用在一定程度上可能降低了苏北地区潜在的能源保障风险，因此，苏北地区可以划为能源保障低风险区。

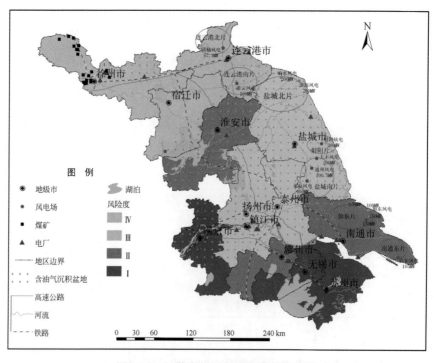

图4-15　江苏省能源保障综合风险分区

苏南地区潜在的能源保障风险指数最高，属于能源保障高风险区，其高风险可能主要源于该区经济发展快，人口密度较高，对能源需求量较多，能源消费结构不合理且能源自给率较低，能源对外依存度高等多方面的原因。淮安地区由于近年来经济发展迅速，对能源需求量逐年增加，人口密集度也较高，加之该区资源较为贫乏，能源供需矛盾也较为突出，能源保障在未来几年内可能存在较高的风险，属于能源保障较高风险区。此外，在江苏的南通地区，虽然风能资源较为丰富，但可能由于该区人口密度较高，经济发展迅速，对能源需求较大，未来几年内能源保障也存在较高的风险，可划为能源保障较高风险区。而江苏中部地区经济发展相对较慢，相对于苏南苏中对能源的需求相对较少，但该区能源消费也主要依赖于进口，能源对外依存度也较高，属于能源保障中等风险区。

此外，江苏的东部沿海地区，风能资源比较丰富。风能资源的大力开发有助于缓解江苏东部沿海地区及整个江苏省的能源矛盾，增加能源的有效供给，使该地区属于能源保障中等风险区。

4.6 示范区江苏省能源保障综合防范对策分析

江苏能源资源相对较为缺乏，能源自给率逐年降低，能源对外依存度高，能源消费以传统能源为主，石油资源主要靠进口，能源供需矛盾突出。针对江苏省能源发展的状况，结合上述对江苏省能源保障综合风险的分析结果，本书针对性地提出了相应的能源保障风险防范措施。

1. 能源保障低风险区——苏北地区

徐州地区煤炭资源丰富，但由于多年来高强度的开采，矿区正逐步趋于老化，且以煤为主的能源消费结构已对环境造成了巨大的压力；连云港沿海地区有丰富的风能资源；苏北大部分地区太阳能资源均在可利用范围内，且徐州、连云港及淮安等地区有丰富的生物质能资源（图 4-14）。

根据江苏省各地区太阳能资源的资源潜力及应用潜力可知，苏北地区的太阳能资源在可利用的范围内，太阳能资源较为稳定且有很大的可利用价值（表 4-8、图 4-9 ~ 图 4-11）。因此，徐州、连云港及淮安北部等地区可以加大对太阳能资源的开发利用力度，发展光伏产业，增加能源供给，降低能源风险。

徐州地区在继续保持煤炭基地发展的同时，还要及时、有效地摆脱其当前所面临的资源困境。一方面，应加大对煤炭资源的勘探力度，保障煤炭资源供给；另一方面则可有选择地联合具有良好开采综合效益的煤田，实现能源—经济—环境协调发展。

此外，苏北地区有丰富的生物质能资源，应加强对该区生物质能资源的开发利用。我们的研究表明：盐城、徐州、连云港和淮安等地区可用秸秆资源和粪类资源丰富（表 4-15、图 4-13、图 4-14），应加大对该区生物质能资源的开发力度，大力建设生物质能发电厂，加大对农村沼气利用的投入力度，减少农村能源消费，有效地增加能源供给。

2. 能源保障中等风险区——东部沿海地区

（1）东部沿海地区常规能源资源缺乏，但风能资源丰富，特别是苏东沿海海岸、滩涂和岛屿，年平均有效风能功率密度大于 $200\text{W}/\text{m}^2$，有效风时数（3 ~ 20 m/s 风速的年累积时数）在 5000h 以上（图 4-1、图 4-2）。因此，该区应继续加大风能资源的合理开发利用，继续以大丰、射阳、滨海、灌云和赣榆等地的风电场建设为重点，构建沿海风能产业带，增加电力供应，降低常规能源消费。

（2）泰州、扬州、镇江等江苏中部地区有丰富的地热资源，具有开发条件的面积达 600km^2 以上，每年可采热水总量约 330 万 m^3。苏中地区的地热资源与苏南和苏北相比，尚存较大的差距。因此，该区应加大地热资源的利用，降低农村能源消费。此外，扬州、镇江及泰州部分地区年均太阳能总辐射在 4700MJ/（m^2·年）左右，年均日照时数在 2000h 左右（图4-9、图4-10），太阳能资源具有一定的开发潜力，因此，苏中部分地区应加大太阳能资源的开发利用力度。

此外，沿海地区应借助优越的地理位置及资源优势，加快建设石油、天然储备基地，以降低东南沿海及全省的能源保障综合风险（包括资源风险、生产、运输、市场和消费等风险）。同时，应联合浙、沪地区，积极从海上引进清洁、高效的油气资源，建立油气资源储备基地，降低全省及各地区的石油保障风险。

3. 能源保障较高风险区与高风险区——苏南地区及苏中部分地区

（1）苏南部分地区应积极发展可再生能源，使对可再生能源的利用形成一定规模，为今后更大规模地替代化石燃料奠定基础。比如，苏州市沿太湖地区有效风能密度为 50～150W/m^2，有效风时数（风速为 3～20m/s 时的累计小时数）为 4000～5000h，属于风能可利用区（表4-15、图4-1、图4-2）；此外，苏州地区全年日照数为 2063h，年均太阳总辐射为 4760MJ/（m^2·年）（图4-9、图4-10），属于四类地区，但太阳能尚未得到充分利用。因此，也应加大对该区风能和太阳能资源的利用。此外，南通地区能源蕴藏着丰富的风能资源，应加大风电场的微观选址，最大力度地开发利用风能资源，同时也可以利用其地理优势，建立油气资源储备基地，有效保障能源供给，降低能源风险。

（2）调整能源消费结构，促进产业结构优化升级，逐渐降低煤炭消费比例，加速发展天然气，寻找替代能源。据统计，江苏省 2009 年一次能源消费构成中原煤占 91.56%、原油占 7.03%，特别是苏南地区对煤炭与石油的需求量大。因此，应合理地调整苏南地区的能源消费结构，降低传统能源在一次能源消费中的比例，降低能源风险。

（3）大力发展并推广洁净煤等石油替代技术，防范石油风险。洁净煤技术在煤炭资源的开发利用过程中，能有效地减少污染物的排放和提高能源利用效率，因此，苏南地区应加大对洁净煤技术的投入力度，降低煤炭消费，减少对城市的污染，保护环境。提高能源转换效率和能源利用效率，降低能源消费，走资源节约型的国民经济发展之路。

第5章 中国水资源保障综合风险评价

5.1 中国水资源分布与利用态势

5.1.1 中国水资源分布

1. 水资源数量

根据全国水资源综合规划成果，1956~2000 年系列全国多年平均降水深 650mm，降水总量约 6.18 万亿 m^3。降水深呈东南向西北递减的分布格局，东南部最大可超过 2600mm，西北部最小不足 10mm，800mm 降水等值线位于秦岭—淮河一线，成为中国南方和北方、湿润区和半湿润区的自然分界线。中国降水的空间分布总体上呈南多北少、东多西少的格局。南方地区面积占全国的 36%，但降水量占全国的 67.8%；北方地区面积占全国的 64%，但降水量仅占 32.2%。在南方地区的 4 个水资源一级区中，多年平均降水深均大于 1000mm，而北方地区的 6 个水资源一级区中，除淮河区超过 800mm 外，其余均小于 600mm，其中西北诸河区面积占全国的 35%，降水量仅占全国的 9%，仅为 161mm。

据 1956~2000 年水文系列评价成果，中国多年平均水资源总量为 2.84 万亿 m^3，其中北方地区水资源总量为 5267 亿 m^3，占全国的 19%，南方地区为 23 145 亿 m^3，占全国的 81%。在全国水资源总量中，地表水资源量 2.74 万亿 m^3，地表水和地下水不重复的水资源量 1024 亿 m^3。全国多年平均产水系数（水资源总量占降水总量的比例）为 0.46，其中北方地区为 0.26，南方地区为 0.55，平均产水模数（单位面积上形成的水资源总量）为 29.9 万 m^3/km^2，其中，北方地区为 8.7 万 m^3/km^2，南方地区为 37.4 万 m^3/km^2。中国多年平均水资源总量及部分年份水资源总量如表 5-1 所示。

表 5-1 中国水资源一级分区水资源总量及其分布特性

水资源一级区	降水量/亿 m^3	地表水资源量/亿 m^3	地下水资源量/亿 m^3	不重复量/亿 m^3	水资源总量/亿 m^3	人均水资源量/m^3	产水模数/（万 m^3/km^2）	耕地亩均水资源量/（m^3/亩）	不同频率水资源总量/亿 m^3			
									20%	50%	75%	95%
松花江区	4 719	1 296	478	196	1 492	2 333	15.96	544	1 839	1 450	1 181	861
辽河区	1 713	408	203	90	498	909	15.86	445	625	481	383	269
海河区	1 712	216	235	154	370	293	11.57	213	470	347	272	199
黄河区	3 544	607	376	112	719	659	9.04	295	835	705	616	511
淮河区	2 767	677	397	234	911	455	27.62	345	1 176	870	667	438

续表

水资源 一级区	降水量 /亿 m³	地表水 资源量 /亿 m³	地下水 资源量 /亿 m³	不重复量 /亿 m³	水资源 总量 /亿 m³	人均水 资源量 /m³	产水模数 /（万 m³/ km²）	耕地亩均 水资源量 /（m³/亩）	不同频率水资源 总量/亿 m³			
									20%	50%	75%	95%
长江区	19 370	9 856	2 492	102	9 958	2 246	55.86	2 001	10 947	9 914	9 130	8 078
东南诸河区	4 372	2 656	6 66	19	2 675	2 902	109.37	4 645	2 369	1 960	1 670	1 306
珠江区	8 973	4 723	1 163	14	4 737	3 193	81.82	2 837	5 342	4 682	4 192	3 556
西南诸河区	9 186	5 775	1 440	0	5 775	29 298	68.42	10 509	6 347	5 749	5 294	4 684
西北诸河区	5 421	1 174	7 70	102	1 276	4 663	3.79	1 305	1 371	1 273	1 197	1 092
北方地区	19 875	4 378	2 458	889	5 267	905	8.7	452	5 873	5 233	4 752	4 118
南方地区	41 900	23 010	5 760	135	23 145	3 302	67.08	2 947	24 134	22 396	21 062	19 228
全国	61 775	27 388	8 218	1 024	28 412	2 196	29.89	1 437	29 342	27 673	26 392	24 599

注：不同频率年水资源总量未包含台湾省和香港特别行政区、澳门特别行政区。北方地区包括：松花江区、辽河区、海河区、淮河区、西北诸河区；南方地区包括：长江区、东南诸河区、珠江区、西南诸河区；表中数据根据中国水资源公报、中国水资源评价及全国水资源综合规划等整理

2. 水资源质量

自 20 世纪 80 年代以来，中国工业化、城市化发展进程明显加快，导致工业用水和城市生活用水持续增长，工业废水和城市生活污水也随之大量增加。1980 年，全国废污水排放量为 315 亿 t，2008 年达到 758 亿 t。与此同时，全国的化肥和农药用量大幅增长，从 1990 年的 2700 万 t 和 48 万 t 增加到 2005 年的 4500 多万吨和 150 多万吨。农村生活污水、禽畜粪便和废物垃圾也大量增加，加之水土流失极其严重，形成了量多面广的面源污染源。由于点源和面源污染的不断加剧，水污染防治工作又相对薄弱，特别是面源污染的防治尤其困难，中国的水资源质量在过去 20 多年里呈不断下降的趋势。

中国河川径流占水资源总量的 96%，是水资源的主体。河流水质不仅反映了自身的水环境状况，而且对湖泊、水库等其他地表水水体的质量有着重大的影响。1980 年，全国符合和优于Ⅲ类水质的河长占评价河长的 80% 左右，1997 年为 56.4%，2000 年为 58.7%，2005 年为 60.9%，2007 年为 59.5%，2008 年为 61.2%，比例逐年略有上升。

根据 2000 年对全国 86 个代表性湖泊的评价，Ⅰ～Ⅲ类水质的水面占总评价面积的 71.7%，受污染的水面占 28.3%。其中巢湖和滇池的水质均劣于Ⅲ类，太湖有 92% 的水面达到Ⅲ类（氨氮除外）。在湖泊营养化状态评价中，全年有 44 个湖泊呈富营养化状态，占评价湖泊总数的 50% 以上，其余均为中营养状态。2005 年对 49 个代表性湖泊进行评价，Ⅰ～Ⅲ类水质的湖泊 17 个，占 34.7%，Ⅳ～Ⅴ类水质的湖泊 17 个，占 34.7%，劣Ⅴ类水质的湖泊 15 个，占 30.6%；富营养湖泊 34 个，占 69%，中营养湖泊 14 个，占 29%，贫营养湖泊 1 个（云南省泸沽湖），占 2%。

据 2000 年全国平原区浅层地下水水质评价成果，符合Ⅰ～Ⅱ类水质的面积占总评价面积的 5%，Ⅲ类水质的占 35.2%，Ⅳ～Ⅴ类水质的占 59.8%，也就是说，全国平原区约有 60% 的浅层地下水受到不同程度的污染。这里虽然有地下水天然底质差的原因，但更有

人为污染的重要因素。在人口密度大、社会经济活动强度大、地表水污染严重的太湖、辽河、海河、淮河等流域，地下水污染面积占评价面积的比例分别为 91%、83%、76.5% 和 71%。在全国平原区浅层地下水中，符合 Ⅰ 类水质的水量仅占 1%，Ⅱ 类水质的占 8%，Ⅲ 类水质的占 38%，Ⅳ 类水质的占 23%，Ⅴ 类水质的占 30%，即有 53% 的地下水不符合生活饮用水水质标准。

5.1.2　水资源开发利用状况

2008 年全国总供水量为 5910 亿 m³，其中地表水、地下水和其他水源供水量分别为 4796 亿 m³、1085 亿 m³、29 亿 m³，分别占全国总供水量的 81.2%、18.3% 和 0.5%。在全国地表水供水量中，由蓄水、引水、提水和跨一级区调水工程提供的供水量分别占 33.8%、38.6%、24.9% 和 2.7%。2008 年全国跨水资源一级区调水量 131.1 亿 m³，绝大部分为黄河下游海河和淮河流域调水，以及长江下游向淮河流域的调水。在地下水供水量中，浅层地下水占 80.1%，深层承压水占 19.4%，微咸水占 0.5%。在其他水源供水量中，污水处理回用量占 75.6%，集雨工程水量占 23.7%，海水淡化水量占 0.7%。现状全国海水直接利用量（不计入总供水量中）411 亿 m³，主要为沿海地区电力等工业冷却用水，广东、浙江和山东最多。2008 年全国供水量和用水量统计如表 5-2 所示。

表 5-2　2008 年全国供水量及用水量统计表　（单位：亿 m³）

分区	供水量				用水量				
	地表水	地下水	其他水源	总供水量	生活	工业	农业	生态环境	总用水量
松花江区	236	175	0	411	25	79	298	9	411
辽河区	88	112	3	203	27	30	140	6	203
海河区	123	241	8	372	50	51	263	8	372
黄河区	254	128	2	384	35	61	274	14	384
淮河区	432	176	3	611	70	99	439	3	611
长江区	1862	83	7	1952	221	718	999	14	1952
东南诸河区	333	9	1	344	46	120	176	2	344
珠江区	837	40	4	881	137	210	530	4	881
西南诸河区	108	3	0	112	8	8	91	5	112
西北诸河区	522	118	1	641	14	20	500	107	641
全国	4796	1085	29	5911	633	1397	3707	173	5 910

注：本表数据来源于《中国水资源公报 2008》

各水资源分区中，2008 年南方地区供水量 3288 亿 m³，占全国总供水量的 55.6%；北方地区供水量 2622 亿 m³，占全国总供水量的 44.4%。南方地区以地表水源供水为主，其供水量占总供水量的 95% 左右；北方地区供水组成差异较大，除西北诸河区地下水供水量只占总供水量的 18% 外，其余 5 个一级区地下水供水量都占有较大比例，其中，海河区、辽河区分别高达 65% 和 55%。

中国区域间水资源开发利用程度差别很大，开发过度与开发不足并存。2008 年全国水资源开发利用程度为 20.8%，其中地表水开发利用程度为 17.5%。根据各水资源一级区 2008 年用水情况，水资源开发利用程度最低的是西南诸河，仅为 1.9%，最高的是海河，为 100.3%，其次为淮河和黄河，分别为 66.7% 和 53.4%。海河、黄河、淮河、西北诸河区和辽河流域水资源的过度开发利用已引发了一系列生态环境问题。位于南方的水资源一级区水资源开发利用率均低于 20%。2008 年各大流域水资源开发利用程度如表 5-3 所示。

表 5-3 2008 年各大流域水资源开发利用程度 （单位:%）

流域分区	按多年平均水资源量计算	地表水	按当年水资源量计算	地表水
松花江区	27.6	18.2	41.8	29.9
辽河区	40.7	21.6	51.4	28.9
海河区	100.3	57.1	126.1	97.2
黄河区	53.4	41.8	68.7	55.9
淮河区	67.1	63.9	58.4	55.3
长江区	19.6	18.9	20.6	19.9
东南诸河区	12.8	12.6	19.8	19.3
珠江区	18.6	17.7	15.5	14.7
西南诸河区	1.9	1.9	1.9	1.8
西北诸河区	50.3	44.4	48.5	42.6

资料来源：中国水资源公报

2008 年中国主要用水效率指标统计表如表 5-4 所示。

表 5-4 2008 年全国主要用水效率指标

分区	人均用水量 /m³	万元 GDP 用水量/m³	万元工业增加值用水量/m³	城镇生活用水量 /[L/（人·日）]	城镇居民生活用水量/[（L/（人·日）]	农田亩均实灌用水量/m³
松花江区	646	333	138	148	108	446
辽河区	370	151	47	176	113	445
海河区	270	116	37	127	75	233
黄河区	351	214	73	137	91	395
淮河区	302	181	61	129	91	274
长江区	454	252	211	213	145	447
东南诸河区	448	159	118	206	125	529
珠江区	505	236	120	300	206	802
西南诸河区	562	813	349	226	144	537
西北诸河区	1642	1421	129	154	90	709
全国	445	263	145	194	129	435

注：表中计算用水定额采用的 GDP、工业增加值均为 2000 年不变价

5.1.3 中国水资源保障存在的问题

1. 水资源短缺程度严重，需求压力增大

中国多年平均水资源量2.84万亿 m³，人均水资源量2114m³（其中中国内地人均水资源量为2109m³），为世界平均值的28%。所以从国家层面衡量，中国已处于轻度缺水国家的临界下限。只有西藏和青海的人均水资源量超过世界人均值［两省（自治区）人口约740万，仅占全国的0.6%］。全国有43%的国土面积年降水深小于400mm，属于干旱半干旱地区。按照人均水资源量3000~2000m³为轻度缺水、2000~1000m³为中度缺水的衡量标准，中国到2030年前后的人均水资源量将减少到1700~1800m³，加之水资源时空分布不均，北方大部分地区属于重度缺水和极度缺水地区。

在全国十个水资源一级区中，北方地区六个水资源一级区（松花江、辽河、海河、黄河、淮河和西北诸河）的人均水资源量为900m³，其中海河、淮河流域为极度缺水地区。北方地区的国土面积占全国的64%，人口占46%，耕地面积占64%，但水资源仅占19%。

据初步估算，以2000年国民经济需水量为基数，近50年来中国多年平均国民经济缺水量约350亿 m³，平均缺水率6%左右。其中正常来水年份缺水量约240亿 m³，缺水率4%；中等干旱年份缺水量约420亿 m³，缺水率6.4%；特枯年份缺水量近1000亿 m³，缺水率约14%。特别是海河流域，正常年份和中等干旱年份的缺水量达70亿 m³和120亿 m³，缺水率分别为17%和24%。

2. 开发难度越来越大，增加供水能力有限

截至2008年年底，全国已有大中小型水库8.64万座，总库容6924亿 m³，约为1949年的20多倍。其中大型水库（库容大于1亿 m³）529座，总库容5386亿 m³，占全国总库容的77.8%；中型水库（库容1000万~1亿 m³）3181座，总库容910亿 m³，占全国总库容的13.1%。但中国区域间水资源开发利用程度差别很大，开发过度与开发不足并存。现状情况下，北方地区当地水资源形成的河道外供水消耗量为1955亿 m³，相当于其水资源可利用总量的77%，其中海河，黄河区，辽河区的浑河太子河、西辽河流域，西北诸河区的石羊河、黑河、塔里木河、天山北麓诸河等流域当地水资源形成的供水消耗量均已经超过了其水资源可利用量，导致对生态环境用水的挤占，长期过度开发利用水资源已造成这些地区形成较大的累计生态亏缺。淮河区本地水供水消耗量已相当于其全区水资源可利用总量的76%以上，部分地区已经超过其可利用量。北方地区其腹地大多数河流的水资源开发利用潜力已十分有限，部分地区已接近，甚至超过其合理开发利用的极限，只有周边部分河流，如松花江、辽河区周边跨国境河流以及西北诸河区的跨国境河流，尚有一定的潜力，但开发难度较大。南方地区河流的水资源开发利用尚有一定的潜力，但本地需求有限，向外流域调水的代价很大，难度也很大。因此，为了保障经济社会的可持续发展，必须建立与全面小康社会相适应的节水型社会。

3. 用水效率不高，浪费严重

虽然中国水资源利用的水平和效率在不断提高，但总体而言，中国在缺水的同时，水资源利用方式粗放，用水效率较低，浪费仍很严重。与国际先进水平相比，节水技术还比较落后，主要用水效率指标与发达国家尚有较大差距。2006 年用水按 2000 年当年不变价计算的每万美元国内生产总值用水量，中国约为 2023m³，大约是世界平均水平的 2 倍，是国际先进水平的 4～10 倍；现状农业灌溉水有效利用系数为 0.47，远低于发达国家 0.70～0.80 的水平；目前中国的粮食水分生产率平均约为 1.1kg/m³，高的地区已超过 1.5kg/m³，国外最高的已达 2.3kg/m³ 以上。工业用水重复利用率为 58%～62%，比发达国家低 15～25 个百分点，全国工业万元增加值取水量 145m³（当年价），为发达国家同比的 5～10 倍。目前全国城市供水管网的综合漏损率达 20% 以上，约有 7% 的城市供水管网的漏损率超过了 30%，输水损失十分严重。此外，节水器具普及程度也较低。

4. 水生态与环境持续恶化

由于经济社会发展大量挤占河道内生态环境用水和超采地下水，导致许多地区出现河流断流、干涸，湖泊、湿地萎缩，入海水量减少，河口淤积萎缩，地下水位持续下降，地面沉降，海水入侵和土地沙化等一系列与水有关的生态环境问题。

据调查，在北方地区调查的 514 条河流中，有 49 条河流发生断流，其断流河段长度总计达到 7428km。受气候变化和水资源过度开发的影响，北方地区的黄河、淮河、海河、辽河四个水资源一级区入海水量呈显著减少趋势。其中黄河区和海河区入海水量占本区地表水资源量的比例从 20 世纪 50 年代的 70% 下降到 90 年代的不足 30%；河西走廊及新疆内陆河流下游河段及尾闾湖泊常年处于干涸状态，导致林草干枯、土地沙化、绿洲退化等严重后果。

据调查，20 世纪 50 年代以来，全国面积大于 10km² 的 635 个湖泊中，有 231 个湖泊发生不同程度的萎缩，其中干涸湖泊 89 个，湖泊总萎缩面积约 1.38 万 km²（含干涸面积 0.43 万 km²），约占现有湖泊面积 7.7 万 km² 的 18%，湖泊储水量减少（不含干涸湖泊）517 亿 m³。全国天然陆域湿地面积共计减少约 1350 万 hm²，减少了 28%，其中由于围垦开发造成的天然湿地面积减少约占 81%。由于面积萎缩、水量衰减、水循环减弱，许多湿地生态功能明显下降，生物多样性受到严重威胁。

据调查，目前中国地下水超采已导致全国超过 9 万 km² 的面积发生不同程度的地面沉降，最大累积沉降量达 3040mm，海水入侵总面积超过 1500km²，地下咸水入侵面积约 1160km²。

5.2 中国水资源保障的识别与评价

5.2.1 区域水资源保障风险识别

风险是客观存在的，风险管理人员在研究水资源系统所面临的风险对策时，最重要也是最困难的工作就是去了解及寻找水资源系统所有可能面临损失的来源。风险管理人员如果不能识别水资源系统面临的所有潜在损失，就不能确定对付这些不确定风险的最好方法。所以风险识别的目的有两个：一是用于衡量风险的大小；二是提供最适当的风险管理对策。风险识别是否全面、深刻，直接影响到风险管理的决策质量，进而影响到整个风险管理的最终结果。任何风险在识别阶段被忽略，都有可能导致整个风险管理的失败，造成不可估量的损失。增强风险意识，认真识别风险，是衡量风险程度、采取有效的风险控制措施和风险管理决策的前提条件。

原则上，风险识别可以从原因查结果，也可以从结果反过来找原因。从原因查结果，就是先找出区域水资源系统可能会有哪些事件发生，发生后会有什么样的结果；从结果找原因，就是对失事事件发生的所有可能的原因进行追根溯源，尽可能地找出造成这些事件的原因，分析其中的主导因素。风险识别还可以对水资源系统进行分段识别，分段识别可以从时间上和空间上两个方面进行。对水资源系统来说，从空间上可以将水资源的供用水系统分解为水库系统（或引提水系统）、输水系统、配水系统、用水系统和排水系统，风险管理者需要对这些系统分别进行风险识别，找出各子系统中造成风险事件的潜在不确定性；如果从时间角度来考虑，风险管理者可以从降雨的发生到径流的形成，再到水资源的利用和污水的排泄这个时间流来甄别各阶段所面临的各种风险因素。风险识别还可以从主观角度和客观角度对水资源系统所面临的失事风险进行识别，主观方面存在的各种模型误差、参数误差和操作失误等都是风险识别的内容，客观方面的水文风险、水力风险等更是水资源系统风险识别的重点内容。

基于以上的风险识别原理，在对水资源系统进行风险识别时可以采用具体的风险识别方法，如分析方法（包括层次分解和事故树）、专家调查方法（包括头脑风暴法和德尔菲法）、幕景分析法及蒙特卡罗方法等。

第二次世界大战以后，世界各国的社会经济渐次进入高速发展时期，各种社会经济以及人与自然的关系日趋复杂，人类对自然的影响和自然对人类的反作用日渐增强，各种问题相互交织、影响、互为因果，对任一社会问题的决策都将干预极其复杂的社会和自然系统，面临巨大的风险，有时这种干预若不适当，就可能事与愿违、得不偿失，引发更大的问题，甚至是系统的崩溃。风险通常与自然和社会事件的随机性、不确定性、不可控性和不可知性相关联，但自然和社会的这些特性不一定形成风险，从人类的视角看，只有当其对人类及其生存环境造成不利后果时才被称之为风险事件。在人类生活的地方，水资源的短缺等风险事件常对人类生活造成影响并使人类社会经济遭受损失。水资源系统的风险因子指引发水资源风险的自然和社会原因，概括地讲有以下四个方面。

1. 水文风险

水文风险指影响水文来水过程和当地河川径流过程的各种不确定性因素。这些不确定性因素主要来自水文事件本身的特性，如天然降水过程的各种不确定性，河川径流来水的各种不确定性，水文蒸、散发过程的不确定性，地下水补给过程的各种不确定性等等。

降水存在着不确定性。中国的降水年际变化大，年内季节性分布不均。西北地区降水年际变化最大，变差系数大于 0.4，内陆干旱地区甚至超过 0.6。东北地区和华北大部，变差系数一般在0.3左右,局部地区达0.4左右。南方地区降水年际变化相对较小,变差系数一般为0.2～0.25。年降水量最大值与最小值的比值,南方地区为2～3倍,局部地区可达4倍以上;北方地区为3～6倍,最大可达10倍以上。在降水的年内分配上,中国大部分地区的降水主要集中在6～9月,通常占全年降水量的60%～80%,北方局部地区可达90%以上。

受降水不确定性、下垫面变化的影响,河川径流也存在着不确定性。中国多年平均径流量变化总趋势是南方地区增加、北方地区减少。例如,1956～1979年和1980～2000年两个系列比较,海河流域降水量减少4.5%、径流量减少25%,黄河流域降水量减少3.7%、径流量减少10.1%,淮河流域降水量减少2.5%、径流量减少8.7%,反映了下垫面变化(主要是地下水位下降)对地表径流的影响。南方地区降水量增1.8%,径流量增1.7%,大致同步。

地表水的时间分布主要受降水时间分布状况的影响,同样具有年际变化大和年内分布不均的特点,且经常出现连丰、连枯情况。总体上河川径流量的年际变化状况是北方大于南方,干旱区大于湿润区。年径流量最大值和最小值的比值,南方河流一般在5倍以下,北方河流为3～6倍,部分地区高达10倍以上,最大可达6～8倍。河川径流量的变差系数,长江和西南诸河为0.15左右,辽河、海河、淮河在0.5以上,西北内陆区无冰川融雪补给的河流可达0.7,其他河流一般为0.2～0.4。

在径流的年内分布上,用连续最大四个月的径流量与多年平均径流量的比值来表示径流在年内的集中程度,南方地区一般为50%～70%,连枯年段一般为3～4年,部分地区可达6年。北方地区连丰、连枯情况尤为显著,大部分河流连枯年段一般为3～8年,部分河流可达8～10年,连枯年段平均河川径流量一般仅为多年平均的60%～80%,局部地区可大于90%。

2. 供水量风险

供水量一般包括当地地表水、地下水、外调水、微咸水、海水、中水(污水再利用)等,由于存在的各种经济和技术等不确定因素,供水量存在着很大的不确定性。除了水资源量外,区域水利工程的数量、总库容、调控能力、生态环境等都会影响到水资源系统可供水量的不确定性。

由于科学发展水平的限制,人类在认识水资源系统的过程和对水资源系统进行调控的过程中存在着各种各样的不确定性,这些不确定性可以归类为技术风险因子,如水资源工程技术、水资源工程运行管理技术、污染水处理技术、作物和产业结构布局的优化技术等。

水资源的开发和利用造成的环境问题的不确定性也会影响到供用水系统本身。特别是水资源的利用不合理、各种污染工业的废水排放、各种污染物质的释放都存在着不确定性,而这又可能造成区域的水质性缺水。

3. 需水量风险

区域用水需求分为生活需水、生产需水和生态需水。生活需水包括城镇生活需水和农村生活需水，受人口增长、城市化、生活水平等不确定性的影响，生活需水量存在着不确定性。生产需水包括农业需水、工业需水、第三产业需水。受气候条件、灌溉面积增长、灌溉制度、粮食需求等不确定性的影响，农业需水量存在着不确定性；受工业化、工业产业结构、工业发展程度、工业用水效率等不确定性的影响，工业需水量存在着不确定性；第三产业在中国发展速度很快，但第三产业增长仍然存在着许多不确定性，因此第三产业需水也存在不确定性。生态需水包括河道内生态需水和河道外生态需水。受生态建设水平、生态建设需求等不确定因素的影响，生态需水量存在着不确定性。

由此可见，由于需水量存在着许多不确定因素，所以要对其进行准确预测存在难度，由此通过合理配置水资源满足水资源保障需求也存在不确定性。

4. 管理风险

水资源工程系统的规划、决策、管理、运行和调度等方面都存在着不确定性，所以管理风险是水资源保障风险的重要构成部分。由于水资源系统本身存在的不确定性和人类认识的局限性，管理风险在现阶段是不可避免的。水资源管理粗放、用水效率低下、水资源浪费严重、经济结构和生产力布局与水资源承载能力不相适应等都造成了水资源保障风险。例如，取水许可审批和监督管理不严，水资源论证不够充分，水资源工程环境评价不够科学，水资源无序开发和过度开发，水资源费和水价标准过低，与水有关的产业布局不够合理，人工生态超过合理规模，等等，都是导致水资源短缺风险加剧的主要原因。另外，经济、社会和政策等各方面都存在着不确定性，都有可能在不同程度上影响水资源系统风险的发生及其程度，成为引发和加重水资源风险的直接或间接原因。

5.2.2　区域水资源保障风险评价

风险评价是指在风险识别和风险分析的基础上，把损失频率、损失程度以及其他因素综合起来考虑，分析该风险的影响，寻求风险对策并分析该对策的影响，为风险决策创造条件。本次采用模糊综合评判法对水资源短缺风险进行评价。

1. 评价指标的选择

评价指标的选择考虑了以下原则：①能集中反映缺水地区的缺水风险；②能集中反映缺水风险的破坏程度；③能反映水资源失事事件发生后水资源系统的承受能力；④代表性好，针对性强，易于量化。

依据上述原则选取了水资源风险率、易损性、可恢复性、事故周期、风险度作为水资源系统水资源短缺风险的评价指标。

1）风险率

根据风险理论，荷载是使研究系统"失事"的动力，而抗力则是研究对象抵抗"失事"的能力。如果把水资源系统的失事状态记为 $F \in (\lambda > \rho)$，正常状态记为 $S \in (\lambda < \rho)$，那么水资源系统的风险率为

$$r = P(\lambda > \rho) = P\{X_t \in F\} \tag{5-1}$$

式中，λ 为需水量；ρ 为供水能力；X_t 为水资源系统状态变量（Jinno，1995；冯平，1998）。相应的，水资源系统的可靠性为

$$a = P(\lambda < \rho) = P\{X_t \in S\} = 1 - r \qquad (5-2)$$

如果对水资源系统的工作状态有长期的记录，可靠性也可以定义为水资源系统能够正常工作的时间与整个工作历时之比，即

$$a = \frac{1}{\text{NS}} \sum_{t=1}^{\text{NS}} I_t \qquad (5-3)$$

式中，NS 为水资源系统工作的总历时；I_t 是水资源系统的状态变量。

$$I_t = \begin{cases} 1, 系统工作正常(X_t \subset S) \\ 0, 系统失事(X_t \subset F) \end{cases} \qquad (5-4)$$

2）易损性

易损性是描述水资源系统失事损失平均严重程度的重要指标。为了定量表示系统的易损性，假定系统第 i 次失事的损失程度为 S_i，其相应的发生概率为 P_i，那么系统的易损性可表达为

$$\chi = E(S) = \sum_{t=1}^{\text{NF}} P_i S_i \qquad (5-5)$$

式中，$E(S)$ 为 S_i 的期望值（冯平，1998）。

在供用水系统的风险分析中，可以用缺水量来描述系统水资源短缺失事的损失程度。类似洪水分析，在此假定 $P_1 = P_2 = \cdots = P_{\text{NF}} = 1/\text{NF}$，即不同缺水量的风险事件是同频率的，这样上式可写为

$$\chi = \frac{1}{\text{NF}} \sum_{t=1}^{\text{NF}} \text{VE}_i \qquad (5-6)$$

式中，NF 为系统失事的总次数；VE_i 为第 i 次失事事件的缺水量。上式说明水资源短缺事件的期望缺水量可以用来表示供水系统的易损性。并且为了消除需水量不同的影响，一般采用相对值，即

$$\chi = \sum_{i=1}^{\text{NF}} \frac{\text{VE}_i}{\sum_{i=1}^{\text{NF}} \text{VD}_i} \qquad (5-7)$$

式中，VD_i 是第 i 次水资源短缺期的需水量。

如果 $\text{VE}_i = \text{VD}_i$，则 $\chi = 1$，这表明供水系统无水可供，处于非常易损的状态；而当 NF = 0，有 $\text{VE}_i = 0$，则 $\chi = 0$，这表明供水系统始终处于正常状态，没有出现干旱缺水现象，一般来讲，$0 \leqslant \chi \leqslant 1$。在一定的供水期间，干旱缺水量越大，供水系统的易损性也越大，即干旱的损失程度也越严重，这与实际情况是吻合的。

在水资源系统风险性能指标中的易损性指标相当于多年平均缺水率，这一点可以有力地反映水资源系统的风险水平。

3）可恢复性

可恢复性是描述系统从事故状态返回到正常状态的可能性，系统的恢复性高，表明该系统能较快地从事故状态转变为正常运行状态。因而它可以由如下的条件概率来定义：

$$\beta = P(X_t \in S \mid X_{t-1} \in F) \qquad (5\text{-}8)$$

式中，X_t 为水资源系统状态，β 为其条件概率。为便于统计，可利用全概率公式把上式改写为

$$\beta = \frac{p \mid X_{t-1} \subset F, X_t \subset S \mid}{P \mid X_{t-1} \subset F \mid} \qquad (5\text{-}9)$$

引入整数变量

$$\gamma_t = \begin{cases} 1, & X_t \subset F \\ 0, & X_t \subset S \end{cases}$$

及

$$Z_t = \begin{cases} 1, & X_{t-1} \subset F, X_t \subset S \\ 0, & \text{其他} \end{cases}$$

因此，可以得到

$$\beta = \frac{\displaystyle\sum_{t=1}^{NS} Z_t}{\displaystyle\sum_{t=1}^{NS} \gamma_t} \qquad (5\text{-}10)$$

记

$$T_{FS} = \sum_{t=1}^{NS} Z_t, \qquad T_F = \sum_{t=1}^{NS} \gamma_t$$

则有

$$\beta = \begin{cases} \dfrac{T_{FS}}{T_F}, & T_F \neq 0 \\ 1, & T_F = 0 \end{cases} \qquad (5\text{-}11)$$

式中，T_{FS}，Z_t 均为中间变量。从上式可以看出，当 $T_F = 0$，即水资源系统在整个历时一直处于正常工作状态，则 $\beta = 1$；而当 $T_{FS} = 0$，即水资源系统一直处于失事状态（$T_F = NS$），则 $\beta = 0$。一般来讲，$0 < \beta < 1$，这表明水资源系统有时会处于失事状态，但有可能恢复正常状态。并且失事的历时越长，恢复性越小，也就是说水资源系统在经历了一个较长时期的失事之后，能转为正常状态是比较困难的。

4）事故周期（重现期）

事故周期是事件两次进入模式 F 之间的时间间隔，也叫平均重现期。今用 $d(\mu, n)$ 表示第 n 间隔时间的历时，则平均重现期为

$$\omega = \frac{1}{N-1} \sum_{n=1}^{N-1} d(\mu, n) \qquad (5\text{-}12)$$

式中，$N = N(\mu)$，是 $0 \sim t$ 时段内属于模式 F 的事故的数目。

5）风险度

用概率分布的数学特征如标准差 σ 或半标准差 $\sigma\text{-}$，可以说明风险的大小。σ 或 $\sigma\text{-}$ 越大则风险越大，反之越小。这是因为概率分布越分散，实际结果远离期望值的概率就越大（黄强和沈晋，1998）。

$$\sigma = (D(X))^{1/2} = \left[\frac{\sum\limits_{i=1}^{n} (X_i - E(X))^2}{n-1} \right]^{1/2} \tag{5-13}$$

或

$$\sigma = (D(X))^{1/2} = \left[\sum\limits_{i=1}^{n} (X_i - E(X))^2 \cdot P(X_i) \right]^{1/2} \tag{5-14}$$

用 σ、σ- 比较风险大小方法简单，概念明确，但 σ- 为某一物理量的绝对量，当两个比较方案的期望值相差很大时，则可比性差，同时比较结果可能不准确。为了克服 σ- 可比性差的不足，可用其相对量作为比较参数，该相对量定义为风险度 FD_i，即标准差与期望值的比值（也称变差系数）：

$$C_v = \sigma_i / E(X) = \frac{\sigma_i}{\mu_i} \tag{5-15}$$

风险度不同于风险率，前者的值可大于 1，而后者只能小于等于 1。

2. 评价指标各级别的量化

由于上述评价指标都是用风险概率、风险损失、风险的可恢复性等指标来描述的，任何一项指标都不能准确地描述区域水资源短缺风险状况，对实际上应对单项缺水"风险程度"进行综合评判。为此我们作如下 5 条约定。

（1）风险率：分为低、较低、中、较高、高共五级分值，分别对应风险概率 0 ~ 20%、20% ~ 40%、40% ~ 60%、60% ~ 80%、80% ~ 100%。

（2）易损性：也分为低、较低、中、较高、高共五级分值，分别对应易损性 0 ~ 0.20、0.20 ~ 0.40、0.40 ~ 0.60、0.60 ~ 0.80、0.80 ~ 1.0。

（3）风险可恢复性：风险的可恢复性是一个重要指标，如果风险不可恢复，损失就无法弥补和挽回，灾害将长期存在。我们将风险的可恢复性同样分为五级，从低到高对应的值分别为 0 ~ 0.20、0.20 ~ 0.40、0.40 ~ 0.60、0.60 ~ 0.80、0.80 ~ 1.0。

（4）事故周期（重现期）：事故重现期的长短在一定程度上可以说明系统失事的频率，也是进行系统风险评价的重要指标。同样可以将事故重现期分为 5 级，分别对应的重现期为 <1 年、1 ~ 3 年、3 ~ 6 年、6 ~ 9 年、>9 年。

（5）风险度：风险度是标准差和期望值的比值，它可以说明缺水量分散的程度，是风险评价中重要的性能指标，由于风险度可以大于 1，本次风险度的 5 级划分标准分别为 <0.2、0.2 ~ 0.6、0.6 ~ 1.0、1.0 ~ 2.0、>2.0。

3. 风险评价指标权重的确定方法

根据风险理论的基本概念，风险程度应是各项风险指标的集合，为了求其综合特性（综合分值），我们首先得确定各风险评价指标对综合风险的贡献——各指标的权重，这里各指标权重的确定采用层次分析法，具体有如下 3 个步骤。

（1）构造判断矩阵。以 A 表示目标，$U_i(i = 1,2,\cdots,n)$ 分别表示参评的各个特征。U_{ij} 表示 U_i 对 U_j 的相对重要性数值（$j = 1,2,\cdots,n$），U_{ij} 的取值依据表 5-5。

表5-5　判断矩阵标度及其含义

标度	含义
1	表示因素 U_i 与 U_j 比较，具有同等重要性
3	表示因素 U_i 与 U_j 比较，U_i 比 U_j 稍微重要
5	表示因素 U_i 与 U_j 比较，U_i 比 U_j 略显重要
7	表示因素 U_i 与 U_j 比较，U_i 比 U_j 强烈重要
9	表示因素 U_i 与 U_j 比较，U_i 比 U_j 极端重要
2，4，6，8	2，4，6，8，分别表示相邻判断 1～3，3～5，5～7，7～9 的中值
倒数	表示因素 U_i 与 U_j 比较的判断，即 $U_{ji} = 1/U_{ij}$

（2）重要性排序。根据判断矩阵，求出最大特征根所对应的特征向量，该特征向量即为各评价因素的重要性排序，即权值。

（3）权值合理性检验。用公式 $C_R = C_i/R_i$ 来检验，其中 C_i 为判断矩阵的一般一致性指标，由公式 $C_i = (\lambda m_{a\lambda} - n)/(n - 1)$ 给出；R_i 为判断矩阵的平均随机一致性指标（表5-6）。当 $C_R < 0.1$ 时，可认为判断矩阵具有满意的一致性，说明权数分配合理。

表5-6　1～9 阶矩阵 R_j 取值表

n	1	2	3	4	5	6	7	8	9
R_j	0	0	0.58	0.90	1.12	1.24	1.32	1.41	1.45

4. 区域水资源保障风险评价方法——模糊综合评判模型

本节采用上文定义的风险率、易损性、可恢复性、重现期、风险度作为水资源短缺风险的评价指标，采用模糊综合评判方法对水资源短缺风险进行评价。

设给定 2 个有限论域 $U = \{u_1, u_2, u_3, \cdots, u_m\}$ 和 $V = \{v_1, v_2, v_3, \cdots, v_n\}$，其中，$U$ 代表综合评判的因素所组成的集合，V 代表评语所组成的集合，则模糊综合评判即表示下列的模糊变换 $B = A \times R$，式中 A 为 U 上的模糊子集，而评判结果 B 是 V 上的模糊子集，并且可表示为 $A = (\lambda_1, \lambda_2, \cdots, \lambda_m), 0 \leq \lambda_i \leq 1$；$B = (b_1, b_2, \cdots, b_n), 0 \leq b_j \leq 1$。其中 λ_i 表示单因素 u_i 在总评定因素中所起作用大小的变量，也在一定程度上代表根据单因素 u_i 评定等级的能力，b_j 则为等级 v_j 对综合评定所得模糊子集 B 的隶属度，它表示综合评判的结果。

关系矩阵 R 可表示为

$$R = \begin{bmatrix} r_{11} & r_{12} & \cdots & r_{1n} \\ r_{21} & r_{22} & \cdots & r_{2n} \\ \vdots & \vdots & & \vdots \\ r_{m1} & r_{m2} & \cdots & r_{mn} \end{bmatrix} \tag{5-16}$$

式中，r_{ij} 表示因素 u_i 的评价对等级 v_j 的隶属度，因而矩阵 $\boldsymbol{R}$ 中第 i 行 $\boldsymbol{R}_i = (r_{i1}, r_{i2}, \cdots, r_{in})$ 即为对第 i 个因素 u_i 的单因素评判结果；在评价计算中 $A = (\lambda_1, \lambda_2, \cdots, \lambda_m)$，代表了各个因素对综合评判重要性的权系数，因此满足 $\sum \lambda_i = 1, (i = 1, 2, \cdots, m)$；同时，模糊变换 $\boldsymbol{A} \times \boldsymbol{R}$ 也退化为普通矩阵计算，即 $b_j = \min(1, \sum c_i \cdot r_{ij})$，$i = 1, 2, \cdots, m; j = 1, 2, \cdots, n$。上述权系数的确定可用层次分析法得到。

由上述分析可以看出，评价因素集 $\boldsymbol{U} = \{u_1, u_2, u_3, \cdots, u_m\}$ 对应评语集 $\boldsymbol{V} = \{v_1, v_2, v_3, \cdots, v_n\}$，而评判矩阵中 r_{ij} 即为某因素 u_i 对应等级 v_j 的隶属度，其值可根据各评价因素的实际数值对照各因素的分级指标推求。我们将评价级分为 5 个级别，各评价因素分级指标如表 5-7 所示。

表 5-7　各评价因素分级指标

水资源短缺风险	u_1（风险率）	u_2（易损性）	u_3（可恢复性）	u_4（重现期）	u_5（风险度）
v_1（低）	≤0.200	≤0.200	≥0.800	≥9.000	≤0.200
v_2（较低）	0.200~0.400	0.200~0.400	0.601~0.800	6.001~9.000	0.201~0.600
v_3（中）	0.401~0.600	0.401~0.600	0.401~0.600	3.001~6.000	0.601~1.000
v_4（较高）	0.601~0.800	0.601~0.800	0.200~0.400	1.000~3.000	1.001~2.000
v_5（高）	≥0.800	≥0.800	≤0.200	≤1	≥2.000

由于水资源风险率、易损性、风险度是越小越优性指标，所以对于 u_1, u_2, u_5 各评语级可构造如下隶属函数。

采用"梯形"分布构造水资源短缺风险评价指标的隶属函数，越小越优型指标构造如下：

$$u_{v_1} = \begin{cases} 1, & \phi \leq \dfrac{a_{i1}}{2} \\ \dfrac{2a_{i1} - 2\phi}{a_{i1}}, & \dfrac{a_{i1}}{2} < \phi \leq a_{i1} \\ 0, & \phi > a_{i1} \end{cases} \quad ; \quad u_{v_2} = \begin{cases} 0, & \phi \leq \dfrac{a_{i1}}{2} \\ \dfrac{2\phi - a_{i1}}{a_{i1}}, & \dfrac{a_{i1}}{2} < \phi \leq a_{i1} \\ 1, & a_{i1} < \phi \leq \dfrac{a_{i1} + a_{i2}}{2} \\ \dfrac{2a_{i2} - 2\phi}{a_{i2} - a_{i1}}, & \dfrac{a_{i1} + a_{i2}}{2} < \phi \leq a_{i2} \\ 0, & \phi > a_{i2} \end{cases}$$

$$u_{v_3} = \begin{cases} 0, & \phi \leq \dfrac{a_{i1} + a_{i2}}{2} \\ \dfrac{2\phi - (a_{i1} + a_{i2})}{a_{i2} - a_{i1}}, & \dfrac{a_{i1} + a_{i2}}{2} < \phi \leq a_{i2} \\ 1, & a_{i2} < \phi \leq \dfrac{a_{i2} + a_{i3}}{2} \\ \dfrac{2a_{i3} - 2\phi}{a_{i3} - a_{i2}}, & \dfrac{a_{i2} + a_{i3}}{2} < \phi \leq a_{i3} \\ 0, & \phi > a_{i3} \end{cases} \quad u_{v_4} = \begin{cases} 0, & \phi \leq \dfrac{a_{i2} + a_{i3}}{2} \\ \dfrac{2\phi - (a_{i2} + a_{i3})}{a_{i3} - a_{i2}}, & \dfrac{a_{i2} + a_{i3}}{2} < \phi \leq a_{i3} \\ 1, & a_{i3} < \phi \leq \dfrac{a_{i3} + a_{i4}}{2} \\ \dfrac{2a_{i4} - 2\phi}{a_{i4} - a_{i3}}, & \dfrac{a_{i3} + a_{i4}}{2} < \phi \leq a_{i4} \\ 0, & \phi > a_{i4} \end{cases}$$

$$u_{v_5} = \begin{cases} 0, & \phi \leq \dfrac{a_{i3} + a_{i4}}{2} \\ \dfrac{2\phi - (a_{i3} + a_{i4})}{a_{i4} - a_{i3}}, & \dfrac{a_{i3} + a_{i4}}{2} < \phi \leq a_{i4} \\ 1, & \phi > a_{i4} \end{cases}$$

由于水资源可恢复性和重现期是越大越优性指标，所以对于 u_3、u_4 各评语级可构造如下隶属函数：

$$u_{v_1} = \begin{cases} 0, & \phi \leq \dfrac{a_{i1} + a_{i2}}{2} \\ \dfrac{2\phi - (a_{i1} + a_{i2})}{a_{i1} - a_{i2}}, & \dfrac{a_{i1} + a_{i2}}{2} < \phi \leq a_{i1} \\ 1, & \phi > a_{i1} \end{cases} \quad u_{v_2} = \begin{cases} 0, & \phi \leq \dfrac{a_{i2} + a_{i3}}{2} \\ \dfrac{2\phi - (a_{i2} + a_{i3})}{a_{i2} - a_{i3}}, & \dfrac{a_{i2} + a_{i3}}{2} < \phi \leq a_{i2} \\ 1, & a_{i2} < \phi \leq \dfrac{a_{i1} + a_{i2}}{2} \\ \dfrac{2a_{i1} - 2\phi}{a_{i1} - a_{i2}}, & \dfrac{a_{i1} + a_{i2}}{2} < \phi \leq a_{i1} \\ 0, & \phi > a_{i1} \end{cases}$$

$$u_{v_3} = \begin{cases} 0, & \phi \leq \dfrac{a_{i3} + a_{i4}}{2} \\ \dfrac{2\phi - (a_{i3} + a_{i4})}{a_{i4} - a_{i3}}, & \dfrac{a_{i3} + a_{i4}}{2} < \phi \leq a_{i3} \\ 1, & a_{i3} < \phi \leq \dfrac{a_{i2} + a_{i3}}{2} \\ \dfrac{2a_{i2} - 2\phi}{a_{i2} - a_{i3}}, & \dfrac{a_{i2} + a_{i3}}{2} < \phi \leq a_{i2} \\ 0, & \phi > a_{i2} \end{cases} \quad u_{v_4} = \begin{cases} 0, & \phi \leq \dfrac{a_{i4}}{2} \\ \dfrac{2\phi - a_{i4}}{a_{i4}}, & \dfrac{a_{i4}}{2} < \phi \leq a_{i4} \\ 1, & a_{i4} < \phi \leq \dfrac{a_{i3} + a_{i4}}{2} \\ \dfrac{2a_{i3} - 2\phi}{a_{i3} - a_{i4}}, & \dfrac{a_{i3} + a_{i4}}{2} < \phi \leq a_{i3} \\ 0, & \phi > a_{i3} \end{cases}$$

$$u_{v_5} = \begin{cases} 1, & \phi \leq \dfrac{a_{i4}}{2} \\ \dfrac{2a_{i4} - 2\phi}{a_{i4}}, & \dfrac{a_{i4}}{2} < \phi \leq a_{i4} \\ 0, & \phi > a_{i4} \end{cases}$$

对于水资源短缺风险评价的因素集 U 而言，其对应一个测定指标向量 $Y = (\phi_{11}, \phi_{12}, \phi_{13}, \phi_{14}, \phi_{15})$。其中，$\phi_{ij}$ 是 U 相对于 u_{ij} 的测定值。这样 $\mu_{v_i}(\phi_{ij})$ 便表示相对于因素 μ_i 而言属于 ν_i 的程度。对于因素集 U，便有下面的模糊关系矩阵：

$$R_U = \begin{bmatrix} \mu_{v_1}(\phi_{11}) & \mu_{v_2}(\phi_{11}) & \mu_{v_3}(\phi_{11}) & \mu_{v_4}(\phi_{11}) & \mu_{v_5}(\phi_{11}) \\ \mu_{v_1}(\phi_{12}) & \mu_{v_2}(\phi_{12}) & \mu_{v_3}(\phi_{12}) & \mu_{v_4}(\phi_{12}) & \mu_{v_5}(\phi_{12}) \\ \mu_{v_1}(\phi_{13}) & \mu_{v2}(\phi_{13}) & \mu_{v_3}(\phi_{13}) & \mu_{v_4}(\phi_{13}) & \mu_{v_5}(\phi_{13}) \\ \mu_{v_1}(\phi_{14}) & \mu_{v_2}(\phi_{14}) & \mu_{v_3}(\phi_{14}) & \mu_{v_4}(\phi_{14}) & \mu_{v_5}(\phi_{14}) \\ \mu_{v_1}(\phi_{15}) & \mu_{v_2}(\phi_{15}) & \mu_{v_3}(\phi_{15}) & \mu_{v_4}(\phi_{15}) & \mu_{v_5}(\phi_{15}) \end{bmatrix}$$

$$B = A \circ R_U = (\lambda_1, \lambda_2, \lambda_3, \lambda_4, \lambda_5) \circ \begin{bmatrix} \mu_{v_1}(\phi_{11}) & \mu_{v_2}(\phi_{11}) & \mu_{v_3}(\phi_{11}) & \mu_{v_4}(\phi_{11}) & \mu_{v_5}(\phi_{11}) \\ \mu_{v_1}(\phi_{12}) & \mu_{v_2}(\phi_{12}) & \mu_{v_3}(\phi_{12}) & \mu_{v_4}(\phi_{12}) & \mu_{v_5}(\phi_{12}) \\ \mu_{v_1}(\phi_{13}) & \mu_{v2}(\phi_{13}) & \mu_{v_3}(\phi_{13}) & \mu_{v_4}(\phi_{13}) & \mu_{v_5}(\phi_{13}) \\ \mu_{v_1}(\phi_{14}) & \mu_{v_2}(\phi_{14}) & \mu_{v_3}(\phi_{14}) & \mu_{v_4}(\phi_{14}) & \mu_{v_5}(\phi_{14}) \\ \mu_{v_1}(\phi_{15}) & \mu_{v_2}(\phi_{15}) & \mu_{v_3}(\phi_{15}) & \mu_{v_4}(\phi_{15}) & \mu_{v_5}(\phi_{15}) \end{bmatrix}$$

在综合评判中，我们选取"加权平均型"的 $M(\cdot, \oplus)$ 模型，即 $b_j = \min\{1, \sum_{i=1}^{n} \lambda_i r_{ij}\}$，由于 $\sum_{i=1}^{n} \lambda_i r_{ij} \leqslant 1$，该模型实际上蜕化为一般的实数加法，即

$$b_j = \sum_{i=1}^{n} \lambda_i r_{ij} (j = 1, 2, \cdots, m)$$

选取与 $\max\{b_{ij}\}$ 对应的评语即为区域水资源短缺风险的评判结果。

为了比较直观地说明风险程度，我们将其分成五级，分别叫做低风险、较低风险、中风险、较高风险和高风险，风险各级别按综合分值评判，其评判标准和各级别风险的特征如表 5-8 所示。

表 5-8　水资源系统水资源短缺风险级别评价

水资源短缺风险评价等级	风险级别	水资源系统的风险特征
ν_1	低风险	可以忽略的风险
ν_2	较低风险	可以接受的风险
ν_3	中风险	边缘风险
ν_4	较高风险	不可接受风险
ν_5	高风险	灾变风险，系统受到严重破坏

5. 实例研究——京津地区水资源短缺风险模糊综合评价

本次计算根据对 2010 年京津地区的水资源需求预测，在现有工程的基础上（不包括南水北调工程）采用 1956~2000 年的来水系列资料按月为时段进行长系列供需平衡操作。通过对京津地区供用水进行一次供需平衡分析，可以得到 2010 年缺水量系列，对北京、

天津及京津地区缺水量系列的概率统计如表 5-9 所示。

表 5-9　京津地区 2010 年缺水量系列概率分布参数　（单位：Mm³）

指标	样本数	最小值	最大值	均值	标准差	方差	偏度	峰度
北京市	45	410.26	1 329.40	700.00	227.49	51 752.79	1.05	0.28
天津市	45	227.86	2 051.83	1 389.00	422.59	178 582.55	0.05	−0.65
京津地区	45	681.73	3 381.23	2 089.00	576.65	332 525.75	0.39	−0.24

在对水资源一次供需平衡结果进行概率统计的同时，还可以采用前面提出的水资源系统的风险性能指标对京津地区现状年和 2010 年的水资源短缺风险进行描述，其结果如表 5-10 所示。

表 5-10　京津地区 2010 年缺水量的风险性能指标描述

指标	风险率	可靠性	脆弱性	重现期（年）	可恢复性	风险度（变差系数）
北京市	1.000	0.000	0.133	0.000	0.000	0.337
天津市	1.000	0.000	0.309	0.000	0.000	0.324
京津地区	1.000	0.000	0.213	0.000	0.000	0.291

采用 AHP 法对京津地区各评价指标的权重计算结果为 $A = (\lambda_1, \lambda_2, \cdots, \lambda_5) = (0.331, 0.210, 0.129, 0.105, 0.225)$，利用上述的水资源短缺风险评价的模糊综合评判模型对京津地区的水资源短缺风险进行综合评判，成果如表 5-11 所示。

表 5-11　京津地区 2010 年区域水资源短缺风险综合评分值

计算单元	V_1	V_2	V_3	V_4	V_5	综合评价
北京市	0.141	0.294	0.000	0.000	0.565	V_5
天津市	0.000	0.416	0.019	0.000	0.565	V_5
京津地区	0.000	0.435	0.000	0.000	0.565	V_5

通过对京津地区水资源短缺风险的综合评价，我们得出如下三条结论。

（1）一般的水资源短缺风险评价仅停留在对水资源短缺风险率的统计，而本书则引用了多个评价指标对区域水资源短缺风险进行描述。

（2）本次研究在对单个水资源短缺风险性能指标计算的基础上，更进一步采用综合评价方法对区域水资源短缺情况进行判别，基于多指标评价的模糊综合评判方法用于区域水资源短缺情况评价上具有一定的可操作性和实用性。

（3）应用所建立的数学模型，对包括北京和天津在内的京津地区 2010 年没有南水北调工程情景下的水资源短缺风险进行了评价，结果表明：在没有南水北调情况下，2010 水平年无论是北京市还是天津市，或是整个京津地区，其水资源短缺风险都处于高风险水平，水资源供需状况极度危险。

基于上述判断，提出如下两条建议。

（1）对京津地区的水资源短缺风险必须进行调控，调控措施主要包括需水管理和供水管理。需水管理的核心是抑制水资源需求的过度膨胀，促进水资源的可持续利用；节水防污型社会建设是需水管理中最重要的系统工程之一。供水管理措施主要有提高污水处理率和污水利用率，如对当地水资源进行挖潜，增加雨洪利用，增加海水利用等。

（2）南水北调工程是解决京津地区水资源短缺风险的根本措施。当前最重要的工作是保证南水北调东中线工程按规划准时建成，保证京津地区经济、社会的可持续发展。

5.3 中国水资源综合保障风险评价

5.3.1 评价方法

1. 风险评价指标

对于全国层次的水资源保障风险评价，由于区域水资源保障风险评价指标数据难以获取，所以我们选择几个能反映缺水风险的指标进行全国层面的水资源保障风险评价，包括缺水率、人均缺水量、缺水损失、供水稳定性、需求压力指数和枯水指数 6 个指标，各指标的计算（赋值）方法与含义如下。

（1）缺水率（θ_1）：缺水量（W_n）与需水量（W_u）的比例，表征区域缺水程度，刻画区域水资源系统的缺水深度。

（2）人均缺水量（θ_2）：缺水量（W_n）与总人口（P）之比，表征区域间用水公平性及缺水导致的社会影响，刻画区域水资源系统的缺水广度。

（3）缺水损失（θ_3）：因缺水造成的经济总损失（C）与缺水总量（W_n）之比，表征区域缺水对经济发展的影响。

（4）供水稳定性（θ_4）：蓄水、调水、地下水的供水量之和与供水总量之比，表征供水系统的稳定供水能力。

（5）需求压力指数（θ_5）：规划目标年需水量（W_{df}）与基准年需水量（W_{dn}）之比，表征因经济社会发展引起水资源需求增加而导致的水资源保障压力。

（6）枯水指数（θ_6）：特枯年份（95%）水资源量（R_{95}）与多年平均水资源量（$\overline{R}$）之比，表征水文的丰枯变化对水资源供给的影响程度。

2. 指标的标准化处理与综合风险等级的计算

根据表 5-12 的各指标隶属区间，将各个指标进行隶属度区间的线性化处理，得到各指标的隶属度。然后采用下列公式计算区域水资源保障综合风险指数（SRI）：

$$SRI = \omega_1\theta_1 + \omega_2\theta_2 + \omega_3\theta_3 + \omega_4\theta_4 + \omega_5\theta_5 + \omega_6\theta_6$$

式中，$\omega_1, \omega_2, \cdots, \omega_6$ 为各指标的权重系数；$\theta_1, \theta_2, \cdots, \theta_6$ 为各指标的隶属度值。

水资源保障综合风险等级划分标准如表 5-13 所示。其中各指标的隶属度区间划分标准及权重系数根据历史资料的统计特征和各流域专家的评判意见确定。

表 5-12　各指标的隶属度区间划分标准及权重系数

指标	隶属度值						权重系数
	>0.9	0.7~0.9	0.5~0.7	0.3~0.5	0.1~0.3	<0.1	
缺水率/%	>27.5	10~17.5	5~10	2.5~5	1.0~2.5	<1.0	0.300
人均缺水量/(m³/人)	>125	50~125	25~50	10~25	2.5~10	<2.5	0.100
缺水损失/(元/m³)	>25	20~25	15~20	10~15	5~10	<5	0.125
供水稳定性	<0.25	0.25~0.45	0.45~0.55	0.55~0.65	0.65~0.75	>0.75	0.150
需求压力指数	>1.75	1.35~1.75	1.25~1.35	1.15~1.25	1.05~1.15	<1.05	0.100
枯水指数	<0.50	0.50~0.60	0.60~0.65	0.65~0.75	0.75~0.80	>0.80	0.225

表 5-13　水资源保障综合风险等级划分标准

风险等级	Ⅰ级	Ⅱ级	Ⅲ级	Ⅳ级	Ⅴ级
SRI 值	>0.65	0.575~0.650	0.475~0.575	0.375~0.475	<0.375
风险发生可能性	极大	很可能	有可能	不太可能	极小
具体含义	高风险区	较高风险区	中等风险区	较低风险区	低风险区

5.3.2　中国分省水资源保障风险特征

2008 年全国省级区域（不包括港、澳、台）水资源保障风险各指标值如表 5-14 所示。

表 5-14　全国省级区域水资源保障风险评价指标特征值

省级区	缺水率/%	人均缺水量/[m³/(人·年)]	缺水损失/(元/m³)	供水稳定性	需求压力指数	枯水指数
北京	18.7	45.7	21.94	0.953	1.259	0.514
天津	16.5	38.6	23.51	0.599	1.535	0.313
河北	26.6	90.6	20.21	0.753	1.054	0.434
山西	11.1	27.5	17.88	0.700	1.221	0.631
内蒙古	14.0	113.7	9.38	0.357	1.157	0.601
辽宁	14.9	51.7	21.94	0.712	1.127	0.468
吉林	6.2	28.4	8.94	0.547	1.359	0.589
黑龙江	3.0	23.8	4.97	0.435	1.256	0.553
上海	0.0	0.1	9	0.000	1.094	0.571
江苏	2.0	13	10.47	0.204	1.066	0.438
浙江	2.1	9.3	15.22	0.319	1.146	0.627
安徽	4.9	20.5	9.56	0.472	1.108	0.553

省级区	缺水率/%	人均缺水量/[m³/(人·年)]	缺水损失/(元/m³)	供水稳定性	需求压力指数	枯水指数
福建	1.3	7.7	12.04	0.373	1.140	0.668
江西	0.3	1.7	7.46	0.532	1.057	0.627
山东	11.4	35	19.82	0.785	1.101	0.414
河南	9.1	26.9	16.03	0.731	1.157	0.459
湖北	0.8	4.5	10.9	0.404	1.123	0.615
湖南	0.6	3.2	9.12	0.546	1.030	0.696
广东	1.6	7.9	17.32	0.357	0.969	0.668
广西	1.8	11.8	8.03	0.567	1.011	0.710
海南	3.0	16	13.52	0.731	1.267	0.567
重庆	1.5	4.9	21.4	0.366	1.142	0.710
四川	2.4	8.2	17.66	0.349	1.266	0.811
贵州	2.9	8.4	9.49	0.542	1.345	0.724
云南	5.0	20.2	7.95	0.399	1.278	0.782
西藏	3.0	32.1	4.19	0.693	1.314	0.767
陕西	9.8	28.2	27.04	0.529	1.191	0.548
甘肃	14.8	77.9	10.41	0.472	1.006	0.640
青海	8.2	57.4	5.35	0.230	1.272	0.723
宁夏	9.3	133	8.76	0.060	0.992	0.545
新疆	5.3	129.9	14.3	0.266	1.044	0.841

　　根据所搜集到的数据，对全国各省级区域（不包括港、澳、台）的数据进行归一化处理，同时根据上述水资源保障风险评价方法对其综合风险指数进行计算，评价结果如表5-15所示。

表5-15　全国水资源保障风险评价结果

省级区	缺水率	人均缺水量	缺水损失	供水稳定性	需求压力指数	枯水指数	综合值	综合评价
湖南	0.056	0.119	0.265	0.508	0.075	0.409	0.237	低风险区
江西	0.029	0.067	0.198	0.536	0.115	0.590	0.265	低风险区
广西	0.202	0.324	0.221	0.466	0.052	0.380	0.281	低风险区
西藏	0.339	0.557	0.000	0.213	0.628	0.230	0.304	低风险区
湖北	0.077	0.153	0.336	0.746	0.245	0.641	0.361	低风险区
福建	0.144	0.239	0.382	0.777	0.280	0.465	0.364	低风险区
上海	0.001	0.000	0.260	1.000	0.188	0.757	0.372	低风险区
广东	0.176	0.244	0.593	0.793	0.000	0.463	0.375	低风险区
四川	0.285	0.252	0.606	0.801	0.533	0.073	0.376	较低风险区
贵州	0.332	0.257	0.280	0.516	0.691	0.352	0.386	较低风险区

续表

省级区	缺水率	人均缺水量	缺水损失	供水稳定性	需求压力指数	枯水指数	综合值	综合评价
重庆	0.164	0.164	0.756	0.784	0.285	0.381	0.392	较低风险区
云南	0.496	0.436	0.218	0.751	0.555	0.172	0.427	较低风险区
海南	0.339	0.380	0.441	0.137	0.534	0.766	0.441	较低风险区
浙江	0.250	0.281	0.509	0.831	0.293	0.591	0.454	较低风险区
新疆	0.527	0.961	0.472	0.884	0.093	0.000	0.455	较低风险区
黑龙江	0.342	0.484	0.096	0.715	0.512	0.794	0.500	中等风险区
江苏	0.231	0.340	0.319	0.918	0.132	0.933	0.504	中等风险区
安徽	0.491	0.440	0.282	0.656	0.216	0.794	0.525	中等风险区
山西	0.797	0.520	0.615	0.200	0.442	0.575	0.572	中等风险区
青海	0.719	0.720	0.114	0.908	0.544	0.353	0.572	中等风险区
吉林	0.597	0.527	0.258	0.505	0.704	0.722	0.573	中等风险区
河南	0.741	0.515	0.541	0.138	0.314	0.922	0.601	较高风险区
甘肃	0.895	0.774	0.316	0.656	0.046	0.538	0.610	较高风险区
山东	0.804	0.580	0.693	0.083	0.202	0.946	0.631	较高风险区
宁夏	0.749	1.000	0.250	0.976	0.029	0.809	0.687	较高风险区
内蒙古	0.873	0.870	0.275	0.793	0.315	0.694	0.690	较高风险区
北京	0.932	0.666	0.778	0.000	0.519	0.873	0.692	高风险区
辽宁	0.898	0.705	0.778	0.176	0.254	0.917	0.695	高风险区
河北	1.000	0.808	0.708	0.098	0.108	0.935	0.705	高风险区
陕西	0.762	0.526	1.000	0.541	0.383	0.803	0.706	高风险区
天津	0.913	0.609	0.840	0.402	0.792	1.000	0.804	高风险区

注：表中未含港、澳、台数据

对水资源综合保障风险统计归类分成五组。

（1）低风险区的地区有湖南、江西、广西、西藏、湖北、福建、上海等省（自治区、直辖市），各省（自治区、直辖市）都位于南方，其风险综合指数平均值为0.269。

（2）较低风险区的有四川、贵州、重庆、云南、海南、浙江、新疆等省（自治区、直辖市），除新疆外，基本上也都是南方的省（自治区、直辖市），其风险综合指数平均值为0.392。

（3）中等风险区的有黑龙江、江苏、安徽、山西、青海、吉林等省，既有南方省份，又有北方省份，其风险综合指数平均值为0.473。

（4）较高风险区的有河南、甘肃、山东、宁夏、内蒙古等省（自治区），都是北方的省（自治区），其风险综合指数平均值为0.574。

（5）高风险区的有北京、辽宁、河北、陕西、天津等省（直辖市），全部位于北方的黄、海、辽流域，其风险综合指数平均值为0.694。

5.3.3 中国二级区水资源保障风险特征

20世纪80年代，为顺利开展全国水资源评价工作，曾编制了全国地表水资源分区，将全国划分为十个水资源一级区（黑龙江、辽河、海河、黄河、淮河、长江、珠江、浙闽台诸河、西南诸河、内陆河），一级区内又划分若干个二级区，全国共划分水资源二级区77个。2008年全国水资源二级分区水资源保障风险各指标如表5-16所示。

表5-16 全国水资源二级区水资源保障风险指标特征值

序号	二级水资源分区	缺水率/%	人均缺水量/m³	缺水损失/m³	供水稳定度	需求压力指数	枯水指数
1	额尔古纳河	2.6	13.7	15.9	0.658	2.020	0.590
2	嫩江	4.3	30.0	5.2	0.359	1.490	0.437
3	第二松花江	5.5	25.3	9.1	0.465	1.270	0.552
4	松花江干流	3.8	20.5	5.6	0.478	1.130	0.503
5	黑龙江干流	0.5	9.0	2.4	0.714	2.220	0.590
6	乌苏里江	1.7	37.3	2.4	0.561	1.180	0.403
7	绥芬河	0.0	0.0	2.4	0.202	1.220	0.340
8	图们江	0.0	0.0	2.4	0.281	1.090	0.448
9	西辽河	16.8	112.6	9.7	0.591	1.040	0.595
10	东辽河	17.1	75.2	9.8	0.887	1.020	0.452
11	辽河干流	16.1	72.4	21.1	0.792	1.080	0.470
12	浑太河	15.3	67.1	21.5	0.701	1.110	0.452
13	鸭绿江	0.5	1.3	7.4	0.367	1.330	0.527
14	东北沿黄渤海诸河	14.6	31.5	24.0	0.738	1.220	0.403
15	滦河及冀东沿海	11.3	45.2	13.6	0.659	1.000	0.350
16	海河北系	17.1	50.7	21.7	0.801	1.190	0.515
17	海河南系	29.1	87.0	20.5	0.768	1.150	0.536
18	徒骇马颊河	13.8	65.0	10.7	0.879	1.030	0.388
19	龙羊峡以上	0.0	0.2	10.0	0.118	1.460	0.639
20	龙羊峡至兰州	12.3	55.1	5.8	0.222	1.160	0.650
21	兰州至河口镇	12.7	157.1	8.6	0.093	1.010	0.641
22	河口镇至龙门	10.4	23.2	9.8	0.512	1.620	0.627
23	龙门至三门峡	10.7	27.8	25.6	0.599	1.180	0.627
24	三门峡至花园口	2.9	7.5	19.3	0.651	1.260	0.551
25	花园口以下	5.7	20.3	14.7	0.703	1.060	0.497
26	内流区	8.0	66.6	7.3	0.533	1.140	0.536
27	淮河上游	0.2	0.5	15.0	0.709	1.370	0.350
28	淮河中游	10.3	32.2	12.4	0.582	1.150	0.481

续表

序号	二级水资源分区	缺水率/%	人均缺水量/m³	缺水损失/m³	供水稳定度	需求压力指数	枯水指数
29	淮河下游	2.7	17.0	9.8	0.489	1.090	0.304
30	沂沭泗河	6.7	22.9	13.4	0.504	1.090	0.459
31	山东半岛沿海诸河	13.8	38.1	29.2	0.780	1.170	0.331
32	金沙江石鼓以上	2.3	8.3	8.6	0.471	1.340	0.753
33	金沙江石鼓以下	4.5	16.1	8.4	0.339	1.600	0.753
34	岷沱江	1.7	7.4	15.4	0.281	1.160	0.826
35	嘉陵江	3.3	8.7	21.3	0.516	1.230	0.641
36	乌江	2.9	7.7	10.8	0.604	1.340	0.724
37	宜宾至宜昌	1.1	3.5	21.4	0.346	1.200	0.753
38	洞庭湖水系	0.6	3.2	9.0	0.532	1.030	0.724
39	汉江	0.7	3.2	10.8	0.470	1.140	0.540
40	鄱阳湖水系	0.3	1.6	6.4	0.538	1.050	0.641
41	宜昌至湖口	0.7	4.3	10.2	0.397	1.110	0.590
42	湖口以下干流	0.6	3.4	7.8	0.269	1.050	0.527
43	太湖	0.0	0.0	9.4	0.025	1.050	0.478
44	钱塘江	1.2	5.6	15.5	0.560	1.040	0.628
45	浙东诸河	5.6	21.7	14.7	0.112	1.230	0.602
46	浙南诸河	3.5	11.6	15.4	0.425	1.310	0.602
47	闽东诸河	3.8	16.3	15.9	0.640	1.080	0.628
48	闽江	1.4	11.9	10.0	0.274	1.070	0.655
49	闽南诸河	0.8	3.8	12.2	0.438	1.220	0.602
50	南北盘江	5.3	19.1	10.1	0.559	1.360	0.655
51	红柳江	1.8	10.8	5.9	0.459	1.050	0.696
52	郁江	2.4	16.4	7.0	0.622	1.000	0.615
53	西江	0.4	2.4	7.6	0.513	1.000	0.641
54	北江	0.6	3.8	9.4	0.372	1.000	0.627
55	东江	2.6	12.6	17.9	0.418	1.000	0.590
56	珠江三角洲	0.3	1.6	21.0	0.195	1.000	0.739
57	韩江及粤东诸河	1.2	4.3	14.6	0.483	1.080	0.655
58	粤西桂南沿海诸河	5.0	26.3	16.1	0.580	1.170	0.641
59	海南岛及南海诸岛	3.0	16.0	13.5	0.731	1.270	0.565
60	红河	6.2	26.8	6.6	0.388	1.200	0.739
61	澜沧江	4.5	21.3	6.4	0.309	1.240	0.811
62	怒江及伊洛瓦底江	4.3	22.5	5.6	0.280	1.070	0.826

序号	二级水资源分区	缺水率/%	人均缺水量/m³	缺水损失/m³	供水稳定度	需求压力指数	枯水指数
63	雅鲁藏布江	3.4	45.8	3.9	0.719	1.240	0.782
64	藏南诸河	1.5	23.0	3.0	0.611	1.320	0.753
65	藏西诸河	3.2	25.7	6.1	0.000	1.280	0.887
66	内蒙古内陆河	19.9	62.6	13.8	0.757	1.300	0.710
67	河西内陆河	17.4	296.3	11.0	0.620	1.000	0.826
68	青海湖水系	4.7	74.6	7.5	0.098	1.230	0.641
69	柴达木盆地	1.5	49.7	4.0	0.152	1.410	0.782
70	吐哈盆地小河	18.4	372.8	12.3	0.728	1.000	0.782
71	阿尔泰山南麓诸河	1.6	64.2	1.7	0.196	1.510	0.668
72	中亚西亚内陆河区	1.8	37.0	2.8	0.144	1.510	0.753
73	天山北麓诸河	18.2	268.6	18.0	0.505	1.160	0.841
74	塔里木河源流	1.2	35.6	3.9	0.176	1.000	0.841
75	昆仑山北麓小河	2.1	61.7	1.4	0.093	1.030	0.782
76	塔里木河干流	1.1	64.4	0.8	0.293	1.000	0.512
77	羌塘高原内陆区	0.4	2.3	4.0	0.135	2.080	0.724

对全国各二级区的数据进行归一化处理，同时对其综合风险指数进行计算，评价结果如表 5-17 所示。

表 5-17　全国二级区水资源保障风险评价结果

水资源二级区	缺水率/%	人均缺水量/m³	缺水损失/m³	供水稳定性	需求压力指数	枯水指数	综合值	综合评价
洞庭湖水系	0.057	0.119	0.260	0.536	0.060	0.352	0.227	低风险区
鄱阳湖水系	0.027	0.064	0.157	0.525	0.100	0.536	0.243	低风险区
西江	0.040	0.096	0.205	0.574	0.000	0.536	0.254	低风险区
塔里木河源流	0.122	0.585	0.077	0.930	0.000	0.053	0.256	低风险区
藏南诸河	0.168	0.473	0.061	0.378	0.640	0.288	0.291	低风险区
雅鲁藏布江	0.375	0.666	0.078	0.162	0.480	0.172	0.300	低风险区
红柳江	0.205	0.311	0.136	0.682	0.100	0.408	0.314	低风险区
北江	0.059	0.135	0.277	0.778	0.000	0.590	0.315	低风险区
珠江三角洲	0.030	0.064	0.738	0.922	0.000	0.323	0.319	低风险区
岷沱江	0.198	0.231	0.515	0.869	0.320	0.070	0.325	低风险区
钱塘江	0.121	0.183	0.519	0.481	0.080	0.590	0.332	低风险区
韩江及粤东诸河	0.121	0.148	0.483	0.635	0.160	0.491	0.333	低风险区
黑龙江干流	0.050	0.273	0.048	0.173	1.000	0.721	0.336	低风险区
昆仑山北麓小河	0.241	0.731	0.028	0.963	0.060	0.172	0.338	低风险区

水资源二级区	缺水率/%	人均缺水量/m³	缺水损失/m³	供水稳定性	需求压力指数	枯水指数	综合值	综合评价
郁江	0.287	0.385	0.181	0.356	0.000	0.641	0.345	低风险区
羌塘高原内陆区	0.038	0.092	0.080	0.946	0.970	0.352	0.349	低风险区
怒江及伊洛瓦底江	0.443	0.467	0.122	0.870	0.140	0.070	0.355	低风险区
图们江	0.000	0.000	0.048	0.869	0.180	0.927	0.363	低风险区
宜宾至宜昌	0.115	0.127	0.754	0.804	0.400	0.288	0.367	低风险区
金沙江石鼓以上	0.271	0.255	0.244	0.658	0.680	0.288	0.369	低风险区
闽江	0.149	0.325	0.301	0.876	0.140	0.491	0.371	低风险区
乌江	0.333	0.239	0.331	0.392	0.680	0.352	0.371	低风险区
宜昌至湖口	0.073	0.148	0.309	0.753	0.220	0.721	0.372	低风险区
龙羊峡以上	0.005	0.008	0.300	0.953	0.755	0.544	0.380	较低风险区
柴达木盆地	0.161	0.698	0.080	0.939	0.730	0.172	0.381	较低风险区
藏西诸河	0.357	0.506	0.144	1.000	0.560	0.000	0.382	较低风险区
汉江	0.069	0.119	0.330	0.660	0.280	0.820	0.386	较低风险区
淮河上游	0.019	0.020	0.498	0.181	0.710	0.977	0.388	较低风险区
湖口以下干流	0.057	0.124	0.211	0.881	0.100	0.845	0.388	较低风险区
闽南诸河	0.083	0.135	0.387	0.712	0.440	0.692	0.393	较低风险区
澜沧江	0.459	0.451	0.157	0.841	0.480	0.087	0.396	较低风险区
太湖	0.000	0.000	0.276	0.990	0.100	0.911	0.398	较低风险区
绥芬河	0.000	0.000	0.048	0.919	0.440	0.982	0.409	较低风险区
中亚西亚内陆河区	0.201	0.596	0.056	0.943	0.780	0.288	0.411	较低风险区
鸭绿江	0.052	0.052	0.196	0.783	0.660	0.845	0.419	较低风险区
闽东诸河	0.404	0.384	0.536	0.320	0.160	0.590	0.423	较低风险区
塔里木河干流	0.120	0.738	0.016	0.857	0.000	0.877	0.438	较低风险区
海南岛及南海诸岛	0.339	0.380	0.441	0.138	0.540	0.770	0.443	较低风险区
乌苏里江	0.189	0.598	0.048	0.479	0.360	0.949	0.444	较低风险区
阿尔泰山南麓诸河	0.177	0.738	0.033	0.921	0.780	0.464	0.452	较低风险区
红河	0.550	0.514	0.162	0.762	0.400	0.323	0.464	较低风险区
金沙江石鼓以下	0.456	0.381	0.237	0.811	0.825	0.288	0.474	较低风险区
东江	0.311	0.335	0.614	0.732	0.000	0.721	0.475	中等风险区
河西内陆河	0.898	0.969	0.338	0.361	0.000	0.070	0.479	中等风险区
嘉陵江	0.361	0.265	0.753	0.568	0.460	0.536	0.481	中等风险区
吐哈盆地小河	0.908	1.000	0.393	0.144	0.000	0.172	0.482	中等风险区
三门峡至花园口	0.336	0.233	0.672	0.298	0.520	0.797	0.484	中等风险区

续表

水资源二级区	缺水率/%	人均缺水量/m³	缺水损失/m³	供水稳定性	需求压力指数	枯水指数	综合值	综合评价
南北盘江	0.511	0.421	0.304	0.482	0.705	0.491	0.487	中等风险区
粤西桂南沿海诸河	0.499	0.510	0.543	0.441	0.340	0.536	0.489	中等风险区
额尔古纳河	0.305	0.349	0.536	0.284	0.957	0.721	0.494	中等风险区
松花江干流	0.402	0.440	0.122	0.644	0.260	0.894	0.504	中等风险区
淮河下游	0.315	0.393	0.292	0.623	0.180	1.000	0.507	中等风险区
花园口以下	0.527	0.437	0.488	0.194	0.120	0.902	0.507	中等风险区
浙南诸河	0.379	0.321	0.518	0.725	0.620	0.692	0.537	中等风险区
青海湖水系	0.472	0.766	0.201	0.961	0.460	0.536	0.554	中等风险区
内蒙古内陆河	0.920	0.734	0.451	0.095	0.600	0.380	0.566	中等风险区
第二松花江	0.520	0.502	0.262	0.671	0.540	0.795	0.573	中等风险区
天山北麓诸河	0.906	0.958	0.620	0.589	0.320	0.053	0.577	较高风险区
徒骇马颊河	0.802	0.740	0.328	0.006	0.060	0.957	0.578	较高风险区
内流区	0.619	0.744	0.193	0.533	0.280	0.827	0.578	较高风险区
沂沭泗河	0.569	0.472	0.437	0.592	0.180	0.921	0.586	较高风险区
东辽河	0.891	0.767	0.292	0.000	0.040	0.925	0.592	较高风险区
龙羊峡至兰州	0.762	0.714	0.134	0.911	0.320	0.500	0.598	较高风险区
河口镇至龙门	0.712	0.476	0.291	0.576	0.835	0.590	0.600	较高风险区
滦河及冀东沿海	0.734	0.662	0.444	0.281	0.000	0.977	0.604	较高风险区
嫩江	0.444	0.540	0.109	0.791	0.770	0.932	0.606	较高风险区
浙东诸河	0.526	0.456	0.488	0.955	0.460	0.692	0.609	较高风险区
龙门至三门峡	0.720	0.522	0.913	0.401	0.360	0.590	0.611	较高风险区
西辽河	0.882	0.867	0.287	0.419	0.080	0.710	0.618	较高风险区
淮河中游	0.708	0.558	0.398	0.436	0.300	0.910	0.618	较高风险区
兰州至河口镇	0.773	0.913	0.244	0.963	0.020	0.536	0.621	较高风险区
辽河干流	0.864	0.760	0.746	0.069	0.160	0.916	0.661	高风险区
海河北系	0.889	0.702	0.766	0.063	0.380	0.870	0.676	高风险区
浑太河	0.841	0.746	0.758	0.198	0.220	0.925	0.681	高风险区
东北沿黄渤海诸河	0.822	0.552	0.859	0.124	0.440	0.949	0.685	高风险区
山东半岛沿海诸河	0.801	0.605	1.000	0.078	0.340	0.986	0.693	高风险区
海河南系	1.000	0.799	0.719	0.087	0.300	0.829	0.699	高风险区

对二级区水资源综合保障风险统计归类分成五组（表5-18）。

表 5-18　全国二级区水资源保障风险分类

风险等级	风险综合指数均值	水资源二级区
低风险区	0.324	洞庭湖水系、鄱阳湖水系、西江、塔里木河源流、藏南诸河、雅鲁藏布江、红柳江、北江、珠江三角洲、岷沱江、钱塘江、韩江及粤东诸河、黑龙江干流、昆仑山北麓小河、郁江、羌塘高原内陆区、怒江及伊洛瓦底江、图们江、宜宾至宜昌、金沙江石鼓以上、闽江、乌江、宜昌至湖口
较低风险区	0.404	龙羊峡以上、柴达木盆地、藏西诸河、汉江、淮河上游、湖口以下干流、闽南诸河、澜沧江、太湖、绥芬河、中亚西亚内陆河区、鸭绿江、闽东诸河、塔里木河干流、海南岛及南海诸岛、乌苏里江、阿尔泰山南麓诸河、红河、金沙江石鼓以下
中等风险区	0.508	东江、河西内陆河、嘉陵江、吐哈盆地小河、三门峡至花园口、南北盘江、粤西桂南沿海诸河、额尔古纳河、松花江干流、淮河下游、花园口以下、浙南诸河、青海湖水系、内蒙古内陆河、第二松花江
较高风险区	0.600	天山北麓诸河、徒骇马颊河、内流区、沂沭泗河、东辽河、龙羊峡至兰州、河口镇至龙门、滦河及冀东沿海、嫩江、浙东诸河、龙门至三门峡、西辽河、淮河中游、兰州至河口镇
高风险区	0.683	辽河干流、海河北系、浑太河、东北沿黄渤海诸河、山东半岛沿海诸河、海河南系

5.4　中国水资源保障风险图

中国水资源保障风险图的制作采用计算机数字制图的方式完成。课题组收集 1∶400 万基础地理信息数据，包括全国水资源二级区矢量数据、行政区界、水系、居民点、山峰等。综合水资源保障风险图的分类指标数据（包括缺水率、人均缺水量、缺水损失、供水稳定性、需求压力指数、枯水指数、综合值）由中国水利水电科学研究院水资源研究所计算并提供。

中国水资源保障风险图共 8 幅，比例尺为 1∶400 万，其中 7 幅分别标示二级水资源区套省（自治区、直辖市）的缺水率、人均缺水量、缺水损失、供水稳定性、需求压力指数、枯水指数等单项指标数值及综合水资源保障风险程度，1 幅标示各省（自治区、直辖市）的综合水资源保障风险程度（彩图 3）。二级水资源区套省（自治区、直辖市）的单项指标图采用底色标示各指标数值范围，综合水资源保障风险图采用底色与注记标示综合水资源保障风险等级。各省（自治区、直辖市）综合水资源保障风险图采用底色与注记标示各省（自治区、直辖市）综合水资源保障风险等级，采用柱状图标示各个指标的具体数值（彩图 4）。

1. 专题数据的制备

课题组仅收集到全国水资源二级区矢量图层和全国分省（自治区、直辖市）矢量图层的原始数据，根据制图要求，需要绘制全国分省（自治区、直辖市）水资源专题图和全国二级区套省（自治区、直辖市）水资源专题图。其中，全国二级区套省（自治区、直辖市）评价单元总计 197 个，专题图层数据是在 ArcGIS 中采用 Union 方法生成。在 GIS 中采用 Union 自动生成二级区套省（自治区、直辖市）新图层的方法有三个问题：其一是由于原始数据边缘不匹配导致新的图形数据中出现很多细碎多边形；其二是属性表中缺乏评价单元的唯一标识；其三是同一属性数据在空间上不连续，按照唯一标识方法会将同一评价单元归并为多个评价单元。对于第一个问题，课题组采用 Dissolve 方法合并细小多边形，设定高容限值归并碎多边形的策略解决。对于第二个问题，课题组采用人工手动校核、修改属性表标注字段的方法解决。对于第三个问题，课题组采用 Merge 方法将空间不连续的评价单元归并，将图形数据和属性字段的高度统一为 197 个评价单元。

全国水资源二级区套省（自治区、直辖市）的专题数据以字段 CD 为唯一标识，合计 197 个评价单元，如表 5-19 所示。以字段 CD 为共同字段，可将全国水资源二级区套省（自治区、直辖市）的矢量数据与中国水利水电科学研究院计算的分指标属性数据进行连接，生成新的水资源专题数据。

表 5-19　水资源二级区套省（自治区、直辖市）编码

CD	二级区	地区	CD	二级区	地区	CD	二级区	地区
A0115	额尔古纳河	内蒙古	B0115	西辽河	内蒙古	B0621	东北沿黄渤海诸河	辽宁
A0215	嫩江	内蒙古	B0121	西辽河	辽宁	C0113	滦河及冀东沿海	河北
A0222	嫩江	吉林	B0122	西辽河	吉林	C0115	滦河及冀东沿海	内蒙古
A0223	嫩江	黑龙江	B0215	东辽河	内蒙古	C0121	滦河及冀东沿海	辽宁
A0321	第二松花江	辽宁	B0221	东辽河	辽宁	C0211	海河北系	北京
A0322	第二松花江	吉林	B0222	东辽河	吉林	C0212	海河北系	天津
A0422	松花江（三岔口以下）	吉林	B0315	辽河干流	内蒙古	C0213	海河北系	河北
			B0321	辽河干流	辽宁	C0214	海河北系	山西
A0423	松花江（三岔口以下）	黑龙江	B0322	辽河干流	吉林	C0215	海河北系	内蒙古
A0523	黑龙江干流	黑龙江	B0421	浑太河	辽宁	C0311	海河南系	北京
A0623	乌苏里江	黑龙江	B0521	鸭绿江	辽宁	C0313	海河南系	天津
A0722	绥芬河	吉林	B0522	鸭绿江	吉林	C0314	海河南系	河北
A0723	绥芬河	黑龙江	B0613	东北沿黄渤海诸河	河北	C0312	海河南系	山西
A0822	图们江	吉林				C0341	海河南系	河南
B0113	西辽河	河北	B0615	东北沿黄渤海诸河	内蒙古	C0413	徒骇马颊河	河北

续表

CD	二级区	地区	CD	二级区	地区	CD	二级区	地区
C0437	徒骇马颊河	山东	E0142	淮河上游（王家坝以上）	湖北	F0451	嘉陵江	四川
C0441	徒骇马颊河	河南				F0461	嘉陵江	陕西
D0151	龙羊峡以上	四川	E0232	淮河中游（王家坝至洪泽湖出口）	江苏	F0462	嘉陵江	甘肃
D0162	龙羊峡以上	甘肃				F0542	乌江	湖北
D0163	龙羊峡以上	青海				F0550	乌江	重庆
D0262	龙羊峡至兰州	甘肃	E0234	淮河中游（王家坝至洪泽湖出口）	安徽	F0552	乌江	贵州
D0263	龙羊峡至兰州	青海				F0553	乌江	云南
D0315	兰州至河口镇	内蒙古	E0241	淮河中游（王家坝至洪泽湖出口）	河南	F0642	宜宾至宜昌	湖北
D0362	兰州至河口镇	甘肃				F0650	宜宾至宜昌	重庆
D0364	兰州至河口镇	宁夏	E0332	淮河下游（洪泽湖出口以下）	江苏	F0651	宜宾至宜昌	四川
D0414	河口镇至龙门	山西				F0652	宜宾至宜昌	贵州
D0415	河口镇至龙门	内蒙古				F0653	宜宾至宜昌	云南
D0461	河口镇至龙门	陕西	E0334	淮河下游（洪泽湖出口以下）	安徽	F0736	洞庭湖水系	江西
D0514	龙门至三门峡	山西				F0742	洞庭湖水系	湖北
D0541	龙门至三门峡	河南	E0432	沂沭泗河	江苏	F0743	洞庭湖水系	湖南
D0561	龙门至三门峡	陕西	E0434	沂沭泗河	安徽	F0744	洞庭湖水系	广东
D0562	龙门至三门峡	甘肃	E0437	沂沭泗河	山东	F0745	洞庭湖水系	广西
D0564	龙门至三门峡	宁夏	E0441	沂沭泗河	河南	F0750	洞庭湖水系	重庆
D0614	三门峡至花园口	山西	E0537	山东半岛沿海诸河	山东	F0752	洞庭湖水系	贵州
D0641	三门峡至花园口	河南	F0151	金沙江石鼓以上	四川	F0841	汉江	河南
D0661	三门峡至花园口	陕西	F0153	金沙江石鼓以上	云南	F0842	汉江	湖北
D0737	花园口以下	山东	F0154	金沙江石鼓以上	西藏	F0850	汉江	重庆
D0741	花园口以下	河南	F0163	金沙江石鼓以上	青海	F0851	汉江	四川
D0815	内流区	内蒙古	F0251	金沙江石鼓以下	四川	F0861	汉江	陕西
D0861	内流区	陕西	F0252	金沙江石鼓以下	贵州	F0862	汉江	甘肃
D0864	内流区	宁夏	F0253	金沙江石鼓以下	云南	F0933	鄱阳湖水系	浙江
E0134	淮河上游（王家坝以上）	安徽	F0263	金沙江石鼓以下	青海	F0934	鄱阳湖水系	安徽
			F0350	岷沱江	重庆	F0935	鄱阳湖水系	福建
			F0351	岷沱江	四川	F0936	鄱阳湖水系	江西
E0141	淮河上游（王家坝以上）	河南	F0363	岷沱江	青海			
			F0450	嘉陵江	重庆	F0943	鄱阳湖水系	湖南

CD	二级区	地区	CD	二级区	地区	CD	二级区	地区
F0944	鄱阳湖水系	广东	H0153	南北盘江	云南	J0254	澜沧江	西藏
F1036	宜昌至湖口	江西	H0243	红柳江	湖南	J0263	澜沧江	青海
F1041	宜昌至湖口	河南	H0245	红柳江	广西	J0353	怒江及伊洛瓦底江	云南
F1042	宜昌至湖口	湖北	H0252	红柳江	贵州	J0354	怒江及伊洛瓦底江	西藏
F1043	宜昌至湖口	湖南	H0345	郁江	广西	J0454	雅鲁藏布江	西藏
F1131	湖口以下干流	上海	H0353	郁江	云南	J0554	藏南诸河	西藏
F1132	湖口以下干流	江苏	H0443	西江	湖南	J0654	藏西诸河	西藏
F1134	湖口以下干流	安徽	H0444	西江	广东	K0113	内蒙古内陆河	河北
F1136	湖口以下干流	江西	H0445	西江	广西	K0115	内蒙古内陆河	内蒙古
F1142	湖口以下干流	湖北	H0536	北江	江西	K0215	河西内陆河	内蒙古
F1231	太湖	上海	H0543	北江	湖南	K0262	河西内陆河	甘肃
F1232	太湖	江苏	H0544	北江	广东	K0263	河西内陆河	青海
F1233	太湖	浙江	H0636	东江	江西	K0363	青海湖水系	青海
F1234	太湖	安徽	H0644	东江	广东	K0463	柴达木盆地	青海
G0133	钱塘江	浙江	H0744	珠江三角洲	广东	K0565	吐哈盆地小河	新疆
G0134	钱塘江	安徽	H0835	韩江及粤东诸河	福建	K0665	阿尔泰山南麓诸河	新疆
G0135	钱塘江	福建	H0836	韩江及粤东诸河	江西	K0765	中亚西亚内陆河区	新疆
G0136	钱塘江	江西	H0844	韩江及粤东诸河	广东	K0965	天山北麓诸河	新疆
G0233	浙东诸河	浙江	H0944	粤西桂南沿海诸河	广东	K1065	塔里木河源	新疆
G0333	浙南诸河	浙江	H0945	粤西桂南沿海诸河	广西	K1165	昆仑山北麓小河	新疆
G0433	闽东诸河	浙江	H1046	海南岛及南海诸岛	海南	K1265	塔里木河干流	新疆
G0435	闽东诸河	福建	J0145	红河	广西	K1454	羌塘高原内陆区	西藏
G0533	闽江	浙江	J0153	红河	云南			
G0535	闽江	福建	J0253	澜沧江	云南			
G0635	闽南诸河	福建						
H0145	南北盘江	广西						
H0152	南北盘江	贵州						

2. 图例符号的制作

地图图例的标准化是图形整饰当中一个很重要的部分。ArcGIS 软件配备了大量图例符号库，但是课题组在数字制图过程中发现，根据地理信息国家标准（GB/T 18315—2001），有些图例符号 ArcGIS 自带的符号库中没有，需要自己制作，如已定国界和未定国界。

图例符号在 ArcGIS 中通常用 *.style 的格式进行保存，通过 Arcmap→Tools→Styles 的路径下的 Style 的管理工具集（有 Style References、Style Manager、Export Map Styles 三个功能）进行制作和管理，并采用 Symbol Property Editor 的界面进行图例符号的绘制、编辑、修改。

3. 图形处理和显示

中国水资源保障风险图在制作过程中要关注图示表达环节。基于 ArcGIS 9.3 的空间分析和制图工具平台，以字段 CD 为唯一标识，将全国水资源二级区套省（自治区、直辖市）的矢量数据与中国水利水电科学研究院计算的分指标属性数据进行连接，形成新的地理要素专题数据。对各类基础地理数据和专题数据进行投影和数据转换，保证投影和比例尺一致：设置投影为 Albers；中央经线为 105°E；两条标准纬线分别为 25°N 和 47°N；比例尺为 1∶400 万。

1）版面设计

打开 ArcGIS 9.3 窗口主菜单，新建制图输出版面，并根据比例尺、打印机型号等设置版面的尺寸。考虑到中国区域的形状，根据传统出图习惯，将南海诸岛输出为 1∶800 万小比例尺图面安置在图幅的右下角，因此，制图输出涉及两个图面，需要分别设置两个图面的图框尺寸和位置。此外，输出地图由多个数据图层构成，各图层具有不同的符号、颜色、大小、粗细标识。另外，制图过程中将图框设置为黑色，底色设置为白色，以突出制图要素，增加色彩对比，解决地理元素压盖、要素共边等问题。

2）专题数据表达

建立空间数据库，设置好投影等信息，放置绘图基础数据。定义要素类，将点图层、线图层和面图层分别放在不同的要素类中，一个要素类可以对应多个图层，并将同一要素类放在一个要素集中。将全国水资源二级区套省（自治区、直辖市）的矢量数据与行政区界、水系、居民点等叠加显示，分析各个专题要素之间的空间关系，将居民点图层置于最顶层，全国水资源二级区套省（自治区、直辖市）图层置于最底层，河流等线图层置于中间层。根据全国水资源二级区套省（自治区、直辖市）标示码 CD，绘制专题图层。河流、湖泊等地理基础要素采用 SQL 数据库进行分层管理，设定限定因素查询，逐级筛选。固定比例尺设置为 1∶400 万，设置边框底色和阴影。

添加坐标格网。坐标格网属于地图的三大要素之一，是重要的要素组成部分，反映地图的坐标系统或地图投影信息。不同制图区域的大小，有着不同类型的坐标格网，小比例尺大区域的地图通常使用经纬线格网。中国水资源保障风险图的制作过程中选择经纬度，设置间隔为 5°，显示级别为度，并设置经纬网的宽度和颜色等属性。

3）地图标注

采用自动式标注方法，依据各数据属性表中的属性字段来标识地图标注。利用字段 CD 对全国水资源二级区套省（自治区、直辖市）矢量数据进行分类，并以 CD 标示各个二级区套省（自治区、直辖市）代码，CD 采用黑体加 mask 显示。居民点显示级别设置为地级市，并标示为褐色；河流显示为三级，湖泊为二级，分别以各自名称标注，采用地图编制规范规定颜色；不同水资源指标（缺水率、人均缺水量、缺水损失、供水稳定性、需求压力指数、枯水指数）根据分级标准辅以不同颜色显示。

4）地图整饰

由于二级区套省（自治区、直辖市）注记较多，在调整时，先转为 Annotation，再进行平移或是旋转，并选择重复标注自动取舍功能，使其不与其他要素重合。根据地图性质和用途，正确选择表示方法和表现形式，恰当处理图上各种表示方法的相互关系，以充分表现地图主题及制图对象的特点，达到地图形式同内容的统一。分别调整经纬线、图名、图例，注记的坐标、大小和颜色，保证地图清晰易读，层次分明，富有美感，实现地图科学性与艺术性的结合，并符合地图制版印刷的要求和技术条件。

5.5　中国水资源保障风险综合防范对策

5.5.1　水资源短缺风险的调控策略

在水资源保障风险调控策略中，风险规避、损失控制和转移风险等都属于风险事件发生前的策略，即在损失发生前尽可能降低损失发生频率及减轻损失发生程度。

1. 风险规避

风险规避是指风险管理者主动采取措施放弃原先承担的风险或者完全拒绝承担风险的行动方案。风险规避是一项有意识不让个人或者社会面临特定风险的行为。风险规避是指风险主体设法回避损失发生的可能性。风险规避的方式主要有两种：完全拒绝承担风险和放弃原先承担的风险。完全拒绝承担风险的特点在于风险管理者预见到了风险事故发生的可能性，在风险未发生之前进行处理。例如，风险主体拒绝在蓄滞洪区建造仓库，就可以避免洪水淹没仓库造成财产的损失。放弃原先承担风险的特点在于风险已经存在，被风险管理者发现，及时进行风险控制。例如，一家钢铁企业发现其即将建厂的地区存在着非常严重的干旱风险，该企业因而决定终止投资建厂，而改在富水地区设厂。

风险规避是一种主动放弃风险的决策，可以消除风险事故造成的损失。但是，采用风险规避的方式是有一定局限性的，是管理主体面对损失的主动放弃行为，是风险管理主体的无奈选择。经济活动中往往是风险和收益并存的，风险规避同时也意味着经济收益的丧失。例如，为了规避风险，企业选择了不建造工厂生产，这就损失了工厂建成后带来的经济收益。

风险规避对已经存在的风险不适用。风险规避虽然是消除风险比较有效的办法，但是，对于已经存在的风险就无法采用风险规避的办法。对于区域水资源系统而言，规避风险策略的实施有其地域限制并且和区域水资源系统的特点相关。处于丰水地区的区域水资源系统所面临的缺水风险无疑是工程性缺水或水质性缺水，对于这样的水资源系统，通过区域水利工程的开发和治污、挖潜等措施完全可以避免水资源短缺风险。但对于处于北方干旱半干旱地区以资源型缺水为主的地区要彻底避免水资源短缺风险则存在着巨大的困难。

2. 损失控制

损失控制是指有意识地采取行动，防止或减少事故的发生和所造成的社会经济损失。它的目标分为两种：一是在损失发生之前，全面地消除损失产生的根源，尽量降低损失发生的频率；二是在损失发生之后努力减轻损失的程度。上述两种损失控制也可以称为损前控制和损后控制。

损失控制技术可以依据不同的原则进行分类，其大致可以分为以下两种。

（1）按照损失控制的目的划分可以分为损失预防和损失抑制。损失预防以降低损失概率为目的，防止风险事故的发生；损失抑制以减少损失幅度为目的，防止损失的扩大。例如，种植耐旱作物、土地平整、建造雨水储存设施等就可以减少干旱损失发生的频率，属于损失预防的措施。又如，干旱灾害发生时的一切抗旱救灾措施，则属于损失抑制。

（2）按照损失控制执行的时间可以分为损前控制、损时控制和损后控制。按照损失控制执行的时间来划分，损失控制可以分为损失发生之前控制风险、损失发生时控制风险和损失发生后控制风险。损失前控制的目的是损失预防，损失发生时和损失发生后风险控制的目的是抑制、减少事故造成的损失。

由于水资源短缺的经济损失不仅与水资源短缺风险的大小有关，同时也与区域社会经济规模有关，所以关于水资源短缺风险的损前控制应该考虑与区域水资源承载能力相适应的社会经济规模，这些控制措施包括工程手段、行政手段、经济手段和法律手段。

3. 转移风险

转移风险是将自己所面临的损失风险转移给其他主体来共同承担的行为。风险转移分为两类：一类是非保险转移；另一类是保险转移。

所谓非保险转移是指风险管理单位将损失的法律责任转移给非保险业的另一个经济单位的管理技术。保险转移是另一种风险转移的办法，保险人提供转移风险的工具给被保险人或者投保人。保险转移也是一种分摊风险和意外的方法，一旦发生意外损失，保险人就可以补偿被保险人的经济损失。

对于区域水资源系统而言，转移风险的途径主要有区域调水、水权交易和水资源短缺风险的投保。跨流域调水工程可以使枯水年份水资源短缺风险由调入区和调出区共同承担；水权交易市场的开辟，可以使需水方把水资源短缺风险部分转移到供水方；通过对水资源短缺风险的投保，可以使水资源短缺风险转移到所有保险公司的投保人，关于水资源短缺风险的保险还有待进一步研究。

5.5.2　努力推进节水型社会建设、抑制社会用水需求

中国水资源保障风险防范对策的核心是节水防污型社会的建设，节水防污型社会建设

的主要内容包括以下四个重要方面。

1. 实行最严格的水资源管理制度

解决中国日益复杂的水资源保障风险问题，必须贯彻落实水利部提出的实行最严格的水资源管理制度。这一制度的核心是建立水资源管理三条红线：水资源开发利用红线，严格实行用水总量控制；用水效率红线，坚决遏制用水浪费；水功能区限制纳污红线，严格控制入河排污总量。

以总量控制为核心，抓好水资源配置。要建立覆盖流域和省、市、县三级行政区域的取水许可总量控制指标体系。流域管理机构要在水资源综合规划基础上，制定流域水量分配方案，提出各省（自治区、直辖市）的取水许可总量控制指标。各省（自治区、直辖市）要将总量控制指标逐级分解到各行政区域。要实行严格的取用水管理。大力推进国民经济和社会发展规划、城市总体规划和重大建设项目布局的水资源论证工作，从源头上把好水资源开发利用关。充分发挥水资源费在水资源配置中的经济调节作用。要强化水资源统一调度，保障重点缺水地区、生态脆弱地区、湿地等用水需求。

以提高用水效率和效益为中心，大力推进节水型社会建设。要强化节水考核管理。制定用水定额标准，明确用水定额红线，强化节水"三同时"管理，建立健全节水产品市场准入制度，还要加大节水技术研发推广力度。

以水功能区管理为载体，进一步加强水资源保护。要加强饮用水水源地保护，强化水功能区监督管理，切实加强地下水资源保护，严格进行地下水开发利用总量控制，维持地下水合理水位，防止地下水超采引发生态与环境灾害。

2. 建立与水资源和水环境承载能力相协调的经济结构体系

根据区域水资源条件和土地、矿产、技术发展水平，按照可持续发展和节约型社会建设原则，建设低投入、高产出、低消耗、少排放、可循环、可持续的与水资源承载能力相适应的国民经济体系。要建立起自律式发展的节水模式，在产业布局和经济机构调整中考虑水资源的条件，建立与水资源承载能力相适应的经济结构和布局，发展适应高经济效益和高水资源利用效率的新型产业结构，不断提高水资源利用效率和效益，促进经济、资源、环境协调发展。要根据区域水资源承载能力和河流水系水功能目标以及水环境容量的约束，不断强化对用水的社会管理，合理有序规范经济社会行为。大力发展循环经济，降低资源消耗，减少污染排放。在水资源紧缺地区，产业结构和生产力布局要与水资源承载能力和水环境容量相适应，严格限制高用水、高污染项目建设。鼓励发展节水旱作农业，减少用水量高的作物种植比重，积极培育和推广耐旱的优质高效作物品种，发展雨热同期作物。不得盲目扩大城市规模，城市绿化和景观建设要与当地水资源条件相适应。现状开发利用量已超过水资源可利用量的地区，要通过水资源的高效利用和优化配置，逐步退减国民经济超用的水量，修复和保护河流和地下水生态系统。现状生态系统用水已经亏缺的地区，要在大力节水的基础上，通过各种措施，恢复自然生态系统用水量。

3. 建立完善的水资源优化配置和高效利用体系

坚持开发、节约、保护并重，节约优先，完善水资源高效利用和优化配置的工程技术体系。逐步建立设施齐备、配套完善、调控自如、配置合理、利用高效的水资源安全保障体系。完善现有设施的配套程度，用现代技术改造传统的设施和用水技术，推广使用高效用水设施和技术，减少浪费，提高用水效率。在供水方面，加强输水设施和水资源控制实施的建设与配套，有效减少输水损失；在农业用水方面，积极推进设施的节水改造和配套，建设农业节水工程，完善灌溉用水计量设施，因地制宜发展多种模式的节水农业、节水灌溉工程，实施大中型灌区续建配套的节水改造工程、节水灌溉示范工程、农业综合开发节水灌溉工程、集雨节灌等工程；在工业用水方面，加快对高用水工业行业的节水技术改造，提高工业用水重复利用率，推广先进用水工艺，大力推进清洁生产，利用高新技术提高循环用水能力，加大节水减污力度；在城市和服务业用水方面，加快城市供水管网的技术改造，降低输配水管网漏损，全面推行节水型用水器具。

注重合理运用水资源优化配置的非工程措施。要通过深化改革，充分发挥市场机制和经济杠杆的作用，注重运用价格、财税、金融等手段促进水资源的节约和有效利用。制定用水权交易的市场规则，探索建立用水权交易市场，实行有偿转让，实现水资源的高效配置。积极稳妥地推进水价改革，建立健全科学的水价制度，按照补偿成本、合理收益、优质优价、公平负担的原则，制定水利工程供水价格和各类用水的价格，形成"超用加价、节约奖励、转让有偿"的水价政策，逐步形成以经济手段为主的节水机制。

4. 建立自觉节水的社会氛围

建设节水型社会是全社会的共同责任，需要动员全社会的力量积极参与。要加强宣传，营造氛围，充分利用一切宣传形式，大力宣传中国的资源环境形势和节水型社会建设的重要性，宣传节约用水的方针、政策、法规和科学知识，教育每个公民过文明健康科学的生活，形成"节水光荣、浪费可耻"的社会风尚。要通过建立机制、积极引导、鼓励成立各类用水户协会、参与水量水权分配、用水管理、监督和水价制定等工作，规范用水户管理制度，形成民主选举、民主决策、民主管理、民主监督的工作机制。全社会树立节水意识、建设节水文化、倡导节水文明，逐步形成自律式的用水行为规范。建立健全节水工作的社会监督体系，多形式、多层次组织社会公众参与节水工作。

5.5.3　加强非传统水资源开发利用，增加水资源供给

解决水资源保障风险除了抑制需求外，还需要想方设法增加供给，而非传统水资源的开发利用则具有广阔的前景。非常规水资源指在传统水利观念下不被列为开发利用对象的供水水源类型。该概念本身就隐含了观念转变的内在旨意，要着力转变传统水利观念，使全社会认识到非传统水资源的开发利用价值所在。多渠道开发利用非常规水资源，是近年来被世界各国普遍采用的可持续的水资源利用模式。经验表明，非常规水资源的开发利用不仅可以补充常规水资源的不足，在特定的条件下，还可以在一定程度上替代常规水资源，或者可以加速并改善天然水资源的循环过程，使有限的水资源发挥出更大的效益。

1. 雨水资源化利用

所谓雨水资源化是指通过规划和设计，采取相应的工程措施，将雨水转化为可利用水

资源的过程。而城市雨水资源化是根据城市地形地貌，利用城市现有设施，系统规划设计其他相关工程措施，将汛期雨水阻滞拦蓄，使雨水成为可供城市综合利用的水资源，同时考虑如何使社会、经济、生态效益达到最优。广义的雨水集蓄利用是指经过一定的人为措施，对自然界中的雨水径流进行干预，使其就地入渗或汇集蓄存并加以利用；狭义的雨水集蓄利用则指将汇流面上的雨水径流汇集在蓄水设施中再进行利用，雨水集蓄利用中强调了对正常水文循环的人为干预。针对中国目前对天然降雨的利用率只有10%，与国外利用率较高的国家相比，利用的潜力巨大，发展的前景十分广阔，而且中国有效降水量在250mm以上的地区很广，且降水集中在6~9月，利用丘陵山坡、路面、场院和屋顶等设施为聚集雨水、开发利用雨水资源创造了有利条件。目前，全国共建成各类雨水集蓄工程1800多万处，集雨场面积20多亿平方米，储水设施总容积约12亿 m^3，解决了近2000万人和1800多万头牲畜的饮水问题，并为3500多万亩耕地提供了抗旱补灌水源，取得了显著的成效。根据以往经验，凡是年降水量大于250mm的地方，均可修建雨水集蓄利用工程，具有很大的发展潜力。近几年来，部分城市的集雨设施建设进展较快，发展潜力也很大。2008年，全国集雨工程供水量近7亿 m^3，未来预计达到15亿 m^3 以上。

2. 洪水资源利用

洪水是可利用的资源，中国水资源中有2/3左右是洪水径流量。虽然人们一般的认识是，洪水是一种自然灾害，会带来淹没、侵蚀、冲刷等物理性的灾害，给人们带来生命财产的损失，还会带来许多潜在的危险。但是洪水除了灾害性，还有其资源性的一面：洪水是一种自然水体，是一种大的流量过程，在防洪安全范围内并无危害性，而且还可能带来了上游的大量营养元素。

在精确预报、科学调度和确保工程安全的前提下，充分利用洪水资源，减少水资源的无效流失，既是洪水管理的重要内容，又是一种间接的节水措施。例如，2003年小浪底水库拦蓄洪水110亿 m^3；江苏、安徽提高洪泽湖水位0.5m，多拦蓄洪水8亿 m^3；宁夏和内蒙古引洪55亿 m^3 补给湖泊、湿地；黑龙江和吉林引洪超10亿 m^3 补给扎龙、向海、莫莫格等湿地生态用水；山东滨州市利用河道蓄存洪水超1亿 m^3；西安等地利用雨、洪资源回灌地下水；海河流域平均每年利用洪水资源超60亿 m^3 等，洪水资源化具有广阔的前景。未来预计全国年均洪水资源量可达100亿 m^3 以上。

3. 污水资源化

污水资源化强调水资源的循环利用和资源化，是一种行之有效的节水措施，也是向节水型城市迈进的具有重要意义的一步。通过污水资源化，可以减少污水的排放量，减少水体的污染，促进水环境的良性循环，有利于区域环境的综合整治。目前世界上已有不少国家把城市污水开辟为城市第二水资源，有的国家水循环利用率达80%以上，成本费用也远远低于开辟新鲜水源和远距离调水，具有十分可观的经济效益。

2005年，全国废污水排放量已达717亿t，2008年达到758亿t，目前污水集中处理率平均约50%，但再生水回用率还很低。例如，污水处理率提高到60%，再生水回用率达30%，则每年可利用再生水130亿t左右，相当于目前城市年均缺水量的两倍，完全可以缓解目前的城市缺水状况。

4. 海水淡化及微咸水利用

中国海岸线长 1.8 万 km，18 个主要沿海城市中有 14 个淡水资源不足，沿海 5000 多个大小岛屿中也大部分存在淡水缺乏的问题。2005 年，全国直接利用海水为 237 亿 t，而美国和日本已达到 1000 多亿吨。全世界直接利用海水作为工业冷却水的总量已达 6000 多亿吨。所以，今后中国在利用海水作为工业冷却水和冲厕用水等方面具有很大的潜力，可以替代大量的淡水资源。例如，天津碱厂投入 700 多万元，建成 2500t/天的海水循环冷却装置，每年节约淡水 60 多万立方米，节省水费 150 万元。2008 年，全国海水直接利用量 410 亿 m^3，比 2000 年增加了近一倍。其中广东省和浙江省分别达 204 亿 m^3 和 119 亿 m^3。预计未来全国年均海水直接利用量可达 1000 亿 m^3 以上。

海水淡化也是替代淡水资源的发展方向之一。目前全世界已建的海水淡化厂有 13 000 多座，海水淡化量已达 3500 多万吨/天，并正以每年 10% ~20% 的速度增长。目前世界上已有 1 亿多人口以海水淡化作为生活用水供水水源。随着海水淡化技术的进步，单位成本正在逐步下降。目前，中国在建的海水淡化厂总规模已达 40 万 t/天。2008 年海水淡化供水量为 2000 万 m^3。根据海水利用规划，中国 2010 年的海水淡化能力达到 300 万 t/天，海水直接利用量将达到 1000 亿 t，海水利用对解决沿海地区缺水问题的贡献率将达到 25% ~35%。

据粗略估算，全国有矿化度 2 ~5g/L 的微咸水 150 亿 m^3 左右，主要分布在华北平原和西北地区大型灌区周边的地下水含水层。目前，北方一些地区已采用微咸水和淡水混合灌溉的方式开发利用微咸水。长期的置换、循环还可以使地下含水层的水质逐步改善，具有节约淡水和改善地下水水质的双重效益。

5.5.4　区域水资源干旱风险应对机制

由于水资源短缺风险的存在，我们必须制定相应的旱情应对机制，在干旱发生时有章可循，这样才能做好防旱抗旱减灾工作，促进经济社会的持续稳定发展，确保广大人民群众正常的生产生活。

根据干旱的严重程度将干旱等级划分为四级，即轻度干旱（轻旱）、中度干旱（中旱）、严重干旱（重旱）、特大干旱（特旱）。以省级区域为例，参考有关文献，制定区域各相关部门在遇到不同级别的干旱时的应对措施。

1. 轻旱

1）各地（级）防汛办

（1）及时了解、统计受旱地区旱情，发布旱情消息。

（2）部署并督促各地做好防旱抗旱水源调度管理和防旱抗旱节水等各项工作，将全省的蓄水状况维持在一个合理的水平，在确保安全的条件下，开展洪水资源利用，保障抗旱水源。

（3）向省政府、省政府防汛抗旱指挥部领导报告旱情。

（4）向国家防汛抗旱总指挥部办公室报送旱情报表。

2）各地（级）气象局

（1）发布气象干旱监测、预测等气象信息。

（2）向省防汛指挥办公室提供受旱地区各县（市）月降水、蒸发、气温等情况，并分析未来的天气形势。

3）各地（级）水文水资源勘测局

（1）向省防汛办报告大中型水库蓄水、主要江河径流、旱区代表站点的降水、蒸发等情况。

（2）分析未来旱情发展趋势对抗旱有何不利影响。

2. 中旱

1）各地（级）防汛办

（1）组织召开由气象、水文、水利、农业、渔业、城建、电力等部门参加的旱情会商会，分析旱情，预测旱情发展态势，部署抗旱工作。

（2）及时了解掌握各地的旱情发展变化和抗旱动态，发布旱情消息。旱情旱灾信息主要包括：灾害发生的时间、地点、范围、程度、受灾人口；蓄水和城乡供水情况；灾害对城镇供水、农村人畜饮用水、农业生产、林牧渔业、水力发电、内河航运、生态环境等方面造成的影响。

（3）向省政府防汛抗旱指挥部领导报告旱情，并向省政府和国家防汛抗旱总指挥部办公室报告旱情。

（4）部署指导各级抗旱服务队投入抽水抗旱，对供水等抗旱重点水利工程实施统一调度和管理。

2）各地（级）气象局

（1）发布气象干旱监测、预测等气象信息。

（2）隔日向省防汛办提供受旱地区各县（市、区）降雨、气温等情况，并分析未来的天气形势和发展趋势。

（3）适时组织受旱地区开展人工增雨作业。

3）各地（级）水文水资源勘测局

（1）隔日向省防汛办报告大中型水库蓄水、主要江河径流、旱区代表站点的降水、蒸发等情况。

（2）提出抗旱措施建议。

4）各地（级）农业局

（1）向省政府防汛抗旱指挥部报告受旱时段全省尤其是旱区作物的种植结构、种植面积、生长时期，分析旱情对作物的不利影响。

（2）收集、统计作物受旱情况，并向省政府防汛抗旱指挥部报告，部署旱区做好农业抗旱工作，合理调整农作物种植结构。

（3）向省政府防汛抗旱指挥部提出抗旱的措施建议。

5）各地（级）水利局

（1）部署指导各级水利部门加强抗旱水源的管理和调度，做好保证生活供水水源预案，协调做好灌溉、供水、发电等部门计划用水、节约用水和科学调水工作，保障饮水安全。

（2）部署指导受旱地区开辟抗旱水源，维修、装备抗旱机具，全面调配和起用地表、地下抗旱水源，各抽水站、机电井投入抗旱。提供抗旱技术指导，推行节水灌溉方式和节水耕作技术。

3. 重旱

综合干旱指标分析为重度干旱，需要由省政府防汛抗旱指挥部统一指挥。

1）省政府防汛抗旱指挥部

（1）组织召开指挥部各成员单位参加的抗旱会商会或抗旱紧急会议，分析旱情，预测旱情发展态势，部署全省抗旱工作。

（2）发出抗旱工作的紧急通知，督促旱区组织力量投入抗旱工作，做好抗旱骨干水源的统一调度和管理，组织开展打井、淘深井、挖泉、筑坝、建蓄水池等应急性抗旱措施，组织对饮水水源发生严重困难的地区实行临时人工送水。

（3）必要时，组成工作组深入旱区指导工作。

（4）掌握各部门、各社区、市抗旱动态，召开新闻发布会，通报旱情旱灾及抗旱情况，根据旱情的发展，宣布全省进入紧急抗旱期。

（5）向国家申请特大抗旱补助经费，请求省政府安排必要的抗旱资金，重点支持受旱严重地区的抗旱减灾工作。

2）省政府办公厅

（1）督促各地落实各项抗旱措施。

（2）协调省直各部门单位支援抗旱工作。

（3）起草请示报告，向国务院汇报旱情和抗旱情况。

3）各地（级）防汛办

同中旱。

4）各地（级）气象局

（1）发布气象干旱监测、预测等气象信息。

（2）每日向省防汛办报告全省各县（市、区）的降雨、气温等情况，分析未来的天气形势。

（3）抓住有利天气，适时组织开展人工增雨作业。

5）各地（级）文水资源勘测局

（1）隔日向省防汛办报告主要江河径流、大中型水库蓄水、降雨和蒸发情况，并分析评估对抗旱工作的影响。

（2）加强江河水库和供水水源地的水质监测。

（3）提出抗旱措施建议。

6）各地（级）水利局

（1）同中旱。

（2）部署指导各级水利部门加强水资源统一调配，调整农业灌溉用水，确保城镇供水和农村人畜饮用水安全，维护灌区供水秩序，及时协调供需矛盾，防止重大水事纠纷。

7）各地（级）农业局

（1）同中旱。

（2）指导各地改种、补种旱作物，帮助调集和调剂旱作物种子、种苗。抓好农作物病虫害防治工作。

（3）组织抽水设备及零配件的供应。

4. 特旱

省防汛抗旱指挥部及各成员单位在做好重旱时的各项工作的基础上，要把防抗特旱工作作为头等重要工作抓紧抓好，认真落实重旱的各项措施。省防汛抗旱指挥部要及时研究部署防抗特旱和救灾工作，定期向省委、省政府汇报旱情及防抗特旱的工作情况，及时组织向国务院及国家有关部门报告灾情，组织有关部门深入灾区，慰问灾民，指导抗旱救灾工作。各有关部门要各司其职，各负其责，采取积极有效的措施，确保旱区人饮安全，确保灾区正常的生产生活秩序，维护社会稳定。

第6章　跨区域水资源调配与跨境水资源分配风险研究

6.1　重大跨区域水资源调配风险的识别

6.1.1　背景和相关概念

为了缓解中国水资源南北分布不均的供需矛盾等问题，国家实施了南水北调工程。在建的南水北调工程是迄今为止世界上最大的特大型跨区域调水工程，东、中、西 3 条调水线路的规划调水量达 448 亿 m³/年，相当于整条黄河的水量，涉及 12 个省（自治区、直辖市）3 亿多人口。大型跨区域调水工程面临着重大挑战和待解问题，即水资源调配的环境风险。2006 年 8 月，*Science* 发表专文，报告了关于中国南水北调工程实施中迫切需要研究的水安全与生态安全的许多风险和未知后果问题的激烈讨论。根据国务院 2002 年批准的《南水北调工程总体规划》，中线一期工程拟定于 2010 年通水，但现在最新确定的通水日期则推迟至 2014 年汛后，其中就考虑到了跨区域大规模调水存在巨大风险。

跨区域调水工程是指把一个流域的水输送到另一个流域或若干个流域，或者把若干个流域的水输送到一个流域，为此所兴建工程叫做"跨区域调水工程"。跨区域调水的实质是为了解决区域水资源时空分布不均或短缺，但规模大、涉及面广、影响因素复杂，集环境敏感度、生态敏感度、资源敏感度、经济敏感度和受社会高度关注为一体，属重大敏感项目。文献报道已经引发的环境问题，主要有：①输水管线传播疾病问题；②输水沿线水污染问题；③输水沿线土地盐渍化问题；④水资源调出地区因用水不足引发的问题；⑤河口咸水入侵问题（王洪法，等，2007；吉扑林，1997；劳顿，2000）。

据不完全统计，目前世界上 40 个国家已建和在建调水工程 358 项，主要集中在亚洲、欧洲和北美洲，其中亚洲 178 项，占世界近一半。按衡量调水工程规模的综合指标，可分成小型、中型、大型、特大型和巨型五个等级（杨立信等，2003）。据此，中国的南水北调中线是当今世界最大的一项调水工程，调水量 W 为 145 亿 m³/年，线路长度 L 为 1432km，规模综合指标 WL 为 207 640（亿 m³·km）/年；南水北调东线工程，位居世界第二，调水量 W 为 148 亿 m³/年，线路长度 L 为 1156km，规模综合指标 WL 为 171 088（亿 m³·km）/年。

有关重大跨区域水资源调配的风险有很多分类，本章拟定的研究内容主要为环境风险。2004 年国家环境保护总局发布的《建设项目环境风险评价技术导则》（HJ/T169—2004）指出："环境风险是指突发性事故对环境（或健康）的危害程度，用风险值 R 表征，其定义为事故发生概率 P 与事故造成的环境（或健康）后果 C 的乘积。"理论上，要

定量得到风险值 R，需分别计算失事概率 P 和危害后果 C，但在实际应用上，对两者的求解一般都很困难，尤其 C 的计算与发生地社会经济发展水平密切相关，变化较快，情况更为复杂（黄崇福，2006）。2004 年，联合国在其实施的"国际减灾战略"项目中，格外强调了承灾体对灾害的敏感度，即脆弱性、易损性，指出：如果隐性的风险发展为显性的灾难，其危害程度的大小取决于灾害的特点、发生的可能性、灾害强度，与自然、社会、经济和与环境状况有密切关系的承灾体对灾害的敏感性以及人类应对风险的能力（刘燕华等，2005）。可见，环境风险状态方程式 $R = PC$，在本质上将多维的风险问题简化成便于比较大小的线性问题，掩盖了过程的复杂性和对象的不确定性。但是识别、度量环境风险仍然存在不确定性，所以，它不可能被精确地计量出来，它永远只是一种估计（李雷等，2006）。

综上，环境风险有别于工程风险、投资风险、生命风险、经济风险和社会风险等；同时，环境风险评价不等于环境影响评价。环境风险主要关注发生概率小，通过自然环境传递的，对环境可能产生严重后果的突发性事故，并对其进行不确定性意义上的风险分析。

6.1.2　重大跨区域水资源调配的环境风险分类

环境问题具有多学科、跨领域的特征，风险因子的多样性、不确定性，风险因子之间的相关性及重要性权衡的复杂性，决定了环境风险分类标准的多样化。考虑到风险评估的需要，这里按风险因子的可能危害后果进行归类。从危害后果的导因来看，可分为积累性风险和突发性风险两种，前者属于临界风险，后者属于概率风险。突发性事件概率可能不大，但危害后果可能是灾难性的。因此，环境风险评估一般比较关注突发性的环境风险。

重大跨区域水资源调配必须通过适当的工程予以实现，因此分类可以从环境与工程的相对关系来考虑。环境对工程的风险主要有溃坝风险、断流风险和水质风险三类；工程对环境造成的风险主要有生态风险和传染病风险两类，即

(1) 库坝因超标洪水或破坏性地震而导致的溃坝风险；

(2) 总干渠遭遇破坏性地震、极端干旱或洪涝等造成的断流风险；

(3) 由突发性水污染事故和由暴雨径流污染等产生的水质风险；

(4) 调水后对调水区及总干渠沿线造成的生态风险；

(5) 调水后可能诱发的传染病流行风险。

环境风险又有不同的风险因子，以及风险发生的不同线段，综合这些要素后的重大跨区域水资源调配风险如表 6-1 所示。

表 6-1　重大跨区域水资源调配风险分类

风险分类		主要风险因子	主要风险地段
环境对工程	溃坝风险	超标洪水	库坝
		破坏性地震	库坝

续表

风险分类		主要风险因子	主要风险地段
环境对工程	断流风险	破坏性地震	总干渠沿线
		特大洪水	总干渠沿线
		南北大旱，同枯	总干渠沿线
		寒候，冰坝冰塞	总干渠北部
	水质风险	暴雨径流污染	总干渠沿线
		地下水渗透污染	总干渠沿线
		突发性事故污染	总干渠沿线
工程对环境	生态风险	水质恶化	水源区，受水区
		海水入侵	入海口
	传染病风险	血吸虫病传染	水源区，受水区

6.1.3　重大跨区域水资源调配的风险识别

风险识别主要甄别"引发风险事故的主要因素是什么"、"有哪些风险是重大的，并需要进行评价"等问题，是从纷繁复杂的环境系统中找出具有风险因素的过程。识别过程有四个步骤：①资料识别，收集工程区域环境资料和国内外事故统计分析及典型事故案例资料；②风险范围识别，对项目功能系统划分功能单元，针对跨区域调水线路长，跨越地区范围大，各部分自然条件和环境影响性质有明显差异的特点，一般分成水源区、受水区和干渠沿线区三个子系统；③风险因子识别，通过事故发生潜在风险源和可能发生途径的研究，筛选环境风险因子，判定其可能导致事故的种类；④风险程度识别，确定潜在的危险单元及重大风险源。

环境风险的识别方法，主要有三种：矩阵法、专家经验法和历史资料统计法。采用矩阵法应按行、列排出需进行识别与筛选的环境要素及因子，工程对环境的作用因素、影响源，识别影响性质和程度。专家经验法主要依靠专业技术经验丰富的专家采取评判、记分等方法识别评价因子和评价重点。历史资料统计法是根据历史上发生过类似事件的概率对可能存在的风险因子进行识别，并结合相关研究判断将来该事件发生的可能性。例如，2003 年澳大利亚的风险评价导则列出各种程度可能性的定性描述与相应概率（表6-2）。

表6-2　定性描述和事件发生概率的转换

定性描述	相应概率	判断依据
极有可能	0.2～0.9	曾发生过多起类似事件
很可能	0.1	曾发生过一起类似事件

定性描述	相应概率	判断依据
可能	0.01	如果不采取措施可能会发生类似事件
不太可能	0.001	类似事件有发生的记录，但不完全一样
几乎不可能	0.0001	类似事件没有发生过的记录

6.1.4　南水北调中线环境影响识别矩阵

风险识别是环境风险评价的基础工作，建立在环境影响评价基础之上。《建设项目环境风险评价技术导则》（HJ/T169—2004）将环境风险评价纳入环境影响评价管理范畴。但两者有很大不同，最根本的区别在于：环境影响评价重点是正常过程，是指由系统引起的，其影响后果是相对确定的，采用确定性的评价方法，评价时段较长，采用的多为常规和长期措施；环境风险评价的重点是不确定性的突发性事故，这类事件的发生具有概率的特征，危害性质是急性的、灾难性的，危害后果发生的时间、范围、强度等，事先都难以准确预测，其评价方法以概率论和随机方法为主，其对策措施是以应急预案为主。

以南水北调中线工程为例，将其识别范围分为丹江口库区、汉江中下游地区、输水干线及受水区三部分，采用矩阵法分别筛选出各个子系统的主要环境因子，并根据以下三点原则确定重点评价因子。

（1）工程对环境因子产生显著影响。

（2）新出现的环境敏感点或根据现行环保法规和环评导则需要新增或重点研究的内容。

（3）公众关心的热点问题，或对工程实施有重大关系的问题。

根据表6-3环境影响识别矩阵（长江水利委员会，2004），可以看出如下三点。

（1）丹江口库区：重点评价因子为水质、水土流失、生态。环境问题主要是大坝加高，水流变缓，可能造成局部库湾水体的富营养化；淹没和移民将增加对环境的压力，引起土地和森林资源的减少；水库蓄水位抬高，可能引起局部滑坡、崩塌；特大洪水或破坏性地震可能导致溃坝风险。

（2）汉江中下游地区：重点评价因子为水文情势、水质、生态、水土流失。环境问题主要是丹江口水库下泄水温有所降低，涨水过程减弱，将对鱼类繁殖产生不利影响；下泄水量减少，影响稀释自净能力，对汉江中下游水质产生不利影响，造成该区域诱发"水华"、物种减少等生态灾难的风险将增大。

（3）输水干线及受水区：重点评价因子为水质、水土流失、生态、地下水与土壤环境。环境问题主要是输水工程呈条带状分布，切割（或阻隔）沿线的自然生态系统；调蓄和引水灌溉有可能因抬高局部地区的地下水位，引起土壤次生盐碱化；总干渠长距离输水，存在突发性水污染事故和由暴雨径流污染等产生的水质风险，以及遭遇库区大旱，南北同枯等造成的断流风险。

表 6-3 南水北调中线工程环境影响识别矩阵

工程影响区域	评价时段	工程作用因素	自然环境												社会环境								
			局地气候	水文情势	水温	水质	环境地质	泥沙冲淤	生态	调蓄水体生态	河口生态环境	土地资源	水土流失	地下水与土壤	社会经济	移民	人群健康	施工环境	景观	文物	供水	交通	防洪
丹江口库区	施工期	工程施工				◎			◎			◎	●		◎		●	○	○			○	
		淹没与移民				○			●			◎	●		○	●	○		◎	◎			
	运行期	工程运行	◎	○	◎	◎	◎	◎											○				
汉江中下游及河口区	施工期	工程施工				◎			◎			◎	●		◎		●	○	○				
		占地与拆迁安置				○			●						○	◎							
	运行期	工程运行	○	●	○	●			○		◎				◎				○		◎	◎	●
总干渠及受水区	施工期	工程施工				◎	◎		◎			◎	◎		◎		●	◎	○	○			
		占地与拆迁安置				○			●			◎	○		○				◎	◎			
	运行期	渠道输水				●	○	○	●	●		●	●				○		◎		◎		
		管道输水				●	◎	○	○			◎	◎				○		○				

○影响小；◎影响中等；●影响大

综上，风险类型取决于风险因子，环境因子可升级为风险因子，但不等同于风险因子。风险因子是根据环境因子重点评价确定了某些重大危险因素的基础上确定的。三种识别方法的有机结合可以大大增加判断的可操作性。风险因子识别的目的是突出评价工作的重点，使对环境风险的评价、预测及环境风险防范措施更具针对性。

6.2 跨境水资源分配风险的识别

6.2.1 跨境水资源分配概念及相关问题

水资源分配的本质是水权的分配，包括对水资源所有权、水资源使用权、水产品与服务经营权等的分配。大多数跨境水资源分配只涉及前两项水权分配，其关键点和难点在于初始水权的配置，即如何根据水分配原则将水资源的使用权公平合理地分配给开发利用者（何大明等，2005）。跨境水资源是指国际河流中的水体，"自由"地从一个国家流向另一国家，跨越了不同的政治疆界和领土为各国所共享，而"跨境流动"使国际河流的水资源利用和管理与资源主权、国际关系、区域经济合作、边界管理、跨境民族社区平等和稳定、国际合作协调机构能力建设等密切相关，远较单一国家内部河流水资源问题复杂，是一个超越国界的多学科问题。

在 21 世纪水资源短缺日益严重的情况下，国际跨境水资源分配成为世界各国家、地区和利益团体之间竞争和引发矛盾冲突的导火索。在全球性水短缺和跨境资源环境冲突问题日益突出的态势下，如何开发利用国际河流的共有水资源，更好地满足流域内各国对水资源的需求，维护国际河流生态系统平衡，不仅成为区域国际合作的主题之一，也成为国际组织研究机构和许多非政府组织关注的焦点和研究的主题（何大明等，1999；Wolf，1999）。其中，跨境水资源的分配最易在各流域国之间产生利害冲突，更成为关注的焦点。

就中国跨境河流而言，作为亚洲乃至全球最重要的上游水道国，中国面临复杂的跨境水分配问题。而西南地区的国际河流，情况更复杂，面临的问题也最多。何大明和冯彦（2006）认为，西南国际河流需要关注国际河流区边界的演变、划分和管理，包括最为敏感的"主权界定"、"权利和义务界定"、"跨境资源权属及权序"、跨境资源合作开发和保护、跨境生物和文化多样性维护、跨境边界自然资源管理、跨境经济合作等。此外，还关注水道系统内地缘政治和水道系统外各捐赠国背景及其受援国关系问题，及它们对跨境资源开发利用的影响问题（何大明和冯彦，2006）。关注与跨境资源"国际分配"有关的问题与研究，包括跨境水资源在各水道国之间的合理分配和再分配，以及在水道国内各用户/用水目标之间的分配和再分配的问题，如不同项目分配，同一项目费用/效益分配，相应合作机构组成、名额和费用分配等。关注与"上游"有关的问题研究，如上游开发对下游的影响，上游生态治理、上游水源地保护等对下游产生的效益。关注与"下游"有关的问题研究，特别是下游河道泥沙沉积/河岸冲刷、河流改道或中泓线摆动（国家变化）及对三角洲地带湿地生态系统、土地盐碱化和海水倒灌影响的研究。

本项研究侧重于因跨境国际河流水资源重新分配的特殊敏感性，通过水利工程设施对水资源重新分配造成相应的风险。这主要可以从建设带来生态破坏、建设施工期产生污染、破坏生态平衡、对泥沙和河道产生影响、诱发地质灾害、移民问题、破坏自然生态景观、对民族文化传统产生冲击、对下游生产生活产生影响等方面进行识别和分析。

6.2.2 西南国际河流水能资源特征

中国西部国际河流，尤其是西南诸河（伊洛瓦底江、怒江—萨尔温江、澜沧江—湄公河、元江—红河），在国内、国际具有显著的特点和突出的重要性：①地势高寒、高山峡谷、南北向发育、东西向展布，其自然系统和人地关系的构成、分布、作用机制、演变过程等，又具有复杂性、特殊性、多样性和脆弱性；②资源富集、地广人稀、特别贫困；③所有水道国均是发展中国家和经济增长最快的国家，在流域开发和管理中都面临资金、技术和人才短缺的困难；④大多国际河流同时受东南季风和西南季风控制，年降水量丰沛，出境径流量占中国出境径流量的 2/3 以上，河川径流受全球气候变化的影响明显。上述国际河流综合利用要求比较单一，开发任务均以发电为主，对防洪、灌溉、航运、放木等无特别要求，结合发电建高坝大库调节河川径流，下游梯级水能指标综合效益均可以得到改善。

西南国际诸河水能资源丰富，据 1980 年《中华人民共和国水力资源普查成果》，其理论水能蕴藏量为 9690.15 万 kW，年发电量 8488.55 亿 kW·h，技术可开发水能资源初步复核为 5298.17 万 kW、2574.44 亿 kW·h，按河流分澜沧江装机占 57.71%，怒江占 30.38%，红河和伊洛瓦底江两江仅占 11.91%。从地区分布看，云南省占 92.80%。根据初步复核的技术可开发装机容量为 5298.17 万 kW，年发电量 2577.44 亿 kW·h，装机容量按河流分澜沧江占 57.71%，怒江占 30.38%，红河和伊洛瓦底江两江仅占 11.91%。而至 1995 年开发程度仅为 4.93%，说明西南国际诸河尚有大量的水能资源待开发（何大明，等，2000）（表 6-4）。

表 6-4 西南国际诸河水能资源汇总

河流	理论水能蕴藏量			技术可开发水能资源			
	装机容量 /万 kW	年发电量		装机容量		年发电量	
		/亿 kW·h	占比/%	/万 kW	占比/%	/万 kW·h	占比/%
澜沧江	3 656.38	3 202.98	37.73	3 057.76	57.71	1 476.51	57.35
怒江	4 600.0	4 029.6	47.47	1 609.81	30.38	802.96	31.19
红河（元江）	988.77	866.16	10.20	539.60	10.19	257.37	10.0
伊洛瓦底江	445.0	389.82	4.60	91.0	1.72	37.60	1.46
合计	9 690.15	8 488.56	100	5 298.17	100	2 574.44	100

注：理论水能蕴藏量为 1980 年全国水力普查成果；技术可开发水能资源为本次统计成果，所列数据均为中国境内部分

上述四条国际河流的水能资源数据为何大明、汤奇成等基于 1980 年全国水力普查结果进行统计的结果，至 2000 年，上述国际河流大、中型水电的发展总体情况建成装机容量 388.85 万 kW，开发程度为 8.99%，其中澜沧江为 11.90%，怒江 0.8%，红河 18.45%，伊洛瓦底江 57.08%；至 2010 年，建成 1148.15 万 kW，开发程度为 26.53%，其中澜沧江为 39.01%，怒江 2.98%，红河 34.42%，伊洛底江 74.78%；至 2020 年，建成 1802.06 万 kW，开发程度为 41.64%，其中澜沧江为 62.35%，怒江 3.19%，红河 56.49%，伊洛瓦底江 88.94%；至 2050 年，建成 3479.0 万 kW，开发程度为 80.39%，其中澜沧江 68.60%，怒江 100%，红河 76.31%，伊洛瓦底江 100%（欧阳启麟等，2001）。经过至 21 世纪中叶的水电建设，特别是澜沧江功果桥以下河段水电开发的完成，以及 2020～2050 年的 30 年间，怒江干流水电开发的完成，合计建成装机将达 3020.0 万 kW，年发电量 1474.31 亿 kW·h（水利部水利水电规划设计总院和水利部珠江水利委员会勘测设计研究院，1999）。而且，由于西南国际诸河地处青海、西藏和云贵高原，大部分河流都在高山深谷中穿过，河道坡降陡，水流急，十分有利于发电。澜沧江、红河靠近国境下

游干流段还可以通航，其余河流无通航之便。干流沿江两岸一般农田不多，居民稀少，较大坝子（平原地区）有澜沧江下游景洪坝子、怒江下游潞江坝子、红河元江坝子等，这些坝子在特大洪水时部分农田将受到淹没，流域内农田用水一般由支流解决，因此，四国际河流综合利用要求比较单一，开发任务均以发电为主，对防洪、灌溉、航运等无特别要求，结合发电建高坝大库调节河川径流，下游梯级水能指标综合效益均可以得到改善。不过，大水电站的技术条件比较复杂，对社会经济和生态环境的影响很大。如果规划勘测设计研究不够，会对造价、工期和投资效果造成不良影响。中国西南水电能源基地中许多大水电站在地质、水文、工程环境评价、枢纽布置、建筑物选型、施工方法、机电设备选择、经济分析和运行等方面都有很多问题，需要对上述问题所潜在的风险进行估量和分析。

澜沧江—湄公河流域是西南国际诸河中开发较早、受国际关注度较高的河流。该河自北而南流经中国、缅甸、老挝、泰国、柬埔寨和越南六个国家，被誉为"东方的多瑙河"。流域内河川径流补给类型齐全，在昌都以上为青藏高原区，以地下水和冰雪融水补给为主；昌都至功果桥，为横断山高山峡谷区，属雨水和地下水混合补给类型，兼有少量冰雪融水补给；功果桥至桔井，为亚热带、热带气候，雨水补给为主；在万象平原、湄公河低地，地下水对河川径流的补给调节功能突出。澜沧江—湄公河从河源至河口，干流全长4880km，在世界各大河中位居第6位；流域面积81万km，居世界大河第14位；在国际河流中，其长度仅次于亚马孙河和尼罗河位居第3，其流域面积位居第11，其水量位居第4。澜沧江—湄公河总落差5167m，平均比降1.04%，多年平均径流量4750亿m³，年平均流量15 060m³/s。澜沧江—湄公河在中国境内干流长2130km，其中云南省境内1216km，从南阿河口至南腊河口31km为中缅界河，以下在老挝境内干流长777.4km，柬埔寨境内501.7km，越南境内长229.8km，老缅界河长234km，老泰界河长976.3km（何大明等，2000）。澜沧江—湄公河水资源情况如表6-5所示。

表6-5 澜沧江—湄公河水资源分配

国家	流域面积/km²	占总面积比例/%	平均流量/(m³/s)	占总流量/%
中国	165 000 (167 487)[①]	21 (20.7)	2 410	16
缅甸	2 400 (2 100)[②]	3 (2.6)	300	2
老挝	20 2000	25	5 270	35
泰国	184 000	23	2 560	18
柬埔寨	155 000	20	2 860	18
越南	65 000	8	1 660	11
总计	773 400 (775 587)[③]	100	15 060	100

①括号内为中国计算数字；②括号内为缅甸估算数字；③括号内为中国计算数字

资料来源：何大明等，2000

总的来看，澜沧江—湄公河水资源总的分布规律是流域单位面积拥有水量下游丰于上游，左岸丰于右岸，高山峡谷区的河谷地带均属少水区，呵叻高地是最大少水区，也是全流域单位面积产水量最小的区，桑河流域是最大丰水区，也是全流域单位面积产水量最大的区。湄公河干流已规划水电建设工程如表 6-6 所示。

表 6-6　湄公河干流已规划水电建设工程情况

国别	工程名称	水库容量 /Mm³	装机容量 /万 kw	保证出力 /万 kW	年发电量 /亿 kW·h	水库淹没面积 /hm²	灌溉面积 /hm²
老挝	北本	355/340	2 970	150	33	73.4	30 000
	低琅勃拉邦	305/300	860	100	22	53.7	12 000
	高琅勃拉邦	355/320	15 390	320	102	162.1	78 000
	沙耶武里	275/272	190	100	17	44.9	6 000
	巴莱	275/255	5 580	250	59	127.3	37 000
	小计		24 990	920	233	461.4	163 000
老泰	上清利	250/233	4 560	220	47	106	40 000
	巴蒙	210/192	7 310	225	49	107	61 000
	班库	125/123	1 660	300	47	141.1	88 000
	小计		13 530	745	143	354.1	189 000
老柬	孔埠瀑布	82/80	2 430	100	25	52.6	67 000
柬埔寨	上丁	80/75	18 900	540	112	258.4	500 000
	松博	40/38	2 500	320	47	162	116 000
	洞里萨	10/3	54 470	2.1	1.3	1.1	6 136 000
	小计		75 870	862.1	160.3	421.5	6 752 000
总计		114 390	2 527.1	536.3	1237	7 104 000

注：有关数据未列入合计数；老泰、老柬指两国的界河

资料来源：陈茜和孔晓东（2000）、Dore 和 Yu（2004）

　　目前，澜沧江干流已建成电站有漫湾与大朝山电站，漫湾坝址位于大朝山电站上游约 84km 处，其中漫湾电站于 1987 年截流，1993 年完工，大朝山电站 1996 年 12 月截流，2003 年竣工。通过对河川径流年内分配规律的计算，以及澜沧江—湄公河干流旧州、允景洪、清盛三个重要控制站 1987 ~ 2003 年的月悬移质泥沙实测资料的分析，进一步判识泥沙含量年内分配的变化与水电站建设进程的关系。其中，旧州水文站位于漫湾电站上游 269km，代表未受水库回水影响的天然河道，允景洪、清盛则分别位于大朝山电站下游 314km 与 662km 处，两个距离不同的控制站的泥沙响应能反映电站建设对下游河道影响的程度（傅开道等，2007）。这些研究结论可为流域的梯级水电开发规划及水库联合调度运行提供理论依据。

　　不过，从 20 世纪 90 年代开始，下湄公河流域国家的民众就不断投诉湄公河水流的异常变化，他们认为，自从 1993 年漫湾水库蓄水之后，湄公河下游河流生态发生了很大的变化，中国在湄公河上筑坝的负面影响涉及渔业、农业、水质、健康和森林等方面（曹明，2005）。水坝的兴建不仅令河水流量不稳，更直接影响湄公河生态系内生物，水坝会限制水流量及其内营养物沉积，水中生物的食物来源减少，鱼类数量骤降。河中岩石、暗礁、浅滩被破坏，也影响鱼类生活和繁殖的场所，好几种洄游鱼类受到波及。自 2003

11 月以来半年内,湄公河渔获降至往年的半数,于湄公河生活特有之河豚和湄公鲶也濒临绝种。工程爆破引起河水浑浊也使当地居民食用之藻类数量大减,大幅影响居民生计(湄公河委员会,2004)。

6.2.3 澜沧江—湄公河跨境水资源分配风险识别

风险识别是用感知、判断或归类的方式对现实的和潜在的风险性质进行鉴别的过程。风险识别是风险管理的第一步,也是风险管理的基础。只有在正确识别出自身所面临的风险的基础上,人们才能够主动选择适当有效的方法进行处理。自 1957 年下湄公河的越南、老挝、泰国、柬埔寨成立流域管理机构以来,水资源一直是开发的重点,也是产生纠纷的焦点。由于一直没有全流域统一的管理机构,也就无分水协议。目前,上游(澜沧江)大规模的水电大坝建设和以亚洲开发银行为首组织的"大湄公河次区域经济合作"计划,使这一问题更复杂化和日趋紧张(何大明,1995a)。这样一来,对西南国际河流,尤其是对澜沧江—湄公河跨境水资源分配进行风险识别和评估,对于提高农田灌溉面积、调节径流、加强洪水防御能力、开发清洁水能、保护流域生态环境、维护当地社区的社会、经济、文化和生态均有意义。

大坝建设对下游的影响极其复杂,其关联效应涉及下游沿途社会、经济和环境的多重交互作用,这也是在大坝建设及运行过程中被忽视、被回避和引发众多争议的一个内在原因(Adams,2000)。因此,尽管目前全球大坝(坝高≥15.0m)已有近 5000 座,这方面的案例研究仍很少(World Commission on Dams,2000),而国际河流大坝的跨境影响更具敏感性和复杂性,更难估计。在澜沧江—湄公河流域,自 2006 年中后期以来,柬埔寨、老挝以及泰国政府准许泰国、马来西亚、中国、俄罗斯、越南的公司在湄公河干流上建造了 11 座大坝。这些大坝的高度为 30~70m,并产生 14 100MW 的电量。位于老挝南部的瓦栋沙宏(Don Sahong)大坝将阻塞大部分重要鱼类通过西潘敦群岛(Siphandone island-complex)的迁徙通道,同时另十座大坝将完全阻塞干流通道。2009 年 7 月,其中 9 个大坝工程还在可行性论证阶段,2 个工程(Don Sahong 和 Xayabouri)已经进入细节设计阶段。这一项目计划将于 2013~2020 年完成(International Rivers Network,2010)。澜沧江—湄公河水电开发的影响,不管是在上游(中国境内)还是在下游,都是一个敏感问题,总是引起争论。表 6-7 即为澜沧江—湄公河流域内目前存在的误解举例。

表 6-7 澜沧江—湄公河流域内目前存在的误解举例

	误解	实际状况
泥沙来源	片面强调上游带来的对下游造成危害	山区普遍存在土地不合理利用现象,不仅来源于中国,也有老挝以及下游国的支流
泥沙的影响	片面强调对航运的不利	洪水带来的泥沙是下游土地、湿地水生生物的重要养料来源
水质污染来源	上游的影响	农业的化肥和农药施用是重要污染源,而下游地区耕地面积广阔,是主要现时与潜在面源污染来源

续表

	误解	实际状况
水量控制	中方的影响不大	实际上中方对万象以上地区影响很大，在特大洪水年，还会波及三角洲
洪涝	上游水库放水的影响	洪涝不一定在全流域同时发生，存在多种因素和多种类型的洪涝以及全流域的综合防治
干旱	上游水库蓄水所致	上游水量消耗小，灌溉集中于下游国之间

中国水利水电科学研究院水环境研究所《澜沧江中下游水电梯级开发环境概况现场调研考察报告》显示，澜沧江干流中下游水文情势具有流量大、流速大、落差大、水位变化大的特点。河流的泥沙主要来源于地表侵蚀，流域受降水、植被、土壤、坡度和土地利用方式等影响，水土流失程度有所差异，但从 20 世纪 80 年代以来，由于土地开垦和植被破坏，河流输沙量和输沙模数均有增大趋势。梯级电站建设将在很大程度上改变河流的水文情势和泥沙状况，在我们承担的研究课题中，应将梯级电站对水文情势的风险识别作为西南国际河流跨境水资源分配的基本风险来研究。

何大明和冯彦（2006）利用澜沧江流域长系列干流水文的监测资料，对当前澜沧江上已建电站（漫湾和大朝山）运行前后上下游（旧州水文站和景洪水文站）水资源变化进行分析，以定性和定量相结合的方法，说明当前澜沧江水电开发对下游的影响，其主要包括对流域径流时空分配的改变、流域生境、河流泥沙、流域水环境、流域鱼类（动物）迁徙、跨境生态安全、流域民族文化多样性流域社会、经济结构和流域移民等方面产生的影响。另有研究者认为，澜沧江—湄公河流域电站建设和开发已对该河流域水文学产生不利影响，特别是引起最小流量的降低。漫湾电站建成后，湄公河流域泰国—老挝边境上平均最小流量下降25%，最小流量呈降低趋势。大坝作业连同上湄公河航道整治的流域开发方案一起引起不同寻常的急流波动。最近的研究认为，近几年下湄公河水位的异常变化主要是澜沧江水电梯级开发跨境影响所致；另一些研究则认为，这些年上下游水位变化主要驱动力来自于大环境变化（如气候变化和土地利用变化）（李少娟等，2006）。

由于不同流域水资源的差异性、流域国之间关系的复杂性、各国发展水平与政治经济实力的不均衡性，为避免跨境水资源竞争利用可能产生的国家间用水矛盾/冲突和协调流域国家间水资源利用目标，避免影响国际河流的开发进程和水资源的分配，我们综合相关研究成果（何大明，1995a，1995b；何大明和张家桢，1996；尤联元，1999；尹云鹤等，2005；Goh，2004），发现跨境水资源分配中可能存在的风险的主要作用因素在西南国际河流中下游多体现为跨境水资源分配生态风险和国际政治风险。其中，生态风险包括：①水电站建设对河流沿岸的生物多样性和对下游河道自然景观的生态风险；②以水能开发、航运建设为重点的区域经济一体化过程中对泥沙和河道产生的生态风险；③水电站建设对鱼类资源的生态风险。国际政治风险包括：①因上述生态风险导致下游水道国生产、生活的影响而引发的政治风险；②下游河道泥沙沉积/河岸冲刷、河流改道或中泓线摆动（国家变化）而引发的国际纠纷（政治风险）。

6.3　南水北调主要环境风险评价及其综合防范对策

6.3.1　南水北调主要环境风险评价

风险评价就是评估事故的发生概率及其发生后的严重性。因此，环境风险评价环节包括对事故的发生概率估计和危害程度评价两个方面，并按5等分级，用深浅度表示不同分级，如表6-8所示。

表6-8　环境风险分级

风险	危害后果分级				
发生概率分级	小	较小	中等	较大	很大
很大					
较大					
中等			采取措施		
较小					
小	可接受				

就南水北调中线工程而言，本章重点评价：丹江口库区的溃坝风险、总干渠沿线的断流风险和水质风险、汉江中下游地区的生态风险和传染病风险。

1. 溃坝风险

大型水库溃坝是严重的灾害事件，国内外有足够多的惨痛教训。在溃坝概率的量化方面，国内外研究主要依靠历史资料统计法和专家经验法来确定。就溃坝的危害后果，生命损失和经济损失评估可以量化，但对环境造成的损失一般很难采用货币定量计算。一般来说，库容与坝高是一座水库大坝溃决对生态环境造成破坏程度的决定性因素（王景福，2006）。

导致丹江口库区溃坝风险的因子主要有两类：①特大洪水；②破坏性地震。

1）特大洪水

据统计，自1954年中国有溃坝纪录以来，至2000年中国发生过3462例溃坝事件，其中洪水漫坝占50.2%，大坝质量引起的溃坝占34.8%，两项占了全部事件的85%，导因依次是工程泄洪能力不足、坝体坝基渗流破坏、遭遇超标准洪水、溢洪道破坏及管理不当。

丹江口水库控制汉江60%的流域面积。汉江全流域是一个暴雨区，特大暴雨中心一般自西向东移动，恰与河流流向一致，而且暴雨与洪水同期，支流众多。因此，汉江发生洪水时，多峰高量大，历时较长。根据历史记载，400多年来汉江上游发生过多次大洪水，安康站最大流量曾达到 3.9 万 m^3/s。1935年百年一遇的大洪水，丹江口站洪峰流量达到 5 万 m^3/s。由此可能使丹江口水库有遭遇特大洪水的风险。

南水北调中线实施了丹江口水库大坝加高工程。根据历史水文资料和多年历史洪水调查资料进行设计洪水计算，丹江口大坝加高设计的正常运用条件为千年一遇洪水位172.2m，设计流量为 6.49 万 m^3/s；非常运用条件为可能最大洪水位（万年一遇加 20% 的洪水位）174.35m，校核流量为 8.2 万 m^3/s。目前，丹江口水库大坝坝顶高程已由原来162m 抬高至 176.6m，正常蓄水位由 157m 抬高至 170m，总库容增加 116 亿 m^3，达 290.5亿 m^3。加坝后，水库的蓄洪能力大大提高，增加防洪库容 33 亿 m^3，可以使汉江中下游遭遇 1935 年型的洪水时不分洪，并且，枢纽设有正常溢洪堰、非常溢洪堰和泄洪深孔，具有相当大的超泄洪能力（长江水资源保护科学研究所，1995）。因此，即使出现特大洪水，如水库按调度要求正常运行时，不存在因洪水导致漫坝甚至溃坝的可能。

按专家经验法提出的溃坝事件是否发生的定性描述与概率间的转换关系，可以判断洪水对溃坝的失事概率在 0.0001～0.01，基本不可能发生因单纯洪水而造成溃坝事件。

2）破坏性地震

随着国内外水库诱发地震现象逐渐增多，尤其是坝高 100m 以上、库容达 10 亿 m^3 以上的水库诱发地震的概率较高，使得该问题得到了高度关注。例如，广东省的新丰江水库地震。该水库坝高 105m，总库容 115 亿 m^3。水库从 1959 年 10 月开始蓄水，1961 年 9 月蓄满，水库蓄水后地震活动的频率和强度立即有明显提高。1962 年 3 月 19 日发生了 6.1级地震，震中离大坝仅 1.1km，震源深度约 5km。地震使右岸钢筋混凝土大坝顶部出现长达 82m 的水平贯穿性裂缝；发电机组和开关站均受损坏而停止运转。

观测研究表明，蓄水位上升与地震强度之间有着明显的相关性。特别是地震频率与水位高度正相关，高坝大库蓄水后地震活动明显增多的例子较多，坝高超过 200m 的水库，发生诱发地震的实际比率为 34%。水库诱发地震的条件比较复杂，目前还没有统一的观点，但是水库诱发地震的因素已经被充分认识到，即深水型水库的蓄水水体环境，水向深层渗透并与地下水连通的水文地质环境，库区岩石中有足够的应变能累积却很少得到释放的地震地质环境。如果同时具备这三方面的环境因素，就有可能形成整体的诱发孕震系统，从而诱发水库地震（王景福，2006）。

据专家经验评估的抗震不安全概率估计，丹江口抗震不安全概率为 0.0001～0.01，丹江口水库抗震安全能够保证。据目前观察到的数据，丹江口水库 1967 年 11 月蓄水之前，库区没有发生过震中烈度达 V 度以上地震；1970 年 1 月开始发生地震，以后随水位上升，地震频度和强度也相应增加，并诱发了 1973 年 11 月 29 日的最大震级为 4.7 级地震，但未超过蓄水前历史构造地震强度。据预测，丹江口水库大坝加高、库容增加后，在短期内可能会诱发地震，但震级不会超过 5.3 级，震中烈度不超过 Ⅷ。此外，在丹江口水库大坝周围 300km 的范围内，也存在发生远场强震的可能性，但不会对大坝产生致命的危害（长江水资源保护科学研究所，1995）。

综上所述，丹江口水库因特大洪水导致的溃坝风险的概率很小，如按调度要求正常运行，可以确保大坝安全，规避溃坝风险发生。丹江口水库抗震安全能够保证，其位于地震烈度区划 Ⅵ 区，但按 Ⅷ 度设防，已有足够的余量以规避风险。但总体上看，仍不能排除极端条件的可能。

2. 断流风险

断流风险,即因各种风险因子发生,而造成跨区域水资源调配失效的风险。总干渠沿线形成断流风险的环境风险因子主要有四类:①破坏性地震;②特大洪水;③水源区大旱,南北同枯;④极端寒候,冰坝冰塞渠道。

1)破坏性地震

南水北调中线总干渠跨越中国东部大陆地震活动最强的地区——华北地震活动区。根据地震资料统计,输水干线两侧各100km范围内共发生≥4.7级的中、强震156次;最大一次发生在1679年9月三河、平谷间8级地震;最新的地震是1966年3月邢台7.2级地震。在地震空间分布差异上,黄河以北地震活动性明显强于黄河以南;黄河以北渠段地处河北平原地震带,地震频度和强度均较高。

根据国家地震局对工程场地地震安全性评价以及地震烈度区划边界核定的结果,南水北调中线的总干渠(含天津干渠)经过地区,地震基本烈度以Ⅵ、Ⅶ度为主,部分段为小于Ⅵ或Ⅷ度。其中,穿过Ⅵ度以下区的渠段长约773km,穿过Ⅶ度区的渠段长约516.8km,穿过Ⅷ度区的渠段长约114km。对位于地震烈度≥Ⅶ度区内的工程,按照《水工建筑物抗震设计规范》(DL5073—1997)的规定要求,加强抗震设计、监测和分析预报,可以保证调水工程的正常运行。但对于重要的建筑物,因受到烈度准确性的限制,当地震所在地的烈度大于建筑物设防烈度时,风险仍然存在,其中河南新乡到河北磁县Ⅷ度内,具有发生大地震的地质构造条件,其地震风险最大(长江水资源保护科学研究所,1995)。

2)特大洪水

由于地形影响,总干渠沿线为暴雨洪水多发区。总干渠西侧伏牛山、嵩山、太行山东侧有多个暴雨中心,降水强大而且集中,愈往北表现愈甚。沿线各地区每年都有日水量大于50mm的记录,最大24h雨量一般都在200mm以上,最大可达400~1000mm。由于总干渠基本沿伏牛山、嵩山、太行山山脉山前地带北上,沿线交叉河流基本都位于山区,洪水过程具有陡涨陡落、峰形较尖瘦的山区性河流洪水特性。一次洪水过程历时一般为3~7天。洪水洪量集中,3天洪量占7天洪量的80%左右,中小河流可超过90%以上。发源于伏牛山、嵩山、太行山迎风坡的河流坡度大,流程短,汇流时间短,加之暴雨量大,一次大暴雨的径流系数可达0.8以上,甚至高达0.95。因此这些地区的河流,易形成峰高量大的洪水过程。特大暴雨往往涉及相当大的区域。例如,河北"63·8"洪水,子牙河、大清河水系中的大部分河流洪水超100年一遇,波及豫北、冀中、冀南广大地区,范围超过10万km²(长江水利委员会,2004)。

首先,大范围暴雨洪水是造成当地惨重灾害的基本因素。因此,长历时大范围的暴雨洪水对总干渠造成严重破坏的风险危害很大。其次,总干渠穿越多个暴雨中心,其受暴雨洪水影响的累计频率大大增加。再次,在全球变暖的背景下,上述地区暴雨强度是否会增加,至今尚无结论。同时上述暴雨区的暴雨形成机制往往与北上的台风有关,同样在变暖条件中是否会增加,也值得关注,因为这两个因素都会增加暴雨洪水的概率,从而加大风险的出现概率。

河渠交叉建筑物的设计洪水一般是根据实测水文、气象资料及调查的历史洪水资料，结合河流具体条件、保护对象和建筑级别，依照现行设计洪水规范标准分析确定的。随着时间的推移，建筑物会逐渐老化，其受损失效的风险也逐渐增大，这也需要予以重视。

3）水源区大旱，南北同枯

南水北调中线工程主要解决北方缺水问题，在北方需要用水时能够及时供水。调水保证率是自上游到下游递减的，越往北保证率就越低。如果南北同时遭遇极端干旱，断流风险将不可避免。评估南北同枯概率，一般使用历史资料统计。基于水源区和受水区 40 余站 1954～1998 年的降水资料，王政祥和张明波（2008）分别计算分析了汉江水源区与唐白河、淮河、海河南北受水区丰枯遭遇特征。在三级分类条件下（把丰水年、偏丰水年视为丰水年，枯水年、偏枯水年视为枯水年，连同平水年），①汉江与唐白河：同丰遭遇概率为 20%，同枯的遭遇概率为 26.7%，调水最为有利的丰枯遭遇概率为 33.3%，调水不利的组合（两区同为偏枯、枯水年，下同）遭遇概率 26.7%；②汉江与淮河：同丰遭遇概率为 20%，同枯的遭遇概率为 17.8%，调水最有利的丰枯遭遇概率为 33.3%，对调水不利的组合遭遇概率 17.8%；③汉江与海河南区（南运河、子牙河水系）：同丰遭遇概率为 15.6%，同枯遭遇概率为 17.8%，调水最有利的丰枯遭遇概率为 37.7%，对调水不利的组合遭遇概率 17.8%；④汉江区与海河北区（大清河、永定河水系）：同丰和同枯的遭遇概率均为 11.1%，调水最有利的丰枯遭遇概率为 44.4%，调水不利的组合遭遇概率为 11.1%。由南向北，海河受水区与黄河以南受水区比较，对调水有利的丰枯遭遇概率依次增加，从唐白河的 33.3% 增加到海河北区的 44.4%；对调水不利的丰枯遭遇概率逐渐减少，从唐白河的 26.7% 减少到海河北区的 11.1%；同丰同枯的概率亦相应减少。

由上，水源区与各受水区同为特枯水年遭遇的概率很小。水源区与受水区发生连续枯水年时段不多，海河受水区发生连续枯水年的可能性明显高于南方，水源区与受水区目前还未出现连枯水年相互遭遇的情况。当水源区出现连续枯水年份时，海河受水区相应时段多在平水年、丰水年，说明南北有较好的补偿作用。熊其玲等基于 Copula 函数构建了水源区与各受水区降水量的联合分布，计算了丰枯遭遇的概率，结果与上述结论大致吻合（熊其玲等，2009）。

4）极端寒候，冰坝冰塞渠道

南水北调中线输水干线长，水流由渠道从南向北输送，由低纬度向高纬度流动，跨越 8 个纬度（陶岔为北纬 32°，北京为北纬 40°），冬季沿程气温逐渐降低。河道特性和水文气象条件决定了流凌、封冻日期溯源而上，开河日期自上而下。在流凌、封冻期，下游先流凌，冰花自下游到上游逐渐积累，越往北越严重，易于形成冰害；开河解冻期，上游先开河解冻，水流由南往北流，含冰量沿程增大，容易形成冰塞。

气温是影响冰情的主要因素，当水温低于 0℃，河流开始流凌。自每年 10 月，华北地区受北方寒流的影响，气温下降，一般每年的 1 月气温最低，而且每一次寒流的侵袭都将伴随气温骤降。从表 6-9 可见，黄河以北 1 月的平均气温均低于 0℃，北京最低，−4.6℃，其中北京极端最低气温达 −27.4℃（长江水资源保护科学研究所，1995）。

表 6-9　黄河以北沿线各站冬季气温 <0℃ 出现日期统计

站名	最低气温		日平均气温≤0℃			1月气温/℃		
	极端最低/℃	出现时间/(年-月-日)	日数/天	初日/(月-日)	终日/(月-日)	平均气温	平均最高	平均最低
南阳	−21.2	1955.1.11	78.3	11.18	3.20	0.9	6.6	−3.5
许昌	−17.4	1955.1.6	80.8	11.18	3.20	0.6	6.2	−3.5
郑州	−17.9	1955.1.2	92.8	11.13	3.27	−0.3	5.3	−4.7
安阳	−21.7	1957.1.12	104.1	11.9	3.25	−1.8	4.4	−6.5
邢台	−22.4	1958.1.16	113.6	11.1	3.28	−2.9	3.9	−8.3
石家庄	−26.5	1951.1.12	113.0	11.3	3.27	−2.9	3.3	−7.8
沧州	−20.6	1966.2.9	113.7	11.10	3.31	−3.9	1.9	−8.3
保定	−22.0	1970.1.4	118.5	11.3	3.28	−4.1	2.2	−9.2
天津	−22.1	1966.2.22	112.8	11.11	3.27	−4.0	1.3	−8.2
北京	−27.4	1966.2.22	127.9	10.18	4.3	−4.6	1.4	−9.9

　　表 6-10 所列为华北地区总干渠邻近河流的冰情统计，一般在 11 月中下旬后，华北地区的河流开始封冻，解冻日期多在 1 月月底、2 月月初，最大河心冰厚可达 0.3 ~ 0.6m，如果考虑在封冻前的河凌及封冻后的开河时间，则华北地区受冰凌危害的时间将长达 3 个月左右（长江水资源保护科学研究所，1995）。

表 6-10　华北地区干渠邻近河流冰情统计

河名	站名	统计年数/天	平均初冰日期/(月-日)	平均终冰日期/(月-日)	封冻日期/(月-日)			解冻日期/(月-日)			封冻天数/天	最大河心冰厚/m
					最早	平均	最晚	最早	平均	最晚		
潮白河	苏庄	25	11.23	3.3	12.24	12.2	1.29	1.3	2.23	3.18	61	0.56
白河	密云	11	11.26	3.22	12.23	1.03	1.14	3.1	3.19	3.27	75	0.50*
潮河	密云	19	12.2	3.21	12.15	12.3	1.2	2.27	3.17	3.28	77	0.53
温榆河	通河	46	12.3	2.22	11.18	12.11	1.18	12.15	2.17	3.16	62	0.3
永定河	官厅	19	11.23	3.27	11.14	12.1	12.14	2.14	3.21	4.7	110	0.61
永定河	卢沟桥	20	12.4	3.9	11.19	12.14	1.22	2.3	3.3	3.2	79	—
新干河	耳闸	13	12.7	3.8	11.22	12.12	1.2	2.11	3.6	3.2	83	0.48
桑干河	石匣里	27	11.1	3.3	11.21	12.29	1.26	2.15	3.13	3.29	82	—
拒马河	紫荆关	27	11.19	3.19	12.8	1.2	2.16	2.21	3.4	3.19	41	—
禅沱河	黄壁庄	21	12.22	3.27	12.13	12.29	2.11	1.3	2.24	3.18	57	—
南运河	临清	24	12.2	2.14	11.3	1.29	1.29	1.24	2.13	38	51	0.3

　　由于冰盖的绝热作用，水体与大气隔离，可以避免水体内冰花的生成，因此，冰盖下输水是高纬度地区渠道输水运行的主要方式。但冰盖的存在使得渠道流动断面的湿周增加，水力半径减小，冰盖下表面的阻力影响往往使得渠道封冻后的流动阻力较封冻前成倍

增加，致使渠道过流能力减小，水流条件发生改变。如果不能合理控放流量并尽量减小流量的变幅，将带来严重的冰害。如果上游来流量过小于冰盖下的过流量，水流表面和冰盖底面脱空，其一可能在水表形成新的冰盖，更加减小过流量；其二当冰盖强度小于两侧支撑冰板的弯曲应力时，冰盖破碎，破碎的冰块易造成冰塞。同样，若上游来流量大于冰盖下的过流量，则呈压力流状态，一旦压力过大，冰盖将被鼓破，破碎的冰块将可能形成冰塞；同时，破碎处的水位升高，水流有可能漫溢下段完整冰盖的上表，加厚冰盖，带来一系列不利影响。

总体上，中线工程冰害问题主要出现在黄河（郑州）以北渠道。沿程由南而北气温降低，流速、水深减小，含冰量沿程增大，输水能力大大降低。当持续负气温达到一定时间内在总干渠纵横断面发生变化时，如发生断面的收缩和扩大、渠道与渡槽衔接、渠道与隧洞或倒虹吸衔接时，均有可能发生冰塞、冰坝，造成上游水位抬高，当规模累积效应放大时，可能引发溃堤断流风险。

（1）总干渠遭遇地震断流。中线输水渠道及跨河（路）等交叉建筑物的兴建不改变地震地质条件，不会诱发地震。河南新乡到河北磁县Ⅷ度内，具有发生大地震的地质构造条件，其地震风险最大。大地震对总干渠造成的破坏，轻则影响正常调水及水量分配，重则可能造成总干渠断流，进而引发受水区城市的供水风险。

（2）总干渠遭遇特大洪水断流。总干渠沿线为暴雨洪水多发区，长历时大范围的暴雨洪水危害性大，同时总干渠遭受交叉河流上游大中型水库溃坝洪水的风险也是存在的，而且溃坝洪水对总干渠的影响要比天然洪水大，尤其是库容较大且距总干渠较近的水库一旦垮坝，溃坝洪水伴随着流域洪水而来，在这种情况下，总干渠将可能面临水毁风险，破坏严重，使总干渠断流。

（3）总干渠遭遇冰期断流。总干渠冬季由北向南结冰，春季由南向北解冻，黄河（郑州）以北渠道如果控制不当，可能出现冰塞、冰坝等灾害，严重时造成堤坝决口、供水中断。

（4）水源区与受水区遭遇同枯断流。丹江口水库为多年调节水库，一般年份可"以丰补枯"，但当汉江水源区发生连续偏枯或枯水时，使可调水量明显减少，此时受水区若出现连续偏枯或枯水，将面对更为严峻的缺水局面。在极端干旱特枯水年时，南北同枯，丹江口水库运作上有困难，年内供水难以持续，可能会加剧断流风险。

综上，南水北调中线工程调水保证率是自上游到下游递减的，越往北保证率就越低。当总干渠沿线遭遇极端气候事件（洪水、干旱、冰期）或破坏性地震，有可能对总干渠造成破坏，重则可能会造成总干渠断流，进而引发受水区城市的供水风险。

总干渠断流时，受水区的生态环境将受到严重影响。从时间上看，断流发生时期越靠近用水高峰期，持续的时间越长，影响越大；反之，则影响越小。从空间上看，断流位置越靠近渠首端，影响范围越广；越靠近总干渠末端的地区，受断流影响的概率就越大；城市受影响的程度大于农村。

3. 水质风险

比水量不安全更残酷的是水质不安全，治污环保关系南水北调成败。导致总干渠沿线水质风险的环境风险因子主要有三类：①暴雨径流污染；②地下水渗透污染；③突发性事故污染。

1）暴雨径流污染风险

面源污染与暴雨径流关系密切。中线工程主要以明渠方式输水，虽然总干渠与交叉河道完全立交，并在干渠两侧划定15m的隔离带，这些措施在一定程度上避免了沿线河流污染物进入干渠，有利于总干渠输水水质保护，但由于渠线漫长，达1432km，由南向北穿越唐白河、淮河、黄河、海河等大小河流686条，其中集水面积大于20km^{2}的交叉河流205条，而且黄河以北大部分河流水质污染严重，不少中小河流河道浅平，防洪标准低，一遇大洪水，漫溢横流连成一片，平时积累的污染物可能在汛期随强暴雨径流进入总干渠，对水体造成较严重污染。

按照水文节律（丰、平、枯水季）对工程总干渠沿线19条大河进行采样，水样取河流表面水。采样时间为2006年的9月（丰水期）、12月（枯水期）和2007年的4月（平水期）、6月（枯水期）。水体监测数据表明，由南向北，河流水质逐渐恶化，黄河以北的河道大部分水质超V类。河南省卫河（COD_{Mn}、DO、TP、Mn超标）、河北省的洨河（COD_{Mn}、DO、TP超标）、天津市北运河（COD_{Mn}、TP、Cl^-超标）均为V类重度污染；天津市的独流减河（COD_{Mn}、DO、TP、Mn、Cl^-、SO_4^{2-}超标）属劣V类严重污染河流（李佳等，2008）。

总干渠渠道新开、断面衬砌的工程设计保证了渠内不存在任何排污口，倒虹吸和渡槽等交叉建筑将总干渠与交叉河道完全隔离，这些工程设计完全消除了沿线工业企业废水或生活污水直接进入渠内的可能。总干渠沿线为暴雨洪水多发区。为应对可能暴发的山洪，总干渠的渠道防洪标准为50年一遇洪水设计，100年一遇洪水校核；流域面积大于20km^{2}的河道，其交叉建筑物的防洪标准按100年一遇洪水设计，300年一遇洪水校核；坡水区和流域面积小于20km^{2}的河沟，建筑物的防洪标准按50年一遇洪水设计，100年一遇洪水校核。

以上设计可有效控制雨季大规模洪水暴发导致面源污水污染总干渠的发生，但若暴发特大规模洪水，总干渠水质也将受到严重威胁。同时，总干渠遭受交叉河流上游大中型水库溃坝洪水影响的风险也是存在的，而且溃坝洪水对总干渠的影响要比天然洪水大。溃坝洪水有可能伴随着流域洪水而来，在这种情况下，总干渠所受的影响将很严重。

2）地下水渗透污染风险

中线总干渠沿线多数地段地下水位埋藏较深，地下水水位绝大部分低于渠道设计水位。局部地下水位高于渠道水位的渠段，主要位于河南省及河北省境内明渠段。据监测资料，中线沿线浅层地下水水位埋深区间为2.2~67.5m，其中北京渠段沿线为10~20m；河北渠段沿线绝大部分大于20m，局部地段如高碑店市、新乐市及邯郸市部分地区为10~20m，零星地区如河北磁县—邯郸县渠段及涿州段为5~10m，磁县山前渠段小于5m；河南段干渠沿线基本为5~10m，新郑市及南阳市局部地段大于10m，新乡市辉县及武涉县、禹州市、平顶山市宝丰县及南阳镇平县零星地段小于5m。总干渠沿线浅层地下水水位高于渠道设计水位的渠段累计长约67.5km，约占明渠段总长的5.7%，如表6-11所示（左海凤等，2008）。

表6-11　中线沿线地下水位高于渠道设计水位明渠段分布统计

渠道设计分段	分渠段长度/km	长度/km	占分渠段/%	占明渠段总长/%
陶岔—沙河南段	239.4	26.1	10.9	2.2
沙河南—黄河南段	234.7	16.6	7.1	1.4
黄河北—漳河南段	237.4	5.0	2.1	0.4
穿漳段	1.0	—	—	—
漳河北—古运河段	237.2	13.0	5.5	1.1
古运河—北拒马河中支段	227.4	6.7	3.0	0.6
总计	1117.1	67.4	—	5.7

"—"表示数据缺失，全书同

上述渠段分布于河南省的南阳市、平顶山市、郑州市、焦作市，以及河北省的邯郸市、邢台市、石家庄市及保定市。在上述排水地段内，若排放的工业废水不能得到有效管理，很容易造成该地区地下水污染，存在水中污染物通过地下水渗透进入总干渠的环境风险可能。随着总干渠水源保护区的划定和相关环境规划工作的开展，以及新《水污染防治法》（2008）的逐步落实，预计地下水渗透污染风险能够得到有效控制。

根据南水北调中线一期工程可行性研究报告，为防止渗漏、减小水头损失、保护渠坡及保证工程安全运行，总干渠明渠全渠段采用混凝土衬砌，衬砌范围为梯形过水断面的渠底和边坡。根据《渠道防渗工程技术规范》（SL18—1991）和《水工混凝土结构设计规范》（SL/T191—1996）的规定，南水北调中线一期工程渠道混凝土衬砌材料均采用强度等级为C20，抗渗等级为W6，计算获得该混凝土衬砌材料的渗透系数为 $2 \times 10^{-9} \sim 5 \times 10^{-9} \mathrm{cm/s}$。因此，在一定的渗透水流作用下，干渠沿线地下水通过混凝土衬砌入渗影响渠水的可能性得到排除。

左海凤等（2008）在中线工程总干渠沿线地下水进入渠道可能性分析的基础上，建立典型渠段数值模型定量计算地下水与渠系水在水量与水质上的转化。研究表明：地下水向渠道的排入量取决于地下水水位与总干渠渠道水位之间水位差的变化情况以及区域水文地质条件；通过河北磁县境内渠段三维地下水流数值模拟计算结果，即使在假定的污染风险达到极大的情况下，排入渠道的劣质地下水对总干渠水质基本不构成影响。

3）突发性事故污染风险

总干渠渠线漫长，而且主要以明渠方式输水，沿线交叉路渠建筑物众多。其中穿越大小河流686条，跨越铁路44处，需建跨总干渠的公路桥571座，此外还有节制闸、分水闸、隧洞、暗渠等各类建筑物共1055座。这些交叉点均是总干渠发生突发性污染的潜在部位。

近年来，突发性事故造成的水质污染事件越来越频繁，并具有暴发突然、危害严重、处置艰难的显著特点。例如，2005年11月13日，吉林石化公司双苯厂发生爆炸，导致苯类污染物流入松花江，造成哈尔滨市400万市民断水4天，沿江数十个市县及下游俄罗斯遭受影响。中线工程作为一个特殊的饮用水源地，一旦发生此类环境风险对总干渠水质造成的危害将比其他类型环境风险更为严重。

突发性污染事故将构成总干渠水质最大的潜在环境风险。总干渠沿线突发性环境污染事件，危害最为严重的是危险货物运输引发的有毒有害化学品的泄漏、危险品爆炸或油污染事件等（根据国家相关规定，爆炸类物质、压缩气体和液化气体、易燃液体、易燃固体、自燃物品和遇湿易燃物品、氧化剂和有机过氧化物、放射性物品、腐蚀品8大类物质属于危险货物），从而影响总干渠下游水质。以运输苯的车辆为例，若在总干渠某路渠交叉桥梁上发生碰撞或车辆自身原因，造成储油罐破裂或车辆倾覆，致使苯进入总干渠将直接造成下游部分渠段丧失饮用的生态功能。若不能及时采取措施，致使沿线居民饮用了受到污染的水将引发社会问题；若得到及时发现，则对污染水体以及残留于渠道内苯的后续处理也可能导致部分渠线应急停水，给沿线群众生产生活造成一定影响（王世猛等，2009）。

综上，暴雨径流、劣质地下水对总干渠水质存在一定的污染风险，但通过规划与管理，保护两侧一定范围内的地表水和地下水不受污染，预计对总干渠水质影响将大幅降低。而突发性事故污染对总干渠水质造成的直接影响最大，也最难以控制，引发的问题可能是区域性的，造成沿线地区暂时的饮水困难。

4. 生态风险

中线工程对严重缺水的华北地区，输水犹如输血，将大大改善受水区的生态环境，不过，汉江中下游及长江口地区的生态系统可能深受其害，导致结构功能发生异变，面临生态灾难的潜在风险增大。

1）中线工程诱发生态风险的概率估计

a. 汉江中下游地区的生态环境风险

汉江是长江最大的支流，全长1577km，流域面积15.9万km^2。中线工程从汉江上游的丹江口水库调水，近期规模为95亿m^3，远景调水130亿~145亿m^3。中线工程从丹江口水库调水后，汉江中下游将减少30%左右的径流量，自净能力减弱，对水环境和渔业等带来不利影响，近期以"水华"危害最为突出。水华使成鱼种群数量减少，水环境恶化，尤其藻毒素具有致癌效应。

水华是水体富营养化最为恶劣的表征之一，原本发生在水流较缓的湖、库水体，对于汉江这种大型河流大面积发生"水华"的现象比较罕见。汉江水华发生的主要原因有3个：①水质因子：进入汉江中下游的排污量日趋增大，藻类等生物所需的氮、磷等营养物质严重过量；②水文因子：汉江在枯水期时受长江较高水位的顶托，导致汉江水流速度减缓，产生类似于湖泊的水流特性；③气候因子：在营养物充分、气温增高和水流变缓的同时作用下，极易诱发藻类大量繁殖，并产生严重的水华现象。

由于中线工程本身不会产生污染源，对汉江中下游水温的影响也非常有限，因此，中线工程对汉江中下游水华的影响将主要体现在流量、流速这两大关键因子变化上及其衍生的生态环境风险。

中线工程未调水时丹江口水库多年平均下泄水量为361.53亿m^3，调水95亿m^{3}后多年平均年下泄水量为258.34亿m^3，减少28.5%；调水130亿m^{3}后，多年平均年下泄流量减少到232.8亿m^3，减少35.6%。由于调水后下泄总水量减小，天然河道水位呈下降趋势。若年调水量130亿~145亿m^3，占丹江口坝址断面径流量的1/3，占汉江流域径流量的22%，将使河道水位下降0.6~1.0m，流量为800~1000m^3/s的天数减少约20天，1000~3000m^3/s的天数减少约100天。

谢平等（2004）在现场监测、资料收集、调查论证工作的基础上，根据汉江水华发生的成因和关键因子的分析结果，应用水动力学模型和富营养化动力学模型以及随机模拟法对汉江水华发生的概率进行了定量计算。结果表明，南水北调中线工程方案实施后将增加汉江水华发生的概率。其主要结论有如下三点。

（1）调水前，汉江水华发生的概率为 9.2%；调水 145 亿 m^3 后，若不考虑引江济汉工程，水华发生的概率为 13.6%，这预示着中线调水 145 亿 m^3 方案的实施将加重汉江中下游富营养化问题，导致水华发生概率增加。

（2）引江济汉工程的兴建，将能有效补偿汉江脆弱的水环境容量，使调水后水华的发生概率减少到 1.3%，这说明引江济汉工程能极大地减少水华的发生概率，缓解南水北调中线工程对汉江中下游带来的不利影响。

（3）考虑到三峡大坝建成发电后，在枯水期的下泄流量将有所增加，则长江武汉关较高的水位会对汉江河口形成较强的顶托作用，这必将导致汉江武汉段水流变缓，水体运动性能变差，同时再考虑南水北调中线工程调水后的不利影响，则该江段发生水华的概率会增加。因此，丹江口水库增加枯水期下泄流量和三峡电站减少枯水期下泄流量的联合调度将减小汉江水华发生的概率。

b. 长江口海水入侵的生态环境风险

南水北调工程实施后，将减少、改变长江入海口淡水量及其年内分配，势必加重长江口的海水入侵，危害长江口地区的生态环境。随着沿江地区用水量进一步增大，全球气候变暖将使海平面上升，长江口的海水入侵可能衍生的生态环境风险值得高度重视。

广义上，长江下游从安徽大通水文站以下至入海口门段，全长约 640 km，为受海潮影响的长江河口地区。江面自上而下逐渐展宽，至崇明岛干流分为南北两支，南支又被长兴岛、横沙岛分为南北两港，南港又被九段沙分为南北两槽。故长江河口是三级分岔，由北支、北港、北槽和南槽四口入海。

长江口是一个中等强度的潮汐河口，潮流由河口起向上游传播，潮波速度高潮期为 6.3～16.0m/s，低潮期为 3.5～14.3m/s。潮流界汛期可抵达江阴附近，枯水期可抵达镇江与南京之间；潮区界汛期可达大通附近，枯水期则可抵安庆附近（沈焕庭等，2002）。

长江口盐度因受到径流、潮流、风浪、盐水楔异重流和海流等因素的作用，故存在着复杂的时空变化，一般来说，2 月盐度最高，8 月最低，6～10 月为低盐期，12～翌年 4 月为高盐期。口内盐度分布，从下游往上游逐渐减轻，但当出现北支咸潮向南支倒灌时，则盐度分布出现反常现象。

在无南水北调工程状况下，长江口就存在较为严重的咸水入侵问题，一般发生在枯水季节的 12～翌年 4 月。在长江枯水期出现的咸水入侵，往往造成黄浦江下游河段和长江徐六泾以下河段氯化物等溶解盐类剧增，使水质不符合饮用水和工农业用水的标准，危害很大。例如，1978 年冬至 1979 年春，由于长江水量特枯，加上长江各地大量抽水，导致咸水入侵特别严重，崇明岛全部被咸水包围，长江口徐六泾以下河段遭受咸水侵袭长达 5 个月之久，吴淞水厂最高氯度达到 3950mg/L，氯度持续超标达 64 天。根据对 90 家工厂的调查，由此次咸水入侵造成的直接经济损失达 1400 万元以上，其中食品工业、制药工业被迫停产，电镀、纺织、印染、钢铁产品质量普遍下降，出口产品因质量下降而返销。宝钢为确保水质,不得不投资 1.2 亿元建造一个避咸蓄淡水库,全市用于购买脱盐的淡水装置的资金达到 10 亿元以上。咸水入侵对人民的身体健康影响也甚大,尤其对患心脏病和肾脏病的人危害更为严重。

长江口海水入侵的长度与强度主要取决于上游来的径流量大小和潮差的大小。从目前长江口的变化及发展趋势看,潮差在短期内是不会发生巨大或根本性变化,唯有上游的径流量在今后相当长的时段由于受到三峡及南水北调等水利工程的影响可能发生较大变化,进而对长江口盐水入侵的长度、强度及北支盐水倒灌等产生影响。长江水资源总量虽然丰沛,但是年际与月际间变化极大,月均流量变化在 $6800 \sim 84\,200 \mathrm{m^3/s}$,最低时流量仅 $4620 \mathrm{m^3/s}$,长江入海流量的下降直接导致长江口盐水强烈入侵。中线调水 145 亿 $\mathrm{m^3/}$年,使枯水期入海流量减少 $460 \mathrm{m^3/s}$,将会加剧长江口盐水入侵。径流减少后潮汐作用加强,不仅使盐水入侵影响扩大,还将造成黄浦江中污水回水顶托(淮河水资源保护科学研究所,2005)。

2)中线工程对生态环境的危害程度评估

a. 汉江中下游地区生态风险评价

(1)调水后汉江中下游水环境容量降低。环境容量是指一定区域内的环境要素对污染物的允许承受量或负荷量。中线从汉江上游的丹江口水库取水,届时仅一期取水就将减少汉江中下游 1/4 以上的水量。但枯水年及少数平水年枯水期(12 月、1 ~ 3 月)汉江中下游流量较目前有不同程度的增加,部分年份增加的幅度还较大,对此期间水质的稀释改善作用比较明显,中游襄樊段总氨、总磷浓度均有一定程度下降,下降幅度为 5% ~ 20%,少数年份水质将从现状的Ⅳ类变为Ⅲ类。但总体上仍呈下降趋势。

由进入汉江的污染源调查资料分析可知,汉江水污染类型以有机污染和富营养化为主。因此,选取高锰酸盐指数(COD_{Mn})作为水环境容量计算的水质指标(窦明等,2008),应用水动力学模型,可以分别计算出未调水时(2000 年)、中线调水 145 亿 $\mathrm{m^3}$、中线调水 145 亿 $\mathrm{m^3}$ 加引江济汉工程补偿三种情况下汉江中下游沿江城市的最大允许排污量,后两种情况与调水前情况的差值即为中线调水工程对汉江中下游水环境容量的影响值。经计算得出:中线调水 145 亿 $\mathrm{m^3}$ 时将使汉江中下游总的水环境容量减少 10.92 万 t/年,损失率为 32.4%;如在调水 145 亿 $\mathrm{m^3}$ 的同时实施引江济汉工程,则潜江以下江段的水环境容量损失得到较大程度的减少,总的水环境容量损失将是 8.35 万 t/年,损失率为 24.75%。由此,中线调水后汉江中下游的水环境容量将有一定程度的减少,水体自净能力降低。

(2)调水后或增加汉江"水华"爆发概率。近年来,汉江中下游水体富营养化的生态环境问题越来越突出。2009 年 3 月 4 日,湖北省政府召开"汉江流域水华形势分析会",通报汉江水华已呈现出新趋势——持续时间延长、频率加快、波及范围不断扩大。实施引江济汉工程,只向汉江下游河道补水,对于沙洋以上河段,在维持污染现状情况下,兴隆枢纽回水区在枯水期($505.7 \mathrm{m^3/s}$ 流量)具备水华事件发生的水文及营养物质条件,到 2020 年襄阳市区段也将具备水华事件发生的水文及营养物质条件。

b. 长江口海水入侵的危害分析

河口地区的生态环境,深受下泄径流量变化的影响。径流量大小将会引起河口地区盐度和滩涂的重分布,对水生生物栖息、繁殖、索饵区位置产生影响。径流和潮流在河口地区的相互作用,使河口地区环境极为复杂和敏感。

（1）调水工程对长江口海水入侵的影响评估。《南水北调东线第一期工程环境影响报告书》认为，"东线第一期工程全年调水量为 87.66 亿 m³，约为长江大通站多年平均径流量的 1%，占长江径流量的比重很小，对长江入海水量影响甚微"（淮河水资源保护科学研究所，2005）。沈焕庭等（2002）利用径流量与氯度两者的密切关系，对东线调水对长江口咸水入侵的影响进行了评估。首先，对调水后吴淞站氯度大于 250mg/L 的持续天数和可能出现的最大氯度值预测（吴淞站位于黄浦江与长江口的交接处，其氯度的大小对黄浦江水源地至关重要），得出：丰水年，若调水 1000m³/s，影响甚微，可全年调水；平水年，若调水 1000m³/s，大于 250mg/L 的持续天数仅增加 2 天左右；枯水年，若调水 500m³/s、700m³/s、1000m³/s，可能增加的天数分别为 6 天、9 天和 14 天左右。其次，在枯水年，调水 500m³/s、700m³/s、1000m³/s 后，盐水上溯距离增量分别为 3.6km、4.0km、5.2km；在特枯水年，调水 500m³/s 和 700m³/s 后，上溯距离增量分别为 4.2km 和 5.0km，而调水 1000m³/s 后达 8.5km。可见，调水后影响最大的是在枯水年，尤其是特枯水年。

（2）与三峡、大通站以下沿江引水工程联合运行的风险评估。水利部南水北调规划设计管理局《南水北调工程总体规划内容简介》指出："长江三峡工程运行后，可使 1~4 月大通站流量增加 1000~2000m³/s，可在较大程度上降低枯水期长江口海水入侵的可能。"这种说法有失严谨。三峡水利枢纽距河口约 1800km，坝址处多年平均流量 4510m³/s，约占长江平均入海水量的一半，总库容 393 亿 m³，其中调节库容 165 亿 m³，约占坝址年径流量的 3.7%，可见三峡水库的径流调节能力并不大，不可高估。6~9 月汛期，水库不蓄水，不改变河口原有的径流量，10~11 月水库蓄水，河口径流量将减少 5400~8400m³/s，在丰、平水年对吴淞口以上江段盐水入侵几乎无影响，在枯水年将使盐水入侵时间提前，历时加长。

《南水北调东线第一期工程环境影响报告书》指出，"枯水年 1~5 月份，水库流量的下泄将使河口径流量增加 1000~2000m³/s，能大大缓解长江口盐水入侵的影响"（淮河水资源保护科学研究所，2005）。所谓"大大缓解"被低估了。仅考虑三峡与南水北调工程联合运行所引起的径流量变化，还不足以真实反映对长江口盐水入侵的影响。原因是大通站以下沿江地区引水工程，其引江水量已大于南水北调工程东线的引水量，而且还在不断增加。据统计，1999 年、2002 年大通站以下沿江两岸提引江水能力已达到 3000m³/s，实际提引水量 485 亿 m³，占入海量的 6%，大大超过南水北调东线工程抽引江水量。大通水文站至河口段，有 500 多千米，其间没有大的支流汇入。随着沿江经济带的飞速发展，大通以下两岸沿江引江工程引水量还在急剧增长，上述几个因素的叠加将使河口段下泄径流量呈现大幅下降趋势，而且越是干旱缺水偏离越大，加重长江口盐水入侵的影响。

综上：

（1）由于丹江口水库的调蓄作用，汉江中下游枯水期流量加大，但总体上调水后下泄总量减小。实施引江济汉工程，沙洋以下河段"水华"可基本得到控制，但水华暴发可能扩大到沙洋以上河段。随着沿岸经济带发展和城镇化规模的扩大将使污水排放量增加，诱发汉江中下游"水华"、物种减少等生态灾难的风险将可能增大。

（2）在三峡蓄水、南水北调调水期间，恰逢枯水年枯季大潮，三者的叠加将引起长江口径流量的大幅减小，盐水上溯距离及持续天数势必增加，此时风险危害相应有所加剧。

5. 传染病风险

不少疾病如阿米巴痢疾、伤寒、疟疾、细菌性痢疾、霍乱、血吸虫病等直接或间接地都与水环境有关。南水北调工程是否会引起血吸虫病扩散是社会各界关注的焦点。人工"笼养"观察，钉螺在中国血吸虫病流行区北界（33°15′N）以北地区仍可生存，并出现基因变异形成耐寒的新地理株的可能性。在全球气候变暖背景下，这一潜在风险威胁可能凸显。

1）工程诱发血吸虫病扩散的概率估计

2006年中国颁布的《血吸虫病防治条例》界定："血吸虫病，是血吸虫寄生于人体或者哺乳动物体内，导致其发病的一种寄生虫病。"这种寄生虫寄生在水蜗牛中（螺类），它们善于随着水流而搬迁。南水北调工程对钉螺的扩散影响表现为两个方面：一是新工程建设对原血吸虫病流行区的疫情扩散问题；二是工程是否会引起钉螺北移至非血吸虫病流行区。

钉螺分布存在一定的地域局限性，其中低温是关键的制约因素。目前，中国血吸虫病流行区的北界，同时也是钉螺分布的北界位于33°15′N。汪伟等（2008）在江苏徐州（34°21′N）和山东济宁（35°23′N）设点，采用螺笼放养定量观察法，对北移钉螺生存繁殖力作了为期8年的纵向观察。结果表明：北移钉螺在徐州存活时间不超过8年，在济宁存活时间不超过1.5年。研究认为，南水北调若将钉螺移至33°15′N～34°21′N地区，钉螺虽然能存活一定时间，但其繁殖力逐年下降，种群呈逐渐消亡趋势；若移至35°23′N以北地区，钉螺则难以存活。因而，随南水北调移至33°15′N以北地区的钉螺难以正常、长久生存繁殖并形成新的有螺区。

北移钉螺难以在33°15′N以北长期生存繁殖的原因与低温有关，随着全球气温逐渐变暖，33°15′N以北部分地区具备了适宜钉螺北移的温度条件。周晓农等（2003）根据气候变暖对中国血吸虫病传播影响的预测，由于全国平均气温逐年上升，在今后50年内钉螺的潜在分布范围明显大于钉螺潜在滋生地分布范围，很有可能北移到山东、河北等省境内并将山东省（特别是鲁西南）列入血吸虫病疫情扩散的高危地区。

温度虽是诱发血吸虫病扩散的关键因子，但温度适宜钉螺滋生的地区历史上并

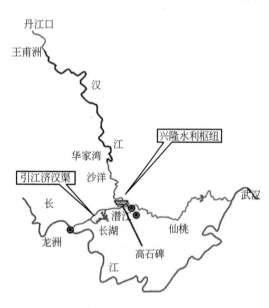

图6-1　引江济汉工程示意图

非都有钉螺滋生和血吸虫病流行。从控制和阻断血吸虫病传播的角度看，钉螺的迁移途径能否实现至关重要。通过洪涝灾害、人畜携带、水利灌溉系统工程建设等，钉螺可发生较大距离的迁移扩散，钉螺也可吸附于漂浮物随江河水长距离漂流扩散。南水北调工程钉螺迁移扩散的可能途径主要为输水河道及沿线涵闸（洞）、船闸等。

引江济汉工程（图6-1）经过血吸虫病流行区，诱发血吸虫病扩散风险很大。引江济汉工程系南水北调中线汉江中下游补偿工程，主要任务是向汉江兴隆闸以下河段补充因中线调水而减少的水量。这条全长67.1km、宽100m的人工河道，靠近湖北省的四湖（长湖、三湖、白露湖和洪湖）。四湖地处江汉平原腹地，是中国目前血吸虫病流行最严重的地区之一，累计感染血吸虫病者98.52万人。2000年荆州地区的部分沿江村庄人群感染率高达10%以上，耕牛感染率高达8%（周晓农等，2003）。引江济汉工程如果处理不当，工程渠将会导致疫情随水系变化而发生改变，一旦水源受感染和洪水暴发及工程渠如与有螺渠道相通，该区域就面临血吸虫病暴发流行的潜在风险。

2）血吸虫病扩散的危害程度评估

全球有76个国家和地区流行血吸虫病，流行区人口约6亿，感染者约2亿，患者约2000万。中国主要流行日本血吸虫病，目前，流行区主要分布在长江中下游沿岸5省（湘、鄂、赣、皖、苏）的江湖洲滩地区和云南、四川2省的大山区，血吸虫病人671 265例（汪伟等，2008）。引江济汉工程区内血吸虫病疫情还很严重，人群感染率在9%左右，近年有所降低，但局部暴发血吸虫病的可能性较大，有可能危害到汉江中下游地区。监测表明以下五点。

（1）工程渠上游沮漳河水系存在钉螺扩散威胁。引江济汉工程取水口位于荆州区李埠镇龙洲垸长江左岸边，系沮漳河水系下游。而沮漳河水系是湖北省血吸虫病流行的上游地带，是钉螺扩散来源的重大隐患。

（2）荆州区长江外滩的工程渠首，是整个工程渠道区域血吸虫病疫情最严重的区域，是工程区存在血吸虫病流行的潜在威胁因素。连续5年（2004～2008年）的调查统计（表6-12）荆州区境内人群感染率呈逐年下降趋势，但下降幅度不大，钉螺密度在逐年减少但钉螺面积降幅很小。这提示该地区人群感染的环境和生产生活条件没有得到根本的改善。

表6-12　工程渠荆州境内人群血吸虫感染情况的逐年变化

年份	村庄数/个	人口数/人	应检人数/人	检查人数/人	感染人数/人	感染率/%
2004	16	27 464	13 474	1 608	105	6.53
2005	16	26 588	12 467	5 125	264	5.15
2006	16	26 554	12 449	5 625	270	4.80
2007	16	14 400	12 309	5 811	224	3.86
2008	16	14 400	14 015	7 016	209	2.98

资料来源：廖斯琪等，2009

（3）如果引江济汉工程建设导致钉螺扩散，钉螺进入工程渠道就会沿渠扩散至出水口处潜江下游的汉江中，潜江市高石碑开口处具有钉螺滋生的环境和条件，一旦钉螺迁入势必会形成新的有螺区，直接威胁汉江下游补水区的天门市、仙桃市、汉川市及武汉市的部分地区。

（4）由于引江济汉工程与南水北调中线总干渠是两个不相通的水系，原则上引江济汉工程导致钉螺扩散也只是工程区的区域性疫情变化，受影响的是工程沿线荆州区、沙洋县、潜江市及补水区的汉江流域，不会使钉螺进入丹江口水库而随中线总干渠扩散到中线工程受水区。

（5）丹江口水库为血吸虫病非流行区，但汉江下游地区是血吸虫病重流行区，2000年人群平均感染率为5.95%，耕牛平均感染率4%（周晓农等，2003）。钉螺是否会通过汉江逆水扩散至丹江口，并通过丹江口进入丹江口水库，还有待观察。丹江口水库大坝加高后，库滩地明显增加，引发钉螺潜在滋生地增多，一旦有传染源输入，仍存在血吸虫病北移扩散至河南境内的潜在危险。

6.3.2 大型跨区域调水的风险防范

南水北调中线是迄今世界上最大的一项调水工程，干线全长1432km，由南而北跨越8个纬度（32°N～40°N）；穿越53个市县，500多个村和乡镇；穿越大小河流686条；跨越铁路44处，公路桥571座，此外还有节制闸、分水闸、隧洞等各类建筑物1055座；经过暴雨洪水多发区和华北地震活动区，穿越禹州、焦作、邢台等矿区的采空区和压矿区；总干渠水位高出原地面高程的渠段约600km，有的地区高出地面10m，渠道流量达415～800m³/s，渠道断面大，5km长渠段内存水相当一座小型水库，20～40km长的渠段相等于一个中型水库，总干渠实际上是"渠道型水库"。

根据国务院2002年批准的《南水北调工程总体规划》，中线一期工程拟定于2010年通水，但现在最新确定的通水日期则推迟至2014年汛后。其中就考虑到了跨区域大规模调水，不单纯是资金和技术问题，还涉及极不确定的环境风险问题，以及如何评价和最大限度地防范这些风险。

风险评价需要从各功能单元的最大可信事故风险中，选出危害最大的作为本项目的最大可信灾害事故，并以此作为风险可接受水平的分析基础。因此，本章以南水北调中线工程为主要对象，重点评价了丹江口库区的溃坝风险，总干渠沿线的断流风险和水质风险，汉江中下游地区的生态风险和传染病风险。通过分析评价，各类环境风险的发生概率、危害后果和主要风险地段，如表6-13所示。

表6-13　南水北调中线环境风险的概率、危害后果和范围

风险分类		主要风险因子	发生概率分级	危害后果分级	主要风险地段
环境对工程	溃坝风险	超标洪水	小	很大	丹江口库坝
		破坏性地震	小	很大	丹江口库坝
	断流风险	破坏性地震	小	很大	总干渠
		特大洪水	较大	很大	总干渠
		南北大旱，同枯	小	很大	总干渠
		寒候，冰坝冰塞	较小	很大	总干渠北部
	水质风险	暴雨径流污染	较大	较大	总干渠
		地下水渗透污染	较小	较大	总干渠
		突发性事故污染	较大	很大	总干渠
工程对环境	生态风险	水质恶化	很大	很大	汉江中下游
		海水入侵	较小	较大	长江口
	传染病风险	血吸虫病传染	很大	较大	汉江中下游

质量和安全是南水北调工程的生命线，必须把风险防范作为核心任务。由于风险是失效概率和损失后果的乘积，因此，风险防范就要从风险管理制度建设、降低溃坝概率和减少危害后果三个主要方面进行，通过工程措施与非工程措施的结合，来降低或规避风险。

1. 溃坝风险防范

1) 推进大坝风险管理制度建设

现代大坝风险管理是以风险为中心，以预防为核心的事先主动的管理体系。丹江口水库大坝因超标洪水或破坏性地震而发生溃决的可能性很小，但一旦溃坝，危害后果将十分严重，因此潜在的风险很高，必须防患于未然，强化大坝风险管理责任制度，强化巡视检查制度，确保按法规与制度要求保障大坝的安全。2003年，中国颁布了《水库降等与报废管理办法（试行）》，其主要思路是通过制度建设，确立水库降等与报废在水库安全管理中的重要地位，增加强制性，推动规范化，减少随意性，促进水库安全的综合管理。2007年，中国又颁布了《水库大坝安全管理应急预案编制导则（试行）》等，对水库大坝的应急预案编制及应急管理等都提出了明确要求。

2) 降低溃坝概率

降低风险的办法有两类：一类是采用工程措施对大坝除险加固，但不可能将溃坝概率降低为零，加固到一定程度后，加固效果并非随加固经费的增加而线性增加，即使加固质量很好，一段时间后，大坝又可能出现其他新的病险，加固并非是一劳永逸；另一类是非工程措施，如加强安全管理，加强防汛交通、通信及安全监测等基础设施建设，做好突发事件的预测预报预警，编制应急预案等。国外的经验已证明工程措施和非工程措施的综合利用，是最有效降低大坝溃决风险的措施。

必须加强汛期工程的安全管理。首先坚持防汛行政首长负责制。这种汛期管理方式是一种非常措施，长远目标是要实现管理的正常化、正规化，促进管理技术和队伍现代化。建立可靠的水库大坝监控体系，通过实时掌握水库水雨情信息和大坝工作状态，可以及时发现大坝的薄弱环节，及时维护。在洪水调度中，在风险许可条件下，错峰削峰，能大大降低溃坝概率。

3) 减少危害后果

对于概率小但可能带来巨大损失的溃坝风险，必须制定应急方案，完善预警监测系统，保证在必要时能够实施，切实降低风险的危害后果。

2. 断流风险防范

1) 遭遇特大洪水断流的风险防范

a. 提升总干渠沿线暴雨洪水监测预报技术

包括流域水文系统观测站网、遥感监测、气象卫星暴雨预报技术、天气雷达暴雨预报技术以及多源降水信息同化与评估等。这将有助于总干渠的防洪与管理。

b. 加强交叉河流上游大中型水库的管理

总干渠沿线交叉河流上游兴建众多的大中小型水库，除黄河流域外，大型水库有18座，总库容近130亿 m^3；中型水库40余座。众多的水库和如此大的库容，对洪水有较明显的调洪削峰滞峰作用。例如，唐白河水系"75·8"洪水鸭河口水库最大入库流量 11 600m³/s,最大下泄仅 2 240 m³/s，削峰 80.7%；海河流域"63·8"洪水，子牙河水系 滏阳河干流上游东武仕水库，入库洪峰2030m³/s，最大下泄仅 152m³/s，削峰 92.5%；洨 河临城水库最大入库流量为 5560m³/s，洪水总量达 5.34 亿 m³/s，经水库调蓄后最大下泄 2 450m³/s，削峰 56%；大清河水系沙河王快水库，最大入库流量 9600m³/s，下泄仅 l790m³/s，削峰 81%，8 月上旬来水总量 11.48 亿 m³，水库拦蓄洪量 5.42 亿 m³，占来水 总量的 47.2%；中易水安各庄水库最大入库流量 6350m³/s，下泄仅 499m³/s，削峰达 92%。交叉河流上游大中型水库的调洪削峰作用，一定程度上可降低中线工程断流的风 险，但干渠遭受水库溃坝洪水的风险也在增大，因此，必须加强水库的监测和维护。

2）遭遇特大干旱断流的风险防范

历史统计表明，南北同枯的遭遇概率较小，同为特枯水年遭遇的概率更小，但是汉江水 源区连续干旱不可避免。例如，1998 年 8 月以后，汉江连续 21 个月来水偏少或特少，造成 丹江口水库自1999 年 3 月 28 日至2000 年 6 月 28 日连续共440 天在死水位下运行。现已建成 的中线工程总干渠首（陶岔）水位高程为 140.0m。在水库水位低于渠首水位情况下，陶岔 渠首闸不能自流外调，只有加大水泵从丹江口水库提水到陶岔渠首方可向北自流。对此，应 建立枯水期及连续枯水期应急管理制度，编制供水应急预案，提高城市供水保证率。

3）遭遇冰期断流的风险防范

a. 确定渠道冰期输水能力的控制指标

穆祥鹏等（2009）分析了结冰期渠道冰盖的安全推进模式和稳定封冻期渠道水位壅高 的影响，提出了确定渠道冰期输水能力的控制指标：结冰期渠道断面的水流佛汝德数不超 过 0.08；结冰期渠道断面的水流流速不超过 0.6m/s；冰期最大水位壅高应不超过渠道的 堤顶高程、渡槽的侧墙顶高程、暗渠或隧洞的洞顶高程，并留有一定的余量；冰期闸后水 位的壅高不影响闸门的过流。渠道冰期输水能力由上述四点控制指标所确定的最大输水流 量中的最小值来确定，通过适当的抬高闸前控制水位，可以提高渠道在冰期的输水能力。 该研究成果具有参考价值。

b. 采用必要的防冰凌措施

黄河每年冬季结冰，特别是凌汛期形成的冰坝，都要派飞机投炸弹排除险情。而南水 北调中线越往北冰害越重，堵塞河道、溢洪溃堤都有可能。王涛等（2009）收集了黄河以 北主要地区包括新乡、安阳、邢台、石家庄气象站 50 年（1957～2006 年）气象资料，该 资料主要来自国家气象局。研究表明，新乡及新乡以北地区冬季气温为负值的时间较长， 输水渠道会出现结冰现象。当持续负气温达到一定时间内，有可能引发冰塞、冰坝等灾 害，尤其在渠道的缩窄处，导致水位骤升、水流漫溢，严重时造成堤坝决口、供水中断。 为此，冬季输水期间要采用必要的防冰凌措施，并加强冰期输水预报工作。

3. 水质风险防范

1）突发性事故污染风险防范

a. 加强危险货物运输管理工作

突发性事故污染对总干渠水质造成的直接影响最大，也最难以控制。按照国家《突发事件应对法》（2007），强化运输人员的风险意识和管理部门危险货物运输规范管理意识，需要跨总干渠运输危险货物的必须向相关部门备案审批，管理部门要依照《危险化学品安全管理条例》和《道路危险货物运输管理规定》等相关法律法规严格审批，运输单位要严格遵守《汽车运输危险货物规则》做到安全跨渠运输。针对总干渠路渠交叉桥梁众多的特点，为有效减少渠线暴露长度，有效管理跨渠运输危险货物的车辆，建议南水北调管理部门组织交通、环保、卫生、安监等部门，根据跨渠交通线路性质，优化和确定出适合危险货物运输的跨渠线路，并作为一项强制性的政策向社会公布，对危险货物跨渠运输做到集中有效管理。

b. 构建完善的突发污染事件预警监测体系

危险货物跨渠运输污染事故归根到底是人为因素，建立有效的预警体系可以最大限度降低这种污染事件发生概率。南水北调中线应建立一个以水利、交通、环保、公安为主体的水质监测预警网络，并利用电子监测设备重点布设于优化后可以运输危险货物的路渠交叉桥梁，实时监控危险货物跨渠运输前后的交通状况。

c. 提升应急监测水平，完善应急管理体系

迅速准确的应急监测能起到有效控制污染范围、缩短事故持续时间、减小事故损失的重要作用。因此，须提升应急监测水平，完善应急管理体系，强化应急统一指挥；在应急监测的组织、人员、装备、技术、资金等方面充分落实，做好各种预案，应对各种可能的危险货物运输污染事故。

d. 必要时采取断流措施

总干渠出现水质污染时，其影响的程度与总干渠水质污染程度、是否及时采取措施、污染发生的时间和空间等有关。在急需断流而未断流情况下，不仅会影响工农业生产，造成生态环境污染，还会危害人体健康，甚至死亡。因此，必要时及时进行断流处理，断流越早，影响就越小。

2）暴雨径流及地下水渗透污染风险防范

治污环保关系南水北调成败与否。南水北调主要提供饮用水源，应按照饮用水源水质标准要求划定中线干渠两侧水源保护区，全面落实新《水污染防治法》（2008），把治污工作放在更加突出的位置，加大沿线地区污染治理与生态环境保护建设力度。建议加强总干渠水源保护区范围内水质的长期监测，开发建设中线水质污染预警预报系统和突发事件应急处理方案，切实保障中线供水水质安全，确保一渠清水顺利北送。

4. 生态风险防范

1）汉江中下游生态环境风险防范

a. 平时要做好污染防治工作

汉江自身的水污染治理是减少水华发生概率的最根本措施。从水污染的角度来看，总磷、总氮等是造成汉江水华发生的根本因子。总氮、总磷浓度超标，主要是汉江中下游沿岸废污水任意排放所致。因此，关键在于加大汉江流域的截污、治污力度，做好水污染防治、水环境治理工作，增大汉江环保政策与法规的制定、实施和监管力度，保证汉江各项治理措施（包括环境补偿工程）得以有效实施。

b. 实行最小生态流量科学调度法

流量和流速是制约汉江水华发生的关键（敏感）因子。下泄流量大，流速大，总氮、总磷的浓度就会降低，水华就不会发生。下泄流量应控制在满足汉江中下游生态平衡所需的最小流量为宜。为能经济有效地利用水资源，可采用间断加大下泄流量法。当水流流态、总氮和总磷的浓度、藻类的繁殖接近发生水华的临界状态时，对丹江口水库采用生态环境调度，加大水库下泄水量，对下游水体进行稀释和清洗交换，以消除水华产生的条件，有效控制水华现象的发生（孔祥林等，2008）。

c. 做好水华预警和相应的应急工作

水利、水文、气象等部门建立联合协调机制，建立汉江富营养化与水华预测预报系统，实现数据共享。在水华高发季节，应坚持针对每一河流（河段）的水温、气象、水文、pH、高锰酸盐指数、溶解氧、藻类、叶绿素等指标的监测和预报工作，预测水华可能发生的时间、范围。水华发生后，会同水利部门协调相关湖泊、水库济水，减少水华持续的时间。此外，还要加快研制中长期防控方案。

2）长江口海水入侵风险防范

a. 盐水入侵的短期预警、中期预报

长江河口盐水入侵主要受径流量和潮汐潮流的作用。潮汐具有显著的大小潮变化，长江径流量也具有显著的洪枯季变化。根据监测系统实测的数据，以及历年数据，并结合长江河口区气象因素，进行综合判断，发布盐水入侵时间、强度和持续时间的预警报告。同时，给出预报时段内径流量的变化过程，作为制订当年枯季生产调度安排和咸潮入侵调度预案的依据。

b. 确定调水的控制流量

研究表明，当流量超过 16 000m³/s 时减少 1000m³/s，对吴淞的氯度影响甚微，而小于此流量时减少同样流量氯度将明显增加。流量越低时，调水的危害越严重。为确保长江河口地区的用水，须确定一个调水的控制流量（初步研究大通站流量为 11 000m³/s），即当大通流量小于该临界流量时，不调水。为了尽量减少调水工程在枯水年枯水期加重长江口盐水入侵，规划当长江大通水文站流量小于 10 000m³/s 时，有必要采取"避让"措施，减少抽江流量或暂停调引江水措施，同时，利用三峡工程作相应的补水调度，开展封堵北支工程等，达到最大限度地降低枯水期长江口海水入侵的可能。

c. 加快北支综合整治工程

长江口的海水入侵程度主要受制于长江口的自然条件，南支河段主要是枯水季节大潮汛期间北支倒灌盐水过境造成的，调水只是起到增加盐水入侵的作用，不会引起质变。在不利的自然条件下，即使不进行南水北调，上海市长江水源地的水质还是会严重超标。解决问题关键是整治北支。计算表明，北支建造水库，就可以完全阻隔北支向南支的盐水倒灌，位于长江南岸的陈行水库和宝钢水库处的含氯度普遍会下降，初步估计陈行水库大于 250mg/L 的最大连读不可取水天数，可由工程前的 13 天减少到 4 天左右；如果北支下段束窄，就可以有效地减少北支向南支的盐水倒灌，陈行水库大于 250mg/L 的最大连读不可取水天数，可减少到 8 天左右（淮河水资源保护科学研究所，2005）。

d. 开展技术攻关和协作，建设共享数据平台

长江口地区生态环境错综复杂，形成了独特的生态体系，不仅仅是入海水量减少的问题。2000~2005年的1~3月流量普遍大于往年，但咸潮入侵是历史上最甚者，外在原因显而易见。而且，气候的变暖，全球海平面上升，水环境的污染趋势，中下游引江工程持续增加，均威胁着河口生态。因此，必须加强水资源规划和管理，改善跨流域调水的科学性，稳定长江枯季入海流量。建议从海潮变化、海平面上升、气候变迁等方面开展技术协同攻关，研发长江口生态环境动态监测预警预报系统，共享数据，为保护长江流域"龙头"地区的生态环境创造条件。

5. 传染病风险防范

1）落实、细化《血吸虫病防治条例》

血吸虫病是严重危害人民身体健康和生命安全的重大传染病。2004年中国颁布《中华人民共和国传染病防治法》将血吸虫病列为乙类传染病；2006年中国又颁布《血吸虫病防治条例》，使血吸虫病防治的制度和措施更具有针对性和可操作性。强调坚持防治结合、分类管理、综合治理、联防联控，人与家畜同步防治，重点加强对传染源的管理；并将血防工作实践中行之有效的措施法制化。血吸虫病防治地区应落实、细化《血吸虫病防治条例》，建立健全血防工作协调机制和工作责任制，对有关部门承担的血防工作进行综合协调和考核、监督。血防地区村民委员会、居民委员会应当协助地方政府及其有关部门开展血防的宣传教育，组织村民、居民参与血防工作。

2）加强预防，降低血吸虫病扩散的概率

《血吸虫病防治条例》规定的血防措施包括：开展流行病学调查和疫情监测；进行人和家畜的血吸虫病筛查、治疗和管理；调查钉螺分布，实施药物杀灭钉螺；防止未经无害化处理的粪便直接进入水体；加强钉螺滋生地的环境改造治理。

荆州区是血防重点防治地区，应加强监测。特别是要加强汛期工程区传染源的管理，阻断现有水系向渠道排涝，以防钉螺和疫水污染工程渠。其中控制取水口处钉螺的输入是防止钉螺迁移扩散的关键，加强水泵站前防螺阻螺设施建设，在引水口处设立拦网，可防止或减少钉螺随水进入输水河道及扩散；采取水泥护坡等硬化处理防止钉螺滋生；在输水干线穿行的有螺区水工设施周围，应强化查螺灭螺措施，降低钉螺密度以减少钉螺扩散。

医疗机构、疾病预防控制机构、动物防疫监督机构和植物检疫机构应当根据血吸虫病防治技术规范，在各自的职责围内，开展血吸虫病的监测、筛查、预测、流行病学调查、疫情报告和处理工作，开展杀灭钉螺、血吸虫病防治技术指导以及其他防治工作。

3）控制疫情，减少危害后果

发现急性血吸虫病疫情或者接到急性血吸虫病暴发、流行报告时，地方政府及疾病预防控制机构应当根据血吸虫病防治技术规范，及时采取下列措施：组织医疗机构救治急性血吸虫病病人；组织疾病预防控制机构和动物防疫监督机构分别对接触疫水的人和家畜实施预防性服药；组织有关部门和单位杀灭钉螺和处理疫水；组织乡（镇）政府在有钉螺地带设置警示标志，禁止人和家畜接触疫水；组织开展对本地村民、居民和流动人口血吸虫病以及家畜血吸虫病的筛查、治疗和预防性服药工作；定期组织进行血吸虫病的专项体

检。动物防疫监督机构对经检疫发现的患血吸虫病的家畜，应当实施药物治疗；植物检疫机构对发现的携带钉螺的植物，应当实施杀灭。凡患血吸虫病的家畜、携带钉螺的植物，在血吸虫病防治地区未经检疫的家畜、植物，一律不得出售、外运。

在上述（局部地段）各类环境风险防范的基础上，还须实施体制、技术两方面的跨区域综合防范。

6. 构建跨界跨区域的环境治理体系

这是大规模跨区域调水的难题之一。例如，由于美国现实的体制所限，各州的权力很大，一些跨州的调水规划由于州际利益难以协调而无法实施，所以，目前已建的调水工程多数是州内调水，对此，联邦政府也显得力不从心，这无疑会对工程的合理调度和优化配置产生不利影响。而法国则从跨界治理的角度出发，建立统一的管理机构，将工程的规划、设计、建设及沿线管理全过程纳入到"一条龙"体系，以适应水资源合理调配的需要。

生态是目标，机制是保障。目前，国务院南水北调工程建设委员会作为工程建设高层次的决策机构，国务院南水北调办公室作为建设委员会的办事机构。工程沿线各省、直辖市成立南水北调工程建设领导小组，下设办事机构。可见，中国有统一的管理机构，但是尚未建立一个强有力的跨界（跨区域）的环境治理体系。跨界（跨区域）的环境治理体系，源于流域，又高于流域，要求摈弃传统的以"行政区"划界的环境管理模式，树立新型的"区域环境跨界治理"理念（陶希东，2010）赋予对跨界地区的生态管理权和执法权，实行统一规划、统一调度、统一管理。譬如，合理划分生态功能区，审定生态纳污能力，制定污染物排放总量控制方案，对跨界沿线各省（自治区、直辖市）、各地市污染物排放总量控制实行监督，对跨界污染事故和争端纠纷进行统一协调和仲裁；建立区域环境信息共享与边界污染的联合防治与联合监测机制；建立促使区域生态公平—可持续发展的区间利益补偿机制，等等。

7. 生态环境卫星遥感动态监测

目前，中国还没有真正意义上的跨区域生态环境动态监测系统。根据水源区、受水区和汉江中下游地区的环境关注重点，如流量、流态（流速、水位）、流质（泥沙、盐度、营养物和污染物）等，分别建立各区的生态环境评价指标体系，通过遥感等手段获取工程辐射区的环境现状信息，并结合地面观测数据和水文、地质、气象等基础资料，建立工程辐射区的环境本底，在此基础上，采用动态遥感技术针对拟定的环境评价指标，利用多时相遥感信息开展环境变化检测技术研究，应用生态环境空间变化监测模型，建立中线工程生态环境监测运行系统。

将遥感、地理信息、定位和网络通信等技术应用于南水北调生态环境动态监测，可以为工程重要环境指标的监测提供可靠而快捷的手段，为中线工程生态环境提供宏观的科学数据和决策依据，并采取措施使正面效应得到最大限度的发挥、负面效应降到最低。水利部长江设计院承担的国家"863"计划项目"南水北调中线工程生态环境遥感监测"取得了积极进展：①首次建立中线工程生态环境遥感监测方案和总体技术路线；②提出了适用于中线工程生态环境遥感监测的指标体系；③建立了适用于中线工程生态环境遥感监测的分类系统；④针对工程区特点，明确了各环境因子对数据源和时相的要求，建立了环境因子的监测方法；⑤定量遥感技术对水土流失的研究应用；⑥针对滑坡与塌岸提出了快速、准确的监测流程；⑦提出了滑坡与塌岸三维解译方法；⑧提出了中线工程辐射区生态环境变化预测模型（长江勘测规划设计研究院遥感数字工程院，2005）。该项研究成果具有推广意义。不过，跨区域生态环境动态监测系统仍处于研制阶段，综合监测体系尚未形成，还难以严密跟踪、及时捕捉各种异常现象和变化的发生。

6.4　西南地区跨境水资源分配风险的综合评价与防范对策

6.4.1　西南地区跨境水资源分配风险的综合评价

1. 生态风险分析

1）水电站建设对河流沿岸的生物和对下游河道自然景观的生态风险

由于大坝的建设，其一是减缓了库区水流流速，使河流水流从激流环境变为静流环境，其二，由于库区水面增大、水深加大且长期处于静止状态，导致水库水体下层水温下降而上层水温上升，而水库下泄的底层水流水温远低于天然河道状态下的水温条件，为此大大改变了流域水生生态环境，使流域生境从连续的、激流、暖流流域环境改变为间断而相对孤立、静止、相似而简单的水库环境。从整体上来说，大坝建设阻隔了流域上下游间水生生物的交流，改变了流域生态系统的生存与演化环境。具体到澜沧江—湄公河流域来说，澜沧江中下游地区梯级电站建设（表 6-14）对流域生态环境的影响主要表现为对大坝上下游局部地区生物生境的影响。由于区域生物生境的变化，造成对流域生物多样性的影响。例如，大坝建设后水位提高，将淹没蓄水水位以下的林地、草地、农田等，由于可能淹没一些动植物的栖息环境，造成一定数量的原区域内动植物种群的迁徙或消失。但随着水库水域面积的扩大，水流减缓，库湾浅滩饵料丰富，会吸引一些水禽、水鸟，动物种群可能会增加。但与原环境条件下的生物多样性存在一定的差异（何大明和冯彦，2006）。

表 6-14　澜沧江流域干流梯级电站主要指标

电站	海拔/m	流域面积/km²	平均径流量/m³	总蕴藏量/m³	装机容量/MW	年均发电量/(GW·h)	淹没面积/hm²	移民数/人	坝高/m
功果桥	1 319	97 200	31 060	510	750	4 060	343	4 596	130
小湾	1 236	113 300	38 470	14 560	4 200	18 900	3 721	32 737	300
漫湾	994	114 500	38 790	920	1 500	7 805	415	3 513	126
大潮山	895	121 000	42 260	890	1 350	7 021	826	6 100	118
糯扎渡	807	144 700	55 190	22 400	5 500	23 777	4 508	23 826	254
景洪	602	149 100	58 030	1 233	1 500	8 059	510	2 264	118
橄榄坝	533	151 800	59 290	—	250	780	12	58	—
勐松	519	160 000	63 700	—	600	3 380	58	230	—

资料来源：Dore 和 Yu，2004

2）诱发地质灾害，并对泥沙和河道产生生态风险

由于水电站的建设修建大坝后可能会诱发地震，引起滑坡、崩塌等不良地质灾害，同时也有可能会导致水土流失现象和强度的加剧。如果发生这些地质灾害，水电工程的实际运行寿命将可能会远远小于预期的设计。随着澜沧江和怒江等国际河流上一批大坝的修建，将会对下游的河道、泥沙淤积及入海口三角洲产生更为严重的生态风险。

从 20 世纪 90 年代开始，下湄公河流域国家的民众就不断投诉湄公河水流的异常变化，认为水位异常低落导致捕鱼量的减少（曹明，2005），极为忧心澜沧江水电大开发计划的跨境影响。他们认为自从 1993 年漫湾水库蓄水之后，湄公河下游河流生态发生了很大的变化：①洪水期洪水位上升；②枯期水位下降，时间延长；③水产资源下降，动植物种类减少；④水质下降；⑤河床遭到破坏，河底的岩石也被泥沙淹没；⑥改变湄公河入海口的潮汐现象（王维洛，2005）。

河流泥沙方面。由于大坝的修建，使河流的泥沙状况发生了变化，而泥沙对于河势、河床、河口和整个河道的影响是十分巨大的。在河流上建坝，阻断了天然河道，导致河道的水流流态发生了变化，进而引发整条河流上下游和河口的水文特征发生改变，这是建坝带来的一个严重的生态问题。漫湾水电站建成后所引起的泥沙淤积也是与建设初期的设计不符的，研究表明，漫湾水库运行 3 年，总库容淤损率（18.1%）接近原设计水平的第 5 年（20.9%），有效库容淤损率（4.9%）已超过原设计第 15 年的水平（4.2%），坝前淤积面高程（913.8m）已超过原设计第 10 年（900.0m）的水平，平均年入库沙量有 6000 万 t 左右，比原设计的年平均入库沙量 4854 万 t（含推移质）水平高 12.7%。随着澜沧江和怒江等国际河流上一批大坝的修建，将会对下游的河道、泥沙淤积及入海口三角洲的产生更为严重的影响。

1993 年漫湾水库蓄水至 2003 年，漫湾年平均拦沙量为 0.269 亿～0.285 亿 t，运行 11 年共拦截泥沙 2.959 亿～3.135 亿 t，年拦沙造成的库容损失为 0.207 亿～0.219 亿 m^3，至 2003 年，共损失库容 2.276 亿～2.412 亿 m^3，占漫湾总库容的 21.5%～22.8%。而漫湾电站 1993～2000 年拦沙量大小变化悬殊，平均年淤积速率稍大，后 3 年拦沙略少，情势较为平稳，这是由区内不同时段的局部气候差异、覆被状况变化以及库区淤积等原因导致的。

从两站同步流量过程线亦可看出，1993～2000 年，两站年平均流量值较低，但期间的泥沙输移量变化悬殊，这现象说明该时期河段集水面上水土覆被破坏情况较为严重，以及区域气候变化各异，局部地区年内降水更加集中，导致区域来水输沙集中且持续时间较长。2000 年以后，随着"退耕还林"项目的开展，面上水土流失受到有效控制，所以两站的输沙呈现稳定情势。因此已有相关资料报道，至 1996 年 6 月，水库蓄水运行仅三年多，坝前库底点高程已升到 913.8m，比建库前抬高了 30m。支流原有侵蚀基准面亦大幅抬高，下游河段的下切侵蚀停止，上游来沙迅速淤积，淤积的范围不断向上游方向扩展，已达到设计五年的淤积水平。

河流水质方面。据相关研究表明，漫湾电站建设期间（1988～1992 年），澜沧江下游 6 个断面的水质达到水环境功能要求的比例是 66.7%；建成的第一个五年期间（1993～1997 年）水质达标比例是 59.2%，第二个五年期间（1998～2002 年）是 73.3%；建设和运行以来（1988~2002年）平均为66.7%。说明漫湾电站建成前后15年来，澜沧江下游水质变化不大，总体趋于稳定（张榆霞等，2005）。

入海口海水倒灌方面。据越南湄公河三角洲的农业水文气象中心报道，土壤中的盐水含量已严重影响到当地的生活和生产。在越南金瓯省陈文时县，盐水已破坏了该地区的农业用地和渔业养殖场，也影响了治乌明县稻田的灌溉用水。该省农业灌溉部门已建议修建四个水坝以阻止盐水进一步侵蚀稻田。越南坚江省的稻田和水产养殖地也受到盐水的侵蚀。安明县、安边县及永顺县三个地区的经济损失初步估计有亿万越南盾。现在，盐水已逐渐侵入鸿达县、坚良县和迪石城。据当地的水文气象工作者观察，一旦海水侵入土地56~60km，该地区的土壤盐化现象将加重。越南槟知省的莱集港已有1.23万hm²的果园受到盐水严重侵蚀。同时前江省农民已紧急收割了2.8万hm²冬春季稻田以避免因盐蚀带来更大损失（曾小红，2008）。而中国境内澜沧江出境水量仅占湄公河流域总水量的约18%。在澜沧江上游修建水力发电设施不会减少入海口的总流量，不会给下游国家带来不良影响，而通过蓄水调节，提高下游地区的防洪、灌溉和航运能力，减少下游河道淤积和湄公河三角洲地区的海水倒灌，从而有利于下游的环境质量。中国将继续根据平等协商、互惠互利、共同发展的原则，积极参加湄公河次区域合作，以实现次区域经济社会与生态环境协调发展。

3）湄公河干流筑坝对鱼类资源的生态风险

根据不同来源资料估计，湄公河拥有内陆鱼类785~1500种，是举世公认的世界上生物种类最为丰富的河道之一，且本地种类有很高的比例（Baran and Chong，2007）。鱼类及其他水生生物的多样性与湄公河这一复杂的生态系统紧密联系，同时也是湄公河渔业生产力和产量巨大的主要因素。从湄公河委员会近年来的渔业研究调查及年度报告中我们不难发现，自20世纪90年代早期以来产量一直增加（表6-15）。最近公布的估计数字表明，湄公河的渔业产量每年超过了300t，其中80%以上来自于自然捕捞渔业。这一结果使专家一致认为湄公河是世界上最主要的内陆渔业产区，约占世界海洋和淡水总捕获量的2%（Baran，2007）。

表6-15　下湄公河流域渔业产量估计

年份	产量/t
1991	约35.6万
2000	>100万
2002	>200万（自然捕捞渔业1.53万t）
2005	>300万（自然捕捞渔业2.64万t）

资料来源：湄公河委员会，2008

湄公河委员会在其2003年的流域现状报告中指出，"该地区居民在家庭营养、收入和生计方面，对湄公河渔业的依赖较之以前估计更深"。调查结果表明，在下湄公河流域64%~93%的农村家庭涉及渔业产业，自然捕捞渔业对家庭营养和收入具有重要贡献。根据国家的不同，对鱼类和其他水产动物的消费占居民动物蛋白摄入量的47%~80%，是

"一些基本元素（如钙，铁，锌等）和维生素（特别是维生素 A）的重要来源"（Hortle，2007）。

随着澜沧江—湄公河流域大型水电站的陆续营建，相关水利设施对包括鱼类在内的生物物种产生相应的生态风险。

（1）外来物种入侵。电站水库的形成为人工养殖鱼类等水生经济物种提供了合适的场所，而人工养殖往往会引入一些生长迅速、生命力强的外来物种，这些外来物种一旦适应了当地环境，大量繁殖和增长，将会通过占据当地土著鱼类的生态位、捕杀土著鱼类的鱼卵和幼鱼等方式使当地土著鱼类数量锐减甚至消失。

（2）陆生生物的迁移和交流。电站的建设将会形成各种形式的水库。而大型水库的形成将会截断一些陆生动物的正常迁移路线，使这些陆生生物的基因交流形成阻碍，最终使生物多样性受到威胁。

（3）生物的分布和繁殖。大坝的修建和水库的形成，使一些水生生物的栖息地发生改变，会促生物的分布和繁殖发生变化。陆生生物由于水位发生变化而淹没原来的生境，动物可以向更高的地方移动，而植物所受到的影响也许是灭绝性的，会造成一些当地特有植物物种的丧失。

（4）对鱼类和水生生物的影响。大坝的修建使河流的鱼类和水生生物的栖息地及洄路线受到干扰，建设所引起的河流水文情势变化，使河流中原有鱼类的种类和其他水生生物将改变其生活路线和生活周期导致鱼类和其他水生生物的种类和数量发生较大的变化，从而使整个河流的生物生态系统发生变化。

一般而言，大坝截断水生生物的自然通道，对水生生态系统造成危害。并且，下泄水流的流速、水深、浑浊度和悬浮物质等水流系统的变化，影响鱼类养料来源及栖息地，产卵区生态条件改变。最严重的是阻断鱼类的迁徙，导致流水鱼类的消失。近期研究认为湄公河的水生生物丰富程度在全球仅次于亚马孙河，流域内有 1200 种鱼。下游的水生生物多样性优于上游，就淡水鱼种类而言，云南 153 种，泰国 650 种，柬埔寨 850 种，很显然，鱼类的多样性主要在下湄公河流域。渔业是老挝、泰国、柬埔寨和越南居民动物蛋白的主要来源，占其总动物蛋白摄取量的 40% ～80%，湄公河下游鱼产量估计 62.4 万～88.7 万 t，其中 90% 是从河道获取的（Secretary of Mekong River Committee，1992）。因此，澜沧江—湄公河干流水电站对水生生物的影响，一直是国际上关注的一个主题。

取样研究表明，西洱河支流梯级电站的建设造成对鱼类生存条件的严重破坏，几乎没有渔获物记录；漫湾电站坝上库区与坝下相比较，流水鱼类明显减少（何舜平等，1999）。但据初步研究，在澜沧江下游很少发现来自下湄公河的洄游鱼类。同时，在澜沧江的开发方案中，已将下游的南腊河、罗梭江规划为洄游鱼类保护区。而下湄公河，Ibid 研究认为，湄公河委员会的全流域的水电工程项目，尽管设计了鱼道，但还是阻挡了鱼的迁徙。其拟建的大坝对于这方面考虑较少，只是在下游的栋沙宏、上丁、松博和洞里萨湖考虑相对较多（Hill，1994）。估计下湄公河梯级开发将形成近 2000km 的静水区，大多数坝高超过 30m，尾水长 75～200km，老挝支流上几十个大规模的水电项目开发，都将对水生生态和鱼类造成重大影响。因此，水电梯级开发对水生生态环境及鱼类的影响，主要在下湄公河，而不是在澜沧江。

2. 国际政治风险

1）边界的复杂化

伴随着旧的政治区界、经济利益、法律框架、政策体制、工程体系等被打破，导致跨境资源的开发和管理、跨境经济利益分配和国家主权之间的竞争日趋激烈。协调的困难和误解增多，引发冲突的机会也大为增加。同时，由于水的流动性，打破了政治区界限制，不仅使资源财富从一国自由流淌到另一国，而且把负面环境影响转嫁到其他国家。

2）区域经济一体化

区域经济的合作，不仅增加水的消耗和污染，而且随着跨境人员、物质和信息的频繁流动，淡化了边境的界定，合作方在追求"资源与市场共享，以取得整体综合最大效益"的同时，使得国际边界日渐成为一种地理上的概念。这与传统的"领土主权"发生冲突，引发新的资源权属，如河流沿岸权、航行权、水占有权和优先使用权等。在分配水利益、承担费用，尤其是防止水污染，维护水生态环境所采取的法律、政策和科技手段方面，都与过去有很大差别。要求按公平合理的方式，扣除人类和生态系统基本的水要求，按更有效利用的准则分配国际水资源。同时，把水作为一种可交易的商品，直接进入市场，通过水权（占有权、使用权等）的转让以换取其他的利益，如交换其他资源权属，或直接获得交易补偿，来达到公平合理分配和利用的目的。此外，由于水的流动性和与其他许多自然资源，如土地、生物以及矿产开发的不可分割性，有些并非直接与水有关的经济活动，但间接关联水的利用、保护和管理，使水问题成为许多跨境经济合作中最复杂、最难于解决的问题。

3）全球气候变化

全球气候变化改变了水文循环的趋势，使水资源的时空分布更复杂多变，打破了过去约定俗成的水分配模式，影响到有关国际水法的持续实施，增加了跨境水资源的压力。

4）人口增长

世界人口急剧增加，人类活动日益频繁，规模日益强大，加重了地球有限的淡水资源的潜在冲突，特别是加重了国际流域淡水资源的潜在冲突，使共享淡水资源成为一种跨境战略性资源，在一些地区成为维护区域和平、稳定或制约区域可持续发展的关键因素。

6.4.2　跨境水资源分配风险防范对策分析

中国的跨境水量达 7320 亿 m^3，约占全国天然河川径流的 27%。西部是中国国际河流的集中分布区、发源地或上游地区，全国 15 条主要国际河流中有 11 条在西部，是亚洲大陆的"水塔"所在。其跨境水分配不仅直接关系到中国的资源主权、水资源安全、跨境生态安全和"西部大开发"等全局性问题，而且影响着中国与亚洲邻国区域合作战略的实施。

1. 澜沧江—湄公河沿岸国水资源分配分析

澜沧江—湄公河流域枯季水资源利用与分配是一个有争议和需要进行协调的主要问题（冯彦等，2000）。

（1）中国。中国境内的澜沧江主要为峡谷型—中山宽谷河流，耕地有限灌溉耗水量极少，而水能资源丰富，具有优良的电站建设条件与优势。据有关规划，到 2010 年，中国澜沧江流域内的用水量不到自产水量的 8%；在规划水平年内，中国境内用水造成对出境水量的影响甚微，不到出境水量的 5%，小于计算误差，可忽略不计。因此，中国水资源开发目标主要集中于非耗水型梯级水能开发，其开发效益根据何大明、杨明等人研究分析，可增加天然枯季流量 1000m³/s（何大明，1996a，1996b）。

据冯彦等（2000）统计，澜沧江—湄公河中下游沿岸国水资源情况如下。

（2）老挝。其产水量是流域内各国中最多的国家，占湄公河总流量的 35%，枯季万象平原需要一定的灌溉用水。另外，老挝作为内陆国家希望开发国际航运，并开发湄公河支流的丰富水能以推动对外能源贸易与国内的发展。

（3）泰国。泰国东北部是湄公河流域需要灌溉面积最大的干旱区，在其 850 万 hm² 可耕地中仅有约 6% 得到灌溉，如果枯季能从湄公河干流中抽取 400～500m³/s 的湄公河水，则对发展该区的农业和消除当地的贫困起到关键作用。

（4）柬埔寨。境内的洞里萨湖是东南亚最大的淡水湖，也是湄公河流域最重要的洪枯水自然调节区，其每年湿季可吸纳上游洪水量约 460 亿 m³，在枯季向下游释放。其主要水需求是要求上游每年湿季保证相当的洪水来量，以保证湖区的洪泛面积，提高土壤肥力与有机渔饵。

（5）越南。枯季耗水量最大的是湄公河三角洲，主要是越南部分，约有 390 万 hm² 农业和水产用地，每年 4～5 月，来自上游的径流约 2000m³/s，为防止海水入侵需用水约 1500m³/s，能用于灌溉的仅约 500m³/s，能灌溉约 50 万 hm² 耕地。目前，该区枯季灌溉需水 1600～2000m³/s，因此，若要充分发挥区内土地潜力，并有效防止海水入侵，则需在枯季天然径流基础上再增加枯季径流约 2000m³/s。

总之，要满足下湄公河各国的灌溉需求、洪水回流和防止海水倒灌，共需增加枯季径流约 3000m³/s（何大明，1996a，1996b）。

2. 国际河流水资源分配原则分析

当前，在全球可持续发展趋势和经济全球化影响下，面对全球性水资源短缺、水污染、生物多样性保护和区域安全等重大问题，国际河流跨境水资源分配呈现新的发展趋势。

（1）强调维持河流系统的整体生态功能，要求国际水分配必须综合考虑水量、水质、水情等关键水分配要素，以保障流域生命系统的维持和水道系统最基本生态功能的维护，确保上游的用水不对下游地区产生实质性危害（表6-16）。水分配必须考虑其引发的生态效应，如固体径流（泥沙及河床冲淤）变化、三角洲咸水入侵、下游水质恶化等。对一些已过度开发的河流，还要求从已有的工程用水中返还环境一定量的水。因此，理想的水分配一般将维护河流生态系统的最基本功能和流域内人畜生活用水作为最高用水优先权首先予以满足，然后再估算用于产生经济效益的可利用水量，流域各国再按其对水的贡献大小、用水规模等进行分配（陈丽晖和何大明，2001）。

（2）在区域国际合作的大趋势下，为了促成流域各国间对共享国际河流的公平合理利用与协调管理，以获取区域合作的整体利益和综合效益，需要判识流域内各国的资源环境和社会经济条件及其在时间和空间构架上的互补优势，促进流域各国达成将地理意义上的国际河流视作共享国际河流系统的共识，淡化"绝对主权论"，突出共同利益。相应地，跨境水资源的分配从权利为基础转向需求为基础，要求综合权衡相关的社会、经济和生态多目标冲突。同时，更注重流域整体已有的水利用，允许流域各国间根据实际需求状况，通过协商进行水量的时空调配（Tephen，1997）。

（3）重视国际水权分配，协商合理水价，推动水权交易，鼓励建立灵活运行机制，依靠市场调节作用促进跨境水资源公平分配和合理利用。如分析国际河流流域各国的产水量、河道生态环境特征及用水现状等，界定各国的水权；经扣除流域内的生活用水、牲畜饮水和生态环境用水等，剩下部分作为有经济价值的可利用水资源；将可利用水资源货币化，流域各国可将其拥有的那部分分水权（水资源）作为股份，共同建立股份制"水银行"，运用市场机制，促进水权（使用权）的国际交易，实现公平、合理利用。应用市场机制有助于促进各国对水资源的有效利用，提高水资源利用效率（何大明等，2005a，2005b）。

表 6-16　国际河流水资源分配原则、指标与依据

河流类型	分水目标	主要原则与指标体系	分配依据
连接水道	水量/灌溉	1. 维持河流最小流量、保证最小水量份额； 2. 确定各国的用水份额； 3. 确定不同保证率下、季节的用水份额； 4. 收益补偿、损失赔偿； 5. 公平共享水资源开发、保护和利用权，一方用水不得损害另一方的水资源	1. 保证各国、流域用水目标； 2. 各国用水实际、可灌溉面积、项目投资比例和项目效益、区域相对公平分水； 3. 共享天然水量的增减
	水能开发与防洪	1. 平均分配发电量； 2. 平均分配增加的水量； 3. 拥有协议购买电能的权利； 4. 损失补偿与受益投资	1. 共同投资和建设； 2. 以受益程度分担投资
	水质	1. 流域内人口饮用水优先权； 2. 控制河水盐度、污染物排放、水温等	1. 河流的纳污能力； 2. 作物耐盐度、污染物特性
毗邻水道	水量/灌溉	1. 限定毗邻水道的最大引水量； 2. 平分水量（用水时间、用水量平均分配）	1. 维持水位、水流、河床； 2. 平均分配等于公平分配
	水能开发与防洪	1. 平均分配电量； 2. 合理分配发电所需水量； 3. 防洪效益分配	1. 平均分担投资； 2. 需求与无实质性负面影响； 3. 不同开发状况

资料来源：冯彦等，2006

在上述趋势下，当前国内外急需开发和研究的相关重点技术和关键科学问题为开发更具弹性和兼容性的系统模型，以模拟水文、水资源系统的不确定性变化，并评价、评估和预测相关变化对国际河流水资源利用、分配和管理的影响；开发国际河流综合功能与价

值、生态耗水量的评估方法、技术和模型，并通过与传统的水资源多目标分析、优化技术相结合，开发可定量、半定量进行国际水资源权属的界定、多重价值评估、目标优先权序确定、风险分析与评估的技术指标体系和模型等；发展与"国际水分配"相关的技术体系，不仅要能处理跨境水资源在流域各国间的合理分配和再分配问题，还要能处理与此相关的费用/效益分配等问题；将传统的水文、气象、水环境等自动测（监测）、报（预报）、算（分析计算）技术，与"4S"（RS、GPS、GIS 和 ES）技术相结合，进行多源数据采集和信息管理，开发跨境水污染控制、分水方案实施、水情变化等的动态监测系统，并应用 Internet 和 WebGIS 等现代通信、信息分析和传输技术，支持流域各国政府、民间团体、国际组织的参与，促进流域区各国间的了解、合作，消除误会和减少跨境冲突（何大明等，2005a，2005b）。

3. 澜沧江—湄公河跨境水资源分配风险防范分析

南北向发育的澜沧江—湄公河多年平均径流量约 4750 亿 m^3，年平均流量 15 060 m^3/s，流域内各国的流域面积及水量状况，受西南季风影响。流域雨量丰沛，但干湿季分布明显，湿季的最高洪峰流量可为枯季最小流量的 30 多倍，上下游主汛期在时间上相差 1~2 个月，澜沧江下游与湄公河越南段的最高水位总量丰富，但时空分布不均，流域各国间存在一定用水目标矛盾，在湄公河下游各国需要大量灌溉用水时，三角洲地区也需要增加径流量以防止海水入侵和土地盐渍化。流域水资源的时空调节或枯季用水成为水分配的核心。

据陈丽晖和何大明（2001）研究，澜沧江—湄公河流域水资源利用情况如下。

1）水量消耗主要是灌溉用水

农业灌溉用水是流域内最大消耗，该区域作为世界主要稻产区，泰国和越南为世界最大稻米产出国之列，湄公河流域内约有 1350 万 hm^2，可耕地，其中水稻种植面积约占 63%，灌溉用水占总消耗量的 85% 以上。况且，有大量的耕地没有满足灌溉需求，水消耗有增长的潜在趋势。例如，泰国东北部呵叻高原由于水源缺乏，灌溉面积仅占可耕面积的 6%。

2）流域上下游水利用方向差异大

澜沧江—湄公河流域的水资源利用可以分非消耗型与消耗型两类。流域内，在中国的青海、西藏境内，灌溉问题没有明显的意义；中国云南部分和缅甸，由于以山地为主，耕地相对稀少，尤其水田很少，因此，灌溉用水消耗不大，总体上以水电和航运利用为主，属水量非消耗型，老挝万象以下，则主要用于生活、城市、农业灌溉、航运、工业、阻止海水入侵和发电，以水量消耗型使用为主。其中，泰国东北部、越南和柬埔寨湄公河三角洲地区因其耕地连片，人口稠密，是全流域最大耗水区，尤其是枯季。

3）水量矛盾集中于湄公河下游各流域国之间

流域内上游水量消耗小，流域内云南部分仅有耕地 54.69 万 hm^2，其中 39% 为水田，主要需要灌溉的澜沧江中下游地区，各种水控制工程总控制水量 15.67 亿 m^3，仅占流域产水量的 3.05%。而三角洲的越南部分，约有 390 万 hm^2 农业和水产用地，其中 240 万 hm^2、产量占全国粮食总产的 40% 的耕地遭受洪涝、盐碱与酸性水的侵害，每年 4~5 月，来自上游的枯季径流约2000m³/s。因此,水量矛盾主要集中于湄公河下游国之间。20世纪80年代末至90年代初,泰国政府希望从湄公河内取水供给Chao Phraya水系,以满足泰国中心区和重要大城市曼谷区的水需求,并设计了Khong-Chi-Mun流域间分水方案,以灌溉东北部大面积的土地,为此与老、柬、越产生长时间的意见分歧。越南方面认为,泰国调水灌溉东北部呵叻高原的计划,抽取了湄公河枯季径流约1/3的水量,即300~400m³/s,泰国方面认为"仅抽取100m³/s,占2%~3%的径流,而且仅在雨季取水,而在枯季不取"。同时,老挝具有约500万hm²的潜在可开垦土地面积,目前耕种面积有8万hm²,仅占可耕地面积的16%。老挝也要求建设蓄水工程和大的泵站,进行提水灌溉。因此,加剧了湄公河下游各国的水量矛盾。

4)水资源的时空分布与水需求差异大

澜沧江—湄公河流域的水问题主要是由于水的时空分布与水需求差异引起的。水量需求集中于下游,而流域国的径流贡献大小排序为老挝、泰国、中国、柬埔寨、越南、缅甸,上游部分径流贡献率占全流域的近一半,同时,流域存在雨季的洪涝与干季的严重缺水问题,因此,可以通过对河流的控制实现对水资源的时空调剂。由于其多个暴雨中心以及狭长地形,流域内的耕地、城镇、经济中心、洪水、干旱和有关水需求与水环境灾害等问题不可能在全流域集中分布、同时发生,利于流域内调节。

5)缺乏对径流控制的整体工程安排

目前,澜沧江—湄公河流域开发程度较低,有关水利的项目还主要集中于支流,干流控制项目极少。湄公河的项目计划长期停留在规划阶段,澜沧江也只有漫湾电站完工,进入运行阶段。因此,全流域处于对河流控制极弱的状态,干旱、洪涝灾害频繁,灌溉需求不能满足。要解决流域内的水问题,需要加强对河流的径流控制。

为避免跨境水资源竞争利用可能产生的国家间用水矛盾/冲突和协调流域国家间水资源利用目标,国际水法产生了一些被普遍接受和不断被认可原则(冯彦等,2006):①公平合理利用;②不造成重大危害的义务;③维持与保护水资源极其生态系统的义务;④互通信息与资料义务;⑤维持与保护水资源极其生态系统的义务;⑥补偿原则。其核心原则是各国享有公平合理利用跨境水资源的权利并由责任方知实质性危害。但公平利用不等于平均分配的利用。为此,跨境水资源分配需根据各国际河流的水文特征、流域内社会经济的发展和各流域国的用水实际需求,确定各国不同的水资源分配份额,使国际水法原则具有实践意义。

跨境水资源分配指标体系可参考国际水法的重要法律文件《国际水道非航行使用法》,其中第6条规定:①流域内地理、水文、气候、生态等自然因素;②有关水道国的社会和经济需要;③每一水道国内依赖水道的影响;④一个水道国使用和可能对其他水道国的影响;⑤对水道的现行使用和可能的使用;⑥水资源的养护、保护、开发和节约使用等。

不同流域水资源的差异性、流域国之间关系的复杂性、各国发展水平与政治经济实力的不均衡性等影响着国际河流的开发进程和水资源的分配。基于上述分析和评价,跨境水资源分配所涉及的原则、具体指标及其依据为以下两点。

(1)毗邻水道(界河)水资源分配指标体系的确定较为统一,以流域水资源的可利用量为基础,平均分配各国的用水份额(包括用水时间和用水量的平均分配);或者考虑到各国境内的资源开发状况、用水需求，确定用水份额；在项目开发为基础的水资源分配，以用水需求确定投资比例以及用水份额。

（2）连接水道（多国河流或跨境河流）受流域国经济政治实力、流域水资源特征等因素影响，其确定分水指标的标准可分为三类。

具体的分配模式有如下四种。

（1）流域全局分配。依据流域不同保证率、不同季节的水资源可利用量，以用水需求作为分水指标，进行跨境水资源分配，如美国和墨西哥对科罗拉多河和格兰德的水分配、印度和巴基斯坦对印度河的水分配。

（2）项目分配。通过合作开发，以投资比例（资金投入和土地投入等）、受益比例为分水标准，就开发项目所产生的效益进行分配的模式。

（3）全局分配与项目效益分配相结合的复合分配模式。将流域天然水资源与水利工程建设所增加的水资源可利用量和产生效益相结合，进行复合式水分配，以扩大合作各方的跨境水资源的可利用水平和收益。

（4）整体流域规划分配。为满足各国水需求，依据流域国认可的流域开发方案进行水资源分配。此分配模式的前提是流域规划要得到各方认可，且流域国之间进行密切合作。该分配模式因能最大限度地照顾各方的利益，符合流域的整体开发和可持续发展，且至今仍没有可借鉴的成功案例，而成为未来跨境水资源分配的一个期望值和发展趋势。

总体上来说，澜沧江—湄公河流域具有利于全流域整体水分配的有利条件：本身水量丰富，其水需求可以在流域内通过协调得以满足；森林覆盖率、水质等高于世界可持续发展的标准，可以通过一系列措施，实现流域的水资源在区域、时间上及人与自然方面的合理分配，满足可持续发展要求；不同于尼罗河那种上下游径流贡献率与需求的极不吻合，以及历史上不合理分配的存在；上游国中国与老挝都是非消耗性水利用，以水电开发为主，历史上也没有不合理的水分配协议，因此，协商的可能性更大；流域内各国都致力于区域的可持续发展，经济发展不仅局限于水资源的需求，也包括更多的能源、市场、粮食、收入等方面的需求，并存在许多资源互补优势，可以通过寻求更广泛的利益共享实现水资源的合理分配；该区域自最早的湄公河航行自由开始，就不断有国际机构的资助，目前，也有广泛的国际机构参与，从资金、技术和工程实施，甚至组织机构的能力建设方面都得到支持，因此，有可能第三方参与协助解决水分配问题。

第7章　水资源保障风险综合防范示范

7.1　示范区京津唐地区水资源利用态势

7.1.1　京津唐地区水资源状况

京津唐地区包括北京、天津以及河北唐山、秦皇岛、廊坊、张家口、承德，总面积13.1 万 km²，2005 年末常住人口 4791 万，区内人口集中、经济发达。京津唐地区大部分区域位于滦河及冀东沿海、海河北系水资源二级区，其他地区分属西辽河、东北沿黄渤海诸河、内蒙古内陆诸河、海河南系。

京津唐地区位于华北平原，地处温暖半湿润季风气候带，多年平均降水量为 550 ~ 750 mm，水面蒸发量年均 1100 ~ 1200 mm。根据 1977 ~ 2000 年数据（图 7-1），京津唐地区降水距平值在 7 ~ 9 月低于平均值，且最小值出现在 8 月；而其他月均高于平均值，最大值出现在 5 月。由此可见京津唐地区的降水发生了转变，春季降水明显增加，而夏季降水严重减少，特别是汛期 7、8 月降水减少显著。蒸发距平除了 7、8 月低于平均值外，其他月均高于平均值。降水蒸发差距平值在 5、6 月高于平均值，而在 7、8 月明显低于平均值，与降水的变化趋势基本相似。这说明，京津唐地区可利用水资源量在夏季主汛期明显减少，但是在春、秋和冬季的可利用水资源量却有所增加，特别是 5、6 月的可利用水资源增加最多。1977 ~ 2000 年夏季可利用水资源量明显减少，但是春季有明显增加，特别是

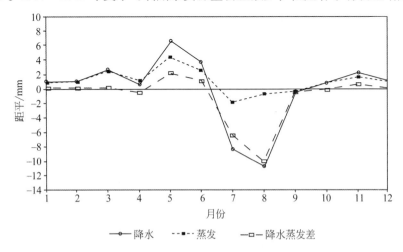

图 7-1　京津唐地区降水、蒸发和降水蒸发差距平

5、6月增加得最多，然而由于主汛期的可利用水资源量的减少，所以，这不能改变京津唐地区总体水资源减少的现实。

京津唐地区（图7-2）是中国水资源最紧缺的地区之一，1956～2000年平均水资源量153.5亿m^3，人均水资源量仅320m^3，属于重度资源型缺水地区。2000年全区用水量134.5亿m^3，水资源开发利用率高达87.6%。地下水超采严重，目前已经形成了以北京、唐山、廊坊为中心的浅层地下水超采区和以天津为中心的深层地下水超采区（表7-1）。水资源的过度开发利用引发了一系列的生态与环境问题，包括洼淀萎缩及消失、河流断流、河口生态系统退化、地面沉降、海水入侵等。20世纪80年代以来，京津唐地区水资源问题日益突出，原因主要有四点：一是区域用水量随着人口增长、经济发展与城市化有所增加；二是随着上游地区用水量的增加，区域外河流入境水量明显减少；三是流域下垫面的变化，显著减少了产流量；四是80年代以来，进入枯水周期，来水量减少。

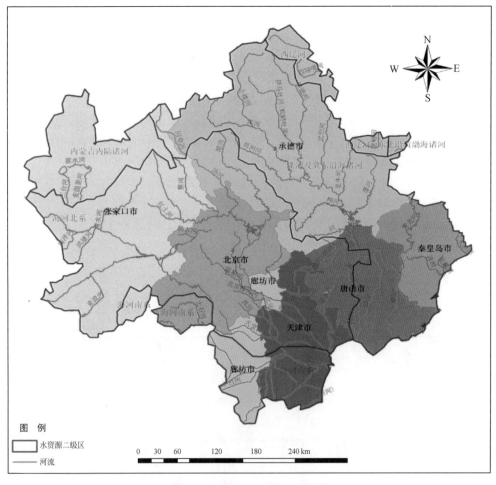

图7-2　京津唐地区流域水系图

表 7-1　2000 年京津唐地区水资源开发利用状况　　（单位：亿 m³）

地区	水资源量				供水量				用水量			
	地表水	地下水	重复量	总量	地表	地下	其他	总计	农业	工业	生活	总计
北京	17.7	25.6	5.9	37.3	13.3	27.2	0.0	40.4	16.5	10.5	13.4	40.4
天津	10.7	5.7	0.7	15.7	14.4	8.2	0.0	22.6	12.08	5.3	5.2	22.6
唐山	14.0	13.2	3.3	23.9	9.2	20.7	0.5	30.4	22.0	5.3	3.2	30.4
秦皇岛	13.1	7.1	3.7	16.5	3.2	5.7	0.3	9.1	6.7	1.2	1.1	9.1
廊坊	2.6	3.4	0.0	6.1	1.4	9.2	0.0	10.6	7.9	1.5	1.2	10.6
张家口	11.6	12.4	5.0	19.1	4.2	6.7	0.1	10.9	7.8	1.9	1.2	10.9
承德	34.1	14.1	13.3	34.9	5.7	4.6	0.0	10.4	7.7	1.5	1.2	10.4
合计	103.7	81.4	31.7	153.5	51.4	82.2	0.9	134.5	80.7	27.3	26.5	134.5

注：河北各市水资源数据来源于《河北水资源规划（2004）》

水资源已经成为制约京津唐地区社会经济发展的限制因素，在区域尺度上研究该地区的水资源短缺风险问题，可以为相关水资源规划、区域发展规划等政策与决策提供依据，对于促进区域可持续发展具有十分重要的意义。

7.1.2　不同来水频率下可供水量与需水量

根据有关资料的研究成果（任宪韶等，2007；北京市南水北调工程建设委员会办公室，2008；河北省水利厅，2004），总结了 2020 年京津唐地区平水年（$P=50\%$）、枯水年（$P=75\%$）、连续枯水年三种情景下的可供水量（表 7-2）。各市可供水量是以现状工程条件、区域分水原则为基础，严格限制地下水超采，考虑外流域调水量与非常规水资源开发后的最大区域可供水量。

根据研究区现状灌溉面积与灌溉定额，考虑节水灌溉技术的推广，参考了上述规划成果，预测农业需水量。结果表明，京津唐地区平水年农业需水量为83.1 亿 m³，与现状用水量基本一致。

表 7-2　2020 年京津唐地区多情景需水量与可供水量　　（单位：亿 m³）

地区	平水情景						缺水情景			连续枯水情景	
	农业	工业	生活	生态	需水量	可供水量	农业	需水量	可供水量	需水量	可供水量
北京	12.8	5.5	14.1	3.2	35.6	50.6	14.5	37.3	44.8	37.3	38.4
天津	13.1	6.5	6.6	1.8	28.0	38.5	15.6	30.5	34.6	30.5	29.6
唐山	24.7	6.6	3.8	0.9	36.0	38.4	26.5	37.9	34.2	—	—
秦皇岛	8.3	1.3	2.2	0.5	12.3	13.5	8.7	12.6	12.0	—	—
廊坊	8.5	1.2	2.1	0.3	12.1	13.2	9.6	13.2	12.6	—	—
张家口	8.7	1.0	2.3	0.1	12.0	14.5	9.9	13.3	13.9	—	—
承德	7.1	0.8	1.9	0.1	9.9	9.1	7.5	10.3	8.7	—	—
总计	83.1	22.9	32.9	6.9	145.8	177.8	92.4	155.1	160.8	—	—

按照"总量控制"的原则，以现状用水为基础，综合考虑未来工业发展，预测工业需水量，2020 年全区工业需水总量为 22.9 亿 m³，相比 2000 年略有下降。从北京、天津两市 1997 年以来工业规模与工业用水的发展历史看，在保障工业发展需要的同时，是可以实现工业用水零增长的。

根据各区域研究报告中对各市人口与城镇化率的预测成果，选取农村人均生活用水定额与城镇生活用水定额合理标准，预测生活需水量。2020 年全区的生活需水总量为 32.9 亿 m³，比 2000 年有较大提高。

参考有关规划成果，根据未来城市发展规模，预测生态需水量。2020 年全区生态用水量 6.9 亿 m³，主要为城市河湖补水。2020 年，京津唐地区在平水年（$P=50\%$）需水总量 145.8 亿 m³，可供水量为 177.8 亿 m³（包括入境水量、调水量、非常规水资源，所以大于水资源总量）。除承德市供水略有不足外，其他行政区用水均能得到保障。枯水年（$P=75\%$）全区需水总量 155.1 亿 m³，可供水量为 160.9 亿 m³，水资源供需能够达到平衡。但各行政区间存在较大差异，唐山市、承德市供水缺口较大，需要在区域间进行协调。

当发生连续枯水情况时（取连续 10 年 75% 保证率水平），水资源供需矛盾进一步加剧，水资源条件较好的北京、天津两市需水量也不能得到全部满足。

7.1.3　南水北调对京津唐地区水资源保障的情景分析

表 7-2 中的可供水量包括了南水北调工程对京津地区的供水。南水北调工程是中国水资源优化配置，解决北方地区缺水的一项战略性基础工程设施。根据完成的"南水北调工程总体规划"，南水北调分为东线工程、中线工程和西线工程。对京津唐地区水资源供需有影响的是中线工程，该工程主要供京津、沿京广铁路城市用水和华北环境用水兼顾农业，计划向北京市供水 12 亿 m³，向天津供水 10 亿 m³。南水北调中东线工程对北京市和天津市配置水量如表 7-3 所示。

表 7-3　南水北调中东线工程对京津地区的水资源配置情况　（单位：亿 m³）

地区	水平年	规划配置水量（95%）		
		东线	中线	合计
北京	2010		10.0	10.0
	2030		15.0	15.0
天津	2010	5.0	8.0	13.0
	2030	10.0	8.0	18.0

南水北调一方面影响了京津唐地区的水循环系统，缓解了该地区日益严重的水资源短缺问题；另一方面通过水循环影响到了经济社会和环境系统。南水北调不是简单地对区域进行补水，而是解决区域"水资源 – 社会经济 – 生态环境"严重失调的综合措施。南水北调通水后，京津唐地区将实现以南水北调来水、当地地表水、当地地下水为主，包括雨洪利用、污水回用等非传统水资源在内的水资源的联合配置，这大大缓解了城市用水和农村

用水、国民经济用水和生态环境用水的恶性竞争。

根据国务院关于南水北调工程的汇报文件，现阶段对南水北调工程的管理方面的研究主要围绕工程筹资、水价分析和管理体制。南水北调对京津唐地区水资源管理方面的影响非常大，这是目前水资源管理的混乱和复杂、相关机构体制改革的复杂和不确定性以及社会转型的大环境所决定的。文件中对于管理体制方面，拟按照以下原则：①遵循水资源的自然规律和价值规律；②体现水的"准市场"特点；③产权明晰；④有利于节水治污、水资源统一管理。

构建"政府宏观调控、准市场运作、现代化管理、用水户参与"的适应社会主义市场经济体制改革要求的建设与管理体制。南水北调是实现水资源统一管理的一个有利契机，水价和水资源费等经济和市场杠杆是十分有力的手段。

7.2 京津唐地区水资源保障风险评述

水资源保障风险是如何产生的，受到哪些因素的影响，如何衡量，后果如何等都是风险研究要解决的科学问题。其研究为科学辨识风险因子，揭示风险产生的机理，对深入认识风险具有重要意义，同时也是风险防范的理论支撑。

7.2.1 水资源保障风险内涵与指标体系

水资源系统是一个复杂的开放系统，其复杂性在于：一方面，水资源自身具有随机性、模糊性等多种不确定性（左其亭和吴泽宁，2001）；另一方面，由于人类活动的影响，进一步加大了水资源系统的不确定性和风险，给其客观规律的探索带来更大的难度，水资源保障风险涉及诸多方面。

1. 水资源保障风险内涵

一般意义上风险是指系统所受到损害的不确定性，朱元甡和梁家志（1990）认为风险是损失发生的概率，于惠春（2000）认为风险是预期与实际结果的不吻合性。国际上，一些研究者还认为风险是损害发生的概率和损害程度的综合体。其中 Kaplan 在风险分析大会上提出的风险定义得到较广泛的认可，他认为风险不是一个数字，也不是一条曲线或向量，而是一个由有害事件、概率、事件的结果组成的三联体的完备集（Kaplan and Garrick，1981）。水资源保障风险被定义为水资源保障系统中潜在损害的概率、损害本身或水利设施等在水事件中受到的损失程度和失事概率，通常表现为水资源不能满足安全保障需求的事件概率及损失。水资源保障系统是一个非常复杂的开放的动态系统，在对其的系统评价中难以对其众多不确定性进行准确把握，故研究者往往只关注某类水资源危害事件或水资源系统的某一层面，而忽略了水资源系统对风险事件的承险能力。

2. 水资源风险指标体系

国外鲜见对水资源各类评价建立专门的评价指标体系，其他的评价指标体系里面虽然涉及了有关水资源评价的内容，但是指标数量不多，且都是比较宏观的评价指标（黄初龙等，2006），西方国家对水资源的评价侧重于对水资源状态的描述，而不是预警，最具代表的单指标评价是目前国际上通用的宏观衡量水资源压力指标：一是区域人均水资源量；二是水资源开发利用程度（贾绍凤等，2002）。

在国内，专门讨论水资源短缺风险指标体系的工作较少，但是类似的研究还是很多的。中国关于水资源各类评价指标体系的研究始于 20 世纪 80 年代末，水利部水利水电规划设计院（1999）第一次运用水资源开发利用综合评价指标体系，对全国水资源的状况及其开发利用进行分析。贾绍凤等（2002）在区域水资源压力指数与水资源安全评价指标体系中，从水资源总体安全、社会安全、经济安全、生态安全四个方面，选取了 22 个评价指标建立了水资源安全评价指标体系。韩宇平和院本清（2003）提出了一套具有层次结构的水安全度量指标体系，并采用模糊评价方法对中国一些地区的水安全状况做出了评价。还有学者开展了诸如水资源评价指标体系、水资源可持续利用评价指标体系、水资源承载力评价指标体系等工作（黄初龙等，2006；吴湘婷，2007；惠泱河等，2001）

7.2.2 水资源系统保障风险评价

水资源系统风险涉及水文过程、规划调度、控制管理与决策等多个方面，所以评价方法也涉及各个环节。

1. 水资源来水分布及参数估计

水资源保障的前提是水资源量的保障，水资源量的保障与来水过程关系密切。在水资源保障风险研究中，水文分布与参数估计就显得十分重要。水文过程风险就是对水资源的来水风险的表征，研究主要在洪水风险及降水分布等方面（傅湘等，2001a，2001b）。在具体研究中，水文风险主要进行对水文过程线型选择和参数估计两部分。线型主要包括正态分布、P-III 分布、Gumbel 极值分布、对数 P-III 分布和 Weibull 分布等。参数估计主要针对线型中的参数，利用各种方法进行逼近和估算。

分布及参数估计的研究都取得了一系列进展。陈元芳和侯玉（1992）研究了 P-III 分布曲线的参数估计问题。之后发现 P-III 分布曲线的模拟结果与现实偏差很大，秦大庸和孙济良（1989）推出 Γ 分布曲线，来研究水文极值的分布。在 P-III 分布曲线三个参数：α、β、α_0 的估算中，Greenwood 等（1979）提出了极大似然法、概率统计法，该方法用于 Gumbek 分布具有较好的统计效果，中国学者将该方法应用于 P-III 分布曲线，对参数估计具有较好的统计特性，但是该统计与实测水文资料相脱离，并没能从实测水文系列参数上得到印证（丁晶和侯玉，1988）。权函数法能在一定程度上弥补矩法的统计特性差、有效性低的不足（马秀峰，1984）。但随着研究的加深，发现权函数法只是解决了偏态系数的问题，这在三个参数的估算中是明显不足的，且不能满足实用要求，于是马秀峰和阮本清（2001）又提出了数值积分逼近法，从而增强了参数估计的效果，同时满足实用要求。刘光文（1990）提出了数值积分权函数法，李松仕（1991）给出了权函数法对具有若干历史特大值的样本的计算公式，从而推动了权函数法在洪水计算中的应用。Correia（1987）推导出了径流量、降雨量之间联合分布，有研究者应用二维分布模型求出了洪峰流量和洪峰历时的联合分布概率（Sackl and Bergmann，1987；Goel et al.，1998；冯平和王仲珏，2008）。Gumbel 分布还被推广到人工水文过程风险的研究中，如冯平和王仲珏（2008）基于二维 Gumbel 分布分析了长距离输水系统水文风险，从而巧妙地解决了串联系统风险计算中如何建立 n 维联合概率分布函数的难题。以南水北调中线工程河北省段的二十一条主要河流为例，分析了采用 Gumbel 联合分布来研究降雨量或洪水的联合分布特征的可行性，进行了实际水文风险计算，结果表明南水北调中线工程河北省北段的综合防洪风险是 3.11%，其防洪安全是有保证的。

2. 水资源调度风险研究进展

水资源的规划调度是保障供用水安全的基本要求，各种水利设施、工程的修建则是实现水资源保障的基本条件。水资源规划调度系统往往由供水水源及供水设备构成，水库、河流取水站及地下水取水点等构成了供水水源基础，而取水、输水设备则联通了水源及耗用水部门。

水资源调度过程中更多考虑水源来水特性及工程设施的安全性。水资源规划调度风险需要考虑水资源调配的过程，线性规划、非线性规划等方法成为对配置风险衡量的较好方法并获得较普遍的应用。根据描述径流随机性的方法不同随机优化调度模型分为显性随机优化调度和隐性优化调度模型（Croley，1974）。水资源系统规划和运行的求解方式大致有四类：线性规划、动态规划、非线性规划及模拟技术（谢崇宝和袁宏源，1997）。

多目标规划模型充分考虑到水资源调配过程中效率、成本控制以及生态环境影响，是水资源调配风险研究的重要方法。Colorni 和 Fronza（1976）探讨了洪水和干旱两个可靠度约束下的水库优化调度与管理的问题。Haimes（1985）探讨了将风险和不确定性集结考虑的多目标规划方法，提出用于解决不同阶段与多个目标不可公度的问题，并构建了待用函数用于评价风险效益。顾文权（2008）在分析水资源配置风险内涵及其可能存在风险因素的基础上，识别了水资源优化配置的主要风险因子，建立了水资源优化配置多目标风险分析模型，提出了基于随机模拟技术的水资源优化配置多目标风险评估方法，通过该方法对南水北调中线调水后汉江中下游地区水资源配置风险值的分析，得出引江济汉补偿工程可显著提升南水北调中线调水后汉江中下游地区枯水年、平水年水资源配置方案的综合效益，降低中线调水对汉江中下游地区缺水等不利影响的风险。丁大发和吴泽宁（2003）对黄河流域水资源进行了多维临界调控风险估计。李黎武和施周（2006）分析了影响水环境水质风险的不完善性和模糊性因素，提出了河流水质超标的模糊随机风险率计算模型。计算结果表明，将河流水质系统的不确定性归结为随机性，是不合理的，模糊风险率模型的计算结果与实际情况基本吻合。之后引入水污染控制总成本概念提出了多目标水质规划优化模型，以河流排放口的污水处理费用最小和水污染经济损失最小为优化目标。采用连续函数模拟退火算法对优化模型求解，提高了运算效率和稳定性。

从区域来看，衷平等（2005）从风险的角度对石羊河流域水资源短缺问题进行了探讨。针对石羊河流域的实际资料，采用主成分分析法和改进的灰色关联度法对风险指标进行定量筛选，最终确定出导致风险的敏感因子：降水量、跨流域调水率、水循环利用率、蒸发量、农业灌溉定额、污水处理率和地表水控制率。

3. 水资源风险控制及管理风险研究进展

1）水资源风险管理研究（宏观方向）进展

风险管理于 20 世纪 30 年代开始萌芽，到 50 年代才发展成为一门学科。Dr. Thomas Finne 对风险管理的定义：风险管理是为保障系统安全而进行投资，使收益最大，损失最小，对系统的不确定性事件所进行的识别、评估和控制的行为。风险管理涉及经济社会和环境的各个领域，一般而言，风险指数高可能形成危害大、损失多的行业要率先实行风险管理，金融行业实行的是风险管理，水利上的防洪也是风险管理。

随着经济社会的发展和环境的变化，水资源紧缺和水污染风险加剧，对水资源实行风险管理成为发展趋势。水资源风险管理就是要对可能发生的水资源风险高度警惕；要适水而行、以供定需，自觉规避水资源风险；建立敏锐的预警系统，有足够的水源储备，建立强有力的水资源控制系统，制定滚动的抗御水资源风险预案，并建立灾害补偿系统，从而有效规避水资源风险并实时进行风险恢复（冉连起，2003）。风险管理的风险融资可以大致分为两类，即自留损失或将损失转嫁给另一实体。风险融资作为水资源系统，各个水业实体在作充分的调研和分析的前提下，调节损失的自留和转嫁，从而发挥水资源的综合效益，对于整个水资源风险管理是非常重要的（于义斌和王本德，2002）。王飞等（2006）介绍了污染风险管理的两个主要方面：鉴定和减少潜在和现有风险（预防管理）；对已发生事故进行处理（应对管理）。在风险未发生时开展预防管理，即对水域内潜在污染因子的鉴定以及评定如何使风险降到最低。风险发生后采取应对管理，指通过政策法规和实际行动，根据发生事故的严重程度采取相应措施。最后以尼尔基水库为例加以说明如何进行预防管理与应急管理。张硕辅（2006）基于湖南省的水资源状况提出丰水地区水资源风险问题，并指出有效实施河段采水及污染控制、确定最小蓄水流量、开展城市后备水源并实施应急调度措施，才能有效实施水资源风险管理，确保供水安全、人饮安全和生态安全。

2）水资源管理（及载体）的风险分析研究进展

水资源供给与耗用构成水资源系统的主要框架，是水资源系统功能的主要表现，在水资源管理中，针对水资源系统的风险分析显得尤为重要。Hashimoto 等（1982）提出了水资源供给－需求系统运行的高效评价指标：可靠性、恢复性和易损性。针对水资源系统在降水等变化及水源构成变化下如何响应的问题，提出了可用上述三个指标来表征水资源系统失事可能性、恢复速率以及损害发生的程度，并指出这三个指标对工程设计、水库调度及水资源管理政策选择的重要意义。

可持续水资源管理的风险分析强调对未来变化、社会福利、水文循环、生态系统保护这样完整性的水管理的风险分析。张翔和夏军（2000）等面对比现行水资源管理更大的复杂性及更多的不确定因素的影响，讨论了可持续水资源管理的风险分析和决策的特点，介绍了当前主要的风险计算方法和准则，并对深圳东部引水水源工程进行了基于可靠性准则的水资源工程风险分析。

水库作为水资源承载的主要载体，其安全与否关系到相关城市的水资源保障程度，因此在水资源管理的风险分析中显得尤为重要。对于多用途水库，针对不同用水需求需要设定各异的可靠度及保障率水平下的管理措施，进行有效规划，达到高效管理，满足不同用途需要（Simonovic，1997）。梁川（1994）运用极差分析法进行防洪调度风险评估，该方法更真实地体现了在水情和工情条件下超过现行设计防洪库容的风险率。在水库调度的资源利用与能源开发问题上，研究了汛期水位对防洪及发电的影响，以效益衡量风险的影响，从而得出了合理的汛期限制水位（冯平等，1995）。吴险峰等（2002）研究了黄河上游南水北调西线工程可调水量及风险问题。

从供用水来看，基于层次分析法建立了供水风险综合评价模型，并结合中线工程和汉江中下游水资源系统，综合各种风险指标值对汉江中下游干流供水系统进行了风险综合评估（刘涛等，2006）。王道席（2000）从来水和用水不确定性角度分析了黄河下游水量调度的风险并建立风险分析模型。阮本清等（2000）对黄河下游沿黄河地区的由水文现象的随机影响而带来的风险进行了研究。

4. 水资源保障风险价值损害研究进展

对水资源短缺损害的研究已取得一些进展，南京水利科学研究院水资源所根据农业干旱缺水损失计算了农业缺水的损失，且用对比法计算了工业在受旱和非受旱情况下的工业产值变化；郑云鹤（1993）利用线性规划方法计算了工业缺水损失，认为全系统工业缺水经济损失为计划产值与优化产值差值与净产值率的乘积；韩宇平和阮本清（2007）利用投入产出模型分析了水资源体系投入产出的关系，从而将水资源短缺损失核算为水短缺造成的产出减少。

5. 水资源风险决策研究进展

F. Martin-Carrasco 在对西班牙埃布罗河流域的有关研究中，建立了以需水保障率、需水保障可靠性、水资源利用率、供水能力随保障率的变化率等指标为基础的评价指标体系，该方法易于在水资源管理决策中应用（Martin-Carrasco and Garrote，2006）。Molostvov（1983）讨论了不确定性情况下多数据优化概念及其充分条件，提出多值向量函数的极值点、鞍点和均衡点以及充分条件的理论对风险管理及决策研究有着相当重要的影响。Haimes（1985）在对风险效益进行分析时提出了代用风险函数的概念。这些成果对水资源保障风险研究及多目标风险决策学科的发展均起着积极的推动作用。韩宇平等（2008）在水资源保障风险分析和评价的基础上，构建了区域水资源短缺的多目标风险决策模型，并提出了求解方法。应用该模型对包括北京和天津在内的首都圈进行水资源保障风险决策分析，得出要解决首都圈的水资源短缺问题，南水北调的作用是不可忽视的，其他水资源管理措施的投入也应该掌握一定规模的结论（阮本清和魏传江，2004）。王建群以水资源系统为背景，探讨了贝叶斯决策的观点、方法及传统贝叶斯方法的局限性，然后提出了基于有限状态空间不精确概率分布的风险型决策方法（王建群，1997）。为应对全球气候变化对水资源保障的影响，近年来，国外开展了有关气候变化对区域水资源保障风险的研究，研究主要通过对气候变化情景下降水、蒸发等水文要素的分析，研究水资源系统响应的问题（Jones，2001a，2001b，2002，2007；Fowler et al.，2003）。

7.2.3　水资源保障风险分析相关数学模型与方法

水资源风险分析模型往往是以一定的数理方法为基础构建而来的，因此在讨论水资源风险分析模型的时候可以通过模型采用的方法来探讨。水资源风险分析采用的方法主要有模糊评价法、概率统计法、最大熵值法和灰色估算法等，近来集对分析、支持向量法等也被用于水资源风险等的评估中。

1. 集对分析法

集对分析（Set Pair Analysis）法是赵克勤在 1989 年提出来的，是利用一种联系数 $a + b_i + c_j$ 统一处理模糊、随机、中介和信息不完全所致的不确定性的系统理论和方法。该方法对客观存在的不确定性给予承认，并把确定性与不确定性作为一个既确定又不确定的同异反系统进行辩证分析和数学处理（赵克勤，2000）。

门宝辉和梁川（2003）利用集对分析方法，建立了评价区域水资源开发利用程度的新模型，并将其应用于西安市及其市区的水资源开发利用程度的评价中，评价结果与属性识别方法和模糊评判法相同，而且该方法更具有可操作性。王栋等（2004）尝试在水环境评价领域引入并应用集对分析和模糊集合论，建立了基于集对分析的水体营养化评价一级模型和基于集对分析－模糊集合论的水体营养化评价二级模型，最后利用中国 12 个有代表性的湖库营养化程度评价的结果来验证评价模型的简便性和有效性。该方法将干旱、洪涝及其风险信息综合体现在洪水灾害系统的联系度中，从而为进一步开展详尽的综合风险分析奠定了理论基础。李继清等（2007a，2007b）以不确定性系数 i 对风险的影响为切入点并进行适当的扩展与变换，将同异反综合分析方法进一步深入，建立了洪灾综合风险分析的模拟模型框架，初步得到了洪灾综合风险分析的可行途径。

2. 最大熵值法

在水资源保障风险分析中，许多风险因子的随机特征都无先验样本，而只能获得它的一些数字特征，如均值，然而它的概率分布有无穷多个，要从中选择一个分布作为真分布，就要利用最大熵准则（韩宇平，2008）。匈牙利科学家 L. Szilard 于 1929 年首先提出了熵与信息不确定的关系，使熵在信息科学中得到应用。依据风险变量的概率特征，风险分析首先根据所获得的一些先验信息设定先验分布，利用最大熵原理设定风险因子的概率分布，其实质是将问题转化为信息处理和寻优问题（王丽萍和傅湘，1999）。罗军刚等（2008）针对水资源短缺风险评价中各指标的模糊性和不确定性，将信息论中的熵值理论应用于水资源短缺风险评价中，建立了基于熵权的水资源保障风险模糊综合评价模型。

3. 模糊评价法

水资源风险分析方面经历了从单纯的随机现象统计分析，到之后的不确定性引入，评价方法不断完善，评价结果也更加趋于实际。模糊数学方法是研究和处理关于客观事物由于人的主观认识、判断造成的不确定性问题的数学方法，它通过隶属度函数将上述这些不确定性进行定量化处理。陈守煜（1988）认为，水文水资源系统中许多概念的外延存在不确定性，对立概念之间的划分具有中间过渡阶段，这些都是典型的模糊现象。基于前期风险分析多是关注确定现象的随机结果的状况，黄崇福提出由于概率风险评价模型没有描述系统的模糊不确定性，在应用于实际评估时，可行性和可靠性仍存在问题（黄崇福，1995；白海玲和黄崇福，2000）。左其亭和吴泽宁（2001）利用模糊数学方法从定量的角度对带有模糊性的风险问题进行了研究，提出了模糊风险率、模糊风险度的概念及计算模型，并将其应用于洪水风险分析实践中。

4. 支持向量法

水资源保障风险研究中利用支持向量机基于结构风险最小化的技术和很强的泛化能力来模拟水资源保障风险，取得了一定成果。佟春生和畅建霞（2005）指出支持向量机和神经网络一样，具有逼近任意连续有界非线性函数的能力，并且它还具有神经网络所不具有的许多优点。黄明聪等（2007）将风险评价归纳为一个支持向量回归问题，建立了基于支持向量机的水资源保障风险评价模型和方法，采用风险率、脆弱性、可恢复性、事故周期和风险度等作为区域水资源保障风险程度的评价指标，建立了综合评价体系，并对闽东南地区的水资源保障风险进行评价，评价结果显示，到 2010 水平年，闽东南地区的水资源保障风险较高，需要采取风险调控措施。

5. 灰色估算法

水资源保障系统内部特性部分已知、部分未知或非确知，符合灰色系统的定义，由此灰色理论被引入水资源风险的评价研究中。灰色随机风险分析就是在系统信息部分已知、部分未知的情况下，将系统变量视为灰变量，应用灰区间预测方法来度量系统的不确定性（夏军和朱一中，2002）。胡国华和夏军（2001）基于概率论和灰色系统理论方法，定义了灰色概率、灰色概率分布、灰色概率密度、灰色期望、灰色方差等基本概念，针对系统的随机不确定性和灰色不确定性，建立了风险分析的灰色－随机风险率方法，将风险率的不确定性归因于系统的灰色不确定性，用灰色－随机风险率来量化系统失效的风险性，并提出了影响河流水质的随机不确定性与灰色不确定性的水质超标灰色随机风险率概念，建立了水质超标灰色随机风险率评价模型，已应用于黄河花园口断面重金属污染风险评价。吴泽宁等（2002）针对水资源系统中广泛存在的灰色不确定性的特征，将灰色系统理论和风险分析理论相结合，提出了水资源系统灰色风险率、灰色风险度的概念，并导出了相应的计算公式。

6. 概率统计法

利用概率统计方法来研究风险事件是比较常用的方法，如在洪水风险的研究中对分布的测度以及参数估计，常用的方法有直接积分法、蒙特卡洛法、JC 法、均值一次两阶矩法、两次矩及改进一次两阶矩法等。

在研究灾害性等小概率事件时，极值统计法往往表现出很强的适用性。极值指正常系统情况下很少见的事件，如百年一遇的洪水、干旱，这些事件常打破自然界相对平衡的状态，给自然界以及人类生活带来重大影响。极值统计主要处理一定样本容量的最大值和最小值，可能的最大值与最小值将组成它们各自的母体。20 世纪 30 年代初，Dodd、Frechet、Fisher 和 Tippett 证明了极值极限分布的三大类型定理，为极值理论的发展奠定了基石。Gumbel 的著作反映了极值概率统计的应用成果，系统地归纳了一维极值理论，对变量的最大值（最小值）分布进行了研究（韩宇平，2008）。Gumbel 把极值分布划分为Ⅰ、Ⅱ、Ⅲ型的渐近形式，来自带有指数型衰减尾部的初始分布的极值将渐近地收敛于Ⅰ型极限形式；对于具有二项式衰减尾部的初始分布，它的极值将收敛于Ⅱ型渐近形式；对于有界的极值，其相应的极值分布将收敛于Ⅲ型渐近形式。在应用中可通过判定变量所属极值类型，进而推导特殊状态下的风险评价结果。20 世纪 80 年代中期，多变量极值理论的统计推断有了进一步的发展，而且成为目前极值理论研究的热点问题（朱国庆等，2001）。各种常用的风险评价方法如表 7-4 所示。

表 7-4　水资源保障风险评价相关方法小结

评价方法	代表人物	方法特征	利用领域	长处与不足
集对分析法	赵克勤	同异反的辩证思想、是确定不确定双属性的综合	洪灾风险、信用风险等有一定进展，风险领域正拓展	考虑了多种不确定因素及表示方法，但保障风险还未见利用
最大熵值法	左其亭等	基于最大熵值寻风险因子最优分布	水利工程经济效益的风险评估	采用随机变量进行风险描述，理论体系研究需进一步加强
支持向量法	黄明聪等	风险因子及评价指标是非线性函数关系	水资源短缺风险	基于统计学原理的方法，但是核函数的选择与确定一直是一个难点
灰色系统理论	夏军	用灰色区间代表信息残缺区域	灰色风险分析（更适用于信息不完备区）	方法简单、易懂，但灰色系统尚未形成理论体系
模糊方法	黄崇福，阮本清等	构建隶属函数，对模糊现象的模糊处理	灾害风险、经济、类风险等	经典的数学模型方法、实用性强、灵活，但是隶属函数构建需要更多的先验知识
概率统计法	朱元甡，傅湘等	统计中找规律极值，事件发生概率及分布	洪水、地震、干旱等的评估	具完备的数学理论基础，可靠性强，但应用前提严格、概率分布不易确定

7.2.4　京津唐地区水资源风险保障研究

水资源风险分析大致分为三个阶段：第一阶段主要研究水文风险（20 世纪 50 年代末～70 年代初）；第二阶段主要研究风险内涵、指标不确定性来源等（20 世纪 70 年代末～80 年代初）；第三阶段研究范围扩大到经济、社会、环境、生态等领域，逐步运用系统工程科学和多目标理论方法为复杂的水文系统风险分析和管理服务（20 世纪 80 年代末至今）。近年来，京津唐地区经济快速发展和水资源短缺问题加剧促使对京津唐地区水资源风险的研究越来越多。

王红瑞等（2009）建立了基于模糊概率的水资源短缺风险评价模型，利用该模型对北京市 1979～2005 年的水资源短缺风险进行研究，研究表明水资源总量、污水排放总量、农业用水量以及生活用水量是北京市水资源短缺的主要致险因子。再生水回用和南水北调工程可使北京地区 2010 年和 2020 年各种情景下的水资源短缺均降至低风险水平。冯平（1998）把风险分析方法用于干旱期水资源管理，结合潘家口水库给出了相应的风险指标，并提出了干旱期水资源供水系统的风险管理措施。韩宇平和阮本清（2007）利用水资源投入产出宏观经济模型和水资源影子价格的测算数学模型，以首都圈为例对其 2010 规划水平年的水资源短缺经济损失及其概率分布进行了计算，同时研究了各种风险管理技术手段对缓解或避免水资源短缺损失的贡献率，并对水资源短缺风险调控的策略进行了探讨。

7.2.5　已有研究中存在的问题和不足

1. 理论体系不完善

现有评价体系对水资源风险的评价往往只关注于风险的某一个方面，例如，概率统计法与极值统计法都只关注于已经出现的事件，并利用概率统计的方法、利用概率与分布来表征历史事件在历史年中的比例，并利用该比值来表征将来发生相似事件的可能性；而模糊方法则建立了一系列的评价规范与模型，但是在隶属函数的构建上主观性强，构建规则与方法不完善；灰色方法更多关注信息的残缺区域，对于信息完备区域的联合评价则有所欠缺；而最大熵值法和支持向量机法在风险研究中的应用都较少，前者识别风险因子方面比较有优势，后者能很好地对风险分级，但是都没能形成一个完善的评价指标体系与模型。能否将风险的确定性与不确定性进行综合研究，是风险研究完善的一个方向。

2. 风险机制研究不够深入

但是在现有水资源保障风险研究中，对风险产生的机理与风险的性质研究仍然不完善。如何弄懂水资源保障风险的性质，将风险的内在机制表现出来是水资源风险研究的重点和急迫点。能否将风险的确定性与不确定性进行综合研究，是水资源风险研究完善的重点方向。并且各项研究理论适用性都有待加强，各项研究亟待后延推广。

3. 水资源保障风险价值损害缺乏研究

对水资源短缺损害的研究已取得一些进展。但是，这些研究只关注缺水对农业及工业生产的损害，忽视了水资源系统的损失，表现为在水资源保障不足时，地下水超采及其生态损害、入境水量的利用及生活用水需求的压制等。水资源保障风险是否会造成经济系统损害，风险损害如何度量，风险损害的后果是什么等问题是风险研究尚未能解决的关键问题。对水资源保障风险损害的度量不仅应该关注农业干旱缺水损失的计算，关注工业在受旱和非受旱情况下的工业产值变化，还要对水资源系统为应对风险而导致的生态环境损害的影响进行评价。

4. 缺乏有效水资源保障风险预测与防范方法，风险决策研究亟待加强

如何有效地预判水资源保障风险问题，是防范未来情景下水资源保障风险的重要前提。对风险决策研究的缺乏限制了水资源保障风险领域风险预判与风险管理的进展，且缺乏客观的决策依据。在风险决策中，首先要以区域的水资源保障风险为基本的风险水平评判依据，再对生活、工业、农业及生态等不同用水部门进行部门水资源保障风险分析，最后以水源引进、水资源高效利用、非常规水资源使用及用水结构调整等为基本方案进行风险规避。只有构建具有可操作性、科学性、综合性及针对性的决策指标，才能进行客观的、科学的决策。风险问题的预判、适用方案的选择、对应措施的提出等都离不开风险决策的支撑，风险决策研究亟待加强。

7.3 水资源短缺风险评价模型及应用

7.3.1 京津唐短缺水资源风险评价

1. 评价单元划分与指标选取

研究区包括北京、天津2个直辖市，以及河北省唐山、秦皇岛、廊坊、张家口、承德5个地级市。直辖市、地级市面积较大，区内社会经济、供用水情况存在较大差异，以此为单元评价不能反映行政区内部的分异情况。为体现水资源短缺风险的空间差异性，选择以县级行政单元为基础。其中北京市县级行政区划包括16区、2县，天津市包括15区、3县，河北5市共包括18区、41县（县级市、民族县），研究区总计49区、46县（县级市、民族县）。

考虑到研究区内大型城市较多，地级以上城市建成区面积均较大，城区已形成联网供

水体系，故将城区单元适当合并，如北京市城8区、天津市城6区与滨海新区，以及河北省各市主要市区，合并后研究区共70个评价单元。

指标选取上，参考了全国评价中采用的指标，并根据研究区实际问题作了适当调整。共选择了4个指标，分别为缺水率、人均缺水量、地下水资源开发利用率和万元GDP用水量。其中，缺水率为缺水量与需水量的比值，反映区域水资源供需矛盾的尖锐程度；人均缺水量为缺水量与人口的比值，反映人均缺水的程度，两个指标综合体现区域水资源短缺事件发生的概率以及严重程度；地下水资源开发利用率为地下水现状年开采量与地下水资源量的比值，是针对区域地下水超采问题而设计的指标，反映研究区内各单元地下水超采问题的严重程度，体现水资源短缺对区域环境安全的威胁；万元GDP用水量为用水量与GDP的比值，反映缺水事件引发的经济损失，体现水资源短缺对社会经济的影响。

2. 现状水资源短缺风险评价

取2008年作为评价现状，计算上述4个风险指标。因缺乏县级单元的水资源量、用水量数据，在计算中利用现有数据进行了估算，具体方法如下。

认为水资源三级区套地级市单元内水资源在空间上均匀分布，根据三级区套地级市水资源量数据（1956~2000多年平均系列）估算评价单元水资源量，计算公式如下：

$$R_C = \sum \frac{A_{Ci} \cdot R_{Bi}}{A_i}$$

式中，R_C为评价单元的水资源量的估算值；R_{Bi}为三级区套地级市单元的水资源总量；A_i为三级区套地级市单元的面积；A_{Ci}为评价单元与三级区套地级市单元的共有面积。

认为地级市（直辖市）内分用户用水具有相似特征，即单位耕地面积灌溉用水量相同，单位工业增加值用水量相同，人均生活用水量相同。采用现状地级市（直辖市）分用户用水量估算评价单元的用水量，公式为

$$U_C = \frac{F_C \cdot U_A}{F} + \frac{I_C \cdot U_I}{I} + \frac{P_C \cdot U_L}{P}$$

式中，U_C为评价单元用水量估算值；U_A、U_I、U_L分别为评价单元所在地级市（直辖市）的农业、工业、生活用水量（2008年数据，部分地市为2005年）；F、I、P为所在地级市（直辖市）的耕地面积、工业增加值、人口（2008年统计数据，下同）；F_C、I_C、P_C为评价单元的耕地面积、工业增加值与人口。

根据上述水资源量、水资源利用量，以及人口、GDP等数据，可计算缺水率、人均缺水量、万元GDP用水量三项指标。按照评价单元水资源量计算原则，根据三级区套地级市单元多年平均地下水资源量数据，估算评价单元的地下水资源量。地下水资源开发利用量采用国土资源部统计资料（分县值），据此可计算地下水开发利用率指标。4项指标的计算结果如表7-5所示。

表 7-5　京津唐地区水资源短缺风险评价指标计算结果

所属地区	评价单元	缺水率/%	人均缺水量/m³	地下水开发利用率/%	万元 GDP 用水量/m³
北京	北京城八区	79.0	171	332.3	19
	门头沟区	−454.9	−560	—	102
	房山区	−33.8	89	109.3	163
	通州区	44.4	381	201.3	199
	顺义区	42.3	458	273.4	113
	昌平区	−37.0	77	103.4	82
	大兴区	38.6	418	248.3	200
	怀柔区	−239.4	−534	41.5	117
	平谷区	−45.7	47	93.7	205
	密云县	−115.0	−157	19.8	246
	延庆县	−83.9	−91	27.1	486
天津	天津市内六区	91.3	61	173.5	12
	天津滨海新区	31.3	214	176.9	29
	东丽区	12.9	107	83.3	31
	西青区	40.5	245	99.5	38
	津南区	13.3	75	211.1	43
	北辰区	32.4	154	82.9	39
	武清区	40.4	282	185.3	218
	宝坻区	33.5	282	134.6	275
	宁河县	−42.6	46	140.1	180
	静海县	3.1	162	99.8	133
	蓟县	13.5	144	225.4	189
唐山	唐山市区	79.8	303	83.5	56
	丰南区	−2.3	185	118.7	74
	丰润区	28.5	214	215.1	104
	滦县	24.7	235	244.8	119
	滦南县	6.2	220	104.0	130
	乐亭县	9.5	244	180.4	131
	迁西县	−126.8	−111	34.0	43
	玉田县	29.3	258	218.9	152
	唐海县	−28.3	155	60.1	172
	遵化市	−0.8	148	136.8	71
	迁安市	17.0	192	115.8	55

续表

所属地区	评价单元	缺水率/%	人均缺水量/m³	地下水开发利用率/%	万元GDP用水量/m³
秦皇岛	秦皇岛市区	58.0	206	41.6	47
	青龙满族自治县	-674.1	-672	7.6	171
	昌黎县	-12.3	139	385.8	226
	抚宁县	-113.3	-88	278.1	137
	卢龙县	-30.8	82	39.8	262
张家口	张家口市区	87.3	386	320.9	92
	宣化县	-89.7	-26	98.4	142
	张北县	-108.9	-73	24.3	278
	康保县	-85.9	-38	22.5	483
	沽源县	-139.7	-151	20.9	510
	尚义县	-165.0	-156	8.1	346
	蔚县	-78.4	-14	42.5	169
	阳原县	-94.9	-29	45.5	145
	怀安县	-109.4	-43	84.4	127
	万全县	-61.7	5	90.4	146
	怀来县	-120.1	-39	191.9	66
	涿鹿县	-250.7	-133	102.8	107
	赤城县	-546.4	-415	8.0	126
	崇礼县	-443.2	-407	12.3	137
承德	承德市区	33.8	620	348.2	38
	承德县	-220.9	-230	92.8	170
	兴隆县	-515.4	-382	148.6	71
	平泉县	-111.7	-79	67.8	202
	滦平县	-281.5	-291	163.9	88
	隆化县	-261.9	-364	390.2	241
	丰宁满族自治县	-282.3	-668	36.9	377
	宽城满族自治县	-123.2	-66	58.0	62
	围场满族蒙古族自治县	-386.2	-594	14.4	1102
廊坊	廊坊市区	32.3	126	101.3	54
	固安县	19.9	134	162.8	229
	永清县	7.3	122	124.5	212
	香河县	33.1	160	124.4	81
	大城县	22.8	159	147.3	207
	文安县	17.8	163	135.6	159
	大厂回族自治县	26.9	143	110.5	88
	霸州市	29.0	137	145.9	69
	三河市	38.0	150	199.1	52

　　因水资源可利用量难以获得，缺水率按现状用水量与水资源总量计算。缺水率最高的地区是天津市城 6 区，高达 91.3%，其他城区缺水率指标也比较高。而人口密度低的县区缺水率指标相对较低，部分县（市）不缺水。

　　人均缺水量采用用水量、水资源总量以及人口数据计算，其空间分布格局与缺水率略有不同。尽管城区缺水率很高，但因为人均用水量相对较低，因此人均缺水量并不很高。紧邻市区的评价单元，人口相对集中，人均水资源量不足，而耕地面积较大，人均用水量偏高，因此人均缺水量指标高于城区。

　　地下水开发利用系数整体偏高，特别是在北京、天津、唐山和廊坊地区，各行政单元的地下水开发利用率几乎都超过 100%。该指标评价结果与现状漏斗区基本吻合，说明该指标能够代表地下水超采问题的严重程度。

　　万元 GDP 用水量按照现状 GDP、用水量数据计算，总体上城区指标较低，不发达的县级单元指标偏高。

　　将 4 项指标评价结果按如下公式标准化为 0~1，并计算水资源短缺综合风险指标。按照表 7-6 标准确定分项指标与综合评价分级。各单项风险指标与综合风险指标分级结果如图 7-3~图 7-7 所示。

表 7-6　京津唐地区水资源短缺指标等级划分

评价指标	低风险	中风险	高风险	极高风险
I_R	0~0.3	0.3~0.5	0.5~0.8	0.8~1
I_P	0	0~0.2	0.2~0.5	0.5~1
I_G	0	0~0.5	0.5~0.9	0.9~1
I_U	0~0.2	0.2~0.4	0.4~0.6	0.6~1
I	0~0.1	0.1~0.4	0.4~0.7	0.7~1

$$I_R = \begin{cases} 0, R \leqslant -0.5 \\ R+0.5, \quad -0.5 < R < 0.5 \\ 1, R \geqslant 0.5 \end{cases}$$

式中，R 为缺水率。

$$I_P = \begin{cases} 0, P \leqslant 0 \\ \dfrac{\ln(P+3.2)}{3.2} - 1, \quad P > 0 \end{cases}$$

式中，P 为人均缺水量。

$$I_G = \begin{cases} 0, G \leqslant 0.5 \\ R-0.5, \quad 0.5 < G < 1.5 \\ 1, G \geqslant 1.5 \end{cases}$$

式中，G 为地下水资源开发利用率。

$$I_U = \begin{cases} \dfrac{50}{U}, \quad U \geqslant 50 \\ 1, \quad U < 0 \end{cases}$$

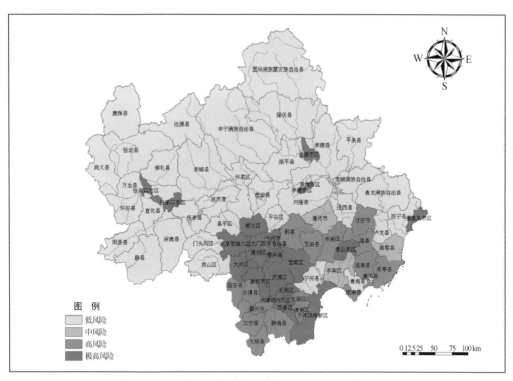

图 7-3　京津唐地区行政单元水资源短缺单项指标——I_R

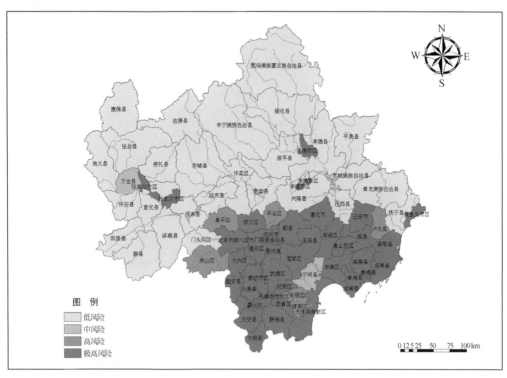

图 7-4　京津唐地区行政单元水资源短缺单项指标——I_P

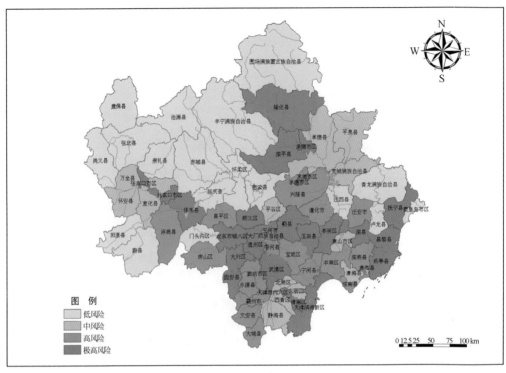

图 7-5　京津唐地区行政单元水资源短缺单项指标——I_G

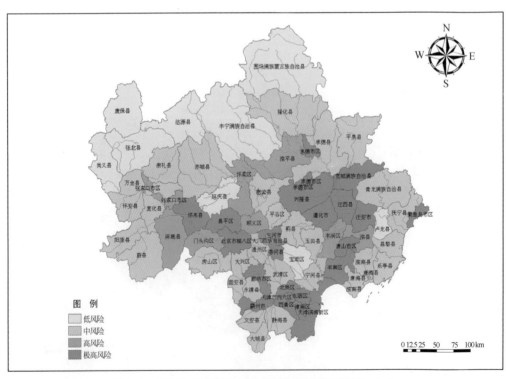

图 7-6　京津唐地区行政单元水资源短缺单项指标——I_U

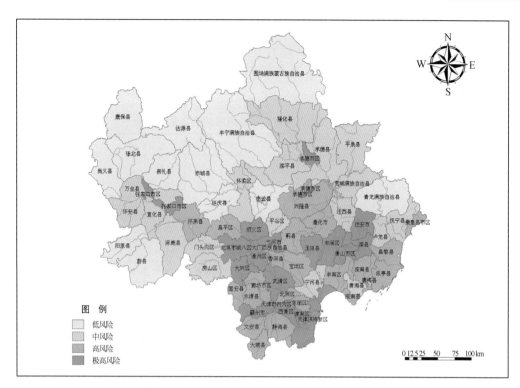

图 7-7　京津唐地区行政单元水资源短缺综合风险评价

式中，U 为万元 GDP 用水量。

$$I = (I_R + I_P + I_G + I_U)/4$$

由单项风险指标与综合风险指标分级图可以看出，各指标均呈现风险水平由西北向东南递增的空间规律，城区风险高于周边地区的规律也很明显。这主要是因为京津唐地区东南部以及城市单元人口集中，缺水风险概率高；地下水超采现状突出，区域环境受到的威胁大；经济发达，缺水损失较高。

从表 7-7 可以看出：

低风险单元 13 个，总面积 5.19 万 km²，占区域总面积的 39.5%，主要分布在京津唐地区西北部山区。单位面积水资源量低于区域平均水平，水资源量 46.6 亿 m³，占区域总量的 29.9%。人口密度较低，经济欠发达，人口仅占区域总人口的 9.9%，GDP 占区域总量的 2.3%。水资源开发利用率较低，为 31.8%。

中风险单元 18 个，总面积 3.81 万 km²，占区域总面积的 28.9%，主要分布在区域中部山区与平原区交错带。水资源量 45.8 亿 m³，占区域水资源总量的 29.4%。人口密度及人均 GDP 均高于低风险区，人口占区域总人口的 15.1%，GDP 占区域总量的 7.1%。现状水资源开发利用率较低，为 44.8%。

高风险单元 21 个，总面积 2.42 万 km²，占区域总面积的 18.4%，主要分布在东南平原区（除城区）。水资源量 34.6 亿 m³，占区域水资源总量的 22.2%。单位面积人口、GDP 与区域平均值基本一致，人口占区域总量的 24.1%，GDP 占区域总量的 17.2%。人均用水量略高于区域平均值，现状水资源开发利用率为 117.7%。

极高风险单元 18 个，总面积 1.74 万 km²，占区域总面积的 13.2%，主要为城市城区。水资源量 28.9 亿 m³，占区域总量的 18.5%。极高风险区人口集中、经济发达，人口占区域总人口的 50.8%，GDP 占区域总量的 73.4%。现状水资源开发利用率高达 213.8%，水资源供需矛盾极为突出。

表 7-7　京津唐地区水资源短缺风险评价结果统计表

风险分级	单元个数	面积		人口		GDP		水资源量		用水量/亿 m³	开发利用率/%
		总计/万 km²	比例/%	总计/万人	比例/%	总计/亿元	比例/%	总计/亿 m³	比例/%		
低风险	13	5.19	39.5	439.4	9.9	496	2.3	46.6	29.9	14.8	31.8
中风险	18	3.81	28.9	670.8	15.1	1 568	7.1	45.8	29.4	20.6	44.8
高风险	21	2.42	18.4	1070.6	24.1	3 790	17.2	34.6	22.2	40.7	117.7
极高风险	18	1.74	13.2	2 254.9	50.8	16 189	73.4	28.9	18.5	61.8	213.8

3. 2020 年水资源短缺风险评价

有关研究表明，近 10 年来京津唐地区水资源利用量趋于稳定。受到水资源总量的限制，2020 年区域用水量不会有大规模的变化。随着城市化进程的发展，人口将进一步向城区集中，城区用水量将有所增长，特别是天津滨海新区、唐山曹妃甸等区域的用水量将大幅上涨。根据各省（直辖市）、市有关规划，按照各城区规划人口规模与工业规模，预测了 2020 年各城区需水量，各县需水量取现状用量。

2020 年，南水北调、再生水、雨水、海水等非常规水资源利用量将比现状有较大规模的增长。根据各省（直辖市）、市有关规划，从各评价单元需水量中扣除非常规水资源利用量，取一次性取用量计算缺水率、人均缺水量指标。

根据 2020 年水资源需求与现状的对比，预测 2020 年地下水开发利用量，计算地下水开发利用率指标。

按 GDP 年增长率预测各单元 2020 年 GDP，计算 2020 年各单元万元 GDP 用水量指标。根据指标分布情况，建立该指标标准化计算公式。

在分项指标评价的基础上，计算 2020 年京津唐地区行政单元水资源短缺风险综合指标值，并划定风险等级如图 7-8 所示。

表 7-8　2005 年、2020 年京津唐地区行政单元水资源短缺风险综合指标值统计对比

风险分级	2005 年					2020 年				
	个数	面积/%	水资源量/%	人口/%	GDP/%	个数	面积/%	水资源量/%	人口/%	GDP/%
低风险	13	39.5	29.9	9.9	2.3	12	37.0	28.8	8.8	2.0
中风险	18	28.9	29.4	15.1	7.1	18	29.0	29.5	15.7	7.9
高风险	21	18.4	22.2	24.1	17.2	22	21.0	24.5	49.1	60.9
极高风险	18	13.2	18.5	50.8	73.4	18	12.9	17.2	26.3	29.2

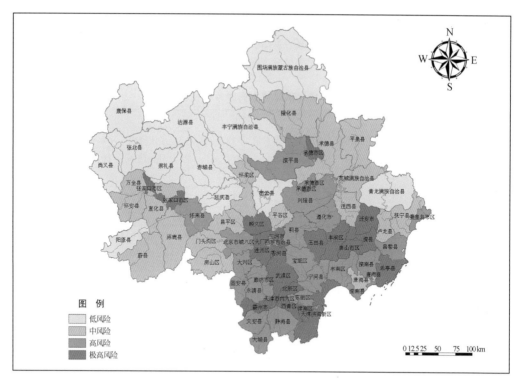

图 7-8　2020 年京津唐地区行政单元水资源短缺综合风险评价

与现状风险水平相比，2020 年各类风险等级的行政单元数量变化不大，但在空间上有较大变化。由于南水北调以及再生水、海水等非常规水资源利用规模的扩大，北京、天津等大型城市的城区风险等级有所下降，极高风险区的人口、GDP 所占比例有大规模的下降。但区域以高风险、极高风险为主的格局没有太大变化，虽然城区风险水平有所降低，但大多维持在高风险水平，主要是由于水资源供需矛盾依然存在。

综上所述，虽然 2020 年京津唐地区水资源短缺风险较现状水平有所降低，但仍然保持以高风险、极高风险为主的格局。特别是在东南平原区，水资源短缺风险问题依然十分突出。应进一步加强节水，加大非常规水资源的利用量。同时，加强区域水资源综合管理，促进区域水资源的合理调度，保障大城市用水安全。

7.3.2　华北京津冀地区缺水风险评价研究

1. 华北京津冀地区的水资源背景

华北京津冀地区，包括北京市、天津市和河北省三个省（直辖市），位于中国华北平原的核心区。该地区多年平均降水量 538mm，属于半湿润地区。但是由于社会经济发展，人口稠密，水资源供需十分紧张，人均占有的水资源量约为全国水平的 15%。进入 20 世纪 90 年代后，华北来水偏枯，产水率下降，水资源供需矛盾更加严重，使得京津冀地区的缺水风险问题十分突出。

利用 1994～2006 年北京市、天津市和河北省的资料进行分析，可以获得近年来研究区的水资源亏缺基本信息。结果显示，在 1994～2006 年，研究区降水量为多年平均降水量的 92%，而相应年份北京市、天津市、河北省三个省（直辖市）的水资源总量平均为 202.1 亿 m^3，为多年平均值的 70%。有关水资源量、用水量和水资源盈亏如表 7-9 所示。

表 7-9　华北京津冀水资源亏缺状况表

年份	北京市				天津市				河北省			
	水资源量/亿 m^3	用水量/亿 m^3	耗水量/亿 m^3	盈亏/%	水资源量/亿 m^3	用水量/亿 m^3	耗水量/亿 m^3	盈亏/%	水资源量/亿 m^3	用水量/亿 m^3	耗水量/亿 m^3	盈亏/%
1994	45.5	40.4	24.3	12.6	16.0	21.4	11.8	-25.2	260.0	210.4	159.3	23.6
1995	30.1	39.8	21.5	-24.3	27.3	22.3	12.3	22.6	279.1	205.8	151.9	35.6
1996	43.3	43.2	22.3	0.2	22.5	23.4	13.0	-3.6	311.7	207.1	159.5	50.5
1997	22.3	40.3	24.2	-44.7	5.1	24.1	14.0	-79.0	116.6	221.5	164.7	-47.3
1998	38.9	40.5	23.1	-3.9	13.6	21.5	11.6	-36.8	183.9	226.3	166.1	-18.7
1999	14.2	41.7	23.9	-66.0	2.6	25.5	13.5	-89.8	108.1	224.9	168.5	-51.9
2000	16.9	40.4	22.8	-58.3	3.2	22.6	12.1	-86.1	144.4	212.2	158.9	-32.0
2001	19.2	38.9	23.0	-50.7	5.7	19.1	9.8	-70.2	110.3	211.2	157.9	-47.8
2002	17.0	34.6	19.7	-50.9	3.7	20.0	10.6	-81.6	86.1	211.4	158.5	-59.2
2003	18.4	35.0	20.5	-47.4	10.6	20.5	10.9	-48.3	153.1	199.8	142.3	-23.4
2004	21.4	34.6	19.7	-38.2	14.3	22.1	11.8	-35.1	154.4	195.9	145.1	-21.3
2005	23.2	34.5	19.6	-32.8	10.6	23.1	15.7	-54.0	134.6	201.8	151.3	-33.3
2006	22.1	34.3	19.6	-35.6	10.1	23.0	15.6	-56.1	107.3	204.0	150.3	-47.4
平均	25.6	38.3	21.8	-33.8	11.2	22.2	12.5	-49.5	165.3	210.2	156.5	-21.3

利用历史资料以及当地水资源量和用水量的关系可以形象分析当地的缺水状态。以上分析表明，1994～2006 年的 13 年中，北京市有 11 年缺水；天津市 1994～2006 年只有一年（1995 年）不缺水；河北省有 10 年缺水。三个省（直辖市）的平均缺水率分别为 33.3%、49.7% 和 21.3%。缺水量分别为 12.8 亿 m^3、11.0 亿 m^3 和 44.8 亿 m^3。华北三省（直辖市）共缺水 68.6 亿 m^3，缺水率约 25.3%。

2. 华北京津冀地区风险识别指标体系

1) 水资源短缺风险识别指标

对水资源系统的安全评价需要一个完善的指标体系。描述水资源风险的指标很多，Hashimoto 在 1982 年提出可靠性、恢复性和易损性三个指标，分别作为描述水资源系统的风险指标。其中又在可靠性的基础上衍生了风险率，从恢复性的基础上又发展了稳定性等指标。

首先，系统的可靠性是描述供需关系的最直接的指标，表示水资源系统是否可靠，一般可以用可供水量与需水量的满足关系来表示。对于一个系列，可以表示为

$$a = \frac{m}{n}$$

式中，a 表示系统的可靠性；m 表示满足供水的年份；n 表示总的统计年数。

与可靠性相反，从水资源供需平衡的不满足或者失衡的频率来看，风险率就是缺水的

频率或者概率，与水文年份频率相关联。风险率可以用供水系统满足系统需水的频率来表示，用 Prob 表示事件发生的概率，以 X_i 表示供水年份，F 表示不满足或者失衡的系列的集合，S 表示满足供水系列的集合，假设风险率用 r 表示，那么，

$$r = \frac{n - m}{n} = \mathrm{Prob}(X_i \in F)$$

显然，可靠性与风险率是相对应的参数，

$$a = 1 - r$$

在水资源系统遭受风险，供需出现矛盾时，对水资源系统的功能恢复是十分重要的目标。因此供水系统的恢复性也是十分重要的风险指标。恢复性用来描述系统从破缺到恢复供水的概率，用 η 表示。按照不同的研究尺度，系统的恢复性可以表示为用不同年份度量的概率：

$$\eta = \mathrm{Prob}\left(X_i \in \frac{S}{X_i} - 1 \in F\right)$$

稳定性也是表征水资源系统风险的重要参数，含义是指前一年可供水量大于需水量，在满足系统用水的前提下，下一年可持续满足系统用水量的概率，或者说连续两年不缺水的可能性。与稳定性相对应的是系统的恢复性，即系统缺水造成损失，多长时间可以恢复到健康状态。用参数 ω 表示：

$$\omega = \mathrm{Prob}\left(X_i \in \frac{S}{X_i} - 1 \in S\right)$$

脆弱性是描述水资源系统风险状况的另外一个重要指标。在一个假设缺水的年份，水资源亏缺量的多少可以直接反应系统所受破坏的程度。缺水越多，对系统的损害越大。

$$\mu_i = \frac{D_i}{E_i}$$

式中，μ_i 为某一个年份的缺水率；D_i 为缺水量；E_i 为需水量。

对于一个系列为 n 的评价系列，缺水率 μ 可以表示为

$$\mu = \frac{\sum D_i}{\sum E_i}(i = 1, \cdots, n)$$

2）指标计算结果与分析

在风险指标计算中，根据历史数据调查，数据系列的上边界年份（即 1993 年），北京市、天津市、河北省的本土水资源都小于实际用水量。水资源风险识别指标的计算结果如表 7-10 所示。

表 7-10　1994～2006 年京津冀地区本土水资源风险指标

地区	风险率 r	稳定性 ω	恢复性 η	脆弱性 μ
北京市	0.846	0	0.182	0.333
天津市	0.923	0	0.083	0.497
河北省	0.769	0.154	0.100	0.213

计算结果显示北京市、天津市、河北省本土水资源风险率指标为 0.846、0.923 和 0.769。如果只依赖本土水资源，那么三个省（直辖市）的水资源风险都很高，而天津市

水资源供需失衡的频率最高，达到0.923。

由于连年处于供需失衡状态，要达到生活、生产、生态的稳定供水几乎不可能。在过去的13年中，北京市、天津市的计算指标为0，也就是说没有这种可能性发生。河北省13年中有连续3年不缺水，即有2次稳定连续不缺水的事件发生，稳定性指标为0.154。

考虑到1993年三个省（直辖市）都是缺水年份，计算得到京津冀三个省（直辖市）的恢复性指标分别为0.182、0.10、0.083。由于常年缺水，恢复的可能性很小。

脆弱性反应缺水率和缺水量，三个省（直辖市）缺水率分别为33.3%、49.7%和21.3%，整个研究区的缺水量达到25.3%，相应的缺水量分别为12.8亿m^3、11亿m^{3}和44.8亿m^3。整个研究区共缺水68.6亿m^3。

3. 华北京津冀地区水资源风险评价分析与讨论

以上是以年度为单位计算出一个地区的水资源风险率、供水的稳定性、恢复性和脆弱性等指标。但是如果我们有不同计算时段的资料，还可以获得以月、日等为时间单位的水资源风险计算指标。一般，如果一年不缺水，一般每个较小单元（月、日）基本都可以保障不缺水；而对于一个缺水的年份，一般只有部分较小的时间单元（月、日）是缺水的。据此可以推定，随着时段的缩小，水资源的风险率指标会相应下降，而稳定性、恢复性等指标会相应升高。也就是说，在承险系统的作用下，对不同的供水用户采取不同的用水保证率方案并对不同类型的供水用户进行不同的权重赋值，水资源综合风险可以得到有效的削减和弱化。所以，以上基于年度时段的风险计算指标还可以通过进一步的水资源风险分析来完善。

1）风险概率计算、风险等级划分与综合风险

用水量增加和来水量减少，引发了水资源风险事件的发生。用于缺水引发的水资源风险分为以下3个层次（表7-11）。

表7-11　综合水资源风险分类

风险分类	生态风险	生产风险	生活风险
低风险	水库湖泊天然状况下来水不足，常年河流变成季节性河流，地下水采补基本平衡，入海水量明显减少	地表水量减少，农业用水受到一定影响	生活用水适度紧张，有足够的生活用水
中风险	天然状况下湖泊基本干涸，河道干涸，地下水开采过量，入海水量大量减少	地下水位下降，工农业用水受到显著影响	农村饮水发生困难，但只是暂时困难
高风险	地下水严重超采并出现大型漏斗区，河道完全断流，只在汛期和沿海有水量入海	工农业生产影响很大，到达"弃农保工"阶段	城市、农村都发生饮水困难

第一，生态环境用水危机。表现为河道内河水减少、完全断流、地下水位下降等。第二，工农业生产用水危机。包括农业用水危机和工业用水危机两个阶段。在生态环境用水

得不到保障的前提下，如果水资源继续减少，会发生农业供水不足和工业供水不足的现象。第三，生活用水危机。在特殊干旱年份，水资源的匮乏导致水资源供需矛盾进一步恶化，居民生活用水得不到保障，进而导致生活用水不能得到满足的严重水资源危机事件的发生。

定量指标方法是，生态风险采用处境水量（包括入海水量）占河川径流量的比例，考虑到华北地区的特性，设定为低、中、高三个风险等级。计算方法如下：

$$\alpha = \frac{Q}{R}$$

式中，α 为入海径流量 Q 与当地河川径流量 R 的比例；考虑到华北地区的特点，Q 为入海径流量和出境流量之和；R 为河川径流量与入境水量之和；α 的范围一般定义为 30%、20%、10%。

生产风险 β 为水资源短缺引发的经济损失占当年国民经济生产总值的比例。β 的范围分别定义为 0.1%~0.2%、0.2%~0.5%、0.5% 以上等几个等级。

生活风险 γ 的定量分析更加复杂。一般以生活供水出现困难和波动的主要事件来衡量，不同风险程度分别需要按照对农村、城市生活用水的不满足事件发生的频率和影响程度来具体分析。

以 2006 年为例，研究区总用水量为 261.3 亿 m^3，各业用水的比重分别为生态用水量占 1.3%，农业和工业等行业的生产用水占 82.8%（其中农业 68.1%，工业 14.1%），生活用水占 16.5%。从这些用水分配的比例可以看出，生态用水量已经被大量挤占。由于农业用水中一部分水源来自当地地表水，所以生活、工业、农业、生态用水的优先次序并不是完全建立在理想模式上的，也就是说，不能把所有的低级保障层次的用水（如生态和农业用水）都用来首先保证上一个优先层次（如生活和工业用水）的水量供应。缺水一般为生态用水缺水、农业用水缺水、工业用水缺乏和生活用水缺水。

在多种风险并存的情况下，用模糊矩阵判断一个系统的综合风险是一个常用的分析方法。研究发现，在设计的三种风险中，生态风险和生活风险的相对反应慢，而生产风险对水资源反应比较敏感。而在实际工作中，水资源的保障顺序为先生活、再生产、后生态，因此设定生态风险、生产风险和生活风险在总的风险评价体系中的系数必须考虑这个基本准则，才能够较好地反应供水风险对水资源变化的响应。

2）1994~2006 年研究区水资源风险评价

通过对水资源生态风险、生产风险和生活风险的分析，将综合缺水风险表示为生产、生态、生活用水保证程度的函数，从而得到综合缺水风险（IWSR）的计算式：

$$\text{IWSR} = \omega_1 \times \alpha + \omega_2 \times \beta + \omega_3 \times \gamma$$

式中，ω_1、ω_2、ω_3 分别代表生态风险、生产风险、生活风险对于缺水风险的贡献。

采取专家评分的方法，可以得到研究区各业用水的保证率水平。用水保证率赋值考虑因素包括：降水量和前年降水量、水资源量和用水耗水量、地下水位和地下水开采量、入海水量、河道枯水状态、工农业用水量、生活生产限水停水事件、上游来水量、大型水库蓄水量、应急调水事件。用生态、生产、生活的用水保证率作为三者相应风险的反面表示，如生态用水的保证率等于 $1-\alpha$。

生态用水保证基本赋值方法：①按照当年海河水系的入海水量占多年平均河川径流量

的比例进行基础赋值；②赋值修正，由于地下水过量开采进行修正 20%，降水量修正 10%，水资源总量与耗水量综合修正 10%；③生态用水保证率赋值范围 0.05 以上。

生产用水和生活用水保证赋值如下：①生产用水赋值范围为北京市 0.8 ~ 0.9；天津市和河北省 0.75 ~ 0.9。②生活用水赋值范围为北京市 0.92 ~ 0.95；天津市 0.9 ~ 0.92；河北省 0.85 ~ 0.9。③根据年降水量调整。如表 7-12 所示。

表 7-12　京津冀各业用水保证率赋值表

年份	生态用水保证率			生产用水保证率			生活用水保证率		
	北京市	天津市	河北省	北京市	天津市	河北省	北京市	天津市	河北省
1994	0.656	0.613	0.636	0.9	0.9	0.9	0.95	0.92	0.9
1995	0.786	0.882	0.844	0.9	0.9	0.9	0.95	0.92	0.9
1996	0.828	0.824	0.850	0.9	0.9	0.9	0.95	0.92	0.9
1997	0.081	0.050	0.060	0.8	0.8	0.8	0.95	0.92	0.9
1998	0.565	0.521	0.515	0.85	0.85	0.85	0.95	0.92	0.9
1999	0.050	0.050	0.050	0.8	0.75	0.75	0.92	0.9	0.85
2000	0.050	0.050	0.050	0.8	0.75	0.75	0.92	0.9	0.85
2001	0.050	0.050	0.050	0.8	0.75	0.75	0.92	0.9	0.85
2002	0.050	0.050	0.050	0.8	0.75	0.75	0.92	0.9	0.85
2003	0.252	0.280	0.291	0.8	0.8	0.8	0.92	0.92	0.88
2004	0.473	0.499	0.480	0.8	0.8	0.75	0.92	0.92	0.88
2005	0.297	0.265	0.288	0.8	0.75	0.75	0.92	0.9	0.85
2006	0.166	0.129	0.141	0.8	0.75	0.75	0.92	0.9	0.85

在通过专家调查方法获得研究区各业用水保证率赋值表后，按照生态、生产、生活权重分别为 0.2、0.35 和 0.45，得到北京市、天津市和河北省 1994 ~ 2006 年水资源风险率，如表 7-13 所示。

表 7-13　京津冀综合水资源风险

年份	北京市	天津市	河北省
1994	0.126	0.148	0.153
1995	0.1	0.095	0.111
1996	0.092	0.106	0.11
1997	0.276	0.296	0.303
1998	0.162	0.184	0.194
1999	0.296	0.323	0.345
2000	0.296	0.323	0.345
2001	0.296	0.323	0.345
2002	0.296	0.323	0.345
2003	0.256	0.25	0.266
2004	0.211	0.206	0.246
2005	0.247	0.279	0.297
2006	0.273	0.307	0.327

　　评价结果是，研究区三个省（直辖市）13 年的缺水风险率都为 0.092 ~ 0.345，而且北京市比天津市的风险小，天津市比河北省风险小；从时间过程看，90 年代中期水资源风险程度略低于现状，从总的趋势看，该地区的综合水资源风险处于一个逐渐增加的过程中，但是 1999 ~ 2002 年是京津冀三省（直辖市）风险最大的时期。

3）流域外调水对风险的影响

　　以上的分析没有考虑流域上游来水和外流域调水的作用。京津冀地区地处海河流域中下游地区，可以得到上游的来水供给。但是进入 20 世纪 90 年代以后，因为上游地区水土保持水分涵养作用增强以及水利工程拦截水量增多，上游来水逐年减少。由于长期存在的水资源风险，京津冀地区采取了多次外流域引黄入淀应急工程。

　　风险评价结果表明，在没有外来水源的前提下，华北京津唐地区水资源存在极大风险。如果没有新的水源补充，未来的情况会更加恶劣。在本研究区上游来水减少的前提下，跨流域调水成为减少水资源风险的必由之路。

　　正在实施的国家南水北调工程将为华北京津冀地区带来 70 亿 ~ 80 亿 m^3 的水量，将极大地缓解华北的水资源危机，水资源的风险将相应减少。2010 年，南水北调中线一期工程为本地区调水约 50 亿 m^3，其中北京市和天津市各 10 亿 m^3，河北省约 30 亿 m^3。另外，根据 1994 ~ 2006 年中国水资源利用情况分析显示，中国华北地区已经实现用水零增长。如果维持现有的用水水平不变，分别考虑天然来水频率为 50%（相当于平水年份）和 75%（偏枯年份），按照以上方法，可以计算出届时本地区的综合水资源风险率如下：北京市为 0.131 ~ 0.169；天津市为 0.158 ~ 0.195；河北省为 0.180 ~ 0.218。可见，2010 年南水北调工程一期工程的实施将会减少北京市、天津市和河北省等地区的缺水风险，预计到 2030 年二期工程实施并考虑东线调水进入京津冀，华北的水资源风险将会进一步下降。

4）京津冀地区水资源风险的讨论

　　对 1994 ~ 2006 年水资源风险分析显示，现有条件下，北京市的缺水风险范围为 0.092 ~ 0.296，其中 1995 年和 1996 年缺水风险较小为 0.092 ~ 0.1，1999 ~ 2002 年缺水风险较大，达到 0.296；天津市缺水风险为 0.095 ~ 0.323，其中 1995 年和 1996 年风险为 0.095 ~ 0.106，风险较小，而 1999 ~ 2002 年风险较大，达到 0.323；河北省水资源风险范围为 0.11 ~ 0.345，其中 1995 年和 1996 年风险较小，为 0.11 ~ 0.111，而 1999 ~ 2002 年风险较大达到 0.345。

　　三个省（直辖市）的水资源风险基本同步，即 1995 年和 1996 风险较小，而 1999 ~ 2002 年风险较大。三个省（直辖市）横向比较结果是，北京市、天津市、河北省的水资源风险依次增大。也就是说，北京市的水资源风险在以上三个省（直辖市）中相对较小。

　　在南水北调一期工程后，尽管增加了 50 亿 m^3 的水量，水资源风险也得到了有效控制，但是风险仍然存在。

7.3.3　北京市水资源短缺风险评价模型及应用

1. 水资源短缺风险评价指标体系的建立

1）水资源短缺风险的定义

借鉴 Kaplan 和 Garrick（1981）的定义，本研究所研究的水资源短缺风险是指在特定的环境条件下，由于来水和用水存在模糊不确定性与随机不确定性，使区域水资源系统发生供水短缺的概率以及由此产生的损失。

2）指标选取原则

指标选取原则主要有以下五点。

（1）功效性原则。水资源系统极其复杂，风险评估的目的不同决定了水资源综合评价指标及其体系的不同。水资源综合评价指标选择具有多样性，为此评估指标选取应遵循功效性原则，即对于不同评价目标、不同评价区域、不同评价时段，应选择不同的评价指标。

（2）系统性原则。水资源系统是一个多属性的复杂系统，涉及水资源条件、水资源配置格局和开发利用程度、经济社会发展水平、生态环境保护程度、水环境状况、水资源管理水平等多个方面，而这些方面又有着极其复杂的联系，为此，所选取指标能够对水资源短缺风险进行全面描述。

（3）可度量性原则。本次评价的一个重要前提是指标能够进行数值计算，即要求具有可度量性。对于一些定性指标或含义比较模糊的指标，原则上不选取。

（4）代表性原则。影响水资源短缺风险的因素众多，与之对应的描述指标也众多。从实用、可操作的角度看，评价指标不宜过多、过滥，应选择有代表性的主要指标，构建综合评价指标体系。代表性指标选取还应具有方向性和独立性，并且指标间应具有独立性或弱关联性。

（5）层次性原则。水资源短缺风险评价指标涉及资源、环境等多个方面，每一个方面又存在着诸多影响因素。对于这些方面及其影响因素均可以分别提出相应的指标进行表征。显然，这些指标存在着层次归属问题，也就是说，指标间有一定的层次和隶属关系。本研究拟提出三级（三个层次）评价指标体系，第一级为属性描述指标，第二级为属性准则性指标，第三级为问题诊断性指标。

3）北京市水资源短缺风险评价指标体系的建立

水作为可再生资源，通过降水、循环往复可以不断得到补充，但可为人们利用的那部分淡水资源将随着区域的开发和管理程度的不同而变化，植被破坏、水土流失，便于利用的稳定基流就会减少，而供水量又大量增加；地下水超采、地面下沉、含水层的破坏又会影响地下水的补给和使用；水质污染又会大大影响水的可供应量。因此，区域水资源开发利用应坚持可持续发展的战略，要把区域的水资源系统当作一个生态系统来考虑，把经济社会对水资源的需求以及水资源的开发利用对生态环境的影响有机联系在一起。水资源的可持续利用是区域可持续利用的基础和前提条件。目前，北京市的水资源供需矛盾日渐突出，对社会和经济的可持续发展带来一定的影响，根据北京市水资源开发利用现状的分析可知，北京市水资源开发利用中存在的问题主要有①上游来水衰减趋势十分明显；②长期超采地下水导致地下水位下降；③水污染加重了水危机；④人口膨胀和城市化发展加大了生活用水需求等。因此，导致北京水资源短缺的主要原因有资源型缺水和水质型缺水等（吴玉成，1999），影响北京水资源短缺风险的因素可归纳为以下三个方面（图7-9）。

（1）资源：①入境水量；②水资源总量；③地下水位埋深；④再生水利用率；

（2）环境：①污径比；②污水排放总量；③COD排放总量；④污水处理率；

（3）用水：①农业用水量；②生活用水量；③万元增加值用水量；④万元 GDP 用水量。

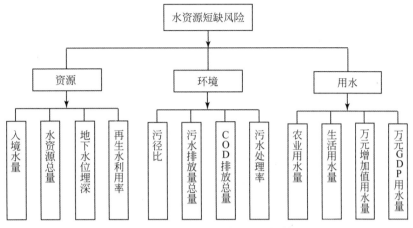

图 7-9　水资源短缺风险评价指标体系

2. 水资源短缺风险评价模型的建立

1）基于模糊概率的水资源短缺风险

对于一个供水系统来说，所谓失事主要是供水量 W_s 小于需水量 W_n，从而使供水系统处于失事状态。基于水资源系统的模糊不确定性，构造一个合适的隶属函数来描述供水失事带来的损失。定义模糊集 W_c 如下：

$$W_c = \{x : 0 \leq \mu_w(x) \leq 1\}$$

式中，x 是缺水量，$x = W_n - W_s$；$\mu_w(x)$ 是缺水量在模糊集 W_c 上的隶属函数，构造如下：

$$\mu_w(x) = \begin{cases} 0, 0 \leq x \leq W_a \\ \left(\dfrac{x - W_a}{W_m - W_a}\right)^p, W_a < x < W_m \\ 1, x \geq W_m \end{cases}$$

式中，W_s 以及 W_n 分别为供水量和需水量；W_a 为缺水系列中最小缺水量；W_m 为缺水系列中最大缺水量；p 为大于 1 的正整数。

Zadeh（1968）提出模糊事件发生的概率这个概念，根据水资源短缺风险的定义，本研究将水资源短缺风险定义为模糊事件 A_f 发生的概率，即模糊概率。

模糊概率的定义见如下方程：

$$P(A_f) = \int_{R_n} \mu_{A_f}(y) \, \mathrm{d}P$$

式中，R_n 是 n 维欧氏空间；$\mu_{A_f}(y)$ 是模糊事件 A_f 的隶属函数；P 是概率测度。如果 $\mathrm{d}P = f(y)\mathrm{d}y$，则

$$P(A_f) = \int_{R_n} \mu_{A_f}(y) f(y) \, \mathrm{d}y$$

式中，R_n 是 n 维欧氏空间；$f(y)$ 是随机变量 y 的概率密度函数。

则水资源短缺风险的定义如下方程所示：

$$R = \int_{W_a}^{+\infty} \mu_w(x) f(x) \, dx$$

从以上方程可知：上述风险定义将水资源短缺风险存在的模糊性和随机性联系在一起，其中，随机不确定性体现了水资源短缺风险发生的概率，而模糊不确定性则体现了由于水资源短缺风险造成的损失。依据概率密度函数 $f(x)$ 和隶属函数的形式计算水资源短缺风险 R。

2）水资源短缺风险的模拟概率分布

模拟系列的概率分布一般有 MC（蒙特卡罗）、MFOSM（均值一次两阶矩）法、SO（两次矩）法、最大熵风险分析方法、AFOSM（改进一次两阶矩）法以及 JC 法等，这些模拟方法在实际应用时可能会存在一些问题，如对因变量分布的假设过于敏感、计算结果不唯一、模型精度低、收敛性不能得到证明、理论体系不完善等（刘涛等，2006；王栋等，2004）。而 Logistic 回归方法具有对因变量数据要求低、计算结果唯一、模型精度高等优点，本研究采用 Logistic 回归模型来模拟缺水量系列的概率分布。

Logistic 回归模型可以直接预测观测量相对于某一事件的发生概率，如果只有一个自变量，回归模型可写为

$$\text{Prob（event）} = \frac{1}{1 + e^{-(b_0 + b_1 x)}}$$

式中，b_0 和 b_1 为自变量的系数和常数；e 为自然对数。包含一个以上自变量的模型如下式所示：

$$\text{Prob（event）} = \frac{1}{1 + e^{-z}}$$

式中，$z = b_0 + b_1 x_1 + b_2 x_2 + \cdots + b_p x_p$（$p$ 为自变量的数量）；b_0，b_1，$\cdots$，b_p 分别为 Logistic 回归系数。

3）Logistic 回归模型拟合度检验和系数检验

建立 Logistic 回归模型后，常用 Hosmer-Losmer χ^2 统计量进行模型的拟合度检验，其表达式为

$$\text{Chi-square} = \frac{\sum_1^n (x_s - x_y)^2}{x_y}$$

式中，x_s 和 x_y 分别为实际观测量和预测数量，检验的原假设和备择假设为 H0，方程对数据的拟合良好；H1，方程对数据的拟合不好。

对于较大样本的系数检验，常用基于卡方 χ^2 分布的 Wald 统计量（卢纹岱，2006）进行检验，当自由度为 1 时，Wald 值为变量系数与其标准误比值的平方，对于两类以上的分类变量来说，其表达式如下：

$$W = BV^{-1}B$$

式中，B 为极大似然估计分类变量系数的向量值；V^{-1} 为变量系数渐近方差 – 协方差矩阵的逆矩阵。其检验的原假设和备择假设为 H0，回归模型的系数等于 0；H1，回归模型的系数不等于 0。

4）基于聚类分析的水资源短缺风险分类

为了直观地说明水资源短缺风险程度，利用 Quick Cluster 过程（快速样本聚类）对风

险进行聚类。快速样本聚类需要确定类数，利用 K 均值分类方法对观测量进行聚类，根据设定的收敛判据和迭代次数结束聚类过程，计算观测量与各类中心的距离，根据距离最小的原则把各观测量分派到各类中心所在的类中去。事先选定初始类中心，根据组成每一类的观测量，计算各变量均值，每一类中的均值组成第二代迭代的类中心，按照这种方法迭代下去，直到达到迭代次数或达到中止迭代的数据要求时，迭代停止，聚类过程结束。

对于等间隔测度的变量一般用欧式距离（Euclidean distance）计算，对于计数变量一般用 Chi-square measure（χ^2 测度）来表征变量对之间的不相似性，它们的表达式如下：

$$\text{EUCLID}(x,y) = \sqrt{\sum_i (x_i - y_i)^2}$$

$$\text{CHISQ}(x,y) = \sqrt{\frac{\sum_i [x_i - E(x_i)]^2}{E(x_i)} + \frac{\sum_i [y_i - E(y_i)]^2}{E(y_i)}}$$

5）判别分析

判别分析（刘静楠和顾颖，2007；北京市用水调研课题组，1991）可用于识别影响水资源短缺风险的敏感因子，它是根据观测或测量到的若干变量值，判断研究对象所属的类别，使得判别观测量所属类别的错判率最小。判别分析能够从诸多表明观测对象特征的自变量中筛选出提供较多信息的变量，且这些变量之间的相关程度低。线性判别函数的一般形式如下：

$$y = a_1 x_1 + a_2 x_2 + \cdots + a_n x_n$$

式中，y 为判别分数；x_1，x_2，$\cdots$，x_n 为反映研究对象特征的变量；a_1，a_2，$\cdots$，a_n 为各变量的系数，也称判别系数。

常用的判别分析方法是距离判别法（Mahalanobis 距离法），即每步都使得靠得最近的两类间的马氏（Mahalanobis）距离最大的变量进入判别函数，其计算公式如下：

$$d^2(x,Y) = \frac{x - y_i}{\sum_1^k {}^{-1}(x - y_i)}$$

式中，x 为某一类中的观测量；Y 为另一类。上式可以求出 x 与 Y 的马氏距离。

综上所述，水资源短缺风险评价模型的建模与计算步骤如图7-10所示。

3. 实例分析

依据北京市1979～2005年的可利用水资源量、地下水位埋深、用水总量、工农业用水量、污水排放总量等基础资料来研究北京水资源短缺风险及其变化。

北京市位于华北平原西部，属暖温带半干旱半湿润性季风气候，由于受季风影响，雨量年际季节分配极不均匀，夏季降水量约占全年的70%以上，全市多年平均降水量575mm。属海河流域，从东到西分布有蓟运河、潮白河、北运河、永定河、大清河5大水系（图7-2）。北京市是世界上严重缺水的大城市之一，当地自产水资源量仅39.99亿 m³，多年平均入境水量16.50亿 m³，多年平均出境水量11.60亿 m³，当地水资源的人均占有量约300 m³，是世界人均的1/30，远远低于国际公认的人均1000 m³ 的下限，属重度缺水地区。水资源短缺已成为影响和制约首都社会和经济发展的主要因素（王红瑞，2004）。

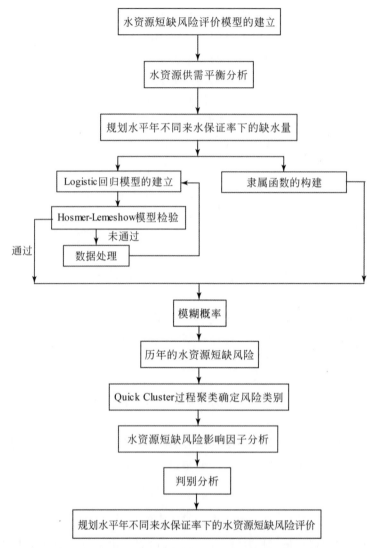

图 7-10 水资源短缺风险评价的算法流程

1）北京市水资源短缺风险评价

a. Logistic 回归模型的建立

建立 Logistic 回归模型，将 1979～2005 年的用水总量、可利用水资源总量等系列代入模型，模拟缺水系列的概率分布。对构建的模型进行 Hosmer – Losmer 检验，检验结果如表 7-14 所示，模型的预测效果如表 7-15 所示，模型中各变量的相关统计量如表 7-15 所示。

表 7-14 Hosmer-Lemeshow 检验表

步骤	卡方	自由度	显著性水平
1	5.858	8	0.663

由表 7-15 可知，27 个发生缺水的年份都被该模型正确估计出来了，正确率为 100%；

只有1个未缺水的年份被估计为缺水，那么总的正确判断率为96.7%。由此可知，所建立的回归方程可以付诸应用。

表7-15　最终观测量分类结果

项　目	未缺水年份	缺水年份	正确率
未缺水年份	2	1	66.7
缺水年份	0	27	100
总的百分率/%	—	—	96.7

表7-16　最终模型统计量

项目	系数	标准误差	Wald	自由度	显著性水平
缺水量 x	0.308	0.159	3.733	1	0.053
常数	203.403	180.631	1.268	1	0.26

由表7-16可知，Hosmer-Losmer检验的显著性水平是0.053＞0.001，检验通过，接受原假设，即建立的Logistic回归模型对数据拟合良好。

根据表7-16中的系数，Logistic回归模型如下：

$$f(x) = \frac{1}{1 + e^{-(203.403 + 0.308x)}}$$

式中，x 为缺水量。

b. 水资源短缺风险计算分析

根据上文分析建立水资源短缺风险评价模型，得到北京市1979～2005年水资源短缺风险的计算结果如图7-11所示。其中带三角号标记的折线表示缺水发生的概率，是由Logistic回归模型计算的，带柱状标记的折线表示水资源短缺风险值，是由基于模糊概率的水资源短缺风险评价模型计算的。

由图7-11可以看出，1987、1991和1996年水资源短缺风险模拟值均为0，均没有发生水资源短缺风险，且风险发生的概率均不到70%，这和实际情形是吻合的，以1991年为例说明，1991年风险发生的计算概率为58%，这一年的实际情况是水资源总量仅为42.29亿 m^3，但实际总用水量已达到42.03亿 m^3，已处于风险的边缘状态。虽然1982年、1984年、1985年、1994年、1998年等年份实际发生了缺水事件，但是其相应的水资源短缺风险综合评价值较小。对图7-11进行进一步分析可知，只要真实风险存在（缺水发生），描述风险发生的概率均超过了70%，以1999年为例说明，1999年是枯水年，水资源短缺风险模拟计算值最大，描述风险发生的概率接近100%。以上分析说明模型的计算结果与实际情形是吻合的，可以付诸应用。

c. 水资源短缺风险分类

利用Quick Cluster对1979～2005年北京市的水资源短缺风险进行聚类，各类风险最终的类中心和特征如表7-17所示，分类结果如图7-12所示。图7-12中横坐标表示年降水

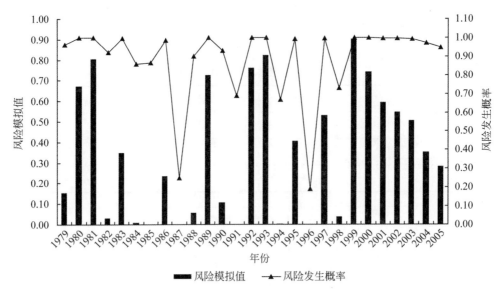

图 7-11 北京市 1979～2005 年的水资源短缺风险

量，纵坐标表示历年水资源短缺风险值，图中的虚线表示拟合线，5 种标记表示 5 种风险等级。

表 7-17 水资源短缺风险类别与特性

水资源短缺风险类别	类中心	风险特性
低风险	0.03	可以忽略的风险
较低风险	0.32	可以接受的风险
中风险	0.54	边缘风险
较高风险	0.73	比较严重的风险
高风险	0.84	无法承受的风险

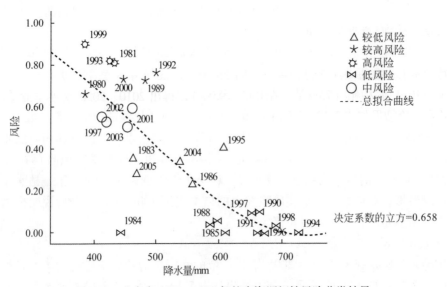

图 7-12 北京市 1979～2005 年的水资源短缺风险分类结果

如图 7-12 所示，高风险、较高风险以及中风险基本都集中发生在降水量少的年份，较低风险以及低风险都集中在降雨量大的年份。以 1999 年和 1994 年为例，1999 年的降雨量是历年中最少的，风险值也是最大的，属于高风险；1994 年的降雨量是历年中最大的，风险值接近于 0，属于低风险。从图 7-12 中的拟合线还可以进一步看出，水资源短缺风险与降水量是高度负相关的。

d. 水资源短缺风险影响因子分析

根据上文中提出的水资源短缺风险影响因子，利用马氏（Mahalanobis）距离法筛选出水资源短缺风险敏感因子，如表 7-18 所示。

表 7-18　敏感因子筛选表

步骤		容忍度	移出概率	最小马氏距离的平方	组间
1	污水排放总量	1	0.089	—	—
2	污水排放总量	0.681	0.02	0.186	2 和 5
	水资源总量	0.681	0	0.237	1 和 4
3	污水排放总量	0.392	0.028	0.847	1 和 5
	水资源总量	0.679	0	0.722	2 和 4
	农业用水量	0.461	0.034	1.227	2 和 5
4	污水排放总量	0.251	0.037	6.55	1 和 5
	水资源总量	0.328	0	1.386	2 和 4
	农业用水量	0.122	0.003	1.243	2 和 5
	生活用水量	0.102	0.023	2.965	2 和 5

从表 7-18 中可以看出，水资源总量、污水排放总量、农业用水量、生活用水量在步骤 1、步骤 2、步骤 3、步骤 4 中移出模型的概率均小于 0.1，同时在每步中这 4 个变量均使得最近的两类间的马氏距离最大，因此，这 4 个变量是影响北京地区水资源短缺风险的敏感因子。

2）2010、2020 水平年北京市水资源短缺风险评价

a. 北京市 2010、2020 水平年水资源短缺风险评价

根据上述水资源短缺风险评价模型，对 2010 和 2020 水平年分 3 种情景讨论，分别是平水年（50%）、偏枯年（75%）、枯水年（95%），得出 2010、2020 水平年北京市水资源短缺风险评价结果如表 7-19 所示。

表 7-19　北京市 2010、2020 水平年水资源短缺风险评价结果

规划水平年		风险发生的概率	风险	风险等级
2010	50%	0.99	0.44	中风险
	75%	0.99	0.64	较高风险
	95%	0.99	0.73	较高风险
2020	50%	0.99	0.95	高风险
	75%	0.99	0.98	高风险
	95%	0.99	0.99	高风险

由表 7-19 可知,在 3 种情景下,2010 水平年的水资源短缺风险都处于中等以上风险水平,而 2020 水平年在 3 种情景下都处于高风险水平。

近年来,北京市一直在加大再生水利用量,这在一定程度上缓解了北京市水资源短缺的紧张局面,北京市再生水利用和规划情况如图 7-13 所示,其中 2010 年和 2020 年再生水利用量是根据现有的趋势预测的。由此计算 2010 年和 2020 年北京地区水资源短缺风险,结果如表 7-20 所示。

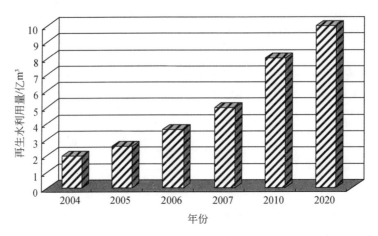

图 7-13　北京市再生水利用量年际变化图

表 7-20　再生水回用对北京市水资源短缺风险的情景分析

规划水平年		风险		风险降低程度/%	风险等级	
年份	保证率/%	再生水回用前	再生水回用后		再生水回用前	再生水回用后
2010	50	0.44	0.25	43	中风险	较低风险
	75	0.64	0.57	11	较高风险	中风险
	95	0.73	0.64	12	较高风险	较高风险
2020	50	0.95	0.83	13	高风险	高风险
	75	0.98	0.86	12	高风险	高风险
	95	0.99	0.88	11	高风险	高风险

由表 7-20 可以看出:再生水回用后,2010 与 2020 不同规划水平年北京市水资源短缺风险呈现不同幅度的降低,个别规划年份的降低幅度可达 43%,可见再生水回用不失为降低北京地区水资源短缺风险的有效途径之一。但是即便如此,2020 各规划水平年北京市水资源短缺风险仍均处于高风险水平。

b. 南水北调对北京市水资源保障的情景分析

南水北调中线调水工程,是从资源性角度缓解北京市水资源不足的重大举措,目前京石段已通水,年调水量 3 亿 m^3。在此设计三种情景:一是南水北调工程调水为零,即无南水北调工程条件;二是南水北调工程源水端汉江流域发生连续干旱,调水量为设计调水量的 80%,即 8.4 亿 m^3;三是按南水北调工程规划调水,即 2010 年调水 10.5 亿 m^3,2020 年调水 10.5 亿 m^3,2030 年调水 14 亿 m^3,如表 7-21 所示。2010 年和 2020 年分别调水 10.5 亿 m³ 后，北京市水资源短缺风险评价结果如表 7-22 所示。

表 7-21 南水北调中线调水量方案设置 （单位：亿 m³）

规划水平年	无调水	规划调水量80%	规划调水量	增加调水量
2010	0	8.4	10.5	12
2020	0	8.4	10.5	12
2030	0	11.2	14	14

表 7-22 南水北调对北京市水资源短缺风险的情景分析

规划水平年		风险		风险降低程度/%	风险等级	
年份	保证率/%	调水前	调水后		调水前	调水后
2010	50	0.44	0.19	57	中风险	较低风险
	75	0.64	0.48	25	较高风险	中风险
	95	0.73	0.56	23	较高风险	中风险
2020	50	0.95	0.79	17	高风险	较高风险
	75	0.98	0.82	16	高风险	高风险
	95	0.99	0.84	15	高风险	高风险

由表 7-22 可以看出：调水 10.5 亿 m³ 后，各规划水平年的风险水平均有不同程度的降低，以 50% 的保证率为例，2010 年北京市水资源短缺风险由调水前的 0.44 降低至 0.19，降低幅度达 57%，在 75% 和 95% 保证率下水资源短缺风险可降低至中等风险水平，缓解作用比较明显。但对 2020 各规划水平年，可能的风险虽有不同程度降低，但面临的风险仍处于很高的水平。

由表 7-21 和表 7-22 可知，仅利用再生水或外来水源虽能缓解水资源短缺的紧张局面，但是仍不能从根本上解决北京市水资源供需紧张的问题。因此，采用同时利用再生水和外源水的措施后，规划水平年北京市水资源短缺风险计算结果如表 7-23 所示。

表 7-23 同时利用外源水和再生水后北京市水资源短缺风险的情景分析

规划水平年		风险		风险等级	
年份	保证率/%	措施前	措施后	措施前	措施后
2010	50	0.44	0	中风险	低风险
	75	0.64	0.04	较高风险	低风险
	95	0.73	0.1	较高风险	低风险
2020	50	0.95	0	高风险	低风险
	75	1	0	高风险	低风险
	95	1	0.01	高风险	低风险

由表 7-23 可知，采取再生水回用和调水措施后，各种保证率下的 2010 年和 2020 年北京市水资源短缺风险由措施前的中高风险均降至低风险水平，所以，再生水回用和南水北调是解决北京市水资源总量不足的根本措施。

3）北京市各区县水资源短缺风险评价与分析

a. 北京市各区县水资源短缺风险计算及等级划分

全市划分为 16 区、2 县，其中东城区、西城区、崇文区、宣武区、朝阳区、丰台区、石景山区、海淀区，为中心城区简称城八区；门头沟区、房山区、通州区、顺义区、昌平区、大兴区、平谷区、怀柔区，属于近郊区；密云县、延庆县，为远郊县。

根据建立的水资源短缺风险评价模型，在不考虑利用污水、雨水及跨流域调水等非传统水资源的情况下对 2010 和 2020 水平年分 3 种情景讨论，分别是平水年（50%）、偏枯年（75%）、枯水年（95%），得出 2010、2020 水平年北京市各区县水资源短缺风险评价结果如表 7-24、图 7-14 和图 7-15 所示。

表 7-24　北京市各区县 2010 和 2020 水平年水资源短缺风险值

区县	2010 年			2020 年		
	50%	75%	95%	50%	75%	95%
城八区	0.52	0.64	0.84	0.92	0.95	0.96
通州	0.52	0.66	0.73	0.99	0.96	0.96
顺义	0.05	0.52	0.64	0.7	0.97	0.98
房山	0.56	0.75	0.84	0.96	0.98	0.98
门头沟	0.06	0.1	0.21	0.21	0.58	0.72
延庆	0.31	0.59	0.73	0.9	0.99	0.99
怀柔	0.31	0.64	0.77	0.76	0.98	0.99
密云	0.03	0.1	0.15	0.15	0.29	0.37
平谷	0.04	0.07	0.15	0.15	0.41	0.5
昌平	0.24	0.49	0.61	0.75	0.97	0.98
大兴	0.50	0.76	0.84	0.99	0.99	0.99

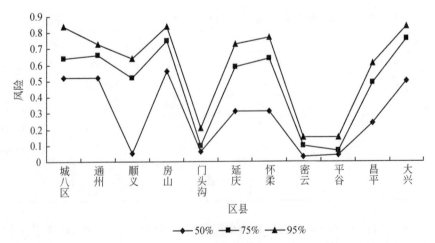

图 7-14　北京市各区县 2010 在 50%、75% 及 95% 的保证率下的水资源短缺风险值

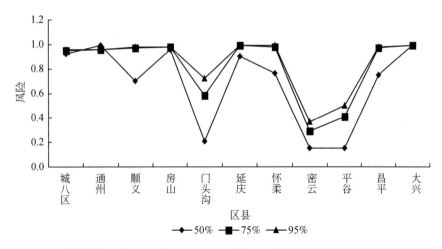

图 7-15　北京市各区县 2020 在 50%、75% 及 95% 的保证率下的水资源短缺风险值

由表 7-24 和图 7-14 可知，2010 年北京各区县在 95% 保证率下水资源短缺风险值最大，75% 次之，50% 最小，其中门头沟区、密云县和平谷区在三种保证率下的水资源短缺风险均不足 0.3。由表 7-24 和图 7-15 可知，2020 年北京各区县在 95% 保证率下水资源短缺风险值最大，75% 次之，50% 最小。与 2010 年相比，2020 年各种保证率下的区县风险有一定幅度的提高，在 50% 的保证率下，除了门头沟区、密云县和平谷区外，其他区县的风险值均超过了 0.6，其中通州和大兴的风险值最大；在 75% 的保证率下，除了密云县和平谷区的风险值不足 0.5 以外，其他区县的风险值均超过了 0.7，其中通州和大兴的风险值最大；在 95% 的保证率下，除了密云县的风险不足 0.5 以外，大部分的区县风险均超过了 0.9。

运用快速样本聚类方法对北京市各区县在各种保证率下的水资源短缺风险值进行聚类，聚类结果如表 7-25 所示。

表 7-25　北京市各区县 2010 和 2020 水平年水资源短缺风险等级

项目	2010 年			2020 年		
	50%	75%	95%	50%	75%	95%
城八区	中风险	较高风险	高风险	高风险	高风险	高风险
通州	中风险	较高风险	较高风险	高风险	高风险	高风险
顺义	低风险	中风险	较高风险	较高风险	高风险	高风险
房山	中风险	较高风险	高风险	高风险	高风险	高风险
门头沟	低风险	低风险	较低风险	较低风险	中风险	较高风险
延庆	较低风险	中风险	较高风险	高风险	高风险	高风险
怀柔	较低风险	中风险	较高风险	较高风险	高风险	高风险
密云	低风险	低风险	低风险	低风险	较低风险	较低风险
平谷	低风险	低风险	低风险	低风险	较低风险	中风险
昌平	较低风险	中风险	中风险	较高风险	高风险	高风险
大兴	中风险	较高风险	高风险	高风险	高风险	高风险

b. 北京市各区县水资源短缺风险评价结果与实际情形对比分析

综上可知，密云县、平谷区 2010 年、2020 年在 50%、75% 以及 95% 的保证率下均处于中等以下风险水平；门头沟区除了在 2020 年的 95% 保证率下处于较高风险水平，其他情景下均处于中等以下风险水平。风险评价的结果与密云县、平谷区及门头沟区的实际情形是吻合的，这是因为密云县 95% 以上为水源保护区，全境水资源较为丰富，境内水域总面积 2.3 万 hm^2，占全县总面积 10.1%，其中大中小河流、小溪 200 多条，大中小型水库 24 座；平谷区平原地区地下水尚有开发潜力，水质较好，基本无污染；门头沟区多年平均可利用水资源量 2400 万 m^3。根据 1991 年、1995 年以及 2002 年的北京市用水调研与需水预测研究报告可知，密云县、平谷区和门头沟区的总用水量呈现减少的趋势，其中密云县、平谷区总用水量减少的主要原因是农村用水量大量减少，而门头沟区的总用水量减少的主要原因是近几年产业结构的调整使得工业用水量明显减少，农业用水量也有一定幅度的下降。总用水量的减少一定程度上缓解了水资源源供需紧张的局面，减少了水资源短缺风险。

城八区、通州区、房山区和大兴区除了在 2010 年的 50% 保证率下处于中等风险水平外，其他情景下均处于较高风险水平或高风险水平。风险评价结果与这 4 个区县的实际情形是吻合的，因为根据 1991 年、1995 年以及 2002 年的北京市用水调研与需水预测研究报告可知，城八区的生活用水量增长趋势十分明显，工业用水量下降，而 1999 年以来连续 9 年干旱，大、中型水库蓄水量急剧减少，又由于大量超采地下水，许多地区的地下水位持续下降，含水层较薄的地区，地下水趋于疏干或半疏干状态，水资源紧缺形势严峻。通州区地下水可开采资源 2.10 亿 m^3，而地表水资源量仅有 0.04 亿 m^3，2000 年地下水开发利用程度为 120.1%，整体而言已处于严重超采状态，而全区工业和城镇生活用水量总体上呈增长态势，农村用水量呈下降态势，需水量还将不断增加，供水形势严峻。房山区的可利用水资源量共为 3.67 亿 m^3，2000 年工农业和城镇生活实际用水量为 3.80 亿 m^3，已超过地区可利用水资源量，该区基本无可利用的地表水资源，根据 1991 年、1995 年以及 2002 年的北京市用水调研与需水预测研究报告，该区的总用水量逐年增加。大兴区地下水可开采资源为 2.6 亿 m^3，地表水基本无可利用资源，该区的工业用水量减少，而城镇生活用水量不断提高，农村用水量也大幅度增加。

对于怀柔区、昌平区、顺义区和延庆县，除了 2010 年的 50% 和 75% 保证率下处于中等以下风险水平外，其他情景下均处于中等以上风险水平。风险评价结果与这 4 个区县的实际情形是吻合的，因为怀柔区水资源分布不均，山区部分缺水严重，而山区面积占全区总面积的 89%，根据 1991 年、1995 年以及 2002 年的北京市用水调研与需水预测研究报告可知，全区总用水量呈逐年增长趋势，水资源供需矛盾突出；昌平区在保证率 75% 时的水资源可利用总量为 2.35 亿 m^3，主要为地下水，且地下水开采不均一，部分地区地下水严重超采，另外，全区城镇生活用水量正在快速增长，其中 2000 年城镇生活用水量比 1991 年增长了 84.77%；顺义区现有可利用的平均地表水量仅 0.43 亿 m^3，地下水多年平均可开采量为 4.3 亿 m^3，地表用水量逐年下降，总用水量呈增长趋势；延庆县地下水可开采量 10 000 m^3，平原区开采程度不均，全县总用水量呈增长趋势，其中工业和生活用水量基本趋于平稳，2000 年农村用水量占总用水量的 88.42%，而种植业用水占农村总用水量的 84.2%，但种植业用水定额偏高，水的利用效益低。

7.3.4 风险损害的模糊评价与价值量估算

对水资源短缺损害的研究已取得一些进展，但是相关的研究未能对引起的间接的损失进行估计，如生态损害，生态环境因子反映流域生态环境的可持续状况（Sandra，1996）；水资源可持续供给能力损害反映流域取水、用水的供给能力，损害评价的完善程度直接影响水资源开发的广度和深度，因为围绕水量、水质和生态保护的各种利益冲突可能会在各种规模的地域存在，所以对水资源综合的开发与利用需要全面对水资源损害进行衡量，这也是进行水资源规划与保护的措施依据。

现有的研究，为水资源保障风险的损害研究提供了理论借鉴和技术支撑，但是还未能解决风险损害的综合度量问题，未能从不同部门对风险损害进行客观的评价。为使水资源保障风险损害评价更具有科学性和可行性，本研究拟采用水资源损害价值量模糊综合评价方法对北京市不同部门的水资源损害价值量进行模糊综合评价。大量的评价实践证明，评价工作的不确定性导致了评价的非线性，非线性的评价模型能更好地符合评价的实际（Bee-Hua，2000；Hu et al.，1998）。

本研究采用模糊数学方法进行损害价值量核算是对水资源保障风险损害价值量核算的新方法的运用，是该领域研究的新探索。具体来看，本研究首先要对各地水资源价值状况进行模糊综合评判；再利用保障不足损害的价值上限构建价值量向量；最后以模糊综合评价值与价值量向量构建损害价值乘法算子，从而求取水资源保障风险损害的价值量。由此，水资源保障风险损害价值量（PL）可通过以下公式计算：

$$PL = DPL + EPL + PPL = Q_S \times UPL_i = Q_S \times U \times IP_i$$

式中，DPL 为风险造成生活用水损害价值量；EPL 为生态损害价值量；PPL 为生产的损害价值量；Q_S 为各部门用水短缺的测度，一般通过缺水量来表示，见 4.4.2 节；UPL_i 表示单位水资源损害价值量，可通过损害程度与价值向量的积来计算；IP_i 为价格向量，通过相应的价值判断来求取；水资源保障风险的综合评价结果（U）是对水资源保障风险损害的模糊评价，表示各部门受到损害的程度，其计算需要经过构建模糊评判模型。

1. 风险损害的模糊综合评判模型

水资源保障风险损失价值模糊综合评判模型如下所示（李安贵等，2006；徐建华，2002；姜文来等，1993；姜文来，2000）。

对水资源保障风险损害的客体，即水资源系统中容易受到损害或已经受到损害的部门进行受损或易受损的程度划分，这一划分通过模糊集合 V 来表示，一般而言损失价值量高低模糊评语包括：弱、较弱、中、较强及强 5 部分。而综合评判结果以评语集 V 为考核标准的具体隶属度值（李安贵等，2006），U 可以通过构建评价指标体系的指标权重集 A 与各指标对评语的隶属度集 R 的模糊积来表示。

$$V = [弱，较弱，中，较强，强]$$

$$U = (u_1, u_2, u_3, u_4, u_5) = A \cdot R = (a_1, a_2, \cdots, a_n) \cdot \begin{bmatrix} r_{11} & r_{12} & \cdots & r_{1m} \\ r_{21} & r_{22} & \cdots & r_{2m} \\ \vdots & \vdots & & \vdots \\ r_{n1} & r_{n2} & \cdots & r_{nm} \end{bmatrix}$$

式中，a_1，a_2，a_3 为各评价指标权重；n 为指标数；m 为 5，对应评语集中 5 个评语；u_i 为被评价的水资源各属性特征综合反映的水资源保障风险损害价值对评语集中评语的隶属程度值；A 为指标权重集，通过对指标综合评判获得。R 通过下式求取：

$$R = \begin{bmatrix} r_{11} & r_{12} & \cdots & r_{1m} \\ \vdots & \vdots & & \vdots \\ r_{n1} & r_{n2} & \cdots & r_{nm} \end{bmatrix}$$

式中，r_{11}，r_{12}，$\cdots$，r_{nm} 为各评价指标相对于各评语的隶属度。

2. 风险损害的模糊综合评判

1）模糊评判指标体系构建及因子贡献的确定

各指标权重采用层次分析方法确定，即通过 AHP 模型结合相关研究成果及专家意见，经一致性检验调整后得出指标贡献。

根据水资源保障风险造成损害的情况，从自然系统损害、经济系统损害及社会系统损害 3 个方面出发，甄选各系统敏感性因子（郑云鹤，1993；韩宇平和阮本清，2007），构建水资源保障风险损害模糊综合判断指标体系。根据指标体系中各层指标及关系建立层次结构，全部指标共分 4 层，如图 7-16 所示。

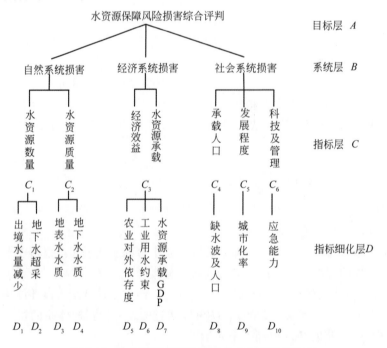

图 7-16　水资源保障风险损害综合评判指标体系

本研究中各项指标定量赋值采用层次分析法确定：通过比较两两指标间的相对重要性，对重要程度赋值，赋值过程如图 7-17 所示。由图可以看出，比较水资源保障风险损害、出境水量减少与地下水超采，地下水超采更为重要，重要的程度是"稍微重要/有优势"。从右侧图可以看出，稍微重要赋值为 3，而由此得到项目表中，出境水量减少为行，地下水超采为例，行列比值为 1/3。

利用层次分析模型 yaahp 构建水资源保障风险模糊判断层次结构及判断矩阵，进行指标贡献评判。通过利用专家意见及已有研究成果（姜文来，2001；胡岩等，2003；左建兵等，2008）中指标体系赋值情况，对各指标贡献进行综合赋值。

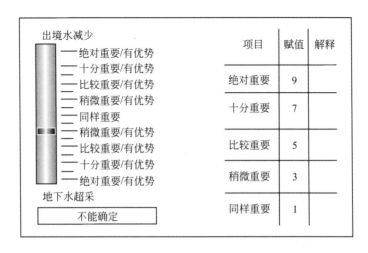

图 7-17　水资源保障风险的因子重要性判断赋值过程示意图

水资源保障风险损害评判模型中，农业对外依存度、工业用水约束、水资源承载 GDP 3 个指标重要性比较分析如判断矩阵表 7-26 所示，结果显示对于经济系统损害而言水资源承载力 GDP 更为重要，因子贡献是 0.5499。

表 7-26　判断矩阵示例

经济系统损害	农业对外依存度	工业用水约束	水资源承载 GDP	W_i
农业对外依存度	1.000 0	1.000 0	0.333 3	0.209 8
工业用水约束	1.000 0	1.000 0	0.500 0	0.240 2
水资源承载 GDP	3.000 0	2.000 0	1.000 0	0.549 9

注：社会系统损害判断矩阵一致性比例为 0.023 6；对总目标的权重为 0.200 0，同理，可构造其他各个层次的判断矩阵

在层次分析法中，通过各层判断矩阵，计算同一层次中不同指标贡献；利用层次结构，比较上一层次不同因子的贡献，从而获得自上而下的层次体系的因子贡献；最后计算

各层相关指标相对权重的值即为评价指标相对于水资源保障风险损害总贡献值。计算结果如表 7-27 所示。

表 7-27　各层指标相对权重及多层并合总权重

B 层指标相对权重		C 层指标相对权重		D 层指标相对权重		相对 A
指标	权重	指标	权重	指标	权重	总权重
B_1	0. 451 7	C_1	0. 645 7	D_1	0. 450 2	0. 131 3
				D_2	0. 549 8	0. 160 4
		C_2	0. 354 3	D_3	0. 549 8	0. 088 0
				D_4	0. 450 2	0. 072 1
B_2	0. 283 3	C_3	1	D_5	0. 240 9	0. 068 2
				D_6	0. 257 5	0. 072 9
				D_7	0. 501 6	0. 142 1
B_3	0. 265 0	C_4	0. 500 5	D_8	1	0. 132 6
		C_5	0. 274 7	D_9	1	0. 072 8
		C_6	0. 224 9	D_{10}	1	0. 059 6

2）模糊评判矩阵 R 的确定

在评价指标中，定量指标能较容易转换成相关标准下隶属度，而对于难以定量的指标，则按照综合的资源条件与区域发展水平进行确定。

分析各指标，其中可定量化指标为出境水量减少、地下水超采、地表水水质、地下水水质、农业对外依存度、水资源承载 GDP、缺水波及人口、城市化率 8 个指标。定量指标资料可以通过调查、收集得到，而确定隶属度的准则及标准则参照相关的检测标准或多年平均状态指标。

在模糊数学中，定量指标隶属度的推求比较常用的方法是 delphi 法、模糊统计法、增量法、模糊加权法及混合法等。本研究采用升、降半梯形函数的模糊统计法来确定隶属度。具体方法为根据以最大化为最优或最小化为最优的逻辑规则，判定指标寻优规则，并比照相关的标准，从而利用降半梯形函数或升半梯形函数推求最小化最优与最大化最优的指标隶属度。

若某因素的某项评价指标 X_{ij} 的上限值为 $(X_j)_{max}$，下限值为 $(X_j)_{min}$，且该指标以最大为最优；那么它的隶属度 r_{ij} 可用升半梯形函数表示，即

$$r_{ij} = \begin{cases} 0, & 0 \leqslant X_{ij} \leqslant (X_j)_{min} \\ \dfrac{X_{ij} - (X_j)_{min}}{(X_j)_{max} - (X_j)_{min}}, & (X_j)_{min} < X_{ij} \leqslant (X_j)_{max} \\ 1, & X_j \geqslant (X_j)_{max} \end{cases} \quad \begin{array}{l} i = 1,2,\cdots,n \\ j = 1,2,\cdots,m \end{array}$$

对于最大为最优者，用升半梯形表示［图7-18（a）］。

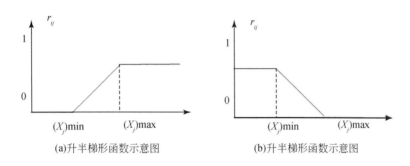

(a)升半梯形函数示意图   (b)升半梯形函数示意图

图7-18 升、降半梯形函数示意图

若某因素的某项评价指标 X_{ij} 的上限值为 $(X_{ij})_{\max}$，下限值为 $(X_{ij})_{\min}$，且该指标以最小化为最优；那么，它的隶属度 r_{ij} 可用降半梯形函数表示，即：

$$r_{ij} = \begin{cases} 1, & 0 \leqslant X_{ij} \leqslant (X_j)_{\min} \\ \dfrac{(X_j)_{\max} - X_{ij}}{C_{\max} - (X_j)_{\min}}, & (X_j)_{\min} < X_{ij} \leqslant (X_j)_{\max}, \quad \begin{array}{l} i = 1,2,\cdots,n \\ j = 1,2,\cdots,m \end{array} \\ 0, & X_j \geqslant (X_j)_{\max} \end{cases}$$

水资源保障风险损害涉及自然、经济、社会各个方面。自然体现水资源的资源属性，除了资源量的属性损害表征外，还包括质的属性表征；经济属性则反应水资源保障系统所承载的经济规模及体系水平的状况；社会层面则要反应水资源系统所要支撑的以人为中心的人口规模、文化水平及管理能力等综合水平。在损害水资源保障价值的因素中，涉及如环境意识、节水意识、政府对水的重视程度等意识层面属性归为文化水平，可利用城市化程度来反应；而水资源体系承载人口损害则用损害波及人口来反应；在水资源管理体制及水利科技水平等无法定量的因素，采用管理者应急能力来表征。而意识、文化水平、应急能力等指标难以通过现有的统计数据来直接反应，本研究对这些指标，通过利用专家评定的方法来进行定性指标的定量化评价。

首先设定评语集 V，之后进行对应指标的隶属度集 R 的评定：

$$V = \{V_1(弱), V_2(较弱), V_3(中等), V_4(较强), V_5(强)\}$$

$$R = \{0.0(弱), 0.2(较弱), 0.5(中等), 0.8(较强), 1.0(强)\}$$

定性指标定量评价通过采用专家评语来进行，专家评语由一些水文水资源科研人员、水利管理部门、水利规划研究所以及经济及环境领域的专家给出。专家参照研究区自然、经济、社会状况，综合考虑研究主体的属性相应指标在5个评语级别——"弱、较弱、中等、较强、强"上选择较为合适的一项。之后将各位专家对各指标的评语表进行汇总，统计评语分布比例作为所求的隶属度。各指标在标准的限制下，依据定性及定量的隶属度确定方法，得到2010年评价指标隶属度集为

$$R_{2010} = \begin{bmatrix} 0 & 0 & 0.825 & 0.175 & 0 \\ 0 & 0 & 0.935 & 0.065 & 0 \\ 0 & 0.44 & 0.11 & 0.02 & 0.43 \\ 0 & 0 & 0.52 & 0.26 & 0.22 \\ 0 & 0 & 0 & 0.767 & 0.233 \\ 0 & 0 & 0.987 & 0.013 & 0 \\ 0 & 0.61 & 0.39 & 0 & 0 \\ 0 & 0 & 0 & 0.875 & 0.125 \\ 0 & 0 & 0 & 0.75 & 0.25 \\ 0.3 & 0.3 & 0.2 & 0.2 & 0 \end{bmatrix}$$

同理可得，20 世纪 80 年代中评价指标隶属度集为

$$R_{1980S} = \begin{bmatrix} 0 & 0.48 & 0.52 & 0 & 0 \\ 0 & 0.66 & 0.34 & 0 & 0 \\ 0.1 & 0.4 & 0.3 & 0.2 & 0 \\ 0.2 & 0.3 & 0.3 & 0.1 & 0.1 \\ 0 & 0.69 & 0.31 & 0 & 0 \\ 1 & 0 & 0 & 0 & 0 \\ 1 & 0 & 0 & 0 & 0 \\ 1 & 0 & 0 & 0 & 0 \\ 0 & 0 & 0.350 & 0.65 & 0 \\ 0.2 & 0.3 & 0.3 & 0.2 & 0 \end{bmatrix}$$

3）综合评判结果

根据水资源损害的综合判断模型可得北京市水资源保障风险损害综合判断结果（表7-28），从表可以看出，北京市 2007 年损害为中度到较强程度，以中度为主，20 世纪 80 年代中则以中度最大，较弱及较强较大，表现为以较弱至中度为主的损害。

表 7-28 不同时段北京水资源保障风险损害度

北京水资源保障风险损害度	弱	较弱	中度	较强	强
现状年（2007 年）	0.017 9	0.143 3	0.444 8	0.289 7	0.104 4
20 世纪 80 年代中（1986 年）	0.108 0	0.319 1	0.357 0	0.208 7	0.007 2

3. 水资源保障风险损害上限价值向量确定

1）生产损害上限求算

水资源保障风险将引起工业生产用水受限，并造成相应的经济损害。水资源的经济效应对风险损害具有重要的指示作用。单位水资源 GDP 产值是反映水资源经济效应的指标，在水资源短缺情况下能反映相应的损害，据近来的统计资料显示，北京市单位用水 GDP 产值为 432.66 元（北京市 2008 年统计年鉴：工业用水 5.8 亿元，工业产值 2509.4 亿元）。以该数据作为单位水资源短缺风险损害上限，并从 0 到上限做 5 等分，从而构建工

业生产风险损害价值向量为

$$IP_I = (w_1, w_2, w_3, w_4, w_5) = (0, 86.53, 216.32, 346.13, 432.66)$$

据 1949～1990 年不完全统计，农业受旱面积约 3000 余万亩次，粮食减产约 107.8 万 t（北京水旱灾害），年均减产 2.114 万 t，1989 年减产 28.3 万 t，为 1950～1990 年纪录最大减产年，由此以该最大减产年为农业年损害上限，则农业干旱减产损害向量为

$$IP_A = (0, 4.66, 14.15, 22.64, 28.3)$$

生态损害主要是水资源保障可持续能力受到损害，主要表现在区域内地下水的超采、生态缺水严重、出境水量减小或出境河消失等方面。在对水资源保障乏力造成生态损害的价值进行评估的时候要从地下水水量价值、地下水超采价值及出境水量价值等方面进行核算。

地下水水量的损害上面，可采用近年来的北京市地下水资源费作为地下水纯水量的资源价值上限。从而构建超采地下水水量的价值向量为

$$IP_G = (0, 0.4, 1, 1.6, 2)$$

出境水量减少造成下游水资源短缺，生态恶化，河道淤积严重，河流生态功能受到破坏。在对出境水量减少的损害核算中，要考虑直接水量减少造成的水资源短缺损失，还要考虑间接引起的生态环境恶化的损害。本研究以北京市近年综合水价作为出境水量损害单位价值向量上限，并构建损害价值向量为

$$IP_O = (0, 1.008, 2.52, 4.032, 5.04)$$

地下水超采耗能较大，耗能大于部分商业用电及其他农业用电，在现状地下水埋深超过 20 米的情况下，本研究选取商业价格、农业价格、生活价格中的较大电费标准确定超采耗能损害价值向量：

$$IP_J = (0, 0.12834, 0.32085, 0.51336, 0.6417)$$

2）生活损害

生活用水水价政府实行补贴制度，通过政府财政补贴，稳定了市场水资源价格，但是也使得水价偏离水资源价值，为更贴近真实的水资源价值，本研究中生活用水损害上限采用 3.9 元/m³（机关，团体，学校等部门用水）。从而生活用水损害价值量向量为

$$IP_L = (0, 2.71, 6.77, 10.83, 13.54)$$

综上，由上述公式得不同使用部门用水损害价值向量表（表 7-29）。

表 7-29　不同使用部门用水损害价值向量表

部门	级别				
	低	较低	中等	较高	高
生活损害	0	2.71	6.77	10.83	13.54
工业生产损害	0	86.53	216.32	346.13	432.66
农业生产损害	0	4.66	14.15	22.64	28.30
地下水可持续供水损害	0	0.40	1	1.60	2
地下水超采耗能损害	0	0.13	0.32	0.51	0.64
出境水量损害	0	1.01	2.52	4.03	5.0

4. 水资源风险损害价值量的确定

1）单位水资源风险损害价值量的确定

由以上计算的水资源价值量上限，以 0 为下限，5 等分划分出价格向量（**IP**），并与水资源保障风险的综合评价结果（**U**）相乘，则可测算出各部门水资源保障风险损害的单位价值量（表 7-30，表 7-31）：

$$\mathbf{UPL} = \mathbf{U} \times \mathbf{IP}$$

表 7-30　现状年不同使用部门水资源风险损害单位价值量表

部门	价值					
	低	较低	中等	较高	高	合计
生活损害/亿元	0	0.388 3	3.011 3	3.137 5	1.413 6	7.950 7
工业生产损害/（元/m³）	0	12.399 7	96.219 1	100.273 9	45.169 7	254.062 4
农业生产损害/万 t	0	0.667 8	6.293 9	6.558 8	2.954 5	16.47 5
地下水可持续供水损害/（元/m³）	0	0.057 3	0.444 8	0.463 5	0.208 8	1.174 4
地下水超采耗能损害/（元/m³）	0	0.018 3	0.142 8	0.148 6	0.067	0.376 7
出境水量损害/（元/m³）	0	0.144 4	1.120 9	1.168 1	0.526 2	2.959 6

表 7-31　20 世纪 80 年代不同使用部门水资源风险损害单位价值量表

部门	价值					
	低	较低	中等	较高	高	合计
生活损害/亿元	0	0.787 8	1.593 0	0.910 8	0.097 5	3.389 1
工业生产损害/（元/m³）	0	25.154 3	50.900 1	29.109 5	3.115 2	108.279 1
农业生产损害/万 t	0	1.354 7	3.329 5	1.904 0	0.203 8	6.79 2
地下水可持续供水损害/（元/m³）	0	0.116 3	0.235 3	0.134 6	0.0144	0.500 6
地下水超采耗能损害/（元/m³）	0	0.037 2	0.075 5	0.043 1	0.004 6	0.160 4
出境水量损害/（元/m³）	0	0.293 0	0.593 0	0.339 1	0.366 3	1.591 4

2）水资源风险损害价值评定

水资源保障风险引起工业生产损害值以缺水数额与模糊损害评价结果之积进行核算，总生产缺水的生产损失：

$$\mathrm{IPL} = Q_s \times \mathrm{UPL}_I$$

式中，Q_s 是缺水量，2007 年缺水量为 10.99 亿 m³，假设工业生产缺水量占 0.02，即 0.0116 亿 m³，则工业损害为 29.5 亿元。以 1981 年干旱影响工业产值 18.3 亿元（北京水旱灾害，中国水利出版社）作为工业损失的价值。

水资源保障风险导致农业损害难以统计，一方面是因为统计的干旱损失较少，另一方面是干旱只会对作物耗水造成部分约束，而这一约束在有效降水产生时得到缓解，因此本研究以模糊计算的农业生产损害产量进行换算得到农业生产价值：

$$\mathrm{APL} = P_c \times \mathrm{UPL}_A$$

式中：P_c 为粮食价格。以玉米 2 元/kg，小麦 1.7 元/kg 左右，大豆 3.6 元/kg，而薯类 1.12 元/kg 为基准，由此，将粮食的综合价格定位在 2 元/kg。则 2007 年，水资源保障风险损害导致粮食减产 16.475 万 t，损害价值量为 3.3 亿元；而 80 年代中减产 6.792 万 t，损害价值量为 1.36 亿元。

生态损害主要是水资源保障可持续能力受到损害，主要表现在区域内地下水的超采、生态缺水严重、出境水量减小或出境河消失等方面。在对水资源保障乏力造成生态损害进行评估的时候不仅要关注直接的缺水经济损害，更应关注水资源保障体系的可持续供给能力、生态需水满足及上下游水资源供给的公平性。对地下水水量损害，主要考虑地下水超采造成开采成本的增加及地下水超采造成水可持续供给功能损害；对出境水量减少损害将考虑水量减少对下游经济系统及生态的危害，并适当考虑上游过度用水的经济惩罚。

地下水超采水损害核算基于以下前提假设：A. 假设水资源具有可持续供给功能的要求是地下水位保持在多年平均水位附近；B. 地下水水质良好，满足水资源保障水质要求。

则经过 n 年后地下水埋深为

$$H = H_n - 1 \times (1 + a)m$$

式中，$m = n \times \beta$，β 为可能进行补水的丰水年概率。地下水短缺量为（地下水资源量与地下水位相关关系）

$$Q_n = H_n - 1 \times \rho$$

式中，ρ 为相关系数。则地下水资源保障风险损害可通过下式核算：

$$GPL = Q_n \times UPL_G$$

式中，p 为综合水价。

2007 年地下水平均埋深 22.79m，与 1960 年比较，地下水位下降 19.6m（1960 年为 3.19m），储量减少 100.4 亿 m^3，GPL 为 117.91 亿元。从 20 世纪 80 年代中期来看，地下水埋深 9.58m，储量较 60 年代减少约 20 亿 m^3，GPL 为 10.01 亿元。

出境水量减少造成下游水资源短缺，生态恶化，河道淤积严重，河流生态功能受到破坏。在对出境水量减少的损害核算中，要考虑直接水量减少造成的水资源短缺损失，还要考虑间接引起的生态环境恶化的损害。在核算中较难把握，因此，本研究以直接水量经济价值核算，同时对出境水量的减少施以惩罚。

出境水量减少损害评价公式为

$$OPL = (1 + \mu) \times Q_O \times UPL_O$$

式中，μ 为惩罚系数，以出境水量与含污水量的比值计算，一方面代表现阶段北京市水资源价格水平，另一方面是对北京市水资源过度利用的惩罚。

多年平均径流量为 17.72 亿 m^3，出境水量为 7.42 亿 m^3，水短缺 Q_O 为出境水量与多年平均径流的 62.5% 保证率下的流量的差值，即 3.66 亿 m^3，则 OPL 为 19 亿元。20 世纪 80 年代中期出境水量为 10.281 亿 m^3，其中污水为 5.53 亿 m^3，其 OPL 为 1.94 亿元。

地下水超采导致地下水位下降，增加了地下水开采成本。水位下降引起的地下水开采耗能增加在已有研究中（徐立升，2006）利用如下公式计算：

$$W = eQH$$

式中：W 为实际耗能（kW·h）；e 为耗电率（也称能耗）[kW·h/(kt·m)]；Q 为用水

量（kt）；H 为地下水位埋深（m）。

其中，能耗是由统计量得到，公式为

$$e = 1000 \sum E / \sum Q \cdot H_净$$

式中，e 为能耗［kW·h/(kt·m)］；$H_净$ 为扬程（m）；Q 为开采量（kt）；ΣE 为某一时段内的耗电度数（kW·h）。

地下水抽水设备的综合效率公式为

$$\eta = 2.72 / e \times 100\%$$

过重力条件下做功，可将地下水开采耗能公式近似表示为

$$W = 2.72 \times GH / \eta$$

在本研究中，利用公式计算现状条件：2007 年地下水开采量为 16.21 亿 m³，埋深为 21.52m（2006）~22.79m（2007），则对比 60 年代地下水埋深（3.19m），地下水开采耗能成本增加值为［η 取 0.3，数值来源于徐立升（2006）］

$$JPL = 2.72 \times \rho_水 \times Q_采 H_\Delta \times UPL_J / \eta$$

则 JPL 为 2.95 亿元。20 世纪 80 年代中期，地下水开采量为 24.06 亿 m³，埋深为 9.58m，则 JPL 为 0.41 亿元。

当发生水资源供水不足时候，采取必要的生活限水措施将有效应对水资源保障风险。例如，1981 年干旱，北京市自 6 月上旬起，两大水库基本停止对农业供水，同时对工业和城市生活用水也进行了限制。在对水资源保障风险损害的度量中，生活损害采用限制假设，即认为常规的 25% 及以下的限水虽造成生活不便，但是人们也能忍受。

在限水 ε 的比例下，以计算年生活用水量 $Q_生$ 测算生活用水损害：

$$LPL = \frac{\varepsilon}{0.25} \times UPL_L \times \frac{Q_生}{13.89}$$

在 $\varepsilon = 25\%$ 的限水情况下，以常规年生活用水量为 13.89 测算，则生活用水损害为 7.95 亿元。以 20 世纪 80 年代中期 7.18 的生活用水量计算，则生活用水损害为 3.39 亿元。

5. 模糊损害价值量综合核算

本章通过构建模糊数学评价模型回答了水资源保障风险是否会造成经济系统损害，风险损害如何度量，风险损害的后果是什么等问题。从风险损害来看，水资源保障风险将造成生态、生产及生活各方面的价值损害。从具体用水部门来看，生活、工业生产、农业生产、地下水可持续供水能力、开采耗能及对河道水体基流的损害都有体现，且损害价值加大。不同时段北京水资源保障风险损害度差别也较大，20 世纪 80 年代中风险损害为较弱及一般程度，而现状年份则上升到中等 – 较强损害程度，如表 7-32 所示。

表 7-32　不同时段北京水资源保障风险损害度

北京水资源保障风险损害度	弱	较弱	中等	较强	强
现状年（2007 年）	0.017 9	0.143 3	0.444 8	0.289 7	0.104 4
20 世纪 80 年代中（1986 年）	0.108 0	0.319 1	0.357 0	0.208 7	0.007 2

通过对生活、工业生产、农业生产、地下水开采、超采耗能及出境水量的损害来评价水资源保障风险损害，得到损害价值量如表 7-33 所示：2007 年总损害高达 193.77 亿元，而 80 年代中以现价格水平计算才达到 40.84 亿元，损失较大来源于地下水可持续供给能力损失及工业损失以及出境水量的损失。同部门比较，2007 年与 20 世纪 80 年代相比，生活用水损失值增加了 4.56 亿元；工业生产用水损失值增加 11.17 亿元；农业生产用水损失值增加 9.69 亿元；地下水超采耗能损失 2.54 亿元；出境水量损害值增加了 17 亿元左右。

表 7-33　水资源保障风险损害价值量汇总　　　　（单位：亿元）

部门	价值						
	生活	工业生产	农业生产	地下水可持续供水	地下水超采耗能	出境水量	合计
2007 年损害价值	7.95	29.47	16.48	117.91	2.95	19.01	193.77
20 世纪 80 年代损害价值	3.39	18.3	6.792	10.012	0.41	1.94	40.84

通过对 2020 年不同情景下水资源保障情况的分析，在平水年及丰水年份，北京市水资源保障充足，工农业、生活及生态用水能够得到较好满足，地下水超采及入境水量利用在正常范围内，对应年的损害较小。在枯水情景下，缺水量在 10 亿 m³ 以上，考虑到再生水利用量为 8 亿 m³ 以上（2008 年达到 6 亿 m³），工业重复水利用增加等因素后，现实缺水量在 1 亿 m³ 左右，而该部分水资源需要靠地下水超采来补给，由此可见，地下水超采现象依然存在。2014 年以前年份南水北调水未实现正常供水，2014 年以后年供水 10 亿 m³，2014 年以前地下水超采现象普遍存在，而 2014 年以后枯水年份地下水超采也难以避免。综上，地下水超采难以杜绝，而入境水量超合理使用也是难以避免的，由此，2020 年水资源保障风险损害应该略高于现状年，但从 2020 年后，水资源保障系统损害应该得到缓解。

7.4　京津唐地区水资源保障综合防范对策分析

7.4.1　水资源保障风险评估指标与决策体系

1. 水资源保障风险评价指标设计

由于基础水利工程建设边际成本的增加和水环境问题的日益尖锐，依靠工程措施来满足人类用水需求的模式逐渐受到质疑，而提高水资源利用效率的"软途径"越来越受到重视，包括制定合理水价、建立水市场等非工程措施。因此，在水资源相关问题的决策上，公众参与逐步成为大趋势。发展一种能为缺乏相关技术背景的官员、投资者、生态学家、经济学家以及普通大众所理解的技术手段，是给水资源专家提出的现实要求。概念明晰、计算简单、便于比较的指标，更适合作为这种决策体系中的工具。Martin-Carrasco 和 Garrote（2006）在对西班牙埃布罗河流域的有关研究中，建立了需水保障率、需水保障可靠性、水资源利用率、供水能力随保障率变化率四个指标，评估干旱因素驱动的水资源保障风险。该方法易于理解，方便在相关决策中应用。

在该工作的基础上，选择了水资源供给保障率、水资源保障可靠性、水资源利用率、水资源利用效率四个指标，构建了区域尺度水资源保障风险评估与决策框架。水资源供给保障率指标用于描述多年平均状态下供水保障程度，水资源保障可靠性指标用于描述一定风险水平下的供水保障程度，两者综合反映区域水资源保障风险发生的概率。水资源利用率指标描述水资源开发利用的潜力，水资源利用效率指标描述节约用水的潜力，两者综合反映区域适应水资源保障风险的潜力大小。四个指标能够直观反映区域风险发生的概率以及规避风险的能力，揭示区域水资源保障风险问题的特征，便于制定有针对性的应对策略。

2. 水资源保障风险评价指标计算

1）水资源供给保障率指标

水资源供给保障率指标用来描述区域供水保障能力，计算公式如下：

$$I_S = \frac{A}{D}$$

式中，A 是正常水平下（多年平均、$P=50\%$ 来水保证率）的区域可供水量；D 是对应来水条件下的区域水资源需求总量。

正常条件下的水资源可供水量取决于水资源丰富程度与区域供水设施的完善程度；水资源需求主要取决于区域人口、社会经济结构、用水管理水平等因素。I_S 指标采用可供水量与水资源需求量之间的比例，来描述多年平均水平下的用水安全保障水平。如果该项指标小于 1，则代表区域需水量不能得到满足，会因供水不足而导致社会经济损失，或者会因为采用过度开发地下水资源等不可持续的利用措施引发相关环境问题。

2）水资源保障可靠性指标

水资源保障可靠性指标用于描述在一定的保证率条件下，水资源需求是否能够得到满足，计算公式如下：

$$I_R = \frac{A_r}{D_r}$$

式中，A_r 是在 $r\%$ 来水保证率时的区域可供水量；D_r 是对应水平下的水资源需求量。

因为工程建设成本边际效应的影响，建立完全无风险的供水体系是不经济的。每个区域都具有一定可接受的风险水平，I_R 指标用来描述该风险水平下，水资源需求能否得到有效满足。r 的取值需要根据区域经济结构等因素来确定，如以灌溉农业为主的地区，可取75%；而以城市为主要供水对象的区域，可取95%。在实际操作中，应根据各用水户对水资源需求保障的要求，考虑区域水资源系统实际情况来具体确定。

在枯水条件下，可供水量小于多年平均水平，而因为灌溉需水的增加，需水量通常会大于多年平均水平，所以 I_R 指标要小于 I_S。如果该项指标小于 1，则代表区域出现缺水的概率大于可接受的水平。

3）水资源利用率指标

水资源利用率是在评估区域水资源保障问题时经常被采用的一个指标，计算公式如下：

$$I_U = \frac{U}{W}$$

式中，U 是多年平均水平下的区域实际用水量；W 是包括可利用入境水资源量在内的区域水资源总量。

该项指标用于描述区域用水对水资源系统的影响程度，也代表水资源可供进一步开发利用的潜力。在有关对全球水资源的评价中认为，该项指标低于20％时，水资源系统受到的影响较小；而当该参数大于40％时，区域处于较严重的水资源紧缺状态。但实际上，在很多缺水地区，该项指标远大于40％，甚至超过100％。所以，在划定该项指标的等级时，需要根据区域实际情况来具体确定。

4）水资源利用效率指标

该项指标用于描述区域节水的水平。用水户分为农业、工业、生活与环境，其中前两者用水量通常占绝大部分。同时考虑到数据的可获取性，采用农业、工业两大系统的用水水平来代表整体水平，具体计算公式如下：

$$I_E = \frac{\alpha \cdot P_A + \beta \cdot P_I}{P_A + P_I}$$

式中，α 是农业用水有效利用系数；β 是工业用水重复利用率；P_A、P_I 分别为农业用水、工业用水占总用水量的比例。

在经济发展水平较高、水资源较为紧缺的地区，I_E 指标通常会比较高。如果 I_E 指标偏低，说明区域节水工作有待加强。

3. 水资源保障风险评估与决策体系

根据如上4个指标，建立了区域尺度水资源保障风险分析、评估与决策框架，如表7-34所示。表7-34简明地阐述了如何根据4项指标的大小，分析区域风险问题，划定风险等级，并提出主要策略。

表7-34中，"问题"分析了区域水资源保障主要风险问题，包括：①供水可靠性低于可接受水平，容易出现水资源短缺（其中，1A 代表轻度；1B 代表中度；1C 代表重度）；②水资源利用率过高，容易引发生态与环境问题；③用水浪费，用水效率与水资源紧缺程度不相匹配。

"措施"阐述了解决风险的措施，包括：①节约用水，控制水资源需求；②加强水源建设（其中，B1. 建设供水工程，增加供水能力；B2. 通过建设多年调节水利工程、开发地下水源等加强多年调节能力；B3. 在前两项基础上，积极开发雨水、微咸水、再生水等非常规水资源）；③加强水资源管理与区域协调（其中，C1. 区域内部的水管理；C2. 相邻区域间的水资源调配）；④改变经济结构适应水资源条件，或建设跨区域（流域）调水工程。

需要说明的是，评价指标选择、计算以及解决措施的确定不需要完全按照表7-34，具体应用中，可以根据区域实际特点、数据资料等情况，灵活选择类似的指标。

表 7-34　区域尺度水资源保障风险评估与决策体系表

			$I_U -$		$I_U =$		$I_U +$	
			$I_E +$	$I_E -$	$I_E +$	$I_E -$	$I_E +$	$I_E -$
$I_R +$	$I_S +$	问题					2	2-3
		措施					A-C2	A-C2
$I_R =$	$I_S +$	问题	1A	1A	1A	1A-3	1A-2	1A-2-3
		措施	B1	A	B1	A	A-C2	A-C2
	$I_S =$	问题	1B	1B	1B	1B-3	1B-2	1B-2-3
		措施	B1	A-B1	B1	A	A-C2	A-C2
$I_R -$	$I_S +$	问题	1B	1B	1B	1B-3	1B-2	1B-2-3
		措施	B2	A-B2	B2-C1	A-B2	A-B2-C2	A-C2
	$I_S =$	问题	1C	1C	1C	1C-3	1C-2	1C-2-3
		措施	B2	A-B2	B2-C1	A-B2-C1	A-B3-C2	A-B3-C2
	$I_S -$	问题	1C	1C	1C	1C-3	1C-2	1C-2-3
		措施	B2	A-B2	B2-C1	A-B2-C1	A-B3-C2-D	A-B3-C2-D

注：①"＋"代表相应指标较高，"＝"代表指标数值为中等水平，"－"代表指标较低，具体划定需要根据实际情况确定；②表格填充颜色由浅至深分别代表"低风险"、"中风险"、"高风险"

7.4.2　京津唐地区水资源保障风险防范对策分析

1. 风险水平选取

有关研究表明，20 世纪 90 年代末期以来，研究区范围内用水量逐渐趋于稳定（任宪韶等，2007）。但由于水资源短缺导致供水不足，用水受到限制，用水量不能反映实际的水资源需求，未来用水量可能会进一步增加（张士峰和贾绍凤，2003），其中城市用水量会有较大规模增长（金凤君，2000）。有关研究预测，研究区用水量将于 2020 年前后达到峰值（刘昌明和陈志恺，2001），因此选取 2020 年进行风险评估。

天然来水量越少，水资源可供给量越少，而需水量越大（灌溉用水需求增大），缺水事件发生的概率越大。建立完全无风险的供水体系是不经济的，每个区域可根据区域用水用户的特征及其重要性来确定可接受的风险水平。

根据水资源条件与社会经济状况，河北省各市可接受的风险水平可以在 75%～95% 选取。由于该地区主要河流上均有多年调节型水库，对水资源的年际调节能力较强，加上地下水、外调水等相对稳定的水源占供水量比例较高，区域水资源供给受天然来水丰枯条件影响较小。极端枯水（$P=95\%$）情景发生时，可以发挥大型水库的多年调节功能，适当超采地下水，区域供水能力与一般枯水年（$P=75\%$）相差不大。而两种来水保障率下，农业需水量相同，所以两种保证率下缺水程度相差不大。因此，在分析河北省各市水资源保障可靠性指标时，可接受的风险水平一致取为 75% 保证率来水情景。

与河北省各市相比,北京、天津两个直辖市对水资源安全保障的要求更高。海河流域水资源具有连枯连丰的特点,连续枯水年发生时,大型水库调节能力降低,地下水更新量减少,水资源供需矛盾更加突出。因此,选取连续枯水年作为北京、天津两市计算水资源保障可靠性指标时的风险水平。

2. 可供水量与需水量

在有关研究(表 7-2)预测 2020 年京津唐地区可供水量为 177.8 亿 m^3($P=50\%$)至 164.9 亿 m^3($P=75\%$),高于区域多年平均水资源量,是因为可供水量中包括了可利用的过境水资源、南水北调工程调水量以及再生水利用、雨水利用、海水淡化利用等非常规水资源利用量。

综合考虑区域社会经济发展与节水技术的推广,预计 2020 年京津唐地区需水总量 160 亿 m^3($P=50\%$)至 169.2 亿 m^3($P=75\%$)。与 2005 年实际用水量相比,农业、工业需水量变化不大,生活、生态需水量有较大幅度的增长,与现状用水发展趋势保持一致。

3. 指标计算与等级划分

指标选取与等级划分标准如表 7-35 所示,具体说明如下:

(1)$r\%$ 选取如前所述,北京、天津取连续枯水情景,河北省各市取 75% 来水条件。

(2)I_S 与 I_R 两项指标判断为"高"的下限,按照区域供水管理能力确定。管理能力越强,区域内部调节水资源的能力越强,下限可适当取低。京津唐地区供水体系较完备,水资源管理能力较强,两指标判断为"高"的下限取 1.1。

(3)I_U 指标用于描述水资源可供进一步开发利用的潜力,如能考虑过境水资源利用相对更合理。水资源丰富指数(BWAI)(李九一,2009)综合考虑了区域自身与上游来水的丰富程度,用于评价行政单元的水资源丰富程度更具合理性。因此,本研究选取了 BWAI 替代原有指标,并根据京津唐地区实际特点确定了分级阈值。

(4)I_E 分级阈值根据行政区的水资源紧缺程度与经济能力来选取,具体如表 7-35 所示。

表 7-35　指标选取与等级划分标准

地区	$r\%$	I_S+/I_R+	$I_S=/I_R=$	I_S-/I_R-	I_U(BWAI)+	I_U(BWAI)=	I_U(BWAI)-	I_E+	I_E-
北京	连续缺水	>1.1	0.95~1.1	<0.95	<60	60~75	>75	>0.80	<0.80
天津	连续缺水	>1.1	0.95~1.1	<0.95	<60	60~75	>75	>0.80	<0.80
唐山	75%	>1.1	0.95~1.1	<0.95	<60	60~75	>75	>0.75	<0.75
秦皇岛	75%	>1.1	0.95~1.1	<0.95	<60	60~75	>75	>0.70	<0.70
廊坊	75%	>1.1	0.95~1.1	<0.95	<60	60~75	>75	>0.72	<0.72
张家口	75%	>1.15	0.95~1.2	<0.95	<60	60~75	>75	>0.65	<0.65
承德	75%	>1.15	0.95~1.2	<0.95	<60	60~75	>75	>0.65	<0.65

按照公式,分别计算了 4 个指标,并按表 7-35 划分各项指标等级,结果如表 7-36 所示。

表 7-36 水资源风险评估指标计算及等级划分结果

地区	I_S		I_R		I_U（BWAI）		I_E	
	指标	划分	指标	划分	指标	划分	指标	划分
北京	1.21	+	1.03	=	66.9	=	0.84	+
天津	1.26	+	1.05	=	69.6	=	0.82	+
唐山	0.94	−	0.86	−	63.0	=	0.75	+
秦皇岛	1.02	=	0.99	=	64.2	=	0.75	+
廊坊	0.99	=	0.87	−	55.3	+	0.75	+
张家口	1.19	+	1.04	=	65.7	=	0.70	+
承德	1.08	=	0.99	=	75.5	=	0.70	+

4. 水资源短缺风险评估与对策

根据表 7-35 的指标评价结果与表 7-34 所示的体系,综合考虑京津唐地区水资源与社会经济发展实际情况,确定水资源短缺风险评估与决策框架,如表 7-37 所示。需要说明的是,解决措施的选取与表 7-34 有一定区别。比如,北京、天津应选取 B1 方案(建设供水工程),但考虑到两地供水系统建设较为完备,则选择了 B3 方案(开发非常规水资源)。

表 7-37 2020 年京津唐地区水资源短缺风险评估与决策表

地区	存在问题	解决措施	备注
北京	1A	B3	1. 问题:①供水可靠性低于可接受水平,容易出现水资源短缺(1A. 轻度;
天津	1A	B3	1B. 中度;1C. 重度);②水资源利用率过高,容易引发生态与环境问题;
唐山	1C	A-B3-C2	③用水浪费,用水效率与水资源紧缺程度不相匹配
秦皇岛	1B	A-B2	2. 措施:①节约用水;②加强水源建设(B1. 建设供水工程;B2. 提高年际间调节能力;B3. 开发非常规水资源);③加强水资源管理与区域协调(C1.
廊坊	1C-2	A-B3-D	区域管理;C2. 区域间调配);④改变经济结构适应水资源条件,或建设跨
张家口	1A	B1	区域(流域)调水工程
承德	1B	B2	3. 填充颜色由浅至深分别代表"低风险"、"中风险"、"高风险"

由评价结果可以看出,张家口、承德两地地处区域上游,水资源相对丰富,水资源短缺风险水平较低。两地存在的主要问题是供水工程建设较为落后,风险防范应以加强水源建设为主,提高供水保障程度。

在南水北调工程通水以及加大非常规水资源利用后,北京、天津两市平水年可供水量有较大富余,连续枯水年才出现一定供水缺口,水资源短缺风险水平较低。但考虑区域水资源短缺程度,仍需加强水资源管理,抑制水资源需求的增长。可考虑适当分水给河北省各市,如减少于桥水库天津分水量、提高唐山市供水保障程度。

秦皇岛、唐山、廊坊水资源短缺风险水平相对较高,其中唐山、廊坊两地平水年即出现供水缺口,风险水平高。应进一步节约用水,压缩水资源需求,并通过工程建设与管理提高年际调节能力。在唐山市，应进一步加大再生水、海水等非常规水资源的利用，并考虑增加于桥水库分水量。廊坊市过境水资源较少，可考虑适度增加南水北调工程调水量保障城市生活用水，降低复种指数减少农业用水需求，减少地下水超采量。

7.4.3 风险决策理论的改进与应用

1. 决策指标体系的改进

本研究在风险综合评价的基础上，将风险指数引入到李九一等改进后的 F. Martin-Carrasco 的决策体系中，改变 F. Martin-Carrasco 指标体系不足，修正李九一等的决策方法使之适用于多用水部门不同风险状况下的水资源保障风险决策。通过风险指数的评价，定量表达风险概率与损害程度，是对风险的预判，更有利于适用方案的提出。

1）水资源保障风险指数

水资源保障风险指数用来描述区域水资源保障能力，通过对多年水资源短缺概率及确定年缺水率来综合反映研究年份水资源保障风险的水平。在对风险的计算中，采用风险潜在发生概率（P_i）与缺水率（μ）的关系运算来表征风险（WRRI）：

$$\text{WRRI} = \begin{cases} \sqrt{P_i \times \mu}, & \mu > 0 \\ 0, & \mu \leq 0 \end{cases}$$

2）保障率下可靠性

水资源保障可靠性指标（Martin-Carrasco and Garrote，2006；李九一，2009）用于描述在一定的保证率条件下，水资源需求是否能够得到满足，计算公式如下：

$$I_r = \frac{A_r}{D_r}$$

式中，A_r 为在 $r\%$ 来水保证率时的区域可供水量；D_r 为对应水平下的水资源需求量。

在具体的使用中，因为 I_R 值与缺水率 μ 可以转化得到，且缺水率 μ 更能体现水资源系统缺水的程度，因而更能真实反映风险水平。

$$\mu_r = \frac{D_r - A_r}{D_r}$$

受工程建设成本边际效应的影响，建立完全无风险的水资源保障体系是不经济的，具体考虑到每个区域都具有一定可接受的风险水平，缺水率 μ 指标用来描述该风险水平下，水资源需求能否得到有效满足。在具体年的计算中，μ 的值通过计算直接获得，而对于预建设项目而言，μ 需要通过取得区域偏枯水或极枯水状况下的供需状况来确定，由此，确定不同的保障率下的 μ 值是衡量未来风险的重要指标。

对于以不同产业为基础的区域经济体系，r 的取值需要根据产业结构、人均生活水平等因素来确定，例如，以灌溉农业为主的地区，可取 62.5%、75% 等水平；而以城市保障为主要目标的区域，可取 95% 甚至更高的水平。

3）水资源利用率指标

水资源利用率（Martin-Carrasco and Garrote，2006）是指水资源利用量占水资源量的比例，常用来度量人类用水对自然水系统影响程度，也可作为开发潜力的衡量指标。具体计算公式如下：

$$I_U = \frac{U}{W}$$

式中，U 为评价年度区域实际用水量；W 为区域水资源量，与 7.4.1 含义相同。以 40% 的指标作为统一标准并不合适。可根据区域水资源短缺程度，综合考虑人类与生态对水资源的需求，制定合理的生态目标，计算生态需水量，进而得到水资源开发利用的极限，确定水资源利用率等级划分标准。

在水资源决策中，通常以行政区为单元。本地水资源开发利用率，并不能真实反映人类用水对水资源系统的影响程度。建议使用 BWAI 指标，描述某一行政单元及其上游地区水资源开发对流域水资源的影响程度。

4）水资源利用效率指标

水资源支撑社会、经济的发展，在其开发利用中，水资源的利用效率将影响着水资源量的需求。同等水平经济发展状况下，水资源利用效率高的经济体将减少水资源的需求，从而提高系统水资源保障能力，而低效率的用水户不得不承担更多水资源需求的资源成本。水资源利用效率指标能客观指示区域用水效率的高低，从而利于产业用水效率提高，减少水资源浪费。李九一等人认为农业、工业、生活与环境等用水户中，农业与工业具有明显的区域差异性，最能代表区域用水效率，由此采用农业、工业两大系统的用水水平来代表整体水平，具体计算公式（李九一，2009）如下：

$$I_E = \frac{\alpha \times P_A + \beta \times P_I}{P_A + P_I}$$

式中，α 为农业用水有效利用系数；β 为工业用水重复利用率；P_A、P_I 分别为农业用水、工业用水占总用水量的比例。

2. 水资源保障风险决策决策表

水资源保障体系风险决策是针对水资源保障系统面临的问题，利用一定的技术、方法手段进行风险问题预判，进而提出相应的水资源保障风险防范适用方案的决策行为及过程。利用水资源保障风险指数、缺水率、水资源利用率及水资源利用效率指数四指标构建的风险决策体系能对水资源保障风险问题进行决策。上述四项指标中，水资源保障风险指数、水资源缺水率指标用于描述区域水资源的保障风险水平；水资源利用率、水资源利用效率指标用于描述区域水资源利用水平。综合考虑水资源风险水平与利用程度，可以综合考量水资源保障风险问题，从而进行风险决策，并有针对性地提出风险规避的适用方案。风险决策中主要是进行风险问题预判与提出防范措施，四指标下的风险决策体系如表 7-38 所示。

表 7-38 中，"问题"分析了区域水资源短缺主要风险问题（李九一，2009），包括以下三点。①评价年供水可靠性低于可接受水平，水短缺程度如下：1L 代表轻度，1M 代表中度，1H 代表重度；②水资源利用率过高，容易引发生态与环境问题；③用水浪费，用水效率与水资源紧缺程度不相匹配。

表 7-38　区域尺度水资源保障风险决策体系表

风险指数	评价年	问题与措施	I_U -		I_U =		I_U +	
			I_E +	I_E -	I_E +	I_E -	I_E +	I_E -
WRRI-	μ -	问题	1L	1L	1L	1L	1L-2	1L
		措施	A	A	A3	A	A4	A1
	μ =	问题	1L	1L	1L -3	1L	1L -2-3	1L -2
		措施	A3	A	B	A1	A-B2	A1-2
	μ +	问题	1M	1L	1H	1M-3	1H-2-3	1H-2
		措施	A4	A	A3-4	A1-4	F-G-H1-4	E-F4
WRRI =	μ -	问题	1L	1L	1M-3	1M	1M-2-3	1M-2
		措施	B3	A-B3	B1	A	A-H2	A-H2
	μ =	问题	1M	1L	1M-3	1M	1M2-3	1M-2
		措施	C-D3	B-C3	D1	B-C1-2	D2-3	D2
	μ +	问题	1M-3	1M	1H-3	1H-3	1H-2-3	1H-2
		措施	D2-3	C-D3-4	C-D1-3-4	C1-2	E2-3	D-E2
WRRI +	μ =	问题	1H	1M-3	1H-3	1H-3	1H-2-3	1H-2
		措施	E2-3	D-E3-4	E2-1	D-E1-3-4	F1-2	E2-3
	μ +	问题	1H-4	1H	1H-3-4	1H-3	1H-2-3	1H-2
		措施	E2-3-4	E2	E-F1-2	E1-3-4	F1-2-3-4	E-F1-2-3
WRRI ++	μ +	问题	1H-4	1H	1H-3-4	1H-3	1H-2-3	1H-2
		措施	E-F2-3-4	E-F2	F1-2	E-F1-3-4	F-G-H1-2-3-4	F1-2-3

　　"措施"阐述了解决风险的措施，主要是在不同情景下通过不同的开源节流措施实现方案组合与优化，如下决策使用方案所示。其中措施中"1、2、3、4"是偏好措施，具体指方案中应偏重关注的领域，包括：①节约用水，控制水资源需求；②加强水资源管理、区域协调；③水源建设，主要是指建设供水工程及多年调节水利工程的建设；④改变经济结构适应水资源条件、重点是进行产业结构的调整。

3. 水资源保障风险防范适用方案

　　在各风险水平年，考虑到各水源利用成本及可利用难易程度，特施行表 7-39 所示组合方案来规避风险。以现状水平为基础，考虑年度水资源可利用状况，通过对各水源合理的调控，实现风险情景下水资源安全保障。

表 7-39　水资源保障风险防范适用方案

方案	本地水资源	入境水	节约用水/提高效率	雨洪水	再生水/微咸水等	地下水（备）	压农	外调水	弃农	压工	抑生
方案 A	√	√	√	×	×	×	×	×	×	×	×
方案 B	√	√	√	√	×	×	×	×	×	×	×

续表

方案	本地水资源	入境水	节约用水/提高效率	雨洪水	再生水/微咸水等	地下水（备）	压农	外调水	弃农	压工	抑生
方案 C	√	√	√	√	√	×	×	×	×	×	×
方案 D	√	√	√	√	√	√	×	×	×	×	×
方案 E	√	√	√	√	√	√	√	×	×	×	×
方案 F	√	√	√	√	√	√	√	√	×	×	×
方案 G	√	√	√	√	√	√	√	√	×	√	√
方案 H	√	√	√	√	√	√	×	√	√	√	√

各方案详细如下（表7-39）。

（1）方案 A。本地水资源及入境水资源能够保障水资源需求，通过厉行节约能很好应对水资源保障不足的问题。

（2）方案 B。风险问题存在，水资源保障乏力的情况下，本区域内的水源挖掘是快速有效的方式，而雨洪水是最为经济的增水来源，相应水资源利用将置换出大量的清洁水资源。

（3）方案 C。水资源保障风险微弱，缺水程度弱情景下，适用方案 C 进行风险决策。调配的原则为以区域的再生水、雨洪水及入境水量为主，而地下水后备水源水及外调水作为补充水源。方案 C 对应于现状水平下低风险防范，亦可作为更高风险级别下的水资源一次消减。

（4）方案 D。水资源保障风险处于稍弱水平，保障乏力程度稍重情景下，适用方案 D 进行风险决策。在方案 C 的基础上，增加再生水的利用，并充分挖掘入境水的利用规模及能力，将开采后备水源地地下水资源量，从而实现风险有效规避。方案 D 对应于现状水平下水资源保障风险的 2 级风险水平防范措施，亦可作为更高级风险水平的二次消减措施。

（5）方案 E。水资源保障风险处于中等水平，保障乏力程度中等情景下，适用方案 E 进行风险决策。在方案 D 的基础上，短期进行农业用水限制来保障生活、生产用水需求；长期来看要考虑流域外调水，将山西万家寨引黄济大（同）工程、南水北调工程参与水资源保障，实现现状水平下水资源保障风险的 3 级风险防范，亦可作为更高级风险的三次规避措施。

（6）方案 F。水资源保障风险处于稍高水平，保障乏力明显情景下，适用方案 F 进行风险决策。在方案 E 的基础上，压制农业用水仍不能解决水资源保障乏力状况，必须调整农业产业结构，促进用水优化，并考虑流域外调水，非常规水资源利用等水源，才能实现水资源对工业及生活用水的保障。方案 F 适用现状水平下水资源保障风险的 4 级风险防范水平，同时是高风险水平下的一次结构调整方案。

（7）方案 G。水资源保障风险处于高水平，保障严重乏力情景下，适用方案 G 进行风险决策。在方案 F 的基础上，必须进行压农、压工和适当约束生活用水的措施才能保证正常的社会、经济及生活活动的正常进行。方案 G 是现状水平下水资源保障风险的 5 级风险防范方案，是高级风险消减的二次结构调整方案。

（8）方案 H。面对生产、生活、生态水资源要求，水资源保障风险处于破坏性水平，水资源保障能力微弱。流域外调水困难大，非常规水资源贡献微弱，水资源对用水需求难以满足。该风险情景下，传统生态、农业生产等需求被摈弃，工业耗水量大类别被淘汰，水资源主要用于人类生活及部分不宜依靠外界补给的工农产品的生产。方案 F 是现状水平下水资源保障风险的 6 级风险防范措施，是高级风险的三次结构调整方案。

4. 北京市水资源保障风险决策

北京市水资源保障不足，近年来，降水减少严重，从 20 世纪 60 年代年均 450～800mm，特别是 1999 年以来，已经连续 9 年干旱。水库蓄水量减少明显，官厅水库 50 年代蓄水 19 亿 m³，90 年代仅有 4.3 亿 m³ 左右；密云水库 60 年代年均蓄水量 12 亿 m³，2000 年后减到 3.5 亿 m³；2002 年两库可用来水量之和仅为 1.73 亿 m³，达到历史低点。由于地表水资源供给不足，不得不超采地下水来维系用水需求。2005 年末地下水平均埋深 20.21m，与 1980 年末相比，地下水位下降 12.97m，储量减少 70.5 亿 m³；与 1960 年末相比，地下水位下降 17.02m，储量减少 87.1 亿 m³。北京市水资源的过度开发利用引发了一系列的生态与环境问题，包括平原区地下水位大幅度下降、水质恶化、局部地区地面沉降、洼淀萎缩及消失、河流断流、河口生态系统退化等。目前平原区埋深超过 10m 的地下水严重下降区达 2960km²，占平原面积的 46.2%；地下水降落漏斗区为 865km²，占平原面积的 13.5%。北京市有 1347 眼泉逐渐干涸，现在基本枯竭。

面对严峻的水资源保障乏力情势，相应措施需要进行水资源保障风险决策来支撑。水资源已经成为制约北京市社会经济发展的限制因素，对研究区的水资源保障风险进行研究及风险决策，可以为相关水资源规划、区域发展规划等政策与决策提供依据，对于促进区域可持续发展具有十分重要的意义。

1）风险决策评价年选取

20 世纪 90 年代以来，研究区范围内用水量逐渐减少，并出现大概三段水资源使用量稳定区：1990～1995 年、1996～2001 年与 2002～2008 年（图 7-19）。2002 年后用水量趋

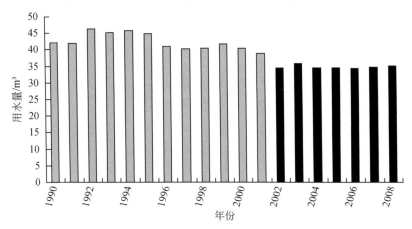

图 7-19　北京市 1990～2008 年的用水量

于稳定，但基于研究区用水水平高，进一步节水的成本较高，同时区域人口增长、城市化带来新的用水需求等原因，北京市未来年份水资源用水需求可能会有一定程度的升高。

特别是为应对严重的生态问题，社会经济用水与生态用水之间的冲突日益受到重视，生态环境用水及生态补偿用水需求将加剧区域供水紧张局势。由此，历史情境下可选择 1995 年作为评价年，现状情境下选择 2005 年作为评价年，考虑到刘昌明等人的研究结论，即京津唐地区用水量将于 2020 年前后达到峰值，选取 2020 年作为未来情境进行风险决策。

7.3 节中对北京市水资源现状供用水平衡作了分析，并基于 2020 年人口规划、产业布局及未来产值、农业发展规划对未来需水进行了预测。北京市未来情景可供水量是以 2007 年工程条件、水资源禀赋基础上，考虑南水北调后区域分水指标，并严格限制地下水超采，增加非常规水资源开发后的可供水量。2020 年北京市可供水量数据来源于有关资料的研究成果（任宪韶等，2007；北京市南水北调工程建设委员会办公室，2008），分别反映了在平水年（$P = 50\%$）、枯水年（$P = 75\%$）、连续枯水年 3 种情景下的情况（表 7-40）。农业需水则需要考虑研究区灌溉面积与灌溉定额，并考虑节水潜力（北京市南水北调工程建设委员会办公室，2008）。而工业用水则按照"总量控制"的原则，以现状用水为基础，综合考虑未来工业发展，预测工业需水量。2020 年北京市的工业需水总量为 6.23 亿 m^3，略高于 2000 ~ 2008 年水平。

对于 20 世纪 90 年代中期情景与 2007 年情景下水资源供应情况，直接采用北京市水资源公报数据，对于记录数据，以用水量代替需水量，水资源量代替可供水量进行计算（北京市水务局，2005，1995）。

表 7-40　2020 年北京多情景需水量与可供水量　　　　　　（单位：亿 m^3）

情景	需水量与可供水量	评价年		
		2020 年	2005 年	1990 年
丰水情景	农业	不缺水	13.22	21.74
	需水量	不缺水	34.5	42.11
	可供水量	不缺水	23.18	36.86
平水情景	农业	13.35	13.22	21.74
	工业	6.23	6.8	12.34
	生活	19	13.38	7.04
	生态	8.61	1.1	—
	需水量	47.19	34.5	42.11
	可供水量	30.34/33.8/47.8	23.18	36.86
缺水情景	农业	14.82	13.22	21.74
	需水量	48.66	34.5	42.11
	可供水量	23.18/24.39/38.39	23.18	36.86
连续枯水情景	需水量	51.5	34.5	42.11
	可供水量	14.22/16.28/30.28	23.18	36.86

注：2020 年可供水量一栏中，3 个数字分别代表本地水资源供水、加入境水利用的供水、南水北调后供水

表 7-40 所列数据表明，经过南水北调、节水措施与非常规水利用等途径后，平水情景下 2020 年水资源供给强于需求，水资源保障能力强，水资源保障风险情势不明显；而缺水及连续枯水情景下，2020 年水资源保障明显不足。2005 年本地水资源量供给远低于用水量，水资源保障风险较高。1990 年用水较多，但降水保障率为 20%，为偏丰水年，供需差别不显著，为中风险水平。

2）决策指标计算及风险规避适用方案

利用 7.4.1 节决策指标体系的指标计算方法分别求取 WRRI、μ、I_U、I_E 值，并利用资源保障风险决策体系表进行风险决策，结果如表 7-41 所示。

表 7-41 水资源风险评估指标计算、等级划分与决策表

年份	WRRI		μ		I_U		I_E		问题	决策方案
	指标	划分	指标	划分	指标	划分	指标	划分		
2020	0	−	0	−	0.99	+	0.68	+	1L	A1
2020（不考虑南水）	0.37	=	0.28	+	1.40	+	0.68	+	1M2	D-E2
2005	0.53	+	0.33	+	1.48	+	0.61	−	1H-2	E-F1-2-3
1990	0.33	=	0.12	=	1.14	+	0.52	−	1M2-3	D2-3

1990 年风险指数为 0.33，为约束性风险，属于中等风险水平，表现为生态用水受限、水资源拥有量剧减，水资源短缺 12%，为中等缺水水平，水资源开发利用率为 1.14，高开发率表明水资源开发潜力弱，水资源系统完全受到影响，但水资源利用效率指数较小，属于低水平，表明水资源配置不合理，水资源与社会经济系统发展不匹配，造成水资源的浪费。水资源保障体系面临问题为中度缺水、水资源开采率过高及利用效率低下。水资源保障风险的适用方案为充分利用好本地水资源量、入境水，扩大再生水利用量与范围，动用低下后备水源地水资源，节约用水，提高用水效率。

2005 年水资源保障风险指数为 0.53，为损害性风险，属于高等风险水平，保障乏力现象已经发生或高概率潜在造成系统损害，表现为社会经济活动中生产受阻，农业、工业、第三产业等某项产业或全部产业开始限水，水资源短缺 33%，发生概率为 85%，水资源开发利用率为 1.48，是水资源现状承载的 1.5 倍，高开发率表明水资源保障体系面临高压力，进一步开发潜力微弱，水资源系统完全受到影响，水资源利用效率指数较小，属于低水平，一方面水资源管理中水资源配置不合理，另一方面水资源未能正常流向高效率部门，两种原因致使水资源与社会经济系统发展不匹配，造成水资源的浪费。水资源保障体系面临问题为高度缺水、水资源开发利用率过高及利用效率低下。水资源保障风险的适用方案为充分利用好本地水资源量、入境水，扩大再生水利用量与范围，动用地下后备水源地水资源，开展外流域或外区域调水工程建设，节约用水，提高用水效率，进行产业结构调整，促进水资源优化配置及水资源流高效流动。

相关的研究中，通过对本地水资源、入境水资源、南水北调水资源的利用，2020 年仍难以完全实现水资源安全保障，相关研究得出平水情景下 2020 年可供水量达到 47.8 亿 m^3，缺水情景下为 38.39 亿 m^3，连续枯水情景下仍达 30.28 亿 m^3，而同期的水资

源需求量保持在 47.19 亿~51.5 亿 m^3 (表 7-40) 的水平上, 仅有平水或丰水情景下供给强于需求, 其余状况下水资源保障安全难以实现。取缺水情景进行风险评价与决策, 4 指标级别组合为 "-、-、+、+", 水资源保障面临问题为轻度水资源短缺、水资源开发利用过度。决策方案为 "A1": 即在现有水平下, 利用好区域水资源、入境水资源、再生水等资源, 并关注节水措施, 促进水资源保护。

在对比情景下, 即不考虑南水北调水资源量, 仅加入入境水资源利用, 水资源保障体系风险水平明显增高, 达到中等水平, 缺水率达到 17%, 处于中等缺水状况。北京市水资源保障系统面临问题为 "1H-2": 即中度缺水、水资源开采率过高, 易产生生态环境问题。水资源保障风险的适用方案为 "D-E2": 充分利用好本地水资源量、入境水, 扩大再生水利用量与范围, 动用低下后备水源地水资源, 节约用水, 提高用水效率。很明显, 通过对南水北调水资源是否参与缺水情景下的风险差异及风险决策分析, 很容易得出南水北调水资源对于北京市风险消减的重要作用。

7.4.4 京津唐地区水资源保障防范主要技术应用前景分析

环渤海经济圈的蓬勃发展, 区域经济一体化的加快推进, 天津滨海新区的开发开放, 对京津唐地区水资源保障提出了更高要求。在这样的形势下, 应以水资源可持续利用为目标, 以节水型社会建设为重点, 加强需水管理, 积极开发非常规水资源, 从根本上实现水资源综合管理和可持续利用, 降低区域水资源保障风险, 为区域经济社会又好又快发展提供有力支撑。

1. 节水型社会建设

1) 农业节水

京津唐地区地处暖温带半湿润大陆性季风气候区, 灌溉是农业高产稳产的重要保证, 农业用水一直占主导地位。2005 年京津唐地区农业用水量为 80.7 亿 m^3, 占全区用水总量的 60%, 是区内用水大户。在水资源日益紧缺的条件下, 进入 21 世纪以来, 京津唐地区农业用水逐步由粗放型灌溉阶段转变为节水灌溉深入发展阶段 (于静洁和吴凯, 2009)。其中, 北京市 2007 年节水灌溉面积比例达到 86%, 灌溉水利用系数达到 0.67, 比同期全国平均水平高 0.21; 天津市 2008 年节水灌溉面积累计达 372 万亩, 占有效灌溉面积的 71%, 农业灌溉水利用系数达到 0.63。据全国水资源公报与河北省水资源公报, 2007 年京津唐地区亩均实灌用水量约为 240 m^3, 远小于 448 m^3 的全国平均水平。

由于成本原因, 南水北调工程不能直接为农业灌溉提供水资源。因此, 尽管京津唐地区农业节水水平较高, 但仍需加强农业节水。在有条件的地区进一步推广喷灌、微灌技术, 加强农业管理制度, 减少农业用水量。按照区域灌溉面积不变, 灌溉水利用系数提高到 0.8 计算, 可在现状的基础上进一步节水约 15%, 即 12 亿 m^3。

2) 工业节水

工业用水多为冷却用水和洗涤用水, 被消耗的比例很小。未被消耗的水量, 可以经过处理后再利用, 减少新取用水量, 降低污水排放量, 改善水环境。此外, 通常工业用水和生活用水使用同一供水体系，所以工业节水还有助于提高生活用水保证率。

京津唐地区工业发达，工业用水是除农业外的第二大用户，用水量约占用水总量的20%。京津唐地区工业节水水平位于全国前列，以万元工业增加值用水量指标为例，2005年天津市、北京市、河北省三省（直辖市）分别居全国各省（自治区、直辖市）的2~4位（第一为山东省）。从工业用水重复利用率指标看，2008年北京市、天津市工业用水重复利用率约93%，唐山市也接近90%，已经达到发达国家水平。

京津唐地区现状工业节水水平很高，进一步压缩工业用水的潜力较小。且天津市滨海新区、唐山市曹妃甸等地区大型工业项目的启动，将带来进一步的工业用水需求。应加强大型工业项目的水资源论证，进一步提高工业用水重复利用率，努力保持区内工业用水零增长。

3）生活节水

生活用水包括家庭生活用水和城市公共用水，其中公共用水包括政府机关、学校、医院、宾馆、餐饮和商业等行业的用水。有关研究表明，中国城市政府机关、医院、宾馆、学校等部门用水比较浪费（王莹，2008）。国外经验表明，使用节水喷头和节水马桶等节水设施，可以使家庭生活用水量减少34%以上，而京津唐地区的节水器具普及程度不高。根据已有的研究调查报告，区内节水器具的普及率不足50%，河北省各市仅为30%左右（刘昌明和左建兵，2009）。另外，城市供水管网跑、冒、滴、漏现象严重，综合漏失率较高，距离发达国家7%的标准有较大差距。

刘昌明和左建兵（2009年）研究表明，在推广节水器具、加强管网改造的条件下，2030年北京市可实现生活节水3.37亿 m^3，天津市可实现生活节水1.45亿 m^3。可见，区内生活节水潜力较大。

2. 外调水与非常规水资源利用

1）南水北调工程

根据南水北调工程规划，2020年可分别向天津市、北京市、廊坊市供水15亿 m^3、10亿 m^3、0.6亿 m^3。南水北调工程供水保证率较高，且北京市、天津市供水优先级较高，供水量基本能够得到保证。

北京市、天津市两地调水量相对较大，南水北调对缓解两地乃至京津唐地区水资源供需矛盾有较大作用。据前文研究，南水北调工程供水后，北京市、天津市两地可保证平水年、一般枯水年不缺水，周边城市也可因此受益。

2）海水利用

海水可以作为工业用水和大生活用水（冲厕）直接利用，其中工业冷却水数量最大。国外在这方面非常重视，日本年利用海水量在3000亿 m^3 左右，美国在1500亿 m^3 左右，欧洲在2000亿 m^3 左右。而中国在这方面刚起步，2006年全国海水直接利用量仅为269亿 m^3，主要作为火（核）电的冷却用水，与发达国家相比有较大差距。京津唐地区具有利用海水资源的便利条件，可以使用海水代替淡水作为工业冷却水，有效缓解水资源紧缺状况。其中天津市海水直接利用量较大，2008年约为14亿 m^3。

海水淡化技术主要包括蒸馏法和反渗透法，目前国外已经有了比较成熟的技术，并被大量使用。目前，世界已建海水淡化项目淡水海水量约为 0.32 亿 m^3/天，主要集中在中东地区和美国，其中规划最大的为 88 万 m^3/天（Gleick，2006）。随着技术的发展，海水淡化的成本逐渐降低，越来越有竞争优势。以色列 Ashkelon 项目成本为 0.52 美元/m^3，是目前世界上成本最低的海水淡化项目。中国能达到的淡化成本低于 5 元/m^3（包括设备折旧和投资回报），与南水北调工程的调水成本相当。目前区内在建的天津海水淡化一期工程，日淡化能力为 10 万 m^3，是中国沿海地区海水淡化产业发展的示范项目。

区内天津市滨海新区、唐山市曹妃甸等新兴沿海工业区，海水利用条件十分便利，可大量直接利用海水作为冷却水，并适当发展海水淡化项目。据有关规划，2010 年天津市海水直接利用量达到 40 亿 m^3，淡化利用量达到 1.5 亿 m^3。京津唐地区水资源短缺问题较为突出，南水北调供水成本较高，海水利用前景十分广阔，且多元化的供水体系有利于降低水资源保障风险，应大力发展。

3）雨水资源利用

雨水利用指对天然降水的收集、存储并加以使用，包括雨养农业、人畜生活供水以及城市雨洪利用等。在日本、美国和德国等国家，城市雨水被收集用于绿化、生活杂用水、回补地下水等方面。京津唐地区降水量并不低，而且具有多暴雨的特点，收集雨水不仅可以减轻区域供水压力，还可以减轻城市排水工程负担。收集雨水可用做工业用水、杂用水，也可以对地下水进行回灌，调节城市地下水的采补平衡。

近年来，北京市雨水利用发展较快，2007 年城市雨水利用量约为 0.1 亿 m^3，且发展迅速（左建兵等，2008）。刘昌明和左建兵（2009）研究表明，2030 年北京市城区雨水利用潜力可达 2.17 亿 m^3；季文华等（2010）研究表明，在考虑社会经济限制因素下，北京市居住区屋面集雨可收集量可达 0.3 亿 m^3。可见，北京市雨水利用仍有很大潜力。京津唐地区城市规模较大，具有便利的雨水收集条件，可以推广北京市的雨水利用技术，开辟新水源。

4）再生水利用

污水处理后，可以供农业灌溉或者工业生产使用，也可以用于地下水回补。其中，回收废水供农业灌溉的方式在全球范围内被普遍采用，直接或间接灌溉了大约 2000 万 hm^2 土地，占全球总灌溉面积的 7%。在废水再利用方面，以色列处于世界领先水平，有 2/3 以上的废水现在都已经经过处理再利用了。

目前北京市再生水利用水平处于全国领先水平，2008 年利用量达到 6 亿 m^3，有效缓解了农业在水管理中面临的调整压力。随着污水处理设施的建设，天津市、唐山市等地也将具备大规模利用再生水的条件。根据京津唐地区现状污水规模预测，区内再生水利用潜力可达 5 亿 m^3。在发展再生水利用中，应特别注意污水治理标准与灌溉作物的协调，更严格控制蔬菜、粮食作物的再生水标准，避免污水灌溉所导致的健康危害。

3. 水资源综合管理对策

1）产业布局调整

京津唐地区水资源供需矛盾突出，应根据水资源条件确立合理的人口、产业规模。对于不合理的产业布局，应进行适当调整，如搬迁工业项目等。2005 年以来，首钢的搬迁对缓解北京市用水矛盾起到了重要作用。区内唐山市、天津市沿海地带海水利用条件优越，布局大型工业项目可节约大量淡水资源。

目前，区内农业结构也不尽合理。冬小麦播种面积较大，而小麦的灌溉用水量很大，是造成区内地下水超采的重要因素之一。因此应调整作物结构，压缩冬小麦播种面积（高明杰和罗其友，2008）。

2）水价调节

水价是促进水资源节约保护的重要杠杆，是需水管理需求的重要手段。水价既要体现公益性，保障人民群众的基本用水权益，又要体现商品性，发挥市场在资源配置中的基础性作用。应按照国家推进资源性产品价格改革等政策要求，逐步推进水价改革，对不同水源和不同类型用水实行差别水价，建立有利于促进节水和水资源循环利用的水价机制。京津唐地区应逐步推行分类水价、梯级水价等政策，强化全社会的节水意识，发挥水价对节水的杠杆作用，形成节约用水的长效机制。

水利工程供水逐步推行基本水价和计量水价相结合的两部制水价，保证水利工程良性运行，促进节约用水。工业和服务业领域应逐步实行分类供水、分类水价，并在水价制定中充分考虑水资源稀缺程度，适当提高水资源费征收标准，促进工业和服务业节水，加大中水回用力度，提高工业用水和城市用水循环利用率；农业水价要按照补偿生产成本和费用，不计利润和税金的原则核定，建立定额灌溉、计量收费、节约转让、超用加价的机制；居民生活用水要逐步推行阶梯式水价制度，要充分考虑低收入家庭的承受能力，兼顾多用水多付费的原则，促进城市生活节水。

3）制定风险防范预案

京津唐地区水资源保障风险问题突出，制定相应的区域风险防范预案具有重要意义。应建立健全水资源战略储备体系，建立特枯年、连续干旱年的供水安全储备，规划建设城市备用水源和应急水源体系，制订特殊情况下的区域水资源配置和供水联合调度方案，建立健全流域应急管理机制，提高应对水利突发事件的能力。制定水安全保障的应急预案，成立应急指挥机构，建立技术、物资和人员保障系统，落实重大事件的值班、报告、处理制度，形成有效的预警和应急救援机制等。编制和完善京津唐水资源综合规划和"十二五"规划，为加强水资源管理提供重要依据。加强流域水资源配置、地下水管理、河口管理等方面的立法，进一步强化水行政许可和执法监督工作，完善水事纠纷预防调处机制。

第8章　综合能源与水资源保障风险研究展望

本书仅从水资源保障风险方面作了一些初步研究，受时间和资料等因素的限制，研究成果还不够细致，不能完全说明中国各区域面临的水资源风险状况。为进一步发展和完善水资源保障风险评价和防范的理论和方法，作者认为需要做进一步的工作主要有如下四个方面。

（1）对水资源保障风险研究领域需要进一步扩大。除研究水资源供需风险外，还有必要对水资源本身存在的不确定性、水资源开发风险、水资源工程风险、水资源开发利用的经济风险、水资源开发利用的生态环境风险、水资源开发利用的社会风险等进行合理评价，这样才能系统地、全方位地刻画区域面临的水资源风险情况及风险来源。虽然防洪风险研究已近汗牛充栋，但是在研究区域与水有关的风险时，有时还需要将水资源保障风险和防洪风险进行统一评价，研究洪水资源化利用的风险问题。

（2）需要进一步优选水资源保障风险评价指标体系。本书从区域层次上确定了水资源风险评价指标，并进行了实例研究。但是对于全国层面而言，长系列的水资源供需平衡资料的缺乏使得这些指标不具有可操作性。为此，又另外确定了一套全国层面的具有可操作性的水资源保障风险评价指标，但这些指标本身还不能细致刻画每个区域的缺水风险率、风险损失程度、水资源系统的脆弱性和系统的可恢复能力。在未来研究中一方面需要进一步夯实水资源风险研究的数据基础，另一方面还要进一步确定能够真正刻画各地区水资源风险状况的评价指标。

（3）关于水资源调控措施的调控能力需要进一步进行定量化研究。本书提出了水资源风险综合防范的调控策略和调控措施，但是每个调控措施的实施对于各水资源区水资源保障风险的影响程度如何进行定量化研究存在困难，今后需要加强这方面的工作。

（4）需要进一步对全球变化条件下的水资源保障风险进行评价，进而提出防范措施。由于全球变化引起的水资源系统响应问题目前还正在研究中，而且该问题极为复杂，难以对未来情势做到确切的影响评估，所以全球变化的水资源保障风险问题及其评估还需要进行跟踪研究，以便能够及时提出防范对策，保障中国的水资源供给安全。

参 考 文 献

白海玲，黄崇福．2000．自然灾害的模糊风险．自然灾害学报，9（1）：47-53．

白建辉，王庚辰．1994．影响太阳总辐射各主要因子的分析．高原气象，13（4）：487-488．

北京市南水北调工程建设委员会办公室．2008．北京市南水北调配套工程总体规划．北京：中国水利水
  电出版社．

北京市水务局．2005．北京市水资源公报．

北京市用水调研课题组．1991．北京市用水调研与需水预测研究报告．

蔡国田，张雷．2005．中国能源安全研究进展．地理科学进展，24（6）：79-87．

蔡国田，张雷．2006．中国能源保障基本形势分析．地理科学进展，25（5）：57-66．

曹国良，张小曳，王亚强，等．2007．中国区域农田秸秆露天焚烧排放量的估算．科学通报，52（15）：
  1826-1831．

曹明．2005-07-14．湄公河合作三道坎．青年参考．http：//qnck.cyol.com/gb/qnck/2005-07/14/content
  _31026.htm．

长江勘测规划设计研究院遥感数字工程院．2005．南水北调中线工程生态环境遥感监测．中国科技成果，
  24：56．

长江水利委员会．2004．南水北调中线工程一期项目建议书（内部资料）．

长江水资源保护科学研究所．1995．南水北调中线工程环境影响报告书（内部资料）．

陈家琦，王浩．1997．水资源学概论．北京：中国水利电力出版社．

陈丽晖，何大明．2001．澜沧江－湄公河整体水分配．经济地理，21（1）：28-32．

陈茜，孔晓东．2000．澜沧江－湄公河流域基础资料汇编．昆明：云南科技出版社．

陈守煜．1988．模糊水文学．大连理工大学学报，28（1）：93-97．

陈文仙．2009-08-14．英国打造低碳绿色经济．中国证券报，A06．

陈武，李凡修，梅平．2002．应用多目标决策－理想点法综合评价水环境质量．环境工程，20（3）：64-65．

陈益华，李志红，沈彤．2006．我国生物质能利用的现状及发展对策．农机化研究，1：25-27．

陈元芳，侯玉．1992．P-Ⅲ分布参数估计方法的研究．河海大学学报（自然科学版），20（3）：24-31．

陈志华．2005．1957～2000年中国地面太阳辐射状况的研究．中国科学院研究生院大气物理研究所硕士学
  位论文．

成建国，杨小柳，魏传江，等．2004．论水安全．中国水利，5：22-25．

丛树铮，谭维炎．1988．水文频率计算中参数估计的统计实验研究．水利学报，3：10-13．

邓可蕴．2000．21世纪我国生物质能发展战略．中国电力，33（9）：82-84．

丁大发，吴泽宁．2003．黄河流域水资源多维临界调控风险估计．人民黄河，25（1）：44-45．

丁晶，侯玉．1988．随机模型估算分期洪水的初探．成都科技大学学报，5：93-98．

丁明，吴义纯，张立军．2005．风电场风速概率分布参数计算方法的研究．中国电机工程学报，25（10）：
  107-111．

丁文斌，王雅鹏，徐勇．2007．生物质能源材料——主要农作物秸秆产量潜力分析．中国人口·资源与环

境，17（5）：84-89.

窦明，谢平，姚堡垒，等.2008.中线调水对汉江下游枯水期的水安全影响研究.长江流域资源与环境，17（5）：699-702.

杜发兴，梁川，陈婷婷.2006.水资源短缺风险评价中的投影寻踪模型//中国灾害防御协会风险分析专业委员会第二届年会论文集.

杜尧东，毛慧琴，刘爱君，等.2003.广东省太阳总辐射的气候学计算及其分布特征.资源科学，25（6）：66-70.

方道南，叶秉如.1999.基于概率分布未知的多目标风险决策.四川水力发电，2：9-12.

方子云.2001.提供水安全是21世纪现代水利的主要目标——兼介斯德哥尔摩前年国际水会议及海牙部长级会议宣言.水利水电科技进展，21（1）：9-10.

冯平.1998.供水系统干旱期的水资源风险管理.自然资源学报，13（2）：139-144.

冯平，卢永兰.1995.水库联合调度下超汛限蓄水的风险效益分析.水力发电学报，2：8-16.

冯平，王仲珏.2008.基于二维Gumbel分布的长距离输水系统水文风险评估.灾害学，23（1）：23-26.

冯彦，何大明，包浩生.2000.澜沧江－湄公河水资源公平合理分配模式分析.自然资源学报，（3）：241-245.

冯彦，何大明，甘淑，等.2006.跨境水分配及其生态阈值与国际法的关联.科学通报，51（22）：21-26.

傅开道，何大明，陈武，等.2007.电站建设对澜沧江－湄公河泥沙年内分配的影响.地理学报，62（1）：14-21.

傅湘，陶涛，王丽萍，等.2001a.防洪风险决策模型的应用研究.水电能源科学，2：15-18.

傅湘，王丽萍，纪昌明.2001b.防洪减灾中的多目标风险决策优化模型.水电能源科学，1：36-39.

傅友红，樊峰鸣，傅玉清.2007.我国秸秆发电的影响因素及对策.沈阳工程学院学报（自然科学版），3（3）：206-210.

傅泽强，蔡运龙，杨友孝，等.2001.中国粮食安全与耕地资源变化的相关分析.自然资源学报，16（4）：313-319.

高峰.2000.江苏省风能资源的开发与利用.水力发电，9：59，60.

高峰，孙成权，刘全根.2000.我国太阳能开发利用的现状及建议.能源工程，（5）：8-11.

高明杰，罗其友.2008.水资源约束地区种植结构优化研究——以华北地区为例.自然资源学报，28（2）：204-210.

高振宇，王益.2006.我国能源生产率的地区划分及影响因素分析.数量经济技术经济研究，9：46-57.

龚强，于华深，蔺娜，等.2008.辽宁省风能，太阳能资源时空分布特征及其初步区划.资源科学，30（5）：654-661.

龚强，袁国恩，等.2006.辽宁沿海地区风能资源状况及开发潜力初步分析.地理科学，26（4）：483-489.

谷树忠，耿海青，姚予龙.2002.国家能源、矿产资源安全的功能区划与西部地区定位.地理科学进展，21（5）：410-419.

顾文权.2008.水资源优化配置多目标风险分析方法研究.水利学报，39（3）：339-345.

顾瑜芳.1997.江苏能源开发供应的现状与思考.中国能源，12：15-18，45.

郭安军，屠梅曾.2002.水资源安全预警机制探讨.生产力研究，1：37-39.

郭军.2009.中新天津生态城太阳能资源评估.科学观察，1：86-88.

郭晓亭，蒲永健，林略.2004.风险概念及其数量刻画.数量经济技术经济研究，2：111-115.

郭义强，葛全胜，郑景云.2008.中国能源保障水平分区初探.资源科学，30（3）：336-341.

郭仲伟.1986.风险分析与决策.北京：机械工业出版社.

国家发展和改革委员会.2007a-11-28.煤炭产业政策.www.ndrc.gov.cn/zcfb/zcfbgg/2007gonggao/

t20071128-175124. htm.

国家发展和改革委员会.2007b. 可再生能源中长期发展规划. www.ccchina.gov.cn/Website/CCChina/Up-File/2007/20079583745145.pdf.

韩鲁佳, 闫巧娟, 刘向阳, 等.2002. 中国农作物秸秆资源及其利用现状. 农业工程学报, 18 (3)：87-91.

韩文科.2010. 可再生能源发展抢占未来制高点. 阳光能源, 2：20-23.

韩宇平.2008b. 区域水资源短缺风险管理理论与实践. 郑州：黄河水利出版社：3.

韩宇平, 李志杰, 赵庆民.2008a. 区域水资源短缺风险决策研究. 华北水利水电学院学报, 29 (1)：1-3.

韩宇平, 阮本清.2003a. 解建仓多层次目标模糊优选模型在水安全评价中的应用. 资源科学, 25 (4)：37-43.

韩宇平, 阮本清.2003b. 区域供水系统供水短缺的风险分析. 宁夏大学学报 (自然科学版), 24 (2)：129-133.

韩宇平, 阮本清.2003c. 区域水安全评价指标体系初步研究. 环境科学学报, 23 (2)：267-272.

韩宇平, 阮本清.2007. 水资源短缺风险经济损失评估研究. 水利学报, 38 (10)：1253-1257.

韩宇平, 阮本清, 解建仓.2003. 多层次多目标模糊优选模型在水安全评价中的应用. 资源科学, 25 (4)：37-43.

韩宇平, 阮本清, 汪党献.2008b. 区域水资源短缺的多目标风险决策模型研究. 水利学报, 39 (6)：667-673.

韩宇平, 许拯民.2007. 区域水资源短缺风险调控研究. 河北工程大学学报 (自然科学版), 24 (4)：81-84.

郝丽莎, 赵媛.2010. 江苏省能源可持续发展模式初探. 长江流域资源与环境, 19 (1)：7-12.

何大明.1995a. 澜沧江 - 湄公河流域开发研究的回顾与展望. 云南地理环境研究, 1：75-83.

何大明.1995b. 澜沧江 - 湄公河水文特征分析. 云南地理环境研究, 7 (1)：58-73.

何大明.1996a. 通过水资源整体多目标利用和管理推进澜沧江 - 湄公河流域的持续发展. 云南地理环境研究, 1：31-32.

何大明, 冯彦.2006. 国际河流跨境水资源合理利用与协调管理. 北京：科学出版社.

何大明, 冯彦, 陈丽晖, 等.2005. 跨境水资源的分配模式、原则和指标体系研究. 水科学进展, 2：255-262.

何大明, 苟俊华, Kung Hsiang-te.1999. 国际河流 (湖泊) 水资源的竞争利用、冲突和求解. 地理学报, 54 (增刊)：438-441.

何大明, 汤奇成.2000. 中国国际河流. 北京：科学出版社.

何大明, 吴绍洪, 彭华, 等.2005b. 纵向岭谷区生态系统变化及西南跨境生态安全研究. 地球科学进展, 20 (3)：338-344.

何大明, 张家桢.1996. 澜沧江 - 湄公河流域持续发展与水资源整体多目标利用研究. 中国科学基金, 3：200-206.

何洪林, 于贵瑞, 牛栋.2003. 复杂地形条件下的太阳资源辐射计算方法研究. 资源科学, 25 (1)：78-85.

何舜平, 王伟, 陈银瑞, 等.1999. 澜沧江中上游鱼类生物多样性现状初报. 云南地理环境研究, 11 (1)：26-30.

河北省水利厅.2004. 河北省水资源评价.

侯刚.2009. 中国生物质能风险评估与管理研究. 西北农林科技大学博士学位论文.

胡国华, 夏军.2001. 风险分析的灰色-随机风险率方法研究. 水利学报, 4：1-6.

胡焕庸, 张善余.1997. 中国人口地理. 武汉：华东师范大学出版社：232-233.

胡岩, 曹升乐, 赵然杭, 等.2003. 水资源价值模糊评判模型. 山东大学学报 (工学版), 33 (3)：

341-345.

胡振鹏，冯尚友 . 1989. 综合利用水库防洪与兴利矛盾的多目标风险分析 . 武汉水利电力学院学报，22（1）：71-79.

淮河水资源保护科学研究所 . 2005. 南水北调东线第一期工程环境影响报告书（内部资料）.

黄崇福 . 2006. 自然灾害风险评价理论与实践 . 北京：科学出版社：6，7.

黄初龙，章光新，杨建锋 . 2006. 中国水资源可持续利用评价指标体系研究进展 . 资源科学，28（2）：33-40.

黄明聪，解建仓，阮本清，等 . 2007. 基于支持向量机的水资源短缺风险评价模型及应用 . 水利学报，38（3）：255-259.

黄强，沈晋 . 1998. 水库调度的风险管理模式 . 西安理工大学学报，14（3）：230-235.

惠泱河，等 . 2001. 水资源承载力评价指标体系研究 . 水土保持通报，2（1）：30-34.

吉扑林 V D. 1997. 美国西部科罗拉多河的开发 . 杜葵译 . 水利水电快报，5：11-13.

季文华，蔡建明，和克俭 . 2010. 北京市居住区屋面集雨资源的潜力分析 . 资源科学，32（2）：282-289.

贾绍凤，张军岩，张士峰 . 2002. 区域水资源压力指数与水资源安全评价指标体系 . 地理科学进展，21（6）：538-545.

江苏省统计局，国家统计局江苏调查总队 . 2001. 江苏统计年鉴 2000. 北京：中国统计出版社 .

江苏省统计局 . 国家统计局江苏调查总队 . 2009. 数据见证辉煌：江苏 60 年 . 北京：中国统计出版社 .

江苏省统计局 . 国家统计局江苏调查总队 . 2010. 江苏统计年鉴 . 北京：中国统计出版社 .

姜文来 . 1998. 水资源价值模型研究 . 资源科学，20（1）：34-43.

姜文来 . 2001. 水资源价值论 . 北京：科学出版社 .

姜文来，于连生，刘仁合 . 1993. 水资源价格上限研究 . 中国给水排水，2（9）：58，59.

金冬梅 . 2006. 吉林省城市干旱缺水风险评价指标体系与模型研究 . 东北师范大学硕士学位论文 .

金凤君 . 2000. 华北平原城市用水问题研究 . 地理科学进展，19（1）：17-24.

金光炎 . 1990. 论水文频率计算中的适线法 . 水文，（2）：8-11.

鞠晓慧，屠其璞，李庆祥 . 2005. 我国太阳总辐射气候学计算方法的再讨论 . 南京气象学院学报，28（4）：516-521.

孔祥林，蒲菽洪，罗文辉 . 2008. 南水北调中线工程对江汉中下游的影响及治理对策 . 水利水电快报，29（9）：19-21.

郎一环，王礼茂 . 2004. 全面建设小康社会的能源保障问题 . 中国能源，26（2）：4-7.

劳顿 G M. 2000. 洛斯瓦克罗斯工程的环保措施 . 王威，王生福译 . 水利水电快报，（24）：17-19.

李安贵，张志宏，孟艳，等 . 2006. 模糊数学及其应用 . 第二版 . 北京：冶金工业出版社 .

李红强，王礼茂 . 2008. 石油战略储备基地选址指标体系研究 . 资源科学，30（4）：565-571.

李继清，张玉山，王丽萍，等 . 2007a. 洪灾综合风险分析方法讨论（Ⅰ）——基于集对分析理论 . 数学的实践与认识，8：43-49.

李继清，张玉山，王丽萍，等 . 2007b. 洪灾综合风险分析方法讨论（Ⅱ）——基于集对分析理论 . 数学的实践与认识，9：51-57.

李佳，李思悦，谭香 . 2008. 南水北调中线工程总干渠沿线经过河流水质评价 . 长江流域资源与环境，5：693-698.

李京京，任东明，庄幸 . 2001. 可再生能源资源的系统评价方法及实例 . 自然资源学报，16（4）：373-380.

李九一 . 2009. 中国水资源短缺及其风险评价与管理对策研究 . 中国科学院研究生院博士学位论文 .

李俊峰，时璟丽 . 2006. 国内外可再生能源政策综述与进一步促进我国可再生能源发展的建议 . 可再生能源，（1）：1-6.

李雷，王仁钟，盛金保，等．2006. 大坝风险评价与风险管理．北京：中国水利水电出版社：20-21，31，34，117-118，131.

李黎武，施周．2006. 随机噪声干扰下水质模型参数的鲁棒估计方法．水利学报，37（6）：687-693.

李连存，张义．2010-06-03. 美能源监管机构与国网能源院交流智能电网发展．http://www.indaa.com.cn.

李少娟，何大明，傅开道，等．2006. 澜沧江与下湄公河水位过程的关联分析．科学通报，51（增刊）：40-47.

李松仕．1991. 权函数参数估计方法不连续系列计算公式．水文，2：14-16.

李文彦，陈航．1983. 中国能源经济区划的初步研究．地理学报，38（4）：327-340.

李晓文，李维亮，周秀骥．1998. 中国近30年太阳辐射状况研究．应用气象学报，9（1）：24-31.

李艳，王元，汤剑平．2007. 中国近地层风能资源的时空变化特征．南京大学学报（自然科学版），43（3）：280-290.

李泽椿，朱蓉，何晓凤，等．2007. 风能资源评估技术方法研究．气象学报，65（5）：708-717.

李自应，王明，陈二永，等．1999. 云南风能可开发地区风速的韦布尔分布参数及风能特征值研究．太阳能学报，19（3）：248-253.

梁川．1994. 极差分析在水库防洪调度风险评估中的应用．四川水力发电，4：25-28.

梁忠民．2001. 南水北调中线工程供水量风险分析．河海大学学报，29（5）：49-54.

廖顺宝，刘凯，李泽辉．2008. 中国风能资源空间分布的估算．地球信息学，10（5）：551-556.

廖斯琪，陈艳艳，洪志华．2009. 南水北调中线引江济汉水利工程对血吸虫病流行的影响．热带医学杂志，11：1288-1290.

列加索夫，库兹明，傅民杰．1983. 能源问题．地理科学进展，（2）：17-21.

刘昌明，陈志恺．2001. 中国水资源现状评价和供需发展趋势分析．北京：中国水利水电出版社．

刘昌明，左建兵．2009 南水北调中线主要城市节水潜力分析与对策．南水北调与水利科技，7（1）：1-7.

刘刚，沈镭．2007. 中国生物质能源的定量评价及其地理分区．自然资源学报，22（1）：9-19.

刘光文．1986. 水文频率计算评议．水文，3：10-13.

刘光文．1990. 皮尔逊Ⅲ型分布参数估计．水文，4：12-24.

刘佳，何清，刘蕊，等．2008. 新疆太阳辐射特征及其太阳能资源状况．干旱气象，26（4）：61-66.

刘静楠，顾颖．2007. 判别分析法在农业旱情识别中的应用．水文，27（2）：60-62，67.

刘静，俞炳丰，姜盈霓．2007. 对福建省陆地风能资源的评估．可再生能源，25（1）：59-66.

刘可群，陈正洪，夏智宏．2007. 湖北省太阳能资源时空分布特征及区划研究．华中农业大学学报，22（6）：888-893.

刘涛，邵东国，顾文权．2006. 基于层次分析法的供水风险综合评价模型．武汉大学学报（工学版），4：26-28.

刘秀．2009. 石羊河流域水资源短缺问题的解决办法．甘肃水利水电技术，45（5）：51-53.

刘燕华，葛全胜，吴文祥．2005. 风险管理——新世纪的挑战．北京：气象出版社：5，6.

刘毅．1999. 沿海地区能源供需保障与解决途径研究．地理学报，54（6）：509-517.

卢纹岱．2006. SPSS For Windows 统计分析．第三版．北京：电子工业出版社：315-476.

罗军刚，解建仓，阮本清．2008. 基于熵权的水资源短缺风险模糊综合评价模型及应用．水利学报，39（9）：1092-1097，1104.

雒庆举，吕鹏博．2007. 中国转轨时期的能源风险管理．现代经济探讨，8：15-19.

马黎，汪党献．2008. 中国缺水风险分布状况及其对策．中国水利水电科学研究院学报，6（2）：131-135，

143.

马秀峰.1984.计算水文频率参数的权函数法.水文,4:1-8.

马秀峰,阮本清.2001.对权函数法求概率分布参数的再认识.水利学报,11:30-36.

马志强,朱永跃,洪涛.2008.江苏省生物质能产业发展现状分析及对策研究.中国软科学,10:65-73.

毛慧琴,宋丽莉,黄浩辉,等.2005.广东省风能资源区划研究.自然资源学报,20(5):679-684.

湄公河委员会.2004-10-12.湄公河流域诊断研究:最终报告.国际环境新闻特刊——2004年国际十大环境新闻回顾.http://e-info.org.tw/news/world/special/2004/wosp2004-10.htm.

湄公河委员会.2008.湄公河委员会研究的启示——湄公河干流筑坝对渔业的影响.湄公河简报,(9):1-8.

门宝辉,梁川.2003.评价区域水资源开发利用程度的集对分析法.南水北调与水利科技,1(6):30-33.

孟昭翰,徐焕,杜慧珠.1991.中国东南沿海风能资源评价.自然资源学报,6(1):1-12.

穆海振,徐家良,杨永辉.2008.数值模拟在上海海上风能资源评估中的应用.高原气象,27(S1):196-202.

穆祥鹏,陈文学,崔巍.2009.南水北调中线干渠冰期输水能力研究.南水北调与水利科技,6:118-122.

欧阳启麟,李质珊,戴力群,等.2001.21世纪中叶西南国际诸河水能资源开发设想.人民珠江,3:34-36.

钱小龙,管华,谢国琴,等.2007.我国水资源安全研究进展.菏泽学院学报,29(2):96-99.

秦大庸,孙济良.1989.概率权重矩法在指数Γ分布中的应用.水利学报,11:1-9.

邱林.1992.水文水资源系统模糊集分析理论、模型及其应用研究.大连理工大学博士学位论文:12.

全国地理信息标准化技术委员会.2004.地理信息国家标准手册.北京:中国标准出版社.

冉连起.2003.实施水资源风险管理相关问题的探讨.水利发展研究,2:33-34.

任宪韶.2007.海河流域水资源评价.北京:中国水利水电出版社.

阮本清,韩宇平,王浩.2005.水资源短缺风险的模糊综合评价.水利学报,36(8):906-912.

阮本清,梁瑞驹,陈韶君.2000.一种供用水系统的风险分析与评价方法.水利学报,9:1-9.

阮本清,魏传江.2004.首都圈水资源安全保障体系建设.北京:科学出版社.

桑建人,刘玉兰,林莉.2006.宁夏太阳辐射特征及太阳能利用潜力综合评价.中国沙漠,26(1):122-125.

沈焕庭,茅志昌,顾玉亮.2002.东线南水北调工程对长江口咸水入侵影响及对策.长江流域资源与环境,2:150-154.

史慧敏.1992.用W-Ⅱ模型和W-Ⅲ模型估算风频和风能密度的比较.气象科学,3:65-71.

史立山.2010.我国可再生能源发展对策.中外能源,15(3):29-32.

寿陛扬,王明,陈二永.1992.我国太阳能资源的生态区域.生态经济,6:40-44.

水利部水利水电规划设计总院,水利部珠江水利委员会勘测设计研究院.1999.《中国水利可持续发展战略研究》专题4《21世纪中叶水能开发利用研究》专题报告附件3,《华南地区、珠江流域及西南国际诸河水能开发利用研究》.

宋德敦,丁晶.1988.概率权重矩法及其在P-Ⅲ分布中的应用.水利学报,3.

孙济良,秦大庸.1989.水文频率通用模型研究.水利学报,4:1-9.

陶希东.2010-02-11.构建"跨界环境治理"体系.社会科学报.第2版.

佟春生,畅建霞.2005.系统工程的理论与方法概论.北京:国防工业出版社.

万仁新,刘荣厚.1991.模糊聚类方法在农村能源综合区划中的应用.农业工程学报,7(4):14-19.

万仕全,王令,封园林,等.2009.全球变暖对中国极端暖月事件的潜在影响.物理学报,58(7):5083-5090.

汪伟，梁幼生，戴建荣．2008．南水北调工程对日本血吸虫中间宿主湖北钉螺分布的影响．生态学报，9：4235-4245．

王炳忠．1983．中国太阳能资源利用区划．太阳能学报，4（3）：221-228．

王炳忠，张富国，李立贤．1980．我国的太阳能资源及其计算．太阳能学报，1：1-9．

王炳忠，邹怀松，殷志强．1998．我国太阳能辐射资源．太阳能，4：19．

王传礼，叶水泉．2005．江苏省煤炭资源及开发现状与思考．江苏地质，29（3）：186-189．

王传玫，吴秀兰．1987．空气密度局地变化与高原天气系统分析．高原气象，4：356-365．

王道席．2000．黄河下游水资源调度管理研究．河海大学博士学位论文．

王栋，朱元甡，赵克勤．2004．基于集对分析和模糊集合论的水体营养化评价模型的应用研究．水文，24（3）：9-13．

王飞，郑孝宇，金春久．2006．水资源保护的污染风险管理．东北水利水电，5：62-64，74．

王富强，韩宇平，汪党献，等．2009．区域水资源短缺风险的SPA—VFS评价模型．水电能源科学，27（4）：31-33，225．

王红瑞．2004．水资源短缺对北京农业的不利影响分析与对策．自然资源学报，19（2）：160-169．

王红瑞，钱龙霞，许新宜，等．2009．基于模糊概率的水资源短缺风险评价模型及其应用．水利学报，40（7）：813-821．

王洪法，文衍秋，仲维霞．2007．南水北调与血吸虫病扩散．中国血吸虫病防治杂志，3：238-239．

王建群．1997．一种新的水资源系统风险型决策方法．河海大学学报（自然科学版），25（2）：65-70．

王景福．2006．水电开发与生态环境管理．北京：中国环境科学出版社：88-90．

王礼茂，方叶兵．2008 国家石油安全评估指标体系的构建．自然资源学报，23（5）：821-831．

王丽萍，傅湘．1999．洪灾风险及经济分析．武汉：武汉水利电力大学出版社．

王秋华．1994．我国农村作物资源化调查研究．农村生态环境，10（4）：67-71．

王世猛，万宝春，王路光，等．2009．南水北调中线河北段水质保护环境风险分析研究．南水北调与水利科技，6：123-125．

王涛，杨开林，乔青松．2009．南水北调中线冬期输水气温研究．南水北调与水利科技，3：14-17．

王维洛．2005-07-26．湄公河次区域经济合作的难题．中华圣剑论坛：http：//www.chinasj.net/bbs/index.asp.

王小民．2001．二十一世纪的水安全．社会科学，2：25-29．

王莹．2008．北京市第三产业节水潜力研究——以高校为例．中国科学院研究生院硕士学位论文．

王铮，冯皓洁，许世远．2001．中国经济发展中的水资源安全分析．中国管理科学，19（4）：47-56．

王政祥，张明波．2008．南水北调中线水源与受水区降水丰枯遭遇分析．人民长江，17：103-105．

王志良．2003．水资源管理多属性决策与风险分析理论方法及应用研究．四川大学博士学位论文．

王志伟，白炜，师新广，等．2007．农作物秸秆气化发电系统经济性分析．可再生能源，25（6）：25-28．

王仲颖，张正敏．2005．我国可再生能源的成就与发展对策．中国科技成果，（13）：25-36．

温敏，张人禾，杨振斌．2004．气候资源的合理开发利用．地球科学进展，19（6）：896-902．

翁笃鸣．1964．试论总辐射的气候学计算方法．气象学报，34（2）：304-310．

吴林荣，江志红，鲁渊平，等．2009．陕西太阳总辐射的计算及分布特征．气象科学，29（2）：187-191．

吴险峰，刘昌明，杨志峰，等．2002．黄河上游南水北调西线工程可调水量及风险分析．自然资源学报，1：10-16．

吴湘婷．2007．区域水资源可持续利用水平评价指标体系研究．人民黄河，29（6）：31-33．

吴玉成．1999．缓解和解决京津唐地区水资源供需矛盾探讨．高原气象，4：164-170．

吴泽宁，王敬，赵南，等．2002．水资源系统灰色风险计算模型．郑州大学学报（工学版），23（3）：22-

24，40.

夏军，朱一中．2002.水资源安全的度量：水资源承载力的研究与挑战．自然资源学报，17（3）：262-269.

夏乐天．1991.水文频率计算中的一种非参数估计方法——密度估计法．2000年中国水文展望．南京：河海大学出版社：10.

肖波，周英彪，李建芬．2006.生物质能循环经济技术．北京：化学工业出版社.

谢崇宝，袁宏源．1997.最优分类的模糊划分聚类改进方法．系统工程，15（1）：58-63.

谢平，夏军，窦明．2004.南水北调中线工程对汉江中下游水的影响及对策研究Ⅱ——汉江水华发生的概率分析与防治对策．自然资源学报，5：545-549.

谢贤群，王菱．2007.中国北方近50年潜在蒸发的变化．自然资源学报，22（5）：683-691.

邢大韦，张玉芳．1999.关中地区水资源工程供水风险性分析．西北水资源与水工程，（1）：19-24.

熊其玲，何小聪，康玲．2009.基于Copula函数的南水北调中线降水丰枯遭遇分析．水电能源科学，6：9-12.

徐建华．1996.现代地理学中的数学方法．北京：高等教育出版社：305-388.

徐建华．2002.现代地理学中的数学方法（第2版）．北京：高等教育出版社.

徐立升．2006.海河南系平原浅层地下水开采耗能量化研究及应用．中国科学院研究生院硕士学位论文.

徐宗学，叶守泽．1988.洪水风险率CSPPC模型及其应用．水利学报，9：1-8.

薛桁，朱瑞兆，杨振斌，等．2001.中国风能资源储量估算．太阳能学报，22（2）：167-170.

薛年华，纪昌明．1993.水资源系统风险分析研究动态．水利电力科技，20（2）：14-21.

言茂松．1989.贝叶斯风险决策工程．北京：清华大学出版社.

杨立信，王会，李运辉，等．2003.国外调水工程．北京：中国水利水电出版社：242，246-250.

杨胜朋，王可丽，吕世华．2007.近40年来中国大陆总辐射的演变特征．太阳能学报，28（3）：227-232.

杨万东．2010-04-01.谈国外低碳经济方面有哪些亮点和经验值得借鉴．新华网（WWW.NEWS.CN）.http://news.xinhuanet.com/video/2010/04/21/content_13395404.htm.2010/04/01.

杨羡敏，曾燕，邱新法，等．2005.1960—2000年黄河流域太阳总辐射气候变化规律研究．应用气象学报，16（2）：243-248.

杨振斌，薛桁，桑建国．2004.复杂地形风能资源评估研究初探．太阳能学报，25（6）：744-749.

姚国平，余岳峰，王志征．2003.江苏如东地区风速数据分析及风能发电储量．华东电力，11：10-13.

姚伟．2005.太阳能利用与可持续发展．中国能源，27（2）：46-47.

尹成杰．2003.关于我国粮食成产波动的思考及建议．农业经济问题，10：4-10.

尹云鹤，吴绍洪，郑度，等．2005.近30年我国干湿状况变化的区域差异．科学通报，50（15）：1636-1642.

尤联元．1999.澜沧江流域河流泥沙发展趋势初步研究．地理学报，54（增刊）：94-99.

于华深，蔺娜，于杨．2008.辽宁省太阳能资源分布及区划初探．气象与环境学报，24（2）：18-22.

于蕙春．2000.风险的内涵与企业的风险防范．数量经济技术经济研究，9：66-67.

于静洁，吴凯．2009.华北地区农业用水的发展历程与展望．资源科学，31（9）：1493-1497.

于义斌，王本德．2002.水资源系统风险管理的分析与研究．人民黄河，24（7）：18-21.

袁春红，薛桁，杨振斌．2004.近海区域风速数值模拟试验分析．太阳能学报，25（6）：740-743.

曾国熙，裴源生．2009.流域水资源短缺风险调控模型研究．东北水利水电，（3）：24-27，71.

曾小红．2008盐水威胁湄公河三角洲的农业生产．世界热带农业信息，（3）：18-19.

查良松．1996.我国地面太阳辐射量的时空变化研究．地理科学，16（3）：232-237.

查良松，丁祖荣．1996.我国太阳辐射量时间序列分析．中国科学技术大学学报，26（1）：130-136.

张波,张世江,陈晨,等.2004.中国能源安全现状及其可持续发展.国土与自然资源研究,3:75-76.

张德,朱蓉,罗勇,等.2008.风能模拟系统 WEST 在中国风能数值模拟中的应用.高原气象,27(1):202-207.

张家诚,朱瑞兆,林之光.1991.中国气候总论.北京:气象出版社:370.

张建强.2006.水利水电工程建设风险分析.河北水利,7:25.

张金带.2008.中国铀资源的潜力与前景.中国核工业,2:18-21.

张雷,蔡国田.2005.中国人口发展与能源供应保障探讨.中国软科学,11:11-17.

张巧显,欧阳志云,王如松.2002.中国水安全系统模拟及对策比较研究.水科学进展,13(5):567-577.

张士峰,陈俊旭.2009.华北地区缺水风险研究.自然资源学报,24(7):1192-1199.

张士峰,贾绍凤.2003.海河流域水量平衡与水资源安全问题研究.自然资源学报,18(6):684-691.

张硕辅.2006.丰水地区水资源风险管理研究.中国水利,21:33-35.

张翔,夏军.2000.可持续水资源管理的风险分析研究.武汉水利电力大学学报,33(1):80-83.

张翔,夏军,贾绍凤.2005.水安全定义及其评价指数的应用.资源科学,27(3):145-149.

张榆霞,刘嘉麒,王立前.2005.漫湾电站建成后澜沧江下游水质变化.长江流域资源与环境,(4):501-506.

赵东,罗勇,高歌,等.2009.我国近 50 年来太阳直接辐射资源基本特征及其变化.太阳能学报,30(7):946-952.

赵建安.2008.世界油气资源格局与中国的战略对策选择.资源科学,30(3):322-329.

赵建安,郎一环.2008.能源保障风险体系的研究——以煤炭与石油为例.地球信息科学,10(4):419-425.

赵建,李春梅.2006.欧盟发展生物燃料的有关政策及其启示.中外能源,12(4):101-104.

赵克勤.2000.集对分析及初步应用.杭州:浙江科学技术出版社.

郑守仁.2007.中国水能资源开发利用的机遇与挑战.水利学报,(增刊):1-6.

郑云鹤.1993.应用线性规划方法计算工业缺水损失.水利经济,1:20-25.

中国科学技术部,国家发展和改革委员会.2007-10-5.可再生能源与新能源国际科技合作计划.http://www.chinanews.com.cn/gn/news/2007/11-12/1074961.shtml.

中国气象局.2007.太阳能资源评估方法 QX/TQX/T 89-2008.北京:中国标准出版社:1-7.

中华人民共和国国家统计局.2004.中国统计年鉴(2004).北京:中国统计出版社:407.

中华人民共和国国家统计局.2010-02-25.2009 年中国国民经济和社会发展统计公报,http://www.stats.gov.cn/tjgb/ndtjgb/qgndtjgb/t20100225_402622945.htm.

中华人民共和国国家质量监督检验检疫总局.2002.中华人民共和国国家标准:风电场风能资源评估办法(GB/T 18710—2002):5.

中华人民共和国国务院新闻办公室.2007-3-28.中国的能源状况与政策.中央政府门户网站.http://www.gov.cn/zwgk/2007-12/26/content_844159.htm.

中华人民共和国农业部.2009.农作物秸秆资源调查与评价技术规范.北京:中国农业出版社:1-13.

钟华平,耿雷华.2004.虚拟水与水安全.中国水利,5:22-26.

钟林.2006.攀登企业如何赢在风险.北京:清华大学出版社:12.

衷平,沈珍瑶,杨志峰,等.2005.石羊河流域水资源短缺风险敏感因子的确定.干旱区资源与环境,19(2):81-86.

周凤起,周大地.1999.中国长期能源战略.北京:中国计划出版社.

周善元.2001.21 世纪的新能源——生物质能.江西能源,4:34-37.

周晓农，王立英，郑江．2003. 南水北调工程对血吸虫病传播扩散影响的调查．中国血吸虫病防治杂志，4：294-297.

朱国庆，张维，张小薇，等．2001. 极值理论应用研究进展评析．系统工程学报，16（1）：72-77.

朱瑞兆．1984. 我国太阳能风能资源评价．气象，10：19-23.

朱瑞兆．1986. 中国太阳能 - 风能综合利用区划．太阳能学报，1：1-9.

朱瑞兆．2004. 中国风能资源的形成及其分布．中国科技，11：65.

朱瑞兆，薛桁．1981. 风能的计算和我国风能的分布．气象，（8）：26-28.

朱瑞兆，薛桁．1983. 中国风能区划．太阳能学报，4（2）：123-132.

朱韶峰．1985. 韦伯（Weibull）分布参数估算风能的讨论．浙江气象科技，6（3）：41-43.

朱元甡．1991. 洪泛区洪灾风险的分析和管理．2：55-62.

朱元甡，梁家志．1991. m/（n + 1）公式可以休矣！——水文频率分析中绘点位置的研究．水文，5：1-7.

祝昌汉．1984. 我国散射辐射的计算方法及其分布．太阳能学报，5（3）：244-249.

祝昌汉．1985. 我国直接辐射的计算方法及分布特征．太阳能学报，6（1）：1-11.

左大康．1963. 中国地区太阳总辐射的空间分布特征．气象学报，33（1）：78-96.

左大康，王勃贤，陈建绥．1963. 中国地区太阳总辐射的空间分布特征．气象学报，33（1）：78-96.

左海凤，黄跃飞，魏加华．2008. 南水北调中线沿线劣质地下水对输水水质的潜在风险分析．南水北调与水利科技，5：1-3.

左建兵，刘昌明，郑红星，等．2008. 北京市城区雨水利用及对策．资源科学，30（7）：990-998.

左其亭，吴泽宁．2001. 模糊风险计算模型及其应用研究．郑州工业大学学报，3：97，98.

Adamowski K. 1985. Nonparametric kernel estimation of flood frequencies. Water Resources, 21（11）: 1585-1590.

Adams W. 2000. The dowmstream impact of large dams. World Commission on Dams Secretariat, 7-14.

Baban S M J, Parry T. 2001. Developing and applying a Gis-assisted approach to locating wind farm in the UK. Renewable Energy, 24: 59-71.

Bailey B H. 1997. Wind Resource Assessment Handbook. New York：AWS Scientific Inc：65-67.

Baran E, Ratner B. 2007. The DonSahong Dam and Mekong fisheries. A Science Brief from the World Fish Center, Phnom Penh, Cambodia.

Bargiela A, Hainsworth G D. 1989. Pressure and floe uncertainty in water system. J Water Resour Plan Manage, 115（2）: 212-229.

Bee-Hua G. 2000. Evaluating the performance of combining neural networks and genetic algorithms to forecast construction demand：the case of the Singapore residential sector. Construction Management and Economics, 18（2）: 209-217.

Bivona S, Bulon R, Leone C. 2003. Hourly wind speed analysis in Sicily. Renewable Energy, 28: 1371-1385.

BP. 2010. BP 世界能源统计 2010. statistical _ review _ of _ world _ energy _ full _ report _ 2010. pdf.

Byrne J, Kurdgelashvilir L, Poponi D, et al. 2004. The potential of solar electric power for meeting future US energy needs：a comparison of projections of solar electric energy generation and Arctic National Wildlife Refuge oil production. Energy Policy, 32: 289-297.

Celik A N. 2004. A statistical analysis of wind power density based on the Weibull and Rayleigh models at the southern region of Turkey. Renewable Energy, 29（4）: 593-604.

Colorni A, Fronza G. 1976. Reservoir management via reliability programming. Water Resources Research, 12（1）: 85-88.

Correia F N. 1987. Multivariate partial duration series in flood risk analysis. *In*: Singh V P. Hydrologic Frequency Modeling. Dordrchtt: Reidel Publishing Company: 541-554.

Croley T E. 1974. Sequential stochastic optimization for reservoir system. J Hydr Div, ASCE, v. 100, n. 1, ser. 100（1）: 201-219.

Dahlgren R, Liu C C, Lawaree J. 2003. Risk assessment in energy trading. IEEE Transactions on Power Systems, 18（2）: 503-511.

David W, Watkins Jr, Daene C, et al. 1997. Finding robust solutions to water resources problems. Journal of Water Resources Planning and Management, 123（1）: 49-58.

Dore J, Yu X G. 2004. Yunnan Hydropower Expansion: Update on China's energy industry reforms and the Nu. Lancang and Jinsha hydropower dams. Working Paper from Chiang Mai University's Unit for Social and Environmental Research, and Green Watershed.

Dore J, Yu Xiaogang. 2004. Yunnan hydropower expansion: update on China's energy industry reforms and the Nu. Lancang and Jinsha hydropower dams. Working Paper from Chiang Mai University's Unit for Social and Environmental Research, and Green Watershed.

Duckstein L, Late E J. 1993. 水资源工程可靠性与风险. 吴媚玲, 王俊德译. 北京: 水利电力出版社.

Fiering M B. 1982. A screening model to quantify resilience. Water Resources Research, 18（1）: 27-32.

Fowler H J, Kilsby C G, OConnell P E. 2003. Modeling the impacts of climatic change and variability on the reliability, resilience, and vulnerability of a water resource system. Water Resources Research, 39（8）: 10-19.

Fujiwala O, Ganesharajah T. 1993. Reliability assessment of water supply systems with storage and distribution networks. Water Resources Research, 29（8）: 2914-2924.

Fyrippis I, Axaopouls P J, Panayiotou G. 2009. Wind energy potential assessment in Naxos Island, Green. Applied Energy, 87（2）: 1-10.

Gilgen H, Wild M, Ohmura A. 1998. Means and trends of shortwave irradiance at the surface estimated from global energy balance archive data. Journal of Climate, 11（8）: 2042-2061.

Gleick P. 2006. The World's Water 2006~2007: the Biennial Report On Freshwater Resources. Washington DC: Island Press.

Goel, Seth S, Chandra S, et al. 1998. Multivariate modeling of flood flows. J Hydraulic Eng, 124: 146-155.

Goh E. 2004. China in the Mekong river basin: the regional security implication of resources development on the Lancan jiang. Institute of Defence and Studies, Singapore, 13-17.

Goicoechea A, Duckstein L. 1979. Multiple objectives under uncertainty: an illustrative application of protrade. Water Resources Research, 15（2）: 203-210.

Goicoechea A, Krouse M R, Antle L G. 1982. An approach to risk and uncertainty in benefit-cost analysis of water resources projects. Water Resources Research, 18（4）: 791-799.

Greenwood J A, Landwehr J M, Matalas N C, et al. 1979. Probability Weighted moments: definition and relation to parameters of several distributions expressible in verse form. Water Resources Research, 15（5）: 1049-1054.

Haimes Y Y. 1985. Risk-benefit analysis in a multiobjective. Framework. *In*: Haimes Y Y. Rbk/Benefit Analysis in Water Resources Planning and Management, Plenum, New York: 89-122.

Hashimoto T, Stedinger J R, Loucks D P. 1982. Reliability, resiliency, and vulnerability criteria for water resources system performance evaluation. Water Resources Research, 18（1）: 14-20.

Hewson E W. 1975. Generation of Power from Wind. Bull Amer Meteor Soc, 56（7）: 660-675.

Hill. 1994. Fish and hydropower in the lower Mekong, assessment on the run-off hydropower.

Hortle K G. 2007. Consumption and the yield of fish and other aquatic animals from the lower Mekong basin. MRC Technical Paper No. 16.

Hu Bao-gang, Mann G K I, Gosine R G. 1998. Control curve design for nonlinear (or fuzzy) proportional actions using spline based function. Automatica, 34 (9): 1125-1133.

International Rivers Network IRN. 2010. Mekong Mainstream Dams: Threatening Southeast Asia's Food Security, Working Papers id: 3049.

Jinno K. 1995. Risk assessment of a water supply system during drought. International Journal of Water Resources Development, 11 (2): 185-204.

Kaplan S, Garrick B J. 1981. On the quantitative definition of risk. Risk Anal, 1: 11-27.

Latinopoulos P, Mylopoulos N, Mylopoulos Y. 2002. Risk-based decision analysis in the design of water supply projects. Water Resources Management, (16): 489-503.

Leandro D, Moral I, Cnsuelo G, 2000. Constraints to drought contingency planning in Spain: the Hydraulic paradigm and the case of Seville. Journal of Contingencies and Crisis Management, 8 (2): 93-102.

Martin-Carrasco F J, Garrote L. 2006. Drought-induced water scarcity in water resources systems. *In*: Vasiliev O F, Gelder P, Plate E J, et al. Extreme Hydrological Events. New Concepts for Security: Novosibirsk, Russia, 301-311.

MOA/DOE Project Expert Team. 1998. Assessment of Biomass Resource Availability in China. Beijing: China Environmental Science Press.

Molostvov V S. 1983. Multiple-criteria optimization under uncertainty: concept of optimality and sufficient conditions. *In*: Carlsson C, Kochetkov Y. Theory and Practice of Multiple Criteria Decision Making. New York: North-Hollard: 9: 1-105.

Nazar A M, Hall W A, Albertson M L. 1981. Risk avoidance objective in water resources. Water Resources Plan Mgmt Div, ASCE, 107: 201-209.

Nguyen K Q. 2007. Wind energy in Vietnam: Resource assessment, development status and future implications. Energy Policy, 35: 1405-1413.

Rachel W, Wagne L, Philip B. 2001. Developing a regional ecological risk assessment: a case study of Tasmanian agricultural Catchment. Human and Ecological Risk Asscssment, 7 (2): 417-439.

Ramachandra T V, Shruthi B V. 2005. Wind energy potential mapping in Karnataka, India, using GIS. Energy Conversion & Management, 46 (9-10): 1561-1578.

Sandra P. 1996. Dividing the Water: Food Security, Ecosystem Health, and the New Politics of Scarify. Washington D C: World Watch Institute: 35-45.

Secretary of Mekong Committee. 1992. Fishing in the lower Mekong: 15-26.

Segirp J V, Lambert T W. 2000. Modern estimation of the parameters of the Weibull wind speed distribution for wind energy analysis. Journal of Wind Engineering and Industrial Aerodynamics, 85: 75-84.

Simonovic S P. 1997. Risk in sustainable water resources management. IAHS Publication (International Association of Hydrological Sciences), n240, Symp 1: Sustainability of Water Resources under Increasing Uncertainty, Rabat, Morocco: 3-17.

Simonovic S P, Marino M A. 1982. Reliability programming in reservoir management. Water Resources Research, 18 (4): 735-743.

Stanhill G, Moreshet S. 1992. Global radiation climate changes: the world radiation network. Climate Change, 21: 57-75.

Tephen M. 1996-1997. Transboundary Water Resources. Transboundary Water Resources. New York: United Nations：1：7.

Vasilis F, James E M, Ken Z. 2009. The technical, geographical, and economic feasibility for solar energy to supply the energy needs of the US. Energy Policy, 37：387-399.

Vogiatzis N, Kottik K, Spanomitsios S, et al. 2004. Analysis of wind potential and characteristics in North Aegean, Greece. Renewable Energy, 29：1193-1208.

Von Arx W S. 1974. Energy：natural limits and abundances. EOS Trans Amer Geophys Union, 55：828-832.

Wolf A T. 1999. Criteria for equitable allocations：the heart of international water conflict. Natural Resources Forum, 23：3-30.

World Commission on Dams. 2000. Dams and Development：a New Framework. London and Sterling：Earthscan Publications Ltd：77-82.

Xu Z X, Jinno K, Kawamura A, et al, 1998. Performance risk analysis for Fukuoka water supply system. Water Resources Management, 12（1）：13-30.

Yuan Z H, Wu C Z, Huang H, et al. 2002. Research and development on biomass energy in China. International Journal of Energy Technology and Policy, 1：108-144.

后　记

人类已进入"风险社会"（risk society），与"风险"共存是人类必须面对的挑战，加强风险防范与管理也因此成为当今国际社会及学术界关注的焦点。世界经济合作与发展组织认为：支撑人类生存的重要系统在 21 世纪将变得更为脆弱，许多系统性风险正因此而"凸显"；自然灾害、技术与工业事故、传染病、食品安全及恐怖主义与计算机犯罪等将是主要的风险源，而卫生服务、能源供给、淡水与食物供给、信息与电讯沟通等人类赖以生存的基础生命线系统风险将可能被某一看似很小的风险源所引发，从而导致一连串的灾难性事件出现。能源和水资源不但是决定一个国家经济和社会可持续发展的重要物质基础，而且也是决定一个国家发展的战略性基础资源，在国民经济发展中具有极为重要的地位，其所存在风险正制约着中国和平崛起战略的实施及构建和谐社会目标的实现。

所谓能源或水资源保障风险，通常指在一定时空范围内，因能源或水资源供给不足而致的无法完全保障自然－社会系统（特别是人员生计、工农业生产、社会经济发展和生态系统等）的用水或用能需求，从而使它们遭受某种程度危害的可能性及其可能导致的损失。尽管从科学角度讲，能源或水资源的供需矛盾研究早已不是一个新的研究领域，但是如何以新时期的风险防范与管理理念为指导，从综合入手开展能源或水资源保障风险研究仍是一个全新的课题。有鉴于此，"十一五"立项的国家科技支撑计划《综合风险防范关键技术研究与示范》重点项目通过多次论证，设立了"综合能源与综合水资源保障风险防范关键技术示范"课题，旨在通过开展相关研究，建立综合能源与水资源保障风险的识别、分类标准与指标体系，开发能源和水资源保障风险的综合评价模型，编制中国综合能源和水资源保障风险图，并辨识其中的高风险区；为进一步制定国家能源和水资源保障风险综合防范的应对策略及构建能源和水资源保障风险的综合防范关键技术体系提供参考依据。为深化这些研究，课题还分别选择能源风险水平较高的江苏省与水资源风险水平较高的华北京津唐两个地区，分别进行相关研究的示范。

本课题按研究内容将任务分解为七个专题：①煤炭与石油保障风险的综合分类、识别、评价与防范技术；②主要可再生能源风险的综合分类、识别、评价与防范技术；③水资源保障风险的综合分类、识别、评价与防范技术；④大型跨区域水资源调配与跨境水资源分配风险的综合分类、识别、评价与防范技术；⑤综合能源与水资源保障风险制图；⑥长江三角洲能源保障风险的综合防范技术示范；⑦华北京津唐地区水资源保障风险的综合防范技术示范。各个专题同步执行。在项目专家组和技术组的指导下，在课题承担及参与单位的共同努力下，课题按计划完成了研究任务，于 2010 年 8 月通过了最终验收，取得了下列三项主要成果。

（1）建立了综合能源与综合水资源保障风险的识别标准、评价指标体系和定量评价模型，对未来（2020 年）中国各省（自治区、直辖市）综合能源保障风险和全国二级水资源区套省（自治区、直辖市）的综合水资源保障风险进行了评价，辨识了未来中国能源与水资源保障的高风险区，并提出了相应的防范策略；构建了主要可再生能源（太阳能、风能和生物质能）开发潜力综合分区的方法及指标系统，编制了中国太阳能－风能－生物质能开发潜力综合区划；提出了对中国重大跨区域水资源调配（南水北调工程）风险源识别与环境风险分类评价的方法及风险防范策略。

（2）建立了综合能源与水资源保障风险制图的基础地理信息数库，分别编制了 1∶400 万全国煤炭、石油资源保障综合风险图、太阳能－风能－生物质能开发潜力综合区划图以及二级水资源区套省（自治区、直辖市）的缺水率、人均缺水量、缺水损失、供水稳定性、需求压力指数、枯水指数等指标分布图与水资源保障综合风险图。

（3）深入评价了示范区综合能源保障风险（江苏省）和综合水资源保障风险（京津唐地区），编制了 1∶25 万江苏省综合能源保障风险图与主要可再生能源开发潜力图，以及京津唐地区综合水资源保障风险图；提出了江苏省综合能源保障风险和京津唐地区综合水资源保障风险防范对策。

课题共发表相关研究论文 50 余篇，编制 1∶400 万全国综合风险及专题评价图 12 幅、1∶25 万示范区综合风险图两幅，获得相关软件登记权两项。其中部分成果还得到了示范区相关管理部门（如江苏省泰州市发展和改革委员会，京、津二市的水务局等）的采纳与应用。作为课题成果的重要组成部分，本书即是上述研究成果的系统总结，由课题组全体成员共同完成。其中各章执笔人如下：

第一章：郑景云，汪党献，胡秀莲，赵建安；

第二章：胡秀莲，赵建安，郎一环，刘强，张有生，李际，李红强，郑景云，丁玲玲；

第三章：何凡能，席建超，李柯，赵美风；

第四章：吴文祥，周扬，刘光旭；

第五章：汪党献，韩宇平，李云玲，王富强，龙爱华，张春玲，梁犁丽，刘金华，回晓莹，张学霞，郑景云；

第六章：满志敏，赵赟，王晗，杨煜达；

第七章：张士峰，李丽娟，王红瑞，李九一；

第八章：吴文祥，郑景云。

全书由郑景云、吴文祥负责进行统稿。

在本书即将出版之际，我们真诚感谢为"综合能源与综合水资源保障风险防范关键技术示范"课题研究及本书作出贡献的所有相关人员。首先是指导课题研究的各位专家：张新时院士、郑度院士、张丕远研究员、崔海亭教授、刘燕华研究员、史培军教授、葛全胜研究员、李秀斌研究员、蔡运龙教授、宋长青研究员、周清波研究员、于云江研究员、贾敬敦博士，以及项目技术组的姚庆海研究员、刘连友教授、方伟华教授、邹铭研究员、吴绍洪研究员、王仰麟教授，正是各位的悉心指导，才使我们的课题研究始终朝着既定的目标前进。其次是参与课题研究的所有成员与研究生，为课题开展示范研究提供过帮助的北京市水务局康德勇处长、江苏省经济信息中心许瑞林研究员、江苏省泰州市发展和改革委员会马长刚同志、中国科学院地理科学与资源研究所的康跃虎研究员，以及兄弟课题的武建军教授、戴尔阜博士等同志，正是大家的共同努力，才保证本课题和本书得以顺利完成。

　　由于影响能源与水资源保障风险的因素众多，综合能源与水资源保障风险防范又是一个涉及多学科、系统性的复杂问题，因此本书虽然涉及了该问题研究的诸多方面，但大多只是从综合角度出发的一种探索性研究，得到的认识也仅是初步的，加之我们水平所限，不当之处在所难免。敬请读者批评指正！

中国科学院地理科学与资源研究所

郑景云　吴文祥

2010 年 10 月 9 日